MARÍA JOSÉ TIRADO

CORAZONES DE ACERO

TITANIA

Argentina • Chile • Colombia • España
Estados Unidos • México • Perú • Uruguay • Venezuela

1.ª edición Febrero 2016

Copyright © 2016 by María José Tirado García
All Rights Reserved
© 2016 *by* Ediciones Urano, S.A.U.
    Aribau, 142, pral. – 08036 Barcelona
    www.titania.org
    atencion@titania.org

ISBN: 978-84-16327-09-6
E-ISBN: 978-84-9944-959-3
Depósito legal: B-35-2016

Fotocomposición: Ediciones Urano, S.A.U.
Impreso por Romanyà Valls, S.A. – Verdaguer, 1 – 08786 Capellades (Barcelona)

Impreso en España – *Printed in Spain*

A todos esos héroes anónimos que cada día
acuden a trabajar con la única certeza de
que no saben a lo que se van a enfrentar.

Para mi hermano Javi,
mi superhéroe favorito.

Así que quieres jugar con magia, chico.
Deberías saber dónde te estás metiendo.
Cariño, ¿te atreves a hacerlo?
Porque voy hacia ti
como un caballo negro.

Dark Horse, *Katy Perry*

Índice

Prólogo

*T*res hombres corrían por la arena tirando del muchacho que apenas podía sostenerse en pie. Tropezaba una y otra vez a causa de la debilidad y el entumecimiento tras seis meses encerrado en aquella diminuta cueva. Sus pies sangraban y estaban llenos de llagas, le habían sido arrebatadas las botas para dificultar cualquier intento de huida a través del desierto, pero la adrenalina liberada ante la llegada de sus salvadores le impedía sentir ningún tipo de dolor.

El teniente Parker oteó el horizonte una vez más acuclillado sobre una colina. Odiaba la visión nocturna de sus gafas, ese resplandor de efecto fantasmagórico le producía una incómoda sensación de irrealidad, pero era el único modo de moverse por dentro de las cuevas de Darra i Bum en el corazón de Afganistán.

La luna se alzaba sobre las escarpadas montañas y el viento se colaba por los entresijos de su pesado uniforme mientras recorrían el mar de arena y piedras en dirección a las coordenadas en las que, en tan solo veinte minutos, estaría aguardándolos el equipo de recogida.

La suya era una carrera contrarreloj, en cualquier momento el resto de insurgentes que custodiaban las cuevas tomarían conciencia de que el muchacho había sido rescatado y saldrían en su búsqueda. Aquella misión era la culminación de seis largos meses de trabajo, primero para encontrarle y, posteriormente, para llegar hasta él, en una operación ordenada desde las más altas esferas de la Casa Blanca.

A Austin Parker no le importaba quién había dado la orden ni qué motivos políticos podían haberla provocado, a él solo le preocupaba entregar al rehén sano y salvo, así como proteger la integridad de sus hombres. En definitiva, cumplir la misión que le había sido encomendada al equipo Alfa del SEAL Team Six del que era el máximo responsable.

Una ráfaga de disparos rompió el silencio, seguida por un sonido de motores. Alguien acababa de descubrir los cadáveres de los dos vigilantes que custodiaban al soldado Kent. Los mismos que durante meses habían disfrutado arrancándole una a una las uñas de las manos y los pies yacían ahora en el suelo ahogados en su propia sangre.

—Trece minutos para la recogida —advirtió el teniente Parker a sus hombres presionando el botón del comunicador que llevaba en el pecho.

El sonido de un jeep que se acercaba a toda velocidad los puso en alerta, mientras comenzaban a distinguir el ruido lejano del helicóptero que se aproximaba para recogerlos en aquella planicie en mitad de la nada.

Ya habían recorrido los doce kilómetros que los separaban del punto de encuentro cuando el teniente Parker, apodado Parkur por sus compañeros, fue consciente de que no lograrían marcharse sin evitar el enfrentamiento. Hizo señales a sus hombres mediante su código secreto, indicándoles que se ocultasen tras una gran roca que dividía en dos la ladera de la colina.

El soldado Kent tiritaba y lloraba como un niño pequeño sujeto por dos de sus libertadores. Parkur en su fuero interno temía que la inestabilidad del muchacho acabase por ponerlos en peligro a todos.

—Escúchame, hijo, vamos a sacarte de aquí de una vez. Pero no te muevas, no llores y no respires a menos que yo te lo diga. Si me haces caso regresarás a casa sano y salvo, ¿entendido?

—Sí, señor —balbució entre lágrimas, tratando de contener el aliento y la tiritera que sacudía su cuerpo enjuto. Parker no pudo evitar pensar que no era más que un crío, un crío asustado.

*E*l helicóptero comenzó a disminuir su altitud. En breve subirían al joven a la cesta metálica mientras los cinco SEALs que conformaban el dispositivo treparían por las cuerdas a la vez que este se elevaba.

Los disparos enemigos no se hicieron esperar. Gran Oso y Halcón respondieron con sus rifles MK43 provocando una nube de fuego cruzado y arena, y Billy arrojó a su orden dos botes de humo.

En el momento indicado, la cesta apareció ante ellos como una gran piñata roja ansiosa de ser abierta, y el sargento Cricket introdujo en ella al muchacho, asegurándole en el interior mediante correas.

—Nos largamos, ¡vamos!, ¡vamos! —apremió a sus hombres presionando de nuevo el comunicador mientras la cesta ascendía.

Los gritos provenientes de la nube de humo hicieron saber a Halcón que había acertado en al menos tres ocasiones el objetivo de sus disparos. A la señal de su superior abandonó su puesto y descendió la pequeña duna en dirección al helicóptero que los sacaría de allí. Sin embargo, Gran Oso, un par de pasos más adelante, parecía no haber oído la orden.

—Gran Oso, no me jodas, sal de ahí —repitió una y otra vez, pero este no se movía de su lugar entre las rocas, disparando hacia el enemigo.

Su dispositivo debía haberse averiado justo en el peor momento. Ordenó a Halcón y Billy que comenzasen a ascender por las cuerdas dispuesto a ir hasta él.

—Espera, voy yo, Parkur —dijo Cricket, y se encaminó veloz hacia el lugar. Corrió entre las dunas hasta alcanzarle, tocó a Gran Oso en el hombro y le hizo una señal de retirada. Ambos comenzaron a correr hacia él.

Y entonces la vio, en el horizonte, en la dirección opuesta a sus hombres, su silueta se recortaba sobre la duna. La figura de una niña. Una niña menuda cuyo rostro no podía apreciar con sus gafas de visión nocturna. Las levantó para asegurarse de que no veía un fantasma, pero la niña había desaparecido.

Miró en todas direcciones, volvió a colocarse las gafas y entonces distinguió una silueta humana que se materializaba entre la nube de polvo a espaldas de sus hombres. Les gritó por el comunicador tratando de avisarlos mientras echaba a correr hacia ellos, apuntando al individuo con su pistola semiautomática. El insurgente alzó la mano a la vez que gritaba, parecía llevar algo en ella.

El teniente le apuntó y el disparo fue certero, justo entre los ojos, pero no lo suficientemente rápido como para evitar que lanzase el objeto que portaba.

—¡Granada! —gritó con toda su alma justo antes de que el estallido le ensordeciese. Gran Oso se arrojó por la ladera de la duna al oírle y esquivó la metralla que incluso a Parker, a pesar de la distancia, se le clavó en los brazos y las piernas. Pero el sargento Cricket voló por los aires a causa la onda expansiva que incluso cimbreó el helicóptero.

—Bajad la cesta de nuevo —ordenó Parkur al piloto a través de su comunicador incorporándose a pesar del dolor lacerante de los proyectiles que lo habían rasgado.

—No creo que continúe con vida, señor. Y veo acercarse dos vehículos más… —respondió el piloto.

—Baja esa puta cesta de una vez, Fenton, es una orden. Un SEAL jamás abandona a un compañero. O nos vamos todos o morimos juntos —ordenó con un aliento de voz, corriendo hacia su amigo.

Al alcanzarle, el panorama fue desolador. Había sangre por todas partes, sobre todo en sus piernas, convertidas en un amasijo de piel y huesos.

—James, vamos, contéstame —pidió arrodillándose a su lado.

—Sácame de aquí, Parkur. No quiero morir —balbució.

—No te vas a morir, joder —dijo sacándose el cinturón. Un segundo después, Gran Oso los alcanzaba sano y salvo e hizo lo mismo con el suyo, utilizando ambos para cortar las hemorragias mediante un torniquete en cada muslo. Pasaron cada brazo de Cricket sobre sus hombros y echaron a correr hacia la cesta de metal, cuando el ruido de varios vehículos que se acercaban les decía que contaban con poco más de un par de minutos para largarse de allí.

*A*ustin despertó empapado en sudor. El corazón le golpeaba en el pecho con violencia. Miró a través de la diminuta ventanilla del avión, y la visión del horizonte azul, en la conjunción del mar y el cielo, le ayudó a calmarse. Respiró hondo y se enderezó en su asiento observando en derredor, nadie parecía haber percibido su malestar.

Una vez más aquella horrible pesadilla que llevaba meses atormentándole había regresado, haciéndole revivir cada minuto y cada sensación de aquella fatídica noche.

Solo que en esta ocasión había aparecido un elemento que le desconcertaba. Era la primera vez que soñaba haber visto a aquella niña sobre la duna. Una niña que jamás estuvo allí. Su cerebro estaba jugándole una mala pasada, burlándose de él y de su capacidad de autocontrol.

El frío teniente Parker, condecorado SEAL de la US Navy, oficial en jefe del equipo de élite T6 y conocido por su agilidad y destreza física, temblaba como un mocoso al pensar en que aquella niña fuese real y no un producto de su mente. Real no en Afganistán, sino en el lugar al que se dirigía ansioso por obtener las respuestas que necesitaba oír, si no quería perder la cordura.

1

Peligro

*E*staba siendo una guardia tranquila, demasiado, se decía Julia mientras leía el tercer capítulo seguido de la novela que había empezado aquella mañana. Estaba en la parte más interesante y no podía despegar los ojos del libro, apoltronada en el sillón reclinable del *estar médico.*

—¿Otra novela de amoríos? —preguntó Pablo, el técnico conductor de la ambulancia, observándola desde su sillón. A sus cincuenta años, con dos divorcios a sus espaldas y cinco vástagos entre ambas esposas, decía haber dejado de creer en el amor por siempre jamás.

—¿Todavía no te has enterado de que nuestra enfermera tiene sorbido el seso con tanta novela romántica? —intervino Rubén, el médico del equipo, y se adentró en la salita desde la pequeña cocina con una lata de refresco en la mano.

—Espero que no te canses de aguardar al príncipe azul.

—A mí no me van los príncipes azules, Pablo. Soy más de caballeros oscuros, salvajes y brutos, pero con su corazoncito —protestó. Rubén la miró de reojo con una sonrisa. Ambos se conocían desde el instituto, desde entonces era el mejor amigo de Hugo, su hermano mayor.

—Para que luego digan que las rubias son tontas —chascó Pablo guiñándole un ojo con complicidad.

*J*ulia estaba más que acostumbrada a que sus dos compañeros tratasen de pincharla con las más peregrinas excusas. Hacían piña contra ella en la menor ocasión que diese la oportunidad de una bien avenida guerra de sexos.

Se levantó y fue al baño para lavarse los dientes y rehacerse la coleta que se había despeinado un poco en las últimas horas. Estaba peinándose cuando Rubén se asomó a la puerta del baño.

Julia lo miró a través del espejo, el cabello castaño contrastaba con el tono pálido de su piel y sus ojos color miel. Era un hombre muy atractivo y, a sus veintinueve años, estaba en su mejor momento físico desde que lo conocía.

—Así que te van los caballeros oscuros ¿no? —preguntó colándose en el interior y abrazándola desde la espalda por la cintura—. No sabes cómo me pone que seas tan respondona.

—Nos va a pillar —se resistió sin demasiado empeño.

—¿Pablo? Mientras esté saliendo Mamen Mendizábal en la tele, Pablo no existe… —dijo ascendiendo la mano por su vientre hasta alcanzar sus senos, apretándola contra su torso.

—¿Vendrás conmigo a la boda el sábado? —Rubén gimió excitado como toda respuesta—. Contéstame, Rubén. Sabes que le confirmé a mi prima que iría acompañada y…

—Otra vez el tema de la dichosa boda —dijo soltándola de inmediato, como si quemase—. Ya te he dicho lo que pienso. Asistir a esa boda contigo sería como si…

—Como si hiciésemos pública nuestra relación, como si fuésemos novios, puedes decirlo, no vas a salir ardiendo en combustión espontánea por decir la palabra.

—No empieces otra vez, Julia. No estoy preparado para dar ese paso, para saludar a la familia de tu madre, para que tu hermano se entere de que somos pareja. Ya conoces a tu hermano.

—Claro, seguro que a Hugo le sentaría mucho mejor saber que solo te acuestas conmigo sin que seamos nada. —Rubén arrugó la frente al oír aquello, no quería siquiera imaginar la reacción de su mejor amigo si llegase a descubrir que mantenían ese tipo de relación a escondidas. No se lo perdonaría jamás—. Y mi hermano no tiene por qué enterarse, no te estoy pidiendo que seas mi novio. Te estoy pidiendo que *finjas* ser mi novio. Ven conmigo, sonríe ante mi tía, mi prima y las *despellejadoras* de sus amigas, y se acabó.

—Sí, claro. Como si no existiesen el Facebook, el Tuenti, el Twitter ni los *whatsapps*. Cero coma dos segundos iba a tardar tu hermano en enterarse. Que no, que no voy a ir a la boda de tu prima contigo y punto final.

Julia le empujó sacándole de la habitación y cerró la puerta tras él, decepcionada.

Nunca había planeado relacionarse con el mejor amigo de su hermano, a pesar de que fue su amor platónico durante la adolescencia y el motivo por el que se hizo una experta en jugar al *Mortal Kombat* para que la dejasen participar en las partidas nocturnas en la Xbox de casa. Con los años lo había superado. Creció, fue a la universidad, salió con varios chicos que pasaron por su vida sin pena ni gloria y Rubén jamás dio muestra alguna del menor interés hacia ella, pues vivía demasiado preocupado en picotear de cada flor que hallaba en el camino.

Sin embargo, la casualidad los había llevado a trabajar codo con codo, desde hacía un año y medio, en el equipo del cero sesenta y uno de Sevilla. Y casi diez meses después, a la salida de una guardia complicada, Rubén la llevó a casa en su flamante Audi A6 y la acompañó con insistencia hasta el portal. Allí la besó, soplando sobre los rescoldos de la ilusión que un día sintió por él e hicieron el amor en su dormitorio.

A pesar de lo anhelado de aquel primer encuentro, la realidad fue muy decepcionante. Y no porque Rubén fuese un mal amante, pues fue dulce y cariñoso, sus besos fueron tiernos y apasionados, y su cuerpo tan tentador como lo había imaginado en sus innumerables fantasías. Pero, después de hacerle el amor, se vistió y se marchó a dormir a su casa, sin decir una sola palabra con respecto a lo que acababa de suceder entre ambos, y en aquel momento supo que él no buscaba nada más allá del sexo.

Después de aquello se sintió triste y lloraba a escondidas cada vez que él fingía que no había ocurrido nada entre ellos.

Sin embargo, tras aquella primera vez hubo una segunda y una tercera, y así sus encuentros se sucedieron en el tiempo hasta que habían pasado a verse casi semanalmente.

Rubén la invitaba a tomar algo después del trabajo o le llamaba y quedaban para ir al cine, a la otra punta de Sevilla, para evitar la posibilidad de encontrarse con Hugo, y acababan haciendo el amor en su casa, porque él aún vivía con sus padres en un impresionante chalé a las afueras de la ciudad.

Y aunque Julia deseaba mucho más, se conformaba con lo que estaba dispuesto a ofrecerle, esperando que algún día él la necesitase tanto como ella a él.

Ante el resto de compañeros del equipo de urgencias Rubén se comportaba como si tan solo fuesen un par de colegas que compartían tiempo libre juntos, sin dar muestras de que entre ambos sucediese algo más. Sin embargo, cuando Jero, el enfermero del equipo dos, flirteaba con ella o cuando algún otro la piropeaba en su presencia, se transformaba en un auténtico capullo y se pasaba la guardia enfadado, respondiéndole de mala gana cuando necesitaba consultarle cualquier cosa.

Por eso Julia esperaba que se decidiese a dar el siguiente paso y que se convirtiesen en pareja a los ojos del mundo de una vez, pero cuanto más cerca se sentía de ese momento, por su actitud cariñosa, sus continuos mensajes y la cercanía de sus citas, mayor era la decepción cuando él comenzaba a hablar en público de sus *supuestas* correrías como rompecorazones en la noche sevillana, y sus esperanzas de revelar al mundo lo suyo se esfumaban como las espigas de un diente de león azotado por el viento.

A pesar de los esfuerzos por ocultarlo a su hermano, Hugo parecía comenzar a sospechar que entre ellos había algo más que una simple amistad. A la menor oportunidad desplegaba sus dotes interrogativas como policía nacional y trataba de sonsacarle algo al respecto, pero Julia siempre respondía lo mismo: «Sólo somos amigos; si tú ves algo más, es que necesitas ir al oftalmólogo».

Ambos sabían que no se tomaría bien que el picaflor de su mejor amigo hubiese osado posar sus libidinosas zarpas en la blanca piel de su hermanita. Nada bien.

Salió del baño y comenzó a revisar el material que portaba en su mochila de emergencia para reponerlo. El teléfono móvil de Rubén comenzó a sonar y eso significaba que había una urgencia. La expresión del joven médico se tornó a la seriedad más absoluta mientras respondía a la llamada.

—Dime —le apremió Julia en cuanto colgó.

—Un asalto a la salida de un supermercado, hay dos heridos, uno es un policía…

—No me fastidies, Hugo está de mañana —dijo poniéndose en marcha de inmediato, y tomando su teléfono móvil marcó el número de su hermano.

*C*irculaban a toda velocidad, con las luces y las sirenas encendidas por el centro de Sevilla, seguidos por la ambulancia del equipo dos. Dos heridos, dos equipos médicos. Julia volvía a llamar a su hermano y volvía a oír la voz de la operadora repitiéndole que su teléfono estaba apagado o fuera de cobertura.

—Tranquila, seguro que no es él. Y si es él, no tendrá nada, ya sabes lo exagerados que son a veces los de la centralita.

—Y otras se quedan cortos, Rubén, lo sabes tan bien como yo. Vamos, Pablo, vamos —apremiaba al conductor que pasaba los semáforos en rojo y adelantaba por la izquierda a cuanto vehículo se ponía por delante con la templanza que solo otorgan los años al volante de la ambulancia.

*A*parcaron en la puerta del supermercado. Dos vehículos de la policía nacional mantenían las luces de emergencia encendidas, emitiendo destellos azules en torno a ellos.

Salieron despedidos del vehículo y cruzaron corriendo entre la multitud de curiosos congregada hasta alcanzar el lugar en el que había tres personas en el suelo, una de ellas con el uniforme de la policía nacional. Julia respiró aliviada al comprobar que no se trataba de su hermano, sino de José Luis, un compañero, quien al verlos llegar los saludó con la mano ensangrentada. También había una anciana tumbada en la acera quejándose de dolor, y tres agentes más: uno de ellos custodiaba a un varón de unos cuarenta años que permanecía inmovilizado y esposado, otro trataba de dispersar al público en torno a ellos y otro hablaba con un tipo al que parecían tomar declaración.

—¿Qué ha pasado? —preguntó Rubén a José Luis haciéndose cargo de la situación mientras le echaba un vistazo a la herida. Julia y Pablo se arrodillaron junto a la anciana para valorar su estado.

—Nos avisaron porque había un forcejeo. Al parecer el detenido dio un tirón al bolso de la señora, que la hizo caer, y ese caballero corrió tras él, le redujo, le trajo y le tumbó hasta que llegamos —dijo indicando a quien permanecía de pie junto al otro policía.

Julia se giró para mirarle por primera vez. Una barba de varios días ocultaba su mentón cuadrado, tenía el cabello corto, la nariz recta y proporcionada. Era alto como una montaña. Su cuello era ancho y sus hombros robustos.

—¿Puedo irme ya? —preguntó este al agente, a su espalda.

—Aún no —le respondió.

—¿Y a ti qué te ha pasado? —requirió el médico a José Luis.

—Me gustaría hacerme el héroe, pero lo cierto es que tropecé corriendo, me caí y me corté con un trozo de vidrio de una botella rota que había en el suelo y me he mareado.

—Mueve los dedos —le pidió y el policía, que permanecía sentado con la espalda apoyada en la pared lo hizo, movió todos los dedos sin dificultad—. Eso no es nada, tranquilo que no se te van a salir las tripas por ahí. ¿Cómo está la señora? —preguntó a Julia que aún examinaba a la anciana que no dejaba de lamentarse.

—Hay acortamiento y una ligera rotación del miembro inferior derecho. Tiene toda la pinta de una fractura de cadera.

—Bueno, bueno, señores y señoras, el espectáculo ha terminado, así que sigan circulando o empezaremos a cobrar entradas —apremiaba el otro agente tratando de dispersar a los curiosos.

—¿Qué? ¿Cómo vais? —preguntó nada más llegar a la carrera Marta, la médico del segundo equipo.

—Bien, controlado. Una posible fractura de cadera y un corte superficial, nada más.

—Tengo que irme, ya —insistía el barbudo… Julia se volvió a mirarle con detenimiento: sus cabellos rubios tenían un reflejo cobrizo; era alto, mucho más que ella, y podía intuir una desarrollada musculatura bajo la camiseta negra y los vaqueros oscuros.

—Aún no… —repitió el policía.

Y entonces, desde su posición acuclillada junto a la anciana, vio cómo una gota de sangre caía al suelo desde el dedo meñique de su mano derecha. Se fijó en su postura, estaba presionando con el resto de los dedos la piel bajo la cinturilla del pantalón. Su rostro empalidecía por momentos y multitud de gotitas de sudor perlaban su frente.

—Un momento, ¿tú estás...? —dijo y no llegó a pronunciar la palabra *herido* cuando el tipo se desplomó inconsciente ante sus ojos sin que Marcos, el agente que le tomaba declaración, pudiera sujetarle.

Tiró apremiada de su camiseta descubriendo multitud de antiguas cicatrices en su vientre, y después de la cinturilla del pantalón, próxima a la cadera derecha, donde halló una herida de arma blanca de un par de centímetros cuyo sangrado había tratado de contener con la mano. Rubén buscó sus ojos, sorprendido por el aspecto del abdomen de aquel tipo.

—Marta, ¿os hacéis cargo de la señora? Nos lo llevamos al Virgen del Rocío —pidió a su compañera.

—Claro, claro.

—¿Y de mí? ¿Qué pasa con mis tendones?

—Que te compren unos nuevos —chascó Pablo mientras a toda velocidad bajaba la camilla al suelo y entre todos subían al herido, que pesaba como el plomo, a pesar de no tener un solo gramo de grasa.

—Vete al centro de salud, Jose Luis, solo necesitas un par de puntos —dijo Julia antes de cerrar la puerta de la ambulancia.

Mientras le cogía una vía, Rubén mantenía presionada la herida con energía. Julia no podía dejar de pensar: «Que no se muera por favor, que no se muera».

—¿Frecuencia cardiaca? —preguntó Rubén.

—Cincuenta y seis latidos.

—Está al límite.

—Pero por su complexión parece un atleta, podría ser normal en él, ¿no crees?

—¿Un atleta? ¿Has visto las cicatrices que tiene? He contado dos tiros y otras tres heridas de gravedad en su abdomen. No sé quién es este tipo, pero sí que acostumbra a meterse en problemas con demasiada frecuencia. ¿Tensión arterial?

—Enseguida. —Tomó el tensiómetro y la midió—. Ciento veinte, sesenta. ¿Continúa sangrando? —preguntó a Rubén que apartó las compresas un momento para comprobarlo.

—Lo cierto es que no demasiado. No como para que haya perdido la conciencia, a menos que la hemorragia sea interna. Vamos a monitorizarlo.

Julia comenzó a cortar la camiseta por la mitad para colocar los electrodos, y su torso musculado, salpicado de un leve vello castaño, quedó al descubierto. A pesar de las circunstancias, debía reconocer que era tremendamente atractivo. Encendió el monitor que empezó a trazar ondas en la pantalla y le colocó la mascarilla de oxígeno.

—El electro está bien. Estable.

—Está empapado en sudor. Voy a mirarle la glucosa en sangre —dijo y, tras darle un leve pinchazo en el dedo con el que el misterioso barbudo encogió el entrecejo, la analizó en la máquina—. Cuarenta, Rubén. Tiene una bajada de azúcar.

—Rápido, ponle un glucagón y cámbiale el suero por uno glucosado. No creo que el desvanecimiento se deba a la herida, sino a la hipoglucemia.

—Enseguida —dijo siguiendo sus instrucciones. En dos minutos volvió a repetir la prueba—. Comienza a remontar: setenta y siete.

—Ya estamos llegando. La herida no parece demasiado profunda y el sangrado es moderado.

—Menos mal.

El herido intentó abrir los ojos, les miró un instante aunque aturdido.

—Tranquilo tío, de esta te salvas —dijo Rubén para tranquilizarle antes de que volviese a cerrarlos.

—¿Has visto la cantidad de cicatrices que tiene?—preguntó. De modo inconsciente le acarició el dorso de la mano con la yema de los dedos y contempló sus párpados cerrados, sus largas pestañas doradas. —.¿Quién será?

—¿Cicatrices? —repitió observando su gesto afectivo con desconcierto, ella se envaró recuperando su actitud profesional—. Sea quien sea, este tío lleva escrita la palabra «peligro» por todo el cuerpo.

2

El americano

*S*iempre le pasaba lo mismo. Al entregar a sus pacientes, la invadía un desasosiego irremediable ante la falta de control más allá de aquellas puertas.

Todo lo contrario de lo que le sucedía a Rubén, que se sentía aliviado al dejarlos a cargo del personal del hospital, ya que allí dejaban de ser responsabilidad suya para convertirse en la responsabilidad de otro.

Era su modo de blindarse a las emociones a las que debía enfrentarse cada día. Julia, en cambio, era incapaz de hacer eso. En ocasiones lo intentaba, se decía que debía dejar de preocuparse por cada paciente de cada aviso al que acudían, pero no sabía hacerlo. Y los envidiaba, envidiaba a Pablo y a Rubén porque ellos tenían la capacidad de desconectar, de apartar de sus mentes lo que habían vivido ese día, por muy terrible que fuese, y continuar con sus vidas.

Por eso al llegar a la sala de urgencias del hospital, le observó un instante en silencio mientras se lo llevaban a toda velocidad. Parecía tan indefenso tendido en aquella camilla y a la vez su cuerpo gritaba todo lo contrario. «¿Quién eres?», se preguntó corroída por la preocupación y la curiosidad.

—Julia, nos vamos —la llamó Rubén devolviéndola a la realidad.

*E*l resto de la guardia transcurrió con normalidad. A las ocho y media de la mañana del día siguiente, abandonaba el edificio de la central del cero sesenta y uno cuando Rubén la abordó en la puerta.

—Entonces, ¿qué?, ¿desayunamos?

—No me apetece, Rubén. Hoy no.

—¿Te llevo a casa?

—No voy a ir a casa.

—¿No?

—No, voy a pasarme por el hospital para ver cómo está el tipo del apuñalamiento de ayer.

—¿Tú estás loca? Ese tío parece peligroso, ¡tiene toda la pinta de ser peligroso!

—Si fuese peligroso no arriesgaría su vida para atrapar al tipo que le había robado el bolso a la anciana.

—Que sea peligroso no quiere decir que tenga que ser muy listo. No vayas.

—Está bien, me acercaré a la planta, saludaré a mis antiguas compañeras de medicina interna y les preguntaré cómo está, pero sin pasar a verlo.

—Estás fatal, Julia —dijo malhumorado caminando hacia su vehículo—. Yo jamás podría tener una relación seria con alguien que no tiene suficiente con su propia vida y necesita implicarse en la de cuanto colgado de tres al cuarto se tropieza por el camino.

—¿Es que te lo he pedido? ¿Te he pedido que vayamos en serio? —protestó ofendida. Rubén no necesitaba excusas para justificar su miedo al compromiso y la enervaba que tratase de culparla por ello. Cerró la puerta del coche de un portazo y desapareció acelerando a toda velocidad por la explanada.

—¿Te llevo a alguna parte? —preguntó Pablo atravesando las puertas de cristal de la salida con el casco de la moto de gran cilindrada entre las manos.

—¿Me acercas al Virgen del Rocío, por favor?

—Eres incorregible —aceptó con una sonrisa.

Cuando estuvo en el pasillo del hospital frente al control de enfermería pensó en lo que le había dicho a Rubén, que solo preguntaría por él y se marcharía. ¿Por qué le habría dicho nada?

Desde la distancia vio cómo su amiga Rocío, una de sus antiguas compañeras, cruzaba el corredor cargada con un suero vacío. La llamó, caminó hasta ella y la saludó con un par de besos.

—Hola, Ro. ¿Cómo estás?

—Bien, niña. ¿Y tú?

—Muy bien también, con turnos imposibles, ya sabes, pero bien. Oye, ¿tenéis en la planta a un tipo que sufrió una hipoglucemia después de ser apuñalado ayer?

—Ahí está, en la segunda habitación de la derecha. ¿Lo trajisteis vosotros?

—Sí. ¿Cómo está?

—Bien, está bien. La hoja solo entró dos centímetros y no llegó a penetrar la cavidad abdominal. Por suerte tiene una musculatura muy fuerte... Vamos, que menudo cuerpo se gasta el muchacho —bromeó dándole un codazo cómplice al que Julia respondió con una sonrisa. Conocía a Rocío desde hacía más de dos años, cuando estuvieron trabajando juntas en la planta, justo antes de entrar a formar parte del equipo del cero sesenta y uno. Aunque también conocía, por las visitas hospitalarias a sus pacientes, a casi todos los responsables de cada planta.

—¿Y de la hipoglucemia?

—Recuperado por completo. El doctor Martínez piensa que fue una hipoglucemia reactiva por consumo excesivo de alcohol unido a un ayuno prolongado y a la carrera que dio para atrapar al chorizo, porque ni siquiera es diabético.

—¿Al consumo de alcohol?

—Ha reconocido que se pasó la noche anterior bebiendo, se levantó, salió a la calle para comer en algún sitio y se encontró con ese tipo atacando a la anciana, y no se lo pensó. Bueno, niña, voy a por un jarabe, ahora nos vemos.

—Vale.

Su teléfono móvil comenzó a sonar y el rostro de su hermano se materializó en la pantalla. No se parecían en nada: moreno y con los ojos de un negro abrumador, Hugo era también serio, introvertido e incluso desconfiado con los desconocidos, características que se habían acentuado desde que ingresó en la policía, casi diez años atrás. Julia, en cambio, confiaba con demasiada facilidad en las personas y siempre estaba dispuesta a ayudar a quien lo necesitase.

—Dime.

—¿Dónde andas, *renacuaja*?

—No me llames así.

—¿Cómo? ¿Por teléfono? ¿Mejor con señales de humo?

—Muy gracioso, Hugo.

—Me ha dicho Rubén que ibas a pasarte a ver al tipo del apuñalamiento.

—Ese amigo tuyo es un bocazas.

—¿Por qué tienes que ir a ver a un tío que tiene el pecho como un puñetero campo de minas?

—Porque quiero saber como está.

—Llama a alguna de tus compañeras enfermeras y que te lo cuenten.

—¿Y por qué voy a hacer eso si puedo acercarme yo? Sabes de sobra que voy a ver a mis pacientes. ¿Qué problema hay con que me pase a visitar a este?

—No hay ningún problema. A menos que el tipo sea peligroso, claro, y tiene toda la pinta de ser así. Espérame que dejo a Brigitte en casa de sus padres y te acompaño. —Brigitte, la última de sus conquistas, era una chica francesa de impresionantes ojos azules, muy mona y educada, pero con menos neuronas que una ameba.

—Imposible, ya estoy en el hospital, voy a entrar, saludarle, interesarme por su estado e irme a casa a dormir.

—¿Seguro que no me quieres esperar?

—Segurísimo.

—Está bien, pero ten cuidado, dice Rubén que ese tipo tiene pinta de…

—Dile a Rubén que mejor que se preocupe por la pinta que tiene él a veces —contestó irritada. Su hermano era ya lo suficientemente sobreprotector de por sí, sobre todo desde que perdieron a sus padres en un accidente de tráfico seis años atrás, como para que encima Rubén añadiese leña al fuego.

—Ok. Envíame un mensaje cuando estés en casa.

—Pero qué pesadito eres, Hugo. ¿Es que temes que me secuestren en el autobús?

—No te cuesta nada, y…

—Tranquilo, lo haré.

Colgó y caminó hasta la puerta de la habitación. Estaba abierta. Un nerviosismo inexplicable la recorrió de pies a cabeza y, por un instante, sintió la tentación de dar media vuelta y regresar por donde había venido. Al fin y al cabo ya sabía lo que había ido a preguntar: su paciente estaba bien y eso era lo único que le interesaba, ¿o no?

Al atravesar el umbral le descubrió en la cama. Reposaba con un brazo por debajo de la nuca con la mirada perdida en el horizonte, sin camiseta. Las sábanas revueltas le llegaban a la altura de las caderas y la luz del sol que se colaba por la ventana producía destellos dorados en su cabello rubio. Julia sintió la tentación de acariciar el vello castaño que cubría su torso estrechándose hasta convertirse en una fina línea bajo el ombligo.

—Buenos días.

—Buenos días —repitió con un ligero acento anglosajón, observando con curiosidad cómo se le acercaba.

—¿Te acuerdas de mí?

—Eres la enfermera de la ambulancia.

—Sí, soy yo —dijo sin poder evitar que su mirada se deslizase con excesivo detenimiento por cada milímetro de su piel que se hallaba al descubierto. El torso bronceado y marcado de cicatrices, los brazos cubiertos de tatuajes que parecían ocultar antiguas lesiones similares… En la fosa ilíaca derecha un apósito cubría la herida producida por el arma blanca del que salía el tubo de un drenaje que recogía una pequeña cantidad de sangre—. Solo quería saber si estás bien. —Él enarcó una ceja, como si su interés le hubiese desconcertado.

—No deberías haberte molestado.

—Lo hago siempre. Si no, no podría meterme en la cama tranquila.

—¿Meterte en la cama? ¿A las diez de la mañana?

—Acabo de terminar la guardia de ayer.

—¿Cómo te llamas?

—Julia. ¿Y tú?

—Austin.

—¿Y estás bien?

—Perfecto —respondió serio y desvió la mirada de nuevo a la ventana, como si acabase de dar por concluida la conversación de modo unilateral y mostrando un total desinterés hacia ella.

—Bueno, pues me alegro de que estés bien. Y… aunque no sea

asunto mío, te daré un consejo: en el futuro no salgas corriendo detrás de los ladrones de bolsos, si hubieses recibido esa puñalada más arriba o hubiese sido algo más profunda, quizá no estaríamos hablando ahora.

—Tienes razón. No es asunto tuyo —respondió áspero como un membrillo mirándola con fijeza. Se sintió desconcertada. ¿Cómo podía ser tan antipático, y más aún con ella que le había atendido?—. Y, por cierto, muchas gracias por destrozar mi camiseta favorita.

—¿Tu camiseta favorita? Oh, ¡perdóname por intentar salvarte la vida!

—No hacía falta destrozarme la ropa para administrarme un poco de azúcar.

—Esto es increíble. En ese momento no sabíamos si tu desvanecimiento se debía a la bajada de azúcar o a la herida de tu abdomen.

—No era una herida mortal. Deberíais haberlo sabido.

—¿Ah, sí? ¿Acaso eres médico?

—No, claro que no. Pero creo que con solo mirarme te harás una idea de que algo entiendo de heridas.

Julia guardó silencio. Era cierto, con solo mirar las cicatrices podía hacerse una idea de la magnitud de las lesiones que había sufrido en el pasado.

—Pues para que lo sepas, una hipoglucemia severa sí puede ser mortal y podrías haber entrado en coma.

—Nada de esto habría pasado si ese jodido policía me hubiese dejado marchar. Y mi camiseta aún estaría intacta.

—En ese caso, la próxima vez que decidas hacerte el héroe después de una noche de borrachera, procura llevar una camiseta vieja. —Él apretó la mandíbula sin poder disimular cuánto le había molestado su comentario.

—Espero que no haya una próxima vez.

—Yo también, por el bien del equipo de urgencias que deba atenderte. Buenos días.

Se volvió y salió de la habitación con paso firme y decidido. Acababa de vivir el momento más surrealista de toda su vida. Un herido al que había trasladado al hospital le había echado en cara que le hubiera estropeado su mejor camiseta mientras intentaba descubrir si su vida corría peligro.

Al salir volvió a encontrarse con Rocío, que regresaba al control de enfermería desde una de las habitaciones.

—¿Qué? ¿Cómo has visto al americano?

—¿Es americano? Pues menudo sieso antipático está hecho *el americano*.

—¿Sieso antipático? Pues conmigo y con las compañeras ha sido de lo más amable. Súper educado, pidiéndolo todo por favor y dando las gracias por todo con ese acento anglosajón tan sexy.

—Pues conmigo ha sido un estúpido.

—¿Estás segura de que estás hablando de *mi* americano?

—¿Tienes algún otro?

—No, eso es cierto.

—Me ha echado en cara que le cortase la camiseta, ¿te lo puedes creer?

—Mujer, igual es la única que tenía. Dice Noelia, de urgencias, que le dijo que no tenía a quién avisar, ni dirección aquí en Sevilla, que acababa de llegar. Y vas tú y le dejas medio en pelotas.

—Rocío, estás de broma ¿verdad?

—Que sí, mujer, que es broma —admitió entre risas—. No le des más vueltas, le habrás pillado en un mal momento.

—Será eso, tengo el don de la oportunidad con los hombres. Adiós, Ro, saluda a las chicas de mi parte, llevo prisa.

—Adiós, lo haré.

*U*na vez en casa envió un mensaje a su hermano como se había comprometido. Se preparó un vaso de leche caliente en la cocina y descubrió una nota en la nevera de Berta, su compañera de piso, en la que le deseaba dulces sueños con «bomberos de largas mangueras», así textualmente. Quién diría que tras la fachada seria y hermética de la supervisora de cajas de un hipermercado, tan profesional metida en su papel, se escondía la chica dicharachera y alocada que sabía hacerla reír como nadie.

Julia y Berta se conocían desde el instituto, cuando Julia era una estudiante destacada por sus calificaciones, pero con escasa popularidad debido a su timidez, y Berta era estigmatizada por ser «una gran persona», como ella se definía. Dos almas afines que encontraron el mayor de los apoyos la una en la otra en el momento indicado.

Berta fue la primera en conocer su amor platónico por Rubén y quien la aguantó en las lánguidas tardes de charla en el parque María Luisa mientras se lamentaba una y otra vez porque jamás se fijaría en ella. Fue Berta quien estuvo a su lado cuando sus padres fallecieron en aquel terrible accidente de tráfico, quien lloró junto a su cama durante días y noches, y la obligó a seguir adelante cuando no podía más.

Un mes después del accidente se fue a vivir con ella, a su bonita casa unifamiliar con jardín anterior, que se le había quedado dolorosamente grande. Y Hugo, destinado en Madrid en aquel momento, pudo regresar a su trabajo con la tranquilidad de que alguien de confianza velaba por su hermana.

Su alegría y desparpajo eran lo que ella y su dolorido corazón habían necesitado. El mero hecho de saberla al otro lado de la pared la tranquilizaba y la ayudaba a dormir cuando su cabeza se empecinaba en regresar a esa fatídica noche.

Desde entonces, ambas compartían los gastos de la casa, además de confidencias, secretos y largas charlas en torno a una taza de café.

Julia se desplomó sobre la cama y cerró los ojos sin desvestirse, estaba agotada, solo quería dormir. Pero entonces una imagen acudió a su mente: los ojos del *americano*. Eran intensos, insondables, azules, con un particular halo gris en torno a la pupila… Sus ojos y su torso desnudo cubierto de vello castaño… Con el corazón acelerado se rindió al sueño.

3

No me llames *bombón*

—*V*enga, Bella Durmiente, arriba —la despertó la voz enérgica de Berta. Julia se frotó los ojos y se removió en la cama.

—Déjame en paz, bruja.

—Venga ya. Arriba, que he preparado macarrones y se enfrían.

—Vale, voy.

—¿Esta noche viene Ricky Martin o no? —preguntó desde la puerta de la habitación. Berta llamaba «Ricky Martin» a Rubén porque se daban cierto parecido, pero sobre todo por su preocupación por ir a la última moda. Ella era la única conocedora de cuál era su verdadera relación, a pesar de que entre ellos no se soportaban.

—¿Eh? No, no viene, hoy no hemos quedado. Y no te metas con él.

—Pues me das una alegría que no te imaginas. ¿Y mi Machoman?

Su Machoman era Hugo, el hermano mayor de Julia, su amor platónico.

—Tu Machoman creo que tiene guardia esta noche.

—Uff, con las ganas que tengo de verle. Al menos sé que no estará con la señorita Cruasán. —La «señorita Cruasán» era, por motivos obvios, Brigitte—. Y no podrías, no sé, ¿pensar una excusa con la que hacerle venir a casa?

—¿Cómo voy a hacerle venir por gusto si está de guardia?

—Y tanto que sería por gusto. Un gustazo enorme, con esa camisa azul y los galones… ¡Hum! ¡Y esos pantalones ajustados en su culito perfecto!

—¿Eres consciente de que estás hablando de mi hermano?

—Sí, claro. No tienes ni idea de cuánto me contengo ante ti. ¿Y si le metemos fuego al contenedor de la esquina?

—¿Qué dices, Berta? ¿Te has vuelto loca?

—Él me vuelve loca, de remate. ¿No es el tipo más sexy del mundo?

—Si le hubieses visto con la cara llena de mocos con seis años, te aseguro que no te parecería tan sexy.

—¡Bah!, tu hermano estaría sexy hasta vestido de faralaes. Te espero abajo para comer —dijo guiñándole el ojo antes de abandonar su habitación.

*M*ientras daba buena cuenta de su plato de macarrones boloñesa sentada a la mesa de la cocina, una imagen rondaba la cabeza de Julia, la misma que la había acompañado hasta quedarse dormida: el pecho desnudo del sexy americano barbudo, con la sábana por la cintura permitiéndole contemplar en su totalidad la marcada musculatura de su abdomen en el que no había un solo gramo de grasa. No podía quitárselo de la cabeza, le había parecido tan erótico…

—Y fue así, como perdí la virginidad con una banda de monos araña africanos. ¡Julia!

—¿Eh? ¿Qué?

—¡Te estoy hablando! Llevas cinco minutos con un macarrón haciendo malabarismos en el tenedor.

—Lo siento. ¿Qué me decías?

—Te estaba contando que hoy ha venido al súper un tipo que me ha preguntado si tenía algún helado afrodisíaco.

—¿Un helado afrodisíaco?

—Sí. Yo le recomendé que se llevase uno de leche merengada y le echase canela. Pero vamos, que con la pinta de salido que tenía, yo no me acercaría por su barrio en un mes. ¿Y tú?

—¿Yo? Yo, menos.

—No, ¿tú en qué piensas que estás tan atontada?

—Gracias por el halago. Quizá una guardia de veinticuatro horas dé derecho a atontarse un poco, ¿no crees?

—Sí, pero tú las haces a pares y estás acostumbrada. Cuéntame, ¿qué te ha pasado?

—Lo cierto es que sí que me ha pasado algo. —Llevaba varios minutos debatiéndose entre si debía contarle la historia del americano o no, porque sabía que, una vez que empezase, su amiga la sometería a un tercer grado sin piedad y acabaría conociendo más datos del encuentro que ella misma—. Ayer, acudimos a un asalto en la calle en el que hubo un apuñalamiento.

—Ostras, no quiero detalles de eso.

—Tranquila. El tipo se desmayó e hice lo lógico: le corté la ropa, lo monitoricé y le canalicé una vía. Al final, la herida en principio no era de gravedad, pero tenía una bajada de azúcar.

—Eso es peligroso, ¿no?

—Sí. Pero remontó rápido con el tratamiento.

—Menos mal.

—Pues cuando me pasé a verle esta mañana antes de venir a casa para preguntar cómo estaba, me echó en cara que le hubiese roto la camiseta.

—¿Qué?

—Lo que oyes.

—La gente está fatal —rió Berta con ganas antes de servirse otra copa de lambrusco. Era la tercera y los ojos comenzaban a achispársele—. Y ese tipo, ¿cómo era?

—¿Quién?

—¿Quién va a ser? El *apuñalado*, ¿cómo era?

—Era… alto, fuerte, de unos *treintaypocos*, rubio y con los ojos azules con un halo gris.

—¡Guau! Menuda descripción, ¿es sevillano?

—No. Es norteamericano, creo.

—¡Oh! Serás… ¡Has puesto esa cara!

—¿Qué cara?

—La cara que pones cuando el tío está bueno.

—¿Qué? ¡Yo no pongo ninguna cara!

—Sí que la pones. Acabas de ponerla, ahora mismo. Has puesto la cara de «quiero que me arranque el tanga con los dientes».

—Pero ¿qué dices? Estás como una cabra.

—Sí, sí. Así que al hospital, ¿eh? Fuiste a supervisar su curación, ¿no?

—Sabes que siempre lo hago. Me preocupo por mis pacientes.

—Claro. Será que ahora lo llaman así.

—Eres una mal pensada —rió mientras Berta la apuntaba con su dedo acusador.

—Como se entere Ricky Martin de que te interesa «el americano *buenorro*» no le va a sentar nada bien.

—Como si le fuese a importar.

—Oh, claro que le importaría, porque él es como el perro del hortelano, que ni come ni deja comer. Y la culpa es tuya, que hace ya tiempo que deberías haberle puesto los puntos sobre las íes. —Aquella afirmación tan descarnada la hirió porque sabía que tenía razón. Con su modo de actuar Rubén estaba demostrándole que no quería una relación, ni estable ni inestable. Después de ocho meses viéndose a escondidas, no parecía que ese momento fuese a llegar.

—Muchas gracias por tu sinceridad, ¿cómo puedes ser tan…?

—¿Buena amiga? Sí, lo sé —admitió guiñándole un ojo.

—Hoy hemos discutido.

—Qué raro. ¿Por qué motivo?

—Porque le pedí otra vez que viniese a la boda de mi prima Paula.

—¿Otra vez? Pero mira que eres pesada con el tema de la boda. Tu prima es una bruja y tu tía, la bruja madre que no se portó a la altura cuando pasó lo de tus padres. Ni la una ni la otra no os han ayudado ni han dado señales de vida como tendrían que haberlo hecho. Deberías mandarlas a freír espárragos por insistirte en que vayas a la boda, pero ya que no eres capaz de eso, ¿por qué no haces como tu hermano y te inventas una buena excusa para no asistir?

—Por mi madre, Berta. No lo hago porque sé que mi madre se enfadaría conmigo, a pesar de que su hermana no se haya preocupado por nosotros, ni de saber si nos hacía falta algo o cómo estábamos porque «ya éramos mayores de edad»… aunque fuésemos muy jóvenes. A pesar de los pesares, mi madre la quería muchísimo y, aunque su hija se encargue de dejarme caer que ella y el estirado ricachón de su novio van a tener la boda que yo nunca tendré, voy a ir porque siento que se lo debo a mi madre. Y voy a ir con pareja, aunque tenga que contratar los servicios de un actor por horas.

—Puestos a contratar a alguien por horas, contrata mejor a uno de esos gigolós que están cañón, de esos con músculos hasta en las pestañas, y ya de camino que te haga el servicio completo.

—No tienes remedio —rió mientras dejaba su plato en el fregadero. Entonces sonó el timbre de la puerta.

—¿Esperas a alguien? —preguntó Berta incorporándose, y preguntó a través del portero automático de quién se trataba. Sin decir nada más pulsó el botón de apertura de la cancela del jardín—. Vaya, hablando del rey de Roma, tu Ricky Martin asoma.

—¿Rubén?

—Sí, hija, sí.

Llamaron a la puerta. Julia se detuvo frente al espejo del recibidor un instante y se peinó con los dedos antes de decidirse a abrirla.

—Buenas tardes —la saludó con su sonrisa resplandeciente. Estaba muy guapo. El polo de marca de color turquesa resaltaba el tono moreno de su piel y sus ojos verdes.

—Hola, pasa —dijo, haciéndose a un lado y permitiéndole adentrarse en el recibidor—. ¿Habíamos quedado?

—No. Es solo que me apetecía verte.

—¿Me has llamado?

—No.

—¿Y cómo sabías que estaría en casa?

—Tú siempre estás en casa, o en el trabajo —bromeó con un gesto pícaro, apoyándose en el pasamanos de madera de la escalera que conducía a la planta superior. Sí, tenía razón, ella era así de predecible.

—Pues te equivocas, ahora nos íbamos a tomar un café para ir haciéndonos el cuerpo a la noche de marcha que nos espera, ¿o es que te crees que va a estar con la pata quebrada esperándote? —chistó Berta que se acercaba a ambos desde la cocina en su camino hacia a la escalera.

—Berta…

—¿Ya saltó la Metomentodo?

—Solo me preocupo por mi amiga, deberías saberlo. ¿Y tú cómo estás, *Ricky*? —preguntó enfilando la escalera y dedicándole una sonrisa maliciosa. Rubén apretó la mandíbula con rabia, odiaba aquel apodo, sobre todo desde que llegó a oídos de Hugo de labios de la propia Berta y este lo utilizara desde entonces para burlarse de él en privado.

—Mejor que tú.

—Berta, ya vale, deja de mirar por mí un rato, que tengo mis propios ojos en la cara. Y tú, no vuelvas a llamarla *metomentodo* —regañó a ambos, como solía hacer cuando discutían, y tiró del brazo de Rubén hasta llevarle a la cocina, mientras su amiga ascendía los escalones sin disimular una sonrisa triunfal.

—Es insoportable esta tía.

—Es mi amiga y se preocupa por mí —le contuvo. Jamás permitiría que ni Rubén ni nadie la criticasen en su presencia.

—Bueno, no dejemos que nos amargue el día —dijo, arrinconándola contra la puerta de la nevera.

Su mano se deslizó por el espacio entre el brazo y su cintura, rodeándola, y su nariz se pegó a la de ella, acariciándola con su aliento antes de besarla con suavidad. Su lengua se abrió paso entre los labios y ella respondió a su beso, sintiendo un cosquilleo nervioso en la boca del estómago. Suspiró con los ojos cerrados y, entonces, el gris azulado del iris del americano la deslumbró. Pensó en su boca, en los labios entreabiertos y voluminosos, en su torso desnudo, lleno de cicatrices, peligroso, sensual... Un jadeo ahogado escapó de su garganta cuando Rubén ascendía por sus pechos acariciándola bajo la blusa.

Abrió los ojos de golpe, consciente de que en su cabeza no le besaba a él, sino a Austin; consciente de que quienes la excitaban, quienes humedecían su interior, no eran los labios de su amante habitual, sino los del americano, y se apartó del joven médico como si sus manos quemasen.

—¿Qué te pasa?

—Nada. ¿Para esto has venido? ¿Para echar un polvo y luego largarte con tus amigos?

—Pero ¿qué te pasa hoy?

—Ya te dije que no. Que no me apetecía.

—¿Vas a decirme que no te apetece? Vamos... —dijo descolocado ante su actitud y atravesándola con la mirada.

—No. No quiero y punto.

—¡Pero, bombón!

—No me llames *bombón*. —Odiaba aquel apelativo con el que solía llamarla cuando estaban en la cama, porque la hacía sentir una más de sus muchas conquistas. Aunque nunca se lo hubiese preguntado, estaba convencida de que lo utilizaba con ella por miedo a pronunciar el nombre incorrecto—. Vete, por favor.

—Todo esto es por lo de la boda, ¿verdad? Porque no voy a ir contigo a la jodida boda de tu prima. Pues, ¿sabes que te digo?, que ahí te quedas. ¡Se acabó!

—Pues se acabó —dijo, y él la miró un largo instante en silencio antes de marcharse dando un sonoro portazo.

*S*e acabó. ¿En serio había dicho eso? Se había acabado, acababan de poner punto y final a lo que había entre ellos, fuera lo que fuese. Sintió un pinchazo hondo en el pecho y a la vez una sensación de paz inexplicable. Como cuando tenía quince años y su gata *Brita* falleció tras una larga enfermedad y, el día en que finalmente dejó de respirar, se sintió triste y aliviada a la vez porque ya no sufriría más.

Era la primera vez que plantaba cara a Rubén y ello había derivado en una ruptura. Sabía que había venido en busca de un revolcón para aliviarse antes de salir de marcha con sus colegas y que, después, si se encontraban en cualquier parte, fingiría que jamás la había tocado. La situación se había repetido demasiadas veces y durante demasiado tiempo, y ella la había aceptado sin más porque era su forma de tenerlo, pero se había acabado.

—¡A tomar por el culo, Rubén Díaz de Haro! —gritó junto al espejo de la entrada apretando los puños y percibiendo el pesado nudo que comenzaba a formarse en su estómago.

—¿Se ha ido? —preguntó Berta, descendiendo los escalones sin ocultar que lo había oído todo.

—A tomar viento.

—¿Estás bien?

—Sí.

—¿Seguro? —preguntó contemplando sus ojos vidriosos.

—Sí, en serio, estoy bien, Berta. Creo que he llorado tanto a escondidas estos meses que no me quedan más lágrimas que derramar por él.

—¿A escondidas? Será del mundo, porque yo te oía desde mi habitación. Y aunque no quería decirte nada para que no me acusases de entrometida, estaba segura de que era por su culpa.

—Pues se acabó.

—¡Ole, ole y ole! Ya era hora de que le plantaras cara a Rick… —Julia la miró de reojo—. A ese niño pijo. Ya está bien, para una vez que le necesitas y te deja tirada. Y ahora cámbiate que nos vamos a tomarnos algo y a celebrar que hoy por fin me has demostrado que en ese cuerpo delgaducho tuyo cabe un buen par de ovarios.

—Es curioso que lo diga alguien que sigue con su novio por pena.

Berta había abierto el bote de las verdades y no iba a quedarse sin oír las suyas. Julia aguardó la reacción de su amiga, que llegó presta. Pero se encogió de hombros e hizo un mohín de fastidio con los labios.

—Yo no sigo con Carlos por pena, sigo porque tiene un cuerpazo.

—Un cuerpazo del que últimamente ni siquiera te apetece disfrutar.

—*Touchée*. Vale, es verdad, me da pena dejarle. Pero es que se pone a llorar, y cuando se pone a llorar y me coge la mano, con esas lágrimas y esos mocos que parece la niña del exorcista, me conmuevo y, ¡hala!, le digo que vamos a intentarlo otra vez. Y llevamos ya más intentos que el que inventó la penicilina. Así que está bien, yo también voy a coger el toro por los cuernos, mañana se pasará a verme antes de ir a trabajar al gimnasio y te prometo que romperé con él de una vez por todas.

—¿Vas a romper con él aquí? ¿En casa?

—No, si quieres me lo llevo a la Plaza de España, con las barquitas de remos y las palomas.

—Uff, no tengo ganas de escenitas.

—Pues date un paseo cuando llegue, ¿qué quieres que haga? Ya pasé suficiente vergüenza las dos veces anteriores que intenté dejarle en una cafetería. No quiero otro *show público*.

—Está bien.

—Y ahora, sube y arréglate, nos vamos a celebrar nuestra libertad.

—Tú aún no eres libre.

—Sí lo soy, solo que él aún no lo sabe.

—No me apetece.

—¿No te apetece? No, claro, es mucho mejor tumbarse en el colchón y escuchar a Eros Ramazzoti hasta tener los ojos como quien pela un kilo de cebollas. La vida es cincuenta por ciento azar y cincuenta por ciento actitud, ¡espabila!.

—¿Quién decía eso, Einstein?

—No, mi abuela la del pueblo.

4

Sweet Home Alabama

A las diez de la mañana un portazo la despertó, después oyó unas palabras más altas que otras, algún que otro exabrupto en la voz chillona de Berta, el sonido de una maceta al caer y romperse, y una moto que aceleraba y desaparecía veloz por la calle Brasil.

Julia se levantó medio adormilada para mirar a través de la ventana de su habitación, que ofrecía vistas del patio delantero, y vio la maceta rota en el suelo de losetas del patio de la unifamiliar.

Aquello había dolido más a Berta que cualquier cosa que pudiese haberle dicho Carlos, pues sabía que Julia adoraba sus flores y cuidaba con devoción los geranios, claveles y damas de noche que perfumaban el patio tras el ocaso.

—¡*S*erá imbécil! Lo siento muchísimo. Ha tirado la maceta a posta, le tendría que haber caído en el pie. Voy a vestirme para recogerlo todo —le dijo cuando se cruzaron en el pasillo.

—Tranquila, no pasa nada. Parece que no se lo ha tomado bien, ¿eh?

—¿Bien? He intentado ser lo más suave posible, pero me ha regateado, me ha suplicado otra oportunidad tratando de convencerme de que podía cambiar, como si fuese a crecerle un cerebro de un día para otro en esa cabeza hueca suya. Y cuando se ha dado cuenta de que ya no había vuelta atrás, me ha llamado *foca*.

—Será cerdo.

—Foca.

—Lo siento, Berta.

—No te preocupes, no me afecta. Llevo peleándome con mi sobrepeso casi desde que tengo uso de razón, estoy hecha a que me insulten con todo tipo de gilipolleces, pero al menos podría haberse esforzado en buscar un calificativo que me sorprendiese. Nunca, jamás, volveré a fijarme en un musculitos, esos tíos están tanto tiempo sudando y haciendo ejercicio que se les deben de achicharrar las neuronas. A partir de ahora solo me ligaré a intelectuales o bohemios —sentenció forzando una sonrisa con los labios sonrosados.

Berta llevaba toda la vida siendo la «gordita simpática», el mismo tiempo que llevaba resistiéndose a aceptar la etiqueta. Era una chica atractiva y se esforzaba por disfrutar de la vida sin que su complejo con el peso condicionase su modo de actuar. Había tenido varias parejas y sus curvas jamás la habían frenado a la hora de poner su interés en un hombre. En ninguno, excepto uno. El hombre que se colaba en sus sueños desde que era una adolescente: Hugo Romero Linares, el hermano de su mejor amiga.

*A*l salir de la ducha, envuelta aún en el perfume cítrico del champú, Julia se vistió y se dispuso a desayunar mientras su amiga, armada con el cepillo y el recogedor, salía al patio a limpiar el destrozo ocasionado por su ya exnovio.

Después del desayuno, se encerró en su habitación con el móvil en la mano dispuesta a hacer algo que se había prometido que no haría cuando abandonó el hospital el día anterior.

—Hola, Ro, ¿estás trabajando?

—Sí, hija, qué remedio.

—Y por ahí todo bien, ¿no?

—Sí, bien. Sin contar que nuestro *amigo* se arrancó el drenaje y se marchó anoche sin decir nada a nadie —reveló esta sin necesidad de que le preguntase.

—¿El americano? ¿En serio?

—Como lo oyes. Dejó el pijama doblado sobre la cama con mucho esmero y se largó. Y lo peor es que tiene la herida infectada.

—Uff, ¿y por qué haría eso?

—Ni idea, Julia. Niña, te dejo que me llaman, ¿quedamos una tarde de estas para tomarnos algo?

—Sí, claro, llámame. Un beso.

—Otro para ti.

Aquella información la dejó desconcertada. ¿Es que ese tipo estaba loco? ¿Por qué se habría marchado así? ¿De qué o de quién estaría huyendo?

Y encima con la herida infectada. Además de desabrido, insensato.

*E*l resto del día transcurrió sin sobresaltos, Hugo se pasó por casa para almorzar con ellas y, como en cada ocasión en que lo hacía, su amiga Berta lució sus mejores galas en la mesa.

Hugo era alto y corpulento, y, cuando lo observaba, a Julia le parecía ver los preciosos ojos negros y el cabello lacio y moreno de su padre, al que se parecía tanto.

—¿Qué te pasa, tontorrona? —le preguntó al percibir que sus ojos lo escrutaban y se habían empañado sin razón aparente.

—Nada, no me pasa nada. Es solo que me he acordado de papá. Los echo tanto de menos… —dijo, mordiéndose el labio para contener la emoción. Su hermano, sentado frente a ella, posó su mano sobre la suya.

—Yo también los echo mucho de menos, mucho, y lo haremos por el resto de nuestros días, pero así es la vida y debemos seguir adelante, *renacuaja*. —Y ocultando su propia turbación cambió de tema—. Bueno, contadme alguna novedad, ponedme al día, ¿no? Berta, ¿cómo está tu familia?

—Bien, mi padre sigue en la tienda de electrodomésticos, a trancas y barrancas con las deudas, y mi madre sigue insistiéndole en que debe jubilarse ya —respondió su amiga con la voz tintada por la pena que le producía oírlos hablar de su pérdida—. ¿Y tú? ¿Todo bien?

—Supongo que sí, he dejado a Brigitte. Lo he estado pensando mucho y es lo mejor. —los ojos de Berta comenzaron a hacer chiribitas de ilusión.

—¿Y eso? ¿Te has dado cuenta así, de repente?

—Hace un par de días lo vi claro. Cumplíamos seis meses y, para darle una sorpresa, la llevé a pasar la tarde a un *spa* urbano, pero se enfadó porque acababa de hacerse las mechas californianas y decía que el cloro iba a estropearle el color del pelo. Así que ayer, antes de irme a trabajar, hablé con ella y lo hemos dejado.

—Eso te pasa por salir con rubias descoloridas, ¿no sabes que tanta agua oxigenada hace daño al cerebro? —replicó Julia con una sonrisa.

—Vaya racha llevamos de rupturas —suspiró Berta.

—¿Quién más ha roto?

—Berta. Berta ya no tiene novio —intervino Julia temiendo que a su amiga se le escapase una sola palabra sobre Rubén. La mencionada le dedicó una mirada asesina, pues todo el desparpajo que era capaz de mostrar en su vida real se acababa cuando se encontraba frente a él. Decía que cuando estaba en su presencia se *idiotizaba*, y ni siquiera el paso de los años había mermado ese efecto *narcotizante* que le producía.

—¿No? ¿Qué ha pasado?

El nerviosismo de Berta era más que evidente, daba vueltas a la servilleta entre los dedos como si pretendiese hacer con ella un *origami*.

—Que era un imbécil de mucho cuidado —respondió Julia—. No sé cómo lo soportaste tanto tiempo. Tú te mereces a un hombre de verdad. ¿No piensas lo mismo, Hugo? —Las mejillas de su amiga habían enrojecido por completo, parecían un farolillo de feria y contrastaban con el color claro de sus ojos.

—Claro que sí, mis chicas se merecen lo mejor —respondió pasándoles el brazo por encima de los hombros a ambas con camaradería.

—¿Y si nos vamos a celebrarlo? —sugirió Julia—. Vamos, que mañana no tengo guardia y Berta está de tarde. Celebremos que los tres estamos *en el mercado*. Que te hayas liberado de esa *Monster High* francesa bien merece que nos invites a un par de copas, ¿no?

—Por mí perfecto —dijo Berta con una sonrisa.

—Vale, yo mañana estoy libre. Pero solo un par. A ver si me vais a arruinar, que las dos juntas bebéis más que los peces del villancico.

—¡Serás exagerado! Además, no seas roñoso, hermanito, que eres funcionario.

—Por eso mismo, ¿o es que no sabes que funcionario es sinónimo de pobre en los tiempos que vivimos? Os recogeré a las diez, ni un minuto más.

—Tranquilo, esta vez no te haremos esperar —dijo cruzando los dedos a la espalda; sabía que, por temprano que empezasen a maquillarse, tanto ella como su amiga, entre risas y bromas, terminarían mucho más tarde de la hora acordada, como de costumbre.

*E*l gigantesco reloj de la fachada del O'Clock marcaba casi las once de la noche cuando atravesaron las puertas del bar situado en pleno centro histórico de Sevilla. Para ser un miércoles estaba muy concurrido, resultaba evidente que el viernes era festivo, el primer día de mayo, y los turistas comenzaban a llenar la ciudad. El ambiente dentro del local era tranquilo, con la música a un nivel que permitía la conversación.

—Una Lark Peperberry con tónica, un Blue Mulata y un Mai Tai —pidió Berta que conocía de memoria los gustos de sus acompañantes.

Enseguida tuvieron sus bebidas frente a ellos en la barra.

—No sé cuándo vais a aprender a beber de verdad —bromeó Hugo dando un largo trago a su ginebra. Una escultural morena pasó por su lado y él la observó con detenimiento, la joven le sonrió coqueta. Julia y Berta cruzaron miradas.

—Eh, tú, *latinlover*, que hemos venido a divertirnos los tres juntos —le increpó Julia echándole los brazos al cuello en actitud cariñosa y provocando que la morena se alejase de ellos como repelida por un imán.

—No me espantes a las tías buenas.

—¿Eso era una tía buena? Pero si tiene unos poros en la cara en los que se podría ir a vivir alguien.

—Qué malvada eres, hermanita.

Tras el tercero de los cócteles, pasada la una de la mañana, Berta se mostraba mucho más desinhibida, y reía y se movía con total soltura frente a ambos en la pista de baile de la zona trasera del local. El ajustado vestido violeta resaltaba sus curvas, y el cabello negro contrastaba con el brillo rosado de sus labios.

—Está guapa, ¿eh? —sugirió Julia desplegando sus mejores dotes de celestina.

—Como siempre.

—No, como siempre no. Ahora está más guapa.

—Si tú lo dices…

—Mucho más que todas esas tías de plástico con las que sales.

—¿Adónde quieres ir a parar? —preguntó mirándola de reojo, pero entonces Julia sintió cómo vibraba su teléfono móvil en el bolso y lo sacó. El rostro de Rubén, que sonreía vestido con el uniforme naranja y azul del 061, la sorprendió. Él no era de los que se rebajaban, de los que daban el primer paso para una reconciliación, jamás.

—Salgo un momento, me llama una colega —advirtió a Hugo al oído, evitando que viese el rostro de su mejor amigo en la pantalla, y salió a la puerta del *pub dónde varios jóvenes conversaban* envueltos por el humo de sus cigarrillos—.¿Qué te pasa?

—¿Dóndes estás? No estás en tu casa.

—Estoy en el centro, he salido con Berta y mi hermano. ¿Te pasa algo?

—He venido a verte porque me siento fatal por la discusión de ayer y…

—¿A la una de la madrugada?

—Y me encuentro que a ti te importa una mierda y estás de marcha por ahí.

—¿Estás borracho? —El tono vacilante de su voz le hacía sospecharlo.

—Eres una egoísta.

—¿Soy una egoísta? ¿Por qué? ¿Por querer hacer algo con mi vida?

—Solo importa lo que tú quieres, ¿no?

—No, claro que no, pero estoy cansada de esperar a que te decidas a dar el paso y no quiero seguir así. Si quieres tener algo conmigo va a ser algo serio de una vez por todas. Quiero encontrar a alguien con quien compartir mi vida y estoy harta de hacer la tonta contigo.

—¿Algo serio? No si vas a querer casarte y todo. Sois todas iguales. Todas deseando enganchar a algún gilipollas, a ver si os deja preñ…

Y el móvil se apagó. Se había quedado sin batería justo cuando iba a mencionarle a todos sus ancestros.

Estaba furiosa. ¿Cómo podía haberse atrevido a tratarla de ese modo? Pateó una lata de refresco vacía del suelo con rabia y esta atravesó la Plaza Nueva casi por completo. Si le hubiese tenido delante le habría gritado hasta quedarse sin voz que el egoísta era él. Egoísta por querer los «derechos» de una relación sin comprometerse, por menospreciarla como acababa de hacerlo, por no ser capaz de aceptar que ella pusiese fin a sus encuentros sexuales de modo unilateral.

Y la actitud infantil que acababa de mostrarle, llamando por teléfono a la una de la mañana borracho como una cuba, acababa de confirmarle que había tomado la decisión correcta.

«Maldito seas, Rubén.»

Inspiró hondo tratando de calmarse, no quería regresar al interior del local con los nervios desquiciados para que Hugo o Berta le preguntasen qué le sucedía. Y entonces vio a alguien en la distancia, alguien a quien le pareció reconocer, sentado a la barra del *pub* contiguo al O'Clock.

Alguien que la observaba desde su posición y que alzó su copa de brillante licor dorado a modo de saludo. Le miró un instante y dudó entre ignorarle y seguir su camino o devolverle el saludo. Después de cómo la había tratado el día anterior no entendía que le dedicase aquella sonrisa. Pero el Pepito Grillo que habitaba en su cabeza, el mismo que la hacía meterse en líos con demasiada frecuencia, le dijo que debía acercarse a él.

Pensaba decirle que arrancarse un drenaje es un asunto muy serio, mucho, y después marcharse del *pub*, regresar con Berta y su hermano, y olvidarse del imbécil que había intentado amargarle la noche.

Austin la observó acercarse sin quitarle los ojos de encima un solo segundo y ella pensó que tenía mucho mejor aspecto de lo que habría cabido esperar. Lo cierto es que estaba muy atractivo con aquella chaqueta de cuero negro y los vaqueros oscuros. Mucho.

—Deberías estar en el hospital.

—Buenas noches, señorita enfermera, ¿cómo está? Yo bien, gracias por el interés.

—Puede que la herida no fuese grave, pero arrancarse un drenaje es peligroso.

—Sí, ya sé que es peligroso. Siéntate, te invito a una copa —pidió ofreciéndole el taburete contiguo al suyo. Ella lo miró un instante mientras se debatía entre si debía hacerlo o no—. Vamos, déjame compensarte por mi escasez de modales en el hospital.

Miró hacia la puerta del *pub*. Aunque estaba bastante concurrido, si sus acompañantes la buscaban la verían con facilidad.

—Otro Jack Daniel's y a la señorita lo que pida —dijo al barman que se acercó a ambos a su señal.

—Malibú con piña —pidió, y el joven se apartó para preparar sus bebidas—. ¿Escasez de modales? Sería más justo decir ausencia total de ellos.

—No seas tan dura, al menos te di las gracias —protestó con una sonrisa capaz de iluminar una habitación—. No suelo ser tan maleducado, pero entiéndeme, mi primer día en la ciudad, me apuñalan y después me destrozan una camiseta que era muy especial para mí.

—Oh, sí, lo de la camiseta ya fue el remate. ¿Qué tenía de especial para que fuese más importante que comprobar tus constantes vitales?

—Era un recuerdo de mi madre. Cuando me la regaló me estaba enorme, solo tenía dieciocho años, fue su último regalo de cumpleaños para mí.

—Oh, ¡Dios santo!, lo siento muchísimo.

—Tú no podías saberlo de ningún modo.

—Pero lo siento igualmente. ¡Dios mío!, cuánto lo siento.

—Tranquila.

—¿Y de qué...? Quiero decir... —preguntó agarrando el Malibú que el *barman* acababa de dejar frente a ambos.

—Cáncer de mama. Luchó durante siete años como una campeona, pero perdió la batalla.

—Yo también perdí a mis padres, en un accidente de tráfico, hace seis años. Sus recuerdos es todo lo que me queda de ellos, así que ahora puedo entender lo enfadado que estabas.

—Vaya, yo también siento mucho lo de tus padres —dijo y tomó de un trago gran parte de su bebida.

—¿Piensas volver a... —Julia dudó en si debía terminar aquella pregunta o no, pero estaba carcomiéndola— emborracharte?

—Hacía más de diez años que no me emborrachaba. Pero esa noche tenía mis motivos.

—No sé qué te pasa, pero emborracharse nunca es la solución a ningún problema. Al contrario, suele provocarlos.

—He tenido la oportunidad de darme cuenta, pero gracias por el consejo —dijo con una sonrisa que intuía cargada de dolor—. Bueno, será mejor que cambiemos de tema, ¿por qué no hablamos de algo más divertido? Como, por ejemplo, ¿a quién pretendías asesinar por teléfono?

—Eso no es más divertido, es un asco.

—Bueno, pues cuéntame otra cosa, no sé, lo que no debo perderme de tu ciudad, porque eres de aquí, ¿verdad?

—Soy tan sevillana como la Giralda —bromeó—. Pues no sé, hay muchas cosas que visitar: la Torre del Oro, la Giralda, por supuesto, el Archivo de Indias… ¿Te quedas muchos días?

—Aún no lo sé. Dos, tres quizá.

—¿Y has visto algo?

—El hospital y el hostal en el que me alojo.

—Bueno, no es que hayas visto lo mejor. ¿Y tú, de dónde eres?

—Soy de Alabama. Y ahora cántame la canción.

—¿Qué canción?

—La que me cantan todos los españoles cuando les digo de dónde soy: «Sweet home Alabama, where the skies are so blue…» —entonó.

Julia soltó una carcajada. Luego, se recogió el cabello tras las orejas, coqueta, y dio un nuevo sorbo a su combinado. También él dio un trago de su whisky, el color del licor era muy similar al de su barba de varios días, y se relamió el labio inferior en un gesto que a ella se le antojó de lo más sensual y erótico, provocándole una punzada bajo el vientre.

—¿Y dónde aprendiste a hablar tan bien español? —preguntó tratando de calmar el pulso que se le había acelerado con solo mirarle los labios.

—Crecí en un barrio latino, los padres de mi mejor amigo de la infancia eran de Madrid, y aprendí antes los *tacos* en castellano que en inglés —bromeó—. También estuve viviendo en la base militar de Rota desde los seis hasta los once años, cuando a mi madre le detectaron su enfermedad y regresamos a casa para el tratamiento.

—Debió ser complicado mudarse a esa edad.

—Lo cierto es que para mí no lo fue demasiado, pero para mi hermano Chris, que tenía novia española, fue todo un drama.

—¿Es mayor que tú?

—Sí, siete años. Y siguen juntos.

—¿En serio?

—Sí, estuvieron escribiéndose durante años, en aquella época no todo el mundo disponía de acceso a internet.

—Claro.

—Después de graduarse vino a buscarla y desde entonces viven felices en Atlanta.

—Vaya, qué romántico. ¡Qué suerte tienen algunos!

—¿Tú no?

—¿Yo? Yo llevo toda la vida tropezando con el mismo sapo.

—¿El sapo del teléfono? —preguntó con una seductora sonrisa dando un último sorbo a su copa.

—El mismo. Bueno, creo que debería ir a ver a mi hermano y a mi amiga, he venido con ellos y pueden preocuparse.

—Te acompaño.

—No hace falta.

—De todas formas ya me voy a la cama —dijo antes de incorporarse.

Al hacerlo, una honda punzada le hizo encogerse. Austin trató de mantener la compostura, pero el dolor era demasiado intenso.

—¿Qué te pasa?

—Nada —masculló entre dientes, enderezándose. Hizo un gesto al *barman* para que se acercara y pagó las bebidas.

—¿Nada? Se te ha descompuesto la cara. Es tu herida, ¿verdad? Te duele.

—Tranquila, en unos días pasará.

—No, no pasará, si está infectada irá a peor. Déjame verla.

—No. Busquemos a tus amigos y me iré a dormir. —Austin caminó hacia la salida seguido de Julia, que no se conformaba con lo que le había dicho. Se detuvo junto a la puerta esperando a que saliese primero, un gesto de caballerosidad al que no estaba acostumbrada. Entraron en el O'Clock, pero no había rastro de su hermano ni de Berta.

—No están. No puedo creer que se hayan marchado sin mí. Quizá me estén buscando en el Santa María, también solemos ir allí, está a dos calles —dijo saliendo a la acera. Se giró para mirarle, en ese instante Austin apartó la mano del abdomen, donde lo importunaba el dolor, y continuó caminando—. Vamos, no seas tonto, déjame ver la herida —pidió volviéndose hacia él y arrinconándole contra la pared del edificio.

—No.

—¿No quieres que te diga cómo está?

—Ya sé cómo está. Está bien.

—Pues déjame verla, si está bien, te dejo en paz.

—¿Aquí?

—Sí, aquí. Desabróchate un poco el pantalón y enséñamela. —Austin le hizo caso, se subió la camiseta, la sujetó con los dientes y descendió con cuidado la cinturilla del pantalón.

—No veo nada, ilumínala con tu móvil —pidió Julia, y él le hizo caso, sacó el teléfono del bolsillo y pulsó una luz—. ¡Oh, Dios santo! ¡Cómo la tienes! —exclamó al comprobar el mal estado de su herida, enrojecida e infectada.

Una pareja de mediana edad pasaba a su lado en la acera en ese momento y se quedó observándolos.

—¡Pervertidos! ¡Iros a un hotel, sinvergüenzas! —les gritó el caballero, mientras su mujer se tapaba los ojos azorada.

Julia los miró sin entender su reacción, pero cuando Austin se echó a reír a pesar del dolor, también ella estalló en carcajadas.

—Serán malpensados. Mira que creer que estaba mirando tu...

—Estás preciosa cuando te ríes, enfermera —dijo taladrándola con su mirada en la penumbra de la avenida, a solo unos centímetros de ella, tan cerca que podía oler el perfume a piel y sándalo de su cuerpo masculino. Julia sonrió agradeciendo las sombras que los rodeaban y evitaban que él percibiese sus mejillas sonrojadas.

—Tienes que volver al hospital.

—No está tan mal.

—No, claro que no, si la comparamos con un trozo de carne podrida. Sí que está mal, está infectada y si tanto entiendes de heridas sabrás que puede extenderse y causarte una...

—Septicemia. Julia, no voy a ir a un hospital.

—¿Por qué no?

—Iré a ver al médico de la base cuando regrese en unos días, no dejaré que ningún otro matasanos me ponga las manos encima. Así que, por favor, olvídate de mi herida y busquemos a tus amigos.

—No puedes esperar unos días. Ahora mismo no es grave, pero si...

—He dicho que no vuelvo al hospital —dijo muy serio, tajante.

—Pero necesitas antibióticos, preferiblemente por vía intravenosa. Amoxicilina, como mínimo o… ¡Un momento!, yo tengo viales de penicilina intramuscular en casa, se la recetaron a Berta para una amigdalitis y la muy cobarde solo se puso la primera inyección, estuvo malísima.

—¿Quién es Berta?

—Mi compañera de piso. Déjame tu teléfono que voy a llamar a un taxi.

—Un taxi, ¿para qué?

—Para que nos lleve a mi casa, voy a curar tu herida como es debido y a ponerte esa inyección.

—¿Qué? No. Ni lo sueñes.

—Austin, lo que tienes ahí no es una minucia sin importancia, ¿vale? Y no puedo quedarme cruzada de brazos y permitir que una cosa que en este momento tiene fácil solución acabe convertida en algo mucho más grave.

—¿Siempre eres así de obstinada?

—Desde pequeñita.

—¿Y no vas a avisar a tus amigos de que te marchas?

—Cuando llegue a casa pondré a cargar el teléfono y les enviaré un mensaje. Ahora mismo lo que más me preocupa es curarte esa herida antes de que las bacterias te saquen en procesión.

Austin rió con su ocurrencia mientras la observaba llamar por teléfono y dar su ubicación al taxista, sin entender por qué se preocupaba tanto por él, un extraño, un completo desconocido. Y mientras la contemplaba, no pudo evitar pensar que estaba ante la mujer más sexy y testaruda que había conocido en toda su vida.

Aquel vestido naranja con estampado de flores multicolores marcaba sus curvas con devoción, no como el uniforme desgarbado y estrambótico con el que la había conocido, aunque, a pesar de este, su belleza no le había pasado desapercibida.

Julia era una mujer muy atractiva. Una mujer a la que, si sus circunstancias fuesen otras, se esforzaría en conocer mejor, mucho más… en profundidad. Pero no, las circunstancias eran las que eran y debía cumplir con lo que había venido a hacer a Sevilla.

Sin embargo, la joven rubia no parecía tener intención de dejarle en paz, no al menos hasta que la herida sanase.

5

Austin Parker

Julia prendió la luz del salón comedor y le hizo acomodar con cuidado en el sofá más amplio.

—Quédate aquí, voy a traer el botiquín —advirtió desapareciendo un instante para regresar con un pequeño maletín rojo. Se puso unos guantes de látex y extrajo el suero y las gasas—. Súbete la camiseta, bájate un poco los pantalones y túmbate.

—Si no te importa, prefiero quitármela, conozco tu afición por cortarlas —bromeó antes de sacarse la camiseta por la cabeza con cuidado y desabotonar el pantalón, abriéndolo lo suficiente para que pudiese acceder a su herida y de paso observar sus *boxers* negros y cómo el vello castaño se perdía bajo el ombligo.

—Madre del amor hermoso —murmuró al contemplar de cerca el espectáculo que acababa de desplegarse ante sus ojos.

—¿Qué?

—Que si tienes alguna alergia.

—No, ninguna.

—Muy bien. Esto te va a doler un poco —advirtió, arrodillándose a su lado y apretó con energía los bordes de la herida para comprobar si supuraba. El rostro de Austin se contrajo, pero aun así no soltó el menor lamento—. ¿Todo bien?

—Sí, tranquila. No es la primera vez.

—Ya lo veo, esas cicatrices…

—Metralla de una granada y dos disparos anteriores de un AK-47. —Julia buscó sus ojos sin dar crédito a lo que acababa de oír—. En Afganistán.

—¿Eres?

—¿Militar? Sí, lo soy. Pertenezco a los SEALs de la Marina de Estados Unidos. No hace ni un mes que regresé de Bagram.

—¿A los SEALs?¿Lo dices en serio o es que tratas de impresionarme? —preguntó con una sonrisa.

Austin se echó a reír, incluso a pesar del dolor estaba poniéndolo a cien tenerla tan cerca, arrodillada, con las manos tocándole la herida, haciendo esfuerzos visibles para no rozarle sus partes íntimas. Cuando se inclinaba, vislumbraba por el ancho escote del vestido unos pechos que se le antojaban firmes y duros, presionados bajo un sostén morado que se moría de ganas de arrancarle con los dientes. Esto estaba provocando que su sexo comenzase a cobrar vida propia y esperaba que ella no se diese cuenta. Resultaría de lo más bochornoso.

—Una cosa no quita la otra, ¿no crees? —sugirió pícaro—. Aunque ahora el sorprendido soy yo, ¿qué sabes tú de los SEALs?

—Sé que es un cuerpo de operaciones especiales de la Armada, porque una vez leí una novela en la que el protagonista era un aspirante a los SEALs y las pasaba canutas en la Semana del Infierno.*

—Pues si esa novela era mínimamente realista, debía pasarlas muy canutas. Lo peor es que la cosa no mejora una vez que estás dentro. La Semana del Infierno no es más que el principio de lo que viene después.

—¿Y me lo puedes decir así, tan alegremente? ¿No deberías, no sé, mantenerlo en secreto? —dijo terminando de pegar un apósito sobre la herida limpia y tratada con una pomada antibiótica.

—Claro, por eso ahora tengo que matarte. —Su afirmación fue tan seria y firme que Julia buscó sus ojos alarmada. Austin echó a reír y ella también al comprobar que se trataba de una broma—. Puedo contar que soy un SEAL, no es un secreto. De lo que no puedo hablar es de mis misiones o de mi equipo, eso sí es confidencial.

—Bueno, esto ya está. Y, ¿por qué exponerse a morir cada día? ¿Por qué pasar por algo así?

---

* La semana del Infierno: La preparación de los SEALs culmina con lo que se conoce como la «semana del infierno». Durante esa semana, los aspirantes dormirán una media de cuatro horas en un total de cinco días y realizaran sin parar pruebas como correr, nadar en agua helada, bucear atados de pies y manos, y hacer sentadillas cargados con pesados troncos.

—¿Por qué sacrificas tú días festivos y noches en vela? Porque alguien tiene que hacerlo, ¿verdad? Porque crees en lo que haces y porque es el modo de ayudar a los demás, ¿o me equivoco?

—No, no te equivocas. Ponte de pie y date la vuelta.

—¿Para qué? Que recuerde no tengo heridas en la espalda.

—Pero debo ponerte esto —dijo mostrándole una pequeña botellita que contenía el medicamento del que le había hablado.

Parker sabía que necesitaba antibióticos, sus conocimientos en materia sanitaria le advertían de que el aspecto de su herida era poco saludable; había tratado de comprarlos en varias farmacias, pero en todas le exigían una receta médica de la que no disponía. Así que la obedeció, incorporándose, y descendiendo la ropa interior dejó ambas nalgas al descubierto.

Julia sintió que el corazón le latía en la garganta cuando aquella porción de piel tostada y atlética se mostró ante sus ojos. ¿Cómo podía tener un culo tan perfecto? ¿Cuántas horas de entrenamiento harían falta para tener unas nalgas como aquellas? Muchas, sin duda, pero benditas fueran todas y cada una si aquel era el resultado. Debería ser delito esconder semejante maravilla dentro de unos pantalones, pensó. Y después se reprendió a sí misma por ser tan poco profesional y ponerse nerviosa ante esa situación.

—Con bajarlo solo un poco habría sido suficiente —masculló sofocada.

—¡Ay! —se quejó cuando, con manos dubitativas, le inyectó el medicamento—. Ahora ya podrás dormir por las noches sin pensar en mí, en mi herida me refiero —sugirió subiéndose la ropa interior y los pantalones, abrochándoselos mientras se daba la vuelta y recuperaba la camiseta.

—Deberías ponerte al menos cuatro inyecciones como esta —dijo obviando su comentario. No podía imaginarse hasta qué punto le había pensado.

—Muchas gracias, señorita enfermera.

—Muchas de nada, señor *don-soy-un-soldado-especial-de-la-marina-que-se-escapa-de-los-hospitales*.

—¿Siempre eres tan bromista de madrugada? Tu novio tiene que pasárselo en grande contigo.

—No tengo novio, pero si querías saberlo solo tenías que preguntarlo —dijo resabida recogiendo todos los enseres del botiquín para guardarlo. Él sonrió descubierto y seducido por su rapidez de respuesta.

—¿Y el sapo del teléfono?

—Pasó a la historia. ¿Te apetece un café?

—¿A las dos de la mañana?

—Estoy acostumbrada a tomar café a estas horas por mi trabajo, pero también tengo descafeinado. —Austin se quedó observándola en silencio, fue sólo un instante, pero sintió como si estuviese analizándola—. ¿Qué pasa?

—¿A mí? Nada.

—Sí, siento que quieres preguntarme algo, pero no sé qué.

—Vaya, deberías alistarte, esas dotes de adivina nos vendrían de perlas en el cuerpo. Es cierto, quiero preguntarte algo, pero no me atrevía a hacerlo porque no quiero parecer un maleducado.

—Otra vez.

—*My fault** —aceptó entre risas. Tenía la sonrisa más sensual que Julia había visto en su vida, con los dientes alineados y los labios carnosos, el inferior algo más grueso que el superior, que cuando se estiraban producían unos deliciosos agujeros en sus mejillas—. La pregunta a la que te refieres es, ¿por qué haces esto? ¿Por qué te preocupas por mí, me invitas a tu casa y te quedas a solas conmigo sin conocerme de nada? Podría ser cualquier loco.

—No tienes cara de loco.

—¿Los locos tienen cara de serlo?

—Casi todos, y he visto muchos —bromeó—. No suelo invitar a desconocidos a mi casa, pero tú necesitabas ayuda y yo podía dártela, en eso consiste mi trabajo, vaya vestida con el uniforme o sin él. Tú mismo lo dijiste: ¿por qué hacemos esto?, porque creemos en ello. Y ahora, ¿quieres café o no?

—Estoy tan cansado que ni una dosis doble de cafeína impedirá que coja el sueño cuando al fin llegue a la cama.

—No me extraña, por como tenías la herida, incluso ha debido darte fiebre. Enseguida vuelvo.

---

* Culpa mía.

Claro que le había dado fiebre, el dolor en las articulaciones así se lo había hecho saber. Nunca pensó que aquella herida infectada pudiese debilitarle tanto, la había subestimado. Pero cómo no hacerlo si las había sufrido mucho peores en combate y habían sanado por sí solas. Quizá una pequeña navaja en el primer mundo contuviese muchas más bacterias que una granada en el tercero.

La joven salió de la habitación, la observó alejarse con un sugerente movimiento de caderas. Aquel sostén morado que había vislumbrado en un descuido le había puesto cardiaco. ¿O eran la fiebre y la debilidad las que le llevaban a fantasear con su cuerpo de aquel modo?

A los pocos segundos la oyó trastear en la cocina. Se sentó en el filo del sofá y sintió una punzada de dolor lacerante. Inspiró hondo, trató de relajarse reposando sobre el respaldo del sofá, y contuvo las ganas de doblarse y de morderse los nudillos para no llorar como un niño pequeño. Era un militar entrenado, pero también un ser humano, y los días que llevaba con aquel maldito pensamiento que no le dejaban vivir ni descansar un instante, unidos a su malestar físico, comenzaban a pasarle factura. Estaba agotado. Emborracharse aquella noche, a su llegada a Sevilla, había sido una estupidez. Ni siquiera el alcohol había evitado que se repitiese aquella maldita pesadilla dentro de su cabeza una y otra vez, ni había alejado los quebraderos de cabeza que le atormentaban. Y, en cambio, como ella le había dicho, le había ocasionado aún más problemas, conduciéndole a la situación en la que se encontraba.

«Julia, ¿dónde estás? Nos vamos al Santa María a buscarte.»

«¿Dónde te has metido, *renacuaja*?»

«Contesta ya, que estoy empezando a preocuparme».

Julia releyó los mensajes recibidos nada más conectar el móvil al cargador y contestó a ambos: «Me ha bajado la regla y me duele, he cogido un taxi y ya estoy en casa, divertíos vosotros que podéis».

Estaba segura de que Berta con el par de copas de más que llevaba en el cuerpo trataría por todos los medios de alargar la noche junto a «su Machoman» lo máximo posible. El emoticono de un guiño con besos de corazón que recibió como respuesta así se lo confirmó.

Su hermano en cambio le contestó: «Ok, espero que sea verdad, como me entere que te has largado con un tío, te vas a enterar». Mensaje al que ella respondió con una autofoto en su cocina junto a la nevera, porque sabía a su hermano muy capaz de pasarse para comprobar que no le mentía.

Regresó al pequeño salón cargando una bandeja con una cafetera, dos tazas y un paquete de galletas, y entonces descubrió sorprendida que Austin se había dormido en el sofá con la cabeza echada hacia atrás sobre el respaldo. La prominente nuez de Adán se le ofrecía provocadora… ¡Por todos los santos! ¡¿Cómo podía tener un cuello tan sensual?! Tendría que coserse los ojos para dejar de mirarle.

Abandonó la bandeja sobre la pequeña mesita frente al sofá, se aproximó a él con el sigilo de quien contempla algo prohibido, y le observó con detenimiento. Sus pupilas recorrieron con deleite la marcada curva de su mentón masculino, de lo más tentadora, la pequeña porción de vello que iniciaba la barba cobriza bajo su labio inferior y sus labios que parecían maestros en el arte de besar, de acariciar…

Observó también sus hombros anchos bajo la camiseta, sus brazos robustos como dos troncos relajados, y sus muslos, anchos y atléticos bajo el pantalón vaquero. Su mirada se centró entonces en su entrepierna, en la prominencia que podía apreciar en esta aun por debajo de la prenda. El corazón se le aceleró y sus mejillas se incendiaron. Se sentía una descarada, pero ¿cómo podía dejar pasar la posibilidad de admirarlo ahora que le tenía a su merced? Aquel hombre poseía un cuerpo digno de convertirse en el sueño más lascivo y tórrido de cualquier mujer, al menos de cualquiera que tuviese ojos en la cara, como ella.

«¿De qué huyes Austin? ¿Qué me estás ocultando?», se preguntó tomando asiento en el otro extremo del sofá, con su taza de café en la mano.

Cuando él arrugó el entrecejo, fue consciente de que había pensado en voz alta. Se removió apretando los labios con un gesto de dolor y ella sintió ganas de abrazarle, de acunarle, de apartarle el cabello de la frente con los dedos y ofrecerle consuelo. Consuelo y un beso apasionado que incendiase aquellos labios que parecían gritarle: «Bésame».

Y se dispuso a pasar la noche en vela vigilando su sueño por si su estado empeoraba. Porque podría hacerlo, claro que sí. Aunque él no le diese la importancia que merecía aquella infección, podría causarle graves daños. Mientras estiraba las piernas, accionando el reposapiés de su plaza del sofá, se dijo a sí misma que habría hecho lo mismo por cualquiera de sus otros pacientes, aunque una vocecita en su conciencia le advirtió al momento que su interés por «el americano» iba mucho más allá de lo que le sería saludable admitir.

*U*n ruido en su iPhone le despertó, lo reconoció al instante aun sin sacarlo del bolsillo de sus vaqueros. El timbre le indicaba que se estaba quedando sin batería. Parker abrió los ojos y se topó de frente con el rostro aniñado y dulce de Julia, enmarcado por su cabellera rubia. Contempló sus párpados cerrados, sus largas pestañas castañas y sus labios finos y delineados con deleite. Sintió el peso de su cuerpo sobre las costillas y fue consciente de que hacía demasiado tiempo que no dormía junto a una mujer, y mucho menos junto a una mujer como aquella. La tenía tan cerca, tan pegada a su ser, que podía percibir la fragancia a azahar que desprendía. No era un aroma intenso como un perfume, no, era sutil, suave, aunque imposible de pasar desapercibido. Un auténtico placer para los sentidos. Desconocía si se trataba de su champú o si, sencillamente, la piel de aquella mujer poseía tal aroma. Lo que sí sabía es que ni siquiera su debilidad había impedido que su entrepierna se endureciese como una roca al sentirla contra él. Aquella boca entreabierta resultaba tan tentadora como la manzana de Eva.

Pero debía marcharse, debía abandonar la habitación, olvidarse de aquella joven y volver a centrarse en resolver el misterio que a punto estaba de embrollar su vida. Eso era lo único importante. Como en cada misión, necesitaba concentrar toda su energía en cumplirla y hasta que no tomase el avión de regreso a Atlanta, en tan solo cuatro días, no podría decidir cuáles serían los siguientes pasos a seguir.

Se apartó con cuidado dejándola sobre el sofá, se incorporó y estiró su ropa dispuesto a marcharse, pero al volverse a mirarla vio cómo el vestido de algodón se le había enrollado hasta las caderas, dejando al descubierto unas braguitas de satén del mismo color del sostén. Por el Tío Sam que si no se alejaba de aquella condenada enfermera acabaría por sufrir un infarto testicular, si es que eso existía.

Tomó la pequeña manta de lino que había sobre el reposabrazos y la arropó con cuidado, comenzaba a hacer frío y la joven se quedaría helada en cuestión de minutos. Muy al contrario que en el interior de sus venas donde la sangre bullía y no precisamente debido a la fiebre. Al posar la tela sobre sus hombros se detuvo, se arrodilló sobre la alfombra y sintió la tentación de besarla en los labios, pero se contuvo, la besó en la nariz, y se marchó.

6

Dark Horse

—¿*S*e puede saber qué estás soñando que hasta jadeas? —preguntó Berta zarandeándola para despertarla. Julia despabiló de golpe y vio sus ojos azules cercados de toda la sombra de ojos y el rímel corrido de la noche anterior. Después miró a su alrededor desconcertada; estaba tumbada en el sofá, tapada, ¿había pasado la noche ahí? Y Austin, ¿dónde estaba? Su mejor amiga acababa de estropear el sueño más erótico que había tenido en toda su vida, uno tan, pero tan sensual, que sería calificado como triple equis por la crítica especializada. Ella, Austin y una playa, con mucho calor y poca ropa.

—Yo no jadeo.

—Pues hasta donde yo sé no tenemos perro.

—Perro no sé, pero tú pareces un mapache —dijo estirándose en el sofá.

—No te metas conmigo, estoy fatal. La cabeza me va a reventar —respondió caminando hasta la cocina envuelta en su pijamita de osos panda con más años que el abuelo de Matusalén, pero que se negaba a desechar por su comodidad.

—¿A qué hora llegaste?

—A las cinco y media tu querido hermano me dejó en la puerta.

—¿Y?

—Y aquí la madre superiora sigue casta y pura, como una virgen. Mi Machoman no me tocó ni un pelo. Y mira que me insinué, pero nada, ni mirándole con ojitos embelesados ni diciéndole lo bien que le quedaba ese polito rosa.

—Haberte lanzado tú.

—Sí, claro, para que *me haga la cobra* y me deje más tirada que una colilla, no te fastidia.

—Así nunca te vas a quitar esa espinita —dijo Julia sacando algo que se le estaba clavando en la espalda. Era una cartera, una cartera masculina que tan solo podía tener un dueño: Austin. La única prueba tangible de que era cierto, de que no lo había soñado, al menos eso no. Él había estado allí, a su lado, en el sofá. La abrió muerta de curiosidad y al instante la cerró sintiéndose culpable por violar su intimidad, pero un carné cayó al suelo. Lo tomó y le dio la vuelta: *Alabama Identification Card*, leyó. Y en él aparecía su foto junto a un nombre: *Austin Parker*. Date of Birth: 23-01-1983. Acababa de cumplir treinta y dos años.

—De todas formas, muchas gracias —añadió Berta desde la cocina.

—Gracias, ¿por qué?

—Por fingir que te había bajado la regla para dejarnos solos, sé que aún no te toca, tú empiezas cuando yo acabo —dijo asomando la cabeza por el marco de la puerta.

—De nada, Berta. ¿Me has tapado tú con la manta?

—No. Cuando llegué ya estabas tapada y con la babita caída.

—¿Con la babita caída?

—Que no, que es broma —rió. Julia suspiró aliviada, la horrorizaba pensar que él la hubiese visto en ese estado. Guardó la cartera en el interior de su bolso, abandonado sobre la mesita frente al sofá la noche anterior, y pensó que Austin tendría que volver a por ella y, aunque con casi total probabilidad aquella visita no se parecería en nada a su sueño, al menos podría verle de nuevo, y eso ya era un motivo para mantener la sonrisa en la cara todo el día.

—¿Cuándo trabajas?

—Mañana, mañana tengo otra vez guardia.

—¿Veinticuatro o doce?

—Doce ¿Qué hora es?

—Las once y media. ¿Quieres café?

—Sí, pero primero voy a ducharme.

—Yo voy a cambiarme de ropa mientras sube el café —advirtió Berta siguiendo sus pasos hasta la planta superior.

*A*brió la ducha, se procuró una cortina de agua intensa y se enjabonó entonando a viva voz *Dark Horse* de Katy Perry, con su inglés chapucero:

«…cause once you're mine, once you're mine there's no going back». Disfrutaba cantando bajo la alcachofa, el único lugar en el que podía hacerlo sin que una lluvia de cojines de sus amigos la amedrentase.

La canción se le había metido en la cabeza de modo machacón la noche anterior y no había modo de sacarla. Cuando iba a enjuagarse el cabello, alguien llamó a la puerta, sorprendiéndola. Cerró el grifo.

—¿Berta?

—No, soy Austin. Abajo no había nadie y…

—¿Austin? ¿Cómo que Austin? —Al oír aquel nombre miró hacia la puerta para comprobar si el pestillo estaba echado, no lo estaba. Se giró y dio un paso en la bañera dispuesta a remediarlo de inmediato, pero lo hizo tan rápido que resbaló con la espuma y arrancó la cortina de baño al agarrarse a ella antes de caer de bruces y quedar envuelta como un rollito de primavera.

Al oír el golpe, Parker abrió la puerta sin dudarlo un instante mientras ella se enmarañaba en el mar de plástico estampado de pececitos de colores.

—¿Dónde te has golpeado? —preguntó. Al mirarle percibió que estaba distinto, que se había afeitado y eso le hacía parecer más joven.

—¡Sal! ¡Vete! ¡Ay! —se lamentó. El tobillo y la pierna derechos le palpitaban de dolor.

—¿Cómo me voy a marchar con el golpe que te has dado? ¿Dónde te duele?

—Lárgate, estoy desnuda.

—Lo mismo te sorprende, pero no eres la primera mujer a la que veo desnuda. Dime dónde te has golpeado, por favor.

—El tobillo.

—Voy a cogerte y a sacarte de aquí.

—No puedes coger peso…. tu herida.

—¿No puedo? Mira. —Y acuclillándose a su lado pasó los brazos bajo su cuerpo y la alzó envuelta en su cubierta de plástico. Siguiendo sus indicaciones la llevó hasta el dormitorio y la dejó con suavidad sobre la cama. Permaneció en silencio un instante, mirándola, con la camiseta azul y los vaqueros empapados, después de transportarla. Julia no podía sentirse más abochornada y se tapó la cabeza con un doblez de la cortina de ducha que aún la envolvía.

—Qué vergüenza, por Dios santo.

—Anoche no parecía que fueses tan tímida.

—¿Qué?

—En el sofá, me abrazabas como a un osito de peluche.

—¿Yo? ¿Te abrazaba?

—Tranquila, solo estaba bromeando, ¿cómo está tu tobillo?

—Bien, creo que bien.

—Déjame verlo.

—No hace falta, ahora me lo miro yo.

—Vamos, déjame que le eche un vistazo —pidió, y Julia, sin destaparse la cabeza, estiró la pierna derecha permitiendo que despuntase entre el amasijo de plástico. Un cosquilleo eléctrico recorrió su espina dorsal cuando sintió el peso de Austin al tomar asiento a su lado en la cama, pero cuando fueron sus manos las que tocaron su pie, sintió chispas en la boca del estómago y una sensación parecida al vértigo. El rubor que llenaba sus mejillas casi destellaba con luz propia. Dio gracias por tener la cabeza oculta bajo los pliegues de la cortina, para que él no pudiese contemplar lo que había provocado con tan solo rozar la piel de su pantorrilla.

—No está inflamado, solo tienes una pequeña contusión y se te va a poner morado. Lo siento mucho, siento haber entrado en tu casa y haberte asustado, pero la puerta estaba abierta de par en par, te llamé y creí oír que alguien me hablaba desde el piso de arriba.

—No te hablaba, estaba cantando. La culpa es de Berta por dejar la puerta abierta —proclamó asomando por fin como el avestruz cuando el peligro ha pasado... solo que no creía que hubiese pasado, le tenía allí, sentado a su lado, mirándola con una intensidad que derretiría los casquetes polares con el gris azulado de su iris—. ¿Y tú herida? ¿Te duele?

—No. Está bien.

Su herida estaba bien, más que bien, aquel antibiótico había comenzado a hacer efecto, cicatrizaba a pasos agigantados y la fiebre había desaparecido. Lo que no estaba tan bien era su mente después de haber atisbado sus pechos bajo la cortina semitransparente, y aquellas nalgas con las que había fantaseado la noche anterior. La tenía desnuda, a su lado, tan solo una porción de plástico le separaba de su magnífica piel...

«Vamos, tío, compórtate, la chica se ha dado un buen golpe y tú no dejas de pensar en morderle la boca hasta hacerle perder el sentido, pareces un salido», se reprendió a sí mismo sorprendido por el deseo enfermizo que le despertaba Julia.

—¿Me puedes dejar a solas un momento para que me vista? —preguntó ella interrumpiendo sus devaneos mentales.

—Sí, por supuesto, te esperaré abajo.

*E*n cuanto Julia posó el pie en el suelo, fue consciente de que su lesión no era de gravedad; su tobillo estaba algo inflamado, pero nada que una buena bolsa de guisantes aplicada durante treinta minutos no pudiese aliviar. Mucho más tardaría en olvidar que el hombre más sexy que había conocido en toda su vida acababa de abandonar su dormitorio después de trasladarla en brazos prácticamente desnuda hasta la cama. Se mordió el labio inferior nerviosa y cerró los ojos tratando de calmarse.

¿Cómo podía ser tan atractivo? ¿Cómo podía poseer una mirada tan cautivadora, tan erótica?

Buscó un vestido en su armario, pero ninguno le pareció apropiado. Al final se decidió por unos *shorts* vaqueros y una camiseta, nada que hiciese sospechar de su interés por el americano. Porque lo había, debía admitirlo de una vez por todas: le interesaba y mucho.

Enfiló las escaleras hasta el piso inferior y, con una leve cojera, caminó hasta la cocina donde su mejor amiga, sentada junto a él, tomaba café. Ambos la observaron en el umbral.

—Veo que os habéis conocido.

—Sí, Berta ha sido muy amable —dijo, sin sospechar que la aludida hacía aspavientos a su espalda con una sonrisa de oreja a oreja y los pulgares hacia arriba en señal de aprobación.

—El gato de la vecina volvió a meterse en casa por la ventana de la cocina y fui a devolvérselo, siento haber dejado la puerta abierta.

—Tranquila —dijo, cuando en realidad deseaba responderle que era la tercera vez que dejaba la casa con las puertas abiertas, que aquello no era el pequeño pueblo de sus padres, que cualquier día tendrían un susto si continuaba haciéndolo, y que por todo ello debía ser más cuidadosa.

Pero se limitó a sonreír sin más porque no deseaba que Austin la tomase por una histérica.

—¿Cómo sigue tu pie?

—¿Cómo estás? Me ha dicho Austin que te has dado un buen porrazo.

—Bien, estoy bien.

—Me alegro. Siento haberte asustado.

—No me asustaste, me sorprendiste.

—Sé que no debería haberme presentado así, sin avisar, pero me dejé la cartera y no tenía tu número.

—Tranquilo. Me alegra saber que estás mejor, tienes muy buen aspecto —admitió con timidez, abrió el congelador y se sentó en una de las sillas con un paquete de guisantes que apoyó sobre el tobillo lastimado.

Berta los observaba como quien contempla un partido de tenis e incluso sonreía al oírlos, disfrutando con el espectáculo, parapetada tras su taza de café. Julia comenzaba a preguntarse por qué no se levantaba y los dejaba a solas en la cocina.

—¿No habías quedado para tomar algo con esa amiga tuya? —le preguntó.

—¿Yo? No —dijo antes de recibir un pisotón con el que entendió que su amiga deseaba un poco de intimidad—. ¡Ah, sí! Es verdad, he quedado con mi amiga, esa que es un poco bruta, la *jodía* —añadió sin reprimir una mirada asesina a Julia—. Bueno, pues me voy. Encantada de conocerte Austin, espero verte otro día.

—Igualmente, ha sido un placer.

—Julia, ¿tú tienes mis llaves?

—No.

—Sí, yo sé que las tienes, ¿podrías mirar en tu bolso, por favor?

—Ahora mismo vengo, Austin —advirtió dejando los guisantes sobre la mesa y caminó hacia el salón, cruzando por el pequeño recibidor.

Frente a la puerta principal Berta la agarró del codo, deteniéndola, haciéndole saber que lo de las llaves solo era una estratagema para poder hablarle a solas.

—Un poco más y me tienen que operar del pie, serás bestia.

—No seas exagerada.

—¡¿Pero quién es ese bombón?! —preguntó haciendo aspavientos en voz baja.

—Es *el americano*.

—¿*El americano* del otro día?

—El mismo.

—¿El de la camiseta cortada?

—El mismo.

—Anda, pues no parece que te caiga muy antipático ya, ¿eh, *pecadora*?

—No, me explicó que esa camiseta era un recuerdo especial y se disculpó.

—Dice que te acompañó a casa anoche y que se dejó la cartera.

—Sí.

—¡Que se dejó la cartera!

—Que sí, que es verdad.

—Serás... ¡Que te lo trajiste anoche a casa y no me has dicho nada! ¡No me lo puedo creer! Tú, Doña Remilgos, ¿te has tirado a ese *bombonazo* y no me lo has contado?

—No me lo he tirado. Solo estuvimos hablando. Y no me llames *doña Remilgos*, solo soy selectiva.

—Sí, y de tanto escoger te has estado quedando con el peor —se refería a Rubén, lo entendió en el acto—. Pero a lo que íbamos —dijo con una sonrisa acusadora, aunque el modo en el que Julia la miró la hizo saber que no mentía—. ¡¿No os habéis liado?!

—¡¿Pero tú te crees que yo me voy liando con cualquiera?!

—¿Con cualquiera? Perdóname, pero ese tipo que está ahí sentado es de todo menos *cualquiera*. Un tío así es como el cometa Halley, solo se ve una vez cada ochenta y tantos años.

—Pues ya puedes morirte tranquila. —Tras oír aquellas palabras Berta estuvo a punto de sufrir una apoplejía. No le cabía en la cabeza que su mejor amiga se llevase a casa a un hombre tan atractivo de madrugada y no hubiese sucedido nada entre ellos.

—Cátalo, Julia, por Dios. Si no lo haces por ti, hazlo por el resto de las mujeres de la humanidad.

—Cállate ya, loca, que te va a oír. Adiós, y... tarda en volver—pidió con una mirada cómplice descolgando su bolso del perchero.

—Tardaré, no te preocupes, pero tú aprovecha bien el tiempo, ¿eh? Aprovéchalo, todo, entero.

Cerró la puerta tras ella entre risas, no podía negar que tenía razón, un hombre como aquel no era del tipo de los que se cruzaba en la calle a diario, de hecho no recordaba haberse sentido así de atraída por ningún otro que no fuese Rubén. Sin embargo, Austin y su compañero no se parecían en nada y sus diferencias iban mucho más allá del físico. No sabría cómo explicarlo, pero Austin parecía más… *hombre*. Un hombre con mayúsculas y letras de neón. Era la masculinidad personificada: viril, misterioso, erótico hasta decir basta, e incluso algo rudo, como uno de esos caballeros oscuros que tanto la seducían de sus novelas de cabecera.

Buscó la cartera en el interior de su bolso antes de enfilar el camino de regreso a la cocina.

—Toma.

—Gracias. —La cogió y la guardó en el bolsillo trasero del pantalón.

—¿Me dejas ver cómo sigue tu herida hoy?

—Sí, claro, está mejor. ¿Puedo? —preguntó desabrochándose los pantalones y subiéndose la camiseta. Julia asintió por lo que terminó de sacársela por la cabeza y la dejó sobre el mármol de la encimera, desplegando un embriagador desfile de músculos pectorales, abdominales y oblicuos.

Se dispuso a despegar el apósito que colocase la noche anterior y notó que se le secaba la garganta. Cuando las yemas de sus dedos tocaron su piel, percibió un nerviosismo casi pueril, percibiendo cómo ardía cada milímetro de su dermis en contacto con la suya.

Rascó con suavidad el esparadrapo, rozando el vello tostado de su abdomen. Estaba demasiado cerca de la prominencia que cubrían los *boxers*, demasiado, pero no debía dejarse intimidar, era una profesional curtida y como tal debía comportarse. Tiró con fuerza del apósito.

—¡Ay!

—Lo siento. —Buscó en sus ojos la mueca de dolor, pero sonreía, no le había dolido, solo bromeaba. Le devolvió la sonrisa y trató de concentrar la atención en su herida. La mejoría era notable; si continuaba evolucionando igual de bien, en un par de días estaría cicatrizada por completo.

—¿Te gusta lo que ves?

—¿Eh?

—Si crees que tiene buen aspecto.

—Sí, sí, está mucho mejor —respondió sin borrar la sonrisa. Recuperó su pequeño botiquín y volvió a limpiarla para cubrirla con un nuevo apósito—. Creo que con un par de inyecciones más será suficiente, después puedo conseguirte antibióticos en comprimidos y te los tomas durante una semana.

—¿Tienes las inyecciones?

—Sí. Están aquí —indicó mostrándole los dos pequeños envases de cristal—. Esta noche puedo ponerte una y mañana la otra.

—No quiero importunarte más, te agradezco mucho lo que has hecho por mí, pero yo me las administraré.

—No me importunas, puedo hacerlo.

—Julia, has sido muy amable conmigo, pero esta misma tarde regreso a Rota. Ya me he inyectado medicamentos con anterioridad y estoy seguro de que en la base tendrán antibióticos, no te preocupes. Has sido muy atenta conmigo, mucho, por eso te agradeceré que me digas cuánto te debo —pidió tomando la camiseta de la encimera, poniéndosela.

—¿Cuánto me debes? —aquellas palabras habían sonado tan frías en sus labios que no pudo evitar sentirse ofendida, aun sabiendo que no tenía por qué. En realidad era muy considerado por su parte querer compensarla por su atención, pero ella en ningún momento había barajado la posibilidad de que le pagase. Y, además, acababa de decirle que se marchaba—. Nada, no me debes nada.

—Claro que sí, por el medicamento y por…

—Que no me debes nada —repitió sin molestarse en disimular su disgusto.

—¿Qué pasa?, ¿por qué te enfadas conmigo?

—No estoy enfadada.

—Sí lo estás, claro que lo estás. Sé que lo has hecho de buena voluntad, pero me hace sentir incómodo que no me permitas recompensarte de algún modo.

—No es necesario.

—Insisto.

—¿Quieres recompensarme por lo que he hecho?

—Por supuesto.

—¿Estás seguro?

—Claro.

—Pues págame con tiempo.

—¿Con tiempo?

—Sí, págame con tu tiempo. Dame un día.

—¿Y eso cómo se hace? —preguntó con una sonrisa pensando que bromeaba.

—Dame el sábado.

—Lo dices en serio, ¿verdad? —Ella asintió, seria, apretando los labios, y su mente volvió a llenarse de imágenes calenturientas—. Está bien, explícame cómo puedo darte un día. ¿Quieres que sea tu esclavo por un día o algo así?

—Ven conmigo a una boda. —El gesto jovial de Parker se transformó en incredulidad. No podía creer lo que estaba pidiéndole.

—¿A una boda?

—Sí, es el sábado, en Los Caños de Meca, en Cádiz.

—¿Pasado mañana?

—Sí.

—Es un poco precipitado, aunque por mi parte no hay problema en acompañarte, pero… en fin, ¿por qué yo?

—Porque no puedo presentarme sin pareja. El tipo con el que pensaba ir me ha dejado plantada y ninguno de mis amigos que conozca a la novia vendría conmigo.

—Vaya, es muy alentador saber que soy tu última opción. ¿Qué problema hay con la novia?

—Que es un mal bicho, pero más aún lo es su madre. Son como la madrastra y la hermanastra de Cenicienta, solo les faltan las verrugas.

—Guau, qué planazo. ¿Cómo podría resistirme? —rió—. ¿Y por qué vas? Me gustaría saber por qué vas a asistir a una boda si no soportas a la familia de la novia.

—Por mi madre. La novia es mi prima y mi madre era su madrina. Ella la quería mucho y sé que le habría gustado que asistiese a la boda en su nombre, aunque yo preferiría subirla a un cohete y mandarla a la luna.

—Es muy honorable por tu parte hacer algo así. Claro que iré contigo, es lo menos que puedo hacer después de lo que has hecho tú por mí.

—Julia no pudo disimular su felicidad—. Pero lo haré con una condición.

—¿Cuál?

—Que me vuelvas a cantar *Dark Horse*.

—¡¿Qué?! Así que me oíste.

—Cuando llegué arriba, claro, aunque al principio dudé si era un gato que maullaba.

—Muy gracioso, pero ya has dicho que sí y estoy segura de que la palabra de un SEAL es sagrada, con todo ese rollo del honor y demás. Así que olvídate de volver a oírme cantar —afirmó convencida, y él sonrió resignado.

Tenía la sonrisa más bonita que había visto en toda su vida. Con el mentón afeitado aparentaba realmente su edad, pero no sabía si le gustaba más o menos con la barba de varios días. Su atractivo era arrollador en ambos casos. ¡Y había accedido a acompañarla a la boda de Paula! No podía siquiera imaginar la cara de estupor de su tía Francisca y de su prima cuando la viesen aparecer con él del brazo. Estallarían de celos. Habría una explosión en la cueva de las brujas.

—¿Qué maldad estás pensando? —le preguntó, devolviéndola a la realidad.

—¿Yo? Ninguna.

—«Quien a solas ríe, de sus maldades se acuerda», solía decir mi vecina María, la madre de mi mejor amigo de la infancia.

—Una mujer muy sabia —dijo sacando dos tazas de café del mueble—. Ayer me dejaste con el café servido, te lo tomarás hoy, ¿verdad?

—Sí, claro. Solo.

—¿Tu padre vive en Norteamérica? —preguntó sirviéndole y haciendo lo propio con su taza.

—Sí, vive feliz en su pequeña unifamiliar en Palmetto, Georgia, a treinta minutos en coche de casa de mi hermano. A pesar de su discapacidad, es muy independiente…

—¿Discapacidad?

—Sí. Tiene una prótesis en la pierna izquierda desde la rodilla.

—¿Una herida de guerra?

—Lo cierto es que no, a él le gusta decir que perdió la pierna en Vietnam, pero en realidad fue en un accidente de tráfico hace diez años.

A pesar de ello hace una vida completamente normal: vive solo, conduce, sale a caminar y sigue el ritmo de los nietos.

—¿Cuántos sobrinos tienes?

—Dos. Jorge y David. Están en plena edad del pavo y son terribles. En especial Jorge, no piensa en nada que no sean chicas y en que a cada regreso de una misión le lleve de recuerdo algo con que impresionarlas.

—Tienen nombres españoles.

—Su madre, Ana María, es española.

—Es cierto, me lo dijiste anoche.

—Hasta hace poco en su casa nos tenía prohibido hablar en inglés, era el único modo de que los chicos adquiriesen la lengua con normalidad. Y funcionó —admitió antes de dar un nuevo sorbo a su taza.

—Austin, ¿Puedo preguntarte por qué tienes que regresar esta noche a Rota?, ¿es que te marchas pronto?

—El lunes regreso a Atlanta, quería hacer muchas cosas en muy poco tiempo…

—Y ahora además te he comprometido a asistir conmigo a la boda.

—No te preocupes, me servirá para despejar la mente. Acompañar a una joven y simpática enfermera al enlace de una de las hermanastras de Cenicienta no parece un mal plan.

— Y después, ¿tendrás que volver a Afganistán?

—No lo sé. No me gusta pensar en qué sucederá cuando regrese, prefiero esperar a que llegue sin más. —Su sinceridad la conmovió, así como aquel modo de vida que aún no alcanzaba a imaginar.

Todavía no sabía qué ocultaba Austin, pero ya entonces estaba convencida de que no era peligroso, al menos no para ella. Era educado, atento y se preocupaba por su familia. Estaba muy alejado de la imagen que le causó en la ambulancia la primera vez que le vio con aquellos tatuajes y cicatrices. Era simpático, incluso bromista, cercano y encantador.

Le observó alejarse a través de la ventana de la cocina con el pequeño paquete que ella le había entregado. Aquellos vaqueros se le ajustaban a las nalgas como un guante. Lástima que no sería ella quien le administrase las dos inyecciones restantes, porque aquellos glúteos eran un homenaje a la anatomía griega. Tórrido, por supuesto. En su interior pidió: «Que se vuelva, que se vuelva», porque en su ley no escrita sobre las relaciones, si el chico volvía a girarse después de despedirse significaba que estaba interesado. Y se volvió, le dedicó un guiño antes de abrir el portón de forja y ella creyó que se derretiría como la mantequilla al sol.

Después de cenar, sentada en el sofá con Berta viendo la televisión, repasó una y otra vez dentro de su mente cada detalle de su conversación aquella tarde. Las comisuras de sus labios cobraban vida propia cuando recordaba que le había pedido que volviese a cantarle *Dark Horse*, y enrojecía de pudor al recordar cómo la había transportado entre sus brazos hasta el dormitorio, como si pesase menos que una pluma.

—Te gusta ese chico, se te nota a la legua.

—Qué más da, se marcha esta noche.

—¿Se va?

—Sí, el lunes regresa a Estados Unidos. —Su amiga hizo un mohín de disgusto—. Pero antes vendrá conmigo a la boda de mi prima.

—¡Aaaaah! ¡No me lo creo!

—Pues créetelo.

—Tu prima se va a poner verde de envidia, y tu tía… Tu tía cogerá la escoba y saldrá volando para no verte. ¡Cómo lo voy a disfrutar! —decía frotándose las palmas de las manos—. Mira que decirte que sería una lástima que no tuvieses quién te acompañase, la muy cerda. Le van a salir granos de envidia cuando le vean.

—Qué exagerada.

—¿Exagerada? Pero ¿tú le has visto? Pero si tiene que haber un socavón enorme en el Olimpo después de que se les haya caído ese dios. ¡Cómo está el americano!

—Ya, pero imagino que ella estará demasiado enamorada de su novio como para fijarse en Austin.

—Tu prima no trabaja en la ONCE, ¿verdad? Pues ya te digo yo que se fijará y le dará acidez de estómago.

Aquella misma noche, cuando Parker llegó a la casa de Montgomery King, situada en la urbanización Costa Ballena, muy cercana a la base naval de Rota, este le preguntó si había hallado en Sevilla lo que había ido a buscar.

King era uno de los mejores amigos de su padre, ambos combatieron juntos en Vietnam y, según ellos mismos, esto los había convertido en familia. Estaba casado con una roteña y se había pasado más de media vida destinado en la base, aunque vivía fuera, en un espectacular chalé frente al mar.

King lo observó con severidad, él había desaprobado que se marchase a la capital hispalense, a dar vueltas por la ciudad sin ton ni son, en pos de no sabía qué.

—No sé lo que buscaba, Montgomery, pero al menos he encontrado algo de paz.

—¿Paz? —preguntó sin entenderle—. Aún no sabes nada, hasta que no pasen las semanas y te entreguen esos malditos resultados, no sabrás nada.

—Tranquilo, seguro que todo es un error o una mentira de esa mujer. A saber, la gente hace cosas terribles por dinero —trató de consolarle Carmen, la esposa de King, a la vez que le servía un plato de consomé y se sentaba a su lado en la mesa.

Tanto ella como su esposo habían cenado hacía rato ya.

—No lo sé. Casi no necesito esas pruebas después de ver las fotografías que me ha mostrado. Aun así, he decidido que no voy a planear nada, no voy a hacer ni a pensar en nada hasta que no tenga el resultado de esas pruebas. Si es cierto lo que cuenta esa señora, regresaré y entonces las buscaré.

Carmen King le dedicó una mirada cargada de ternura. Los había visto crecer, a él y a su hermano Christian; habían sido vecinos durante seis años, cuando ella y Montgomery aún vivían en La Mata, el poblado militar de la base naval de Rota; y ella, a quien la virgen del Carmen de quien era devota no le había enviado hijos, había querido a esos pequeños como si fuesen de su propia sangre. Cuando su madre, Chantal, enfermó y tomaron la decisión de regresar a Alabama para recibir tratamiento, le dolió en el alma no poder estar a su lado para cuidar de ella y sus hijos en un momento tan difícil.

Su pérdida fue un duro golpe, Chantal era una mujer decidida, fuerte y luchadora, dones que tanto Christian como, en especial, Austin habían heredado. Él era quien más se le parecía y quien más unido había estado a ella hasta el último de sus días. Al mirarle, sobre todo a los ojos, le parecía verla a ella de nuevo.

El pequeño Austin se había convertido en un joven fuerte y bien parecido de quien Montgomery celebraba con orgullo paternal cada uno de sus pasos: el teniente más condecorado de su promoción, el más rápido en combate, un soldado sin miedo a la muerte y un líder de equipo como pocos, decía. Pero en su interior, Carmen temía que estuviese a punto de enfrentarse a la misión más difícil de toda su vida.

7

Ni en un millón de años

*J*ulia se vistió frente al espejo con el uniforme azul y naranja fosforescente y pensó en lo maravilloso que sería volver a encontrárselo en la calle, eso sí, sin ambulancia de por medio.

Al menos sabía que al día siguiente le vería en la boda de su prima Paula. Austin le había dicho que iría directamente desde Rota con el coche de unos amigos y se habían citado en el Hostal Alhambra, en Caños de Meca, a las cinco de la tarde, para tomar un café y desde allí llegar juntos al Bora Bora Beach Club, el exclusivo club privado frente al mar en el que se celebraba la ceremonia civil.

Cuando se despidieron le había dado su número de teléfono y desde entonces, cual quinceañera, disfrutaba metiéndose en *Whatsapp*, comprobando su última conexión, resistiendo a duras penas la tentación de enviarle un mensaje por temor a parecer desesperada.

Salió del vestuario y en el pasillo se cruzó con Rubén, que la miró de reojo y continuó su camino hacia el *estar* sanitario. No se había tomado nada bien que hubiese decidido poner fin a su relación, a pesar de que, si miraba hacia atrás, ni siquiera podía calificarla como tal.

Estaba convencida de que su determinación le había desconcertado; ella había estado siempre ahí, dispuesta a caer en sus brazos con solo un chasquear de dedos, y debía ser difícil para él asimilar que esta vez no iba a salirse con la suya.

Por la mañana realizaron algunas salidas de poca importancia, durante las cuales trató de aparentar normalidad. Sin embargo, tras un par de comentarios del tipo: «Para que luego digan que los tíos somos egoístas, dale un dedo a una mujer y se cogerá la mano entera», Pablo debió olerse que algo andaba mal entre ellos y le dedicaba miradas fugaces llenas de resignación por su actitud.

Rubén le dirigió la palabra lo justo y necesario, lo que hizo que el día resultase interminable. Primero no había querido dar importancia a sus desmanes, pero tras el tercer traslado en el que le alzó la voz exigiéndole que colocara la vía intravenosa «de una jodida vez» a una paciente con las venas colapsadas a la que resultaba casi imposible hacerlo, decidió que no le consentiría ni uno más.

Canalizó aquella vía en el tobillo de la señora, la trasladaron a toda velocidad al hospital y, en el camino de regreso, cuando subieron a la ambulancia en el asiento delantero, no pudo contenerse más:

—¡La próxima vez que me levantes la voz en un servicio te arrancaré los ojos, Rubén Díaz! Esto es trabajo y lo que hagamos fuera de él solo nos incumbe a nosotros, pero digiere de una vez que no voy a volver a acostarme contigo o pediré que me cambien de equipo.

Él ni siquiera respondió a sus palabras, giró el rostro hacia la ventanilla del copiloto y se mantuvo callado el resto del trayecto. Pablo tampoco comentó nada al respecto y se limitó a fingir que no había oído nada.

Almorzaron en silencio frente al televisor y, en cuanto terminaron, Pablo se metió en el cuarto de descanso y se tumbó en la cama, mientras Rubén veía la televisión echado sobre uno de los sillones reclinables del *estar*. Julia tomó asiento en el sofá contiguo y le miró un instante de reojo.

—Lo siento —se disculpó sin mirarla—. Sé que me he pasado, pero me cuesta entender que de la noche a la mañana…

—No ha sido de la noche a la mañana, Rubén, íbamos a ritmos distintos. Y creo que si no hemos llegado a nada es porque no era nuestro momento. Siento haberte gritado.

—No, me lo tenía merecido —admitió estirando una mano y ofreciéndosela con una sonrisa. Julia la tomó y la apretó con cariño para soltarla después, sintiéndose satisfecha y feliz.

—Me gustaría que continuásemos siendo amigos, que al menos nos llevásemos bien.

—Por supuesto —dijo cuando su teléfono móvil indicaba de acaba ba de recibir un mensaje.

«No te olvides de que mañana tenemos una cita, Cenicienta», leyó en la pantalla y no pudo evitar sonreír. Era Austin.

«Cómo olvidarlo. He sacado brillo a los zapatos de cristal», respondió.

«Hum, qué sexy, estoy a punto de pedirte que me pises con ellos.»

Al leer su último mensaje se sonrojó y rió por lo bajo. Estaba tan atractivo con aquellas gafas de aviador en su perfil de *Whatsapp*.

—Así que es eso, ¿no? ¡Estás con otro! —gritó Rubén. Entonces Julia apartó la mirada de la pantalla de su teléfono y se topó con sus ojos cargados de furia.

—No.

—¡Todo ese rollo de que vamos a ritmos diferentes es una mentira!

—Rubén, no me grites.

—Mentirosa —la increpó arrebatándole el móvil de las manos.

—Devuélvemelo.

—¿Quién es este tío? —preguntó revisando la conversación, antes de pulsar el botón de llamada, mientras ella trataba de recuperar el aparato.

—Devuélvemelo, Rubén, devuélvemelo o te juro que no volveré a dirigirte la palabra en toda mi vida —pidió tratando de arrebatárselo, pero él la empujó sobre el sofá.

—Quién coño eres tú, ¿eh tío? ¿Quién coño eres tú para mandarle mensajitos a mi novia? —Julia podía oír una voz al otro lado, respondiéndole, pero era imposible entender qué decía.

—¿Ahora soy tu novia? ¡Devuélveme el teléfono ahora mismo!

—No te pongas chulo. No te pases ni un pelo, tío. ¡Olvídate de ella o te parto el alma, desgraciado! —le amenazó antes de estrellar el teléfono contra el suelo, romperlo en mil pedazos y pisotearlo.

—¡Eres un gilipollas, Rubén! ¡No vuelvas a dirigirme la palabra en tu vida! —gritó arrodillándose en el suelo junto a los restos de su teléfono.

—¿Qué pasa chicos? —preguntó Pablo saliendo de la habitación—. No sé qué problema tenéis ni lo quiero saber, pero creo que no es ni el momento ni el lugar.

—No, no lo es —sentenció con rabia el joven médico metiéndose en otra de las habitaciones de descanso dando un portazo.

—¿Estás bien? —preguntó a Julia, que a duras penas contenía las ganas de llorar.

—Me ha roto el móvil, me lo ha roto y se ha quedado tan tranquilo. Y lo peor es que no voy a poder comprarme otro igual, a mi no me sobra el dinero como a él.

—Se ha pasado siete pueblos. Ahora no, pero cuando se calme exígele que te compre uno nuevo.

—No quiero nada de él. Para mí no existe.

—Es complicado cuando trabajáis juntos, Julia.

—A partir de ahora solo es el médico de mi equipo, nada más. ¡Además de un imbécil como la copa de un pino! —profirió incorporándose, con los pedazos de su teléfono entre las manos.

*U*na vez que estuvo en el cuarto de descanso se tumbó sobre la cama con la mirada perdida en el techo y en silencio liberó las lágrimas, que corrieron por sus mejillas.

No lo merecía, Rubén no merecía que llorase por él. Acababa de demostrarle que no era más que un ser egoísta que pretendía tenerla a su manera o que no pudiese ser feliz con nadie más.

Sin embargo, lo que más le dolía era que su arrebato de celos hubiese afectado a Austin. No quería imaginar su reacción, probablemente le habría espantado y lo peor era que ni siquiera podía llamarle para pedirle disculpas, para saber cómo se lo había tomado y si seguía teniendo acompañante para la boda que se celebraba justo al día siguiente.

En cuanto acabase su guardia a las ocho de la tarde, iría directa a la tienda de telefonía móvil para intentar conseguir uno, al menos uno provisional. Cerró los ojos y trató de relajarse, pero resultaba muy difícil.

Si Austin creía las palabras de Rubén, pensaría que era una embustera, que tenía novio y que lo había engañado. Y, aunque no lo creyese, tendría todo el derecho del mundo de pensarlo dos veces antes de volver a acercarse a ella «custodiada» como estaba por semejante energúmeno.

Rubén había descargado su rabia en el peor momento, con la persona menos indicada y de la peor manera. Era lo peor. Se le acababa de caer la venda de los ojos de una vez por todas, ni en un millón de años podría perdonarle por tratarla de ese modo.

8

Señor Interrogación

*A*parcó el Seat Ibiza de Berta frente a la entrada del Hotel Alhambra con el corazón tan acelerado, que pensaba que el escote en forma de corazón de su vestido iba a explotar. Pero no, aquel vestido rosa pastel le quedaba perfecto incluso después de casi dos horas de coche.

Berta la había maquillado de modo natural, con toques rosados con los que resaltar sus bonitos ojos verdes, y había utilizado en secreto rímel resistente al agua porque estaba convencida de que, como el americano no se presentase a su encuentro, su mejor amiga acabaría llorando de lo lindo.

Se cambió las cómodas sandalias que había utilizado para conducir por unos altos tacones plateados y se acomodó en la terraza del jardín del restaurante.

Cuando se citó con Austin en aquel preciso lugar lo hizo porque le traía muy buenos recuerdos de cuando era niña y veraneaban en Los Caños de Meca. En más de una ocasión se había alojado en alguna de las habitaciones del entonces hostal que, con los años, había ido creciendo para acabar convertido en un hotel familiar.

*U*n torbellino de recuerdos la invadió: carreras en la explanada de césped, el sabor de la Fanta de naranja, las riñas de su madre a su hermano por tratar de subir al caballo de bronce que presidía el jardín, su padre conversando con alguno de los otros huéspedes en torno a un café como si los conociese de toda la vida…

Adoraban la costa gaditana y cada verano pasaban unos días en algún *camping*, hotel u hostal de la zona, y en muchas de esas ocasiones llevaban consigo a su prima Paula.

Sus padres no eran millonarios, pero en su casa nunca había faltado de nada. María, la madre de Julia, era maestra, y su marido administrador de fincas. En cambio, su tía Francisca, la hermana menor de su madre, no quiso continuar con sus estudios y se casó muy joven con Mateo, su novio de toda la vida, un fontanero bromista y encantador.

Cuando Francisca y su marido se reunían con su hermana y su cuñado, parecía como si se sintiese acomplejada por la vida sencilla que llevaba en el pequeño pueblo sevillano del que eran originarias, aunque María se esforzaba por evitarlo no hablando nunca, en su presencia, de sus viajes al extranjero ni de los pequeños lujos que podían permitirse.

Ella tenía apenas un año cuando nació su prima Paula y su madre fue elegida como su madrina, algo que la hizo muy feliz. La pequeña adoraba a su tía y le encantaba pasar tiempo con ella y su familia, pero aunque esta la trataba como a una hija más dándole lo mismo que a sus hijos mientras estaba con ellos, nada parecía suficiente para Paula, que quería toda la atención para ella. Esta devoción por María despertó recelos en Francisca, que se sintió menospreciada a causa del encanto y el estatus de su hermana mayor, lo que la llevó a adoptar una actitud hosca hacia ella y su hermano. Sin embargo, la única vez que había tratado de comentarlo con su madre, esta cortó de modo radical la conversación avisándola de que nadie le diría una palabra en contra de su hermana o su ahijada.

Pero lo evidente no necesita ser contado y, tanto ella como Hugo, fueron conscientes de los celos de su tía Francisca hacia su madre, unos celos que se habían trasladado a ambos y así, aunque ante María se mostraba amable y cordial, a su espalda les hablaba con frialdad y escasa delicadeza a pesar de que solo eran un par de niños.

Después del fatídico accidente, su verdadero sentimiento hacia sus sobrinos quedó al descubierto. Acudió al funeral llorando con amargura a ojos del mundo, los consoló con efusividad en público y les prometió que siempre estaría allí para ellos, pero los meses pasaron sin que supieran nada de ella, ni de Paula.

Julia y Hugo tuvieron que reconstruir su vida por sí mismos, y superar el dolor apoyándose el uno en el otro y en sus tías paternas, Carla y

Lucía, las hermanas menores de su progenitor, quienes, a pesar de vivir en Barcelona de donde la familia era originaria, los visitaron con frecuencia, les ofrecieron sus casas y les telefonearon casi a diario, haciéndolos sentir que estaban mucho más cerca que Francisca, que residía a unos escasos treinta minutos de Sevilla.

*D*io un sorbo a su café y volvió a mirar el reloj, las cinco y cuarto. Si no aparecía tendría que ir a la boda sola y, si esto no era ya suficiente mal trago, debería justificar ante Paula y su madre el cubierto vacío, a pesar de que pensaba costearlo de su bolsillo y que, con el importe que le había ingresado como regalo de boda, quedaba más que pagado. Restaban solo cuarenta y cinco minutos para el enlace, pero le esperaría un poco más, pues el lugar en el que se realizaría la ceremonia estaba muy cerca y aún tenía una pequeña esperanza de que llegase.

Miró el móvil. Berta le había dejado su Samsung Galaxy, un teléfono con el que no se aclaraba y al que tuvo que recurrir cuando en la tienda de telefonía móvil de su compañía le dijeron que no solo el teléfono estaba destrozado, sino que la tarjeta SIM había quedado inutilizada.

Hubo de acudir esa misma mañana muy temprano, pues la tarde se había complicado con un accidente de tráfico y habían terminado su turno más tarde. Cuando al fin llegó a casa con el duplicado, al introducirla en su antiguo móvil, que aún conservaba, este no la reconocía. Lo reinició una y otra vez, pero no sirvió para nada, y ya no tenía tiempo para ir y volver, tenía que prepararse para la boda y el teléfono de Berta pertenecía a otra compañía. Así pues, estaba incomunicada.

«Ya he llegado, sana y salva. Acércate y díselo a Berta, por favor», tecleó.

«Ok, *pequeñaja*. Cuidado con el Bicho», respondió su hermano, seguido del emoticono de una cara horrorizada.

Los minutos transcurrían despacio mientras esperaba. A las cinco y treinta y seis se levantó y fue hacia la barra a pagar su café, mentalizándose de la nueva situación y maldiciendo a Rubén una vez más. Austin había preferido evitar a alguien que acarreaba a un psicópata celoso a sus espaldas y no podía culparle por ello.

*A*ustin estaba preocupado, después de que su conversación con el supuesto novio de Julia acabase de modo tan abrupto, había intentado contactar con ella, pero el único medio de que disponía era su móvil y parecía no funcionar desde la noche anterior.

Además, llevaba una mañana de locos, y no tenía manera de advertirla de que llegaría tarde a su cita, pero llegaría.

El tanque de agua que había en el techo del chalé de los King había reventado aquella misma mañana. El salón y la cocina se hallaban inundados y, dado que tanto el comandante como su esposa superaban los setenta años, poca ayuda habían podido ofrecerle a la hora de acarrear muebles y salvar lo imprescindible.

Por suerte, su traje recién comprado estaba intacto dentro del armario. ¿Quién iba a decirle, cuando viajó a Rota en busca de respuestas, que acabaría asistiendo a una boda, en una playa de Cádiz, junto a una preciosa enfermera sevillana? El mundo giraba y giraba y nunca dejaba de sorprenderle. En aquel momento en el que no quería pensar, en el que el futuro le parecía una gran nube oscura plagada de incertidumbre, aquella joven había aparecido en su vida como un pequeño sol resplandeciente y le provocaba la sonrisa con solo recordarla. Sin saberlo, Julia le había ayudado a evadirse de aquello que le atormentaba.

Ahora solo esperaba que, después del espectáculo de la noche anterior, ella estuviese bien y no pensara que no la iba a acompañar.

«Una mujer no pertenece a nadie más que a sí misma, si aún no sabes eso es que no llegas ni a imbécil», le había dicho a aquel energúmeno antes de que se cortara la comunicación. Esperaba que el tipo no se hubiese atrevido a alzarle la voz siquiera, porque solo de pensarlo le asaltaban unas insanas ganas de ir a buscarle y retorcerle el cuello hasta dejarle sin aliento.

Estaba ansioso por volver verla. Resultaba irónico: él siempre había sido un hombre de morenas y en España, un país de morenas espectaculares, había encontrado a una rubia que le provocaba que el corazón le palpitase en la garganta… y mucho más abajo.

Hacía casi seis meses que no tocaba a una mujer, que la continuidad de sus misiones había impedido al teniente Parker saciar su sed con el cuerpo caliente de una compañera. Pero hacía mucho más que no deseaba tanto a una mujer como la deseaba a ella. En realidad, no recordaba haberlo hecho con semejante intensidad en ninguna otra ocasión.

Aquella joven de ojos verdes y sonrisa dulce parecía tan frágil, y sin embargo había mostrado tal arrojo al enfrentarlo, al insistir en ofrecerle su ayuda una y otra vez sin conocerlo… No cabía duda de que era muy especial.

*L*as manos le sudaban y sentía una especie de incómodo hormigueo en el pecho. Mientras aparcaba, se repetía que solo estaba allí para devolverle el favor, aunque por dentro en lo único en lo que podía pensar era en su boca, en su sonrisa y en aquellas braguitas color lavanda que le provocaban un hondo pálpito con solo recordarlas.

Julia abandonó el restaurante suspirando. En menos de diez minutos se enfrentaría a una de las situaciones más incómodas de su vida, y lo peor era que podría haberlo evitado inventando una excusa al igual que su hermano, pero su conciencia no se lo había permitido. Ahora le tocaba cumplir su palabra: asistiría a la ceremonia, al convite, y, en cuanto partiesen la tarta, tomaría el camino de regreso a Sevilla y se olvidaría de aquel día, como si nunca hubiese existido.

O no. Quizá no fuese a resultarle tan sencillo olvidar aquel día…

—Lamento el retraso —dijo alguien a su espalda, cuando estaba metiendo la llave en la cerradura de su coche—. Estás preciosa.

Se volvió, le miró y recordó las palabras de Berta: «Tiene que haber un socavón enorme en el Olimpo después de que se les haya caído ese dios». Por todos los santos, cuánta razón tenía.

No existía en el mundo hombre más atractivo que Austin Parker vestido con aquel traje que se ajustaba a sus formas con elegancia. Estaba guapísimo con el cabello peinado hacia un lado y un ligero tupé desenfadado, con un afeitado apurado al máximo que dejaba al descubierto su masculino y seductor mentón cuadrado.

—Yo pensaba que tú…

—¿Qué no vendría? Siempre cumplo mi palabra, ¿qué es un soldado sin honor? —bromeó guiñándole un ojo con picardía—. Tu móvil no funciona desde ayer, hoy te envié varios mensajes porque tuve un contratiempo, pero no sabía cómo localizarte y en el hotel no había manera de que cogiesen el teléfono.

—Lo importante es que has venido. No pude ver tus mensajes porque no tengo teléfono. Anoche Rubén lo rompió.

—Rubén es el tipo con el que hablé, ¿verdad? —Ella asintió—. Así que lo rompió. ¿Te hizo algo?

—No, a mí no. Estaba furioso y lanzó el teléfono al suelo. No ha llevado bien que…

—¿Que le dejaras?

—En realidad, fue él quien puso el punto y final a lo nuestro. En todo caso, lamento que te hablase de ese modo.

—No te preocupes, no es el primero que amenaza con darme una paliza.

—Eso fue divertido.

—¿Divertido?

—Sí, porque él es alto, pero está muy delgado y tú…

—Yo ¿qué?

—En fin. Tú estás muy… Quiero decir que… estás más fuerte.

—Gracias. —Aceptó el cumplido con una amplia sonrisa, como si supiese que en realidad en su mente había utilizado otro adjetivo para calificarlo, otro mucho más sensual—. Estás preciosa.

—Y tú muy elegante.

—¿Qué tal si nos vamos? No vaya a ser que la bruja nos esté esperando con la escoba en la mano —dijo guiñándole un ojo—. ¿En qué coche vamos?

—En el tuyo, por favor. No me apetece conducir ni quitarme los tacones. —Sus palabras provocaron que Austin se fijase en sus pies, en sus zapatos plateados, en aquel largo vestido de seda que ocultaba unas piernas que sabía preciosas.

—Vámonos pues —añadió pulsando el mando de la llave del vehículo.

Un BMW todoterreno azul marino repiqueteó en el lado opuesto del aparcamiento. Parker caminó hasta la puerta del copiloto y la abrió para ella, que subió deleitada con su caballerosidad. La cerró y ocupó su lugar, manos al volante.

—Guíame.

—Vale. Tienes que salir hacia la izquierda como si fuésemos al faro de Trafalgar —indicó mientras arrancaba—. Dices que no es la primera vez que te amenazan con darte una paliza, ¿sueles meterte en problemas?

—Mi trabajo *consiste* en meterme en problemas, pero en mi vida real no, no suelo meterme en problemas.

—¿Tu *vida real*? ¿Es que la otra no lo es?

—No, claro que no. Cuando estoy en una misión me limito a cumplir órdenes, sean cuales sean. En casa, cuando solo soy un civil, mis respuestas y mis reacciones son distintas, por supuesto. Pero es algo que hacemos todos, ¿no crees? Cuando llegas a un accidente y sabes que la vida de otros depende de ti, ¿eres la misma Julia que cuando estás en casa viendo la televisión?

—Sí, claro.

—¿Estás segura? ¿Actúas del mismo modo, respondes de la misma forma?

—Pues no lo sé…

—Hay una versión de ti en cada situación: la Julia enfermera, la Julia hermana, la Julia compañera de trabajo, la Julia amiga… Todas son tú y, aunque compartan rasgos comunes, también son distintas. Como las caras de un dado.

—¿Eso también te lo enseñaron durante el entrenamiento? —preguntó en tono jocoso.

—No, eso me lo enseñó mi madre en una ocasión en la que discutí con mi hermano. ¿Por aquí? —Julia asintió, escuchándolo entusiasmada—. Nos peleamos por una pelota de baloncesto firmada por Shaquille O'Neal, que él prestaba a todos sus amigos y, sin embargo, a mí no me dejaba ni tocar. Le dije a mi madre que mi hermano era un hipócrita, que ante sus colegas era muy simpático y conmigo no era así, y ella me explicó que somos distintos con cada persona que tenemos ante nosotros, en cada situación a la que nos enfrentamos, y que no por eso somos hipócritas. Y después le tocó a Chris aprender la lección de compartir y contemplar de malhumor cómo yo me echaba canastas durante toda la tarde —relató con una sonrisa.

—Tu madre debía ser una gran mujer.

—Lo era. Y estoy convencido de que la tuya también.

—Mi madre era maravillosa. Hacía feliz a cuantos la rodeaban y tenía una risa absolutamente contagiosa —dijo con melancolía—. ¡Mi hermano Hugo se parece mucho a ella en ese sentido!

—¿Vive en Sevilla? ¿Tu hermano?

—Sí. Después del accidente pidió el traslado y se vino a vivir con Berta y conmigo una temporada. Ahora tiene un apartamento en el centro, pero es como si continuase viviendo en casa porque se pasa todo el día controlándome, mucho más de lo que lo hacían mis padres.

—Es normal, teniendo una hermana como tú.

—¿A qué te refieres con eso de «una hermana como tú»? Que yo sepa tú aún no has visto la cara *chunga* de mi dado —bromeó.

—A un *pibón* de hermana como tú, me refiero —aclaró guiñándole un ojo antes de bajar las gafas de sol que descansaban en su cabello y ocultar su enigmática mirada. Julia apretó los labios tratando de contener una sonrisa—. Y no creo que tengas ninguna cara *chunga*.

—Te veo muy puesto en el español coloquial.

—Soy un poco español.

—Sí, tan español como el *beicon*.

Se acomodó en su asiento y se relajó. Lo había hecho, Austin había acudido a su cita y además acababa de llamarla *pibón*. Sonrió. Se sentía tan halagada que su ego había ascendido como un globo de helio en el cielo despejado.

Solo hacía unos días que le conocía y lo único que sabía de él era lo que le había contado, sin embargo, no había dudado en acompañarla a la que sería una de las situaciones más incómodas de su vida. Si se detenía a pensarlo, tan solo podía dar gracias a Rubén por negarse a acompañarla, porque le apetecía estar allí, justo allí, con él, conversando, conociéndole y descubriendo cada detalle de su vida que estuviese dispuesto a compartir con ella.

El todoterreno se detuvo al final de la cola de vehículos estacionados. Paula y su futuro esposo José Antonio debían tener varios centenares de invitados a juzgar por la cantidad de coches, todos de marcas de gran lujo.

Descendieron del BMW y comenzaron a caminar hacia la entrada del Club, adornada con grandes adornos florales envueltos en seda blanca.

—Vaya coches.

—Tampoco es que tú vengas en un utilitario.

—Es de Montgomery, el amigo en cuya casa me alojo. Yo tengo un Pointer de diez años en Alabama, pero no se lo digas a ninguno de estos ricachones —susurró provocándole una arrebatadora sonrisa. El tono esmeralda de sus ojos resaltaba de manera espectacular gracias a aquel vestido rosa ceñido que, además, realzaba su pecho de una manera vertiginosa. Austin se sentía abrumado, parecía que acompañase a la auténtica Cenicienta al baile, solo esperaba que no encontrase a ningún príncipe dentro que se la arrebatase—. Y bien, nosotros, ¿qué somos? ¿Somos novios? ¿Amigos? ¿Amantes? Si nos preguntan, tendremos que dar la misma respuesta.

—Somos novios. Y, ya que estás, no estaría mal que dejaras caer que soy fantástica y estás completamente enamorado porque soy una chica sincera…

—Sobre todo eso —chascó, y ella le dio un golpecito en el hombro.

—Bondadosa, simpática, generosa…

—Y una fiera en la cama.

—¡No! Eso no.

—Está bien, diré que eres pésima en la cama —bromeó, y Julia le pellizcó en el brazo—. ¡Ay! Y además un poco violenta. ¿Y nos conocimos…?

—En la calle, en un *pub* como todo el mundo.

—Nada de atracos callejeros.

—Nada de nada, no se lo creerían.

—Vaya, no se creerían lo único que es cierto.

*E*l que debía ser el novio esperaba a la entrada del salón donde se realizaría la ceremonia. Era mucho mayor que su prima, sin duda. Abundantes canas plateaban sus sienes, la única parte de su cabellera que poseía algo de pelo, y su nariz era aguileña y prominente, así como su papada. Tenía los ojos algo hundidos y un surco de sudor comenzaba a marcar el cuello de su elegante camisa de algodón blanco. Julia no pudo evitar pensar que su prima, siempre tan preocupada por el físico de sus anteriores parejas, había sentido un flechazo de «amor a primera VISA» con José Antonio Kerry, el heredero de las bodegas más importantes de todo Jerez de la Frontera. Sintió pena. El dinero nunca le proporcionaría la felicidad y, para cuando se diese cuenta, habría desperdiciado media vida junto a un hombre al que no amaba. Aunque quizá se equivocaba y en realidad José Antonio era un dechado de virtudes que la había enamorado con su personalidad…

Iba a acercarse a saludarlo mientras esperaban la llegada de la novia cuando oyó, a su espalda, una voz femenina que la llamaba desde cierta distancia.

—¡Julia! ¡Julia!

Cuando se giró no tuvo dificultad para reconocer a la joven que apresuraba el paso en su dirección dando pequeños saltitos con los tacones de plataforma, era una de las mejores amigas de su prima.

—¿Amiga o enemiga? —le susurró Austin al oído, colocándose detrás de ella y agarrándola por la cintura.

—Enemiga —cuchicheó Julia—. Hola, Sofía.

—Cuánto tiempo, Julita —dijo al alcanzarla, y la saludó dándole dos besos en las mejillas, aunque sin apartar los ojos de su acompañante, que había soltado su abrazo. La sonrisilla pícara le hizo saber que Austin le había producido el efecto deseado, estaba impresionada.

—Austin, te presento a Sofía. Sofía, él es Austin, mi novio.

—Vaya, encantada —dijo la joven morena a la que el escote en uve de su microvestido de lentejuelas se le alargaba hasta límites que abochornarían a la mismísima Pamela Anderson. Se acercó a él y le obsequió con el par de besos de rigor.

—El placer es mío —respondió él con una sonrisa mientras sus ojos se desviaban de modo fugaz hacia aquel punto *comprimido* de la anatomía de la joven, cuya sonrisa se hizo aún más amplia.

—No eres de aquí ¿verdad?

—No, soy norteamericano.

—¿De dónde?

—De Alabama.

—¡Oh! «Sweet home Alabama, where the skies are so blue. Sweet Home Alabama, Lord, I'm coming home to you…» —canturreó Sofía con los ojos chispeantes.

—De ahí mismo —le rió la gracia él.

—Me encantaría ir a Estados Unidos, es un país que me muero por visitar —afirmó reajustándose el escote con poco disimulo.

—¿Entramos? A ver si al final vamos a llegar tarde —intervino Julia, cansada de parecer pintada en la pared.

—Uy, claro. Vamos —dijo Sofía adelantándose.

Tomaron asiento en el interior del salón para esperar la llegada de la novia, y ella se encargó de situarse en una bancada muy posterior a la de su antigua amiga. Estaban quemándole unas palabras en los labios, y en cuanto se quedaron a solas no se contuvo.

—Un poco más y te la comes con los ojos.

—¿Qué?

—A Sofía. Mejor dicho a sus tetas.

—No estaba mirándole las tetas —rebatió sin demasiada convicción.

—¿No? Pues le estarías haciendo una radiografía con los ojos.

—¿Estás celosa?

—¿Yo? ¿Por qué iba a estarlo? Es solo que no veo lógico que mi supuesto novio ande comiéndose con los ojos a cuanta pechugona se ponga por delante.

—No fue mi culpa, se las recolocó frente a mi cara y no soy ciego, *Julita.*

—De eso ya me he dado cuenta. Y no me llames *Julita.*

—Al menos ella se sabía la canción.

—¿Te sabes tú alguna sevillana?

—No.

—Pues estamos en paz. Cuando te aprendas una, me la cantas.

—Lo haré. Y tranquila, me gustan más pequeñas, que me quepan en la mano.—Julia buscó sus ojos, lucía una amplia sonrisa de satisfacción y petulancia. Desvió la mirada y también ella sonrió a escondidas. Le gustaban como las suyas.

Pocos minutos después el sonido de un claxon les hizo saber que la novia estaba llegando y el novio recorrió el pasillo central, situándose en su posición ante el altar. Paula hizo acto de presencia pocos minutos después agarrada del brazo de su padre. La música de piano en vivo anunció su entrada, con toda la pompa, parsimonia y pedrería que ella había previsto. Al pasar a su lado, su tío le dedicó una amplia sonrisa, al contrario que su prima, que la miró sin dedicarle el menor gesto de complicidad y siguió adelante como si no la hubiese visto.

Fue una ceremonia larga en la que el oficiante se extendió hablando del amor y alabando a los novios a los que, al parecer, conocía bien. La tía Francisca, sentada en primera fila, lloraba a moco tendido. Por suerte, su maquillaje parecía a prueba de *tsunamis*.

—¿Todas las bodas españolas son así? Esto es una tortura —le susurró al oído, haciéndola reír.

—No todas, solo las pijas —respondió. Entonces sintió cómo cogía su mano y entrecruzaba sus dedos. Le miró y él le guiñó el ojo, pero no dijo nada.

Cuando al fin acabó, salieron al exterior, como buena invitada arrojó arroz a los novios y esperó a que la mayoría de asistentes los felicitase antes de acercarse. Había llegado el momento de darles la enhorabuena.

—Vamos, puedes hacerlo, va desarmada —susurró Austin como si acabase de oír sus pensamientos. La hizo reír y la risa se llevó algo de la tensión que sentía. Caminó hacia los recién casados, pero su tío se cruzó en su camino y la abrazó, dándole dos efusivos besos en las mejillas.

—Pero qué bonita estás sobrina, cada día que pasa estás más guapa —dijo sonriendo con su cara de luna llena. Ella percibió que los dos años que llevaban sin verse habían transcurrido de modo agradecido sobre sus facciones, estaba igual que siempre.

—Gracias, tío. Tú también estás muy guapo.

—La que está guapa es Paula, ¿verdad, Julia? —intervino Francisca entrando en escena—. Ella siempre ha sido guapa, pero hoy lo está todavía más.

—Sí, está muy guapa.

—Pero qué blanca estás, con este tono de piel ese vestido no te va nada. Deberías haber tomado el sol o rayos Uva antes de la boda, estás demasiado pálida. ¡Pero qué alegría que al final hayas podido venir! —proclamó antes de darle dos besos ficticios en las mejillas.

«Demasiado pálida», decía ella, que vestida con un traje amarillo pastel parecía un inmenso sorbete de limón.

—Hace cuatro meses que confirmé mi asistencia, tía.

—Sí, pero con ese trabajo que tienes una nunca sabe. ¿Y tú quién eres? —preguntó deteniendo sus pequeños ojos grises en Austin, que permanecía en silencio, y recorriéndole de pies a cabeza.

—Es mi…

—Soy su pareja, señora —dijo rodeando a Julia por la cintura con sus brazos, en un cariñoso gesto de posesión—. Y, si me permite decirlo, el hombre más enamorado sobre la faz de la Tierra. Estoy encantado de conocerlos al fin, enhorabuena por el enlace. —Ella lo besó en las mejillas y su tío le estrechó la mano.

—No eres de Sevilla, ¿verdad?

—No, soy de Alabama. —La expresión de sorpresa de su tía bien habría valido una fotografía de recuerdo.

—¿Y vives en Sevilla? —Vaya, aquello no lo habían hablado, pensó Julia.

—Aún no, pero es algo que estamos barajando, porque cada día que paso lejos de Julia siento que me falta la vida.

—Pues cuídamela, muchacho. Mi sobrina se merece a un hombre hecho y derecho, espero que seas ese hombre —advirtió su tío. Julia no pudo evitar pensar que ojalá hubiese mostrado esa misma preocupación cuando ella más lo necesitó, aunque estaba convencida de que no lo hizo para evitar enfadar a su mujer.

—Lo soy, señor, puede estar seguro. ¿Verdad, cariño? —preguntó besándola en la mejilla y provocando que una marabunta de hormigas rojas le ascendiese por la garganta ante el mero contacto de sus labios sobre su piel. Fue incapaz de responder.

—¿Y a qué te dedicas? —preguntó Francisca.

—Soy dueño de una empresa aeronáutica.

—Eso suena muy interesante —dijo su tío Mateo, que parecía impresionado.

—Lo es.

—El marido de Paula es dueño de las mejores bodegas de Jerez y se han comprado una casa enorme en Sotogrande —dijo con un rictus altivo, sin poder disimular el malestar interior que conocer al supuesto novio de su sobrina le había producido—. Bueno, vamos a seguir saludando a los invitados, Mateo.

Ambos se alejaron para atender al resto de invitados que deseaban felicitarlos y los dejaron a solas; momento en el que Austin liberó a Julia de su abrazo permitiéndole pensar con claridad de nuevo. Los novios habían desaparecido para tomarse fotografías antes del inicio del banquete, tendría que felicitarlos después.

—¿Nos sentamos un momento? Creo que tus pies lo piden a gritos.

—¿Tanto se me nota?

—Solo cuando cojeas —bromeó—. Sentémonos ahí —indicó señalando un banco de madera a la sombra de uno de los frondosos árboles que decoraban el jardín. Tomaron asiento, y Julia se deshizo de los zapatos y posó los pies desnudos sobre el césped.

—No te burles de mí.

—No me lo pongas tan fácil.

—¿Así se comporta «el hombre más enamorado del mundo»? Te has pasado un poco, ¿no crees? Y no hacía falta que me sobases tanto.

—Me dijiste que fuese efusivo.

—Pero no tanto, casi te me declaras ante mi tía —respondió muy seria, cuando en realidad se había derretido al sentir su torso contra la espalda y al oír aquellas palabras. Y se descubrió fantaseando con que fuesen reales y no una fingida interpretación—. ¿Así que eres dueño de una empresa aeronáutica? ¿No podías haber elegido algo más común?

—Fue lo primero que se me ocurrió, pues me paso más tiempo con los pies en el aire que en el suelo.

—Bueno, por lo menos creo que ha colado y mi tía tendrá que tomarse un antiácido esta noche porque le ha subido la bilis al conocerte, Señor Importante —rió—. No pienses que soy malvada, pero es que me he cansado de que me traten como a la pobre desdichada incapaz de encontrar el amor.

—Si aún no has encontrado el amor, no es culpa tuya.

—¿Ah, no? Pasarme la vida enamorada de un imbécil ayuda algo, creo.

—En eso tienes razón, pero nunca es tarde para abrir los ojos y me alegra que al fin lo hayas hecho. Lo que no puedo entender es cómo una chica como tú, independiente, inteligente y atractiva, ha podido soportar a un tipo así durante tanto tiempo —afirmó mirándola fijamente. Tenía esa mirada, esa mirada de película que, unida a su voz grave y sensual, y a la seguridad en sí mismo que desprendía por cada uno de los poros de su piel, provocaba que el corazón le latiese desbocado.

—Sin duda me ves con mejores ojos que yo misma. No lo sé, supongo que para mí era un sueño inalcanzable. Él y mi hermano son amigos desde la adolescencia y, ya entonces, tenía fotos suyas pegadas en el interior de mis carpetas para que Hugo no las viese, pues solían desaparecerle del tablero —confesó con una sonrisa—. Cuando al fin estuvimos juntos era como: «oh, no me lo puedo creer, se ha fijado en mí». Después me di cuenta de que no quería lo mismo que yo, sin embargo, no hice nada aparte de conformarme con lo que me daba y pretender que tenía suficiente. Fui una idiota.

—Es humano equivocarse, pero hay que ser muy valiente para aceptar los errores y decir basta.

—Gracias.

—No hay de qué. ¿Cómo están tus pies? ¿Mejor? ¿Vamos a ver dónde nos han sentado?

—Están un poco mejor, vamos. Te apuesto lo que quieras a que estamos en la mesa más alejada de todas, junto a la puerta del baño.

—No lo creo. Te habrán puesto en un lugar de honor, para aparentar que eres muy importante en sus vidas.

Después de hallar su sitio en el mapa que ordenaba las treinta y cinco mesas del banquete, fue consciente de que Austin tenía toda la razón: los habían situado en un lugar privilegiado, la segunda mesa a la derecha de los novios.

—No me lo puedo creer —dijo Julia, al ver que al lado de su nombre, sobre el asiento que debía ocupar él, solo aparecía un signo de interrogación—. Le envié a mi tía un mensaje con tu nombre en cuanto aceptaste acompañarme, lo prometo.

—Han debido olvidarlo.

—¿Olvidarlo? Tratándose de ellas lo dudo mucho. Lo siento.

—No lo hagas, no me importa ser el Señor Interrogación.

—¿Cómo sabías que nos pondrían cerca de la mesa principal? Yo no les importo un pimiento.

—Puede que tú no, pero las apariencias sí que les importan.

*C*asi una hora después de que desapareciesen rumbo a la sesión fotográfica en la playa, los novios llegaron al salón donde los aguardaban los invitados. Paula estaba radiante de felicidad y, para sorpresa de Julia, nada más verla se echó a correr hacia ella y la abrazó ante la multitud.

—¡Qué alegría de que estés aquí, prima! —dijo estrechándola con vehemencia. Julia le devolvió el abrazo, diciéndose a sí misma que quizá había malinterpretado su gesto cuando la ignoró camino del altar y, sencillamente, con los nervios del momento no la había visto.

—Enhorabuena, Paula, estás preciosa.

—Gracias, prima —respondió sin soltarla. Todo el mundo las miraba. El novio las alcanzó, a la vez que Austin dio un paso hacia ellas—. Te presento a José Antonio Kerry, mi marido.

—Enhorabuena.

—Gracias.

—Él es Austin Parker, mi pareja.

—Ah, encantada, Austin. Menos mal, Julia, estábamos mi madre y yo temiendo que vendrías sola y nos dejarías el cubierto colgado con lo caro que ha costado. Como desde que confirmaste que venías acompañada hace cuatro meses no decías su nombre...

—Tengo muy mala memoria y se me olvidó enviarle el mensaje a tu madre, jamás os dejaría un cubierto colgado. Pero de todos modos de nada ha servido que lo hiciese porque no está escrito en el plano de las mesas.

—Bueno prima, no seas tan tiquismiquis, escríbelo tú a mano si quieres; tienes una letra muy bonita —soltó antes de volverse hacia la horda de invitados que acudía a felicitarlos.

—¿Por qué lo soportas? Entiendo lo que quieres hacer por tu madre, pero llevamos menos de dos horas aquí y ya te han soltado más insolencias de las que soy capaz de aguantar en un año. No puedo garantizar que continúe conteniéndome si esto sigue así —susurró Austin a su espalda, sin disimular la rabia que sentía.

Julia permaneció en silencio sin saber qué contestarle. Ella no podía ni imaginar cuánto estaba costándole callarse las barbaridades que se le habían ocurrido para poner en su lugar a aquel par de brujas. La sangre le hervía después de presenciar cómo la despreciaban con sus miradas y con sus palabras fingidas y calculadas. No lo soportaba. Ella no lo merecía, pues era el ser más noble y generoso que había conocido en toda su vida, y que aquellas envidiosas, o lo que quiera que fuesen, no solo no lo vieran, sino que además tratasen de herirla, le producía un profundo malestar que era incapaz de seguir ocultando.

Deseaba cogerla en brazos, sacarla de allí y llevarla a un lugar seguro en el que pudiese disfrutar de su compañía sin arpías de por medio, porque temía que aquello era tan solo el principio de una noche llena de provocaciones, y no se equivocaba.

*R*ápidamente se dieron cuenta de que eran los únicos hispanohablantes de la mesa que compartían con tres parejas de alemanes amigos del novio, que las únicas tres palabras que conocían en español eran: «pinchito de tortilla». Parker se comunicó con ellos en inglés, lo justo y necesario, y Julia, aunque podía entenderlos, se limitó a escucharlos, algo incómoda, mientras se sucedía el tedioso desfile de platos minimalistas.

Al menos desde sus asientos podían disfrutar del anochecer a través de un amplio ventanal, lo que resultaba mucho más agradable que ver a su tía pelando langostinos a velocidad supersónica.

—Otro *chupito-de-morcilla-caramelizada-a-la-menta-suave* más y al pelirrojo de enfrente tendrán que hacerle un baipás gástrico —le susurró al oído, haciéndola reír—. ¿En qué piensas?

—En este teatro.

—¿Teatro?

—Todo esto: las luces, la música, los trajes apretados e incómodos. Este paripé.

—¿No crees en el matrimonio?

—Sí creo, por supuesto. Creo en él como compromiso de amor para toda la vida, en lo que no creo es en este circo. Quizá estoy loca por no soñar con un vestido de princesa ni una gran ceremonia llena de lujos y brillos, pero el día que decida unirme a alguien para siempre, no necesitaré nada de esto. Solo él, yo y el mar. Y mis más íntimos, claro. Algo sencillo, bajo el sol o las estrellas… —Julia apartó la mirada un instante del horizonte y buscó sus ojos—. Tú también piensas que leo demasiadas novelas románticas, ¿verdad?

—Probablemente. Pero me encanta tu plan.

—Buenas noches —irrumpió en la mesa Paula acompañada de su madre y una de sus damas de honor, la joven de escote generoso, a la que volvió a descubrir sonriendo a su acompañante con coquetería. Sofía portaba una cesta de mimbre forrada con infinitos lazos de seda de color blanco en la que transportaba pequeños presentes que comenzó a repartir entre los invitados de la mesa: una cajita con una pulsera para las mujeres, y otra rectangular para los hombres con una tarjeta y un puro. Cuando fue a entregarles sus presentes, Francisca la detuvo tomando las cajitas de ambos.

—¿La comida bien? —les preguntó Paula. Julia asintió y la novia desapareció acto seguido. La dama de honor la siguió mientras su tía se quedó junto a ellos.

—Julia, en la cajita de los caballeros hay una tarjeta para recoger la llave de un bungaló en recepción.

—¿Un bungaló? No sabía que tendría uno reservado para pasar la noche.

—Claro, casi todos los invitados de fuera de Cádiz tienen uno, pero tranquila, no te apures porque como nosotras ya sabíamos que no tienes un duro y me imagino que tu novio andará por el estilo, tu prima le pidió a José Antonio que corriera con los doscientos euros del tuyo. Tiene tan buen corazón…

—Muchísimas gracias por su buena intención, señora —la interrumpió Parker—. Lo cierto es que doscientos euros me parece un poco excesivo tratándose de un bungaló de madera en la playa, pero aunque como le digo, agradecemos su gesto, me abochornaría no hacerme cargo del pago poseyendo una empresa que factura varios millones de dólares al año —le espetó, y los ojos de Francisca se abrieron como platos.

—Los bungalós están muy bien acondicionados, por eso su precio es elevado —respondió molesta con su comentario.

—Por supuesto. —La mujer los miró, dejó ambas cajitas sobre la mesa y se esfumó como repelida por un imán.

Julia le miró sorprendida.

—No sé si será cierto lo de los millones, pero te digo desde ya que yo no puedo gastarme doscientos euros después de lo que me han costado el vestido, el regalo y…

—Yo sí. Y no, lo de los millones no es cierto, pero ella se lo ha tragado —afirmó guiñándole un ojo con complicidad.

—¿Y piensas quedarte a dormir?

—*¿Por qué no?* —preguntó como si intentase convencerse a sí mismo de que era lo mejor que podía hacer. Al fin y al cabo no podía hacer otra cosa hasta que aquella duda que le martirizaba se resolviese, aunque el corazón le pidiese poner Sevilla patas arriba no serviría de nada—. Estamos en un entorno idílico junto al mar, ¿por qué volver con prisas en plena noche? Mañana podemos pasarlo en la playa, comer en un chiringuito, pasear y descansar. El lunes regreso a Atlanta y de verdad que necesito desconectar. ¿Es que tú tienes que trabajar?

—No, hasta el martes no tengo guardia de nuevo. Pero, no sé, nunca me han gustado los planes inesperados.

—Pues casi siempre son los mejores. Solo si te apetece pasar estas horas conmigo, claro.

—No puedo pagar mi mitad.

—No pensaba pedírtela —reveló con una seductora sonrisa ladeada que volvió a acelerar su corazón.

Nunca había cometido una locura como aquella: cambiar todos sus planes y pasar la noche junto a alguien a quien apenas conocía. «Doña Remilgos», como solía llamarla Berta, no actuaba así nunca, pero quizá había llegado el momento de hacerlo.

Asintió y las comisuras de los labios del Americano se estiraron en una sonrisa de felicidad. Le apetecía mucho, más de lo que se atrevería a admitir, pasar ese tiempo junto a ella porque temía que sus caminos no volviesen a cruzarse jamás después de aquella noche, y esa idea comenzaba a atormentarle.

—Julia, ¿es cierto que pasas apuros económicos?

—No me apetece hablar de eso.

—¿Son deudas que dejaron tus padres?

—Ellos no… Ellos no podían saber lo que iba a sucederles.

—Por supuesto que no.

—Debido a unas triquiñuelas de la aseguradora, Hugo y yo tuvimos que hacernos cargo de la hipoteca de la casa de Sevilla y también de la del pueblo, que ni siquiera visitamos. Pero no quiero hablar de eso, en serio.

—Está bien, vámonos.

—¿Qué?

—Que nos vayamos de aquí. Estoy cansado de ver el mar desde la distancia, y oír a estos seis hablar en alemán me recuerda al sonido de mi ametralladora. Ya has cumplido de sobra con tu prima y tu tía. Levántate, haz como si fueses al baño y nos escapamos a dar un paseo por la playa.

—¿Lo dices…? Sí, claro que lo dices en serio.

Dudó un instante, pero ya habían cortado la tarta, algunos invitados habían comenzado a marcharse y solo quedaba abrir el baile y agotar la barra libre.

—Vale, pero no voy a escaparme, me despediré de Paula. Espérame en la playa.

Antes de buscar a su prima envió un mensaje a su hermano en el que le decía que se sentía cansada y que se quedaba a dormir, y le pedía que avisase a Berta para evitar que se preocupase. Después fue un momento al baño. Cuando terminó, antes de abrir la puerta, oyó cómo su tía entraba en los aseos conversando con alguien y, como no le apetecía volver a cruzar ni una sola palabra con ella, guardó silencio dispuesta a esperar a que entrase a uno o se marchase.

—Qué bien está yendo la boda, Francisca. Paula está guapísima —dijo una mujer cuya voz no podía identificar.

—Sí que lo está, ¿verdad? Mi niña está preciosa.

—¿Y esa muchachita rubia tan mona es la hija de María?

—Sí, es mi sobrina Julia.

—Es guapísima.

—Sí, sí que lo es —admitió con desgana—. Pero la pobre tiene la frente como una plaza de toros. —Al oír aquella maldad se llevó una mano a la frente, ¡su frente no era grande!

—Anda ya, qué exagerada eres, la chiquilla es monísima. Es igualita que su madre.

—Que va. No se parecen en nada.

—Ay, Francisca, si son idénticas, solo que ella es rubia y María era morena… Pobrecita María, con lo buena que era, ¿verdad?

—Mi pobre hermana, cuánto la echamos de menos todos. —Aquellas palabras en boca de su tía provocaron que su corazón se encogiese de emoción. Las lágrimas afloraron a sus ojos. Oyó cómo se abría el grifo del lavabo.

—Le habría gustado mucho ver a su ahijada hoy. Recuerdo que Paula la adoraba cuando era una niña.

—¿Cómo no la iba a querer si la tenía comprada a base de regalos?

—No digas eso mujer.

—Pero si es la verdad. Yo quería mucho a mi hermana, bien lo sabe Dios, pero ella y su marido se daban unos aires insoportables solo porque tenían dinero. Julia todavía tiene un pase, pero su hermano, ¡su hermano es igualito de engreído y prepotente que su padre! —Al oír aquello no pudo contenerse más y salió de su escondite hecha una furia, para sorpresa de ambas mujeres.

—¡Jamás! ¡Jamás vuelvas a hablar así de mi hermano, de mi padre o de mi madre, tía! ¡Si lo haces, si vuelves a faltar al respeto a su memoria, haré que te tragues las palabras junto con toda la envidia y la rabia que siempre nos has tenido!

—Eres… Eres una descarada —fue capaz de responder Francisca con el rostro blanco como la cera.

—Quizá lo sea, pero debería darte vergüenza hablar así de mis padres, con todo lo que mi madre te ayudó. Aunque para eso deberías tenerla, claro. Buenas noches y hasta nunca.

Caminó apremiada hacia la salida, tratando de tragar el nudo que se apretaba en su garganta. Tenía ganas de llorar, de descargar toda la rabia acumulada durante años y que parecía enquistada en lo más hondo de su ser.

Estaba a punto de llegar a la puerta y marcharse de allí cuando alguien la agarró del brazo por la espalda. Temió que fuese Francisca de nuevo, pero no era así, era su prima acompañada por un grupo de chicas.

—Julia, ven, voy a repartir las ligas.

—No puedo, tengo que salir un momento —dijo con un hilo de voz.

—Julia, por favor, no seas maleducada, quiero presentarte a mis amigas. Margot, es abogada, vive en Sotogrande; Paula está casada con Mario Vila de Castro, uno de los cirujanos estéticos más importantes de Andalucía, y ella es Ana, es presentadora del programa *Así sí*, de Canal Sur.

—Encantada. Paula, yo tengo que… por favor.

—Mi prima es enfermera. No paran de destinarla a sitios diferentes, ojalá pronto la dejen fija en un puesto, porque debe ser agotador estar con el coche arriba y abajo por toda Sevilla.

—Paula…

—Espera un momento, Julia. Mi tía María, su madre, me adoraba, por eso somos como hermanas. —Cuando oyó aquellas palabras sintió que le dolía la boca del estómago y que la bilis que le ascendía por la garganta acabaría por ahogarla. O soltaba ese peso en aquel preciso momento o no podría descansar en paz el resto de sus días.

—Si fuésemos como hermanas no te habrías olvidado de Hugo y de mí cuando ella murió. Si fuésemos como hermanas me tratarías con cariño y te preocuparías por mí no solo cuando hay gente delante. Ha sido un placer acompañarte hoy, Paula, aunque no lo hice por mí, sino por lo mucho que mi madre te quería. Deseo que seas muy feliz, mucho, pero este teatro se acaba aquí, para siempre.

9

Sky full of stars

Alcanzó la arena con pasos firmes y decididos. Llevaba los zapatos en la mano y se abrigaba con un sencillo foulard. Tragó saliva y, con ella, el nudo que aún amenazaba con hacerla llorar. Estaba nerviosa por las escenas que acababa de vivir, pero su imagen, de pie frente al mar, la tranquilizó. Desde la distancia podía percibir el contorno de su cuerpo de atleta bajo el traje. Caminó hacia él y se detuvo a su lado.

—Creo que nos revocarán la llave del bungaló después de lo que acabo de decirles a mi prima y a mi tía.

—No pueden, ya es mía. He pasado por recepción, está pagada y es irrevocable —dijo mostrándole el llavero de madera que guardaba en el bolsillo de la americana—. Sea lo que sea lo que les hayas dicho, les estará bien merecido, has aguantado demasiado.

—Me alegro de haberlo hecho. Me he quedado muy a gusto.

—¿Estás bien? —preguntó estirando uno de sus brazos hasta alcanzarla y alzando su barbilla para mirarla a los ojos, que brillaban como dos esmeraldas.

—Sí, me siento liberada. Hace años que debí decirles todo lo que pienso.

—Quizá este era el momento. El *Señor Interrogación* está muy orgulloso de ti. —Sus palabras la hicieron reír y su risa fue una secreta recompensa para Parker, que haría cualquier cosa por no verla llorar—. ¿Nos bañamos?

—¿Ahora? ¡Hace frío!

—¿Frío? Cómo se nota que te has criado en el sur de España. Esto no es frío, es la temperatura perfecta —dijo soltándose el nudo de la corbata, antes de arrojarla hacia la arena seca y comenzar a desabotonarse la camisa despacio.

—Estás loco.

—Puede. —Abriéndola por completo, se deshizo de la prenda, así como de la chaqueta y los pantalones, hasta quedarse solo con unos *boxers* negros de lo más seductores. La luz anaranjada del complejo vacacional dibujaba sombras en su espectacular torso desnudo y en su espalda de nadador. Tenía ante sí, casi sin ropa, al hombre más fascinante que había visto en toda su vida ¿Iba a desaprovechar aquella oportunidad?—. Vamos, no permitas que me bañe solo.

—No quiero pillar un resfriado y, además, no tengo ropa de baño.

—¿La necesitas? —preguntó echando a correr hacia el mar.

Julia se aproximó a la orilla y le observó zambullirse y nadar alejándose hacia la oscuridad.

—¡Austin! ¡Cuidado! No te… Parezco mi madre —masculló entre dientes y sonrió al tomar conciencia de que la había mencionado. Su madre, la mejor persona que había conocido. Elevó la vista al cielo, allá donde estuviera, esperaba que no se enfadase con ella por lo sucedido aquella noche. Seguro que no.

Sus ojos regresaron al mar, buscándole, pero había desaparecido. Miró en todas direcciones sin verle. No había ni rastro de él. Sin saber muy bien lo que hacía, se sacó el vestido y se zambulló en el agua. Le llamó, gritó su nombre, pero no recibió respuesta. Se sumergió y nadó hacia el horizonte. Parecía que se lo hubiese tragado el mar. Comenzó a preocuparse. ¡Austin! Gritó con toda su alma.

Y entonces sintió cómo alguien la agarraba del pie y tiraba de él. Se removió, girándose, y se topó frente a frente con su rostro, demasiado cerca, y sintió cómo sus manos la rodeaban, pegándola a su cuerpo.

—¡Eres tonto! Me has asustado —dijo, pero él no movió ni un músculo. Tan solo la miraba con una intensidad tal que provocó que su interior se estremeciese. Los ojos de Julia recorrieron sus labios, aquellos labios entreabiertos, anhelantes, empapados de minúsculas gotitas… Estaban solos en mitad de una playa vacía, bajo un cielo plagado de estrellas.

Austin la tomó por los muslos, la subió a sus caderas y entonces la besó.

Fue como si una explosión nuclear le ascendiese por la garganta. Estaba tan nerviosa que todo su cuerpo temblaba, por suerte él la tenía bien sujeta. Respondió a su beso separando los labios ante el embriagador roce de su lengua, permitiendo que la invadiese, que tomase el control. Su boca ardía, quemaba, y sus labios sabían salados y dulces al mismo tiempo.

Él sostuvo sus nalgas con firmeza, presionándola contra su abdomen, duro como el acero, como si pretendiese fundirse con su carne. Sin embargo, no era lo único duro que Julia percibía contra su cuerpo.

Envolvió su cuello con los brazos y enredó los dedos en su cabello, mientras sentía contra su pubis la enorme erección que contenían los *boxers* y su boca se deshacía ante la febril invasión que estaba arrancándole jadeos de placer.

Una lluvia de besos ascendió por su garganta, encendiéndola, y deseó que la tomase en aquel preciso momento.

Sus manos descendieron por su espalda hasta detenerse en su culo perfecto, ese que había podido ver pero no palpar hasta ese momento y que era tan firme como parecía.

Parker se apartó un instante para mirarla. Estaba tan hermosa con los labios ligeramente hinchados por la pasión de sus besos y aquel brillo cándido en su mirada, la deseaba tanto, que temía acabar volviéndose loco si no la hacía suya de una vez por todas, pero entonces algo en su interior le dijo que no debía hacerlo, que debía detenerse en aquel preciso instante.

Su vida estaba a punto de cambiar de un modo irremediable y, en lo más hondo de su corazón, sabía que ella no era una más, que no era cualquier mujer. Sabía que Julia podría llegar a ser su águila, la mujer que jamás se cansaría de mirar cada mañana, cuyo tacto añoraría cada minuto que no estuviese a su lado. Esa de la que le había hablado Gran Oso en una de sus charlas en el campamento, en los escasos momentos en los que aún conservaban energía suficiente para hablar tras el duro entrenamiento. Recordó las palabras de su amigo mitad *sioux* mitad *cherokee*: «Cuando es tu águila lo sabes. Lo sientes en las tripas y nunca más otra boca te sabrá como la suya, nunca otro cuerpo te saciará como el suyo. Cuando es tu águila, estás jodido». Quién hubiese dicho que bajo aquellos músculos se escondía un romántico, uno del que él mismo se burló en aquel momento. Y, sin embargo, cuán sabias le parecían ahora sus palabras. Comenzaba a temer que Julia fuese su águila, que pudiese llegar a serlo, y por nada del mundo quería hacerle daño. Si la tomaba, si se rendía a lo que su cuerpo estaba pidiéndole a gritos, lo haría: acabaría lastimándola.

—Mañana me marcharé —susurró sobre sus labios.

—Lo sé —jadeó ella sin entender por qué se detenía.

—Quizá no volvamos a vernos.

—También lo sé —dijo antes de besarle de nuevo, ella no deseaba dejarlo estar y disfrutó de cada segundo de aquel beso largo e intenso.

—Nena, estás temblando. Será mejor que vayamos al bungaló.

Asintió. No temblaba de frío, temblaba de excitación, de anticipación, de deseo… Sintió la mano de Austin envolviendo la suya, y de nuevo un cosquilleo eléctrico ascendió por su antebrazo. Estaba más nerviosa de lo que lo había estado nunca.

Caminaron con los dedos entrelazados y en silencio hasta la orilla, recogieron la ropa en la arena seca y se dirigieron hacia las dunas tras las que se hallaban las pequeñas construcciones de madera.

Julia no pudo evitar contemplar de reojo la poderosa erección que seguía marcándose bajo los *boxers*, esa que había palpado entre sus piernas y la había hecho sentir tan excitada. Lo deseaba mucho, muchísimo, tanto que habría hecho el amor con él en el agua sin dudarlo un instante.

*L*a arena fría se colaba entre los dedos de sus pies y Austin la abrigó con la chaqueta de su traje embargándola con su aroma a sándalo.

—Gracias.

—Gracias a ti, por pedirme que te acompañase.

—A ti por ayudarme a pasar un momento como este. —Él apretó sus dedos con dulzura—. Ahora tienes que secarte muy bien la herida, aunque esté casi cicatrizada podría infectarse.

—No puedes olvidar por un momento que eres enfermera, ¿verdad? —sugirió, y ella echó a reír. No, no podía—. Bungaló veintitrés. Es este.

Introdujo la llave en la cerradura y la puerta se abrió a la primera. Era un pequeño apartamento rústico y acogedor.

—Imagino que solo habrá una cama. A mí no me importa dormir en el sofá —dijo indicando el sillón de mimbre con cojines estampados en azul marino y blanco.

Aquellas palabras la desconcertaron. Después de lo que acababa de ocurrir, lo que menos esperaba era llegar al apartamento y echarse a dormir. Necesitaba más, mucho más de él. Austin había prendido un fuego en esa playa y esperaba que lo apagase cuanto antes. Estaba excitada y en aquel momento solo podía pensar en hacer el amor con él hasta que saliese el sol.

No era una descerebrada, no acostumbraba a acostarse con nadie en la primera ni la segunda cita, pero cómo él mismo le había dicho, quizá no volverían a verse y pretendía quedarse con el mejor de los recuerdos posibles.

Si solo con sus besos la había hecho estremecer, no podía imaginar lo que sentiría cuando sus manos la acariciasen, cuando su piel se fundiese con la suya.

Y, sin embargo, él no parecía dispuesto a hacerlo. Había dejado el pantalón y la camisa sobre una de las sillas y caminado hasta la cocina donde se había servido un vaso de agua de la nevera. Estaba convencida de que, si ella no daba el paso, se acostaría en el sofá hasta el día siguiente.

¡*C*ómo la deseaba! Ni toda el agua helada del mundo podría aflojar la tensión que sentía entre las piernas. Estaba a punto de estallar. Si le rozaba, si le tocaba una sola vez, se volvería y la tomaría contra la pared de la cocina. Debía esperar a que se acostase, a que aquel anhelo que le palpitaba tan hondo se sofocase.

Aquellos besos en el mar habían estado a punto de mermar su autocontrol. El suyo, el de un SEAL instruido en reprimir sus instintos. Pero nadie, jamás, podría haberle entrenado para afrontar lo que Julia le había hecho sentir.

Aquella boca, aquellos besos… ¿Cómo podía besar así? ¿Cómo podía encajar en su cuerpo con tal perfección? La deseaba, deseaba poseerla, se moría de ganas de hundirse en su carne y fusionarse con ella por completo, pero temía que no hubiese vuelta atrás y no era el mejor momento para implicarse de aquel modo con una mujer. De hecho, era el peor de todos.

La sintió acercarse en silencio y escuchó como la chaqueta que cubría sus hombros caía al suelo. Dejó el vaso vacío sobre la mesita de la cocina y giró el rostro, observándola por encima del hombro. Oyó como también caía al suelo el sujetador y percibió entre las sombras que los rodeaban como se deshacía de las braguitas.

—No tengo condones —masculló, sintiendo cómo se le erizaba cada vello del cuerpo sabiéndola desnuda a su espalda.

—Yo sí —dijo ella mostrándole el envoltorio plateado que sostenía entre los dedos, sobreponiéndose a su propio pudor y tratando de fingir decisión. En su interior, daba las gracias a Berta por haberla obligado a llevar una ristra de preservativos en el bolso.

—Mañana me marcharé, Julia.

—Ya me lo has dicho.

—Y quizá no volvamos a vernos.

—También me lo has dicho. No me importa mañana, me importa esta noche.

Cuando sintió el roce de sus pechos desnudos contra su espalda envolviéndole en un erótico abrazo, la escasa fuerza de voluntad que aún poseía se esfumó por completo.

Se volvió y la besó, se apoderó de sus pechos, que tenían el tamaño exacto de sus manos, y temió que su entrepierna explotara de un momento a otro cuando su lengua saboreó aquellos pezones pequeños y duros. No podía aguantar más, ni podía ni quería.

—Eres preciosa… —susurró sobre sus labios mientras sus dedos se perdían en aquellas curvas sublimes y suaves. Agarró sus nalgas con decisión y, subiéndola a sus caderas, la llevó hasta el dormitorio y la posó en la amplia cama de sábanas blancas. Se situó ante ella, sobre sus rodillas, y llevó uno de sus dedos hasta sus labios, que ella lamió por instinto.

Julia contempló expectante como aquel dedo comenzó a descender entre sus pechos para después continuar por la línea de su vientre, hasta llegar a su pubis. Buscó en sus ojos, en su mirada magnética, en su expresión seria, y sintió que se derretía con aquel hombre espectacular que la recorría con su dedo y lo hundía lentamente en su interior.

—Pareces tan frágil…

—No soy frágil —protestó con un hilo de voz cuando aquel dedo comenzó a moverse.

—No quiero hacerte daño, necesito que estés preparada —añadió inclinándose hacia ella y besándola bajo el ombligo.

—¿Preparada para qué?

—Soy un bruto —dijo alzando la cabeza y mirándola a los ojos por entre las montañas de sus senos, antes de atrapar uno de ellos con la mano y hundir el rostro entre los pliegues de su carne. A punto estuvo de llegar al orgasmo con la mera caricia de sus labios y su lengua.

Él sintió cómo se humedecía, cómo se abría ansiosa por recibirle.

Entonces Austin se deshizo de los *boxers* y se colocó el preservativo antes de adentrarse en su interior despacio, muy despacio.

—Oh, nena, esto es el cielo —suspiró en su oído inclinándose para besarla.

Julia se arqueó sobre la cama, nunca había experimentado nada como lo que estaba sintiendo entre las piernas. Nunca. Era un roce hondo, profundo y pleno, un placer que crecía como una ola que le aceleraba el corazón. Cada vez que se hundía en ella, se quedaba sin aliento.

Pero, por su expresión y el cuidado con el que se movía, sabía que estaba reprimiéndose, como también sabía que llegaría al orgasmo mucho más rápido si dejaba de hacerlo, así que le obligó a rodar sobre la cama y subió a horcajadas sobre cuerpo.

—Deja de contenerte de una vez, no soy frágil y no voy a romperme —dijo encajando en él con decisión. La expresión de su rostro fue de auténtica satisfacción.

—Tú lo has querido —jadeó, y volvió a hacerla girar sobre la cama, dejando frente así sus nalgas desnudas, y se adentró con ímpetu hasta lo más profundo de su ser.

La penetró con la fiereza de un león en celo, asiéndola con firmeza por los pechos, pegando su espalda a su torso y alzándola a cada nueva embestida. Sus labios se cosieron a su nuca como si fuesen a devorarla y continuó clavándose en su carne con frenesí, como si pretendiese poseer cada célula, cada milímetro de su cuerpo. La agarró del pelo y tiró de él con suavidad para que arquease el cuello, quería ver sus ojos, necesitaba contemplar su expresión de placer mientras la hacía suya.

Jamás había experimentado una sensación como aquella. Un orgasmo tan devastador, tan demoledor que la hizo temblar, encogerse, sentir como si la vida se le escapase entre las piernas. Un par de lágrimas acudieron a sus ojos y recorrieron sus mejillas, mientras le sentía respirar acelerado pegado a su espalda, unido aún a su cuerpo, inmerso en un clímax que parecía no tener fin.

—Dios —masculló besándola y disfrutando del sudor que impregnaba su cabello tras el derroche de pasión, antes de retirarse despacio, deleitándose hasta el último instante de la calidez y suavidad de su interior—. Julia, mírame —pidió. Ella lo hizo, con una gran sonrisa, limpiando sus lágrimas con las manos, avergonzada—. ¿Te he hecho daño?

—¿Qué?¡No!

—¡Estás llorando! Te he hecho daño, ¿verdad?¡Joder, soy un bestia! —dijo apartándose de ella furioso consigo mismo.

—No, no. No pienses eso —rogó acercándose a él y rodeándole con sus brazos—. No me has hecho daño, todo lo contrario.

—Entonces, ¿por qué lloras? —preguntó observándola sin entender nada. La idea de haberla lastimado le martirizaba.

—No lo sé. Ha sido tan… tan…

—¿Tan?

—Nunca me había sentido así.

—¿Así cómo, Julia?, por favor.

—Por un momento sentí que alcanzaba el cielo. No sé explicarlo, nunca había tenido un orgasmo tan… intenso. No lo esperaba. Debes pensar que soy una idiota —dijo apartando la mirada.

—No, al contrario. ¡Es maravilloso! Temí haberte lastimado —aseguró y la besó en los labios. Le encantaban sus labios, pensó que podría besarlos cada segundo de cada día de su vida. También para él había sido espectacular y tampoco recordaba haber sentido antes esa complicidad sexual, ese placer absoluto sin matices.

—Ya te lo dije, no soy frágil. Es solo que jamás lo había hecho de un modo tan animal y…

—Acaba la frase, por favor.

—Y me ha encantado.

—¿Te asustarías demasiado si te digo que me apetece repetir?

—Por favor —pidió abrazada a su espalda, mirándole sin pudor con los labios posados en su hombro.

10

El agujero del pescador

—*M*e encanta tu sabor.

—¿Cómo dices?

—Sabes a pecado, Julia. Un pecado por el que no me importaría ser condenado eternamente.

—Gracias, supongo.

—Eres como uno de los pasteles de manzana que hacía mi abuela Glory, mi abuela materna —aseguró perdiendo la mirada en el techo—. Con solo verlos bastaba para hacerse una idea de lo deliciosos que serían, pero, aun así, cuando los probabas descubrías que estaban todavía más ricos de lo que habías imaginado. —Ella rió, recostada sobre su antebrazo izquierdo, reposando desnuda sobre su cuerpo.

—Mira que me han echado piropos extraños en mi vida, pero nunca me habían comparado con un pastel de manzana.

—Así que presumiendo de cuánto te piropean, ¿eh?

—Yo no he dicho eso.

—Pero lo has dejado caer. Tranquila, no me sorprende en absoluto, el único modo de evitarlo sería que una epidemia de ceguera asolara Sevilla.

—Estás como una cabra, Austin Parker —soltó entre risas, pero percibió cómo su semblante se mudó de modo casi automático al oírla decir aquello. Su mirada se volvió triste y melancólica y el aire distendido de la conversación se transformó por completo.

—Esa frase la repetía Cricket casi a diario.

—¿Quién es Cricket.?

—En realidad se llama James Coleman, aunque le llamamos Cricket, por Jiminy Cricket. Es nuestro… ¿cómo le llamáis vosotros? ¿Pepito Grillo?

—Sí.

—Es uno de mis mejores amigos y la razón por la que regresé de Bagram hace dos semanas. Está en un hospital de Atlanta recuperándose, desde enero, cuando una granada le mutiló las dos piernas.

—Oh, Austin, es terrible. ¿Una granada?

—Cricket es, era, miembro de mi equipo. Nos conocimos en la base de Charleston y cuando decidí prepararme para entrar a los SEALs él siguió mis pasos. Al cabo de los años, acabamos juntos en el mismo *Team*. Es un tío de los buenos, alguien en quien puedes confiar, siempre con una broma y una sonrisa incluso en los momentos más difíciles y, además, es de esas personas que te hacen reflexionar.

—Por eso le llamáis…

—Jiminy Cricket.

—Y cuando le sucedió eso, tú…

—Estábamos en retirada en una misión de rescate y un insurgente apareció de la nada con esa granada… —Se removió y se sentó en el filo de la cama ofreciéndole su espalda desnuda—. Yo recibí impactos en ambos brazos y piernas, pero él estaba mucho más cerca y sus piernas se convirtieron en un amasijo de carne y hueso. Al menos logramos sacarle con vida de allí.

—Ha debido ser muy duro para ti.

—¿Para mí? Mis heridas fueron profundas, pero no mortales. Duro fue para él, para su esposa Christine y su hijo.

—¿Cómo está?

—Mal. Lleva cuatro meses en el hospital, necesita un trasplante de riñón porque los suyos quedaron muy dañados. Su mujer se hizo las pruebas y no es compatible, y allí no estamos tan concienciados como en España con la donación de órganos. Necesita que aparezca un donante, que aparezca ya.

—Espero que así sea —dijo besándole en el brazo con dulzura—. ¿Por qué dices que él es el motivo por el que volviste de Afganistán hace dos semanas? ¿Viniste a verle? —Guardó silencio—. Volviste para hacerte las pruebas, ¿verdad?

—Se puede vivir con un riñón y Cricket morirá si no encuentra uno.

—¿Podrías continuar siendo SEAL si…?

—No, claro que no. Amo servir a mi país, pero está en juego su vida.

—¿Y lo eres? ¿Eres compatible?

—No. —Al oír su respuesta una sensación contradictoria la invadió, por un lado sentía una ternura inmensa por aquel hombre capaz de un acto de generosidad extrema como aquel, pero a la vez sentía alivio de saber que no tendría que someterse a una operación de tal calibre—. No pude entrar a verle, Julia.

—¿Está aislado?

—No fui capaz. Cuando acudí al hospital me detuve frente a la puerta de su habitación y fui incapaz de entrar. He visto sangre, mucha, demasiada a lo largo de mi vida y no me asusta, pero ¡mi deber es que mis hombres regresen sanos y salvos tras cada misión!

—¿Te sientes culpable? ¿Por qué? ¿Por no haber muerto? ¿Por no ser tú el herido en su lugar?

—Mi deber es protegerlos.

—Estoy segura, por lo poco que te conozco, de que le protegiste cuanto pudiste.

—Aun así no fue suficiente y lo peor es que, aunque no había regresado a un hospital por mi propio pie desde que mi madre murió, fui capaz de entrar y hacerme las jodidas pruebas, pero no de atravesar la puerta de su habitación. Me he cruzado Afganistán un centenar de veces, he sentido la muerte silbándome en la nuca casi a diario durante los últimos diez años, pero no he sido capaz de visitar a un amigo que me necesita.

—No seas tan duro contigo mismo, es normal que temas sobrecogerte ante el estado en el que vas a encontrar a tu amigo y también que tengas aprensión a los hospitales después de lo que debisteis pasar con la enfermedad de tu madre. Estoy convencida de que esta es la verdadera razón por la que te marchaste del Virgen del Rocío. —Él se volvió y la miró de reojo, descubierto—. Te entiendo, de verdad. Y estoy segura de que Cricket también lo hace.

—Pero debo hacerlo, joder, debo dar la talla.

—Y la has dado haciéndote esas pruebas. Estoy segura de que serás capaz de visitarle cuando estés preparado —dijo acariciando su mejilla con dulzura con los dedos hasta la marcada línea de su mentón, percibiendo el roce de la incipiente barba—. Yo lo hice y, si yo pude, también podrás hacerlo tú. Acababa de terminar la carrera cuando perdí a mis padres. Papá murió en el acto, pero mi madre agonizó en el hospital durante días rodeada de máquinas. Pasé horas y horas a su lado, rogando para que se salvase, maldiciendo al desgraciado que se saltó el *stop* y embistió su coche cuando volvían a casa después de cenar con unos amigos. Creí que jamás podría ponerme al otro lado, trabajar como enfermera, pensé que sería incapaz de ayudar a nadie porque le tomé auténtico terror y, sin embargo, mírame, ¡lo hice! Fue duro, dudaba mucho de mí misma al principio, me sentía frágil e insegura. Peor aún fue cuando entré en el equipo del cero sesenta y uno, en el que podía enfrentarme a situaciones como la que habían vivido mis padres y volver a revivirlo todo, revivir esa maldita noche. Rubén me ayudó mucho, muchísimo, tuvo una paciencia infinita conmigo, me apoyó, me dijo que nunca me dejaría sola y estuvo a mi lado cuando el pulso me temblaba, ayudándome a mantenerme firme.

—¿Todavía le quieres?—Aquella pregunta la sorprendió. No pudo evitar preguntarse el porqué de su interés. Se tomó un instante antes de contestar y reflexionó sobre sus sentimientos.

—Le quiero, pero me doy cuenta de que he creado una imagen irreal en mi cabeza y eso no me gusta, como no me gustó lo de ayer. No quiero a alguien así a mi lado, no como pareja. Es raro que esté hablando de esto contigo…

—¿Por qué? Puedes hablar conmigo de cualquier cosa.

—¿Y tú?

—¿Yo qué?

—¿Alguna vez has estado enamorado de alguien que te haya decepcionado?

—Lo cierto es que creo que nunca he estado enamorado.

—¿Nunca? No me lo creo.

—En serio. Omitiendo la adolescencia, durante la que estuve colado por Sabrina Oaks. Era una chica del instituto y, bueno, en realidad no se llamaba así, de hecho, ni siquiera sé cuál era su verdadero nombre, la llamábamos Sabrina por sus…

—Me lo imagino. Y te enamoraste de ella por su inteligencia, claro.

—Pues era bastante lista. Sobre todo porque siempre sabía cómo pararme antes de llegar al *Home Run*.

—¿Al *Home Run*? —preguntó, y él dejó escapar una risa llena de picardía.

—Es una metáfora de béisbol que utilizamos para el sexo.

—Debías ser todo un ligón en el instituto.

—No me quejo —admitió con una sonrisa—. Tenía poco tiempo libre, pero durante el cambio de clases, especialmente antes de ruso, cuando teníamos media hora de esparcimiento, lo aprovechaba bastante bien.

—¿Ruso? ¿Hablas ruso?

—Como un nativo de Moscú. Mi padre estaba obsesionado con una nueva guerra contra la Unión Soviética y teníamos que dominarlo a la perfección. Pero bueno, dejemos de hablar de mí, coge la colcha.

—¿Para qué?

—Hace una noche estupenda y estamos frente al mar, ¿no pensarás desaprovecharla? —preguntó poniéndose únicamente los pantalones del traje, sin ropa interior—. Toma, seguro que es más cómoda que tu vestido —añadió entregándole su camisa. Julia se la puso, olía a él, un aroma que le gustaría inhalar y guardar en sus pulmones para siempre. Le siguió hasta el porche donde extendió una manta sobre el suelo de madera, frente a la escalerilla de acceso al bungaló, y le ofreció asiento. Él se situó a su espalda, envolviéndola con su cuerpo, proporcionándole su torso de acero como punto de apoyo, y cubrió a ambos con la colcha de la cama.

Tenía el corazón acelerado, sentirle tan próximo a su cuerpo la turbaba sin remedio. La brisa del mar mecía su cabello y la luz anaranjada del porche los iluminaba con tibieza, permitiéndoles ver con relativa claridad a la vez que disfrutaban del bello contraste del cielo plagado de estrellas sobre el mar.

Se quedó embelesada contemplando cómo las olas mecían la espuma hasta la orilla, disfrutando de la melodía serena del mar, por encima de la música de la fiesta que continuaba celebrándose a algunos metros de donde estaban.

—¿Crees que nos estarán echando de menos?

—Estoy convencida. El Señor Interrogación y Doña Descarada.

—Una pareja singular.

—Sin duda.

—¿En qué pensabas?

—En cuando era niña y veraneábamos en Cádiz, en los Caños de Meca, Tarifa, Chiclana… Eso me hizo adorar el mar, me encantaría vivir cerca de él.

—A mí también me gusta, por eso, cuando ahorré lo suficiente compré mi pequeño remanso de paz en Gulf Shores, en Alabama. Tengo una casa amplia de dos plantas rodeada de arena por todas partes. Es sencilla, pero está frente al mar. Cuando decida retirarme, cumpliré mi sueño de tener un lugar en el que descansar… Entonces tendré un perro y lo llamaré Buckler.

—*Buckler* ¿como la cerveza?

—No como la cerveza, como los escudos de cuero que utilizaban en la antigüedad, *listilla* —apostilló arrugando los labios en un teatralizado mohín de fastidio. Tenía los labios más sensuales del mundo y sabía cómo usarlos—. Lo llamaré Buck, ¿algo que objetar?

—No sé, me parece un nombre raro para un perro, pero no seré yo quien destruya tu fantasía, veo que lo tienes todo planeado. —Austin la envolvió con los brazos, pegándola aún más a su cuerpo, y sintió cómo se tensaba al percibir con intensidad su calor corporal.

—Me gusta hacer planes, aunque a corto plazo mi vida parezca una carrera de obstáculos. Cuando al fin me retire de la primera línea, será todo lo contrario, solo playa, mar y paz. La casa necesita una gran reforma, hace cuatro años que la compré y apenas la he visitado una docena de veces. Mi padre se encarga de ir de vez en cuando para comprobar que las tormentas no la han hecho pedazos y recolocar las vallas del porche cuando la arena las tumba. Suele ir acompañado de mis sobrinos y pasan el fin de semana juntos. A Jorge y a David les encanta visitar Fisher's Hole.

—¿Fisher's Hole? ¿El agujero del pescador?¿En serio? —preguntó volviéndose para mirarle a los ojos con una sonrisa.

—Sí, así es como la he llamado. En Gulf Shores cada vivienda tiene un nombre.

—Definitivamente los nombres no son lo tuyo, Austin.

—¿Qué tiene de malo Fisher's Hole?

—Que tú no eres pescador.

—¡Pero estaré rodeado de ellos! Además, una vez capturé una carpa de dos kilos.

—¿En qué supermercado?

—En un Walmart —rió, y la besó en el cuello con dulzura, divertido con su rapidez de respuesta—. A ver, sorpréndeme, ¿tú cómo la llamarías?

—No sé. No la he visitado, pero como está frente al mar y sabiendo que piensas en ella como tu hogar soñado, como tu lugar de descanso la llamaría… Peaceland.

—¿*Peaceland*? ¿Y tú te atreves a mofarte de los nombres que elijo?

—¿Qué tiene de malo *Peaceland*?

—Nada, solo que imagino que tendría que ir vestido de blanco y con flores en el pelo. Es lo más cursi que he oído en años, ¿qué digo en años?, ¡en décadas! —se burló. Ella se giró y le pellizcó en la pierna, pero esto no hizo sino provocarle más risa.

—Como te sigas riendo, el «agujero del pescador» te lo voy a abrir a ti.

—No te enfades, solo estaba bromeando. El nombre aún no es definitivo, pero será un *hogar*.

—¿Te gustaría tener hijos? —Parker giró el rostro para mirarla, incapaz de creer que le hubiese preguntado aquello. Después sus ojos se perdieron en el horizonte.

—No.

El silencio que siguió a su respuesta tajante fue incómodo para ambos. Toda la jovialidad había vuelto a esfumarse en un solo instante. Julia se sentía desconcertada. Había algo que estaba ocultándole, su instinto se lo decía, pero estaba segura de que no se lo contaría, era un hombre demasiado hermético. Solo le contaría aquello que él desease.

Lamentó haberle hecho esa pregunta, quizá pensase que era una entrometida, pero solo quería saber más de él porque le gustaba, le gustaba tanto, que no quería ni pensar en que aquella noche acabase.

Una ráfaga de brisa marina le revolvió el cabello, enredándoselo sobre el rostro. Él lo apartó y, acercándose, la besó con dulzura, primero en la mejilla y después, cuando se giró, en los labios. La apretó contra su pecho mientras sus manos se enredaban en su pelo. Fue un beso largo, paladeado por ambos y lleno de erotismo. Cuando al fin sus labios se separaron, la miró fijamente a los ojos, en silencio.

—Hace años que decidí que jamás tendría hijos, Julia. El mundo me parece un lugar demasiado horrible, con demasiado dolor por todas partes como para traer niños a sufrir en él.

—Vaya. Es cierto que no podrías evitarles el sufrimiento porque lo habrá, siempre lo hay, aunque no por todas partes. Con seguridad lo que has visto estos años te ha llevado a pensar así, pero el mundo puede ser un lugar maravilloso. Mi mundo lo fue cuando era niña. Fui la niña más feliz que puedas imaginar, no cambiaría uno solo de los días de mi infancia y estoy convencida de que tú tampoco, a excepción de la enfermedad de tu madre, claro.

—No, por supuesto que no los cambiaría.

—Por eso. Los niños son la esperanza, la ilusión, lo bonito de la vida.

—Por lo que veo a ti sí que te gustan los críos —dijo atravesándola con una mirada indescifrable. Julia sintió que se le secaba la garganta y le hormigueaban las palmas de las manos que aún permanecían enredadas en su cuello.

—Sí. Me gustan mucho. Y espero tenerlos algún día cuando esté preparada y encuentre al hombre perfecto para mí.

—Será un hombre muy afortunado, no me cabe duda —concluyó antes de volver a fundirse con sus labios.

*D*esconocía en qué momento se durmió su pequeña Cenicienta. Se habían besado tanto que casi se les había borrado el color de los labios. Fueron besos dulces, besos intensos, con caricias que le habían penetrado en la piel, por debajo de los tatuajes y las cicatrices, hasta asentársele directamente en el alma. Besos y más besos hasta que el sueño la rindió entre sus brazos.

La contempló dormida contra su pecho, con el rostro descansando en su hombro. Por segunda vez vigilaba su sueño, ese que él era incapaz de conciliar en noches como aquella en la que todos los recuerdos habían vuelto a su cabeza.

Y, sin embargo, por primera vez sentía paz. Con aquel cuerpo menudo y cálido entre sus brazos, con aquella cabellera de rizos dorados esparcida sobre su brazo derecho y aquel ombligo diminuto bajo su mano izquierda.

Pero al día siguiente se despediría de ella y, tanto si descubría que sus temores eran reales como si no, la posibilidad de que sus destinos no volviesen a cruzarse era más que probable.

Los celos le aguijoneaban al pensar que ella continuaría con su vida y, tarde o temprano, conocería a ese hombre adecuado con el que algún día tendría los hijos que le había revelado desear, quizá incluso regresaría con el joven médico. Solo de pensarlo le hervía la sangre y trataba de convencerse de que era porque ese tipo no la merecía, aunque sabía que, a sus ojos, ni ese ni ningún otro lo haría jamás, ya que el único hombre perfecto para ella era él. Él. Él la cuidaría y se dejaría cuidar por ella, la besaría a todas horas, se dormiría con el tibio calor de su cuerpo pegado al suyo y despertaría con su risa cada mañana. Trataría de hacerla la mujer más feliz del mundo en Fisher's Hole, Peaceland o como quiera que quisiese llamarlo.

Estaba desvariando, sin duda. La situación, con ella entre sus brazos, el idílico paisaje y la pasión que acababan de compartir, estaban haciéndole perder el control de sus pensamientos. Y todos, absolutamente todos, se centraban en Julia.

Y temía que él, experto en reparar cualquier maquinaria militar con los mínimos recursos, no supiese cómo arreglar su corazón si le permitía meterse dentro.

La besó en la frente antes de cargarla en brazos y dejarla sobre la cama.

11

La carta

Cuando abrió los ojos por la mañana le vio de pie observando el mar a través de la ventana del dormitorio, con el pantalón del traje encajado en las caderas, permitiendo que el sol del nuevo día iluminase sus maravillosos oblicuos.

—¿No has dormido?

—Sí, claro. Acabo de levantarme —dijo volviéndose y caminando hasta ella.

—¿Qué hora es?

—Las doce.

—¿Las doce? ¿Por qué no me has despertado?

—No podía. Es un placer verte dormir.

—Gracias —admitió halagada. Estaba tan sexy, pero tanto, con el torso desnudo, en que poco importaban las viejas heridas… resultaba toda una tentación—. Pero imagino que deberíamos haber dejado el bungaló ya.

—He pedido el desayuno, está en el salón. Y… he pagado la habitación por el día de hoy.

—¿Por hoy?

—Tengo que regresar a Rota esta noche porque mi vuelo sale mañana muy temprano, pero he pensado que podíamos pasar el día juntos, pasear por la playa, conocernos un poco mejor o simplemente hacer el amor una y otra vez. Solo si te apetece, por supuesto.

—Claro que me apetece, pero no quiero que pagues…

—Ya está pagado. Y lo he hecho porque quiero, porque me muero de ganas de pasar este día contigo.

—Yo también.

—¿Desayunamos?

—Antes habrá que hacer hambre, ¿no crees? —Julia comenzó a desabotonarse la camisa de algodón que aún llévaba puesta.

—Me parece una idea estupenda —dijo deslizando su mano por el cuello de la camisa. Descendió por su pecho hasta alcanzar uno de sus senos y ella no pudo sino gemir de deseo. Sin decir una palabra más, tomó su mano y la posó sobre la prominente erección que se marcaba en el pantalón. Entonces le acarició con cuidado por encima de la prenda—. Señorita enfermera, hay una urgencia aquí abajo ahora mismo.

—Parece grave.

—Muy grave, de cuidados intensivos. La necesito. Ahora —dijo haciéndola reír, y se bebió aquella risa directamente de sus labios, apoderándose de ellos.

—Pues deja de hablar y tómame.

*C*uando alcanzó el salón él destapaba la bandeja que había en un coqueto carrito camarera de madera oscura. Habían compartido una tórrida ducha después de hacer el amor y aun así no podía evitar mirarle con ojos de gata en celo. Austin había despertado un monstruo sexual en su interior que ni siquiera sabía que poseía, y temía que ya no pudiese volver a dormirlo.

—Como no sé qué sueles tomar, he pedido café, zumos y un par de tortillas.

—¿Viene más gente a desayunar o es que me has visto cara de zampabollos? —rió mientras cogía un cruasán al que dio un mordisco.

—Me temo que el zampabollos soy yo —admitió. Julia dedicó una mirada a los marcados abdominales y enarcó una ceja incrédula—. Por suerte el ejercicio lo quema todo.

—Pues debes hacer *muuucho* deporte.

—Entre misiones me ocupa la práctica totalidad del día: atletismo, paracaidismo, escalada, buceo y cualquier otra actividad que puedas imaginar.

—¿Incluso los días libres?

—Los días libres no existen cuando eres un SEAL. Uno de nuestros lemas es: «Cuánto más sudes en tiempos de paz, menos sangrarás en tiempos de guerra». Creamos lo que se llama memoria muscular, porque en combate solo puedes pensar en la misión: tu cuerpo debe ser una máquina infalible.

—Vaya. Yo me canso haciendo media hora de elíptica en el gimnasio. —Él rió untando mermelada sobre la tostada. Al verle tan relajado se atrevió a hacerle una pregunta que rondaba por su cabeza desde que supo que era militar—. Austin.

—¿Qué?

—Si no quieres no me contestes, pero ¿has tenido que… en fin, que *acabar* con muchos enemigos?

—No llevo la cuenta. Sé que algunos lo hacen, pero a mí me resulta obsceno e irrespetuoso. Solo te diré que jamás he matado a nadie que no estuviese convencido de que lo mereciera.

—¿Piensas en ellos alguna vez?

—No, nunca. Tampoco creo que ellos hubiesen pensado en mí, o en Cricket, o en cualquiera de los amigos que he perdido en combate. Es la guerra. Matas o mueres, no hay más. —Julia sintió cómo se le erizaba la piel al oír la serenidad con la que lo decía. Aquella era su vida. Tan diferente a la de cualquiera que hubiese conocido, tan especial y distinta como lo era él mismo. Y a la vez tan cercana y real como la suya.

*D*esayunaron con calma. Austin la miraba continuamente y ella le devolvía las miradas coqueta, sonriendo entre cada sorbo de café o mordisco de tostada, ajena a la batalla mental que estaba librándose en el interior de su cabeza.

¿Y si se lo contaba? Julia se había abierto con él, le había hablado del accidente de sus padres, de lo que sentía por ese joven médico, de la mala relación con su familia materna, y él, él no había sido capaz de contarle aquello que le robaba el sueño desde que regresó a casa de su padre y encontró aquel pedazo de papel que acabaría por cambiarle la vida.

Podía confiar en ella, estaba convencido. Pero ¿debía contarle algo tan íntimo? ¿Para qué involucrarla en algo así?

—Julia, hay algo que me gustaría que supieses.

—¿Qué?

—Anoche omití contarte algo y ahora siento que debí hacerlo.

—¿Qué omitiste? Espero que no sea que estás casado.

—No. Me refiero a cuando me preguntaste si me gustaría tener hijos. —Tomó su mano, la condujo hasta el sofá y se sentó a su lado. Guardó silencio un instante para organizar en su cabeza lo que estaba a punto de revelarle—. Tú has sido transparente conmigo y yo también quiero serlo: voy a contarte por qué he regresado a España después de tantos años.

Se incorporó y caminó hasta el dormitorio donde cogió su cartera del bolsillo interior de la chaqueta del traje, extrajo un par de folios doblados varias veces y una fotografía que guardó antes de regresar junto a ella, que aguardaba impaciente en el sofá.

—Cuando llegué a Estados Unidos, pasé por casa de mi padre y este me dijo que Montgomery King, el viejo amigo de la familia del que te he hablado, me había enviado una carta advirtiéndole de que solo yo debía abrirla. Mi padre suele revisar mi correspondencia, dado que paso demasiados meses fuera, de ahí la advertencia. Quiero que la leas —dijo entregándole las hojas de papel que Julia tomó muerta de curiosidad.

Estimado señor Parker:

No sé cómo empezar. Usted no me conoce ni yo tampoco a usted, a excepción de las pocas cosas que me contó mi hija Alejandra.

Lo cierto es que ni siquiera sabía su apellido hasta que hablé con Montgomery. Él ha sido muy amable conmigo, mucho más de lo que esperaba cuando le busqué para pedirle ayuda, espero que no se haya enfadado con él por permitirme hacerle llegar esta carta.

Sé que no tengo ningún derecho a irrumpir en su vida, quizá incluso esté casado y tenga hijos, pero créame cuando le digo que es la desesperación la que me lleva a ponerme en contacto con usted. La desesperación y la certeza de que no puedo acudir a nadie más.

Usted y Alejandra tuvieron una relación hace siete años...

Al leer ese fragmento Julia sintió una punzada de celos en el pecho y ganas de devolverle la carta que no entendía por qué le había entregado, pero se esforzó en mantener la vista fija en el papel.

...en Rota, durante el verano de 2008. Estuvieron viéndose unos meses. Quizá para usted fue una relación sin importancia, pero mi hija esperaba que cuando regresase volviera a buscarla. No crea que lo digo en tono de reproche, por favor, pues no lo hago. Conozco a mi hija, es una chica fantasiosa y enamoradiza y quizá engrandeció una historia que fue mucho menos seria de como ella la vivió.

Pero, y aquí está lo importante de mi carta, cuando usted se marchó dejó atrás mucho más de lo que esperaba, de lo que podrían esperar ambos... En octubre Ale se enteró de que estaba embarazada.

Julia buscó sus ojos. Austin permanecía con la mirada perdida en el horizonte. Continuó leyendo:

Alejandra esperaba un hijo suyo, señor Parker. Fue un auténtico mazazo para nosotros, para su padre y para mí, pues es nuestra única hija.

Como le digo, después de que usted se fuese, ella creyó que la llamaría, que se pondría en contacto con ella de alguna manera, pero pasaron los meses y no la llamó ni regresó, y nuestra pequeña, a sus veinte años, transformó toda esa decepción en ira y rencor, que descargó sobre nosotros.

No soy partidaria del aborto señor Parker ni mi marido tampoco lo era, aunque la habríamos apoyado en caso de que hubiese decidido hacerlo. Pero Ale dejó pasar los meses esperando esa llamada suya con la que hacerle partícipe de su embarazo y, cuando fue consciente de que no llegaría, fue demasiado tarde.

Imagino el shock que supondrá para usted enterarse en este momento de que tiene un hijo, una hija, pero la tiene, se llama Candela.

Tuvo que parar de leer para poder respirar, le miró a los ojos de nuevo y se vio reflejada en sus iris oceánicos.

Imagino que fue la rabia, unida a la frustración y a la sensación de engaño de nuestra hija lo que la llevó a decidir que jamás se enteraría de la existencia de Candela. Y nos negó cualquier tipo de posibilidad de saber quién era usted, nunca nos dijo ni siquiera su nombre. Aunque sabíamos que era un militar norteamericano y que había pasado ese verano en la base, como tantos otros miles.

Nunca nos enseñó una fotografía suya ni el modo de ponernos en contacto con alguien que le conociese. Nosotros lo aceptamos. Lo cierto es que no necesitábamos nada suyo. Candela nació sana, es una niña preciosa, rubia, con unos impresionantes ojos azules, muy distinta físicamente a nuestra Ale. Es divertida, risueña, ha sido muy feliz y jamás le ha faltado de nada, pues ahí han estado sus abuelos para hacerse cargo de todo.

Y a estas alturas se preguntará, ¿si nunca hemos querido ponernos en contacto con usted cómo es que lo hago ahora?

Alejandra continuó haciendo su vida. Es joven, dejó sus estudios cuando se quedó embarazada y, aunque afirmaba que los retornaría después del parto, nunca se decidió a hacerlo. Tuvo varios novios, salía y entraba como cualquier chica de su edad, y Candela permanecía con nosotros. Mi marido falleció hace dos años y medio de un infarto y lo pasamos muy mal, pero seguimos adelante las tres juntas, Candela, Alejandra y yo.

Pero el verano pasado, en la playa, Ale conoció a un hombre. Es ruso, o bosnio, no sé, de la Europa del Este, creo, se llama Borko o Brokon, o algo parecido. Ambas pasaban el día en la playa cuando se les acercó y comenzaron a hablar. A mi hija le gustó y empezaron a verse, él estaba de vacaciones en Punta Ballena. La llevaba a sitios muy caros y le hacía regalos a la niña, pero Candela nunca quería ir con ellos y casi siempre se quedaba conmigo. A las dos semanas le trajo a casa y a mí tampoco me gustó. Había algo en su mirada y siempre iba acompañado de dos hombres más que parecían sus guardaespaldas, aunque Ale me decía que eran sus amigos... .

Julia comenzó la última página con el corazón latiéndole rápido en el pecho.

Cuando acabó el verano, Ale me dijo que se iba con él. Hablé con ella, le dije que pensara bien las cosas, pero aseguraba tenerlo muy claro. Me dijo que se iba y se llevaba a la niña. Discutimos, Candela no quería marcharse, prefería quedarse conmigo, pero Alejandra dijo que su hija iría donde ella fuera y prácticamente me la arrancó de los brazos para meterla en el coche.

Solo supe de ellas las tres primeras semanas, Alejandra me llamaba una o dos veces y yo podía hablar con la niña, pero era como... como si mi niña no pudiese decirme todas las cosas que quería, como si tuviese que hablar delante de otra persona. Siempre decía que estaba bien, pero tenía mucha pena en su voz. Me contaron que estaban en Marbella, después que habían viajado a Madrid y por último una vecina me dijo que creyó verlas de pasada en un coche en Sevilla. Después de esa última llamada a finales de octubre no he vuelto a saber nada de ellas y estoy desesperada.

Sé que ese tipo no es un buen hombre. Estoy asustada, he intentado buscarlas, pedí ayuda a la policía y ellos me dijeron que si mi hija no quiere ponerse en contacto conmigo no pueden obligarla a decirme dónde está, que cuando lograron hablar con ella les dijo que estaba bien y que yo no la dejaba en paz.

He ido sola en taxi a Marbella y a Sevilla, con la esperanza de verlas, de encontrármelas, pero en octubre me diagnosticaron un tumor en el páncreas, he comenzado un tratamiento de quimioterapia y me canso enseguida.

Acudí a sus antiguas compañeras del instituto, hablé con ellas una a una por si alguna podía darme alguna información de usted, quién era o cómo podía localizarle. Pero nadie sabía su nombre, sólo que era un militar, americano, de la base. Por suerte una de sus amigas vive en la urbanización de los King y se acordaba de haberle visto en su casa alguna vez. Así que fui a buscar al señor Montgomery y a su esposa que han sido muy amables conmigo.

Vuelvo a pedirle disculpas por irrumpir así en su vida, pero no sé qué más puedo hacer. Estoy preocupada por Candela, temo por mi niña, porque ese hombre... ese hombre no es bueno, señor Parker, lo vi en sus ojos la primera vez que lo miré y ya hace cinco meses que no sé nada de Candela, ni de mi hija. Por eso acudo a usted, porque la policía ya no me hace caso y me tratan como si estuviese loca.

Puede que mi hija haya elegido con quién quiere estar, pero llevo la voz de pena de mi nieta clavada en el alma y no quiero morirme sin saber que está bien atendida.

Por eso le pido ayuda. Ayúdeme a encontrarlas, necesito saber que está sana, que es feliz. Se lo suplico. Por mi niña haría cualquier cosa.

Muchas gracias de antemano, señor Parker.

Manuela Domínguez.

Una lágrima rodó por la mejilla de Julia, que la limpió con rapidez con la manga de la camisa. Austin acarició su mentón con dulzura enternecido de verla llorar y ella acunó el rostro en su mano.

—Pobre mujer. ¿Qué vas a hacer?

—Voy a comprobar si es cierto que es hija mía. He ido a ver a la señora Manuela y ella me ha mostrado fotografías de ambas, ni siquiera recordaba bien el rostro de Alejandra.

—¿Cómo puedes haber olvidado su cara?

—No fuimos novios, Julia, solo nos acostamos varias veces durante un verano en el que me preparaba para enfrentarme a uno de los momentos más duros de toda mi vida. Al poco tiempo llegué a Kabul y yo mismo cambié, todos lo hicimos, fue como si el resto del mundo hubiese desaparecido. Tan solo existían el desierto, el polvo y las montañas. Después llegó Iraq, Egipto… Cuando estás en los SEALs, y más aún en un equipo como el mío, dejas de tener vida propia para vivir por tu país, y así ha sido durante todos estos años. Hacía una llamada telefónica al mes para saber cómo estaban mi padre, mi hermano y su familia, y pasaba cuatro semanas cada seis meses en casa. Esa ha sido mi vida después de aquel verano, creo que no es difícil entender que no la recordase —respondió con serenidad. Julia lamentó su reproche, le entendía, claro que lo hacía.

—Lo siento, perdóname. ¿Y cómo vas a comprobarlo?

—Tengo un cepillo de dientes de la niña, me lo ha dado su abuela. Voy a hacerle una prueba de ADN y, si es hija mía, voy a buscar a su madre, hablaré con ella y comprobaré en qué condiciones vive.

—¿Y cabe la posibilidad de que sea hija tuya? Quiero decir, ¿no tuviste cuidado?

—Sí que lo tuve, siempre. Eso es lo más extraño. Pero si la pequeña lleva mi sangre, me haré cargo de ella.

—Te honra que lo tengas tan claro.

—No puedo hacer otra cosa. Por eso estaba en Sevilla el día que nos conocimos. Es el último lugar en el que se las vio y algo en mi interior me pedía visitar la ciudad, conocerla para poder situarme mejor, como en una misión. Llegué por la noche y me encerré en el hostal, me sentía sobrepasado por la situación, por la que se me venía encima si era cierto, si es cierto. No estoy acostumbrado a sentirme así.

—¿Por eso te emborrachaste?

—Emborracharme fue una estupidez, pero necesitaba dejar de pensar, dejar de darle vueltas a la cabeza y dormir al menos por una noche, porque después de haber visto las fotografías de la niña temo que puede ser cierto.

—¿Tienes una fotografía?

—Sí. Su abuela me la entregó —dijo sacándola del bolsillo y mostrándosela. En ella aparecía una pequeña de unos cuatro años con unos ojos inmensos e idénticos a los de Austin. Sus mejillas estaban salpicadas de pecas doradas y mostraba una amplia sonrisa a la cámara. Tenía razón, se le parecía en los ojos y en la forma de la boca. Era una niña preciosa.

—La llevas contigo.

—Desde que me la entregó el domingo pasado. Esperaré a tener el resultado de las pruebas para planear con detalle qué pasos voy a seguir. Fue un shock recibir esta carta —dijo, doblándola entre los dedos después de que se la entregase—, como también lo es todo lo que te dije anoche ahí afuera. No quiero tener hijos, pero si esa niña lleva sangre Parker, haré todo lo que esté en mi mano por ella. ¿Qué te pasa? ¿Te he abrumado contándote todo esto? —preguntó al percibir en su expresión que sus palabras la habían entristecido.

—En absoluto. Pero no he podido evitar pensar que esta tarde, cuando nos digamos adiós, te olvidarás también de mí.

—No lo pienses ni por un instante. Era joven y descerebrado, y esa chica, Alejandra, aún más que yo en ambos sentidos. La niña podría ser mía o de cualquier otro, pero eso no es algo que iba a contarle a su madre. Ella y yo no fuimos nada.

—¿Y por qué ibas a recordarme a mí?

—¿Por qué? Porque ninguna mujer había provocado que el corazón me latiese así —admitió aproximándose a ella y poniéndole la mano sobre el pecho para que sintiera sus latidos fuertes y enérgicos bajo la palma. La besó en los labios despacio, disfrutando de su tacto aterciopelado—. Comienzo a pensar que me gustas demasiado —susurró sobre su boca antes de tumbarse sobre ella en el sofá y abrirse paso por entre la tela de algodón de su camisa para volver a hacerle el amor como si el mundo se acabase aquella misma tarde.

12

Es una orden

*L*amía el helado que se le derretía por la mano, le miraba y se moría de la risa. Ataviado con el sombrero panamá más destartalado que había visto, la crema solar mal extendida sobre la nariz, las gafas de sol polarizadas y un bañador degradado del naranja al amarillo, era la viva imagen del típico *guiri playero*. Pero ni por esas dejaba de estar atractivo.

—Te estás riendo de mí, no pienses que no lo sé.

—No, que va —decía apretando los labios, conteniendo a duras penas la risa. Estaban muy cerca uno del otro, sentados en la arena frente al mar.

—Soy la viva imagen de la sobriedad.—Julia rompió en carcajadas—. Es lo que sucede cuando confías tu estilismo a un vendedor ambulante.

—Lo mío no está tan mal. —Ella llevaba un largo blusón playero y un bikini rosa fosforescente con sandalias a juego. También habían comprado al africano una mochila de tela en la que poner sus ropas de la ceremonia, que habían dejado en el coche.

—Tú estás preciosa.

—¿Hasta con esta pamela de la tatarabuela de Matusalén?

—Incluso con un saco estarías radiante, aunque he de confesar de que sin nada estás mucho mejor —susurró aproximándose despacio y lamiendo el helado de su barbilla, que mordió con suavidad para después deslizar la lengua hasta sus labios. Los recorrió y succionó con cuidado, mordisqueándolos antes de hundirse dentro de su boca.

Julia arrojó el helado hacia atrás, aquello sabía mucho mejor, muchísimo mejor, que cualquier helado de chocolate del mundo.

Parker sostuvo su cuello entre las manos y ella se subió a horcajadas sobre sus muslos, devolviéndole el beso con la misma intensidad. Sintió un hormigueo en la entrepierna y las ganas de poseerla de nuevo se reavivaron con fuerza, pero estaban en un lugar público, aunque en ese momento tan solo había una docena de personas en la playa.

—Vamos a tener que parar, me tienes a cien.

—Pero si no estoy haciendo nada —afirmó mordiéndose el labio inferior con coquetería.

—Ten piedad, por favor. Me muero de ganas de volver a saborear esa flor que tienes entre las piernas. Vamos al bungaló.

—Creo que necesitas un baño *helado* —bromeó mientras bajaba la vista hacia la prominencia que se percibía entre sus muslos, por debajo de su bañador.

—Lo que necesito es un poco de intimidad contigo —sugirió mientras se sacaba por la cabeza la camiseta estampada, dejando al descubierto su magnífico torso—. Vamos a darnos ese baño.

—¿Qué? Yo no, tengo frío.

—Te haré entrar en calor dentro del agua.

—Ni hablar.

—Vamos.

—¿Es una orden? Me parece a mí que está usted demasiado acostumbrado a mandar y a que acaten sus órdenes, *señor Parker*.

—¿Y lo harás?

—¿Qué?

—¿Acatarás mis órdenes?

—Tendrá que obligarme a hacerlo —le susurró al oído deslizando las palabras, dibujándolas sobre el lóbulo de su oreja.

—Se acabó —aseguró y, tomándola por la cintura, la subió a los hombros, le dio una palmada en las nalgas y ascendió la escalerilla que conducía hasta su bungaló cargándola como a un saco de patatas.

Abrió, la posó en el suelo, cerró la puerta y la aprisionó contra esta.

—Date la vuelta, y esto *sí* es una orden.

Ella accedió y le dio la espalda, conteniendo a duras penas la sonrisa ante su gesto serio. Sus manos expertas le arrebataron la braguita del bikini, dejándola tan solo con la parte superior bajo el blusón de algodón. Entonces Julia sintió que se había apartado de ella.

—Abre las piernas.—Obedeció y sintió el enloquecedor roce de su lengua en el sexo.

—Así que era yo el único excitado, ¿eh? —dijo con los labios empapados de las mieles de su cuerpo. Sintió aquella lengua en su profundidad, moviéndose, saboreándola, la presión de sus labios succionándola, acariciándola. Sus rodillas flaquearon y tuvo que asirse a la madera—. He dicho que no te muevas —exigió, y ella hizo un esfuerzo titánico por obedecerle, la excitaba sobremanera la autoridad con la que se lo pedía.

Sintió entonces cómo su boca era reemplazada por otra parte de su anatomía que se abrió paso con decisión entre los pliegues de su carne. Una vez que le tuvo por completo en su interior, él dejó de refrenar a su bestia interior y la hizo suya de pie, contra la puerta.

El placer era incontenible. Lo sentía llegar anticipando las sensaciones que arrastraría con él. Fue un orgasmo abrasador, como si hubiese una lumbre encendida entre sus piernas, y tuvo que clavar ambas manos en la puerta para no caer desplomada.

Jadeó con el pulso acelerado y las mejillas enrojecidas.

Parker la observó con éxtasis. Aquel rubor que contemplaban sus ojos, aquella embriaguez, la expresión de placer absoluto, los pechos enrojecidos por la presión de sus manos, eran obra suya. Solo suya. Para su deleite.

—Vas a matarme —dijo abandonando su cuerpo y retirándose el preservativo.

—¿Yo a ti? —preguntó con la respiración aún acelerada—. Creo que yo ya estoy muerta, de placer.

Le rodeó por la cintura con una mano y la otra se deslizó por su sexo relajado en una caricia ascendente que humedeció la palma de su mano.

—¿Es que no has tenido suficiente?

—No, claro que no. Lo quiero todo. Todo de ti.

El deseo volvió a cegar su mirada azul.

*T*omó asiento entre sus piernas en el banco del porche y apoyó la cabeza sobre su hombro, él la besó en la mejilla rodeándola con sus brazos.

—¿Qué hora es?

—Las siete y media. Te quedan casi dos horas de camino hacia Sevilla y habrá mucho tráfico, deberías salir ya.

—No quiero marcharme.

—Yo tampoco —admitió acariciándole el cuello con la nariz—. No sé cuando regresaré a España, si dentro de un mes o de un año, pero necesito volver a verte.

—Espero que sea pronto, no quiero que pase un año antes de volver a estar contigo.

—No puedo prometer que te llamaré porque no sé si podré hacerlo.

—No me prometas nada, solo vuelve.

Parker la apretó contra su pecho y besó la piel bajo su oreja, inspirando aquel aroma del que tanto disfrutaba y que comenzaba a sentir familiar, el azahar.

—Lo haré, tendrán que matarme para impedirlo.

A pesar del tono jocoso de su voz, Julia supo que esa era una posibilidad real, demasiado real, y sintió un escalofrío que ascendió hasta sus ojos y los humedeció.

—¿Eh? ¿Qué te pasa?

—No quiero que te suceda nada malo.

—No va a pasarme nada, tranquila. Llevo más de diez años haciendo esto y mírame: estoy *casi* intacto.

—Prométeme que tendrás mucho cuidado.

—Lo tendré.

—Prométeme que volverás.

—Volveré, lo prometo.

El SEAL pensó que era la primera vez que volvía a prometer a alguien que cuidaría de sí mismo desde que su madre falleciera. La estrechó con energía y pensó que aquel sería un modo maravilloso de pasar cualquiera de los días del resto de su vida: abrazado a su cuerpo, contemplando el horizonte.

—¿Tu casa está así de cerca del mar?

—Más o menos, quizá algo más cerca. El barrio es una lengua de arena entre West Beach y el Little Lagoon, una laguna de aguas salobres en la que se realizan todo tipo de actividades al aire libre.

—Debe ser un lugar precioso.

—Lo es. La arena es blanca y muy fina, y además las aguas son cálidas incluso en invierno. Cuando puedo ir, me encanta coger el *kayak*, pasear por la laguna y descansar del sol bajo los muelles.

—Qué maravilla. Nosotros, bueno, mi hermano también tiene un *kayak*. Uno de madera que había pertenecido a mi padre, está en el garaje, colgado del techo. Lo utiliza para navegar por el Guadalquivir. Está muy viejo y pesa una tonelada, pero no quiere ni oír hablar de cambiarlo.

—¿Te gusta Sevilla? ¿Piensas vivir toda tu vida allí?

—No lo sé, nunca me he planteado dejar Sevilla. Me gusta mi ciudad. Esconde mil rincones maravillosos que se escapan de las visitas habituales a la Catedral o la Torre del Oro y, además, me gusta el carácter de la gente y el ambiente de la Feria, más que el de la Semana Santa, la verdad.

—Vaya, esto no creí que lo fuesen a ver mis ojos, una sevillana a la que no le gusta la Semana Santa.

—Creo que es culpa de mi hermano por ser tan pesado: que si las reuniones de la hermandad, que si arréglame la ropa de nazareno, que si tengo ensayo y no puedo cambiar el turno… Lleva tantos años tratando de convencerme de que salga con la mantilla acompañando a su *Señor,* que cuando empiezan a ensayar las cornetas me santiguo pensando en la que me espera. Supongo que cada uno tiene una fiesta predilecta, yo soy más de la Feria de Abril.

—Hum, tienes que estar muy sexy vestida de faralaes. —Aquella palabra sonó muy sensual con su leve deje anglosajón.

—Quizá algún día puedas comprobarlo con tus propios ojos —sugirió con una nada inocente caída de pestañas—. ¿Y tú? ¿Cuál es tu celebración favorita? No me lo digas, el Día de la Independencia, seguro.

—Pues te equivocas —dijo acariciándole el lado de la nariz con uno de sus dedos—. Es *Thanksgiving.*

—¿Acción de Gracias?

—Eso es. Me gusta porque es uno de los pocos días del año en el que, cuando podemos, nos reunimos todos los miembros de la familia y pasamos el fin de semana en casa de mi padre en Alexandria. Mi cuñada suele traer montañas de comida, Christian y yo nos encargamos de preparar el acompañamiento del pavo, y mi padre hace sus ya célebres *patatas braseadas con salsa de arándanos.* Es un día duro porque falta *ella,* pero feliz porque estamos juntos.

—No sabes cómo te entiendo, las Navidades no han vuelto a ser lo mismo desde que perdimos a nuestros padres. Solemos cenar los dos juntos, en casa, aunque en alguna ocasión se nos ha unido Berta. Durante dos años estuvimos viajando a Barcelona para celebrarlas con mis tías, pero era complicado compatibilizarlo con el trabajo, sobre todo para Hugo en ese momento.

—¿En qué trabaja tu hermano?

—Es policía nacional en Sevilla.

—¿Vive con vosotras?

—Ya no. Después de la muerte de mis padres, pidió el traslado a Sevilla y, cuando le fue concedido, estuvo con nosotras un par de meses, pero se cansó de oírme decir que su cocina parecía la ONU los domingos por la mañana. Te prometo que no sabía a quién me iba a encontrar desayunando en ropa interior ni en qué lengua darle los buenos días. El caso es que desde entonces vive solo en un apartamento, para *proteger su intimidad* del juicio de su hermana pequeña.

—Algo completamente comprensible —asintió divertido—. Julia, no hay otro lugar en el mundo en el que me apetezca más estar en este momento que aquí, contigo, pero creo que debemos marcharnos. Me preocupa que conduzcas tan tarde, debes estar cansada y te esperan dos horas de camino.

—No te preocupes estoy bien. Pero tienes razón. Será mejor que nos marchemos —aceptó con pesar.

—No sabes cómo me gustaría cerrar los ojos y que fuesen otra vez las once de la mañana.

—A mí también —dijo entrelazando sus dedos.

13

Sorpresa

La despedida había sido larga, ninguno de los dos parecía dispuesto a apartarse del otro con facilidad. Abrazados, la había besado sobre los párpados cerrados, también en la nariz y en el surco de ésta con los labios. El tacto de sus labios sobre su piel era una sensación que guardaría en su memoria para siempre. Había disfrutado de cada caricia, de cada segundo a su lado.

«No sé cuando regresaré a España. Si será dentro de un mes o de un año, pero necesito volver a verte». Cerró los ojos detenida frente al garaje de casa y saboreó de nuevo sus palabras y sus besos, sintiendo de nuevo cosquillas en el estómago.

En su pecho había una auténtica contradicción de sentimientos: estaba feliz por el fin de semana que acababa de vivir y, sin embargo, la invadía una profunda pena al pensar que no volvería a verle al menos en una buena temporada.

Accionó la puerta del garaje con el mando a distancia del salpicadero y esta comenzó a abrirse despacio. Aparcó en el interior y se disponía a cerrar cuando percibió la silueta de alguien que se acercaba.

Iluminado por la luz anaranjada de las farolas de la acera, pudo distinguir cómo Rubén se detenía junto al portalón metálico.

—Buenas noches, Julia.

—No tengo nada que hablar contigo —respondió altiva, ya fuera del coche y dispuesta a cerrarle la puerta en las narices.

—Escúchame, por favor. He venido a disculparme.

—Un poco tarde. No quiero tus disculpas.

—Aun así necesito decirte que lo siento. Siento haberme comportado como un imbécil —dijo caminando hacia ella, con una bolsa de papel rojo brillante en la mano.

—Lárgate, Rubén. No quiero volver a saber nada de ti.

—¿Qué te pasa? ¿Por qué me miras con esa cara de asco? Soy yo. Me he equivocado y lo siento. A veces soy demasiado impulsivo, parece que no me conozcas.

—Ya no sé si te conozco, porque el energúmeno que me destrozó el teléfono el viernes por la noche no se parece en nada al Rubén que yo conocía. Vete.

—Perdóname, por favor. No me importa lo que haya pasado entre ese tipo y tú —dijo acercándose aún más, antes de detenerse frente a ella—. Quiero estar contigo, esta vez a los ojos del mundo entero, quiero que seas mi novia.

—Yo no. Ya no.

—¿Por qué no? Julia, por favor, dame otra oportunidad. Te demostraré que...

—No tienes nada que demostrarme. Acepto tus disculpas, pero no esperes que lo olvide y mucho menos que vuelva contigo.

—Sé que estuvo muy mal lo que hice, pero estaba celoso. Te quiero y lamento ser tan idiota de necesitar perderte para darme cuenta.

—Yo también lo siento, de todo corazón, pero tengo muy claro que lo nuestro se ha acabado, será mejor que te marches.

—Está bien. Me voy, pero antes quiero darte esto. —Sacó un paquete de la bolsa roja envuelto en papel de regalo—. Ayer, en cuanto salí de la guardia, te compré un móvil, es un Samsung Galaxy S6, como el mío.

—No lo necesito.

—Sí lo necesitas. Sé que no tienes dinero para comprarte un teléfono nuevo y es lo menos que puedo hacer, no me debes nada. Yo lo rompí y era mi deber comprarte uno nuevo. Adiós, Julia —dijo dejando la bolsa en el suelo, convencido de que jamás la aceptaría de sus manos, y se marchó.

En cuanto abandonó el garaje, pulsó el interruptor para cerrar la puerta y se dirigió al interior de la casa. Por un momento se descubrió a sí misma sintiendo lástima por él. Rubén nunca se disculpaba, y acababa de hacerlo, acababa de pedirle perdón. Sabía cuánto debía haberle costado, pero algo en su interior había cambiado y no podía volver a mirarle con los mismos ojos. Ya no estaba enamorada de él, si es que alguna vez lo estuvo en realidad, y sus sentimientos no habían sido una pura fantasía idealizada de lo que debía ser una relación.

Aquel fin de semana con Austin la había renovado por completo. Había tomado el saco de sus sentimientos y los había volcado sobre la alfombra. Había disfrutado de cada sensación que había provocado en su cuerpo, pero también en su alma. Y esto la asustaba tanto como la hacía sentir feliz.

*L*a casa estaba en silencio. ¿Dónde estaba Berta? ¿Qué clase de catástrofe natural impediría que estuviese aguardándola ávida de noticias? Quizá había ido a tomar algo con alguna de las compañeras del supermercado, pero, si la conocía como creía, no era normal que no la asaltase al cruzar la puerta en busca de información, sobre todo después de que hubiese pasado la noche fuera.

Dejó la bolsa con el vestido de fiesta y los tacones junto a la lavadora en el trastero de la cocina y subió las escaleras dispuesta a darse una ducha con la que eliminar los restos de arena y salitre de su piel.

Tomó ropa interior en su habitación y entonces oyó un golpe seco proveniente del cuarto de Berta, a dos puertas del suyo. Caminó hasta detenerse ante este y sintió otro golpe, un *clap* seco en la pared. Abrió la puerta decidida y lo que vio la dejó sin aliento.

Su mejor amiga se estiraba cual contorsionista, desnuda, a horcajadas sobre el cuerpo de un chico moreno. Ambos la miraron, Julia emitió un acelerado «perdón» y cerró veloz tras de sí. Sin embargo, volvió a abrir la puerta para dar crédito a lo que acababa de ver con sus propios ojos, y de nuevo la cerró de golpe. No estaba loca. No veía visiones. Era su hermano, su hermano Hugo era el chico sobre el que Berta cabalgaba como si no hubiese un mañana.

Se metió en la bañera colorada como un tomate, pero con una sonrisa de oreja a oreja. Después bajó a la cocina y allí encontró a su mejor amiga, de espaldas, picando verduras con las que preparar la cena.

—¿Y tu ligue, no se queda a cenar? —Berta se giró y la miró con una mueca de absoluta felicidad en los labios llenos.

—Este ha sido el mejor fin de semana de toda mi vida.

—También el mío, te lo aseguro. ¿Cómo fue? —preguntó tomando asiento a la mesa de la cocina, frente a ella.

—Ayer, cuando vino a decirme que habías llegado sana y salva le invité a comer. Estuvimos rememorando mil batallitas de cuando éramos críos y bebiendo vino blanco con los espaguetis *al pesto* que había preparado.

—A Hugo le encantan tus espaguetis *al pesto*.

—Por eso los hice —admitió con una sonrisa pícara, echando en la sartén las verduras que chisporrotearon al contacto con el aceite—. Nos dieron las once de la noche aquí en la cocina hablando, leyó tu mensaje de que te quedabas a dormir en un bungaló y jugamos un rato a las cartas. Cuando dijo que se iba le acompañé a la puerta, él cogió la chaqueta del perchero, se la puso, y entonces se me quedó mirando muy fijamente y me besó. Qué beso, Julia. No me avergüenza admitir que lo había imaginado mil veces, prácticamente desde que le conocí la primera vez que vine contigo a casa, pero la realidad ha sido mucho mejor.

—Me alegro muchísimo por ti.

—Si pudiese volver atrás en el tiempo y encontrarme a la Berta de dieciséis años con los *braquets*, los rizos a lo *afro* y el pasador de carey en el pelo, le diría que estuviese tranquila, porque todos esos suspiros por él merecerían la pena. Ha sido maravilloso.

—Y habéis hablado algo o solo habéis…

—¿Algo como qué?

—Como si vais a continuar viéndoos y eso.

—Nos hemos pasado desde ayer metidos en ese dormitorio saliendo solo para comer, no nos ha dado tiempo a hablar mucho, la verdad.

—Tampoco necesito tantos detalles.

—Y aun así me muero de ganas de volver a estar con él. Se ha ido un poco deprisa porque trabaja esta noche.

—Ya —admitió, aunque en su interior temía que su hermano se hubiese marchado tan rápido para esquivar su interrogatorio a cerca de cuáles eran sus intenciones para con Berta.

—No me mires con esa cara.

—¿Qué le pasa a mi cara?

—Tienes cara de temer que puedo llevarme un gran palo.

—Es que puedes llevártelo. Ya sabes como es mi hermano, es como Rubén...

—A tu hermano no lo compares con ese mal bicho.

—No me refiero en la forma de ser, Berta. Claro que mi hermano es mucho mejor que Rubén, mil veces mejor, pero en el tema de las chicas... ¿cuántas novias le has conocido? Montones. Y nunca ha durado con ninguna más de seis meses. Sin contar los *aquí te pillo aquí te mato* de los que no nos hemos enterado.

—Ya lo sé, Julia. No me hago ilusiones, en serio. Lo he pasado genial este fin de semana, al fin ha sido mío y solo mío, al menos por unas horas. Lo que tenga que ser será —dijo resignada—. Pero, por favor, te pido que no hables con él, no vayas a interrogarle sobre sus intenciones.

—¿Por qué no?

—Porque te lo pido yo. Si tiene que llamarme que sea porque le apetece, no porque su hermana le ha insistido. Entiéndeme, por favor.

—Vaaaale, no le diré nada.

—Promételo.

—Prometido.

—Bueno, ¿y tú? ¡Cuéntame! ¿Cómo te ha ido la boda? Y sobre todo ¿cómo te ha ido *después* de la boda?

—La boda fatal. Peor de lo que me esperaba, apenas conocía a nadie, solo he visto de lejos a un par de sus amigas de la infancia y a la insoportable de su amiga Sofía. Apenas ha ido gente de Los Palacios, debían ser todos amigos del novio.

—No me extraña, si quiere dejar atrás su vida de pobretona no querría estropear su enlace invitando a gente normal.

—Y bueno, después de aguantar cosas muy feas, les dije a la cara todo lo que pensaba de ellas.

—¡¿Queeeé?! No me lo puedo creer.

—Pues créetelo. Se lo merecían y me quedé más que a gusto. Mi tía me llamó descarada y mi prima habrá tenido que ir al médico para que le recoloquen la mandíbula. —Berta reía a carcajadas, la hacía muy feliz que al fin su amiga hubiese puesto en su sitio a ese par de arpías—. Pero a pesar de todo eso, de ese mal rato, ha sido uno de los mejores días de mi vida. Y todo gracias a él, a Austin. Hemos reído, hemos hablado hasta las tantas de la madrugada...

—Como me digas que otra vez has pasado la noche con él y no os habéis acostado me hago el *harakiri* con el cucharón ahora mismo.

—No te lo diré.

—O sea, que ha habido *tema*.

—Ha habido *de todo*. Espectacular.

—Ay, hija, no seas tan sosa, dame algún detalle.

—Sabes que me da vergüenza hablar de esas cosas.

—Por Dios, Julia, que no te estoy pidiendo que me describas cómo la tiene, que dicho sea de paso no me importaría saberlo, sino que me cuentes cómo es en la cama. Si se lo monta bien, si te hizo tocar el cielo...

—Me ha hecho ver fuegos artificiales, ¡y eso es lo máximo que voy a contarte!—zanjó sintiendo cómo se enrojecía. Era una mujer muy pudorosa al hablar de sus relaciones íntimas, todo lo contrario que su mejor amiga, que al oírla aplaudió de alegría. Berta quitó la sartén del fuego y caminando hasta ella la abrazó.

—Cuánto me alegro de que al fin ambas hayamos encontrado un poquito de felicidad.

—Pero Austin regresa mañana a Estados Unidos y me da miedo no volver a verle.

—Volverás a verle, estoy segura. Vi como te miraba el otro día, te comía con los ojos, Julia.

—Ojalá tengas razón, porque me gusta de verdad.

—Ay, mi niña, que ha encontrado a su propio galán de novela.

—No te burles.

—No lo hago. Volverá a por ti, créeme. Si me equivoco, te prometo que tiro el pijama de osos panda a la basura.—Aquella era una apuesta muy alta, el dichoso pijama la acompañaba desde la adolescencia y Julia estaba deseosa de prenderle fuego, harta de verlo año tras año recosido, desgastado y con más bolas que un árbol de Navidad.

14

Cuidar de ti

Tres meses después

«*H*as prometido que volverás.»

«Y lo haré, tendrán que matarme para impedirlo.»

Aquellas palabras aún le provocaban una sonrisa. Las había repetido después de besarla asomándose a la ventanilla del Seat Ibiza antes de que ella arrancase.

Tenía sus besos grabados a fuego en la mente y el corazón. Su boca. Aquella boca de labios voluminosos y plenos, de dientes perfectos y alineados, aquella boca que besaba como debían hacerlo los ángeles. Y sus ojos, con ese gris tan particular que tornaba a azul… Encontraba atractiva incluso la pequeña cicatriz que había descubierto en el lado de la nariz.

«Sabes a pecado, Julia. Un pecado por el que no me importaría ser condenado eternamente.»

Habían transcurrido casi tres meses desde que le vio por última vez y no había vuelto a saber nada de él. Nada.

Pocas cosas habían cambiado en su vida durante esos meses. El trabajo continuaba igual de estresante con turnos imposibles, aunque al menos había podido renunciar a las agotadoras guardias extras porque milagrosamente habían logrado vender la casa del pueblo de sus padres. Después de tantos años cerrada, un adinerado empresario extranjero se había interesado por ella y habían podido cancelar la hipoteca. Aún no entendía cómo la había encontrado, fue la inmobiliaria quien la avisó de la venta inmediata, pero era feliz porque ese era un problema menos en sus vidas, uno importante.

*S*e recogió el pelo en una coleta alta de bucles descontrolados y se miró reflejada en el largo espejo de pie de su dormitorio. Contempló el uniforme naranja y azul impoluto y las botas limpias, estaba preparada para iniciar una nueva jornada que la tendría alejada de casa al menos hasta las nueve de la noche.

El reloj despertador marcaba las siete de la mañana cuando cerró la puerta tras de sí y pasó junto a la habitación de Berta.

Había vuelto a oírla llorar aquella noche. Sabía que mordía la almohada para amortiguar el sonido, pero a pesar de todo la había oído. Le dolía en el alma que estuviese pasándolo tan mal y guardándolo para sí misma, pero desconocía cómo podría ayudarla.

Berta era mucho más que una amiga, era como una hermana, y si el idiota de Hugo era incapaz de valorarla como debía, no merecía ni una sola de sus lágrimas.

Habían pasado más de un mes citándose para ir a cenar, al cine, y disfrutar de los fines de semana juntos como cualquier pareja que comienza. Y, cuando todo parecía ir genial entre ellos, Berta descubrió que se había vuelto a ver con la señorita Cruasán.

Hugo no había llamado ni había vuelto a casa desde hacía unos días, pero eso ocurriría de un momento a otro y, aunque le había prometido a su amiga que no intervendría, estaba convencida de que no podría contenerse.

*C*uando llegó al trabajo se dirigió directa al almacén de farmacia a revisar el material del bolso de emergencia. Rubén entró poco después con una taza de café en la mano, se detuvo a su lado y se apoyó sobre el mostrador de acero inoxidable sobre el que iba ordenando el equipo antes de guardarlo en su mochila.

Su relación, aunque no era demasiado buena, con el paso de los días se había convertido en cordial. Habían mantenido distintas conversaciones durante las largas horas de trabajo, pero en ninguna de ellas habían vuelto a tratar el tema de su discusión o cualquier otro aspecto relativo a la relación personal que habían mantenido, a pesar de que Rubén lo había intentado en un par de ocasiones. Para ella era un tema zanjado, muerto y enterrado, y como tal debía aceptarlo.

—¿Cómo está Berta?

—¿Ahora te preocupas por cómo está? Sé que no la soportas.

—Berta no me cae mal, sé que es una buena chica, lo que me sentaba mal eran sus… bueno, sus reservas conmigo —dijo antes de dar un sorbo a su café. Julia le miró y descubrió sus ojos verdes observándola fijamente.

—Está bien.

—¿Estás segura? Tu hermano dice que…

—Mi hermano es un capullo. Debe ser contagioso. —Él aguantó la puya estoico.

—Dice que no para de enviarle mensajes.

—No lo sé, quizá. Lo que no entiendo es por qué te lo cuenta a ti.

—Él también está pasándolo mal.

—Si lo viese quizá llegase a creérmelo, pero no asoma el pelo por casa. No quiero hablar de esto, y menos contigo.

—Está bien, cambiemos de tema —aceptó dando un nuevo sorbo a su café—. ¿No te parece un poco extraño que hace una semana que no vamos a casa de doña Blanca? —Julia detuvo lo que estaba haciendo. Tenía razón—. Probablemente han venido sus hijos a verla y está tan ocupada que no nos necesita.

—Espero que sea así, pero si tenemos algún aviso cerca podríamos pasar y llamar al interfono, solo para saber que está bien —dijo preocupada. Doña Blanca era una señora septuagenaria que vivía sola con su gato en un sexto piso sin ascensor, sus seis hijos residían lejos de Sevilla repartidos por toda la geografía española. Ella apenas salía de casa y pasaba los días viendo la televisión. Casi cada guardia, o cada dos guardias, tenían que pasar por su domicilio porque llamaba al cero sesenta y uno con las más variopintas dolencias. Dolencias que desaparecían ante la llegada de los miembros del equipo sanitario, quienes regresaban al centro con bollos y pasteles varios que preparaba para ellos.

—Tranquila, seguro que está bien, cada vez que uno de sus hijos la visita se olvida un poco de nosotros.

—De todas formas, si no podemos pasarnos a lo largo del día, esta noche me acercaré antes de ir a casa. —Rubén sonrió, estaba convencido de que lo haría. Ahora que había caído en la cuenta de la ausencia de llamadas de la dulce anciana, no podría dormir si no sabía que se encontraba bien.

—Te acompañaré.

—No hace falta.

—¿Cuándo vas a perdonarme?

—Ya te he perdonado.

—Me refiero a perdonarme de verdad, de corazón. Sé que no has vuelto a ver a ese tío.

—¿Y eso cómo lo sabes?

—Pasamos muchas horas juntos y supongo que sabría si estás con él.

—Pues no supongas tanto.

—¿Es que me equivoco?

—No te importa —respondió hosca, vaciando una caja de Nolotil dentro de uno de los compartimentos de su mochila.

—Te quiero, Julia —dijo posando una mano en su hombro—. Y estoy dispuesto a hacer lo que me pidas si me das otra oportunidad. Hablaré con mi madre.

—No metas a tu madre en esto. Ahora no, Rubén —dijo zafándose de su mano de un manotazo. Julia conocía la poca predisposición de sus padres, sobre todo su madre, miembros de la alta sociedad sevillana, a que se relacionase en serio con una joven como ella: sin padres, sin dinero y, lo más importante, sin apellido. Aceptaban su amistad con Hugo, incluso con ella, pero ambos sabían que, en las escasas ocasiones en las que se habían encontrado, cuando la miraban lo hacían con lástima, algo que en el pasado le había producido una profunda pena, pero que ahora la enervaba.

—Ella acabaría aceptándolo.

—Mira Rubén, me importa una… No me importa si tu madre lo aceptaría o no. No voy a volver contigo.

—¿Qué tengo que hacer? En serio, dímelo. Si quieres me subo a la Giralda y descuelgo una pancarta enorme que diga: «Estoy loco de amor por Julia Romero» —dijo muy serio y ella no pudo evitar echarse a reír ante la soberana tontería que acababa de decir—. Ah, encima te burlas de mí.

—Yo no me burlo, pero ¿cómo quieres que no me ría? ¡¿Una pancarta en la Giralda?! Estás fatal.

—Julia, tu hermano está aquí —dijo Marta, la médico del equipo dos, asomándose a la entrada del almacén.

—¿Mi hermano?

—Sí.

Salió al recibidor y le descubrió de pie, vestido con el uniforme azul de la policía y el casco de su motocicleta en la mano. Rubén le saludó con un puñetazo de *colegueo* en el hombro y se dirigió al *estar*.

—¿Qué pasa?

—Nada, ¿podemos desayunar juntos? —parecía incómodo, rehuía su mirada.

—Está bien —dijo antes de entrar a la habitación en la que se encontraban sus compañeros y advertirlos de que estaría en la cafetería, por si tenían algún aviso.

Tomaron asiento a la barra y ambos pidieron café y tostadas.

—Creí que te habías olvidado de que tenías una hermana.

—Julia, sé lo mucho que quieres a Berta, pero primero escúchame antes de juzgarme, ¿vale?

—Habla.

—Estoy enamorado de ella.

—¿De esa francesa *patilarga* y orejona? Porque por eso nunca se coge coletas, que lo sepas, porque le haría sombra a Dumbo…

—Que no, que no estoy enamorado de ella sino de Berta.

—¿Qué? Y ¿entonces, por qué le has puesto los cuernos?

—No le he puesto los cuernos —dijo atravesándola con sus ojos negros—. Es cierto que he vuelto a ver a Brigitte, pero entre ella y yo no ha pasado nada.

—¿Es que te has propuesto volverme loca? ¿Dices que estás enamorado de Berta, pero que estás viendo a Brigitte aunque sin tocarle un pelo?

—Más o menos. Berta es… es especial, hace mucho, muchísimo tiempo que una chica no me gustaba de ese modo. Creo que en el fondo siempre me gustó, solo que no me permitía mirarla con ojos distintos a los de una amiga. Estas semanas han sido geniales, pero a la vez una tortura.

—Pero ¿por qué?

—Sus celos enfermizos van a volverme loco.

—¿Celos?

—Demasiados. Al principio todo iba bien, pero comenzó a obsesionarse con que iba a engañarla, me miraba el móvil, me enviaba mensajes de madrugada.

—¿Berta? Pero ¿qué dices?

—Lo que oyes. Hablé con ella, le dije que no podía seguir así, que me gustaba mucho, pero que solo estábamos empezando y si ahora se comportaba de ese modo temía cómo lo haría cuando llevásemos más tiempo.

—No me lo puedo creer.

—¿Quieres ver los mensajes? A la una, a las tres de la madrugada: «¿Dónde estás?», «¿Con quién estás?» Brigitte me llamó para pedirme unos auriculares que me prestó hace meses y después me envió un *Whatsapp* confirmándome que nos veíamos a las cinco en mi apartamento. Pues bien, Berta debió revisar mi móvil sin que me diese cuenta, se presentó en casa y me montó una escenita, me llamó de todo y ¡estuvo a punto de coger a Brigitte de los pelos! Fue la gota que colmó el vaso y le dije que sí, que estaba con otra, que se olvidase de mí.

—Júrame que eso pasó tal como me lo estás contando.

—Lo juro por ti, que eres lo único que me queda en este mundo.

—¡Joder, Hugo! ¿Y por qué no me lo habías dicho? Ella nunca ha sido así con ninguna de sus parejas anteriores.

—Me duele porque sé que está sufriendo, pero quizá íbamos demasiado rápido. Soy policía, tengo horarios intempestivos y me relaciono con mucha gente, la mujer que esté conmigo debe confiar en mí.

—No es que tu comportamiento a lo largo de estos años haya ayudado mucho a esa confianza.

—Quizá ese sea el problema, que no es capaz de empezar de cero y conocerme por cómo soy con ella y no por cómo he sido en el pasado.

—Hablaré con ella.

—No, una pareja es cosa de dos.

—Otro igual, sois unos cabezotas.

Rubén entró a toda velocidad en la cafetería.

—Julia, nos vamos —la llamó.

—Te tocó invitar. Después hablamos, hermanito. Te quiero —dijo con una sonrisa, y lo besó en la mejilla antes de desaparecer como una exhalación.

La ambulancia atravesaba el puente de la Barqueta a toda velocidad. El tráfico era abundante a aquellas horas de la mañana ya que muchos sevillanos iniciaban sus vacaciones aquel treinta de Julio.

—Un atragantamiento —la informó el joven médico—. Se trata de un varón de setenta y cinco años, aunque según esto mañana cumple los setenta y seis —apuntó señalando la *tablet*—. Se llama Francisco Ariza y padece Alzheimer avanzado.

—Vale.

—Es en la calle Vulcano, una calle peatonal por la Alameda de Hércules, según el GPS puedo acceder por la calle Mata, pero esa calle está llena de poyetes de hierro para que no se suban los coches a la acera. Si no hay sitio donde ponerme os dejaré en la puerta y aparcaré como pueda más adelante.

—Tranquilo Pablo, tú ven lo más rápido que puedas y ya está. En cuanto lleguemos, si vemos que puede tratarse de un cuerpo sólido, yo comienzo el Heimlich* mientras tú preparas el oxígeno, Julia. Ella asintió, poniéndose un par de guantes azules.

Llegaron al portal indicado, un señor les hacía señas con los brazos en mitad de la calle. En menos de ocho minutos desde que recibieron el aviso, Julia se adentraba a toda velocidad en el interior de la vivienda con el pesado maletín a su espalda, un aspirador de secreciones portátil en la mano derecha y el desfibrilador en la izquierda. Rubén cargaba otro maletín con el soporte aéreo, una pequeña botella de oxígeno y la *tablet*.

Pablo solía ayudarlos a subir los equipos, pero tal como había vaticinado, aparcar fue imposible y tuvo que dejarlos en la puerta.

El caballero que les indicaba el camino se adentró en un dormitorio al final de un largo pasillo desde el que provenían unos gritos.

—¡Que se ahoga!¡Se ahoga! —gritaba una mujer rubia. Otra morena y bajita salió de la habitación llorando con las manos en la cara, en un gran estado de nerviosismo. Al verlos llegar regresó al interior tras ellos.

Cuatro personas rodeaban al anciano que permanecía sentado en la cama, sujeto por un hombre que le daba contundentes golpes en la espalda. Su cara estaba lívida, los labios amoratados y sus ojos se habían tornado blancos en las cuencas hundidas.

---

* Hace referencia a la maniobra del mismo nombre en la que se realiza una compresión abdominal para desobstruir el conducto respiratorio.

—¡Ayúdenlo que se muere! ¡Que mi padre se muere! —gritó la mujer morena.

Julia y Rubén se miraron entre sí. No había un segundo que perder. Dejaron los equipos en el suelo, Julia pidió ayuda al hombre que golpeaba en la espalda al anciano y entre ambos le sostuvieron de pie. Rubén le miró la boca, comprobando que el cuerpo que le obstruía la vía respiratoria no era visible, y le pasó los brazos por las costillas, era tan menudo que podía rodearle con facilidad. Buscando el apoyo en el epigastrio comenzó a realizar la maniobra de Heimlich, con fuertes compresiones, una tras otra sin parar.

—¿Con qué ha sido? ¿Qué estaba comiendo? —preguntó Julia a la mujer morena.

—¡Sandía! Le estaba dando sandía —sollozó indicando hacia un plato en el que aún había varios trozos sobre una pequeña mesita frente al televisor que permanecía encendido—. ¡Es mi culpa, por mi culpa se ha ahogado!

—Por favor, sáquela de aquí —pidió Pablo al señor que les había indicado el camino desde la ambulancia, adentrándose en la habitación.

Este le hizo caso y se llevó a la mujer a regañadientes.

Rubén continuaba sus enérgicas compresiones mientras Julia le tomaba el pulso en la muñeca enjuta a la vez que lo sujetaba. Pablo ocupó su lugar y ella exploró de nuevo la boca del anciano de la que retiró un pequeño resto de sandía. Abrió su maletín y tomó una mascarilla que colocó a la botella de oxígeno.

—Uno, dos. Uno, dos —susurraba Rubén mientras le presionaba el diafragma con energía. Y entonces, como por arte de magia, un pedazo rojo salió volando por los aires seguido de una profunda inspiración que llenó de vida los ojos del anciano.

Julia le colocó veloz la mascarilla sobre los labios y la nariz mientras sus compañeros le tumbaban en la cama de lado, en posición de defensa. Entonces el anciano se agarró con fuerza a la mano de la muchacha; su mirada rezumaba gratitud, a pesar de la cruel enfermedad que nublaba su mente y le impedía saber quiénes eran o lo que acababan de hacer por él.

—Tranquilo Francisco, ya está, ya se acabó —le susurró, acunando su mano, y le abrazó con dulzura. Cuando se apartó de él, los tres intercambiaron una mirada llena de alivio y satisfacción. Lo habían conseguido una vez más, se había salvado, el señor Ariza llegaría a cumplir sus setenta y seis años.

—Ya pueden pasar, está bien —dijo Pablo saliendo al pasillo, y los familiares del paciente entraron en tromba.

La alegría y emoción de la vida que había sido devuelta llenó la habitación. Las lágrimas se mezclaron con las risas y los abrazos con las palmas.

—Ha vuelto a nacer. Gracias, gracias por salvarle —dijo la mujer rubia abrazándola con efusividad para después repetir el gesto con Rubén y Pablo.

Julia adoraba esa sensación de alivio, ese júbilo embriagador, cuando después de enfrentarse cara a cara con la muerte todo salía bien, cuando podía regresar a la central con una sonrisa. Y, una vez más, en esa ocasión sería así.

Después de recabar todos los datos sobre el paciente y asegurarse de que respiraba con normalidad, Rubén, como médico del equipo, aún tenía algo que hablar con las dos mujeres, ambas hijas de Francisco.

—Vamos a derivarle al hospital. Aunque el atragantamiento se haya resuelto, percibo cierto ruido en el pulmón derecho, y aunque probablemente no sea de mayor importancia, ante el riesgo de que haya aspirado material sólido creo que lo mejor es que se le realicen las pruebas pertinentes y nos quedemos tranquilos.

—Como usted diga, doctor. Muchísimas gracias.

—De nada, mujer, es nuestro trabajo. Voy a avisar a la ambulancia convencional para el traslado y un familiar podrá acompañarle.

—Y a usted también, señorita, muchas gracias.

—De nada —respondió Julia recogiendo sus bártulos antes de tomar el camino de regreso a la ambulancia.

—Te invito a cenar —dijo Rubén, alcanzándola en el pasillo.

—¿Qué?

—Esta noche. Como amigos.

—¿Cómo amigos? Invita a Pablo.

—¿A mí? ¿Rubén? —dudó el mencionado enarcando una ceja en la frente despejada—. ¿No pretenderás emborracharme con intenciones deshonestas?

—Mira que tenéis mal concepto de mí. He cambiado —protestó, provocando que sus compañeros riesen con efusividad mientras descendían los tres tramos de escalera que los separaban de la calle.

—El gusano se ha convertido en mariposa —chascó Pablo.

—Yo seré un gusano, pero tú eres una ladilla, siempre tocando los...

El teléfono de urgencias volvía a sonar, otra emergencia.

*D*espués de comer en la cafetería de la central junto a los miembros del equipo tres, se retiraron un rato a las dependencias de descanso.

Julia tomó de la taquilla un viejo ejemplar de *Lo que el viento se llevó* y se dispuso a leerlo de nuevo. Sumergirse en ese mundo de amor y desamor entre Scarlett y Rhett le ofrecía la escusa perfecta para aliviar entre suspiros toda la añoranza que le producía no haber vuelto a saber nada de Austin desde que se marchó. Había leído las mil cincuenta y cinco páginas dos veces desde entonces.

—*Lo que el viento se llevó.* ¿De esa no hay una película? —preguntó Pablo pasando por su lado con un yogurt entre las manos.

—Sí, claro.

—¿Y por qué te lees ese *tochazo* si puedes ver la peli?

—¿Y tú por qué ves los partidos del Sevilla enteros si puedes ver los resúmenes? —respondió con una sonrisa arremolinada en su sofá y conocedora de que había tocado su punto débil.

—Ahí le has *dao*. Pensándolo bien, creo que ese libro sería perfecto para mí.

—No me digas.

—Sí, en casa tengo la cama con una pata coja, me vendría de perlas —se burló.

—Lo que te vendría de perlas es un amor como el de este libro, te aseguro que dejarías de preocuparte de si la cama está coja o no.

—Calla, no lo digas ni en broma, que en esa piedra no quiero volver a tropezar —dijo entre risas, haciéndose la señal de la cruz en la frente como si pretendiese espantar al mismo demonio.

Al regresar del último servicio, que tampoco había necesitado traslado hospitalario, Julia recordó las palabras de Rubén sobre doña Blanca.

—Pablo, ¿por qué no nos pasamos por Cristo de la sed un momento?

—¿Para ver a doña Ansiedad? —Así la llamaba él con cariño, por la tendencia de la anciana a repetir esa palabra sin fin como su principal dolencia—. Es cierto que no nos ha llamado en unos días y que ninguno de los otros técnicos me ha mencionado nada. Además, seguro que tiene esos rosquitos de vino tan ricos que nos regala cuando vamos.

—Mmmm, me encantan esos roscos —admitió Rubén al que solo le faltó relamerse. Julia echó a reír. Debía admitir que recuperar una cierta cordialidad con él la hacía feliz, después de las primeras semanas de tirantez tras la dura discusión. Además, su nuevo teléfono era mucho mejor que el anterior, aunque tendrían que matarla para admitirlo, al menos ante él.

Llegaron al portal indicado. Pablo se detuvo en el vado de un garaje y ella bajó corriendo y llamó al interfono de la vivienda de la señora. Pulsó el botón en varias ocasiones, pero no hubo respuesta.

—Habrá salido a comprar —sugirió Rubén bajando la ventanilla.

—¿A comprar? A ella le suben la compra de esa tienda de enfrente —apuntó indicando el comercio que había tan solo cruzando la calle.

Pulsó el interfono de otra vecina. La voz de una señora mayor respondió a su llamada.

—¿Quién es?

—Hola, soy Julia, una enfermera del cero sesenta y uno, ¿sabe si doña Blanca, la señora del sexto be, está en casa?

—Uy, ahora que lo dices, hace tres o cuatro días que no la veo.

—¿Puede abrirme?

—Sí, claro.

El portal se abrió dando paso a Julia, y Rubén, bajando del vehículo, la alcanzó.

—Deberíamos volver a la central.

—Yo no me voy hasta que sepa que está bien.

La joven enfermera ascendió los seis tramos de escaleras como un suspiro y se detuvo frente a la puerta de madera decapada. Llamó con los nudillos y guardó silencio. Un gato maulló en el interior.

—No responde y *Bigotes* está dentro —dijo comenzando a ponerse nerviosa.

—Quizá ha salido.

—Sabes que ella nunca sale del apartamento, las varices no la dejan bajar esas escaleras. —Rubén llamó de nuevo—. Voy a coger la llave —advirtió alzándose y pasando una mano por el marco de la puerta que hacía un reborde sobre el cual doña Blanca dejaba una llave de emergencia que ya habían usado en alguna ocasión cuando acudían a atenderla.

—Julia, habría que llamar a alguien, a la policía, por ejemplo.

—¿Y si está herida? ¿Y si la han asaltado para robarle?

Metió la llave en la cerradura y giró el pomo, el maullido de *Bigotes* se hizo más evidente justo tras la puerta. Nada más abrirla una bofetada del mal olor los sacudió.

Adentrándose apresurada en el apartamento, llamó a la anciana por su nombre en voz alta, sin obtener respuesta alguna. El gato buscaba mimos enredándose en sus piernas y a punto estuvo de hacerla tropezar. La televisión permanecía encendida en el salón vacío, y también lo estaban las luces a pesar de que se veía con claridad a aquellas horas de la tarde. Al aproximarse a la puerta de la cocina, Rubén la detuvo.

—Déjame a mí primero —pidió al percibir un incremento notable del mal olor—. ¡Oh, joder!

—¿Qué pasa, Rubén?

—No entres, Julia —pidió. Las palabras justas para que no pudiese evitar hacerlo.

El atestado policial decretaría que la anciana había sufrido un accidente al intentar coger la tapa metálica de un bote de cristal en el que guardaba los macarrones. Esta había caído de sus manos temblorosas y había rodado por el suelo antes de colarse por detrás de la nevera.

Entonces ella había soltado su bastón, y se había colado entre la nevera y la pared intentando empujar el electrodoméstico para tratar de coger la tapa. En algún momento debió perder el equilibrio, cayó al suelo, y se fracturó el cráneo y la cadera con el impacto.

El forense calculó que su agonía debió durar al menos dos largos días hasta que, víctima de las heridas, la sed y su avanzada edad, su cuerpo no pudo resistirlo más. Llevaba al menos cuarenta y ocho horas muerta cuando fue hallada por los sanitarios.

—Si hubiésemos pasado antes, si hubiésemos venido antes de ayer —lloraba con amargura de regreso a la central.

—No podíamos saberlo, por Dios. ¿Quién podía imaginarlo?

Rubén la abrazó, tratando de consolarla.

—Sola, se ha muerto sola, era lo que más temía y así se ha muerto. No es justo. No es justo, tenía seis hijos y se ha muerto sola.

—Puta vida —clamó Pablo dando un puñetazo al volante.

Los pequeños ojos verdes de la anciana, su sonrisa delicada y su olor a jabón de talco acudieron a su mente. El cabello blanco siempre en un rodete, las manos suaves prestas de un cariño y la voz temblorosa y ronca por los años vividos. Cuando reía a carcajadas por las ocurrencias de Pablo, tanto que casi se ahogaba, y su mirada de ilusión cuando levantaba el paño de cocina de cuadros de colores en el que solía envolver los dulces y pasteles que les preparaba con tanto mimo. Así quería recordarla, no con la cruel imagen que se le acababa de grabar en la retina.

Los brazos de Rubén la envolvían, sintió su beso en el pelo y se dejó mimar por él, sintiéndose desolada.

Una vez en la ducha liberó toda su tristeza en un mar de llanto. No podía parar. Su turno había acabado del peor modo posible, menudo inicio de vacaciones ironizó para sí.

Se puso el vestido de tirantes y se miró en el espejo, los ojos estaban muy rojos, no podía negar que había estado llorando. Se recogió el pelo y se dispuso a marcharse para tomar el autobús.

—¿Adónde vas? —le preguntó Rubén desde el coche.

—A casa.

—Te llevo.

—No hace falta.

—Ya lo sé, pero quiero hacerlo.

Julia pensó que no le apetecía compartir viaje en autobús con medio centenar de desconocidos que la mirarían preguntándose qué narices le pasaba. Comenzaba a anochecer y decidió que por una vez, solo por una vez, permitiría que la llevase a casa.

—No ha sido un buen comienzo de vacaciones, ¿verdad? —preguntó tratando de romper el hielo cuando atravesaban el Puente de las Delicias. Ella asintió desviando la mirada al sentir cómo volvían a empañár-sele los ojos—. Pero tienes un mes por delante para remediarlo, un mes que se me va a hacer eterno sin ti.

—Tranquilo, con lo altas que se han quedado las notas de corte para los contratos este verano, seguro que mi sustituta tendrá mucha experiencia.

—Sabes que no lo digo por eso. Podemos quedar algún día para ir al cine o a tomar un café.

—Rubén.

—Como amigos, ¿vale?

—No creo que sea buena idea.

—«Y un nuevo par de calabazas para el caballero» —cantó como si fuese el propietario de una tómbola. Julia no pudo reprimir una sonri-sa—. Vamos, te invitaré a comer en ese restaurante tailandés en el que sirven grillos.

—MM., suena tentador —bromeó.

—No, en serio. Me apetece invitarte a tomar algo y charlar como en los viejos tiempos.

—Bueno, ya lo hablaremos, ¿vale? —dijo cuando en realidad en su interior estaba convencida de que no lo haría. Ella y su maldita dificul-tad para decir que no, para ser tajante. Era demasiado blanda, y él lo sabía.

—¿Tu hermano vino a hablarte de Berta? —Cambió de tema, su falta de negativa le había sabido a victoria.

—Sí.

—Marta Fernández está loquita por él —dijo refiriéndose a la médi-ca del equipo dos, la misma que la había avisado de su visita esa misma mañana.

—Pues que se ponga a la cola.

—Tu hermano está hecho un ligón.

—Le dijo la sartén al cazo —chistó, y él aceptó el reproche con una sonrisa.

—En serio, cuando os fuisteis a desayunar estuvimos hablando y me pidió que le tantease, que le hablase bien de ella.

—¿Y lo harás?

—¿Es que me has visto cara de celestino? Además, a tu hermano no le gusta Marta. Una vez me dijo que tenía cara de… —soltó, y de pronto se contuvo.

—¿De qué? Ahora no te calles.

—De ser de las que ordenan en la cama, de las que te dicen: hazme esto y lo otro, bájate al pilón, ahora súbete, ahora misionero. —Julia no pudo evitar echar a reír. No dijo nada, pero lo cierto es que conociendo su fuerte carácter podía imaginarla en la situación, incluso vestida de cuero con un látigo en plan *dominatrix*—. Bueno, hemos llegado.

—Muchísimas gracias, Rubén —dijo dispuesta a bajar del coche, que había aparcado en el vado de su garaje—. Si te enteras de cuando es el funeral de doña Blanca, avísame, por favor. La señora del segundo dijo que se quedaba con *Bigotes*, si no es así, dímelo también.

—Tranquila, yo me informo. Pero, Julia, no puedes martirizarte así, no puedes sufrir de ese modo.

—¿No puedo? Dime tú cómo evitarlo. Cada vez que lo pienso… Cómo estaba, cómo… —La emoción le robó la voz y las lágrimas acudieron de nuevo a sus ojos.

—Tienes que hacerte fuerte.

—¿Y eso cómo se hace? —preguntó cuando ya rodaban por sus mejillas. Rubén se liberó de su cinturón y la abrazó, ella descargó sobre su hombro la mezcla de dolor y frustración.

—Eres tan buena, tan dulce —susurró a su oído y deslizando su mejilla sobre la suya la besó en los labios.

Aquel beso la pilló por sorpresa y trató de apartarse. Pero entonces, empeñado en recuperar la pasión que sus labios habían levantado en ella en el pasado, insistió sujetándola del pelo. Julia trató de empujarle, de rechazarle, pero el cinturón de seguridad la mantenía presa, así que le mordió el labio inferior y él, lejos de amedrentarse, se subió encima de ella en el asiento para aprisionarla contra este.

Pero entonces desapareció. La puerta del copiloto se abrió, y Rubén salió disparado del coche y se estrelló contra la acera. Sus ojos, a pesar de la tenue luz de las farolas, no tardaron ni medio segundo en reconocer la silueta del hombre que acababa de tirarle por los aires.

—Te voy a enseñar a respetar a las mujeres, desgraciado —dijo Austin agarrándole por el cuello de la camisa y levantándole del suelo.

—Suéltame, hijo de puta.

—A mi madre te aconsejo que no la menciones.—Sus palabras vinieron seguidas de un fuerte puñetazo en el estómago que le hizo doblarse por la mitad. Julia se soltó el cinturón y bajó del coche a toda velocidad. Rubén volvía a levantarse.

—¿Este es el tipo con el que estás? ¿El puto americano que recogimos de la calle? —le preguntó con una mirada llena de odio. Austin volvía a lucir su poblada barba rubia, lo que hizo más fácil que le reconociese.

—*Señor Puto Americano* para ti, imbécil. —Al oír aquellas palabras Rubén se abalanzó contra él, pero tan solo consiguió que le atrapase la cabeza con sus brazos en una llave con la que apenas podía respirar.

—Déjale, Austin, por favor.

—Pídele perdón, de rodillas —ordenó. El joven médico se resistió y la presión contra su garganta aumentó.

—Austin, te lo pido por favor.

—Pídele perdón o te parto el cuello.

—Pe… Perdón —gimió. Y entonces le liberó. Cayó de rodillas en la acera y comenzó a toser y a inspirar haciendo mucho ruido.

—No vuelvas a dirigirme la palabra, Rubén, jamás, en toda tu vida. Mañana mismo llamaré a la supervisora para que me cambie de equipo porque no quiero volver a verte en mi vida.

—Si vuelves a acercarte a ella o a tocarle un solo pelo, te arrancaré el corazón con mis propias manos.—Su voz era gutural, profunda, parecía casi un rugido. Le miró seducida por su fiereza, por el modo en el que la había protegido.

15

Capullo suicida y lujurioso

*P*arecía que el corazón fuese a estallarle dentro del pecho. Latía de un modo frenético aún, golpeándole en las costillas. Conocía esa sensación, la de la adrenalina que zigzagueaba por sus venas, y por un instante sintió miedo porque habría sido capaz de partirle el cuello a aquel desgraciado. Por suerte, su autocontrol, entrenado con dureza durante años, le había impedido hacerlo.

Aun así, cada vez que revivía la escena en su cabeza, el modo en que la tocaba y la besaba aprisionándola contra el asiento, regresaban las ganas de volver fuera y acabar lo que había empezado.

Inspiró hondo y comenzó a calmarse, ella estaba a salvo a su lado, mirándole de soslayo mientras abría la puerta y le ofrecía pasar.

Y allí estaba él, adentrándose en su casa, reconociendo cómo otra sensación muy distinta le invadía ante su proximidad, tratando de ordenar las palabras en su mente para no decir nada inapropiado, nada que delatase lo nervioso que se sentía. Él era un hombre curtido en mil batallas, un tipo duro, pero cuando ella le miraba apenas podía contener las ganas de besarla.

Se había prometido a sí mismo que no lo haría, que no la buscaría. Que en cuanto bajase de aquel avión iría directo a un hostal y por la mañana comenzaría a centrarse en su objetivo. Sin embargo, tomó aquel autobús, preguntó al conductor en qué parada debía bajar y se encontró caminado hasta su casa con la excusa de que solo pretendía saber que estaba bien, para después marcharse y continuar con el plan inicial.

Pero cuando Julia llegó en el coche con aquel tipo, una punzada de celos le aguijoneó ante la posibilidad de que volviesen a estar juntos, de que le hubiese olvidado. No quería, no podía imaginarla con otro hombre, y menos aún con uno que no la merecía.

—¿Te apetece tomar algo? —preguntó, mientras soltaba su pequeña bandolera de piel en el perchero frente a la puerta—. Puedes dejar tus cosas ahí, junto al paragüero —apuntó indicando el pesado petate que le acompañaba.

—Gracias. Un café estaría bien.

—¿Hace mucho que has llegado?

—No, acabo de venir del aeropuerto.

—Vamos a la cocina.

Sentía como si se hubiese tragado un yoyó. La emoción le subía y le bajaba en el estómago haciendo olas, surcos que dejaban un rastro ardiente tras de sí. No podía creerlo, estaba allí. Austin había vuelto.

Percibía su aura a su espalda, caminando tras ella. Era una sensación indescriptible que provocaba que casi temblase de excitación y se regocijase con el mero timbre de su voz.

Había regresado y además había puesto en su sitio a ese imbécil de Rubén, quien aquella tarde había sobrepasado todos los límites.

Sintió alivio al comprobar que Berta no estaba en casa. Deseaba estar a solas con él, conversar y preguntarle por el resultado de aquellos análisis, pero lo que deseaba por encima de todo era arrancarle la camisa vaquera y los tejanos que tan bien se ajustaban a sus piernas y hacerle el amor hasta perder el conocimiento.

Preparó la cafetera y la puso al fuego.

—Gracias, por lo de ahí fuera.

—No tienes por qué darlas. ¿Has vuelto con él?

—No. En este tiempo retomamos nuestra amistad, más o menos. O eso creía yo. Hoy ha sido un día duro y él ha pretendido aprovecharse de mi debilidad. ¿Quieres pastas, o un pedazo de bizcocho? —ofreció volviéndose hacia el mueble. Su pregunta le había acelerado el corazón.

—¿Por qué ha sido duro tu día?

—Ha muerto una paciente a la que conocía desde hace tiempo —respondió de espaldas, hablar de ello le quebraba la voz.

—Lo siento mucho.

—Estas cosas pasan, debería empezar a acostumbrarme.

—Deberías, pero estoy seguro de que no lo harás. —Julia, con su silencio, le confirmó que ella también lo creía—. Te has cortado el pelo.

—Solo un poco. Y tú has vuelto a dejarte barba —dijo girándose para mirarle a los ojos.

—Nunca me afeito cuando tengo una misión, es una manía, acabo de regresar y no me ha dado tiempo.

—¿Has tenido una misión?

—Sí.

—¿Peligrosa?

—Mucho —admitió dedicándole una sonrisa ladeada con la que sin palabras le decía que no podía hablarle de ello. De cómo, a los pocos días de regresar a Atlanta, fue enviado de forma urgente a Siria junto a su equipo para rescatar a una joven norteamericana casada con un comerciante sirio que la acusaba de adulterio. La joven había sido condenada a lapidación y esta se realizaría de modo inminente si no intervenían. Fue una operación complicada en la que incluso tuvieron que volar un edificio, pero al fin la chica se encontraba a salvo con su familia y eso era lo más importante.

—¿Te han herido?

—No, tranquila, no voy a darte más trabajo. —Sus palabras le provocaron una sonrisa que fue un secreto placer para él. Permaneció un instante ensimismado, observando sus labios, eran un pecado delicioso e irresistible. El café comenzó a subir en la cafetera y rompió el sensual silencio de miradas encontradas. Julia apagó el fuego y sacó dos tazas de uno de los muebles altos—. Tenía muchas ganas de verte —dijo al fin.

Ella sonrió feliz de espaldas.

—Dijiste un mes.

—O un año.

—Empezaba a pensar que… —confesó sin volverse para mirarle, pero sintiendo cómo él daba los pasos que los separaban y se situaba a su espalda, muy cerca, pero sin tocarla.

—¿Creías qué no volvería?

—Lo temía.

—Te dije que tendrían que matarme para impedirlo. Lo han intentado, pero como ves no lo han conseguido —dijo rodeándola por la cintura con sus manos, envolviéndola. Ella dejó las tazas sobre la encimera y apoyó la cabeza en su torso, disfrutando de la sensación de estar de nuevo entre sus brazos, percibiendo el roce de su barba rubia cuando la besó en la sien—. ¿Has pensado en mí?

—Mucho —admitió a pesar del pudor que le provocaba hacerlo.

Las manos de él la recorrieron despacio, ascendiendo por las caderas, los costados, hasta alcanzar sus hombros, para luego descender por sus clavículas hasta sus pechos, y acariciarlos por encima del vestido de algodón. Julia sintió cómo toda su piel se erizaba.

—Yo tampoco he dejado de pensar en ti, ni un solo día. Estabas en mi cabeza, cada noche, y ese es un riesgo que no puedo permitirme. Pero ¿cómo podría evitarlo? —confesó cuando su mano derecha se colaba debajo del vestido y le acariciaba el vientre.

Julia jadeó, incapaz de moverse, disfrutando de su caricia, percibiendo cómo una poderosa erección presionaba su espalda aun por debajo de la ropa. Sus dedos hábiles alcanzaron su sexo y se deslizaban con suavidad entre los pliegues de su carne.

Quería ser delicado, amarla con calma, pero su poder de contención terminó de desaparecer cuando sus dedos apreciaron lo excitada que estaba.

—¡Dios!, llevo demasiado tiempo esperando esto, necesito estar dentro de ti, *ahora*.

Julia se le ofreció, inclinándose sobre la encimera y asintió mirándole con los ojos enfebrecidos de deseo, liberando la voluntad del hombre, como al animal eximido de su atadura. Desbocado, le arrebató la ropa interior y, sin más preámbulo, se adentró en su cuerpo.

Sintió que un poderoso fuego la invadía. Un fuego que llenaba sus entrañas y ascendía por sus pechos. Se estremeció de placer mientras se amoldaba al cuerpo que se fundía con el suyo.

—¿Te hago daño?

—No, claro que no —jadeó sin aliento.

Parker se sacó la camisa por la cabeza, la lanzó lejos y, tirando de los tirantes de su vestido, liberó sus pechos, tan redondos y perfectos como los recordaba, con aquellos pezones pequeños y rosados cuyo recuerdo le había encendido cada noche a solas en su catre. Quería ver cómo se mecían, cómo se movían en respuesta a cada una de sus embestidas.

Lamió el lóbulo de su oreja sin dejar de moverse en su interior, poseyendo cada centímetro de su cuerpo contra la encimera. Era suya, por completo, así lo sentía. Y él le pertenecía a ella mucho más de lo que se permitía admitir. Lo que sentía, lo que estaba sintiendo entonces, jamás lo había experimentado antes y lo sabía.

—Julia, dime que pare, pídemelo.

—No.

—Pídemelo o no me detendré.

—No voy a pedirte que pares, Austin. Quiero que te corras, quiero sentirte dentro de mí.

A sus palabras percibió cómo se deslizaba fuera de ella y se giró, buscando una explicación en sus ojos, pero estos recorrían con deleite su cuerpo, sus senos, las sinuosas curvas de sus caderas y el socavón de su ombligo.

Entonces posó una mano sobre su torso, acarició cada músculo, cada surco, cada cicatriz; su mirada se detuvo en su sexo, inmenso, enhiesto, desafiante y húmedo, y sintió la imperiosa necesidad de volver a tenerle dentro. Austin la besó con dulzura mientras ella lo acariciaba sin pudor.

—Julia —dijo, y su nombre sonó a súplica y advertencia a la vez. Desoyendo ambas se arrodilló a su lado, y lo tomó entre sus labios. Él echó la cabeza hacia atrás y perdió las manos en su cabello.

Lo devoró con placer, con éxtasis, saboreando la esencia de la pasión desde la propia fuente de su deseo.

Sin poder contenerse más, él la agarró del brazo con suavidad obligándola a incorporarse. Asió sus nalgas entre las manos y la subió a la mesa de la cocina, observándola con esa mirada suya, esa mirada que convertía sus hermosos ojos azules en los de un animal salvaje dispuesto a devorarla. Porque eso era justamente lo que iba a hacer, claro que iba a hacerlo, iba a tomar de ella lo que tanto había ansiado noche tras noche desde la última vez que la tuvo entre sus brazos.

Las naranjas del frutero rodaron por la mesa y cayeron al suelo mientras, apasionado, se adentraba en su cuerpo una y otra vez, carente de todo control.

Cuando la oyó jadear, convulsionando en un poderoso orgasmo, se dejó ir, con los ojos clavados en su mirada esmeralda, sintiendo cómo se estremecía, cómo parte de él mismo se fundía con su ser para siempre, disfrutando del más álgido placer que había experimentado en toda su vida.

Y se quedó ahí dentro, contemplándola tendida sobre la mesa, con parte de su melena dorada despeinada sobre el servilletero de madera. Su vestido no era más que una tira de tejido enrollada en la cintura. Era tan hermosa que creía que no se cansaría nunca de mirarla. Se inclinó sobre su cuerpo para besarla.

Su barba le hizo cosquillas en la nariz provocándole una sonrisa y ella le rodeó con sus brazos, envolviéndole, y quedaron tumbados sobre la mesa.

—¿Qué me has hecho, Julia?—le susurró al oído. Ella buscó sus ojos sin entender nada. Su mirada parecía perdida, ausente—. Ya ni siquiera sé quién soy. Esto que acaba de suceder… No…

—No voy a quedarme embarazada, si es lo que te preocupa, tomo la píldora.

—Yo no soy así.

—¿Así cómo?

—Yo no pierdo el control de este modo, yo no…Se removió, obligándole a salir de su cuerpo, violentada con su reacción.

—¿«Tú no…»? ¿Qué quieres decir? ¿Qué te he obligado? —dijo ofendida bajando de la mesa y recolocándose el vestido para cubrir su desnudez. Austin tomó los pantalones del suelo y se los puso.

—No pretendo decir eso.

—¿Entonces? Explícate o vete a la mierda, Austin Parker. —Él enarcó una ceja y sonrió, le encantaba su «genio español».

—Me siento decepcionado conmigo mismo por no haber sabido contenerme, yo no sabía que tomas la píldora y sin embargo…

—Por Dios, Austin, pero la tomo, jamás te habría permitido hacerlo en caso contrario.

—El control es mi vida, Julia, de hecho, de él depende que siga vivo la mayor parte del tiempo. Y, sin embargo, en lo que se refiere a ti, carezco de él por completo. Yo no quería venir a tu casa, yo no quería que…

—Un momento, ¿no querías venir a mi casa? Y entonces, ¿por qué has venido?

—Porque necesitaba verte. Pero mi cabeza me advertía de que no debía hacerlo.

—¿Sabes? Eres peor que uno de esos *sudokus* de las narices. Creo que será mejor que te marches, al menos hasta que tu cabeza de abajo se ponga de acuerdo con la de arriba sobre si quieres verme o no —dijo mientras recogía su camisa de suelo y se la devolvía.

—Las cosas en mi mundo no son tan sencillas como en el tuyo —aclaró tomándola de sus manos.

—Quizá no, pero en mi mundo al menos sé lo que quiero.

—¿Y qué quieres?

—Conocer a un tipo normal, sin paranoias ni historias raras a su espalda. Un tipo que merezca la pena y sepa lo que quiere —dijo movida por la rabia que le producía sentirse rechazada.

—Creo que no cumplo tu perfil —respondió serio, mucho más de lo que le había visto desde que se conocían.

—En absoluto.

—Será mejor que me marche.

—Es una gran idea.

Parker caminó decidido hasta la puerta, tomó su petate del suelo y abandonó la vivienda sin mirar atrás.

Julia sintió que de nuevo un nudo le atenazaba la garganta. No daba crédito a cómo, en menos de diez minutos, había pasado de acariciar el nirvana sexual a sentirse hundida en la miseria. Se mordió el labio y apretó los puños, espirando con fuerza, tratando por todos los medios de contener las lágrimas.

Maldito *yanki*, maldito SEAL y, sobre todo, maldita Marina Norteamericana, que le había trastocado tanto la cabeza como para hacerle sentir que dejarse llevar por una vez en su vida era un pecado imperdonable.

—Si llega a ser un poco más cuadriculado, es un puñetero Lego —dijo para sí misma y echó a reír con dolor. Con la risa las lágrimas fluyeron con facilidad por sus mejillas—. «Tres meses esperándole para esto», pensó. Para disfrutar del mejor sexo de toda su vida seguido de una buena dosis de realidad que la despertase de golpe. Roció la mesa con limpiador de cocina y la fregó para después recoger las naranjas del suelo y recolocar el frutero en su lugar.

La cerradura de la puerta principal chasqueó y sus ojos la buscaron de modo automático, no podía ser él, Austin no tenía llave, pero habría deseado tanto que arrepentido de sus palabras regresase enarbolando una disculpa como bandera blanca. El pomo giró y Berta entró en el descansillo.

Se apresuró a limpiar sus mejillas y sonarse con una servilleta de papel mientras su amiga dejaba el bolso colgado en el perchero y la buscaba.

—¿Dónde estás?

—En la cocina —la llamó tratando de disimular el tono compungido de su voz—. ¿Te apetece un café? —preguntó dándole la espalda, y comenzó a servirse una taza del café recién hecho.

—Sí, por favor. ¿A qué no sabes de dónde vengo?

—No.

—De ver a tu hermano. Me llamó esta tarde para que quedásemos y hemos estado hablando.

—¿Y bien? —preguntó sirviendo una segunda taza.

—No me engañó. Al menos me ha convencido de que no fue así —dijo con la voz rebosante de felicidad—. Vamos a ir despacio. Muy despacio. Estoy loca por él y sé que me he pasado, he estado agobiándolo con mensajes, me he comportado como una celosa compulsiva. Pero va a darme otra oportunidad.

—Me alegro muchísimo.

—Dentro de un rato viene a casa, le he invitado a cenar. Julia, ¿quieres mirarme? —preguntó extrañada de que tardase tanto en girarse. Lo hizo fingiendo normalidad y puso ante ella la humeante taza de café. Los ojos de amiga de Berta recorrieron su rostro con detenimiento y fue consciente de que lo sabía—. ¡Tú has estado llorando!

—¿Yo? No.

—Sí. ¿Qué te ha pasado?

—Nada, el trabajo, mil cosas.

—¿El trabajo, mil cosas? ¿Una de esas cosas se llama Rubén? —preguntó alerta.

—Una.

—Maldito hijo de la gran… —maldijo caminando directa hacia el recibidor.

—¿Adónde vas? ¿Qué vas a hacer?

—Voy a acordarme de todos sus parientes, de los de renombre y de los *corrientillos,* que seguro que también tiene alguno. Ese imbécil te va a dejar en paz de una vez por todas —aseguró metiendo la mano en el bolso en busca de su móvil.

—No, déjalo, por favor. Austin ya le ha dado una paliza. —Al oír aquel nombre su mejor amiga se detuvo en seco y regresó a su lado a toda velocidad.

—¿Austin? ¿*Austin* ha estado aquí?

—Sí.

—¿Sigue aquí? —susurró apuntando con el índice hacia el piso superior.

—No, se ha marchado.

—¡Ay, mi madre! ¿Y cómo es que le has dejado ir?

—Sería más exacto decir que le he echado.

—¿Le has echado? Pero si llevas tres meses suspirando por los rincones como un alma en pena, me estoy perdiendo algo gordo, ¿verdad?

—No quiero hablar de ello —dijo. No sabía de qué modo podía explicarle lo que acababa de suceder entre ambos sin mencionar que Austin era un SEAL obsesionado con el control y que la había acusado de hacérselo perder.

—¿Te ha insultado?

—No, no. Él jamás haría algo así. Es solo que somos muy distintos, no merece la pena empeñarnos en algo que no tiene futuro. —Su mejor amiga enarcó una ceja incrédula.

—Tienes algo blanco pegado aquí —apuntó indicándole la barbilla. Apresurada Julia pasó una mano por su mentón, enrojeciendo por completo, pero no había nada, estaba limpio—. ¡Ajá! Sabía que te lo habías tirado.

—¡Serás mala!

—No soy mala, pero si te has bajado al *pilón* es que te gusta mucho, pero que mucho mucho.

—Eso no importa —dijo escandalizada aún—. Lo que importa es que no somos compatibles.

—Ya. Y los burros vuelan que da gusto.

—Es inútil discutir contigo. Voy a ducharme.

—Con agua fría, por favor.

—¡Berta!

Julia comenzó a ascender la escalera a toda velocidad para que no la viese reír con sus ocurrencias, su mejor amiga lograba sacarle una sonrisa incluso en los peores momentos. Oyó cómo llamaban al timbre y supuso que se trataba de su hermano quien, según la había informado la propia Berta, cenaría con ellas. Hugo poseía el mismo «detector de llanto» que su amiga, por lo que se apresuró en llegar arriba para tratar de evitar un nuevo interrogatorio.

—¡Julia! —Oyó como alguien la llamaba a su espalda, alguien cuya voz reconoció al instante. Austin ascendía los escalones con paso decidido tras ella, era él quien había llegado. Sintió como si el mundo se tambalease bajo sus pies. Sin saber qué postura adoptar, con qué semblante mirarle, permaneció de pie en el final de la escalera, aguardando a que la alcanzase—. Por favor, perdóname, de ningún modo pretendía ofenderte con mis palabras. —Con los brazos cruzados sobre el pecho vio cómo Berta los observaba a su espalda, por el hueco de la escalera, con una sonrisa de oreja a oreja.

—Vamos a mi habitación, por favor.

Cerró la puerta tras él y le invitó a sentarse en la cama, pero rechazó su ofrecimiento permaneciendo de pie a su lado.

—¿Y bien?

—No te culpo de nada, claro que no. Si eres lo mejor que me ha sucedido en mucho tiempo.

—No parecía que pensases eso hace un rato.

—Por eso he vuelto. Iba a dejar las cosas estar, porque es más fácil alejarme de ti si eres tú quien me rechaza.

—Pero, vamos a ver, ¿y por qué quieres alejarte de mí? ¿Es que tengo la peste o qué?

—No —dijo pasándose una mano por la frente, como si tratase de ordenar sus pensamientos. Ella le observaba ajena al conflicto que vivía en su interior sobre lo que podía contarle y lo que no—. Quiero alejarme de ti, por tu bien.

—No empieces por ahí, Austin. El imbécil al que cogiste del cuello en la acera también empezó con esa cantinela y ya ves como ha acabado lo nuestro.

—No le menciones siquiera —pidió apretando los puños con rabia.

—Por una vez me gustaría hacer las cosas como la gente corriente:

conocernos, acostarnos, salir de vez en cuando y, si todo va bien y nos gustamos, pues convertirlo en algo especial, ¿tan complicado es?

—Para mí, sí, Julia. He regresado a Sevilla a cumplir una misión, la más importante de toda mi vida. Necesito que entiendas que controlar mis emociones es vital en mi trabajo, obedecer a mi cabeza y no a mi corazón me mantiene con vida. Cuando te acompañé a la boda de tu prima había decidido que no tendríamos sexo, y sin embargo lo hubo. Venciste mi voluntad sin ningún esfuerzo. Y por Dios que fue el mejor sexo que he tenido en mi vida. —Aquel inesperado halago la hizo enrojecer de nuevo como un pavo, su sinceridad resultaba abrumadora—. Hoy, cuando aterricé, lo más seguro habría sido que no volviésemos a vernos, y sin embargo vine a buscarte y no pude resistirme a ti de nuevo. La culpa no es tuya, es mía.

—Pero ¿por qué hablas de culpas? Yo no soy una de tus misiones, solo soy una mujer.

—No eres solo una mujer, no eres una más, ese es el problema. Estos meses me moría de ganas de verte, he pensado en ti cada noche, y cada día mi primer pensamiento regresaba a ti de nuevo. Habré oído mil veces *Dar Morse* estos días, porque cada vez que lo hacía te sentía un poco más cerca ¿No lo entiendes? Si las circunstancias fuesen distintas no habría fuerza humana que me obligase a apartarme de ti.

—Pero eso es… eso es lo más bonito que me han dicho en toda mi vida —confesó emocionada. Él apartó la mirada como si su velada declaración careciese de la menor importancia—. ¿Y cuáles son las circunstancias, por favor?

—Candela es hija mía, el ADN lo ha confirmado.

—Te mentiría si te dijese que me sorprende, esa marca en el iris de los ojos es demasiado significativa.

—Y Borko Lévedev, que es el tipo con el que está su madre, es el líder en España de los DiHe.

—¿Los qué?

—Los Diamond Hearts, la mayor organización de delincuencia organizada que opera actualmente en Europa y casi podría decirse que en el mundo entero. —Julia le miró a los ojos con auténtico horror después de oír aquello.

—¿Y qué vas a hacer?

—Necesito hablar con ella, con Alejandra. Tengo que saber si está con ese tipo por propia voluntad. Si no es así, las ayudaré a escapar, a desaparecer para comenzar una nueva vida lejos de él.

—Una nueva vida… ¿contigo?

—Conmigo a su lado para ayudarlas en cuanto necesiten, aunque has de entender que estoy dispuesto a prometerle cualquier cosa para apartarlas de ese monstruo.

—¿Cualquier cosa?

—Cualquier cosa. La seguridad de esa niña es lo primero para mí en estos momentos, por encima de mi propia vida. —Su determinación enternecía su corazón, pero a la vez le dolía pensar en lo que implicaba ese «cualquier cosa». Más aún después de que acabase de confesarle, a su modo, lo que sentía por ella.

—¿Y si lo sabe? ¿Y si sabe con quién está?

—Entonces la que desaparecerá será Candela. No puedo permitir que una niña que lleva mi sangre se críe en manos de ese ser despreciable.

—¿Vas a secuestrarla?

—Voy a apartarla de él a cualquier precio. La organización a la que pertenece Lévedev trafica con seres humanos. Mujeres y niños que vende al mejor postor, ya sea como esclavos sexuales o como meros contenedores de órganos.

—Eso es horrible, por Dios santo.

—Por eso debes alejarte de mí, en cuanto me acerque a ellos, todos los que me rodeen estarán en peligro.

—¿Y piensas hacerlo tú solo? ¿Enfrentarte a una banda de mafiosos, de… de asesinos tú solo?

—Es algo extraoficial, no voy a comprometer a uno solo de mis hombres, por supuesto que lo haré solo.

—¿Y es que eres El Capitán América? ¿Tienes súper poderes y no me lo has contado?

—Tengo todo lo que necesito para hacerlo: un contacto, un arma sin marcar y muchas muchas balas.

—¡Dios mío, Austin! ¿cómo puedes decirlo con esa tranquilidad? Habla con la policía, por favor.

—¿Para conseguir qué? ¿Qué los alerten de que las busco? O peor,

¿que alguien de su entorno se entere y sean ellos quienes las hagan desaparecer?

—¿Sabes dónde están?

—Sí.

—¿Y cuándo piensas ir a verlas? ¿Cuándo hablarás con ella?

—Es mejor que no sepas nada de esto, créeme.

—No quiero. No quiero que te pongas en peligro. —Su mirada de preocupación le conmovió. Sus mejillas habían enrojecido y sobre estas resplandecían sus ojos verdes.

—Mi vida es un continuo peligro, Julia. Si no me matan los hombres de Borko Lévedev, lo hará cualquiera de los terroristas a los que me enfrento continuamente. La muerte me ha acompañado a cada paso los últimos años y hasta ahora no me preocupaba lo más mínimo.

—Hasta ahora.

—Me preocupa la seguridad de Candela, ¿qué será de ella si caigo? Pero también la tuya, por eso debes permitir que me aleje de ti, fingir que nunca me conociste y continuar con tu vida.

—No quiero. No voy a fingir que no te he conocido, que no he sentido lo que tú me has hecho sentir. No quiero y además no puedo hacerlo.

—Debes.

—No. Déjame ayudarte. Puedo enterarme de a qué centro de salud van, o la última vez que han ido al médico.

—Bajo ningún concepto. Es algo que debo hacer yo solo.

—Pero…

—No hay peros. No permitiré que te pongas en peligro.

—¿Y tú sí puedes hacerlo?

—Ponerme en peligro es mi trabajo. No debería haberte contado nada de esto.

—No, era mucho mejor que me dejases creyendo que eres un auténtico capullo.

—¿Eso pensabas de mí? —dudó guiñándole un ojo, tratando de arrancarle una sonrisa, pero estaba demasiado preocupada para sonreír.

Estirando uno de sus brazos, lo posó en su hombro y la acercó a su cuerpo para besarla en la frente con dulzura.

—Lo pensaba y lo pienso. Eres un capullo suicida.

—¡Ajá! —admitió alzando su barbilla con el dedo índice para besarla lentamente, acariciando sus labios con la lengua, jugueteando con la suya.

—Suicida y lujurioso.

—Voy a tener que darte la razón en eso —dijo posando los labios en su cuello, y Julia volvió a experimentar las cosquillas en el estómago que la advertían de que estaba jugando con fuego. Un juego peligroso tras el que no habría vuelta atrás, aun así desobedeció la advertencia y decidió que quería quemarse por completo en aquella boca.

16

«Un átomo de un átomo»

Julia permanecía con la mirada perdida, reposando sobre su pecho, jugueteando con el vello de su torso con los dedos. Estaban desnudos en la habitación envuelta en penumbras en la que la única luz provenía de la lámpara de la mesita de noche. Era un cuarto pequeño en el que se apretaban una cama nido, un escritorio y una librería en esquina atestada de volúmenes.

—Me da a mí que te gusta leer —sugirió provocándole la risa.

—Un poco.

—¿En qué piensas?

—En una tontería.

—¿Cuál?

—En si vas a afeitarte o no —dijo y fue él quien se echó a reír.

—¿Quieres que lo haga?

—No lo sé. La barba te sienta muy bien, pero también estás muy sexy sin ella.

—Así que en definitiva, haga lo que haga soy *muy* sexy.

—Además de creído, sí.

—Capullo, lujurioso y ahora además soy un creído. Un dechado de virtudes, como diría mi madre que en paz descanse.

—No lo digo como algo malo. A ver, tú sabes que estás… que estás muy bueno, vaya. Y por eso caminas con esa postura recta, con los brazos separados del cuerpo, mirando por encima del hombro en plan *perdonavidas* —se burló imitando su rictus serio.

—Yo no hago eso, mi postura es mi postura natural. Y no camino perdonando vidas, excepto cuando trabajo —admitió guiñándole un ojo.

—¿Siempre eres así de chulo?

—Desde pequeñito. Y tú, ¿siempre has sido así de buena samaritana?

—No soy una buena samaritana.

—Sí, lo eres. Eres confiada y demasiado atenta con los extraños. No se puede ser tan buena porque la gente se aprovechará de ti.

—No soy tonta.

—¿Es que he dicho que lo seas? Me refiero a que te preocupas demasiado por los demás y el mundo es…

—No me salgas otra vez con eso de que el mundo es un lugar sucio y oscuro, por favor. Vale que lo será en según qué partes, pero conozco a personas maravillosas cada día, personas que sufren por sus familiares, que se esfuerzan por salir adelante. Gente que lucha, que es capaz de donar un riñón o un trozo de hígado para mejorar la calidad de vida de su familiar o su amigo y eso me hace pensar que no todo está perdido. Y que el ser humano no es malo por naturaleza como intentan hacernos creer. Por cierto, ¿cómo está tu amigo, James?

—Mejor. Le han cambiado de tratamiento y parece que su cuerpo ha reaccionado bien, ha ganado tiempo, pero continúa necesitando ese riñón.

—Espero que llegue pronto. Es admirable lo que pretendías hacer. —Él se removió en la cama e, incorporándose, apoyó la espalda contra el cabecero con la sábana por la cintura, continuaba sin ser capaz de aceptar los cumplidos. Julia se acomodó a su lado—. Te guste o no te pareces un poco a mí.

—No nos parecemos en nada, créeme. Tú sufres por cada vida que pierdes y yo ni siquiera recuerdo los rostros de los tipos a los que se la he quitado. Ojalá el mundo entero se pareciese un poco a ti —aseguró tomándola del rostro con los dedos antes de besarla con exquisita ternura—. No tienes ni idea de lo que has conseguido aquí y aquí —aseguró acunando su mano, llevándola hasta su pecho, justo sobre su corazón, para acto seguido posarla en su frente—. Hace mucho que no confiaba en nadie y tú has logrado que confíe en ti, ciegamente.

—Guau…

—Sí, eso lo explica muy bien. Exactamente *guau*. Quien me conoce sabe que no soy accesible, solo un par de miembros de mi equipo me han oído hablar alguna vez de temas personales. Y no doy segundas oportunidades, nunca, si me fallas, no volveré a confiar en ti.

—No te voy a fallar.

—Eso ya lo sé.

—Pero a veces hay que perdonar, aunque no olvides; es bueno para uno mismo, el odio hace daño.

—Si alguien te traiciona es porque le diste el poder de hacerlo. Porque confiaste en quien no lo merecía. En toda mi vida solo he dado una segunda oportunidad y lo hice por mi madre. Ella me lo pidió pocos días antes de morir, cuando ya sabía que se acercaba el final, quería que arreglase mis problemas con mi padre.

—¿Tenías problemas con tu padre?

—Dejé de hablarle durante un año.

—¿En un momento tan duro?

—En un momento tan duro él me falló. Y de no ser por el ruego de mi madre jamás hubiese vuelto a dirigirle la palabra. —Su mirada se ensombreció al hablar de aquello y esto no hizo más que acrecentar el interés de Julia en saber qué había sucedido. El corazón de Austin estaba tan dañado… hablaba como si no habitase en él una sola pizca de esperanza y eso le dolía en el alma—. Será mejor que me marche o no voy a encontrar dónde alojarme.

—Quédate a dormir en casa.

—No quiero molestar.

—No lo harás.

—¿Estás segura? ¿Berta estará de acuerdo?

—Berta se ha traído a cada *elemento* a dormir que no creo que vaya a ponerse delicada a estas alturas.

—¿Y tú?

—¿Yo qué?

—¿Has traído muchos tipos a dormir?

—A ninguno.

—No me lo creo.

—Pues no te lo creas. El único chico con el que he estado en esta habitación es el que aún debe estar resintiéndose de que le pasases por encima, y siempre se largaba antes de las doce.

—Anda, mira, como Cenicienta.

—Más o menos, porque la madrastra le esperaba en casa. Como solo nos veíamos entre semana, si llegaba más tarde su madre se enfadaba, y créeme que es digna de temer.

—Entonces, ¿voy a ser el primero en pasar la noche en tu cama?

—Sí.

—Pues te advierto que no pienso dormir. —Aquellas palabras, unidas al tono de su voz grave y sosegada, produjeron una punzada de excitación muy honda en su cuerpo. Nunca pensó que podría reaccionar así ante meras palabras—. Tú también has sido la primera en algo para mí.

—¿Ah sí? ¿En qué?

—Has sido la primera mujer con la que he tenido sexo sin condón, y por todos los santos que ha sido una gozada. —Ni siquiera la naturalidad con la que lo dijo impidió que ella se encendiese como un farolillo.

—No tienes pelos en la lengua.

—Se me cayeron todos de golpe, hace tiempo —dijo abrazándola, apretándola contra su pecho y paseando los dedos por su cabello dorado—. Me gustas mucho, Julia.

—También tú a mí.

—Pero en este momento…

—Lo sé y lo entiendo.

—Si quieres, cuando todo acabe y sea seguro que lo haga, te buscaré y hablaremos.

—Claro —aceptó a pesar de lo mucho que la entristecía tener que esperar para dar una oportunidad a lo que ambos comenzaban a sentir.

—¿Te importa si me doy una ducha?

—No, por supuesto. Ya sabes dónde está el baño.

—Bajaré a coger el petate —dijo incorporándose. Se puso el pantalón y la camisa y salió de la habitación cerrando la puerta.

Julia se estiró en la cama, vestida solo por la blanca sábana de algodón y una sonrisa. No se atrevía a poner nombre a lo que había despertado en ella, pero sí sabía que era intenso, mucho más de lo que había sentido antes por nadie. Lo quería todo de él, de él que nada podía ofrecerle. Pero la mera promesa de que la buscaría cuando todo acabase, por lejano que pareciese entonces, era lo único que mermaba un poco el dolor que sentía cuando pensaba en perderle.

Quería disfrutar cada segundo, cada minuto a su lado y que aquella noche no acabase nunca.

Unas palabras acudieron a su mente de improviso, unos versos incompletos de John Keats que, aunque lo intentó, fue incapaz de reproducir. El poeta británico era uno de los favoritos de su madre y conservaba un tomo de su obra con gran cariño. Se incorporó de la cama desnuda y buscó en la estantería.

«Esa forma, esa gracia, ese pequeño placer/del amor que es tu beso... esas manos, esos ojos divinos,/ese tibio pecho, blanco, luciente, placentero,/incluso tú mismo, tu alma, por piedad dámelo todo,/no retengas un átomo de un átomo o me muero.»

Releyó las líneas y suspiró. Jamás unas palabras habían cobrado tanto sentido como las que acababa de leer en aquel preciso momento.

—Me estoy enamorando de él y eso significa que estoy jodida —se dijo a sí misma dejando el libro de nuevo en el estante.

—¿Quién coño es...? —la sorprendió su hermano entrando en la habitación como una tromba. Al descubrirla desnuda cerró los ojos con fuerza, escandalizado. Desandando los pasos hacia atrás resbaló con uno de sus zapatos y cayó de espaldas contra el suelo.

—¡Hugo!

—¡Mierda, Julia!,¡¿qué haces en pelotas?! Mejor no me lo digas —pidió tratando de levantarse. Ella se apresuró a envolverse en la sábana y le ofreció una mano, pero él aun con los ojos cerrados salió a gatas de la habitación y cerró tras de sí. Julia aprovechó para ponerse un largo blusón y unas bragas antes de abrir la puerta de nuevo.

—Pero ¿cómo entras así en mi cuarto? ¿Es que te crees que aún tenemos cinco años?

—Te lo he visto *todo* y esa imagen me va a martirizar por el resto de mis días.

—Gracias, es un consuelo saberlo. Aunque te recuerdo que yo te he visto a ti en una situación aún peor con Berta —dijo sulfurada. A pesar de la confianza que tenía con él, no dejaba de ser su hermano mayor y ni siquiera la había visto en ropa interior desde que habían dejado de ser unos críos.

—¿Quién es el tipo que ha bajado a por sus cosas y está duchándose en nuestro baño?

—Dirás *mi* baño, te recuerdo que ya no vives aquí. Se llama Austin y es amigo mío.

—¿De qué le conoces?

—¿Y a ti qué te importa? Le conozco, me gusta y nos hemos acostado. Y no es la primera vez, ¿algún detalle más?

—Julia, ten cuidado.

—Sí, mamá ya me explicó lo de las abejas y las flores.

—Déjate de coñas. Yo creía que Rubén y tú…

—¿Rubén? ¿Cómo sabes lo de Rubén? ¿Te lo ha contado él?

—Me lo ha contado Berta, sin querer. Lo cierto es que sospechaba algo, pero a ella se le escapó en mitad de una conversación.

—Vaya con los escapes. Lo mío con Rubén se acabó, está muerto y enterrado. No quiero volver a saber nada de él en toda mi vida.

—¿Te ha hecho algo? —Julia apartó la mirada, incapaz de mentirle—. ¿Qué te ha hecho? Dímelo.

—Nada.

—Julia, o me lo dices tú, o voy a buscarle ahora mismo.

—Trató de sobrepasarse conmigo, pero Austin le puso en su sitio, tranquilo.

—¿Trató de sobrepasarse?

—Ya está Hugo, te digo que Austin le paró los pies.

—De todos modos vamos a tener unas palabritas *Ricky Martin* y yo, voy a recordarle que eres mi hermana, por si lo ha olvidado.

—Haz lo que quieras.

—Y ese tipo, ¿qué? ¿Quién es? ¿Tenéis algo, no tenéis nada?

—Es complicado.

—Pues las cosas complicadas no suelen ser buenas.

—Al contrario, suelen ser las mejores. Deja de preocuparte, por favor.

—Lo intentaré, aunque no te prometo nada. Bueno, voy a bajar a ayudar a Berta con la comida antes de que asome con el cucharón de madera en mi busca.

—Ya me he enterado que os habéis arreglado.

—Despacio —admitió con una sonrisa—. Necesito espacio y tiempo, y ella se ha comprometido a dármelo.

—Me alegro mucho. Porque os merecéis el uno al otro.

—Gracias, pequeñaja —dijo antes de dar el paso que los separaba, dispuesto a abrazarla como ella esperaba, pero se detuvo—. No puedo hacerlo, no hasta que borre tus… *imágenes* de mi cabeza.

*S*e apoyó en el umbral de su dormitorio contemplando la puerta cerrada del baño. Podía oír el sonido del agua de la ducha y su imaginación echó a volar. Lo vio dentro, con el cabello rubio envuelto por la espuma que resbalaría por todas y cada una de sus formas, y qué formas…Todo un espectáculo que no estaba dispuesta a dejar pasar por alto. En silencio abrió la puerta y se coló dentro del baño.

Austin permanecía de espaldas, distinguía la silueta de su cuerpo a través de la cortina translucida de la ducha. El vapor era muy intenso y le otorgaba cierto aire de misterio a lo espía de tres al cuarto. No pensaba quedarse mirándole sin más, cerró el pestillo y se sacó el blusón y la ropa interior, dejándolos sobre el váter antes de descorrer la cortina de un tirón.

Ella creía que no la había oído, pero lo cierto es que estaba aguardándola desde que percibió la leve ráfaga de viento que había provocado al abrir la puerta. Su reacción fue agarrarla por los hombros y aprisionarla contra la pared de azulejos, bajo la cortina de agua.

Por un momento la expresión que Julia vio en sus ojos fue fría e impasible, pero la cambió de inmediato al enfrentarse a los suyos, sonrió y sus manos descendieron desde su cuello hasta sus pechos.

—No vuelvas a hacer eso.

—¿Qué?

—No intentes sorprenderme por la espalda —advirtió a la vez que tomaba su pierna derecha y la encajaba en su cadera, abriendo la puerta al paraíso.

—¿Por qué?

—Porque es peligroso, muy peligroso —dijo, presionando con su sexo en la entrada a su interior—. Promete que no lo harás.

—No.

—Promételo —exigió adentrándose despacio, percibiendo cómo ella se estiraba contra la pared.

—Lo prometo —dijo, ansiosa por volver a rendirse a sus caricias.

Con Julia todo era sencillo, amar, entregarse, deshacerse entre sus piernas y recomponerse renovado, habiéndose impregnado de su esencia pura y delicada. Junto a ella el mundo tenía otro color, y él daría todo cuanto poseía por verlo desde su prisma por una sola vez.

—*H*e conocido a tu hermano, Berta nos ha presentado —dijo secándose el cabello con una toalla, vestido por completo tras la tórrida ducha común.

—¿Y bien?

—¿Estás segura de que quieres que me quede a dormir?

—¿Te ha dicho algo?

—No ha hecho falta. Creo que me ha radiografiado de pies a cabeza —confesó con una sonrisa que resplandeció por entre la barba rubia.

—Claro que quiero que te quedes a dormir. Mi hermano es un poco «especial» en cuanto a lo que a mis relaciones se refiere, pero no le queda otra que aceptar que ya no soy la niña que él piensa. Creo que pretende que me meta a monja.

—Eso sería un acto criminal —dijo tirando de ella, envuelta en una blanca toalla de algodón, para besarla.

—¿No me imaginas de monja? Pues tú me llamaste buena samaritana.

—Son cosas distintas. Si te metieses a monja no podría volver a tenerte y eso sería como un billete al infierno —aseguró atravesándola con su mirada oceánica, demasiado cerca de su boca.

Juntos descendieron los escalones al piso inferior entre juegos y bromas cómplices, hasta alcanzar la cocina.

—¿Os quedáis a comer con nosotros? —preguntó Berta ataviada con un divertido delantal estampado con el torso de un gladiador romano, sin dejar de remover un guiso que olía de maravilla. Los ojos de Hugo le recorrieron de nuevo de pies a cabeza.

—No, tan solo venimos a por provisiones —advirtió Julia consciente de lo poco cómoda que podría resultar la sobremesa para Austin con su hermano como comensal. Tomó una botella de Lambrusco de la nevera, entregándosela, y metió dos pedazos de empanada del día anterior en el microondas—. Ahora vuelvo, voy a coger la cubitera.

—¿Y hace mucho que os conocéis? —preguntó Hugo aprovechando la salida de su hermana.

—Un par de meses.

—No eres español, ¿verdad?

—No, soy norteamericano.

—Pues no tienes mucho acento.

—Gracias.

—¿Cuántos años tienes?

—Treinta y dos.

—Vives en…

—¿Vas a preguntarle también por la talla de su ropa interior o eso ya me lo dejas a mí? —intervino Julia—. Perdónalo, se debe haber pensado que está en comisaría.—El aludido le dedicó una mirada fría como el hielo. Parker distinguía en él el velo de la autoridad, jamás podría negar que era policía, su postura corporal lo cantaba a los cuatro vientos.

—Tranquila.

—Bueno chicos, estaremos arriba y no os asustéis del ruido —bromeó, sabiendo lo mucho que irritaba a su hermano oírla hablar así. Berta le dedicó una amplia sonrisa, agitando el cucharón de madera en la mano como despedida.

—No deberías mortificar así a tu hermano —dijo antes de dar un bocado a su pedazo de empanada, tumbado en la amplia colcha blanca que utilizaban como mantel para aquel picnic interior improvisado.

—Tú no sabes lo que he tenido que aguantar yo en esa cocina como para que ahora se atreva a decirme nada. ¡Cada día había una chica de un país distinto! Liga mucho con *guiris*, bueno, ligaba.

—Sí, ya me he dado cuenta de que él y Berta están juntos.

—Estoy muy contenta por ellos, espero que les vaya muy bien, ambos se lo merecen. Berta está loca por él desde el instituto, incluso se apuntaba a clases extraescolares para verle más tiempo.

—La adolescencia es una época de emociones muy intensas.

—La nuestra lo fue, sin duda. Guardo unas cintas grabadas de un trabajo del instituto que me muero de vergüenza de ver. Teníamos la edad del pavo.

—Me encantaría verlas.

—Sí, claro. Cuando tú me enseñes una tuya.

—No tengo trabajos del instituto en vídeo, en realidad creo que no tengo ningún vídeo de aquella época, aunque puede que aparezcamos Chris o yo en alguna cinta de las que grababan en Brakes and Wheels con las promociones de verano.

—¿Qué es *Brakes and Wheels?*

—Era un taller de vehículos en el que trabajábamos por las tardes para ganar algo de dinero, el tratamiento de nuestra madre era muy caro y los seguros médicos no lo cubrían por completo.

—Vaya.

—Fue allí donde me inicié en la reparación de vehículos: automóviles, embarcaciones, motores, etc…Fueron habilidades que después desarrollé en los SEALs. Aún recuerdo a Chris sentado en el mostrador escribiendo cartas de amor a Ana María a escondidas.

—Que tierno.

—Yo pensaba que se había vuelto idiota. Dos cartas por semana, ¿cómo podía tener tantas cosas que contarle? —Dio un sorbo a su copa de vino espumoso—. Fue muy duro para él regresar a Jacksonville.

—Lo imagino.

—Aún más por el motivo por el que lo hacíamos. Nuestra vida cambió por completo. Mientras nuestros compañeros de instituto iban al fútbol o al béisbol, nosotros teníamos que trabajar o ayudar a mi padre a lavar a mamá, prepararle la fruta triturada o cambiarle el pañal. Jamás olvidaré el día en que mi tutora del último curso llamó a mi padre para hablar con él sobre mi futuro, estaba empeñada en que debía ir a la universidad, decía que si no lo hacía estaría desperdiciando mi talento, pero yo sabía tan bien como él que no podíamos permitírnoslo aunque trabajase día y noche en el taller. Pero bueno, ya está bien, hablemos de algo más alegre, ¿qué ha sido de tu vida estos meses?

—Nada especial: he ido al trabajo, he vuelto, he quedado con algunas amigas. No ha sucedido nada nuevo. Bueno, a excepción de que al fin hemos vendido la casa del… —Su sonrisa ladeada mientras la escuchaba dando un sorbo de su copa encendió la bombilla dentro de su cabeza—. ¡Has sido tú! ¡Tú has comprado la casa!

—No. Eso no es cierto. Yo solo le comenté a un amigo de Montgomery que buscaba una propiedad en España que había un precioso chalé en Los Palacios que…

—Oh, Austin, gracias —dijo tirándosele encima y haciéndole caer de espaldas. Le besó en los labios una y otra vez—. ¿Y cómo supiste cuál era la propiedad?

—De eso se encargó Christian, que tiene muchos más contactos que yo. Él es capaz de encontrar la aguja en el pajar.

—Pues dale también las gracias a él de mi parte. Nos habéis salvado, ahora al menos podremos vivir con dignidad.

Austin la contempló mientras dormía, la expresión relajada de su rostro que descansaba sobre su pecho, con su aliento haciéndole cosquillas en los labios y sus piernas entrelazadas con las suyas. Se dijo que no debía dormirse, que pasaría toda la noche despierto, disfrutando del peso de su cuerpo y el aroma de su piel, pero no pudo evitar caer rendido.

*U*nas palabras la despertaron. Austin hablaba en sueños, repitiendo algo así como «date prisa» en inglés, y se movía, se agitaba entre las sábanas a su espalda. Se volvió para intentar calmarle y le acarició la mejilla.

—Tranquilo, es solo una pesadilla —susurró, sin embargo no despertaba, se movía y repetía esas palabras. «Hurry up, hurry up»—. Vamos, tranquilo —dijo pasándole una mano por la frente.

Pero entonces la agarró del cuello con ambas manos y la empujó contra el colchón con fuerza. Julia no podía ver sus ojos, pero sabía que estaba dormido.

—Austin, Austin, despierta —balbució. Sabía que los pulgares contra su tráquea eran un arma letal y trató de tirar de sus brazos para apartarlos, pero parecían dos columnas de metal, inamovibles—. Despierta, por favor.

—¿Julia? —dudó, y la soltó de inmediato—. Oh, Dios santo, Julia, ¿estás bien?

—Sí, tranquilo. Estoy bien.

—*Jesus* —masculló apartándose de su lado y bajando de la cama. Ella encendió la luz de la lamparita—. No quería dormirme, no quería…

—Chsss, habla más bajo, no sé si mi hermano se ha quedado en casa —pidió—. ¿Por qué no querías dormirte?

—Tengo pesadillas y me asustaba hacerte daño, y ya ves que con razón.

—¿Pesadillas? ¿Qué tipo de pesadillas?

—¿Acaso importa? Lo único importante es que he estado a punto de...

—No me has hecho nada, no eres el primer hombre que habla y se mueve en sueños.

—¿Y si te hubiese roto el cuello?

—No lo has hecho. Deja de pensar en lo que podría haber sucedido porque no ha pasado. Te he llamado y has despertado. Una vez en vacaciones mi hermano me dio un codazo en un ojo mientras dormíamos y hasta tuve que ir al hospital, y fue sin querer. Es lo mismo.

—¡No puedes justificarlo todo!

—Cuando estuvimos en Los Caños, no dormiste, ¿verdad? —Él desvió la mirada como respuesta—. Lo sabía.

—Ha sido un error quedarme, será mejor que me marche —dijo, y empezó a recoger sus cosas.

—¿Te vas a marchar así? ¿De madrugada? ¡Son las cuatro de la mañana! —afirmó comprobando la hora en el reloj despertador.

—No te preocupes más por mí, Julia, por favor.

—Pero ¿cómo no voy a preocuparme si pretendes largarte a las cuatro de la mañana?

—Tranquila. —Se aproximó a besarla, pero ella giró el rostro negándole el beso.

—No puedes marcharte así como un fugitivo en plena noche.

—Créeme, es lo más seguro para ti.

—¿Lo más seguro para mí? Deja de hablar como si fuese una idiota incapaz de decidir por mí misma lo que me conviene.

—No lo entiendes, eres lo mejor que me ha pasado en los últimos diez años de mi vida y por eso debo protegerte, incluso de mí mismo. Ojalá nuestros caminos puedan volver a cruzarse algún día —dijo dejándola a solas en la cama, con el corazón latiendo a galope tendido y los puños apretados por la rabia.

17

Fractura de cráneo

—*T*ienes más mala cara que Marco en el Día de la Madre —aseguró su hermano entrando en la cocina. Sonrió y limpió las lágrimas en el hombro de su camiseta con disimulo. Eran las seis de la mañana. Dio otro sorbo a su café y suspiró. Hugo se sirvió una taza y se sentó a su lado a la mesa—. ¿Qué ha pasado, María Magdalena? —preguntó desvelando que no había pasado por alto sus ojos llorosos.

—¿Trabajas por la mañana?

—Sí, voy al apartamento a cambiarme. Cuéntame, ¿por qué se ha largado de madrugada?

—¿Lo has oído?

—Os he oído discutir.

—No discutíamos. Es solo que tenía cosas que hacer.

—¿A las cuatro de la mañana?

—Sí.

—Venga, cuéntame, ¿qué pasa con ese tío? ¿Está casado, tiene mujer y seis hijos o qué?

—¿En serio? ¿En serio tú quieres que yo te hable de una de mis relaciones?

—Si no quieres no, pero sabes que me tienes para lo que necesites y que aunque me cueste asimilar que mi hermanita… en fin…

—Necesita algo de sexo igual que tú…

—¡Ni lo digas! —pidió estremeciéndose como si le diese repelús aceptarlo siquiera—. En fin, pues eso, que, por supuesto sin detalles, puedes confiar en mí. Aunque no estén papá y mamá nos tendremos el uno al otro, siempre. —Aquellas palabras la hicieron romper a llorar de nuevo—. Eh, no seas tonta.

—Te quiero mucho, Hugo, gracias por estar cuando te necesito —confesó entre lágrimas de emoción—. Austin no me ha hecho nada, es un hombre maravilloso, de verdad, y ojalá él mismo se diese cuenta y se valorase como merece.

—Yo solo espero que no se atreva a hacerte daño. Y si lo hace, ya sabes que aún conservamos la motosierra de papá en el garaje —aseguró guiñándole un ojo, dando un nuevo sorbo de su café.

—Hugo, ¿quién es Borko Lévedev? —preguntó de improviso, los ojos negros de su hermano se abrieron mucho por encima de la taza humeante.

—¿Por qué lo preguntas?

—He visto en el periódico una noticia en la que hablaban de él —mintió.

—Es el líder en España de una organización criminal que opera en toda Europa, los Diamond Hearts.

—Corazón de diamante.

—Los llaman así porque su primer gran golpe fue robar el Corazón de Oriente, un diamante inmenso con esa forma que estaba fuertemente custodiado en una joyería de Londres.

—Vaya.

—Sí, pero su origen está en redes de contrabando y prostitución de la Europa del Este. Controlan gran parte de las mafias que se dedican al tráfico de seres humanos y, por supuesto, también de droga. Funcionan como una guerrilla terrorista, están muy organizados y ni uno solo de sus miembros delata al resto porque saben que, si lo hacen, su venganza alcanzará a sus familias fuera de la cárcel. Ese tipo es una buena pieza. ¿Y que decían en la noticia?

—¿Qué noticia?

—La que has leído.

—Ah. Que podía estar por Sevilla.

—Espero que no, estos tipos son peligrosos de verdad.

«Peligrosos de verdad.» Las últimas palabras de su hermano antes de marcharse no dejaban de acecharla. Trataba de pensar en otra cosa, incluso se puso a limpiar la cocina, quizá el perfume del limpiahornos penetrase en su mente lo suficiente para atontarla, pero fue inútil, regresaban a ella sin parar: «Peligrosos de verdad». Eran asesinos, auténticos monstruos, una guerrilla organizada capaz de lo peor y Austin planeaba enfrentarse a ellos casi con las manos vacías.

No podía quedarse parada esperando. Aguardando a que en las noticias informasen de que había aparecido el cadáver de un hombre tirado en una cuneta, si es que aparecía. Porque quizá esa chica, Alejandra, estuviese con semejante criminal por propia voluntad, seducida por el poder del dinero. Y en ese caso no le haría la menor gracia que alguien de su pasado irrumpiese en su vida con una prueba de ADN reclamando algún tipo de poder de decisión sobre su hija.

¿Y si ella misma le pedía a Borko que le eliminase?

Aquella mujer no tenía por qué ser una mafiosa como su pareja, pero ¿cómo alguien que no lo fuese soportaría estar junto a un tipo así? Desconociendo sus actividades delictivas, sin duda.

—Buenos días —la saludó Berta entrando en la cocina ataviada con el sobrio uniforme del supermercado—. ¿Se puede saber qué haces limpiando el horno a las siete y media de la mañana?

—No podía dormir.

—Ya.

—Así que hoy trabajas de mañana.

—Sí, hija, sí. Y hoy toca Bigotona.

—¿*Bigotona*?

—El último viernes de cada mes toca Bigotona.

—¿Qué es eso? ¿Un tipo de jornada intensiva?

—Es una señora de metro y medio de alta por metro y medio de ancha, con un mostacho que ni el sargento de la Guardia Civil de mi pueblo, que llena el carro hasta los topes y en la caja se pone a «decidir» lo que deja y lo que saca. Pero en realidad lo que trata es de engañarnos metiéndose cosas en el bolso. Empieza, «esto sí, esto no, trae, eso acá que al final no me lo llevo». Y así una hora, formando una cola detrás que ni te imaginas. Total, que al final la cajera tiene que llamarme para ayudarla y vigilar que no *mangue* nada.

—Pobrecilla.

—¿Pobrecilla? Pobre de mí, que no puedo evitar que los ojos se me vayan al bigote, y me digo a mí misma: «No Berta, no, al bigote no, mírala a los ojos», pero es que tiene el entrecejo de Frida Khalo, y me dan ganas de recomendarle que, ya puestos a *mangar*, se lleve una Silk-épil.

—Eres malvada, Bertita —rió. Su amiga tenía esa maravillosa capacidad de decir las palabras oportunas en el momento preciso para aliviar su corazón.

—No soy malvada, pero a veces me gustaría tener unas cuantas dioptrías más —dijo tomando un bollo nevado de la alacena, al que dio un mordisco que tiñó sus labios de blanco, los relamió limpiándolos—. ¿Donde se ha ido el chico de las pilas alcalinas? Esas que duran y duran y duran...

—¿Nos has oído? Madre mía qué vergüenza.

—Solo cuando parecía que el cabecero de la cama atravesaría la pared y saldría escaleras abajo. Gemías como si el fin del mundo estuviese a punto de llegar: «Oh, Austin, oh, sí...»

—Cállate —pidió tapándose la cara con las manos, abochornada.

—Que no, que es broma. Pero por lo menos tres o cuatro han caído, ¿verdad?

—No voy a responder a eso.

—¿De los buenos?

—Que no respondo.

—¿Y por qué se ha largado? —Ella no contestó—. Eres imposible, Julia, cuando te pones en ese plan. Después en el almuerzo me lo cuentas, recuerda que hoy te toca cocinar a ti.

—Tranquila, no se me ha olvidado —mintió. Claro que se le había olvidado, por completo.

Cuando Berta se marchó, con ella desapareció el descanso mental que suponía su compañía, y sus quebraderos de cabeza regresaron de inmediato.

Su mente se empeñaba en viajar hacia ese próximo encuentro entre Austin y Alejandra, y su corazón se aceleraba solo con imaginarlo.

En ese ir y venir masoquista de sus pensamientos concluyó que, si hablase con ella, con Alejandra, si la mirase a los ojos y cruzasen un par de palabras, podría saber si se sentía en peligro o no. Si permanecía junto a un ser tan despreciable como el que su hermano le había descrito por propia voluntad o, por el contrario, estaba siendo retenida. Tenía la empatía suficiente para ello, o al menos trató de convencerse a sí misma de que así sería antes de salir disparada de casa con su bolso a cuestas.

18

A salvo

—¿*Q*uién es?

—Yo, soy yo.

—¿Ha pasado algo?

—No, tranquilo.

—Entonces, ¿por qué me llamas a este número, Chris? Te dije que solo en caso de emergencia.

—Estoy llamando desde una línea segura. Solo quería saber que estás bien.

—Lo estoy.

—¿Ya estás instalado?

—Sí, esta mañana.

—¿Esta mañana? ¿Dónde dormiste anoche? —El silencio de su hermano menor fue una respuesta en sí misma—. ¿Has dormido en casa de esa chica?

—Chris, estoy bien, es todo lo que necesitas saber.

—Dijiste que no volverías a verla.

—Ya vale. No debí hablarte de ella. Lo que menos necesito en este momento es uno de tus discursos.

—Pues te lo daré. Sabes que no estoy de acuerdo con lo que piensas hacer, como sabes lo que me estoy jugando por ti, las puertas que estoy tocando por ti. Creo que eso al menos me da derecho a decirte lo que pienso.

—Pues dilo de una vez y después déjame en paz.

—No estás en Sevilla para iniciar una relación, estás ahí para rescatar a esa niña. ¿O me equivoco?

—No te equivocas, joder. Pero no es tan sencillo. Llevaba tres meses sin verla, tres meses que me han parecido tres años.

—Es la primera vez que te oigo hablar así de una mujer. Te has… ¿enamorado? Dios, hermano, estás jodido.

—No digas tonterías.

—¿Tonterías? ¿Cuándo te has preocupado tú de ir a ver a una novia cuando regresabas de una misión? ¿Cuándo has llamado a alguna de ellas nada más llegar? Aún recuerdo a esas pobres chicas con el corazón roto que venían a casa de papá a preguntar cuándo volvías.

—Jamás les prometí nada, a ninguna de ellas, ni siquiera a la madre de Candela. Ya sabes la vida que llevo.

—Sí, lo sé. Como sé que deberías empezar a plantearte cambiarla si esta locura sale bien, al menos por esa niña.

—Conoces mis planes para la niña, en caso de que su madre…

—Lo sé.

—Entonces solo preocúpate de que tus chupatintas estén preparados para la que se nos viene encima. Y si no vuelvo, también sabes lo que tienes que hacer.

—También lo sé.

—Si no vuelvo… Mueve a tus contactos y asegúrate de que Julia está a salvo, que nada de esto la salpique.

—¿Ves? Eso es amor, hermano.

—No me jodas, Chris.

—Esa española te ha robado el corazón como Ana hizo conmigo. —Austin no dijo nada y fue mucho más revelador que cualquier palabra que hubiese podido decir—. Lo haré, me encargaré de todo, pero empieza por alejarte de ella o no habrá nada ni nadie que pueda mantenerla a salvo.

*D*empire, el contacto que había obtenido mediante la ayuda de su hermano Christian, le había entregado un informe detallado con la agenda diaria de Alejandra. La pareja de Borko Lévedev solo abandonaba el lujosísimo chalé en el que vivía en una parcela alejada de Espartinas dos días a la semana, los lunes y los viernes.

Cada viernes acudía a un par de exclusivas tiendas de moda en el centro de Sevilla, después pasaba el resto de la mañana en un lujosísimo *spa* y, por último, compraba comida rápida en un McDonald's y regresaba al chalé. Siempre acompañada de dos de los hombres de confianza de Borko. Según el informe de Dempire, con el que solo había podido mantener contacto telefónico en una ocasión, la pequeña Candela nunca la acompañaba. De hecho, él hacía más de seis meses que no había visto a la niña.

Parker había decidido seguir sus pasos, observarlos desde la distancia para averiguar cuál sería el mejor momento para intervenir, el modo de hacerlo sin levantar sospechas, sin ponerla en peligro. Pero sobre todo, necesitaba averiguar dónde estaba la niña para poder comenzar a trazar con detalle el plan de rescate.

Eran las nueve menos cuarto de la mañana. Según su informante, Alejandra abandonaba la parcela en torno a las diez y media, así que aguardó en el coche que había alquilado esa misma mañana, aparcado a la distancia suficiente como para no ser descubierto y poder observar a cualquier vehículo que abandonase la propiedad.

19

Los Naranjos

*V*arios coches circulaban por la carretera en ambas direcciones. Julia puso el intermitente y aparcó frente a la entrada de la envasadora de aceitunas.

Miró la dirección que llevaba escrita en un papel: «Finca La Paloma, Urbanización Roalcao, Espartinas, carretera de Sevilla-Huelva, kilómetro 15». El trayecto había durado apenas treinta minutos, más de lo que había tardado en obtener la dirección.

Se había dirigido al centro de salud de San Luis, donde trabajaba su amiga y compañera de promoción Carolina, y le había pedido que le permitiese el acceso al programa del servidor general del Servicio de Atención Sanitaria, con la excusa de que al estar de vacaciones no tenía acceso a su tablet y necesitaba obtener los datos de una cita de especialista para su amiga Berta, quien supuestamente habría perdido el documento. Carolina le cedió el ordenador del departamento de vacunación, vacío a tan temprana hora, y Julia accedió con su clave personal como empleada del sistema andaluz de salud, cruzando los dedos al buscar en la base general de datos a una niña llamada Candela, nacida en el año 2009, con el segundo apellido Domínguez, el primero de su abuela Manuela Domínguez, pues imaginaba que al carecer de padre debía llevar los de su madre.

Bingo. Por suerte, Candela no era un nombre demasiado común. Solo había tres niñas en toda Andalucía que concordasen con esos parámetros, y solo una de ellas tenía como última residencia una localidad sevillana, Espartinas.

También había conseguido un número de teléfono móvil y había descubierto al revisar su historial que solo había acudido una vez al médico en los últimos meses. Fue un episodio de urgencias por un trauma-tismo craneoencefálico tras caer por una escalera seis meses atrás, aun-que al parecer no tuvo mayores consecuencias según el médico que la atendió en el centro de salud. Después de aquello, no constaba nada más en su historia clínica.

Abrió la puerta del coche, bajó y caminó hacia el cruce frente al cual había un portón de hierro que protegía la entrada a una finca a la que se accedía a través de un largo camino de albero compactado. Atravesó la carretera con intención de mirar a través de la alambrada, pero un vehí-culo oscuro se detuvo a su lado con brusquedad.

—Sube al coche —ordenó Austin abriendo la puerta del copiloto. Ella, recuperándose de la sorpresa, le obedeció. El vehículo comenzó a alejarse en dirección a Sevilla—. ¿Se puede saber qué coño haces? —le espetó furioso. Aunque no podía ver sus ojos, ocultos tras las gafas de sol espejadas, podía imaginar que echaban chispas.

—Solo quería…

—¿Cómo has conseguido esta dirección? ¿Cómo?

—Busqué en el centro de salud y…

—¡Te dije que te alejaras, joder! ¡Que lo olvidaras todo! —gritó fuera de sí, dando un puñetazo al volante—. ¿Es que no me escuchas?

—No, no te escucho. No escucho a los tipos que me gritan, así que haz el favor de parar el coche que me bajo —respondió enfadada.

Austin dio un frenazo, haciéndose a un lado de la carretera.

—Esto no es… —Consciente de que aún mantenía el tono de voz elevado trató de calmarse antes de proseguir—: Julia, esto no es un juego.

—No pienso que lo sea —dijo agarrando el tirador de la puerta, dispuesta a apearse en mitad de la carretera.

—Hay cámaras que apuntan a la entrada. Hay vigilancia las veinti-cuatro horas del día en esa puerta. Necesito… —inspiró hondo recupe-rando la calma por completo—. Necesito que estén confiados, que no sospechen nada, no puedo permitir que se pongan nerviosos al verte merodeando por allí.

—Lo siento. Pensaba que si lograba hablar con esa chica, verla, po-dría saber si está contra su voluntad o no.

—No vas a poder acercarte a ella. Nadie puede. ¿Has descubierto algo más?

—Sí, que la niña solo ha acudido una vez al médico desde que residen en Sevilla. Se cayó por unas escaleras hace seis meses, sin consecuencias graves.

—Bien.

—No. No está bien. Es muy extraño que una niña tan pequeña no haya acudido al pediatra en todo el invierno, que no se haya resfriado, no haya tenido anginas, gastroenteritis, nada por lo que hubiese necesitado ir al médico.

—Quizá tengan un seguro privado.

—Eso espero.

—Perdóname por haberte gritado.

—Perdóname tú por no haberte hecho caso, no pensé en las consecuencias. Lo siento, de veras.

—Está bien. Voy a llevarte a casa, dentro de un par de horas pediré un taxi y vendré a recoger tu coche.

—Y ¿mientras, qué harás?

—Déjalo estar, por favor.

—No puedo, Austin.

—La culpa es mía, solo mía. No debí contarte nada, no debí volver a verte.

—¿Tanto te cuesta entender que estoy preocupada por ti?

—Pero ¿por qué? Sé lo que hago.

—Porque no quiero que te pase nada malo! —Aquellas palabras cambiaron su expresión, su preocupación le enternecía. Sonrió y le acarició la mejilla. Julia acunó el rostro en su mano, cerrando los ojos.

—Sé lo que hago, de verdad, deja que me encargue de todo —pidió, y aproximándose a ella la besó en los labios con dulzura. Un beso lento y paladeado que hizo brotar un millón de emociones en su pecho—. Gracias por preocuparte por mí.

—Está bien, me quedaré en casa aguardando noticias. Solo dime una cosa: ¿piensas espiarlos? ¿Para eso estabas aquí?

—Estaba aquí porque voy a seguirlos para tratar de hallar una brecha en su seguridad por la que tener acceso a ella sin ponerla en peligro.

—Y sin ponerte en peligro tú.

—Y sin ponerme en peligro yo. Tranquila, no será muy complicado, siempre sigue la misma rutina, va a los mismos lugares, los mismos días, solo tengo que buscar la oportunidad adecuada.

—¿Qué lugares?

—Tiendas, un *spa*.

—¿Qué tiendas?

—No voy a decirte de qué tiendas se trata para que acudas a ellas.

—Austin, solo quiero ayudarte. No iré a ninguna de ellas. —Él enarcó una de sus cejas trigueñas, desconfiado—. Te lo prometo.

—Hace demasiado tiempo que nadie me promete nada y más aún que no confío en una promesa.

—Pues las mías son sagradas. Creo que puedo ayudarte dándote información de los sitios si es que los conozco, cómo están distribuidos, de qué forma acceder a ellos, no sé, cualquier cosa. Te doy mi palabra de que no intervendré, a menos que me lo pidas.

—Una *boutique* llamada Sol del Guadalquivir.

—No me suena de nada. No tengo ni idea de dónde está.

—Dolce Híspalis.

—Sé dónde está y sé que también es una tienda exclusiva, pero nunca he entrado, lo siento.

—El McDonald's del centro comercial Aljarafe.

—Sí he estado, varias veces, es como cualquier McDonald's un edificio independiente y poco más. Vaya, sí que estoy siendo de ayuda.

—Y un *spa*, Los Naranjos.

—¡Conozco a alguien allí! —dijo con la mirada iluminada—. Bueno, en realidad yo no, sino Berta. Una antigua compañera del supermercado en el que trabaja es esteticista en Los Naranjos.

—¿Sí? Alejandra suele acudir a las doce y media y sale entorno a la una y veinte.

—Qué informado estás.

—He hecho mi trabajo.

—Puedo llamar a Berta y pedirle que hable con su amiga para que intente conseguir que te permita acceder a Alejandra. Estoy segura de que sus escoltas no entrarán con ella en la cabina de tratamiento.

—Berta no puede saber nada de esto.

—Le diré que no puedo explicarle el porqué y aun así lo hará. Créeme.

—¿Y con qué excusa?

—Eso déjaselo a ella, es un hacha inventando historias. Estoy segura de que es capaz de conseguirlo.

—No sé. No me convence.

—Déjame intentarlo. Estoy segura de que conseguiremos que puedas hablar con ella a solas. ¿Tienes alguna idea mejor? —Él se removió incómodo en el asiento y la ausencia de respuesta fue una victoria silenciosa para Julia. Le miró un instante, en silencio—. Austin, anoche, cuando te marchaste de casa tras ese sueño, ¿yo formaba parte de tu pesadilla?

—¿Qué? No, no pienses eso. ¡En absoluto! —Respiró aliviada al oírle—. Tengo esas pesadillas desde que Cricket sufrió el accidente con la granada.

—¿Soñabas con ese momento?

—Con ese momento, con otros similares. Los sueños son demasiado reales y mis reacciones también. Temía hacerte daño, por eso me marché, no pienses que fue otra cosa, por favor, tú no tienes nada que ver en ellos. Ojalá pudiese soñar contigo, serían sueños muy dulces, estoy convencido —sugirió acariciándole la mejilla, seductor.

Sus palabras la reconfortaron. Había temido formar parte de sus pesadillas, ser un elemento perturbador más en ellas, y la hacía muy feliz que no fuese así.

Condujeron hasta el centro de la ciudad donde se hallaba el Spa Los Naranjos, dentro del hotel del mismo nombre.

«Le he dicho a mi amiga Ana que vais a darle una sorpresa a la chica. Que tu amigo, al que he llamado Marco, es un chico con el que su familia no quiere que se vea, por lo que no debe decir nada. Ella me ha contado que esa chica siempre lleva dos acompañantes con pinta de matones. Julia, no sé qué os traéis entre manos, pero espero que no sea nada peligroso. Ana os dejará pasar primero a la cabina de masaje para que cuando ella llegue podáis hablar a solas. Eso sí, me ha advertido que si tú no entras con él, se niega a dejar a la chica a solas con un tipo al que no conoce.»

«Os estará esperando en el parking a las once y os hará pasar sin que nadie os vea. Le he jurado que no va a meterse en ningún lío, espero que sea así.»

—No me gusta. No me gusta que tu amiga se involucre en esto, ni que la amiga de tu amiga nos identifique. Pero sobre todo no me gusta que tengas que entrar también tú, que Alejandra vea tu cara y pueda recordarla si algo sale mal.

—Verá mi cara solo un instante, no sabrá quién soy, no la he visto en toda mi vida y probablemente no vuelva a verla. Es la oportunidad más segura que tienes de hacerlo sin ponerte en peligro tú ni exponerla a ella. Confía en mí.

Ana, la joven esteticista la saludó con un par de besos en las mejillas, ambas se conocían desde hacía años y, aunque no eran íntimas, habían compartido algunos momentos y conversaciones en distintas celebraciones, rupturas o cumpleaños de la amiga que tenían en común.

—Berta me ha dicho que ha vuelto con tu hermano —dijo con una sonrisa—. Espero que les vaya bien.

—Sí, yo también lo espero, me tienen un poco entre la espada y la pared cuando discuten.

—Ya, lo imagino.

—Ana, él es Marco, el amigo del que Berta te ha hablado.

—Sí, ya me ha contado que quiere declararse sin que la familia de la chica lo sepa, ¡es tan emocionante! —dijo con los ojos brillantes de ilusión—. Tranquilos que nadie lo sabrá, he enviado a mi compañera Pili a desayunar para que no os vea entrar y seré yo quien vaya a buscaros cuando la joven se marche y os acompañaré hasta la puerta de atrás. Ay, ¡qué bonito es el amor!

—«Otra que lee novelas románticas», pensó Julia mientras entraban en las instalaciones del *spa*.

La joven le entregó a Julia la parte de arriba de un uniforme negro con los filos dorados en el que podía leerse el emblema del establecimiento, ella entró en el vestuario, un instante, para ponérselo sobre su camiseta de tirantes, y siguieron los pasos de la joven que les guió por los pasillos del complejo de relax. Cruzaron frente al mostrador de recepción, vacío en ese momento, y atravesaron una sala de espera con sillones de mimbre y cuero.

—Por esa puerta se accede a la piscina termal y por esta a las cabinas de tratamiento. Vosotros dirigíos a la cabina número tres y pasáis dentro como si tú fueses a darle un masaje a él. ¡Qué emoción! Ya me contaréis si ha respondido sí o no.

—Muchísimas gracias, señorita, no sabe lo importante que es para mí —dijo Austin mirándola fijamente.

La joven sonrió de oreja a oreja mirándole con detenimiento.

—Mi pareja tiene doce años más que yo. Así que sé lo que es estar enamorada y que nadie te entienda —confesó con una última sonrisa antes de abrir la puerta ante ellos.

De repente, Julia sintió una punzada de celos, una punzada que incrementó su intensidad a cada paso. ¿Y si Austin, al tenerla frente a sí después de tanto tiempo, se daba cuenta de que sentía algo por Alejandra? ¿Y si se enamoraba de aquella mujer que, además, era la madre de su hija?

Caminó en silencio seguida del por él. Llegaron hasta la cabina número tres y cerraron la puerta de cristal translúcido tras ambos. Era un cuarto pequeño, apenas doce metros cuadrados en los que había una camilla, una pequeña mesa de madera con toallas y una estantería con velas aromáticas encendidas con olor a jazmín, y diversos aceites de masajes. Al fondo, una pared incompleta escondía una ducha a ras de suelo.

—Será mejor que cuando llegue estés escondido ahí atrás, yo le diré que hay alguien que quiere hablar con ella, para ir preparándola.

—Esto es una locura, Julia. No debí permitir que me convencieses de hacerlo. ¿Y si se pone a gritar como una histérica al verme? ¿Y si acabamos a tiros encerrados en este cuchitril? —dijo sacando la pistola semiautomática que escondía a su espalda y quitándole el seguro.

—¿Llevas una pistola?

—Claro, ¿cómo si no haría frente a un posible ataque? Es mejor que te vayas, sal por la salida de emergencia. Esa joven, Ana, no tiene por qué saber que te has ido.

—¿Estás loco? Alejandra aún tendrá ganas de despellejarte por haber desaparecido así de su vida. Si es necesario, yo me interpondré entre ella y la puerta para que puedas hablarle.

—No me gusta…

—Eso ya lo has dicho, pero es la mejor opción. ¿Qué pensabas hacer si no? ¿Cómo ibas a acercarte a ella? ¿En qué piensas? —preguntó al distinguir su mirada perdida.

—Pienso en que ojalá te hicieses una idea de lo peligroso que es todo esto para ti, de lo culpable que me siento por haberte involucrado y haberte puesto en peligro.

—Tú no me has puesto en peligro, no estoy en peligro.

—Aún no, pero como algo salga mal… —decía dando vueltas nervioso, como una fiera enjaulada. Una fiera terriblemente sexy, tan serio, con la mirada perdida.

—Todo va a salir bien, sé el riesgo que corro y lo asumo.

—No lo sabes, Julia. Ese es el problema, que no lo sabes, ni siquiera lo imaginas —dijo acariciando reflexivo su mentón cuadrado. La luz tenue del habitáculo se reflejaba en su cabello arrancándole brillos dorados y no pudo evitar pensar que haría cualquier cosa por él, por asegurarse de que estaba a salvo, aunque para ello pusiese en riesgo su propia vida.

Los minutos transcurrieron en silencio. Él permanecía concentrado, como si repasase en el interior de su mente cada paso que iba a dar en cuanto aquella puerta se abriese.

Julia le observaba a cada rato, cruzando los dedos en el interior de los bolsillos del uniforme, rogando para que aquel encuentro saliese bien, aunque ni siquiera supiese lo que eso significaba.

—Si ella decide marcharse contigo…

—Me encargaré de sacarlas de allí. Estoy dispuesto a todo por alejarlas de ese tipo, ya te lo he dicho.

—A todo.

—Ya hablamos de eso. Mis sentimientos no importan en este momento, solo ponerlas a salvo.

—¿Y cuáles son tus sentimientos, Austin? ¿Eres capaz de ponerles un nombre?

—¿Lo eres tú? —respondió observándola con fijeza. Ella fue incapaz de sostenerle la mirada—. Cuando tú seas capaz de hacerlo responderé a tu pregunta.

—Eso no es justo.

—La vida no lo es.

Julia sintió rabia. Le gustaría poder decirle que estaba enamorándose de él, que le gustaría pasar cada minuto de cada hora a su lado, conocerle tan íntimamente como ni él mismo lo hacía. Pero temía su reacción. No quería arriesgarse a ser quien diese ese primer paso por miedo a estrellarse contra una pared de hormigón. Fue el miedo el que le impidió confesarle que, en realidad, sí sabía cómo calificar lo que sentía.

Alguien se acercaba caminando. Julia hizo una señal a Austin, que se escondió tras la pared de la ducha. La puerta de cristal se abrió y por esta entró una joven morena con el cabello muy lacio, largo hasta la cintura. Era delgada, un palmo más baja que ella. Sus ojos eran grandes y oscuros, rodeados por larguísimas pestañas, sus labios finos, y tenía un hoyuelo en la barbilla. No pudo evitar pensar que era una belleza.

—Buenas tardes. Ana me ha dicho que eres nueva.

—Buenas tardes. Sí, mi nombre es Julia —dijo, mientras la joven cerraba la puerta tras de sí. Iba ataviada con un largo albornoz blanco y zapatillas de tela de toalla que debían haberle entregado en la recepción.

—Espero que me hagas el tratamiento tan bien como Ana —indicó, y entonces se abrió el albornoz, bajo el que no llevaba nada a excepción de un minúsculo tanga negro, y lo colgó en una de las perchas de la pared.

Julia, intimidada por la situación caminó hasta ponerse entre la puerta y la joven desnuda.

—Alejandra.

—¿Sí?

—Mi nombre es Julia, pero no soy esteticista. Estoy aquí porque hay alguien que necesita hablar contigo.

—¿Qué? ¿Quién quiere hablar conmigo? —preguntó acercándose a la pared en busca del albornoz.

—Yo —dijo Austin apareciendo de repente, sorprendiéndola.

Sus ojos recorrieron su desnudez con sorpresa mientras ella se cubría veloz.

—Escúchale, por favor.

—¿Qué haces tú aquí? —preguntó con los ojos fuera de las órbitas.

Julia abandonó el gabinete a toda velocidad, permaneciendo en el pasillo y aguardó fuera, junto a la puerta.

—¿Qué haces tú aquí? —preguntó de nuevo Alejandra, como si no terminase de dar crédito a que él estuviese ante ella. Parker reconoció un cambio significativo en su aspecto, estaba mucho más delgada, sus facciones eran más angulosas y a pesar de que habían transcurrido siete años desde la última vez que la vio, por sus rasgos físicos parecía incluso menor.

—Tu madre está preocupada.

—¿Mi madre? —preguntó, y su expresión cambió al oírle, sus ojos se nublaron un instante, pero pronto recuperó la compostura.

—Sí, ella se puso en contacto conmigo porque está preocupada por vosotras.

—¿Y cómo te ha encontrado?

—Eso no importa ahora. ¿Por qué no me lo contaste? ¿Por qué no trataste de buscarme para decirme que tenía una hija?

—¿Es que eso hubiese cambiado algo? Tú no me querías, por eso desapareciste y no quisiste volver a saber nada más de mí.

—Alejandra sabes que lo nuestro fue algo fugaz. Lo pasamos bien y nada más. Después de ese verano estuve meses sin poder comunicarme con nadie, ni siquiera con mi familia, y mi vida cambió de un modo tan radical que fue como si mi pasado no existiese.

—Por eso, tu pasado no existía y yo y mi hija éramos parte de él.

—¡Esa niña no podía formar parte de mi pasado cuando ni siquiera sabía que existía! —La taladró con la mirada—. Sé con quién estás Alejandra.

—¿Ah, sí? ¿Y a ti que te importa?

—Me importa porque ese hombre no es la mejor compañía para criar a una niña.

—¿Y tú si lo eres? Apareces ahora, después de siete años, escondido en un centro de masajes, ¿para qué? ¿Eh? ¿Para reclamar tus derechos como padre?

—Tengo derechos, claro que los tengo.

—¿Qué derechos?

—Los que mi desconocimiento me ha impedido ejercer. Yo solo quiero que la niña crezca lejos de ese tipo.

—*Ese tipo*, como tú lo llamas, ha pagado la comida, la ropa y las medicinas de tu hija, ¿dónde estabas tú cuando nos hiciste falta?, ¿eh? Olvídanos —dijo y trató de abrir la puerta, pero él se lo impidió interponiéndose a su paso.

—No puedo hacerlo. No voy a olvidarme. Aunque me odies, aunque no quieras saber nada de mí, yo quiero asegurarme de que la niña…

—¡La niña está muerta!

—¿Qué?

—Nuestra hija, esa niña, a la que no has conocido y por la que tanto pareces preocuparte ahora, ¡está muerta! Se cayó por unas escaleras. Al principio los médicos creyeron que no era nada, pero tenía el cráneo fracturado y murió en el Virgen del Rocío unos días después —dijo con la voz rasgada por las lágrimas que recorrían su rostro.

—No puede ser cierto.

—Podríamos haber sido muy felices, Austin, yo estaba loca por ti, te quería como jamás he querido a nadie, ojalá tú me hubieses querido también a mí. —Lloraba, sosteniéndose contra la pared. Él trató de dar un paso hacia ella pero Alejandra alzó una mano interponiéndola entre ambos—. Deja de preocuparte, vuelve a tu maravillosa vida y olvídate de nosotras para siempre —proclamó antes de salir de la habitación.

Julia había escrito su número de teléfono en una de las tarjetas de visita del *spa* con un lápiz de ojos negro que encontró en el bolsillo del uniforme. No había podido entender nada de la conversación que se había producido en el interior, tan solo había oído que hablaban, que parecían discutir, pero esperaba que la joven hubiese entendido los motivos de preocupación de Austin. Al menos no la había oído gritar pidiendo auxilio y eso ya era un signo positivo.

Cuando Alejandra salió de la habitación con tanta premura, la agarró del brazo tratando de retenerla para hablar con ella.

—Suéltame.

—Escúchame, no te conozco, pero sé lo que es estar atada a alguien que no te merece, se puede escapar de eso, créeme, pero hay que ser muy valiente.

—¿Quién coño eres tú? ¿Una asistenta social?

—Por favor, créeme, hay salida para lo que estás viviendo —dijo tratando de entregarle la tarjeta con su número teléfono, pero como apartó la mano la introdujo en el bolsillo de su albornoz—. Austin solo intenta ayudaros.

—Pues llega tarde. Siete años tarde.

—Nunca es tarde, llámame si necesitas ayuda, por favor.

La joven le dedicó una intensa mirada de desprecio mientras se alejaba caminando veloz, atravesando la puerta del pasillo que comunicaba con la zona de recepción y vestuarios. Segundos después él abandonó la habitación.

—¿Qué ha pasado? ¿Qué te ha dicho?

—Vámonos —pidió, recorriendo el pasillo en dirección contraria.

—¿Adónde vas? Tenemos que esperar que venga Ana para salir.

—Me largo.

—No puedes, no podemos —advirtió, pero él, deteniéndose frente a la puerta de emergencia, la abrió de un empujón. Le siguió a la calle, cerrando con cuidado.

—¿Qué ha pasado? Cuéntamelo, por favor.

—Sube al coche —exigió cuando alcanzaron el vehículo estacionado.

—¿Es una orden?

—No, lo siento. Sube al coche, por favor. —Le obedeció. Arrancó el motor y se alejaron a toda velocidad.

—¿Vas a contármelo de una vez o no? ¿Adónde vamos?

—Te llevo a casa. Dame las llaves de tu coche.

—¿Para qué?

—Dentro de un rato iré a por él, lo aparcaré frente a tu casa y meteré las llaves en el buzón.

—No voy a dártelas. Voy a ir allí y me voy a poner a hacer el pino ante las cámaras de seguridad. Lo haré, te prometo que lo haré si no me cuentas ahora mismo qué es lo que ha pasado ahí dentro. ¿Por qué me ha dicho que es demasiado tarde para ayudarlas?

—Porque la niña está muerta, ¿vale? Mi hija está muerta.

—¡¿Qué?!—Julia no podía dar crédito a lo que acababa de oír. La mirada de Austin parecía fría y distante, pero le conocía lo suficiente como para saber que tan solo era una máscara con la que trataba de ocultar el dolor que estaba sintiendo.

—Murió después de golpearse en la cabeza al caer de una escalera, tal y como averiguaste. Alejandra dice que en principio los médicos creyeron que no era nada, pero que después resultó ser una fractura de cráneo y murió en el hospital Virgen del Rocío días después.

—¿En el Virgen del Rocío? Austin, en el registro que he consultado para descubrir su paradero, no constaba ni un solo informe del hospital, podrían haber cometido un error, pero ¿no vas a comprobar si es cierto?

—Claro que lo haré. Pero ¿por qué iba a mentirme? Además, ella no sabía que tú habías averiguado que sufrió ese traumatismo y sin embargo su versión coincide.

—Quizá tiene miedo de que trates de quitarle a la niña.

—Había tanto dolor en su mirada… Apenas puedo reconocerla, parece una mujer distinta.

—Han pasado siete años, es normal que la encuentres distinta.

—Si lo que me ha contado es cierto no hay nada más que pueda hacer. Hablaré con su abuela y le daré la terrible noticia, no tiene sentido que esa pobre mujer pase lo que le queda de vida anhelando a alguien que no va a volver.

—¿Crees que es lo mejor?

—Si la niña está muerta no tiene sentido que la aguarde, es mejor que mantenga vivo su recuerdo sin más. Al menos ellas tienen eso, su recuerdo, yo ni siquiera sabré nunca como era el tono de su voz —masculló en voz baja. Julia le observó. Había bajado la guardia un instante, pero pronto carraspeó, retomando su papel de tipo duro, y la miró a los ojos—. Dame las llaves del coche, prefiero que no te acerques por allí, y menos ahora que ella te ha visto la cara.

—Está bien —dijo buscándolas en el bolsillo de sus vaqueros y entregándoselas—. Lo siento mucho.

—Gracias.

El resto del trayecto se produjo en el más absoluto silencio. Ambos inmersos en sus pensamientos.

—¿Volveré a verte o a saber de ti al menos? —preguntó antes de bajar del coche, detenido en la puerta de su casa.

—Sí, claro. Pero necesito tiempo, tiempo para comprobar si es cierto, para asumirlo si es así…

—Por supuesto, es lógico.

—Pero volveremos a vernos, te lo prometo —aseguró aproximándose, y la besó en los labios.

—Está bien. Me voy —dijo resistiéndose a bajar del coche.

—Hasta mañana, nena.

—¿Hasta mañana?

—Hasta mañana. Sea cuando sea, no voy a decirte adiós, nunca —dijo antes de volver a besarla, avivando las llamas que le abrasaban el pecho.

—Hasta mañana —repitió para sí, dedicándole una sonrisa forzada antes de entrar en casa.

*L*a serenidad de Austin le había roto el corazón y, si se detenía un segundo a imaginarle solo en la habitación del hostal tratando de manejar su dolor, terminaba por deshacerse en mil pedazos.

Al entrar en casa, se tumbó en el sofá, estaba triste y exhausta.

El cuerpo desnudo de Alejandra acudió a su mente. Era muy delgada y muy guapa, pero sus ojos negros parecían tan tristes que apagaban gran parte de su belleza. O al menos eso quería pensar, pues saber que él la habría visto así, casi desnuda, la hacía temer que esta imagen despertase lo que un día sintió por ella. Con rabia, le dio una patada a un cojín del sofá que había caído al suelo y este volcó la lámpara de pie haciendo que la tulipa de flores se estrellase contra el suelo. Se levantó veloz a comprobar su integridad. Por suerte no le había sucedido nada.

Pensó que era egoísta por no sentir lástima por Alejandra, pero no podía hacerlo, porque cuanto más lo pensaba más se convencía de que les estaba mintiendo. Definitivamente, esa niña no podía estar muerta. No sería la primera vez que alguien fallecido aparecía aún en los registros, aunque no le cuadraba lo más mínimo que no apareciese el informe de ingreso en el hospital.

Desconocía el motivo por el que Alejandra había podido mentir, pero era una mentira fácil de comprobar y probablemente a Austin no le costaría más que un par de días averiguar si existía partida de defunción o no.

Se tumbó en el sofá de nuevo y sintió cómo el cansancio la invadía de golpe.

—*E*h, tú, Blancanieves, despierta que el príncipe no va a venir a darte el besito. ¿A que no has hecho nada para almorzar? —La despabiló Berta, se había quedado adormilada—. Es lo que tiene pelearse a las cuatro de la mañana, que se arrastra el sueño todo el día.

—Lo siento.

—Ea, pues a ver al chico de la chupa roja otra vez —sentenció tomando el teléfono para solicitar una pizza a domicilio. Hizo el pedido de memoria, sabedora de los gustos de su amiga, y regresó junto a ella—. Vas a contarme qué ha pasado y te advierto que no es una pregunta. Me ha dicho Ana que os habéis marchado sin decir ni adiós.

—Lo sé, y lo siento.

—Déjate de tantos *losientos* que pareces un alma en pena, y empieza a largar por esa boquita —exigió sentada sobre la pequeña mesita de madera frente al sofá.

—Es complicado.

—Tú empieza, sin miedo.

—Austin tuvo una relación en el pasado con una chica.

—No me digas que el tema va de exnovias que me pongo a hacer palomitas en el microondas.

—Berta, que esto es serio.

—Y tanto, estás celosa como una mona.

—¡Berta! No estoy celosa. Y como sigas interrumpiéndome no te lo cuento. Además, sé que Austin me mataría si supiese que estoy largándote esto.

—No se enterará, tranquila. —Su amiga hizo la señal de cerrar la boca con una cremallera. Julia sonrió resignada.

—Esa relación acabó, y él se marchó y no volvió a saber nada más de ella en siete años. Pero hace poco se enteró de que tiene una hija y por eso vino a Sevilla.

—Ostras.

—Y, hoy, la madre de esa niña le ha dicho que está muerta.

—Joder.

—Pero yo no me lo creo.

—¿Por qué?

—Porque he mirado en su historia clínica y no me aparece como fallecida. Según ella murió hace seis meses de un traumatismo craneoencefálico al caer por unas escaleras, pero yo no he oído nada de eso en el hospital, imagino que llamarían al cero sesenta y uno y de algo me habría enterado, los accidentes de niños no suelen olvidarse con facilidad, y más después de estar varios días en la UCI pediátrica del Virgen del Rocío.

—¿Y no conoces a nadie que trabaje en la UCI pediátrica del Virgen del Rocío a quien puedas preguntarle?

—En la UCI pediátrica no… —De pronto una bombilla se encendió en su cabeza. Tomó su teléfono móvil y marcó el número de quien podía resolver sus dudas, con el pecho bullendo de nerviosismo.

—A las buenas tardes, guapetona —la saludó su amiga Rocío. Berta la observaba muy atenta, muerta de curiosidad.

—Hola, niña. ¿Cómo estás?

—Pues bien, porque libro este fin de semana, pero tú estás mejor, que ya estás de vacas, ¿no, maldita?

—Pues sí, las estoy estrenando. Verás, te llamo porque quiero hacerte una pregunta un poco rara.

—¿Una pregunta rara? ¿Me vas a preguntar si llevo puesto algo sexy? —rió esta.

—Tú siempre vas sexy.

—Eso es que me miras con buenos ojos, pues últimamente se me está poniendo un culo que es una pantalla de cine.

—Pero qué dices, exagerada.

—¿Exagerada? Mira, no te voy a decir lo que peso, pero a mí el Clexane me lo tendrían que poner de ochenta —bromeó, refiriéndose a una medicación cuya dosis aumenta según el peso, y ochenta era de las más altas. Julia rió divertida con su ocurrencia—. Anda, dime qué pregunta es esa, pervertida.

—¿Martín estuvo el invierno pasado cubriendo una baja en la UCI pediátrica?

—Sí, al doctor Merino, que se operó de juanetes y me fastidió todas las Navidades. Martín estuvo dos meses haciendo más guardias que un legionario, ¿por qué?

—Porque me han comentado que en ese tiempo falleció una niña de seis años con fractura de cráneo que había caído por unas escaleras.

—¡Jesús! Con el miedo que me dan las escaleras. No, no me suena nada de eso. Pero espera que le pregunto. Martín… Martín… ¡Martín, haz el favor de quitar los pies de la mesita de cristal! Qué te crees ¿que estás en casa de tu madre? Después se queda la marca y tú le tienes *alergia* al Cristasol. Estoy al teléfono con Julia Romero, mi antigua *compi* de medicina interna, y me pregunta que si cuando estuviste en la UCI este invierno atendisteis a una niña pequeña con fractura de cráneo que, pobrecita, falleció… Dice que no, Julia, que preguntes a ver si fue en el

Virgen Macarena, pero que le extraña, porque, aun así, se habría enterado. ¿Y qué pasa con esa pobre niña?

—Que era hija de alguien a quien conozco y no sabía si había estado en el Virgen del Rocío o no. En fin, nada, perdóname. Muchas gracias, Rocío, y dale las gracias a tu marido también.

—No hay gracias que dar, siento mucho lo de la niña de tu conocido. Llámame una tarde de estas y nos tomamos una cervecita.

—Lo haré. Un beso.

—Besos.

Así que era mentira. Tal y como sospechaba. Una noticia semejante, cualquier noticia que implicase lesiones graves o el fallecimiento de un menor recorría el hospital desde el tejado hasta los cimientos, pues la mayoría de los sanitarios que trabajaban allí eran padres y no ajenos a circunstancias tan dramáticas. Berta la miró con fijeza esperando una explicación.

—¿Qué pasa?

—Es mentira. No sé por qué, pero esa chica le ha mentido.

—Será perra, no se puede jugar con algo así. Es macabro, es malvado.

—Voy a llamar a Austin y a contárselo.

Marcó el número de su teléfono, pero la respuesta fue que se hallaba apagado o fuera de cobertura. Volvió a intentarlo un par de veces más mientras su mejor amiga ponía la mesa.

—Prepararé una ensalada mientras llega la pizza. Tengo los pies como dos luces de freno de estar toda la mañana de arriba abajo, de caja en caja.

—Espero que me llame en cuanto vea mi llamada perdida.

—Seguro que sí.

—De todas formas tiene que venir a traerme el coche, que tuve que dejarlo aparcado para ir juntos a Los Naranjos.

—¿Mi coche? Está aparcado ahí fuera.

—¿Qué? —dudó y salió a la calle a comprobarlo, era cierto, y tal como le había dicho las llaves estaban en el buzón. Sintió rabia al descubrirlo y volvió a llamarle, pero el resultado fue el mismo.

Después de comer, Berta subió al piso superior y se cambió de ropa, se arregló y maquilló antes de bajar, mientras ella daba vueltas al móvil sobre la mesa, frente al televisor encendido al que no prestaba la menor atención.

—Te llamará.

—¿Estás segura?

—Lo hará. Y no te va a llamar porque haya descubierto que lo de la niña es falso, te llamará porque está loco por ti.

—Y después me crecerán alas y saldré volando.

—Tú créeme, sé lo que me digo. Anda, ven conmigo a dar una vuelta.

—¿Adónde vas?

—He quedado con tu hermano para tomar algo y después iremos al cine.

—No gracias, ir de *sujetavelas* nunca me ha hecho demasiada ilusión.

—¿Y qué vas a hacer? ¿Quedarte toda la tarde aquí sola dándole vueltas al móvil esperando a que te llame?

—Es una opción. La otra es coger una botella de vodka y a empinarla hasta perder el conocimiento.

—A ver, no me malinterpretes, pero ¿no crees que estás tomándote demasiado a pecho algo que no te incumbe?

—Lo sé. Pero no puedo evitarlo.

—¡Tú estás pillada hasta las trancas! —Julia rehuyó sus ojos azules, lo estaba, claro que lo estaba. Berta se sentó a su lado en el sofá y la abrazó—. Tranquila, todo va a salir bien. Y si no sale bien, sé que no es mucho consuelo, pero pase lo que pase estaremos juntas. Nada recompone mejor un corazón roto que una noche de películas de Patrick Swayze, te lo digo por experiencia.

—Gracias —dijo con una sonrisa.

—De nada, para eso están las amigas.

—Tú eres mucho más que una amiga.

20

Sueños rotos

«*A*re you ready for, ready for, the perfect storm, the perfect storm...» La suave melodía de su móvil la despabiló, se había dormido, profundamente esta vez. Sonrió feliz, al fin la llamada que esperaba, al fin podría contarle lo que acababa de descubrir. Pero al tomar el móvil entre las manos descubrió que el número le era desconocido. Dudó un instante antes de descolgarlo.

—¿Diga?

—¿De verdad quieres ayudarnos? —preguntó entre susurros una voz femenina.

—¿Qué?

—Dile a Austin que si quiere ayudarnos esté frente a la envasadora de aceitunas de Espartinas en media hora con un coche. Que aparque entre dos camiones, con las luces apagadas.

—¿Alejandra?

—Díselo. Es ahora o nunca. Treinta minutos, con las luces apagadas, frente a la envasadora. Ah, y por nada llames a este número. —Y colgó.

Miró el reloj de cristal del aparador, eran las diez de la noche, había dormido varias horas. Austin no se había puesto en contacto con ella, ni siquiera le había dejado un mensaje y de pronto recibía aquella llamada, una llamada de desesperación.

Volvió a telefonearle, una vez más la respuesta fue la misma: el teléfono estaba apagado o fuera de cobertura en ese momento. Claro que él no podía sospechar que le hubiese entregado un papel con su número de teléfono a Alejandra. No había sido capaz de decírselo por miedo a su reacción.

Los nervios le atenazaron el estómago, casi no podía respirar. «Es ahora o nunca», había dicho.

Tomó las llaves del coche y salió disparada en dirección al mismo lugar en el que había aparcado su vehículo esa mañana.

Condujo con los nervios palpitándole en el estómago y las manos temblorosas. No sabía qué haría, qué podía encontrarse, pero la voz de aquella mujer le había parecido tan llena de desesperación que no había podido evitar el impulso de intentar socorrerla. Además, había hablado en plural: «¿Quieres ayudarnos?», y eso la hacía sospechar que la niña la acompañaba.

Detuvo el motor después de seguir sus instrucciones, aparcando entre dos de los múltiples camiones estacionados ante la valla metálica que rodeaba el recinto de la envasadora, que ocultaron el vehículo, y apagó las luces. Había oscurecido y la carretera, a su espalda, se alargaba hacia ambos lados como una serpiente negra que la hubiese engullido.

Miró la hora en su reloj de pulsera. Las diez y media. Había sido puntual, aunque para ello hubiese tenido que saltarse los dos últimos semáforos.

A su alrededor solo había silencio. La fábrica permanecía en calma, tan solo iluminada por un par de focos en torno al perímetro. De pronto oyó el sonido de unos pies caminando en la grava, se giró y vio cómo una de las puertas traseras se abría y se colaban por ella la joven a la que había conocido esa misma mañana acompañada de una niña pequeña.

—¿Por qué has parado el coche? ¿Dónde está Austin?

—No le he localizado.

—¿No le has…? —Sus ojos se crisparon iluminados por la luz interior del vehículo que se apagaba lentamente. La pequeña se acurrucó contra el cuerpo de su madre—. ¡Vamos, arranca, sácanos de aquí!

Julia obedeció y metió la marcha atrás. Aceleró despacio.

—¡Tendrías que haber dado la vuelta! ¡Vamos! ¡Vamos! —la apremió Alejandra.

Entorpecida por el nerviosismo liberó el embrague de golpe, impactando con el lateral de uno de los camiones. Lo pisó de nuevo y metió la primera marcha, tratando de girar hacia el otro lado, pero entonces su puerta se abrió de golpe y alguien la sacó del coche.

Alguien que le tapó la boca y le puso una navaja en el cuello.

—Si dices algo te rajo —susurró a su oído una voz masculina. Tiró de ella obligándola a caminar hasta una furgoneta oscura que no había visto llegar y la empujó al interior de la caja. Otro hombre forzó a Alejandra y a la niña a subir tras ella y arrancaron el vehículo poniéndolo en marcha a toda velocidad.

—Un solo grito y estás muerta —dijo el hombre que había tomado asiento a su lado, cuyo rostro no alcanzaba a ver con claridad.

La pequeña permaneció en silencio agarrada a su madre mientras el vehículo comenzaba a moverse. Julia miró en todas direcciones, pero era una caja cerrada, sin una sola ventana, con asientos anclados al suelo y cuya única iluminación era una pequeña luz rojiza pegada al techo.

—Entrégame tu teléfono —exigió.

—No lo tengo, está en el coche con el bolso.

—Si me estás mintiendo…

—No te miento, por favor, por favor, esto debe ser un error.

—Cállate, zorra, o te reviento la cabeza —le espetó con rabia.

El trayecto fue corto, aunque para ella el tiempo pareciese haberse detenido.

—¿Adónde nos llevan? —preguntó mientras abrían las puertas de la furgoneta.

—Estamos muertas, estamos muertas por tu culpa —le espetó Alejandra furiosa, descendiendo con su pequeña de la mano.

Cuatro hombres, vestidos con trajes oscuros, las condujeron al interior de un impresionante chalé. Se detuvieron en el gran *hall* de la entrada. El que las había acompañado en la furgoneta repartió indicaciones en un idioma que desconocía y uno de los tipos las registró, pero, como había advertido, sus pertenencias se hallaban en su bolso, dentro del coche.

El más bajo y de mayor edad, calvo y de unos cuarenta y cinco años, agarró a Candela del brazo y trató de llevársela. La pequeña forcejeó, aferrada a la pierna de su madre.

—¡Mami, mami!

—No, por favor, dejad a la niña, por favor.

—¿De verdad quieres que te acompañe a ver a Borko? —preguntó con un marcado acento eslavo uno con el pelo engominado, pelirrojo, que parecía al mando. Desenfundó una pistola semiautomática de su cinto, apuntándolas con ella—. Skender, llévate a la niña —dijo a uno alto con la piel pálida y el cabello moreno, mucho más joven.

Alejandra se acuclilló frente a Candela y la miró a los ojos.

—Cariño, te vas a marchar un momento con Skender y después nos vemos, ¿vale, mi amor?

—Sí, mamá —sollozó la pequeña haciendo pucheros y sorbiéndose las lágrimas, parecía resignada a que aquellas órdenes fuesen irrefutables.

Aceptó la mano del joven de la cicatriz en la barbilla y ambos desaparecieron por una de las puertas laterales.

—Borko está deseando verte. ¿Quién es la otra *putita*? —dijo refiriéndose a Julia que temblaba de miedo. La empujó por la espalda forzándola a dar un paso y después hizo lo propio con Alejandra.

—No me toques, Besnik, sé caminar sola —exigió la joven morena.

—Está bien —aceptó con una sonrisa que mostró sus dientes oscuros como el metal—. Síganme, señoritas.

Recorrieron un laberinto de pasillos decorados con figuras de mármol blanco y muebles de madera torneada, escoltadas por los tres hombres. La comitiva se detuvo frente a la puerta de una habitación. En la puerta había dos hombres, custodiándola, uno era alto y moreno, con el cabello negro y una pequeña cicatriz en la barbilla, debía tener en torno a los treinta años, y el otro era más bajo, con la cabeza afeitada y la nariz alargada, ambos iban armados.

El moreno y aquel al que Alejandra había llamado Besnik intercambiaron unas palabras en un idioma extraño. Aunque no podía entender lo que decían, pudo percibir cierta tirantez entre ambos hombres. Julia miró a Alejandra un instante, descubriendo que no era la única que temblaba de miedo.

El que custodiaba la puerta junto al de la cabeza afeitada la abrió, adentrándose en el interior antes de permitirles el paso. Besnik dedicó a ambas una amplia sonrisa antes de ofrecerles pasar.

Había una gran cama redonda en el centro de la habitación. Gemidos y un evidente olor a sexo precedieron a la visión de una mujer rubia de cabello muy corto quien, a cuatro patas, era embestida con ímpetu por un tipo moreno que con la camisa abierta mostraba su torso desnudo empapado de sudor.

Él debía tener unos cuarenta años, era un hombre de aspecto cuidado, con una fuerte musculatura. La expresión de su rostro estaba llena de rabia, de furor.

Los pechos de la mujer al descubierto se mecían, estaba muy delgada, llevaba bajado hasta la cintura el escote de un vestido dorado de lycra que, enrollado a la vez en las caderas, parecía un cinturón.

Los ojos de ambos los observaron entrar en la habitación, pero a ninguno pareció importarle su presencia.

—Pero si ha llegado mi *kukull**—dijo el hombre sin detener sus embestidas ni un instante.

Julia descendió la mirada, pero sus ojos regresaron de un modo irremediable a la escena dantesca que estaba produciéndose ante ellos como si necesitase convencerse a sí misma de que era real, topándose entonces con los iris claros de la mujer. Esta se pasó la lengua por los labios en un gesto soez que la hizo sentir un escalofrío.

—Perdóname, Borko, por favor —suplicó Alejandra nada más atravesar el umbral, arrodillándose a los pies de la cama frente a ambos.

—Has tratado de abandonarme, *kukull* —le espetó con odio, tirando del cabello de la mujer rubia, que echó hacia atrás la cabeza con una sonrisa. Sus ojos permanecían fijos en Julia, su mirada era lasciva y provocadora.

—Por favor, Borko, cariño.

—¿*Cariño*? Te queda grande esa palabra, *kukull* —sentenció acelerando sus movimientos con brío hasta que su gesto se congestionó, apretándose con rabia contra su compañera mientras se corría.

Alejandra trató de acariciar su mano, clavada en las nalgas de la rubia, pero él la apartó de un manotazo.

—Te di cariño, te di una casa en la que vivir, ¿y así me lo pagas?, ¿tratando de escapar? —preguntó retirándose, exponiendo su sexo entumecido y rojo. Dio una cachetada a las nalgas de la mujer y esta se levantó de la cama sin preocupación alguna por cubrir su desnudez—. Ven, límpiame —pidió entonces a Alejandra.

—No me hagas esto, por favor.

---

* Muñeca (en albanés).

—¿Y tú quieres que te perdone?

—Sí, Borko, te lo suplico.

—Pues límpiame.

Y entonces la joven se arrodilló en la cama y abrió la boca con los ojos cerrados, aquel tipo penetró sus labios y la observó con regocijo mientras lo lamía.

—Esta es una de las cosas que más me gustan de ti, lo bien que siempre se te han dado las *mamadas*, pequeña.

Julia estaba en estado de shock. No podía hablar, no podía moverse. A duras penas lograba respirar. Sentía como si fuese a desmayarse de un momento a otro. Aquello no podía ser real, debía estar viviendo una pesadilla.

—Me gusta esta, ¿es tuya? —dijo la rubia con un marcado acento extranjero, deteniéndose justo frente a ella y bajándose entonces el vestido hasta ocultar su sexo carente de vello. Sus ojos eran grandes y claros, quizá verdes, debía rondar la mitad de la treintena.

—No lo sé. A lo mejor sí que es mía —jadeó Borko—. ¿Quién eres tú y por qué querías llevarte a mi *kukull*?

Descendió la mirada, no sabía qué responder, no tenía ni idea de qué responder.

—Habla, puta.

—Quiero marcharme de aquí, por favor.

—Yo le pedí ayuda, Borko. Ella trabaja en el *spa* al que voy, es una de las chicas que me atienden y le pedí ayuda. Perdóname, mi amor, por favor —dijo Alejandra apartando los labios de su sexo un instante.

Borko la agarró del cabello con rabia y la empujó, tirándola al suelo desde la cama. Después se incorporó y se subió la bragueta.

—No sé si podré perdonarte, *kukull*, pero estoy seguro de que el pobre *Kirill* no lo hará —dijo caminando hacia una puerta que había en la parte trasera de la habitación. La abrió y prendió la luz del interior. Era un baño de paredes blancas en cuyo interior, tirado en el suelo, permanecía el cuerpo sin vida de un hombre joven en mitad de un gran charco de sangre, vestido de modo idéntico al resto de matones de Lévedev.

Alejandra rompió a llorar al descubrirlo. Borko sonrió comenzando a abotonar su camisa.

Julia permanecía inmóvil, desde donde estaba junto a la puerta no podía ver quien se hallaba tirado en el suelo. En realidad, apenas podía ver nada excepto el rostro de la mujer rubia, demasiado cerca del suyo.

—Ha sido culpa tuya. ¿Creías que no descubriría que habías llamado desde su teléfono? Nadie traiciona a Borko Lévedev sin pagar su precio.

—La quiero.

—¿Qué dices, Irina?

—Que quiero a esta puta para mí —dijo pasándose la lengua por los labios.

—Pues para ti. Si no te la llevas tendríamos que eliminarla de todos modos.

Al oír aquello su reacción fue empujar a la mujer con toda su energía, haciéndola caer de espaldas, y trató de echar a correr hacia el pasillo, pero los hombres que había a su espalda se lo impidieron.

—¡Soltadme, soltadme! —gritó cuando la agarraron. Se resistió, pataleó y trató de morderlos, pero entre los dos la sujetaron con firmeza.

—Vas a tener que aprender modales, zorra —dijo Irina incorporándose del suelo y, sin decir nada más, le dio un puñetazo en el estómago que la hizo doblarse por la mitad de dolor. La risa de Borko llenó la habitación mientras se desplomaba en el suelo, sintiendo náuseas, tratando de inspirar, de llenar sus pulmones de aire.

—Lleváoslas al sótano —ordenó Borko en albanés.

Uno de los hombres de Lévedev la levantó del suelo y la forzó a caminar. Alejandra, en cambio, sin resistencia alguna, los siguió por unas escaleras hasta la planta inferior del chalé donde el tipo de la cicatriz en la barbilla al que habían llamado Skender custodiaba la puerta de una habitación. La abrió para ellas y comprobaron que dentro estaba Candela.

Era una habitación pequeña en la que tan solo había dos camas con el colchón desnudo y un agujero en el suelo que hacía las veces de váter, la pintura se caía a pedazos de las paredes, no había ventanas ni ningún tipo de sistema de ventilación, y solo una bombilla desnuda colgaba del techo. Olía a humedad y a suciedad, pero los ojos brillantes de Candela resplandecieron de ilusión al ver llegar a su madre.

La puerta se cerró y pudieron oír dos vueltas de llave.

—¿Estás bien, cariño?

—Sí, mamá, no he tenido miedo de estar aquí sola.

—Lo sé, mi vida —lloró abrazándola. Julia se sentó sobre la otra cama frente a ellas.

—¿Qué va a pasar con nosotras? —preguntó con la voz quebrada.

Sentía ganas de romper a llorar, pero a la vez la opresión en el pecho se lo impedía.

—No lo sé.

—¿Por qué nos han encerrado aquí?

—No lo sé.

—¿Nos van a…? —dejó el final de la frase en el aire, los hermosos ojos de Candela, los ojos de Austin, la miraban fijamente. Alejandra asintió—. ¿Por qué le mentiste? Por qué le dijiste que ella…

—Para protegerla. Para protegernos. Candela, cariño, ¿por qué no intentas dormir un poco? —dijo y la pequeña se tumbó sobre la cama, reposando el rostro sobre las piernas de la mujer, que comenzó a acariciarle el cabello. Estuvo en silencio, pasando los dedos por su frente, por el cuero cabelludo, durante un buen rato, hasta que el cuerpecito menudo de la pequeña se relajó.

—Es preciosa —masculló Julia. Un par de lágrimas afloraron en los ojos de la joven morena.

—Se parece tanto a él.

—Sus ojos… Son idénticos.

—Fue lo primero en lo que me fijé de él. Esos impresionantes ojos azules, con ese halo gris alrededor de la pupila, tan distintos a los que había visto en toda mi vida. Por eso, cuando Candela nació y vi sus ojos, sentí tanta ilusión como tristeza. Supe que jamás podría olvidarle porque cada vez que mirase a mi niña vería a Austin.

—Debió ser muy duro para ti.

—¿Qué sabes de nosotras? ¿Quién eres tú?

—Austin me contó que tu madre le escribió un carta.

—¿Una carta? Mi pobre madre, cuánto debe estar sufriendo por nosotras para decidir buscarle. Pero ¿quién eres tú? ¿Eres su pareja?¿Por qué te has metido en este lío?

—Soy una amiga, pero habría tratado de ayudarte aunque no te conociese de nada.

—¿Por qué?

—No lo sé. Soy así.

—Te va a costar muy caro lo que has hecho. Irina es… es un monstruo.

—¿Es su amante?

—No. Ella es la hermana de Sokolov. El *shef* de los DiHe.

—¿Quién es Sokolov? ¿Qué significa eso?

—Dardan Sokolov es el jefe de los Diamond Hearts.

—Entonces, ¿lo sabes? ¡¿Sabes quiénes son y aun así te fuiste a vivir con Borko con la niña?!

—Yo no sabía quién era Borko cuando le conocí. No te atrevas a juzgarme porque no me conoces de nada. Borko era un ser maravilloso, me enamoró con su forma de tratarme, de cuidarme, de preocuparse por mí y por mi hija. Por eso me fui con él, por eso me llevé a Candela conmigo, porque creí que a su lado no le faltaría de nada. Pero no tardé demasiado en darme cuenta de que me había equivocado, comencé a ver comportamientos que no me gustaban, como cuando me dio la primera paliza por haber llamado a mi madre por teléfono. La segunda llegó cuando la policía vino a la casa en la que vivíamos en Marbella preguntando por mí. La noche en que le dije que me marchaba, que lo nuestro se había acabado tiró a Candela por las escaleras —relató apretando la mandíbula, fingiendo una fortaleza de la que en realidad carecía. No quería derrumbarse, mostrando sus debilidades.

—¿Él la tiró?

—Dijo que si le dejaba, mataría a la niña. Y sé que nada ni nadie podría impedírselo —susurró sin poder evitar que las lágrimas que trataba de contener comenzasen a recorrer sus mejillas—. Lloré, me arrodillé y me humillé cuanto él quería. Le supliqué que me permitiese llevarla al médico, pero se negaba a hacerlo y Candela sangraba por la nariz… Le juré que jamás le dejaría, que haría todo lo que él me pidiese, y entonces me permitió ir, acompañada de uno de sus hombres que me vigilaba en todo momento. Por suerte sus heridas no fueron de gravedad, pero ni siquiera me permitió estar a su lado para cuidarla. Desde entonces me apartó de mi hija por miedo a que tratase de escapar.

—¿Te apartó de ella?

—Sí. Candela ha estado viviendo en otro lugar, con un matrimonio de personas mayores, extranjeros, que la cuidan, según me ha contado ella misma. Solo nos deja reunirnos una vez a la semana, los viernes, como hoy. —Ese debía ser el motivo por el que cada viernes compraba comida en el McDonald's—. Si quiero que la traigan tengo que cumplir con sus caprichos, para ello me obliga a comprarme vestidos, ir a ese *spa* a darme un masaje y a depilarme todo el cuerpo como a él le gusta, a fingir que soy feliz a su lado. Pero hoy, cuando llegué y vi que estaba Irina, el alma se me partió en dos. Borko nunca había permitido que Irina viese a Candela y hoy lo hizo.

—¿Por qué no quería que la viese?

—Porque Irina selecciona niñas para su hermano.

—¿Selecciona niñas? —La expresión en los ojos de Alejandra la hizo estremecer, un frío repentino recorrió su espina dorsal—. Dios santo. Esto no puede estar pasando, tiene que ser una pesadilla.

—La pesadilla empieza ahora. No sé cómo vamos a salir de esta—dijo con voz fría, carente de sentimientos—. ¿Cómo te llamas? Ni siquiera recuerdo tu nombre.

—Me llamo Julia. Austin vendrá, él descubrirá que le has mentido y vendrá a por nosotras.

—¿Y él solo acabará con la veintena de hombres que custodian esta casa más los diez miembros de seguridad de Irina? Estás muerta, Julia. Aún no lo sabes, aún no eres consciente de ello, pero estás tan muerta como yo, y no hay nada que puedas hacer para evitarlo. Tu cuerpo aparecerá tirado en cualquier parte, muy probablemente lejos de España.

—No, no, y no.

—Y escúchame bien. Voy a pedirte algo muy importante. Si Irina decide llevarse a Candela cuando me maten, porque tendrán que hacerlo para arrebatármela, te pido por favor que no permitas que el *shef* la toque.

—¿Qué?

—Cuando esté dormida, tápale la nariz y la boca hasta que ella…

—No puedo creer que me estés pidiendo algo así.

—Escúchame. No sabes lo que el *shef* les hace a las niñas. No permitas que toque a Candela, no lo permitas, te lo pido de rodillas si es necesario.

—Yo no puedo hacer eso. Jamás podría. Me dedico a salvar vidas,

¡no puedes pedirme algo así! —No pudo evitar romper a llorar—. Mi hermano nos encontrará; si Austin no lo hace, mi hermano lo hará, él es policía.

—No van a tener tiempo. Irina se marcha esta misma noche. Ha venido a hablar de negocios con Borko y se irá antes del amanecer, y tú te irás con ella.

—Esto no puede ser verdad.

—Lo es. Siento haberte hecho venir aquí. —Se disculpó por primera vez por haberla arrastrado a una situación semejante—. Pero no imaginé que serías tú quien vendría a buscarnos, estoy segura de que Austin nos habría sacado de allí a tiempo.

—Lo siento —dijo sin dejar de llorar.

—Y ahora Kirill está muerto… Él me ayudó. Era uno de los miembros de la seguridad de Irina, pero yo sabía que le gustaba, aunque nunca intentó nada conmigo por respeto, temor o como quieras llamarlo, a Borko. Siempre fue amable conmigo, por eso cuando me vio desesperada me permitió llamarte con su teléfono, porque él sabía lo que significaba que hubiese consentido que ella viese a Candela. Mi niña… mi pobre niña… No puedo permitir que le hagan daño de ese modo. —Se rompió en mil pedazos, las lágrimas de amargura recorrieron sus mejillas enrojecidas. Alejandra posó su mano sobre la boca de Candela y lentamente la otra se aproximó a su nariz.

—No lo hagas, por favor, no lo hagas, Austin nos rescatará, estoy segura —sollozó Julia.

—No puedo hacerlo, soy una cobarde… Mi pobre niña. Ojalá la encuentre y la rescate, ojalá cuide mucho de ella.

—Lo hará, os cuidará a las dos.

—Yo ya estoy muerta. Pero él… él puede ser un buen padre —divagaba fuera de sí—. Al menos el hombre al que conocí podría serlo. Era tan rudo y a la vez tan dulce… Creía que estaríamos juntos, quería por encima de todo que estuviésemos juntos. Por eso hice lo que hice.

—¿Qué hiciste?

—Quedarme embarazada. Pinché los preservativos, en varias ocasiones, cuando él entraba en el baño del hotel en el que nos veíamos, registraba sus pantalones y los pinchaba con un alfiler.

—Eso es horrible.

—Estaba enamorada, quería pasar el resto de mi vida a su lado. Pero se marchó, desapareció y no volví a saber nada más de él hasta hoy. He llegado a sentir tanto odio, tanto… Y, sin embargo, cuando le vi creí que me tambaleaba, que me caería al suelo. Está aún más guapo de como le recordaba, mucho más.

—¿Sigues… enamorada de él?

—¿Es que importa? No me quería entonces y tampoco lo haría ahora, aunque sobreviviésemos sé que no sería para mí. Pero lucharía tanto por su amor, lucharía con tanta fuerza… ¿Sabes si ha rehecho su vida? ¿Si tiene mujer o hijos?

—No. No está casado y no tiene más hijos.

—¿Crees que podría llegar a quererme? —preguntó con unos ojos enrojecidos en los que aún habitaba una chispa de ilusión. Y Julia sintió ganas de echarse a llorar de nuevo. ¿Es que aquella joven estaba loca? ¿Cómo podía estar pensando en si Austin la quería o no cuando estaban secuestradas en un sótano inmundo y probablemente no viesen la luz del siguiente día? ¿Cómo podía siquiera haberle sugerido que acabase con la vida de su hija? No estaba en sus cabales, de eso no cabía duda.

—Quién sabe, quizá.

*A*penas habían trascurrido un par de horas cuando la puerta de la habitación se abrió de nuevo, pero a Julia le había parecido una eternidad. El frío de la pared contra la que había permanecido apoyada se le calaba en los huesos, o quizá era el miedo el que le impedía dejar de tiritar.

—Fuera —las compelió Skender.

—Borko os espera —añadió Besnik a su lado, las oscuras ojeras que rodeaban sus ojos pequeños y hundidos le daban un aspecto macabro—. Deja dormir a la niña y sube.

Alejandra dio un último beso a su pequeña antes de salir de la habitación y, seguida de Julia, recorrieron el trayecto hasta un despacho en el que las aguardaba Lévedev sentado tras una lujosa mesa de caoba tallada. A su derecha permanecía Irina recostada en un diván de terciopelo morado. Ambos estaban rodeados por varios de sus hombres.

Las dos mujeres caminaron hasta detenerse ante ellos.

—¿Qué queréis a cambio de nuestra libertad? —se atrevió a preguntar Julia. Borko e Irina intercambiaron una mirada cargada de ironía, él se echó a reír—.Tengo algo de dinero, no es mucho, pero…

—Quítate la ropa —le ordenó Irina, pero Julia no se movió. Entonces se levantó y caminó hasta ella, dos de los hombres la sujetaron por los brazos mientras la abofeteaba con rabia—. ¡He dicho que te quites la ropa! —Como continuaba sin obedecerla tiró de las solapas de su camisa y la abrió dejando al descubierto su sostén de encaje blanco. Trató de oponerse, pero los hombres la tenían bien sujeta. Irina tiró de las copas del sostén y dejó sus pechos al descubierto—. Mira qué tetas, Borko, me encantan. Regálamela, por favor. Matarla sería un desperdicio. Quiero follármela hasta reventarla.

—Te crees muy valiente, ¿verdad? Pegándome, desnudándome mientras otros me sostienen.

—No sabes cuánto me gustan las mujeres con carácter. Me voy a beber cada gota de tu maravilloso coño —proclamó con su marcado acento eslavo. Julia sintió cómo el horror se apoderaba de ella, tenía ganas de derrumbarse, de echarse a llorar, porque la mirada de Irina era como mirar al diablo a los ojos.

—Llévatela. Es tuya.

—Gracias.

—¿Y a la otra no la quieres?

—Borko, por favor —sollozó Alejandra.

—No me gustan las morenas. Pero puedo dejarla en cualquiera de los clubes, en el camino de regreso.

—Borko, perdóname, por favor, seré mejor, mucho mejor, no volveré a decepcionarte. —El hombre hizo una señal a los guardias que la soltaron y la joven se arrodilló a sus pies.

—No lo harás, porque nadie, jamás, lo hace dos veces —dijo con una amplia sonrisa y después la empujó con el pie, apartándola con desprecio—. Déjala en cualquier club. Sé que a Dardan va a encantarle mi regalo.

—Sí, es una niña preciosa.

—¿Una niña? —dudó Alejandra incorporándose.

—Tu hija va a ser mi gran regalo para el *shef*.

—¡¡¡Noooo!!! ¡¡¡Maldito hijo de putaaaa!!! —gritó abalanzándose sobre él. Pero los guardias la agarraron—. ¡¡Maldito seas, te pudrirás en el infierno!! ¡¡Mi niña nooooo!!!

—¿Cómo has podido soportarla tanto tiempo? Es demasiado gritona —preguntó Irina con una sonrisa.

—¡Mi niña nooooo! —clamaba fuera de sí. La hermana del *shef*, del jefe supremo de los DiHe, se coló por entre el cuerpo de los dos hombres de Borko que la sostenían. La agarró de la cabeza por la espalda y en un rápido movimiento le giró el cuello hasta partírselo. «Crac.» Un sonido seco y el cuerpo inerme de la joven se desplomó en el suelo como un pesado fardo, soltado por quienes la sujetaban.

—Silencio, al fin. No obligaría a mis hombres a aguantarla todo el viaje; además, por su culpa he perdido a Kirill. Descansa en paz, puta —dijo paseándose junto al cuerpo inerte de la joven, con una sonrisa llena de maldad—. Demyan, Gosha, *shkojmë*.*

---

* Vámonos (en albanés).

21

Maison du Plaisir

Los ojos abiertos y sin vida de Alejandra la atormentaban. Su mandíbula desencajada y el cuello torcido en una posición incompatible con la vida serían una imagen imposible de borrar. Por supuesto no era la primera vez que veía un cadáver, pero sí la primera en la que una vida era arrancada ante sus ojos de un modo tan brutal.

Lloró sin cesar, arrodillada en el suelo, hasta que Irina regresó a la habitación y ordenó a dos de sus hombres que la sostuviesen mientras le inyectaba algo en el brazo que la llevó a perder el conocimiento.

Cuando al fin abrió los ojos lo hizo en mitad de una neblina de confusión. Había oscuridad a su alrededor, aunque algunos rayos de sol se colaban a través del fuselaje del vehículo en el que viajaba. La cabeza le daba vueltas y unas poderosas náuseas le ascendían por la garganta.

Quería despertar de aquel mal sueño, pero a medida que recuperaba la conciencia su desesperación aumentaba. Los brazos le dolían, pues tenía las muñecas atadas a la espalda con algún tipo de brida.

Estaba muerta. Alejandra estaba muerta. Tirada en el suelo de aquel despacho. Recordaba su propia lucha, cómo gritó y pataleó cuando Besnik y otro de los hombres la sujetaron mientras Irina la drogaba.

A duras penas se incorporó en el asiento. Sintió cómo el corazón le latía dentro de la cabeza, sentía ganas de vomitar.

—¿Ya estás despierta? —preguntó una suave vocecita que provenía de las sombras, asomándose por entre la fila de asientos posteriores al suyo.

—¿Candela?

—¿Cuándo viene mi mamá?

—Tu mamá… —Julia se mordió el labio tratando de contener las ganas de llorar—. Tu mamá se ha quedado dormida.

—¿Por eso nos hemos ido sin ella?

—Sí. —Por suerte en aquella semioscuridad la niña no podía ver las lágrimas que rodaban por sus mejillas—. ¿He pasado muchas horas dormida?

—Sí. ¿Te pusieron la inyección?

—¿A ti también te la han puesto?

—Solo cuando lloro mucho. —Así que también drogaban a la niña, malnacidos—. ¿Tú eres amiga de mi mamá?

—Sí, Candela. Mi nombre es Julia y soy amiga de mamá, por eso me llamó para intentar ayudaros.

—¿Y nos vas a ayudar?

—Ojalá.

Percibió cómo el vehículo se detenía. También Candela, que pasó por entre los asientos acurrucándose a su lado, sus deditos menudos se enredaron en su brazo.

La puerta trasera de la furgoneta se abrió y la luz del sol inundó el habitáculo, deslumbrándolas. Distinguieron la silueta de dos hombres recortada contra la luz.

—Comed —ordenó uno de ellos arrojando una bolsa de plástico al interior.

—Tengo las manos atadas.

—Mala suerte,

—Me hago pis —dijo Candela.

—Pues te aguantas. —Al fin reconoció aquella voz, era Besnik.

—Es solo una niña.

—Cállate, zorra.

—Se lo va a hacer encima y yo también. —Su cabeza le decía que debía intentar escapar. Alejandra le dijo que lo más probable es que su cuerpo apareciese lejos de España. No sabía cuánto había dormido, pero sí que cuanto más se alejasen de Sevilla menos probabilidades tendrían de que Austin las encontrase.

—Yo las acompañaré, no es necesario que vayamos oliendo a orines el resto del camino —dijo Demyan en albanés y dio un paso dentro de la furgoneta. Agarrándola del brazo con escasa delicadeza tiró de ella hacia el exterior.

Sus ojos tardaron unos segundos en hacerse a la luz exterior. Estaban en mitad de un lugar de vegetación apretada, por encima de los árboles observó una cordillera montañosa gris, de grandes rocas. El sol estaba casi en su cénit, lo cual la hacía sospechar que era mediodía. Si tras drogarla iniciaron el camino, debían haber transcurrido entre ocho y diez horas, con lo que podían estar ya demasiado lejos.

—Vamos —la apremió el hombre de la cicatriz en la barbilla, instándola a apartarse de la furgoneta oscura. Uno de los hombres, calvo y de nariz prominente al que Irina había llamado Gosha, orinaba de espaldas a ellos y Besnik encendió un cigarrillo apoyado en el fuselaje, junto a un pequeño bidón de plástico vacío que por el aroma que desprendía parecía haber contenido gasolina. No había ni rastro de la rubia. Candela siguió sus pasos al exterior.

La camisa de Julia continuaba abierta en dos, con su abdomen desnudo y su sostén de encaje al descubierto, lo que unido a sus manos atadas la hacían sentir muy vulnerable.

Se apartaron apenas un par de metros y Demyan les hizo un gesto con la cabeza.

—Ponte ahí, tras esa planta —indicó a Candela, y la pequeña se resguardó y bajó las mallas de flores.

—Vamos.

—¿Olvidas que tengo las manos atadas?

—Eso no es un problema —dijo caminando hacia ella, Julia dio un paso atrás. Él enarcó una ceja y la agarró del brazo, obligándola a darse la vuelta. Sin decir nada más cortó la brida que unía sus manos con una navaja, liberándolas. El dolor en sus brazos fue estremecedor tras tantas horas en una postura tan forzada. Sintió ganas de echarse al suelo, pero se mantuvo en pie y comenzó a mover los dedos y las manos poco a poco. Lo primero que hizo en cuanto pudo regir sobre sus extremidades fue atarse la camisa en el pecho, cubriendo su desnudez. Después se dio la vuelta dispuesta a introducirse en la maleza.

—¿Adónde vas?

—¿No pretenderás que lo haga aquí, delante de ti?

—Quédate donde estás.

Julia le miró a los ojos, ¿cuántos años podía tener? ¿Treinta? ¿Veintisiete? Sus edades no eran demasiado distantes y, sin embargo, cuánto debían haberlo sido sus vidas. Demyan era moreno, con ojos negros, su mandíbula cuadrada y la cicatriz de su barbilla le concedían un aire peligroso que quizá incluso le hubiese hecho parecer atractivo si no se tratase de un criminal carente de escrúpulos.

Algo en la mirada de Demyan la hizo tomar conciencia de que sabía que estaba analizándole. Estiró su postura y carraspeó:

—¿Vas a mear de una puta vez o te meto la polla en la boca para que espabiles?

Su amenaza le pareció forzada. Era rudo, uno más de aquellos matones sin escrúpulos, y sin embargo por algún motivo le parecía distinto.

—Lo siento —dijo, y se agachó tras otro matorral.

—Mete a la niña en la furgoneta —oyó decir, y al incorporarse subiéndose los pantalones vio el cabello cobrizo de Besnik resplandeciendo contra la luz del sol—. Voy a conocer un poco mejor a nuestra invitada —profirió llevándose una mano a la bragueta.

Demyan agarró la mano de Candela y dijo algo al pelirrojo en un idioma que Julia desconocía. Este le miró de reojo, pensativo. Asintió, lanzó la colilla de su cigarrillo al suelo y se retiró de regreso hacia el vehículo.

—Vamos.

—¿Qué le has dicho? ¿Por qué se ha marchado?

—Tú no haces las preguntas aquí. Como vuelvas a dirigirte a mí en ese tono voy a tener que enseñarte modales. Volved al coche. No quiero que hagáis el menor ruido, si lo hacéis, pararemos y os pondremos a dormir de nuevo.

*E*l vehículo se puso en marcha y ambas volvieron a sumirse en la oscuridad. ¿Dónde podían estar? ¿Habrían abandonado ya España? No había podido reconocer aquellas montañas, pero sin duda por el clima no pertenecían a Andalucía, pues era muy difícil encontrar una sierra de árboles tan verdes a principios de agosto. Además, no había sentido calor, al menos no el calor asfixiante de su tierra natal.

Mientras permaneció fuera, agachada entre las plantas, observó el derredor mientras se preguntaba si Austin habría descubierto lo que les había sucedido. Por un instante pensó en echar a correr, salir huyendo entre la maleza quizá le proporcionase una oportunidad de escapar, pero después miró a Candela, su cabello rubio despeinado, su camiseta de Hello Kitty y sus mallas de flores, y se le partió el alma en dos. No podía dejarla sola, no podía escapar y abandonarla. La pequeña había permanecido de pie, quieta, muy cerca de Demyan, pero sin tocarle.

Julia, a tientas, encontró las botellas de agua y el par de bocadillos de la bolsa de plástico, y le entregó uno de ellos a la niña.

—No quiero.

—¿Por qué no? Es de salchichón —dijo dándole un mordisco.

—Quiero ir con mi mamá —sollozó. La buscó entre las sombras y la abrazó, apretándola contra su pecho. Era tan pequeña, su cabello era tan suave, su colonia olía a fresas y nubes de azúcar. Sus manos la rodearon por el cuello, abrazándola, reposando la barbilla en su hombro.

—Tranquila, chiquitina. Mamá vendrá, aunque tardará un ratito. Pero, mientras, yo te voy a cuidar, ¿vale? Y tú también cuidarás de mí, ¿verdad?

—Sí —masculló acurrucándose contra ella. Cuanto cariño necesitaba aquella pequeña, se le rompía el alma en mil pedazos—. Te ha llamado juguete.

—¿Quién?

—Demyan le ha dicho a Besnik que Irina se enfadaría mucho si él estropeaba «su juguete».

—¿Es que puedes entenderlos?

—Algunas cosas. Me lo han enseñado Denis y Noa.

—¿Son amigos tuyos?

—Ellos me cuidan cuando no puedo estar con mamá. Vivo en su casa. —Julia recordó las palabras de Alejandra. Borko no la dejaba estar con su pequeña, excepto un día a la semana.

—¿Y ellos te han enseñado su idioma?

—Jugamos a las palabras.

—¿Te tratan bien?

—Sí, pero me obligaban a comer brócoli. Mi abuela Manoli nunca me obligaba a comer brócoli.

—Tu abuela Manoli… —Los ojos de Julia se empañaron al pensar en aquella señora a la que no conocía, la que había movido cielo y tierra para saber de su nieta, y que sin saberlo, acababa de perder a su única hija. Pero se recompuso, no podía pasarse el resto de la vida llorando. Austin las encontraría. Al igual que había sido capaz de encontrar la vivienda de Borko la primera vez, movería sus contactos, investigaría, haría lo que fuese por volver a hallarlas, tan solo tenían que esperar y mantenerse con vida aguardando el momento en el que lograse rescatarlas.

Entonces pensó que debía advertir a Candela de que quizá, en algún momento, aparecería un hombre que trataría de llevársela y debía irse con él. Pero no imaginaba cómo hacerlo sin correr el riesgo de que la pequeña se marchase con cualquiera. Después de dar muchas vueltas a la cabeza la solución llegó en forma de cuento.

—Escúchame Candela, voy a contarte algo muy importante. ¿Sabes la historia del ángel de los ojos mágicos?

—No.

—Pues te la voy a contar. Verás, todos tenemos un ángel mágico que viene a cuidarnos cuando tenemos problemas, solo que a veces no sabemos reconocerle. Cuando ese ángel llega, si nos llama, tenemos que irnos con él, porque nos llevará a un lugar maravilloso donde todo es genial.

—¿Al cielo? Yo no quiero ir al cielo, porque allí están los que se mueren.

—No, no es al cielo —admitió con una sonrisa—. ¿Dónde te gustaría ir a ti?

—A la playa.

—Pues el ángel de los ojos mágicos te llevará a la playa. Pero para eso tienes que reconocerle. Porque, de hecho, puede ir vestido muy raro, no va con las alas al aire para que todo el mundo lo vea y sepa que es un ángel.

—¿Y cómo lo reconozco?

—Por sus ojos. Los ojos de nuestro ángel son idénticos a los nuestros. Cuando mires a los ojos del ángel verás tus propios ojos. Pero no puedes decírselo a nadie porque si no pueden querer quitarte a tu ángel.

—¿Y el ángel es grande o pequeñito?

—Es grande. Muy alto.

—¿Y es rubio como yo o moreno?

—Rubio.

—Pues cuando encuentre a mi ángel no se lo diré a nadie, solo a mi madre y a ti. —Cada vez que Candela mencionaba a su madre era como si una espina se le clavase dentro.

La pequeña se acurrucó sobre ella en el asiento y dejó que las horas transcurriesen dentro de aquella pequeña caja metálica que olía a cerrado y se mecía con el devenir de la carretera. Cuando Candela volvió a sentir ganas de hacer pis, Julia golpeó el fuselaje en la parte trasera para que quienes viajaban en el asiento delantero la oyesen, pero fue inútil. Así que no le quedó más remedio que ponerla en una de las esquinas, cerca de la puerta. Con los vaivenes estuvieron a punto de caer rodando por el suelo, pero el vehículo no se detenía. No se detuvo en horas, hasta que los pequeños haces de luz que se colaban desde el exterior se apagaron y percibieron cómo habían disminuido la velocidad. El sonido chirriante del freno de mano al estacionar la hizo sospechar que habían aparcado con intención de permanecer donde quiera que estuviesen.

Las puertas se abrieron de nuevo, unas luces rojizas mezcladas con el brillo de una farola mortecina iluminaban el exterior.

—Abajo —ordenó Besnik aguardando a que se apeasen del vehículo.

Julia dio el primer paso y descendió de la furgoneta. Estaban en un aparcamiento estrecho y mal iluminado en el que había otros tres vehículos de gran cilindrada estacionados. A su espalda unas luces de neón en el lateral de un alto edificio rezaban: «Maison du Plaisir».

«Eso es francés —pensó—. Debemos estar en Francia.»

Demyan llamó con los nudillos a la que debía ser la puerta trasera del edificio, y esta se abrió segundos después. Una mujer de unos cuarenta y cinco años, de curvas redondeadas, con el pelo largo y moreno, y vestida con una minifalda negra y una camiseta escotada, los recibió. Saludó a Demyan sin demasiado entusiasmo y las miró un instante antes de regresar hacia el interior.

Recorrieron un largo pasillo oscuro y descendieron dos tramos de escalera hacia unas estancias en el sótano del edificio.

—Tengo hambre y quiero ir con mamá —sollozó Candela agarrada a su mano.

Siguiendo los pasos de su guía se adentraron en una cocina iluminada por una luz halógena parpadeante.

—Sentaos —ordenó Besnik indicando las sillas situadas en torno a una larga mesa metálica, y ambas le obedecieron.

La mujer abrió una olla y sirvió dos cuencos de un caldo rancio y sin apenas sustancia que, para los estómagos vacíos de Julia y Candela que no habían tomado nada en todo el día a excepción de los bocadillos de aquella mañana, fue una delicia.

Para los hombres de Irina, sin embargo, el menú fue distinto. Ellos degustaron un guiso de carne con arroz que regaron con vino, mientras la señora los observaba.

Los ojos hundidos de Besnik se dividían entre Candela y Julia hasta que alguien más entró en la habitación captando toda su atención: una joven rubia con el cabello rizado, vestida con un tanga, un corsé rojo y un liguero que sostenía sus medias.

—*Madame, M. Pryo est venu, il vous attend**—dijo la joven rubia.

—*J'y vais**—respondió la *madame*, y la muchacha se giró, dispuesta a marcharse, pero el pelirrojo la agarró de la muñeca y tiró de ella, obligándola a sentarse en su regazo, y se apoderó de sus pechos con las manos.

—*Si tu la veux, tu payes. Voilà, c'est fini de baiser sans payer****—advirtió en francés, gesticulando para que el otro la entendiera. Aunque Julia no hablaba demasiado bien francés, le quedó claro que había un rifirrafe entre ambos. Besnik puso un billete de quinientos euros sobre la mesa y salió de la habitación con la rubia de la mano. La mujer lo tomó y lo guardó entre sus pechos después de doblarlo; antes de marcharse entregó una llave a Demyan.

—Vamos, os llevaré a una habitación en la que podréis dormir un rato —dijo este. Ambas se levantaron de sus sillas y le siguieron por el pasillo mientras Gosha continuaba degustando su cena. Abrió una de las puertas, en el interior había una cama de matrimonio sin sábanas, un lavabo y un váter—. No nos marcharemos hasta mañana por la noche, descansad cuanto podáis —advirtió. Julia buscó sus ojos y él rehuyó su

---

* Señora, el señor. Pyro ha venido, la está esperando.

** Voy.

*** Si la quieres, pagas. Se acabó follar sin pagar.

mirada como si temiese que en estos descubriese algún secreto. Cerró la puerta tras de sí y echó la llave.

Julia se tumbó en la cama y hundió la cabeza en la almohada.

—Esto es una pesadilla, tiene que ser una pesadilla —sollozó.

Candela se subió a su lado y se tumbó, acariciando su espalda con su pequeña manita. Ella la miró con los ojos enrojecidos, su cabello dorado estaba desparramado sobre la almohada y sus iris bicolor, cuasi mágicos, hacían contraste con la palidez de su piel.

—¿Puedes acariciarme el pelo? —preguntó Candela. Julia recordó la imagen de la noche anterior, cuando era Alejandra quien se lo acarició hasta que esta cayó rendida por el sueño.

—Sí, claro —dijo, y comenzó a mesarle las sienes. La pequeña se acomodó en su pecho, utilizándola de almohada.

—Cuando venga mi ángel le voy a pedir que te lleve con nosotros —dijo conteniendo un bostezo.

—Eso estaría bien.

—Conmigo y con mamá.

Continuó acariciando el largo cabello de la pequeña, deslizando los dedos también por su frente y por su nariz, hasta que pronto se quedó dormida, estaba agotada, tanto como ella misma.

Comenzó a oír un ruido que provenía de la habitación contigua, un golpe contra la pared que la alertó. Después otro más, y unas palabras, una discusión entre un hombre y una mujer. La mujer gritó. Candela se sobresaltó al oírla, pero no despertó y ella se apresuró a taparle los oídos.

Los sonidos se repitieron, una joven se lamentaba y los golpes en la pared se sucedían. Cuando al fin cesaron, se sentó en la cama y abrazándose las piernas contra el pecho liberó toda la tensión y el dolor que había tratado de contener a lo largo de ese día.

Lloró por la muerte de Alejandra. Lloró por el sufrimiento que su desaparición estaría causándole a su hermano, perderla sería un golpe terrible para él y también para Berta, que debía estar levantando cada piedra de Sevilla en su búsqueda. Pero lloró sobre todo pensando en Austin, en todas las veces que le había advertido de que no tenía ni idea del lío en el que estaba metiéndose. ¿Qué las esperaba fuera de aquellas paredes o quizá incluso dentro de ellas?

*E*l sonido de la llave girando en la cerradura la despertó. Se incorporó sin hacer ruido, apartándose de la pequeña que se movió girándose hacia el otro lado. El sol se colaba por las altas ventanas de la habitación iluminando a la joven que dejó una bandeja en el suelo junto a la puerta.

—Espera, espera —le pidió. Pero la muchacha la miró un instante y cerró la puerta veloz. No lo suficiente como para que no la reconociese: era la chica rubia de la noche anterior y en su rostro lucía un violáceo hematoma que le ocupaba la práctica totalidad de la mandíbula sobresaliendo sobre los labios amoratados.

Besnik debía haberla lastimado de ese modo, sin duda. Sintió un escalofrío. Esos eran los golpes que había oído…

Tomó la bandeja del suelo y la dejó sobre la pequeña mesa de madera. Había dos bollos de pan tiernos, mantequilla, un plato y un cuchillo de plástico, dos tazas y un termo con leche caliente.

—¿Ha llegado ya mamá? —preguntó Candela desperezándose en la cama.

—Creo que tu mamá se va a retrasar. ¿Quieres desayunar? Mira, nos han traído bollos, mantequilla y leche.

—¿Con Cola Cao?

—No, peque, sin Cola Cao. Pero podemos mojar los bollos en la leche.

—No me gusta la leche sola —dijo haciendo pucheros.

—Tienes que probarla para saber si te gusta.

—Ya la he probado y no me gusta.

—¿Y qué te gusta desayunar?

—Galletas y Cola Cao en mi taza de Peppa Pig.

—Mira, mira, podemos hacer como si los bollos fuesen los pies de Peppa Pig saltando en los charcos de barro. Será muy divertido —probó Julia intentando evitar que la niña se echase a llorar.

—Peppa Pig sí me gusta, saltando en los charcos —dijo mirándola con sus impresionantes ojazos. Caminó hasta su lado y se sentó sobre su falda.

Julia sirvió un poco de leche en uno de los platos de las tazas y humedeció uno de los bollos en la leche, salpicando un poco, y Candela se echó a reír. El hambre que ambas sentían ayudó a la pequeña a no hacer ascos a la ausencia de Cola Cao, y devoró la leche y el bollo.

Después permanecieron tumbadas sobre la cama, sin que oyesen nada más que pasos a través de aquella puerta.

—¿Tú tienes niños?

—No.

—Entonces, ¿cómo sabes quién es Peppa Pig?

—Porque mi amigo Pablo tuvo que hacer un día un trabajo para el cole de su hija Cristina, que tiene seis años como tú, y yo le ayudé. Estuvimos una tarde entera viendo capítulos de la serie para hacer muñequitos de cartón y papel de colores. Hicimos a Peppa, a George, a Papá Pig y a Mamá Pig.

—¿Y al dinosaurio?

—¿Al dinosaurio? Claro. Y Cristina llevó muy orgullosa al cole el trabajo que había hecho su papá —relató recordando aquella tarde entre risas y papel de celofán. Candela la escuchaba muy seria—. ¿Qué te pasa?

—Yo no tengo papá. Tenía al abuelo Francisco, pero se fue al cielo.

—Aquellas palabras calaron muy hondo en su pecho y tuvo que morderse el labio para controlar las lágrimas que se empeñaban en acudir a sus ojos de nuevo. Cuánto le gustaría poder decirle que sí, que tenía un papá, un papá maravilloso que estaba dispuesto a todo por ella aun sin conocerla.

—Quizá sí lo tienes, solo que aún no ha llegado el momento de encontraros.

—¿Puedo encontrar un papá?

—¡Claro que sí!, y estoy segura de que lo harás.

—Eso estaría *chuli*.

—Sí, muy *chuli* —admitió con una sonrisa, peinándole el largo flequillo hacia atrás con los dedos.

—Cuando tenga un papá lo llevaré a mi casa de Rota para enseñárselo a Amanda Pinto.

—¿Quién es Amanda Pinto?

—Una niña que me pegó los piojos.

—¿Qué? —preguntó y se rió.

—Amanda Pinto vive con su madre en la calle de la abuela Manoli y me pegó los piojos cuando vino a jugar conmigo, y mi abuela Manoli me peinó muchas veces con un peine amarillo y me untó un líquido que olía a veterinario.

—¿A veterinario?

—Sí, así olía el veterinario al que llevábamos a nuestra gata *Michifú*.

—¿El veterinario olía a matapiojos?

—Y la abuela me dijo que si volvía a coger piojos me cortaría el pelo como a Tintín. Pero ya no los cogí más, aunque yo sé que era broma porque ella no quería que me cortase el pelo.

—¿Y qué pasa con Amanda Pinto? ¿Por qué quieres decirle que tienes papá?

—Porque ella dice que su padre es el mejor del mundo, pero tiene cara de oso.

—Pobrecillo.

—Tiene muchos pelos por la cara y por el cuello, y seguro que mi papá será muy guapo, mucho más guapo.

—Yo no sé cómo es el papá de Amanda Pinto, pero te aseguro que tu papá será el hombre más guapo del mundo —dijo con melancolía.

Austin… cómo le extrañaba. ¿Estaría buscándolas? Estaba convencida de ello.

Entonces oyó un ruido en el exterior. Dejó la bandeja en el suelo y empujó la mesa con cuidado hasta situarla bajo la alta ventana. Se subió a ella y observó a través de esta.

Podía ver el aparcamiento, con la furgoneta oscura en la que habían viajado aparcada. Besnik hablaba por teléfono con alguien acompañado por Ghosa, que fumaba apoyado contra el vehículo. El pelirrojo gritaba y discutía con quienquiera que hablase, hasta que en un determinado momento colgó y dio un pequeño puñetazo en el hombro a Ghosa obligándole a moverse, y ambos se pusieron en marcha, se subieron a la furgoneta y desaparecieron a toda velocidad.

Ambas oyeron ruido fuera de la habitación, pasos en el pasillo, y Julia pensó que quizá era su única oportunidad de escapar, si lograba que alguien abriese esa puerta mientras Besnik y Gosha estaban lejos, puede que pudieran lograrlo.

—Candela, túmbate en el suelo y finge que te has desmayado. Yo gritaré, haré que abran la puerta y, cuando lo hagan, sea quien sea quien entre por ella lo sacudiré con la silla y echaremos a correr escaleras arriba, ¿de acuerdo? Cuando lleguemos a la calle, al primero que te encuentres le dices: ¡*Police, police*!.A ver, dilo.

—*Police, police*. Pero yo no sé…

—Candela, vamos a escaparnos ahora mismo o nos llevarán a un sitio horrible. —La pequeña asintió, a pesar de la expresión de horror de sus ojos—. Vamos, túmbate, y en cuanto entre alguien te escapas corriendo.

—No me quiero ir sola.

—Pero yo iré contigo, no estarás sola, te lo prometo.

—Vale.

Se situó a un lado de la puerta con la silla de madera ante ella, esperó a que la niña se tumbase en el suelo y cerrase los ojos, y entonces alzó la silla en el aire que pesaba como el plomo y gritó:

—¡¡Socorro!! ¡¡Socorro!! ¡¡Algo le sucede a la niña!! ¡¡Socorro!! ¡¡Se ha desmayado!!

Oyó cómo unos pasos se acercaban tras la puerta y continuó gritando hasta que esta se abrió. Una figura oscura dio un paso hacia delante, inclinándose hacia donde la pequeña permanecía inmóvil y entonces arrojó la silla con toda su energía contra su cabeza.

Demyan cayó inconsciente ante ella. Julia, sorprendida por su propia efectividad, llamó a la pequeña, que reaccionó rápidamente, y ambas echaron a correr por el pasillo. Estaba despejado y recordaba el camino: al fondo estaban las escaleras que las conducirían a la calle.

Candela se agarró a su mano con energía. Se detuvieron un instante al pie de las escaleras, pero no percibieron ruidos del piso superior. Ascendieron los peldaños en silencio y, al llegar a la planta de arriba, desde su posición, Julia pudo distinguir a la *madame* que conocieron la noche anterior. Discutía con otras chicas, a las que parecía regañar, parada delante de la salida que debían atravesar para alcanzar la puerta por la que habían entrado por la noche, por lo que no les quedó más remedio que tomar la dirección contraria. Gatearon la distancia que las separaba de la esquina, apenas un par de metros, y tomaron el pasillo en dirección opuesta mientras oían llorar a la chica a la que la mujer le alzaba la voz.

Llegaron hasta una puerta de color oscuro. El corazón le latía en la garganta. Debía abrirla, no podía regresar por donde habían venido, la salida estaba bloqueada. Sus ojos se encontraron con los de Candela. Tenían que salir de allí como fuese.

Giró el pomo, abriendo con cuidado, y descubrió, un largo pasillo atestado de puertas cerradas, mal iluminado, pero muy distinto al anterior. Las paredes estaban empapeladas con un estampado rojo y negro que imitaba flores de encaje y el suelo era de madera oscura. Una cortina negra de satén, por la que se colaba una luz rojiza, ocultaba el final.

Volvió a mirar a la pequeña, su compostura era admirable, apretó los labios sujeta con firmeza a su mano, sin decir una sola palabra. Caminaron en dirección a la cortina.

Cuando la atravesaron encontraron una amplia pista de baile con un escenario central, la luz roja se reflejaba en una bola de discoteca que desprendía rayos multicolores a su alrededor. Las paredes estaban cubiertas de espejos y había una barra con una docena de taburetes con asientos de cuero. En uno de los laterales había varios sillones que debían proporcionar mayor intimidad a los clientes. Junto a ellos, una puerta doble con apertura de emergencia proporcionaba el acceso principal al club.

—Vamos —susurró, y tiró de la niña caminando agazapadas entre los asientos. Solo tenían que atravesar aquella puerta y echar a correr hasta tropezarse con cualquier viandante al que pedir auxilio. Rezaba porque el sistema de seguridad que obligaba a la puerta a abrirse al accionar la badana no estuviese bloqueado.

El corazón le latía en los oídos cuando comenzó a oír ruido. Unos gritos autoritarios de mujer que parecían provenir del pasillo. Ambas se volvieron y observaron cómo la *madame* y un hombre de raza negra muy fornido al que no conocían asomaron tras la cortina de satén.

—*Attrape-les!*—gritó, y el hombre corrió hacia ellas. Julia empujó los bancos que rodaron por el suelo, provocando que tropezase con ellos. Alcanzaron la puerta y empujaron con toda su alma. Esta cedió, abriéndose, lo que hizo saltar la alarma, pero el tipo estaba demasiado cerca, y agarró a Julia por la espalda.

—Corre, Candela, corre hasta que no te queden fuerzas —ordenó a la pequeña que la miró con miedo. Supo que no quería dejarla atrás. Entonces se volvió, forcejeando, y dio un rodillazo en las partes blandas al tipo que la había atrapado—. Pide ayuda, corre.

Y Candela huyó a toda velocidad, seguida por la mujer mientras ella forcejeaba con el tipo que a pesar del dolor no la soltaba.

La cogió del pelo y tiró de ella, arrastrándola. Pataleó, le mordió y obtuvo un puñetazo en la mandíbula como respuesta, aun así se resistió todo el camino de vuelta hasta acabar por los suelos dentro de la misma habitación. Antes de que la introdujesen dentro de un empujón vio a Demyan sentado en la cocina, con una bolsa de guisantes sobre la cabeza. Sus ojos se cruzaron y él arrugó el entrecejo, como si le sorprendiese volver a verla.

Subió a la mesa del pequeño cuarto y trató de ver el exterior, pero no había actividad. Oyó pasos y el llanto de Candela que gritaba su nombre.

«Julia, Julia.»

La puerta se abrió de nuevo y la metieron dentro con la misma escasez de delicadeza que habían utilizado con ella.

—¿Estás bien?

—Sí —lloró, abrazándola con energía.

—¿Te han hecho algo?

—No. Estoy bien. Tienes sangre… —dijo señalando su boca. Julia se relamió y percibió el sabor metálico que empapaba sus labios, tenía una pequeña herida en la comisura.

—No es nada, tranquila.

—Lo siento, corrí todo lo que pude, pero me cogieron.

—Lo has hecho genial.

—No, lo he hecho fatal. Por mi culpa no nos hemos escapado.

—¿Qué dices? No es culpa tuya, son muchos, y mucho mayores, y corren más —dijo apretándola contra su pecho, besando su cabello.

—¿Qué van a hacerme? Besnik le dijo a Demyan que soy el regalo de Dardan. ¿Es que ese hombre, Dardan, no tiene hijos y quiere que sea su hija?

—No lo sé, tesoro. Pero lo que sí sé es que tenemos que ser fuertes y estar juntas.

La llevó hasta la cama, se tumbó con ella y le acarició el pelo para tranquilizarla, funcionó y al poco tiempo Candela se quedó dormida.

Era una niña hermosa e inteligente y no por ello menos inocente. Austin debía encontrarlas cuanto antes, debía sacarlas de allí y, si no, tendría que hacerlo Hugo, que también debía estar buscándola desesperado. Pero ¿cómo iba él a sospechar que se hallaba en un club de alterne de algún lugar de Francia?

Pasado un buen rato oyó cómo llegaba un vehículo y volvió a subir a la mesa para observar de quién se trataba. Besnik y Gosha bajaron de la furgoneta, el pelirrojo abrió una de las puertas traseras y sacó a una niña inconsciente. Podría tener unos diez o doce años, su cabello era largo y oscuro, y llevaba un vestido largo hasta los tobillos. Parecía pesar menos que una pluma en brazos del matón. Gosha abrió la puerta de otra furgoneta, una blanca con el logotipo de una empresa de mariscos, y Besnik la dejó dentro, tumbada en el suelo.

Acto seguido regresó al primer vehículo y reapareció con otra joven en las mismas circunstancias, también con el cabello largo y oscuro, vestida de modo similar, pero mucho mayor, quizá dieciséis o dieciocho años, que también acabó en el suelo de la furgoneta blanca. El pelirrojo miró en todas direcciones mientras cerraba la puerta y caminó junto a Gosha hacia el edificio.

Pronto llegaron a las estancias interiores y pudo oírlos conversar y reír a través de la puerta que se abrió sin previo aviso. Demyan entró con una bolsa en las manos y la miró sentada sobre la cama acariciando a la pequeña.

—Comed esto, en diez minutos volveré y os ataré las manos.

—¿Vas a atarnos?

—¿Crees que no lo merecéis después de intentar escapar? —preguntó mirándola con fijeza con sus ojos negros. Era extraño que no la tratase con mayor desprecio después de haberle agredido, se preguntó si podría ganarse al menos algo de afecto por el que parecía el menos despiadado de aquellos matones, quizá les fuese mucho mejor así.

—Siento haberte golpeado.

—¿En serio lo sientes? No lo creo.

—Gracias.

—¿Por qué me das las gracias?

—Por no entrar como un energúmeno y matarme a golpes después de que yo te agrediese.

—No cantes victoria, voy a cobrarme ese golpe, no te quepa duda —apostilló con una mirada fría como el hielo.

—A la espalda no, por favor, es demasiado doloroso. —Sus ojos le dijeron que no la había entendido—. Cuando nos ates las manos, no lo hagas a la espalda. —Demyan se marchó sin añadir nada.

Logró despertar a Candela y convencerla de comer los bocadillos y zumos antes de que Demyan regresase a la habitación. Cuando lo hizo, entró acompañado de Gosha, que les ató las manos con bridas de plástico. «A la espalda no» ordenó el primero en un idioma que Julia no podía entender dedicándole una mirada de reojo, el otro obedeció sin rechistar abandonando la que era su primera intención.

Ella contuvo cualquier gesto de agradecimiento porque temía dejarle en evidencia de algún modo, pero se lo agradecía porque acababa de evitarles un gran sufrimiento.

Sin decir nada más las condujeron a la furgoneta blanca.

—Hay dos niñas muertas —susurró Candela cuando las puertas se abrieron ante ellas.

—No están muertas, solo inconscientes —dijo Demyan antes de encerrarlas.

Se sentaron en el suelo, en una de las esquinas, acomodándose como pudieron contra la carrocería, pues aquel nuevo vehículo carecía de asientos en el interior. Las chicas que permanecían inconscientes, tendidas en el suelo, comenzaron a rodar y a moverse con los giros que tomaban en la carretera cuando el vehículo se puso en marcha.

Cuando la luz del día dejó de filtrarse por entre las rendijas de la carrocería, una de ellas comenzó a moverse y a quejarse. Julia y Candela permanecieron en silencio sentadas en su rincón. Poco después, la joven fue capaz de sentarse y comenzó a gritar en francés, despertando a la otra chica. Conversaron entre ellas y golpearon antes de comenzar a gritar de nuevo.

—¿Por qué gritan? —preguntó Candela.

—Porque aún no saben que es peor. No gritéis, por favor —pidió, y entre las sombras, con la escasa luz que proporcionaban los faros traseros, vio cómo la mayor se detenía ante ella y profería palabras que intuía de auxilio. La pequeña, sin embargo, lloraba sin cesar.

—*Où est-ce qu'on est? Où est-ce qu'on est?! Je veux rentrer à la maison!**

---

*¿Dónde estamos? ¿Dónde estamos? ¡Quiero volver a casa!

—No te entiendo. *Do you speak english?*—trató de comunicarse con ella Julia, pero la joven se giró y comenzó a dar patadas y puñetazos a la carrocería.

La respuesta de sus captores no se hizo esperar. La furgoneta se detuvo y Candela se apretó contra Julia, que la rodeó con sus manos atadas cuando la puerta trasera se abrió. Las luces de freno otorgaron un demoníaco aire rojizo a Gosha quien dio un paso en el interior de la caja. Cuando la mayor de las chicas se le acercó en busca de explicaciones, este le propinó tal puñetazo en el estómago que la hizo caer de espaldas y golpearse con brutalidad contra el metal.

Por la hoja abierta Julia pudo ver a Demyan, de pie junto a esta. La chica se revolvió en el suelo, pero Gosha parecía decidido a agredirla de nuevo. Se inclinó hacia ella.

—Déjala en paz, es solo una niña —pidió Julia, desde su posición hecha un ovillo con Candela entre sus brazos.

El matón la miró con el ceño fruncido, parecía dispuesto a hacerla callar del mismo modo.

—Gosha, vámonos, creo que ya lo han entendido y es mejor no estropear demasiado la mercancía —lo llamó Demyan en albanés, y el grandullón volvió sobre sus pasos, no sin antes dedicarle una mirada que intuía llena de odio por su atrevimiento. Julia no pudo entender lo que le decía, pero sí que había evitado que la golpease, y supuso que, como había dicho a Besnik en la ocasión anterior, temía la reacción de Irina.

La puerta se cerró y no volvió a abrirse hasta el amanecer. No importó que la joven golpeada vomitase, ni que a la que creía su hermana pequeña llorase con amargura en voz baja mientras trataba de consolarla.

22

Fantasma

*M*ontañas, montañas rojas de altas cimas sobre las que nacía un nuevo día iluminando el aire helado de la mañana se extendieron a su alrededor al bajar de la furgoneta. El vehículo había estacionado frente a una gran puerta de madera que daba acceso a un recinto amurallado, a un castillo en la cima de las montañas. Se adentraron por un amplio patio con suelo adoquinado, del mismo color gris oscuro que las paredes. Estaban ante un edificio inmenso de varias plantas de altura. A su espalda, la enorme puerta que parecía el único acceso a la propiedad se cerró.

Candela tiritaba de frío, también ella. Parecían haber regresado al invierno de golpe a pesar de que estaban a principios de agosto.

Junto a la entrada del edificio había un hombre vestido con un traje oscuro, con el mismo aspecto de asesino a sueldo que el resto, que abrió la puerta principal, permitiéndoles el paso.

El exterior de aspecto rudo y desapacible contrastaba por completo con el interior del castillo, en el que el lujo era llevado al extremo con relucientes suelos de madera, grandes cuadros colgados en las paredes, cortinajes de terciopelo rojo y frisos dorados.

Un largo pasillo las condujo hasta una especie de salón principal. En este, sentado frente a una mesa de despacho cuyas patas delanteras eran dos águilas bicéfalas, había un hombre de cabellos rubios, casi blancos, que miraba con interés la pantalla de un ordenador.

Las cuatro prisioneras desfilaron hasta situarse ante él. Las dos pequeñas francesas se abrazaron entre sí, con el rostro hundido la una en la otra y los ojos llenos de lágrimas que no se atrevían a derramar.

El hombre, que no tendría más de veintisiete o veintiocho años, alzó el rostro para mirarlas una a una. Sus ojos parecían sobrenaturales, su iris era de un color rojizo y su pupila de un brillante escarlata. Tenía la piel blanca en extremo, impoluta, como el cabello y la escasa perilla que cubría su mentón.

—*C'est un fantôme…** —susurró la mayor de las chicas francesas.

El rubio enarcó una ceja borrando cualquier rastro de normalidad de su rostro. La expresión de un auténtico sádico inundó sus ojos y transformó la mueca de sus labios en una sonrisa llena de maldad.

—*Oui, c'est vrai, je suis un fantôme, ¡le fantôme que vous verrez dans vos cauchemars toutes les nuits!* **—respondió mirando a la muchacha fijamente.

Julia apenas podía entender palabras sueltas, aunque aquel *fantôme* había sonado demasiado a «fantasma».

Se incorporó de la silla y caminó hasta ellas. Era muy alto y vestía de un modo elegante, con un pantalón gris de pinzas y una camisa blanca, como un hombre de negocios en lugar del proxeneta sádico y despiadado que era en realidad.

Las examinó con detenimiento y las niñas bajaron la mirada de nuevo evitando el contacto con sus ojos, que en la proximidad parecían violáceos. Julia, sin embargo, se quedó mirándole.

El joven se detuvo frente a ella y preguntó algo a Demyan, a lo que este respondió, y después volvió a mirarla con curiosidad.

—Ah, española. ¿Y a ti, no te doy miedo? ¿No te parezco un fantasma?

—Siento decepcionarle, pero no eres el primer albino que veo.

—¿Ah no?

—No.

—¿Quién es esta mujer? Porque es demasiado vieja para mí —preguntó de nuevo a Demyan, esta vez en su idioma para que ella pudiese entenderle.

—Es el nuevo juguete de Irina.

—Ah, mi querida hermanita. Puede que no sientas miedo por mi

---

* Es un fantasma.

** Sí, es cierto, soy un fantasma, ¡el fantasma que veréis en vuestras pesadillas cada noche!

aspecto, pero me encargaré de que me lo tengas por mis actos —sentenció con una sonrisa, que mostraba una dentadura impoluta.

Se giró y dirigió unas palabras a Gosha en su idioma, antes de salir de la habitación. Este se fue directo hacia la mayor de las dos niñas francesas y la agarró por la cintura para llevársela. La chica comenzó a gritar sin soltar a la que debía ser su hermana pequeña, que también gritaba. Julia trató de ir hacia ellas para ayudarlas, pero Demyan le cortó el paso dedicándole una mirada de advertencia que la hizo detenerse en el acto, apretando a Candela contra su cuerpo.

Besnik sujetó a la otra niña mientras Gosha se llevaba a la mayor que pataleaba tratando de liberarse. Sus gritos de auxilio se oían por el corredor mientras se alejaban cada vez más.

Condujeron al resto por un largo pasillo, antes de atravesar una gran sala en la que había una escalera en forma de abanico invertido que ascendía hasta el piso superior. Del techo, decorado con pinturas como si de un antiguo palacete se tratara, colgaba una gran lámpara de araña. Por un lateral accedieron a otro corredor y las obligaron a pasar al interior de una estancia con dos camas grandes y un cuarto de baño en la que se percibía el calor de los radiadores de aceite encendidos. Besnik y el otro par de matones salieron de la habitación, pero Demyan se detuvo un poco en la puerta, antes de cortar con una navaja las bridas de las manos de Julia y Candela.

—Ahí fuera solo hay vegetación y frío. Estáis a demasiados kilómetros del pueblo más cercano como para llegar con vida. Si tratáis de escapar, moriréis en el intento o, en caso contrario, Dardan os encontrará y os matará —advirtió en un susurro.

—Gracias por preocuparte —dijo mirándole desafiante.

—No me preocupáis vosotras, me preocupa soportar la reacción de Irina si pierde la oportunidad de divertirse contigo —sentenció antes de abandonar la estancia y dejarlas encerradas dentro.

Julia se agachó hasta tomar asiento en el suelo, estaba agotada. Candela permaneció de pie a su lado, inmóvil, y la otra niña se hizo un ovillo en una de las esquinas de la habitación y comenzó a llorar con amargura.

Su cuerpo entumecido parecía negarse a responderle ahora que al fin estaban solas. Una punzada honda en el coxis la hacía sentir como si tuviese quebrada en dos la columna vertebral, y sus articulaciones parecían estar llenas de vidrios rotos.

Recordaba la expresión de aquella joven mientras Gosha se la llevaba, la mirada violeta de Dardan, la maldad que había visto en sus ojos, en los ojos de un hombre tan joven… La pequeña continuaba llorando, gateó hasta ella.

—*Ma sœur, ma sœur**—repetía con el rostro oculto entre las manos.

Eran hermanas tal y como había imaginado, había reconocido aquella palabra al instante, «*sœur*». *Solo* sabía una docena de palabras y frases en francés que le había enseñado Pierre, un estudiante parisino de Erasmus al que había conocido durante su último año de instituto, pero de aquello ya hacía casi diez años y apenas recordaba nada de lo que había aprendido entonces.

—*Je m'appelle Julia. Elle, Candela. Et tu?***—dijo con grandes gestos, y los ojos de la chiquilla la hicieron saber que la había entendido.

—Je m'appelle Christine —dijo con timidez—. Et ma sœur s'appelle Farah.

Christine… Cuánto le gustaría poder hablar con ella sin la barrera que suponía el idioma.

—*Quel âge…?****—Ni siquiera recordaba cómo acabar aquella frase.

—*Dix ans et ma sœur, dix-sept****—respondió, pero el gesto de Julia debió hacerla saber que no la había entendido y la pequeña Christine indicó las edades con los dedos de ambas manos.

Julia sonrió feliz de que al menos estuviese hablando con ella y hubiese dejado de llorar por un instante. Entonces Candela rodeó su cuello con los bracitos y enterró el rostro en su cabello rubio. Ella la abrazó, sentándola sobre su regazo.

—Ese hombre, ¿es un fantasma de verdad?

—Los fantasmas no existen, tesoro, ese es un hombre malo, pero solo un hombre.

---

   * Mi hermana, mi hermana.
  ** Yo me llamo Julia. Ella, Candela. ¿Tú?* (Julia no sabe hablar correctamente.)
 *** ¿Qué edad…?
**** Diez, y mi hermana diecisiete.

—¿Adónde se la ha llevado? —Julia dudó qué responder, pero algo en su interior le decía que debía ser lo más sincera posible con la pequeña.

—No lo sé, pero sé que va a hacerle daño.

—¿Por qué?

—Porque es un hombre malo y los hombres malos disfrutan haciendo daño.

—Borko también es un hombre malo. Él le hacía daño a mamá y también a mí.

—¿A ti?

—Sí, él me tiró por las escaleras y me dijo que si le decía a los médicos que había sido él mataría a mi mamá.

—Malnacido. Hijo de…

—Pero ahora ya no estamos más con él.

—No. Espero que nunca más volvamos a verle.

De pronto la puerta de la habitación se abrió y por ella asomó una mujer de cabellos canos con un pañuelo gris anudado en la nuca, su piel era rojiza y unas profundas arrugas surcaban su cara. Era bastante baja y gruesa, debía rondar los sesenta años y vestía un traje gris oscuro.

Dejó en el suelo junto a la puerta una bolsa de lana roja con dibujos bordados, y les dedicó lo que parecía una auténtica regañina antes de salir de la habitación.

—Ha dicho que pongamos las sábanas a las camas y que si queremos comer tendremos que trabajar.

—No sirve de nada llevarles la contraria. Debemos estar fuertes para intentar escapar —dijo para sí, abrió la bolsa, sacando de ella unas sábanas de algodón, e hizo la primera de las camas con ayuda de Candela mientras Christine las observaba.

—Candela.

—Puedes llamarme Candi si quieres, mi *abu* siempre me llamaba así y me gusta más.

—Me encanta «Candi». Creo que es mejor que no sepan que puedes entenderlos, porque si piensan que no sabemos lo que dicen, quizá se les escape algo que nos ayude a salir de aquí.

—Entonces, ¿no te cuento lo que dicen?

—Sí, claro, cuéntamelo, pero tenemos que fingir que no los hemos entendido.

—¿Qué es *fingir*?

—Uf, es hacer como que no sabemos lo que sí sabemos. Sé que es complicado, pero ¿lo entiendes?

—Creo que sí.

Cuando comenzaron a hacer la otra cama, Christine se puso al fin de pie y abandonó su rincón para ayudarlas. Entonces oyeron un ruido procedente del exterior y al mirar por la ventana comprobaron que esta, aunque protegida por una gruesa reja de hierro, daba al patio por el que habían entrado. El sol estaba alto en mitad del cielo despejado. Observó que había vigilancia por todas partes, sobre el muro, en el tejado que alcanzaba a observar y, por supuesto, custodiando la puerta principal.

Esta se abrió y cinco hombres abandonaron el edificio. Pudo reconocer a dos: Gosha y Dardan Sokolov, que embutido en su traje impoluto dedicó una mirada a la ventana, con los ojos protegidos por las gafas de sol, antes de introducirse en un vehículo todo terreno con cristales tintados y desaparecer atravesando la salida.

23

Incapaz

*L*a puerta de la habitación volvió a abrirse apenas diez minutos después de que el líder de los DiHe se hubiese marchado. Demyan entró acompañado por la señora que las había visitado antes y que permaneció en la puerta.

—Ven conmigo, Julia.

—No. No voy a dejarlas solas.

—No va a sucederles nada, a ti tampoco, pero necesito que vengas conmigo. —La expresión de alarma en sus ojos le dijo que debía obedecerle, que algo sucedía que no podía contarle en ese momento.

—No te vayas, no quiero que te vayas.

—Tranquila, Candi, regresaré enseguida. Mientras, cuida de Christine —pidió agachándose para mirarla a los ojos. Candela la abrazó y después caminó junto a la otra niña y le dio la mano.

Se le partió el corazón en mil pedazos cuando miró atrás y las vio de pie, una junto a la otra, con los dedos entrelazados. La señora cerró la puerta a su espalda.

—¿Adónde vamos?

—No hagas preguntas.

—¿Adónde me llevas? ¿Quién es esa mujer?

—He dicho que no preguntes —ordenó mirándola con severidad.

Su mirada era tan intensa como la de un lobo sediento. Parecía furioso y Julia decidió no tentar más su suerte irritándole.

Siguió sus pasos hasta el amplio *hall*, ascendieron las altas escaleras alfombradas hacia el piso superior y se adentraron por un ancho corredor con paredes forradas de madera, adornado con consolas de metal dorado que compartían espacio con cabezas disecadas de animales, como ciervos o jabalíes.

Demyan se detuvo de pronto frente a una puerta y deshizo las dos vueltas de llave que la cerraban. Antes de abrirla la miró con dureza.

—Trata de ayudarla —dijo.

Supo entonces a quién encontraría dentro de aquella habitación y un escalofrío la recorrió de pies a cabeza.

Farah permanecía tendida sobre una cama deshecha. Su vestido de seda azul estaba hecho trizas, desgarrado; a pesar de ello, alguien lo había utilizado para cubrir su desnudez. Julia intuía que ese alguien era la misma persona que la había llevado hasta allí para tratar de ayudarla. Corrió hasta la cama mientras la puerta volvía a cerrarse a su espalda.

Su aspecto era desolador. Tenía la mirada perdida en el techo, con la larga cabellera castaña extendida por la cara y las sábanas y los labios empapados en sangre que parecía manar de la mucosa oral, quizá de las encías o la lengua. Distinguió dos profundas mordeduras en sus hombros y la marca violácea de unas manos en su cuello.

—*Farah, comment...* —Por Dios santo no recordaba cómo acababa esa frase, trató de tranquilizarse y pensar—. *Farah, comment allez-vous?**

La chica ni siquiera la miró. Julia recorrió con sus ojos el resto de su cuerpo, había mordeduras en sus brazos, en sus muslos, y sangre, mucha sangre, entre sus piernas. Inspiró hondo tratando de sacar fuerzas de donde no las había, de no romper a llorar ante ella, que parecía ausente, pero, sin embargo, respiraba. No pudo evitar que un par de lágrimas recorriesen sus mejillas en silencio. Le apartó el cabello de la cara con cuidado y entró en el baño de la habitación, abrió el agua caliente y empapó una toalla. Regresó junto a la cama y le limpió la sangre de los labios y las mordeduras de los hombros, sin que la muchacha hiciese el menor gesto, como si se hubiese transformado en una imagen de cera.

Cogió su mano con suavidad y rompió a llorar arrodillada en el suelo, apoyada sobre la cama a su lado. ¿Cómo podía existir un ser capaz de hacer aquello? ¿Cómo podía haber mirado a aquella chiquilla a los ojos y aun así ser capaz de hacerle tanto daño?

No era un fantasma. Era un monstruo.

---

* Farah, ¿cómo está usted?* (Julia no utiliza las frases correctamente.)

—Lo siento. Sé que no me entiendes, Farah, pero lo siento, siento muchísimo lo que te ha hecho —balbució entre lágrimas asiendo su mano. Entonces la joven la miró sin que sus ojos reflejasen emoción alguna—. ¿Te duele por dentro? Dime cómo puedo ayudarte... *Je m'appelle Julia.*

Volvió a levantarse y enjuagó la sangre en el lavabo, junto con sus lágrimas. Debía ser fuerte, pero no podía. Apoyó ambos brazos sobre la superficie de cerámica tratando de sostenerse. Era un baño lujoso, con una pequeña estantería llena de perfumes y cremas. Aquella era su habitación, la habitación personal del monstruo.

Se miró en el espejo los ojos enrojecidos y vio en el fondo el cuerpo inmóvil de la joven. Furiosa empujó con la mano todos los afeites de la estantería de vidrio, tirándolos al suelo antes de regresar a su lado para continuar limpiándola.

—Dónde... *douleur?*

La joven masculló algo, pero ella no pudo entenderla. Entonces, como si hubiese despertado de su trance, los ojos de Farah expresaron un hondo horror. Trató de levantarse, pero el dolor se lo impidió

—*Ma sœur.*

—Está bien. *Christine bien.*

Al oír aquellas palabras echó a llorar, Julia la cubrió con una de las sábanas hasta el cuello, trató de acariciarla, pero ella esquivó su mano, por lo que se apartó dispuesta a esperar lo que fuese necesario para poder examinar la gravedad de sus heridas.

A ambos lados de la cama había ventanas y al observar a través de ellas contempló el paisaje que rodeaba el castillo. Estaban en la cima de una colina, a su alrededor tan solo había altas y escarpadas montañas salpicadas de vegetación rastrera, en la lejanía distinguía árboles de frondosas copas verdes que destacaban sobre la tierra oscura y, a una veintena de kilómetros, se oteaba lo que debía ser un pequeño pueblo de tejados rojizos.

¿Dónde estarían? ¿Qué país sería aquel?, se preguntaba observando el horizonte. Las águilas bicéfalas de la mesa de despacho de Dardan Sokolov la habían llevado a pensar en Rusia, pero jamás podría saberlo a ciencia cierta.

Maldito monstruo. Maldito una y mil veces.

Tenía que pensar el modo de sacar a Candela de allí antes de que intentase tocarla. Antes de que la destrozase como había hecho con aquella chica.

Regresó al baño y llenó la bañera. En otras circunstancias le habría pedido que no se asease con el fin de recabar pruebas para acusar a aquel animal, pero en sus circunstancias era inútil. Estaban prisioneras en algún país desconocido, no había nadie a quien entregar aquellas pruebas y ni siquiera nadie a quien le importase lo que le había hecho. Pensó que un baño la haría sentirse limpia, era lo primero que reclamaban las chicas que habían sido agredidas sexualmente, precisamente lo que no debían hacer.

La ayudó a incorporarse de la cama, sostuvo su mano para que se pusiera en pie y, cuando estuvieron una frente a la otra, la joven la abrazó, desnuda, y lloró sobre su hombro. Julia rodeó su cuerpo magullado y la retuvo entre sus brazos. Farah lloró y lloró, hasta quedarse sin aliento. Ella también.

La acompañó y la ayudó a meterse en la bañera, despacio. El contacto de las heridas con el agua cálida la hicieron encogerse, escocían.

Alguien llamó a la puerta del dormitorio. La mirada de Farah fue de auténtico horror. Julia caminó hasta ella. Quienquiera que fuese solo tenía que abrirla, pues estaban encerradas desde el exterior.

—¿Quién es?

—Demyan —oyó seguido de las vueltas de llave. Abrió, solo un poco—. Traigo ropa —dijo entregándole un colorido bolso de lana.

—Gracias.

—¿Cómo está?

—¡¿Cómo está?! Mal, muy mal, está medio muerta. No creo que pueda sobrevivir a otro ataque como ese. —Su voz sonó demasiado a reproche para estar hablando con uno de sus captores, pero no podía evitarlo—. ¿Eso es lo que nos espera a cada una de nosotras?

—Si intentáis escapar y os capturan, eso no será nada en comparación a lo que os hará —sentenció.

—¿Cuándo va a volver? —preguntó, sosteniendo la bolsa entre las manos.

—¿Cómo sabes que se ha ido?

—Le he visto por la ventana.

—Preguntas demasiado. Ayúdala si es que puedes o dime que le pegue un tiro, pero deja de hacer preguntas de una puta vez. En un rato vendrán a buscaros y os acompañarán a la habitación.

—¿Cuándo vuelve?, por favor.

—En varios días —masculló cerrando la puerta y marchándose de nuevo.

Julia tomó la ropa y regresó junto a Farah para ayudarla a lavarse y vestirse. Había traído unos vaqueros de una talla mucho mayor que la suya, una camiseta amplia y un par de jerséis de lana, de los cuales ella misma se quedó con uno, pues su camisa desgarrada y anudada bajo el pecho poco la protegía del frío.

Ambas permanecieron sentadas en la cama, en silencio, hasta que la puerta volvió a abrirse y apareció por ella la mujer que habían visto antes acompañada de una chica joven. Era una muchacha menuda, de piel muy clara y ojos azules, y aunque iba vestida igual que la mujer, con una larga falda y un pañuelo en el cabello, no debía contar más de unos dieciséis años.

Las llevaron a la habitación en la que las esperaban Candela y Christine. Farah caminaba despacio, reprimiendo el dolor de los desgarros que aquel monstruo de ojos rojos había producido en su menudo cuerpo.

Aquella noche, la oyó llorar de nuevo, en voz baja. No lo había hecho ante su hermana, manteniéndose en silencio con la mirada perdida, ausente ante la felicidad de la pequeña al verla entrar.

—Está llorando —susurró Candela, abrazada a ella en la cama que compartían. No dejaba pasar nada por alto.

—Duérmete.

—El fantasma le ha hecho daño.

—Ya te he dicho que no es un fantasma.

—El hombre malo de los ojos raros. A mí también va a hacerme daño.

—No pienses en eso, Candi.

—Tengo mucha hambre.

—Yo también.

—¿Jugamos a comer sueños?

—¿Y eso como se hace?

—Me lo enseñó mamá. Cuando Borko nos castigaba sin comer porque mamá había sido mala, me dolía mucho el estómago, eso fue antes de ir a vivir con Denis y Noa. Mamá me decía que me imaginase mi comida favorita, que la cogiese de los sueños y la comiese así… —La pequeña hizo mucho ruido con la boca, como si realmente masticase algo—. Y después bebíamos mucha agua así —relató escapando de las mantas con las que se habían cubierto, fue al baño y bebió agua del grifo antes de regresar junto a ella en la cama. Julia contenía a duras penas las ganas de llorar, con el corazón roto al pensar en todo lo que había sufrido Candela en manos de ese otro ser despreciable—. Y ahora tengo que quedarme dormida antes de que me vuelva a entrar hambre. Siempre funciona, hazlo tú.

Julia la imitó, fue al baño y bebió antes de regresar a su lado.

—¿En qué has pensado?

—En macarrones a la carbonara.

—Hum, es mi comida favorita —confesó Candela acurrucándose contra su cuerpo. La besó en la frente y comenzó a acariciarle el pelo con los dedos para ayudarla a dormir, funcionó, y tan solo unos minutos después oyó cómo su respiración se pausaba, cómo se relajaba y se dormía profundamente.

Pobrecilla, no tenía ni idea de cómo contarle que su madre no regresaría o si llegaría a contárselo siquiera. Debía pensar en el modo de escapar de allí, pero ¿cómo? Si lo hacían, si lograban burlar toda la seguridad y salir del castillo, ¿serían capaces de atravesar aquellas montañas y llegar al pueblo? ¿Y una vez allí? ¿Cómo se comunicarían? Ni siquiera sabía si podrían entender las pocas palabras del idioma que utilizaban algunos de sus captores y que Candela había aprendido.

Otras palabras acudieron a su mente. Oyó su respiración pausada y pensó en la petición que le había hecho su madre: «No permitas que toque a mi niña.»

Alejandra debía saber muy bien qué tipo de ser era Dardan Sokolov. Y ella acababa de comprobarlo en el cuerpo de Farah. ¿Cuánto dolor, cuánto sufrimiento podría soportar una pequeña tan inocente? No podía, no quería imaginar que Candela pasase por algo así.

Quizá obedecerla sería un acto de piedad. Nadie sabía dónde estaban, ni siquiera ellas mismas. Todos los años desaparecían chicas que jamás volvían a aparecer, quizá ellas dos, ellas cuatro, pasasen a engordar esta terrible estadística. ¿Cuántas de aquellas niñas habrían sido destrozadas por Dardan Sokolov? Intuía que demasiadas.

Tomar aquella almohada, apretarla contra su rostro y… No, no podía hacerlo. A pesar de que quizá estuviese condenándola a una muerte peor, a pesar de los pesares, no podía.

El monstruo tardaría unos días en regresar, al menos disponía de ese tiempo para mantener la esperanza de ser rescatadas.

24

Dolor

*A*manecía en el exterior del castillo, la luz del nuevo día se colaba por las ventanas de la habitación, lo suficiente como para ver con relativa nitidez. No oía el menor ruido, tan solo la respiración de Candela, que le hacía cosquillas en el cuello. Era tan pequeña, tan dulce, daría cualquier cosa por sacarla de allí en aquel preciso momento.

Durante la noche se había levantado de la cama y había observado por la ventana el amplio patio del castillo en silencio. Había podido distinguir el resplandor del ascua del tabaco en varios vigilantes sobre el muro. Pudo contar al menos tres, aunque desconocía si había más, así como un par de ellos que recorrieron el patio controlando la entrada principal. Dardan Sokolov protegía con uñas y dientes su propiedad.

La mujer que las había regañado el día anterior entró en la habitación como una tromba, despertando a las niñas con una retahíla con la que parecía estar amonestándolas de nuevo, haciéndoles señales de que se levantasen y la siguiesen, y después se situó en la puerta a esperar que la obedeciesen.

—Vamos, Candi, ayer esa bruja nos dijo que teníamos que trabajar para comer y supongo que es lo que quiere, y yo estoy muerta de hambre.

Tomó su mano y entró con ella en el baño, al cruzar frente a la entrada de la habitación vio a Demyan fuera, esperando junto a la puerta y observándolas con su característico rictus inexpresivo.

Se peinó frente al espejo y peinó a Candela. Mientras la pequeña hacía pis, alguien llamó a la puerta.

—*C'est Christine* —escucharon, y Julia le abrió—. *Ma sœur…*

Salió a comprobar qué le sucedía a Farah y vio que la joven no se había movido de la cama, permanecía inmóvil envuelta en las sábanas. La señora comenzó a hacer aspavientos a la muchacha que parecía no tener intención de hacerle caso.

Julia se detuvo a su lado en la cama e intentó mirarla a la cara, apartando las sábanas con las que se ocultaba. Pero la joven se revolvió y volvió a cubrir su rostro. Alzó la mirada y halló los ojos oscuros de Demyan fijos en ella.

Intentó comunicarse con Farah para que se obligase a levantarse de aquella cama, pero entre su negativa y la incapacidad de hablarle con fluidez, fue imposible.

Las pequeñas salieron del baño y fueron a su lado. La mujer entró en la habitación exasperada por su tardanza y agarró a Farah por la muñeca, tirando de ella, tratando de sacarla del lecho. La joven se resistió con la cabeza hundida entre las almohadas y Julia se interpuso entre ambas, forzando a la mujer a que la soltase.

—¡Está enferma! —le gritó mirándola a los ojos.

Entonces aquella mujer bajita y desgarbada la abofeteó. Sintió la fuerza de la mano helada impactar en su rostro, pero contuvo las ganas de saltar sobre ella y arrancarle el pañuelo que llevaba enroscado en la cabeza junto con una buena parte de su cabellera.

Las niñas le dieron la mano, ambas.

—Vamos, si queréis comer tendréis que obedecer a Marija —dijo Demyan desde la puerta, había contemplado la escena impasible.

Christine miró hacia atrás antes de abandonar la habitación, Farah continuaba envuelta entre las sábanas.

Siguieron a Demyan y a la tal Marija hasta un salón situado en la planta inferior en el que había una larga mesa rectangular para una veintena de comensales. De las paredes de madera tallada colgaban cuadros con escenas de caza, así como varias cabezas de animales disecadas, incluida la de un inmenso hipopótamo.

Limpiando una de las sillas estaba la misma chica joven, menuda y rubia que había visto el día anterior. La joven las observó con curiosidad cuando se adentraron en la habitación.

Demyan se sentó en una esquina, en uno de los sillones acolchados, junto a la gran chimenea apagada.

Marija entregó a cada una de ellas un trapo y un pequeño cubo de plástico con agua para que imitasen a la joven y se pusiesen a limpiar. Así lo hicieron. Acto seguido, la mujer se marchó, dejándolas bajo la vigilancia del miembro de los DiHe.

Julia observó con curiosidad a la muchacha sin detener su quehacer. A pesar de lo tapada que iba, con aquel vestido de manga al codo y cuello camisero, distinguió una cicatriz que reconoció enseguida, pues había visto varias heridas idénticas en la piel de Farah. Un mordisco. A saber cuántos más ocultaba bajo la tela. Era muy bonita; tenia los ojos grandes y verdes, y una piel pálida hasta el extremo.

—Es la *favorita* de Dardan, por eso sigue con vida —dijo Demyan de pie a su lado, de improviso, no le había visto acercarse.

—No te he preguntado nada.

—Pero sé que querías saberlo.

—¿Te sacaste el título de adivino a la vez que el de matón sin escrúpulos? —La expresión de Demyan cambió de inmediato, la sonrisa se esfumó de su rostro y su mueca se endureció. Julia se arrepintió en el acto de sus palabras, pero ya era demasiado tarde. Candela, muy atenta a ambos tomó su mano, alejándola de él, sin decir una sola palabra.

Trabajaron durante horas bajo su atenta vigilancia, pero no volvió a dirigirse a ella.

Limpiaron el polvo de cada rincón, de cada candelabro y cada busto de animal. La joven no cruzó una mirada siquiera con ellas, se movía sin hacer apenas ruido y no levantaba la vista del paño que tenía entre las manos más que para enjuagarlo en el cubo.

Marija regresó cuando la habitación ya estaba limpia. Dijo algo en su idioma y después las aguardó en la puerta.

—Ha dicho que la sigamos, que ahora podremos comer —susurró Candela a su oído e iniciaron el paso; el estómago les dolía de inanición.

—Tú no —la detuvo Demyan en la puerta—. Ellas irán, comerán y después regresarán a la habitación, pero tú no.

—¿Por qué no? —se rebeló, buscando en el fondo de sus ojos negros—. Es por lo que te he dicho antes, ¿verdad?

—No. Son órdenes de Irina. No comerás hasta que ella te dé permiso.

—¿Qué? Pero he limpiado igual que todas.

—No acostumbro a repetir las cosas —dijo agarrándola del brazo, tirando de ella hacia el pasillo que conducía a las dependencias interiores del castillo.

—¡Julia, vamos a comer! —Candela la agarró de la otra mano. Christine y la otra joven las observaron en silencio.

—Ella se viene conmigo.

—¡No! Si Julia no come, yo tampoco —le desafió.

—Está bien —dijo dispuesto a marcharse con ambas.

—No. Espera un momento —le pidió Julia acuclillándose para mirar a la pequeña a los ojos—. Candela, escúchame, tienes que comer. Come por las dos, no sabemos si después podré comer yo y quizá tú no.

—No.

—Por favor, tienes que comer algo, hazme caso. Te lo pido por favor.

La pequeña miró a Demyan con un mohín de enfado en los labios. Marija les recriminó algo en su idioma dando a entender su desagrado por el retraso. Aunque no parecía del todo convencida, Candela caminó hacia ellas y las siguió hasta la cocina.

Julia en cambio se alejó en dirección al pasillo que comunicaba con el *hall* principal, en el que había dos hombres armados como si esperasen una invasión del ejército. Ambos la miraron caminar tras su custodio, al que saludaron con una leve inclinación de cabeza.

—Piensa matarme de hambre, ¿es eso? —susurró cuando se hallaron a solas en el corredor que conducía a la habitación en la que permanecían encerradas. Pero él no respondió, se limitó a caminar en silencio hacia su destino—. Si alguno no acaba conmigo antes.

—Tranquila, no permitiré que nadie te toque —dijo muy serio, Julia buscó sus ojos desconcertada—. Hasta que ella llegue, claro. —Sintió un escalofrío recorrerle la espina dorsal al oír aquellas palabras, pero fingió una entereza que en absoluto poseía.

—¿Eres mi guardián o algo así?

—Soy el perro que cuida la presa de su ama.

Aquellas palabras la sobrecogieron por lo real de la comparación, sí, ella era una presa vigilada por un guardián, pero a la vez, mientras Irina no regresase, podía sentirse a salvo. Demyan se encargaría de ello. Y después quizá se encargaría de eliminarla siguiendo las órdenes de su «ama».

Debían salir de allí, cuanto antes, pero, ¿cómo?

Alcanzaban el final del pasillo, la puerta de la habitación se hallaba frente a ambos, cuando comenzó a oír un lamento, un llanto y gritos que provenían de dentro. Sin dudarlo, echó a correr para abrirla.

El horror se materializó ante sus ojos tras aquella puerta. El cuerpo blanquecino de Besnik con los pantalones por las rodillas sostenía las manos de Farah que inútilmente trataba de revolverse bajo su cuerpo, en la cama que ambas hermanas compartían. La joven gritaba y trataba de resistirse con uñas y dientes, a pesar de su debilidad, del almohadón con el que le había tapado la cara y casi asfixiado, mientras el pelirrojo intentaba ultrajarla por todos los medios.

Se abalanzó sobre él sin pensarlo un instante, se arrojó contra su cuerpo y le tiró del cabello con una fuerza desconocida, le metió los dedos en los ojos y le mordió en el cuello con toda su alma. Besnik cegado por sus manos y sorprendido por el inesperado ataque, se apartó abandonado a la joven a la que había arrancado la ropa.

—¡Hijo de puta, hijo de puta! ¡Te voy a matar, maldito hijo de puta! —gritó mientras intentaba hundirle los dedos en los ojos y clavarle las uñas en la cara.

Este logró sacársela de encima, tirándose al suelo de espaldas sobre su cuerpo, aplastándola con su peso. Se incorporó, se subió los pantalones ocultando su repugnante sexo blanquecino y tumefacto, y se pasó una mano por el cuello. Al ver la sangre provocada por su mordida se giró dispuesto a matarla a patadas, pero entonces Demyan se interpuso en su camino.

—*Jo!** —le dijo en su idioma.

—Y tanto que sí, voy a acabar con esta puta, voy a darle su merecido de una vez por todas —respondió en español mirando directamente a Julia para que esta conociera sus intenciones.

—No lo harás, no quiero que Irina coloque mi cabeza en una bandeja, acompañada de la tuya *por supuesto* —respondió Demyan en albanés mirando a ambos, dejando claros los motivos de su «caballerosidad».

---

* ¡No!

Al oír aquellas palabras el gesto de Besnik se constriñó. Sus puños en tensión parecían ansiar algo que destrozar, algo como el cuerpo de Julia que se alejaba arrastrándose por el suelo, dolorida por el impacto. Dio una patada a la puerta que a punto estuvo de desencajarla, y desapareció por el pasillo maldiciendo solo Dios sabía qué.

Se incorporó apoyándose contra la pared, buscando los ojos de Demyan, pero este se marchó desviando la mirada y dejándolas encerradas en la habitación. Entonces caminó hasta la cama, para comprobar el estado de Farah.

La joven permanecía inmóvil, con el cojín aún sobre la cara y con la ropa hecha girones. No se movía, pero respiraba agitada. Julia retiró la almohada y descubrió su rostro, apartando los mechones de la larga cabellera que lo cubrían. Sus grandes ojos oscuros parecían perdidos, como si el mundo hubiese dejado de existir a su alrededor.

En su barbilla se materializaba un hematoma y un pequeño hilo de sangre recorría la comisura de sus labios. Tiró de una de las sábanas, la cubrió hasta el cuello, y se rompió. Las lágrimas recorrieron sus mejillas encendiéndolas, abrasando la piel a su paso, encogiéndole el alma, ahogándola. Lloró por ambas unas lágrimas que la propia Farah parecía incapaz de derramar. Lloró sintiendo que le faltaba la respiración, que le fallaban las fuerzas para soportar la abominación que acababan de intentar cometer por segunda vez con un ser tan indefenso. Lloró de rabia, de impotencia, de pena.

¿Cómo podía haber tratado de violarla conociendo su estado? ¿Cómo podían existir seres tan horribles en este mundo? Entonces recordó las palabras de Austin cuando la había llamado ingenua. Tenía razón, odiaba haber tenido que vivir algo así para entenderle.

Y también recordó las palabras de Demyan sobre las niñas: «Hasta que Dardan no las toque están seguras». Se refería a aquello. Precisamente a aquello.

Una vez que las hubiese «tocado», una vez que hubiese abusado de ellas, si es que sobrevivían, nada ni nadie podría protegerlas del ataque de otros seres tan abominables como Besnik. O como el propio Demyan, quizá, porque él era uno más de ellos. Si no fuese así, no podría permanecer impasible ante semejantes actos. Y si en algún momento lo había dudado, debía dejar de hacerlo por su propia seguridad. Aunque una vez más este hubiese impedido que el pelirrojo la atacase, solo lo había hecho por un motivo: Irina.

Cuando fue capaz de dejar de llorar, se limpió la cara y pensó que lo mejor que podía hacer era ayudar a Farah a vestirse y limpiarse. Registró los armarios, pero estaban vacíos. Entonces la puerta se abrió de nuevo.

Demyan dio un paso en el interior de la habitación y la cerró tras de sí. Sus ojos oscuros se dirigieron a la chica, que yacía en la cama, y después hacia Julia, que permaneció de pie aguardando sus intenciones.

—He traído ropa, supuse que la necesitaría.

—No necesita ropa, necesita un médico. Y probablemente un tratamiento psicológico para toda la vida.

—Eso no va a pasar.

—¿A eso os dedicáis? ¿A secuestrar niñas para destrozarlas? —le espetó mirándole con asco.

—A esas niñas nadie las ha secuestrado, su padre se las vendió a Dardan porque le debe dinero.

—¿Qué?

—Lo que oyes. Su padre las entregó para saldar su deuda de *nieve* y no creas que ignora las prácticas del *shef*.

—Eso es… —Aquellas palabras terminaron de bloquearla, sintió que algo se le quebraba por dentro, que el pecho se le partía en dos. ¿Merecía la pena vivir en un mundo semejante en el que un padre era capaz de cambiar a sus hijas por una deuda de drogas?—. Su padre, su propio padre…

—Pareces una chica lista, así que déjame darte un consejo: sé amable con Irina. Si lo eres, ella impedirá que pases por algo así.

—¿Y las niñas? —Él descendió la mirada ante su pregunta, lo cual era muy mala señal—. A las niñas no las protegerá nadie, ¿verdad? —soltó con rabia.

Se marchó sin responder a su pregunta.

Julia tomó la ropa y se acercó a Farah. Si ella estaba hambrienta y exhausta, agotada física y psíquicamente, ¿cómo no se sentiría la muchacha? Pero debía convencerla de que se vistiese antes de que Candela y Christine regresasen a la habitación.

Posó una de sus manos en su hombro con delicadeza y la joven reaccionó mirándola con horror, haciéndose un ovillo en la cama. Meciéndose sobre su propio cuerpo con las rodillas abrazadas contra el pecho y la cabeza hundida entre las piernas repitiendo: *je veux mourir, je veux mourir.**

Sabía que Farah tenía todo el derecho del mundo a estar destrozada, a no pensar más que en sí misma, a llorar su dolor sin importarle nadie más. Pero sabía que las pequeñas volverían en cualquier momento y temía que la encontrasen en ese estado.

—*Farah, les filles venir*** —trató de decir mostrándole la ropa que había traído Demyan. La chica la miró de reojo, como si no la hubiese entendido, así que repitió la misma frase, rogando en su interior que la comprendiese.

Farah no dijo nada, pero permaneció inmóvil mientras Julia la cubría con un chándal viejo y una camiseta enormes. Por un momento pensó que quizá pertenecían al propio Demyan, pero enseguida desestimó la idea. ¿Por qué le entregaría su propia ropa?

Cuando las pequeñas regresaron acompañadas de Marija, Christine trató de acercarse a su hermana, pero esta la rechazó, no quería que la tocase.

Candela corrió a los brazos de Julia con energía, apretándola contra su pequeño cuerpecito como si hubiese albergado el temor de no volver a verla.

—*Farah, tu es malade?**** —preguntó Christine sin recibir respuesta, permaneciendo de pie a su lado junto a la cama.

—Te he traído comida —advirtió Candela sacando un bollo redondo que guardaba bajo la axila.

—Muchísimas gracias, cariño.

Aquella pequeña no dejaba de sorprenderla, resultaba enternecedor que hubiese sido capaz de esconder algo de comer para ella. A pesar de que no era un bollo demasiado grande, lo partió por la

---

*   Quiero morir, quiero morir.
** Farah, las niñas venir. (Julia no habla correctamente.)
*** Farah, ¿estás enferma?

mitad e intentó compartirlo con Farah, que se negó a mirarla siquiera.

Julia tomó a Christine de la mano y la llevó a la otra cama junto a ella y Candela, tratando de conceder a su hermana la intimidad que necesitaba para penar su dolor.

25

Mi ángel

—*P*arece un león —dijo Candela refiriéndose al rugir de su estómago.

Sus preciosos ojos resplandecían como dos aguamarinas, y las pequitas que salpicaban sus mejillas y su nariz le concedían un merecido aire angelical, pensó con una sonrisa.

—No puedo negar que tengo hambre, ¿eh?

—No.

Devoró su mitad del bollo, pero fue insuficiente para calmar la desazón de su interior. Jamás había padecido aquella sensación con anterioridad, su estómago parecía haberse convertido en una bola que le pesaba y se retorcía bajo el esternón. Desconocía cuánto podría aguantar sin desfallecer, pero trataba de fingir una fortaleza de la que carecía para no preocupar a las niñas.

Farah permanecía en la cama, en silencio, sin intención de comer. Sin apenas moverse.

Los minutos parecían interminables, como si el tiempo se hubiese detenido en el interior de aquella habitación en la que se arremolinaban, juntas sobre el lecho. Christine, muy triste por el rechazo de su hermana, se acercaba a mirarla a cada tanto y después regresaba a su lado. Candela la observaba con un claro gesto de preocupación, se le ocurrió enseñarle a jugar a los pulsos de pulgares y, aunque al principio la otra se resistía, logró convencerla y ambas niñas se sentaron en el suelo a batirse en duelo una y otra vez.

Candi era muy rápida y casi siempre atrapaba el dedo de Christine. Esta al principio mostraba una actitud pasiva, pero pronto comenzó a esforzarse en vencerla. Acabaron riendo ante el desafío que cada una plantaba a la otra, hasta que Farah se agitó en la cama, recordándoles que estaba allí, presente y dolida, recordándoles dónde se encontraban. Christine se apresuró en ir a verla de nuevo, pero esta se cubrió la cabeza.

—No se va a comer el pan —observó Candela.

—No importa, lo hará cuando lo necesite —respondió Julia que terminaba la segunda de las trenzas que había hecho en su largo cabello—. Pero será mejor que lo escondamos para que nadie lo vea.

Caminó hasta la cama en la que estaba la joven y tomando el pedazo de bollo lo escondió bajo la almohada, acarició a Farah por encima de las coberteras y esta se movió.

Entonces oyó pasos que caminaban hacia la habitación y su instinto de protección la llevó a regresar junto a Candela a toda velocidad. La puerta volvía a abrirse.

Era Marija, que requería a las niñas de nuevo. La mujer les hizo señales para que saliesen de la habitación.

—Esta tarde tenemos que limpiar el despacho —le susurró Candela.

Y Julia las tomó a ambas de la mano y caminó hasta la puerta dispuesta a acompañarlas, pero entonces vio a Besnik al otro lado y un escalofrío recorrió su espina dorsal, paralizándola.

¿Por qué él? ¿Por qué no era Demyan quien las aguardaba esta vez? Temió por Farah. Si se marchaba con las niñas nadie podría defenderla en caso de que el pelirrojo decidiese regresar para acabar lo que había empezado.

«Las niñas estarán a salvo hasta que Dardan las toque», recordó, y Dardan no había regresado todavía. No lo haría por días. Pero no podía apartarse de Candela, dejarla sola, sentía que estaba traicionándola si lo hacía.

Marija les gritó, no entendía su idioma, pero sabía que estaba metiéndoles prisa.

¿Qué podía hacer? Los ojos pequeños y hundidos de Besnik se deslizaron hasta la cama en la que permanecía Farah, para después regresar a los suyos, dedicándole una sonrisa que rezumaba maldad, una maldad incalculable.

Con el corazón herido de dolor, Julia se acuclilló frente a Candela.

—Debo quedarme cuidándola, ¿lo entiendes, Candi? —La pequeña asintió. Julia sonrió ignorando los exabruptos de Marija. Y caminó hasta la cama en la que permanecía Farah, sentándose a los pies, dando entender a los presentes que no pensaba moverse de ahí.

La mujer, furiosa por su retraso, agarró a Candela del pelo y tirando de una de sus trenzas trató de sacarla de la habitación. Sin pensarlo dos veces Julia se abalanzó sobre ella. La agarró del pañuelo y se lo arrancó de la cabeza, descubriendo su cabellera corta y cenicienta. Esta se resistió, pero ella era más fuerte, o quizá era la rabia la que controlaba sus actos, y la empujó hasta hacerla caer.

Entonces Besnik, sin dudarlo un instante, le dio un puñetazo en el estómago que la dejó sin respiración y la hizo caer de espaldas, golpeándose con fuerza contra el suelo.

—Disfrútalo, puta, porque este es solo el primero, muy pronto vas a saber lo que es bueno —dijo con una enorme sonrisa antes de sacar a las niñas de la habitación a empujones. Candela trató de forcejear, pero la sacó a rastras. Marija se incorporó, recogiendo el pañuelo del suelo, y antes de irse la pateó maldiciendo, sintió los dos impactos en la espalda, pero la falta de oxígeno le impidió percibir dolor alguno.

La puerta se cerró y ella quedó tirada en el suelo respirando con dificultad.

El aire hacía mucho ruido al intentar llenar sus pulmones y por un instante temió que se ahogaría, pero intentó tranquilizarse. Sabía que, a menos que le hubiese roto una costilla con el golpe, esta sensación cedería en pocos segundos.

Para su sorpresa sintió cómo alguien la abrazaba, le mesaba las sienes y la incorporaba con cuidado. Farah se había arrodillado a su lado en el suelo.

La muchacha la sostuvo contra su cuerpo, sin decir una palabra, con los inmensos ojos negros turbios de dolor.

En cuanto se sintió con las fuerzas necesarias, la abrazó y lloró con ella. No hicieron falta palabras para que ambas entendiesen el dolor que compartían, la angustia y la desesperación que las unía

Cuando la emoción cedió consiguió que Farah comiese el pedazo de pan que había escondido bajo la almohada y revisó las mordeduras que cicatrizaban en sus brazos y su abdomen, diciéndole en su francés precario que era médico, porque no recordaba la palabra enfermera.

Caía la noche cuando las luces de unos faros iluminaron a ráfagas el interior de la habitación. Habían permanecido a oscuras, casi sin moverse, una junto a la otra, todo ese tiempo.

Julia se asomó a la ventana de inmediato, tratando de ver quién llegaba, con el corazón en un puño temiendo que se tratase de Dardan Sokolov.

Un coche oscuro se había detenido frente a la escalinata de la entrada principal, uno de los guardianes que la custodiaban se acercó y abrió la puerta del copiloto.

De este bajó la silueta de alguien cuyo cabello rubio resplandeció bajo los focos, alguien a quien Julia reconoció en seguida: Irina. Irina acababa de llegar.

Se quedó paralizada, no había pensado en ella, el temor por el destino de Candela la había llevado a dejar en un segundo plano su preocupación sobre qué le sucedería a ella cuando regresase aquella mujer. A pesar de que el propio Demyan se la hubiese mencionado, no se había detenido a plantearse la amenaza que suponía.

—¡Le fantomê! ¡Le fantomê! —comenzó a gritar Farah a su espalda, que también había observado a través del cristal, presa de una crisis de pánico. El parecido entre ambos hermanos debía haberla llevado a confundir a Irina, vestida con un traje pantalón, con Dardan.

—*No, no, pas fantôme, une femme**—trató de calmarla.

Pero la joven parecía enloquecida: comenzó a gritar, se arrodilló en el suelo, y lloró tirándose del cabello y arrancándose varios mechones. Intentó detenerla, hacerle ver que se equivocaba, que había confundido a Irina con su hermano, pero la joven no la oía, así que se limitó a abrazarla y a evitar que continuase arrancándose el pelo.

Cuando se hubo calmado la ayudó a sentarse en la cama, prendió la luz y se metió en el baño. Bebió abundante agua del grifo, como Candela le había enseñado, para engañar a su estómago que empezaba a dolerle demasiado.

Era una mujer fuerte, siempre lo había sido, pero las fuerzas comenzaban a fallarle. Sintió cómo una náusea le ascendía por la garganta, no llegó a vomitar, pero las arcadas se sucedieron una tras otra. ¿Cuánto tiempo podría resistir aquella tortura? ¿Cuánto, ahora que Irina había regresado? Estaba a punto de descubrirlo.

---

* No, no. No fantasma, una mujer. (Julia no se expresa correctamente).

Oyó la llegada de las niñas y se apresuró a enjuagarse la cara y salir a su encuentro.

Candela la abrazó con energía y Julia observó con felicidad cómo Farah respondía al mismo gesto de su hermana pequeña. Quienquiera que las hubiese acompañado ya se había marchado, cerrando tras de sí.

—¿Qué te pasa? —le preguntó Candela, buscando en sus ojos una respuesta—. ¿Estás malita?

—¿Yo? No, no, estoy bien.

—Tienes los ojos rojos.

—¿Sí? No sé, no me duelen —respondió imaginando que sería a causa de las náuseas.

—Tengo una noticia. Una noticia *muuuuy* grande —dijo la pequeña con una sonrisa de oreja a oreja, el brillo de sus ojos refulgía de emoción. Tomó su mano y la llevó corriendo hasta la cama, sentándose en el filo con un aire entre lo cómico y lo misterioso—. Nos vamos a ir de aquí.

—¿Qué? ¿Es que has oído hablar a Marija de eso?

—No, algo mucho mejor.

—¿Qué?

—Algo súper chuli.

—¿De qué hablas, Candi?

—Le he visto.

—¿Al fantasma?

—No, los fantasmas no existen. Me lo dijiste tú, ¿te acuerdas? Y también me lo decía mi abuela Manuela, porque mi amiga Amanda, la de los piojos, decía que en el trastero de arriba de la casa de la *abu* había uno y es mentira porque yo…

—Candi, espera. Cuéntame lo que has visto.

—Le he visto a él, al ángel.

—¿Qué ángel?

—Al ángel de los ojos mágicos.

—¿Qué?

Al oír aquellas palabras su corazón se saltó un latido. Estaba equivocada, tenía que estarlo.

—Hemos estado limpiando el cuarto grande de los ordenadores. —Julia imaginó que se trataba del despacho de Dardan—. Y entonces ha llegado la mujer rubia del pelo corto con varios hombres y le ha dicho a Marija que nos fuésemos a otra parte a limpiar. Y al irnos hacia la cocina, ¡le he visto!

El sonido de la puerta al abrirse de nuevo las sorprendió. No habían oído pasos acercarse. Demyan las observó un instante antes de pronunciar aquellas palabras que tanto temía:

—Irina te reclama.

26

La primera

—Va a violarme, ¿verdad? —se atrevió a preguntarle mientras caminaban a solas por el pasillo. Demyan la miró de reojo y continuó su paso—. Contéstame, por favor.

—No es su estilo. Intentará convencerte y, si eres una chica lista, serás amable con ella, es tu mejor opción.

—Mi mejor opción… Mi mejor opción es dejar que abuse de mí una asesina demente.

—Mejor ella que… —Se contuvo, guardó silencio de inmediato como si temiese haber estado a punto de revelar algo inapropiado y apremió el paso.

—¿Qué quien?

—Que cualquiera.

—¿Por qué estás con ellos? Tú eres distinto.

—No lo soy —dijo acorralándola contra la pared del pasillo, sosteniéndola por los hombros, pegando su nariz a la suya—. Aún no he olvidado lo que sucedió en Niza y te aseguro que me cobraré ese golpe.

Su amenaza parecía sincera, sin embargo había algo en él, algo que no sabría expresar en palabras pero que le impedía creerle, a pesar de la fiereza de su mirada.

Además, acababa de descubrir que la Maison du Plaisir se hallaba en Niza, aunque tras las largas horas de viaje que la habían dejado atrás, bien podían hallarse en Italia, o en cualquier lugar al este del continente.

Guardó silencio. Su custodio se apartó de ella y prosiguió su camino. Siguió sus pasos, consciente de que no tenía el menor sentido tratar de huir. El castillo era un fortín, una cárcel inexpugnable.

Ascendió las escaleras, custodiadas por dos tipos cuyos rostros comenzaban a serle familiares, y le siguió por el ancho pasillo central, el mismo en el que había recogido a Farah de una de las habitaciones después de que aquel monstruo la dañase.

Demyan prosiguió hasta doblar la esquina, accediendo a otro pasillo de menor amplitud, que los condujo a una pequeña sala en la que tan solo había una puerta, en el extremo este del edificio. Se detuvieron ante ella, custodiada por un nuevo vigilante cuyo rostro recordaba de la casa de Lévedev en Sevilla, supuso que pertenecería a la guardia personal de Irina.

—La señora la espera —le dijo en ruso, y el joven, que no debía contar más de veinte años, la abrió para ella. Julia dedicó una última mirada a Demyan, que rehuyó sus ojos, antes de entrar.

*H*abía una gran mesa junto a la puerta, repleta de todo tipo de manjares y frutas. Varios platos de comida, plátanos, fresas, una tarta de queso con mermelada por encima, y un jugoso bizcocho de chocolate. Frente a esta vio una silla vacía. Al fondo, una cama con edredones de satén blanco y la puerta abierta del baño, del que salió Irina.

—Mmmm, ya ha llegado mi pequeña fierecilla —dijo con voz susurrante la mujer cuyos rasgos recordaba con dolor, aquella que había arrebatado la vida con sus propias manos a la madre de Candela. Su indumentaria no dejaba lugar a dudas de cuáles eran sus intenciones, vestía un conjunto de encaje blanco, con *bustier*, medias y liguero.

—Me llamo Julia.

—Julia... —paladeó su nombre con deleite—. Mi pequeña, tienes hambre, ¿verdad? Estoy dispuesta a compartir estos manjares contigo —aseguró tomando una brillante manzana roja, y la mordió. Ella la observó comer entendiendo por qué había sido privada de alimento: Irina quería utilizarlo para doblegar su voluntad. Su estómago rugía, estaba muerta de hambre—. Pero antes tengo una pregunta para ti, piénsala bien, porque de tu respuesta dependerá tu futuro.

—¿Cuál?

—¿Haremos esto por las buenas o por las malas? —preguntó, taladrándola con su mirada cristalina, de pie a escasos dos metros de su cuerpo, junto a la mesa, violentándola con su forma de observarla. Guardó silencio, reflexionando cuál sería su respuesta—. Si estás preguntándote cuál es la diferencia, es muy sencilla. O eres mi puta por propia voluntad, o serás la de todos mis hombres a la fuerza. ¿Qué respondes, *Julia*?

—Lo seré.

—¿Qué serás? Quiero oír cómo lo dices.

—Seré... —La voz se le quebraba, apretó los puños con rabia tratando de infundirse las fuerzas necesarias para acabar la frase—. Seré tu puta.

—Muy bien —dijo mordiéndose el labio con deleite, abandonó la manzana sobre la mesa, caminó hasta ella y posó una mano en su cuello, era cálida, suave. Julia cerró los ojos y la imagen del rostro inerme de Alejandra apareció en su mente, no quería morir, quería vivir. Percibió cómo descendía hasta su pecho, apretándolo entre sus dedos por encima del grueso jersey y logró mantenerse impertérrita—. Mírame —exigió, y ella obedeció, leyendo el deseo en sus ojos. Irina se aproximó hasta su boca y la besó. Sintió el roce de su lengua suave y cálida, el sabor a manzana en su boca que trataba de abrirse hueco entre sus labios. Inspiró hondo, intentó controlar la repulsión que le producía, pero no pudo. Dio un paso atrás, apartándose de ella—. ¿Qué coño te pasa, puta? ¿Es que quieres que alguno de mis hombres te enseñe modales?, ¿Prefieres eso? —dijo agarrándola del pelo, forzándola a levantar la cabeza. Ante su mutismo la soltó y caminó decidida hasta la puerta.

—No, no, por favor —suplicó aterrorizada—. Necesito... Necesito algo de tiempo.

—¿Tiempo?

—Yo nunca... nunca he estado con una mujer. —Al oír aquellas palabras el gesto de Irina se mudó por completo, pasando de la ira al anhelo sin poder disimular el deseo que despertaba en ella. Volvió sobre sus pasos, deteniéndose de nuevo a su lado.

—¿Nunca?

—No.

—¿Seré la primera? —preguntó antes de volver a besarla con decisión, agarrándola del pelo, apretándola contra sí. Julia sabía que debía corresponder a su beso, pero no pudo, tan solo consiguió mantenerse inmóvil mientras la invadía con su lengua y bebía de su boca. Irina jadeó excitada sobre sus labios y trató de meter la mano por el pantalón en busca de su sexo, pero ella en un acto reflejo la apartó de un manotazo y volvió a alejarse, pegándose a la pared. Entonces le dedicó una mirada que destilaba una profunda rabia—. No tengo demasiada paciencia, como pudiste comprobar cuando nos conocimos, espero que la próxima vez tengas claro qué prefieres o seré yo quien decida por ti. ¡Lárgate! —ordenó.

Abandonó la habitación con el corazón latiéndole en la garganta. Tendría que hacerlo, tendría que entregarse a aquella mujer si quería vivir, si quería evitar que cualquiera de los malhechores despiadados que la rodeaban la ultrajase en su lugar. Con ella por las buenas o con todos sus hombres por las malas, había dicho.

Se enjugó las lágrimas que se empeñaban en acudir a sus ojos, mirando de reojo al par de guardias que custodiaban la puerta de la mujer, y emprendió el camino de regreso a su habitación seguida de uno de ellos. Al torcer la esquina se topó con Demyan, que recorría el camino en sentido inverso.

Este dirigió unas palabras a su custodio en su idioma que hizo que regresase por donde había venido y fuese él quien ocupase su lugar.

Julia percibió en él un cierto halo de nerviosismo, de tensión. Pero no dijo nada y se limitó a caminar a su lado. Al girar en el pasillo, Demyan alzó la vista para comprobar si alguien podía verlos antes de abrir una de las puertas y, agarrándola del brazo, la empujó dentro. Era un dormitorio, una amplia habitación con una cama con dosel y mobiliario igual de recargado que el resto de las estancias del castillo. Se giró buscando leer en su mirada cuáles eran sus intenciones.

—¿Ahora? ¿Ahora vas a cobrarte el golpe que te di? Pues prepárate, porque estoy dispuesta a arrancarte los ojos si me tocas.

Él sonrió permaneciendo contra la puerta del dormitorio, impidiéndole la salida.

—Tranquila.

—¿Tranquila?

—No voy a hacerte daño, pero necesito que guardes silencio, pase lo que pase, no grites.

—¿Qué?

—Que no grites, preciosa —dijo alguien a su espalda, una voz masculina que reconoció al instante, una voz que aceleró su corazón y llenó sus ojos de lágrimas. Se giró y corrió hacia él. Allí estaba, parecía imposible pero era él, Austin, de pie junto a la puerta del baño de aquel dormitorio.

Él la recibió con los brazos abiertos, estrechándola contra sí con tanta fuerza que temió romperse en dos. Julia cerró los ojos e inspiró su aroma, y rompió a llorar asida con firmeza a su cuerpo, como si fuese el único apoyo capaz de sostenerla en pie.

Sintió sus manos en su espalda, recorriéndola, apretándola con energía contra sí.

Y lloró, lloró casi sin aliento, sintiendo que acababa de devolverle la vida.

—Chsss. Cálmate, amor mío —le susurró al oído, enternecido por cómo se estremecía asida a su cuello, por cómo su menudo cuerpo se convulsionaba de emoción.

Buscó sus ojos. Limpió sus lágrimas y la besó con la intensidad de un huracán.

El sabor de sus labios, de su boca suave y cálida, ese que durante días había temido no volver a experimentar, fue un bálsamo para su alma atormentada.

—Dime que no estoy soñando —pidió con un hilo de voz. Austin volvió a limpiar sus lágrimas con los pulgares, asiendo su rostro entre las manos.

—No estás soñando, estoy aquí.

—Lo sabía, sabía que solo tú podrías encontrarnos. —Sus ojos brillaban tanto por la emoción que parecían dos esmeraldas.

Pensó que era la mujer más hermosa que había visto en toda su vida, pero también la más valerosa y fuerte, y la única que había logrado conquistar su rudo corazón.

Demyan carraspeó, recordándoles que también él se hallaba en la habitación.

—Esperaré fuera para concederos algo de intimidad. Tenéis cinco minutos, ni uno más —dijo antes de abandonar la habitación.

—¿Cómo está Candela? ¿Está bien? La he visto un momento en el despacho de Sokolov, pero no podía decirle que...

—Sí, tranquilo, ella está bien. Tienes una hija maravillosa, Austin.

—¿Os han tocado? ¿Os han hecho daño?

—No, ambas estamos bien, te lo prometo.

—Dime la verdad, por favor.

—De verdad, te lo prometo por la memoria de mis padres —dijo emocionada ante el temor que leía en sus ojos de aguamarina. Él volvió a estrecharla entre sus poderosos brazos, necesitaba tocarla para saber que era real, que al fin las había encontrado—. Otra de las niñas no ha tenido tanta suerte...

—Sé que hay dos niñas más. Voy a sacaros de aquí, lo juro, aunque me cueste la vida hacerlo.

—¿Cómo has podido llegar hasta aquí sin que te descubran?

—He tenido que mover muchos hilos y exigir a mi gobierno que negociase mi intervención en esta misión. Gracias a esto he conseguido que se me permita unirme a sus filas usurpando la identidad de uno de sus hombres, un ruso recientemente detenido por la Interpol. Irina necesitaba renovar su guardia personal después de perder a uno de sus hombres en Sevilla.

—Kirill.

—Sí. Uno de los agentes infiltrados se encarga del aparato de reclutamiento de la organización, fue él quien me sugirió como el mejor reemplazo para este.

—Entonces, ¿ya sabes que Alejandra...?

—Lo sé. Es terrible. Ojalá hubiese podido ayudarla.

—Has dicho la Interpol. Entonces, ¿Demyan?

—Demyan es otro de los agentes infiltrados de la misión.

—¿Qué misión?

—La de detener a Sokolov y toda su cúpula. Julia, escúchame bien, en dos días se reunirán todos los lugartenientes de los DiHe en el castillo, entonces la operación especial los detendrá y os liberarán.

—¿Dos días?

—El director de la Interpol no iba a permitir que me uniese a la misión sin más, había una condición insalvable. He sido forzado a jurar por mi honor como SEAL que no intervendré durante esos dos días. Y lo haré, siempre y cuando no estéis en peligro.

—Lo harás, ya creo que lo harás —intervino Demyan adentrándose en la habitación de nuevo, sorprendiéndolos—. Me he dejado cinco años de mi vida a esta jodida misión y juro que si haces un solo movimiento antes de que recibamos órdenes, el primer disparo que atravesará tu cabeza será el mío.

—Tendrás que hacerlo si intentan lastimarlas —rebatió Parker enfrentándole sin el menor temor. Ambos hombres medían sus fuerzas con la mirada, los dos sabían de lo que el otro era capaz, de cuánto podían y debían temerse el uno al otro—. Te agradezco que las hayas cuidado, porque me consta que lo has hecho, pero estamos hablando de mi familia y tendrás que matarme para impedir que las proteja.

—¿Faltarás a tu palabra entonces?¿Traicionarás a tu país?

—Ellas son mi país, mi patria y mi bandera ahora. Nada ni nadie me importa excepto ellas.

—Quizá deba advertir a mi superior que eres un elemento desestabilizador y debas ser retirado de la misión.

—Si te atreves a hacerlo serás el primero en caer —le amenazó llevándose una mano al cinto en busca de su arma, pero carecía de ella.

—En contra de mi voluntad he admitido que seas infiltrado en este puto castillo en el peor momento, pero no voy a permitir que ni tú ni tus «soldaditos» lo echéis todo a perder.

—Y yo no voy a permitir que ningún «poli de tres al cuarto» anteponga su carrera a la seguridad de los míos.

—Tranquilos, tranquilos. Austin, escúchame, podré hacerlo, podré aguantar dos días. ¿De qué *soldaditos* habla?

—Mi equipo. Están ahí fuera. En el bosque, esperando una señal para quemar este lugar hasta los cimientos.

—Será el fin de vuestra carrera si lo hacéis —advirtió con la voz tintada por la rabia el agente de la Interpol.

—¿Crees que me importa mi carrera? Me importa un carajo mi carrera. ¿Es que no lo entiendes? Estamos hablando de mi hija y de la mujer de mi vida, ¿quieres una puta medalla? Yo te la daré, te daré la veintena que tengo en casa, ¡pero no permitiré que las toquen! —Aquel «la mujer de mi vida» le llegó al corazón. Julia le abrazó, hundiendo el rostro en su pecho, sintiéndose segura por primera vez en mucho tiempo, bajo la atenta mirada de Demyan.

—¿En serio crees que sobrevivirán? ¿Qué serás capaz de sacarlas con vida de aquí?

—Austin. Austin, escúchame. Podemos hacerlo, son solo dos días más. Resistiré, resistiremos, mientras Dardan no se atreva a tocar a Candela, lo haremos. —Los puños del SEAL se contrajeron a ambos lados de su cuerpo y un músculo palpitó en su mandíbula preso de la rabia que sentía.

—Tenemos que irnos o empezarán a echarla de menos —advirtió Demyan. Parker la sujetó por los hombros mirándola con dulzura.

—Escúchame bien, Julia. No soy bueno hablando de este tipo de cosas y probablemente ni siquiera sea el mejor momento, pero… necesito decírtelo ahora. Yo… Te amo. Lo sé, lo siento, aquí dentro —dijo golpeándose con suavidad en el corazón con el puño—. Quiero estar a tu lado cada día del resto de mi vida, para que te mofes de los nombres que les doy a las cosas y para que me cures las heridas, especialmente las que no se ven. —No se le daban bien aquel tipo de cosas, había dicho, y sin embargo acababa de dedicarle la declaración de amor más bonita que había oído jamás. Sus lágrimas reaparecieron, esta vez de emoción, y asintió incapaz de pronunciar una sola palabra—. Por eso necesito que te mantengas a salvo, por encima de todo. Si tratan de haceros daño a ti o a Candela, grita, grita con toda tu alma y te juro que no habrá nada ni nadie capaces de impedir que llegue hasta ti —afirmó mirando de reojo al agente encubierto, que giró el rostro como si no le hubiese oído.

—Lo haré, lo prometo. Cuidaré de ambas. No hay nada que desee más en este mundo que estar a tu lado para convertir esos planes en realidad —confesó ella antes de volver a besarle, y sintió cómo las mariposas volvían a llenar su estómago, cómo reaparecía el maravilloso cosquilleo que despertaba en su piel, en todo su cuerpo.

En el camino de regreso a la habitación, escoltada por Demyan, recordó las palabras de Candela, ella había afirmado haber visto a su ángel de los ojos mágicos, y por supuesto que lo había hecho.

27

Hijos de la Guerra

*A*guardó un momento en el dormitorio antes de marcharse, asegurándose de que nadie le observaba. Apagó el inhibidor de frecuencias que llevaba en el bolsillo del pantalón, ese que en caso de que hubiese micrófonos evitaría cualquier tipo de grabación. Antes ya había comprobado que no hubiese dispositivos de vigilancia en la habitación, pero aún así prefería asegurarse. Y después enfiló el corredor de regreso al lugar al que había sido destinado a su llegada por el propio Demyan: el muro que circundaba el Castillo Negro.

El Castillo Negro. Ese era el nombre con el que lo habían bautizado los habitantes de Puke, el pequeño pueblo albanés que se divisaba desde la colina, por el oscuro color de sus muros y por las oscuras leyendas que habían empezado a circular a propósito de lo que estos podían estar custodiando.

Para él había sido el lugar del reencuentro. Al fin había podido verla, la había sostenido entre sus brazos y había oído de sus propios labios que ambas estaban bien. Sin embargo, sus preciosos ojos reflejaban el horror que había vivido. No quedaba ni rastro de la inocencia y felicidad con la que los recordaba. Los había hallado tristes, heridos, distintos, y se juró con rabia que se dejaría el alma en conseguir que volviesen a recuperar el brillo que desprendían cuando la conoció.

Julia, la mujer que le había robado el corazón, la que había logrado adentrarse por entre las corazas con las que había tratado de protegerse desde que, siendo aún un adolescente, había descubierto del modo más cruel que el amor no existía. Al menos no ese amor del que hablaban los idiotas, ese amor con mayúsculas que todo lo puede. Y, sin embargo, se sabía convertido en uno de ellos, uno más de esos necios que aseguraban sentirse incompletos en ausencia de la persona amada. Él lo había estado, roto, deshecho, desde el mismo día en que ella desapareció.

El sentimiento de culpa le acompañaría por el resto de sus días. Si no hubiese acudido a buscarla a su regreso de Atlanta, jamás habría acabado en aquel lugar, en aquel castillo en el que se había materializado el sueño de un psicópata que decidía el destino de los hombres, mujeres y niños que caían en sus manos, disponiendo quién debía vivir y quién morir conforme a sus oscuros deseos.

Recordó el dossier que le entregó su hermano Christian, condecorado miembro de la CIA, sobre los hermanos Sokolov cuando fue a recoger los resultados de las pruebas de ADN que confirmaban lo que en su interior ya sabía, que Candela era hija suya.

El teniente Parker había oído hablar de los DiHe, de su brutalidad, de su falta de escrúpulos, de la amenaza en la que estaban convirtiéndose debido a su crecimiento exponencial. Pero cuando leyó con calma los informes que contenía aquella carpeta, comenzó a hacerse una idea de dónde iba a meterse.

Dardan Sokolov, nacido el 15 de Enero de 1987 en Polje, y su hermana Irina, nacida el 7 de Junio de 1983 en la misma localidad, eran hijos de Gleb Sokolov, un empresario ruso natural de Moscú dedicado a la construcción, y Aberdita Lusha, una mujer kosovar de origen albanés, hija de granjeros. Ambos mantuvieron una relación de diez años en la que Sokolov reconocería a sus hijos, aunque sin pasar por el altar. Relación que acabó de modo abrupto pocos meses después del 28 de junio de 1989 cuando Slobodan Milosevic, entonces presidente de la República Socialista de Serbia, encontrándose en Polje para la celebración del sexto centenario de la Batalla de Kosovo y ante una multitud de un millón de serbios llegados de todas partes del país, pronunció el famoso discurso de Gazimestan en el que exaltó los ideales serbios, etnia minoritaria en Kosovo, apelando a su unidad en los momentos difíciles que vivían. Gleb Sokolov, un hombre hecho a sí mismo gracias a su gran intuición comercial, vio en el discurso del presidente una llamada hacia la guerra civil y decidió regresar a Moscú, trasladando la sede de su empresa a la capital rusa, al temer una inestabilidad en el país que no tardaría en producirse. Pero acarrear a una mujer que se negaba a abandonar a sus padres ancianos y a dos hijos pequeños no entraba dentro de sus planes de iniciar una nueva vida en la capital Rusa, así que un día desapareció sin más, olvidándose de la familia que dejaba atrás en Polje.

La lucha entre los independentistas albaneses y las fuerzas de seguridad serbias fue encarnizada durante los siguientes tres años, en los que Aferdita y sus hijos sobrevivieron a duras penas gracias al trabajo duro en la granja y a la ayuda de sus padres, siempre con el temor a ser atacados y asesinados en mitad de la noche como les había sucedido a muchos de sus vecinos.

En marzo de 1999 la OTAN decidió intervenir en el conflicto. El asalto duró tres largos meses y durante este período los bombardeos fueron continuos: mil aeronaves y otros tantos barcos y submarinos lanzaron misiles *tomahawks* contra objetivos yugoslavos. El recrudecimiento de la lucha entre albaneses y serbios desencadenó una limpieza étnica que provocaría la huida masiva de la población. Se estima que unos trescientos mil albaneses huyeron hacia los países próximos, malviviendo en campos de refugiados con las condiciones más precarias, carentes de agua corriente y de los alimentos más básicos.

En uno de esos campos, en Albania, acabaron Aferdita y sus dos hijos, cuando Dardan contaba con solo doce años e Irina dieciséis. Pocos días tras su llegada, como si hubiese resistido solo hasta hallar un lugar en el que dejar a sus hijos, Aferdita falleció como tantos otros refugiados (probablemente de una afección pulmonar ante la ausencia de medicinas). La noche siguiente a su entierro en una tumba sin nombre, Irina recibió la visita de varios hombres del campamento, que la violaron y a punto estuvieron de acabar con su vida. Después de eso tuvo que prostituirse a cambio de alimentos para ella y su hermano pequeño. Las informaciones apuntan a que también el joven Dardan recibió abusos. A pesar de ello ambos lograron sobrevivir. Con la llegada del final de la guerra muchos de los albaneses regresaron a sus casas, pero a ellos nadie los esperaba en Polje. Sus abuelos habían fallecido durante uno de los bombardeos en el que la granja quedó destruida, por lo que decidieron permanecer en Albania. El joven Dardan pronto empezó a delinquir, primero fueron hurtos en las aldeas cercanas, para continuar con atracos violentos, robos a mayor escala, secuestros y asesinatos a sueldo, destacando por su brutalidad y desprecio por la vida humana. Hasta que, con diecisiete años, junto a otros jóvenes huérfanos procedentes del campo de refugiados, formó una organización criminal que entonces carecía de nombre, pero que acabaría convirtiéndose en los DiHe, alimentada por el caldo de cultivo que la violencia había dejado en las almas de aquellos hijos de la guerra de los que enseguida se convirtió en líder. La organización creció a un ritmo vertiginoso proporcionándoles el control sobre cada rincón del país en tan solo unos años, sus acciones eran metódicas y eficaces, y poco después dieron el salto a la actividad internacional. Una de sus primeras intervenciones fuera de Albania fue encontrar a su padre, Gleb Sokolov, y asesinarle a él y a su nueva esposa rusa en su apartamento de Moscú, en 2007, dejando con vida a sus tres hijos de nueve, siete y tres años para que experimentasen el mismo dolor que él y su hermana Irina sufrieron cuando él los abandonó.

*P*arker estaba seguro de que ambos hermanos eran el producto de la dura existencia que les había tocado vivir, pero esto no justificaba el camino que habían decidido tomar. Muchas otras personas sufrieron en circunstancias similares y sin embargo decidieron luchar por recuperar su vida, su identidad de antes de la guerra, o convirtieron su experiencia en motivo de cambio, pero para bien.

Saber a Julia y a Candela en manos de semejantes seres sin escrúpulos, carentes de cualquier sentimiento de compasión, había puesto a prueba su cordura en los cinco eternos días que había estado buscándolas. Desde que desaparecieron no había tenido un solo segundo de paz.

Aquella sí que había sido una Semana del Infierno, el entrenamiento en el BUDS parecía una broma pesada en comparación con lo que había sentido en su ausencia. Las prácticas de ahogamiento eran un juego comparadas con la angustia que le había dejado sin respiración al saberlas prisioneras de los Sokolov. Jamás pudo imaginar que llegaría a sentirse así.

La noche en la que se despidió de Julia en el portal de su casa se dirigió al hostal en el que se hospedaba y se encerró en su habitación. Necesitaba estar solo para procesar todos los sentimientos que la revelación de Alejandra le había producido. Para asimilar que había tenido una hija que murió antes de que él llegase a conocerla.

Se metió en la ducha y el agua ardiendo arrastró las lágrimas que a cara descubierta no se permitía derramar. El sueño le venció bien pasada la madrugada dando vueltas en la cama. Era extrañamente profundo el dolor que le producía la pérdida de alguien a quien ni siquiera había tenido la oportunidad de mirar a los ojos, aún no podía ni imaginar el modo en el que iba a contarle a doña Manuela que jamás volvería a ver a su nieta.

A la mañana siguiente se dio cuenta de que había dejado su teléfono móvil dentro del bolsillo del pantalón vaquero, en el baño. Lo había silenciado como precaución cuando se escondió en la cabina del *spa* y olvidó desactivarlo. Descubrió entonces las llamadas perdidas de Julia la noche anterior e intentó contactar con ella.

Al no recibir respuesta, acudió a su casa. A la mirada de alarma de Berta en el patio siguió el ataque de Hugo, que se abalanzó sobre él, tirándole al suelo, exigiéndole a puñetazos que le dijese dónde estaba su hermana pequeña. Tuvo que reducirle, parecía enloquecido, y le sostuvo contra el pavimento hasta que logró entender lo que le decía. Que Julia no había regresado esa noche a dormir y no respondía a su teléfono móvil, que el coche de Berta, el que ella solía utilizar, había aparecido quemado esa misma mañana en un descampado a las afueras de la ciudad.

Y en ese momento la posibilidad de que hubiese sido secuestrada por los mismos hombres con los que se relacionaba Alejandra se materializó en su pecho como una honda puñalada que le rasgase en dos el corazón.

Su primera reacción fue la de tomar su pistola y dirigirse a la propiedad de Borko Lévedev. Sin embargo, sabía que sería una acción demasiado arriesgada que pondría en riesgo la vida de la mujer que amaba, entonces aún desconocía que la pequeña Candela seguía con vida.

Hubo de revelar su verdadera identidad a Hugo y los motivos que le habían llevado hasta Sevilla para que dejase de acusarle de la desaparición de Julia. El policía quedó en estado de *shock* al entender el calibre de la situación. Comprendió sus acusaciones y su desprecio hacia él. Él mismo se despreciaba, se maldecía, por haber osado posar sus ojos en aquella joven que había sufrido demasiado ya antes de conocerle como para acabar de arruinarle la vida.

Y, sin embargo, no había podido evitarlo. La necesitaba, necesitaba verla, oírla, tocarla, porque solo ella, con su sonrisa, con el tono cadencioso de su voz, con el suave roce de su piel, le había hecho sentir vivo por primera vez en demasiados años.

Un enorme despliegue policial intervino en La Paloma, la propiedad de Lévedev, a primera hora de la tarde, cuando el juez firmó la autorización. Pero en su interior no encontraron nada más que un par de empleadas del hogar que aseguraban ignorar dónde se había marchado el propietario.

Para entonces su hermano Chris había movido sus hilos tratando de contactar con uno de los agentes de la Interpol a cargo de la misión, pero su informante, el agente encubierto Edward Formont, Kirill para los DiHe, parecía haber sido tragado por la tierra. *A posteriori* descubrirían que en efecto había sido así.

Fue entonces cuando recurrieron a las más altas instancias a las que ambos hermanos tenían acceso, y funcionó: el vicepresidente en persona le llamó al día siguiente, indicándole el lugar y modo de contacto para la reunión secreta que mantendría con el secretario general de la Interpol en un gesto de cooperación sin precedentes.

Y durante todo ese tiempo, todos y cada uno de los minutos, todos y cada uno de los días, rezó a un Dios en el que nunca creyó para que estuviese bien, para que continuase con vida.

Durante su reunión con Haakon Carlsen, un noruego alto como un edificio, secretario general de la Interpol, descubrió que el agente que aún continuaba infiltrado había revelado que la compañera de Borko Lévedev, Alejandra Rodríguez, había sido asesinada, pero que la niña y la mujer a la que buscaba continuaban con vida.

Estaba viva. Candela estaba viva. No podía imaginar por qué Alejandra le había mentido y quizá jamás conocería la respuesta, pero acaso ya no importaba. Su hija seguía con vida y Julia también, llegar hasta ellas era lo único que le importaba.

El secretario, parapetado tras su esmaltada mesa de despacho, había tratado de convencerlo de que se mantuviese al margen de la operación. Pero él tenía muy claras sus intenciones.

«Si no me dejáis intervenir a vuestro modo lo haré al modo SEAL.» La cara del mandatario se había descompuesto al oír aquellas palabras, pasando por toda una gama de colores, desde el blanco más pálido al rojo más intenso, y sus reticencias se esfumaron como un trazo de humo azotado por el viento.

Su perfecto dominio del ruso había permitido introducirle en la organización haciéndose pasar por un miembro moscovita al que ni Irina ni sus más cercanos conocían en persona, detenido por la Interpol en el mayor de los secretos. Gracias a Aleksei, otro de los agentes infiltrados que lo recomendó para la seguridad personal de la hermana del *shef* por sus excelentes aptitudes, había logrado llegar hasta ellas en un tiempo record.

La pérdida del agente encubierto Edward Formont, Kirill para los DiHe, fue fundamental para que lo lograse, al dejar una vacante en la seguridad de Irina.

Formont había cometido el error de intentar ayudar a Alejandra y a su hija, saltándose todas las directrices de la misión, motivado al parecer por los sentimientos que albergaba por la joven, según las sospechas de sus propios compañeros.

Tras el primer contacto de Parker, ahora Vadim, con Irina en Tirana, donde esta se había dirigido directamente desde Sevilla para reclutar mujeres jóvenes con falsas promesas de trabajo digno y una vida mejor, logró que ella aceptase ponerle a prueba como miembro de su guardia personal.

Sin embargo, la hermana del *shef* era una mujer desconfiada por naturaleza y, como había hecho con el resto de sus *protectores*, había exigido que permaneciese desarmado mientras ganaba su confianza.

Había jurado por su honor como SEAL que aguantaría sin intervenir, pasase lo que pasase, hasta la llegada de Dardan Sokolov con su consiguiente detención y la de toda la cúpula de la organización, pero su único pensamiento era buscar el modo de sacarlas de allí cuanto antes.

Sabía cuán importante era que aquella operación concluyese, decapitar a los DiHe los llevaría hasta la devastación, pero aunque ese objetivo fuese primordial para el agente encubierto Demyan y los suyos, para él la vida de su hija y la de Julia estaban por encima de todo.

Su hija. Aquella niña rubia con los ojos más grandes que las manos que le había observado con curiosidad a su llegada.

Sintió cómo el corazón se le partía en dos cuando la vio en el despacho con un trapo mugriento entre las manitas limpiando una de las mesas. Cuando aquellos ojos en los que podía reconocer la mirada cristalina de su propia madre, de la que ambos habían heredado el particular dibujo del iris, se cruzaron con los suyos, sintió ganas de tomarla en brazos y echar a correr. Pero debió mantenerse impasible en su posición, y por todos los infiernos que le había costado hacerlo. A pesar de ello la niña le había mirado con curiosidad.

Al día siguiente de su reunión con el mandatario europeo, sus compañeros del equipo alfa del Team Six habían llegado a la base de operaciones situada en Durrës. Él no los había convocado, jamás los habría implicado en un asunto como aquel, pues podía afectar a sus carreras militares, pero no se sorprendió al verlos bajar del helicóptero, sabía que sus hombres le seguirían a la boca del mismísimo infierno. Como él haría por cualquiera de ellos.

Gran Oso le abrazó con tanta fuerza que creyó que el estómago le saldría por la boca en cualquier momento. Era su modo de decirle hasta qué punto compartía su pesar. También lo hicieron Halcón, Billy e incluso el nuevo miembro del equipo en reemplazo del sargento Cricket al que habían bautizado como Dragón, por su predilección por los lanzallamas y proyectiles explosivos, con el que tan solo había compartido una misión.

Los SEALs, cuando alguien atacaba a uno de los miembros de su equipo, respondían como los cinco dedos de una mano, golpeando a la vez. Cada uno de ellos formaba parte del resto y prefería morir en el transcurso de una misión antes que abandonar a su suerte a un compañero. Y en ese caso la misión era salvar a la hija y a la mujer que amaba su teniente, y se entregarían a ella hasta las últimas consecuencias.

Después de su incorporación en la misión, el resto de SEALs desaparecieron de la base sin dar explicación alguna. Desde entonces permanecían ocultos, apostados entre las sombras, esperando una señal, un solo disparo, para entrar en aquel castillo y no dejar títere con cabeza, le pesase o no al secretario de la Interpol o al mismísimo presidente Obama.

Mientras paseaba por el muro del Castillo Negro, Parker perdió la vista en el horizonte, entre la poblada arboleda que cubría las montañas ocultas bajo el manto de la noche, seguro de que el ojo de Halcón estaba observándole al otro lado de la mira telescópica de su poderoso rifle, atento a sus movimientos noche y día, esperando el momento indicado para actuar.

28

Muérdeme

Julia caminaba rumbo a la habitación seguida de Demyan, en silencio, no había vuelto a mirarle siquiera desde que abandonaron el dormitorio de la primera planta. En el estrecho pasillo en el que incluso oían el sonido de sus propias respiraciones, la tensión entre ambos podía palparse.

—Sé lo que opinas de mí.

—Ay, es verdad, no recordaba que la adivinación se encuentra entre tus muchas habilidades…

—Piensas que soy un mezquino y un insensible.

—Pues mira por donde no se te da tan mal —dijo sin detener su paso decidido. Entonces él la agarró del brazo y la obligó a girarse para mirarle.

—Estoy dispuesto a todo para que esta misión se cumpla.

—Eso lo has dejado muy claro.

—Es mucho lo que está en juego, muchas vidas de compañeros y las de muchas mujeres que…

—No tienes por qué sermonearme. Podrías haberme dicho que podía confiar en ti, podrías habernos ayudado a escapar.

—Traté de hacerlo, ¿acaso crees que es tan fácil noquearme con una silla?

—¿Lo fingiste?

—Sí, lo hice, traté de concederos una oportunidad. A pesar de que tenía prohibido interferir por vosotras de algún modo. Pero vuelvo a repetir lo que dije ahí arriba: si tu *hombre* provoca el fallo de la misión, el primer disparo que recibirá será mío.

—Pues procura que el segundo sea para mí, porque si no es así, juro que te mataré con mis propias manos —le amenazó muy seria antes de proseguir su camino. Demyan sonrió seducido con el ímpetu y el tesón de aquella joven.

Aquel SEAL era un tipo afortunado. Quizá él consiguiese ser amado de ese modo algún día. Desde que se unió a la Interpol se había limitado a cumplir una misión tras otra, sin espacio para su propia vida. Hacía tanto tiempo que no tenía una cita, que estaba convencido de que no sabría cómo comportarse llegado el momento, pero aquella misión también era algo personal, como lo eran todas en las que se investigase el tráfico de mujeres desde la desaparición de su hermana Charlene, hacía ya seis años. Por ello, cada vez que surgía un caso similar, solicitaba ser destinado a él, por si cabía la remota posibilidad de encontrar una imagen, un dato que pudiese arrojar luz sobre su desaparición. Sin suerte, por el momento.

—Toma, sé que tienes hambre. Escóndelo —dijo entregándole un bollo de pan de especias que llevaba oculto bajo la cazadora oscura.

El orgullo de Julia le habría impedido aceptar alimento de alguien que había amenazado con matar a Austin, pero empezaba a sentirse demasiado débil tras tantas horas de ayuno, por lo que aun con desagrado lo cogió y lo ocultó bajo la ropa.

Demyan abrió la puerta y cerró con llave tras ella.

Cuando se adentró en la habitación detectó de inmediato que algo sucedía. Percibió el extraño silencio y vio cómo las tres niñas estaban juntas en una misma cama hacia la que corrió.

Candela permanecía tumbada de lado, acompañada de Christine y Farah, que la acariciaban con mimo.

—¿Qué te pasa, Candi? Por Dios, ¿qué ha pasado?

La pequeña lloraba, Julia miró a las otras dos niñas en busca de una explicación, pero ambas respondieron con gestos de no saber qué sucedía.

—Candi, por favor, ¿qué te pasa?

—El hombre del pelo rojo —balbució levantando el rostro enterrado contra la almohada. Sus mejillas estaban encendidas y sus ojos enrojecidos.

—¿Besnik? Dios mío, ¿Besnik te ha hecho algo?

—Él y la mujer mala han venido a la habitación y me metieron en el baño… —Julia sintió que se rompería en mil pedazos en cualquier momento mientras la oía—. La mujer mala me quitó la ropa.

—¿Y te hizo algo? ¿Te han hecho daño?

—No —respondió entre hipidos—. Solo me miró desnuda y después entró él, la mujer mala dijo algo de que yo estaba bien así, que era bonita para el *jefe* porque no tenía «pelos». Él me miraba y me miraba…

—Pero ¿te tocó?

—No, solo me miraba. La mujer mala le preguntó si tú eras mi madre y él le dijo que no, que… que mi madre estaba muerta —sollozó. Julia la alzó y la apoyó contra su cuerpo, acariciando su cabecita dorada—. ¿A que es mentira? Dime la verdad —exigió mirándola fijamente. Estaba pidiéndole la verdad, era solo una niña, pero tenía derecho a saberla, a dejar de soñar con que su mamá regresaría algún día.

—Candi, tu mamá… Tu mamá estaba muy cansada.

—No, no, no. Mi mamá no se ha ido al cielo —protestó apartándose de ella, apretando el rostro de nuevo contra la almohada. Le besó el cabello y se tumbó a su lado, acariciándola con cariño hasta que el sueño y el llanto la vencieron bien entrada la madrugada.

A la mañana siguiente despertó con su cuerpecito cálido abrazado al cuello. La besó en la frente, y la pequeña inspiró hondo, algo sobresaltada, aun así, no se despertó..

El sol se colaba por la ventana iluminando la habitación, que Julia observó con detenimiento: las paredes de madera blanca, con frisos y labrados rebordes, los muebles de estilo victoriano, rimbombantes y refinados. Habría sido un dormitorio hermoso si no lo hubiesen utilizado como una cárcel para retenerlas, si en él no se hubiesen desarrollado acontecimientos tan terribles. A saber a cuántas niñas, a cuántas mujeres habían encerrado en él. Cuántas habrían sufrido en el interior de aquellas paredes.

Pensó en lo que le había contado Candi, en como Marija la había examinado desnuda como si fuese ganado, para comprobar si sería del agrado de su jefe, por suerte, el malnacido aún no había regresado.

Los ojos se le empañaron. Con casi total probabilidad Irina volvería a reclamarla a lo largo del día que recién comenzaba y ella, ahora más que nunca, tendría que someterse a sus deseos, pues si gritaba o si forcejeaba con ella, provocaría que Austin interviniese, poniéndole en peligro.

Austin. Aun a pesar del dolor que sentía, del miedo que le atenazaba el pecho, no existían palabras para describir lo que había sentido al reencontrarse con él: una sensación entre el vértigo y la náusea, entre lo celestial y lo humano, un cosquilleo que le ascendió desde el vientre hasta el rostro, y la imperiosa necesidad de tocarle para convencerse de que era real, no un sueño, no un espíritu ni una aparición.

«Te amo», había dicho. Ella también le quería, con una necesidad instintiva, casi vital.

Se rendiría ante Irina. Haría todo lo que ella le pidiese, se humillaría, se rebajaría lo que hiciese falta para resistir esos dos días más, siempre y cuando Candela o cualquiera de las otras dos niñas no corriesen peligro.

La pequeña se movió. Julia la besó en el pelo y decidió levantarse, inquieta.

Tomó la mitad que quedaba del bollo que le había dado Demyan la noche anterior, lo partió en cuatro pedazos, comió el suyo y escondió el resto bajo la almohada. Se levantó y se lavó la cara en el baño. Al salir, Marija, acompañada por un miembro de los DiHe, abrió la puerta de la habitación.

Dijo algo con su voz chirriante y metálica, observándola con recelo; sin duda no olvidaba el incidente del día anterior, tampoco lo hacía ella. La mujer dejó un pequeño bolsito de tela sobre una silla junto a la puerta.

Las niñas despertaron ante las órdenes de Marija, se levantaron y, tras ponerse los zapatos e ir al baño, la siguieron al pasillo, incluida Farah, que por primera vez parecía sentirse con las fuerzas necesarias. También iba a hacerlo ella cuando Demyan le cortó el paso.

—Tú no. Date una ducha y vístete con esa ropa —dijo indicando hacia el bolso traído por Marija—. En media hora vendré a buscarte para ver a Irina.

—¿Es que a tu jefa no le gusta que huela a choto?

—Mi *jefa* es de gustos delicados, ponte la dichosa ropa y si sabes lo que te conviene…

—Sí, ya lo sé, me vestiré de puta barata y me abriré de piernas para ella. Debe parecerte muy fácil, ¿no? —Él enarcó una ceja, molesto con tanto reproche.

—Dúchate y vístete, y no olvides con quién hablas —advirtió antes de cerrar la puerta y desaparecer por donde había venido.

Julia indagó en la bolsa, había un nada ostentoso vestido de flores estampadas sobre fondo gris, unas medias de cristal de medio muslo, un conjunto de braguitas y sujetador de encaje blancos, y unas manoletinas de tela gris de su número.

«A la muy cerda le va el rollo *Casa de la Pradera*, quién lo diría con las pintas de puticlub de autovía que se gasta», dijo para sí antes de encerrarse en el baño.

Se duchó desahogando su frustración en un mar de lágrimas bajo el agua y jurándose que una vez que saliese de la ducha no volvería a derramar una sola más, pero era tan duro, tanto… Se vistió con las prendas que le sentaban como un guante, se peinó el largo cabello con los dedos ante el espejo y lo recogió en un par de trenzas, pero cuando pensó que esto podía darle aún más morbo al ir a juego con la ropa, las deshizo y lo dejó en una coleta.

Entonces oyó cómo un vehículo aparcaba en el exterior y se asomó a toda velocidad a la ventana de la habitación. Solo podía vislumbrar el lateral de la parte trasera de una furgoneta de gran tamaño que había estacionado en el lado opuesto a la entrada principal, a unos veinte metros de su posición. A pesar de ello vio a uno de los hombres de Sokolov abrir una de las puertas traseras mientras otros dos le observaban de cerca. El que había abierto la puerta forzó a bajar a una joven rubia, vestida con vaqueros y camiseta, y la empujó al exterior con malos aires. La muchacha miró alrededor, era joven, veinte años como máximo, y parecía asustada. A esta la siguieron varias más, pero no alcanzaba a contar cuantas. Se inclinó sobre el marco tratando de verlas con mayor claridad.

—Buenos días —dijo Demyan sorprendiéndola desde la puerta. Sus ojos oscuros la recorrieron de arriba abajo. Aquel vestido de flores minúsculas corto hasta la rodilla realzaba el color de su melena dorada, la palidez de su piel y el brillo de sus ojos; estaba preciosa. Sería muy difícil que Irina volviese a dejarla marchar sin obtener de ella lo que tanto deseaba, pensó—. ¿Estás lista?

—¿Se puede estar lista para algo así? —Su respuesta fue el silencio—. ¿Quiénes son esas chicas?

—No preguntes.

—¿Para qué están aquí?

—Vámonos.

—Dímelo, por favor.

—Para la fiesta de mañana. Son el regalo de Dardan para sus *messrs*, sus cabecillas. Vámonos.

Aquellas palabras la dejaron en *shock*. Dardan regalaba mujeres a sus hombres como quien compra relojes de aniversario. Pobrecillas. Sintió un escalofrío recorrerle la espina dorsal, pero se recompuso, debía interpretar un papel, debía sacrificarse y lo haría sin dudar ni un segundo más.

Accedieron por el corredor hasta el rellano de la escalera principal, siguiendo los pasos de su guía como quien sigue al *maître* que le conduce a la mesa apropiada. Miró de reojo a los dos matones que custodiaban el acceso a la planta superior, que saludaron a Demyan con una leve inclinación de la cabeza. Pisó la moqueta roja que cubría los peldaños de madera y alzó el mentón, tratando de imponerse una fuerza de la que carecía.

*L*legaron al piso superior, pero en lugar de continuar por el ancho pasillo central siguieron por el lateral derecho de la balaustrada hasta una zona de habitaciones en la que nunca había estado.

El agente infiltrado abrió la puerta y le ofreció pasar dentro, cuando lo hizo, se encontró en el interior de un pequeño salón de paredes empapeladas en tono verde agua, con estampado floral idéntico al que tenían un sillón acolchado con reposabrazos y dos sillas. En el centro había una mesita de tres patas unidas por una base triangular de cristal y sobre un lujoso aparador, un reloj dorado que marcaba las diez de la mañana. La alfombra que cubría la práctica totalidad de suelo también era verde, salpicada de motivos cobrizos.

—Toma asiento, enseguida vendrá alguien a servirte.

—¿A servirme?

—Come, cuanto más fuerte estés para lo que se avecina, mejor.

Su consejo sonó a advertencia, pero Demyan se marchó sin añadir nada más.

Permaneció un instante en silencio recorriendo la estancia con la mirada. Cuánto lujo la rodeaba, cuánto dinero debía poseer Dardan y qué modo tan despreciable de obtenerlo, el muy malnacido. Ella nada más quería cerrar los ojos y abrirlos dentro de cuarenta y ocho horas, cuando todo hubiese acabado, y abrirlos sabiendo que Candela, Austin, Farah y Christine estaban a salvo, muy lejos de allí. Que el peligro había pasado y que aquellos seres detestables habían obtenido su merecido castigo.

Alguien se adentró en la habitación empujando una pequeña mesa camarera. Era la joven que había visto por primera vez en la habitación de Dardan cuando fue a ayudar a Farah. Vestía un sencillo vestido de algodón gris y llevaba la cabeza cubierta por un pañuelo, su mirada permanecía fija en el suelo. En la camarera portaba una cafetera, una lechera y una bandeja cubierta que abrió después de depositarla en la mesita. Había huevos cocidos, beicon frito, tostadas, miel, mantequilla, bollos y cualquier cosa que hubiese podido desear para desayunar. La joven se giró dispuesta a regresar por donde había venido.

—Hola. No te vayas. ¿Cómo te llamas? —La chica volvió el rostro, pero no dijo nada—. *Do you speak english? What's your name?* —probó, su dominio del inglés era mucho mejor que el del francés, el único otro idioma extranjero que conocía. La joven se movió, como si le hubiesen incomodado sus palabras, como si las hubiese entendido—. *My name is Julia. Do you work here?**

—Mi nombre es Sophie. O al menos ese era antes de que el monstruo me lo arrebatase —respondió en inglés.

—¿Te lo arrebatase? ¿Cómo ha podido arrebatarte el nombre?

—Ya nunca nadie me llamará así. Ahora solo soy su *pak kurvë*, su *pequeña puta*. Todos me llaman así.

---

* ¿Hablas inglés? ¿Cómo te llamas?/Mi nombre es Julia, ¿trabajas aquí?

—No. Para mí serás Sophie. No permitas que te haga pensar que te ha arrebatado el nombre, porque ni él ni nadie puede hacerlo. ¿Cuánto tiempo llevas aquí?

—No lo sé en realidad, creo que seis años, porque han pasado siete inviernos, este será el octavo... —Julia no pudo evitar pensar que ese octavo invierno jamás llegaría, todas serían rescatadas en solo un par de días. Cuánto le habría gustado poder decírselo, pero no podía.

—¿Eres de aquí?

—No, soy de muy lejos —dijo mientras por su mejilla resbalaba una lágrima que apartó con premura, apretando los labios—. No deben verme hablando contigo, no le digas a nadie que hemos hablado.

—No lo haré, lo juro. ¿Sabes cuando regresa «el monstruo»?

—Mañana. Mañana para la reunión. Tengo que limpiar las habitaciones de los *messrs*.

—¿Quiénes son los *messrs*?

—Sus amigos. No debería haber hablado contigo, tengo que marcharme.

Sophie cerró la puerta tras de sí. Seis años. Más de seis largos años encerrada en aquel castillo de los horrores a merced de un ser tan despreciable. Cuánto debía haber sufrido. Un auténtico infierno. Y parecía tan joven, demasiado.

Estaba hambrienta, así que no demoró más las ganas de llenar el estómago. Tomó un café que le supo a gloria, bollos, pan y todo cuanto pudo. Había estado demasiados días privada de alimento y, además, desconocía cuándo podría volver a comer.

Una vez que hubo terminado, se incorporó y le sobrevino tal arcada que a punto estuvo de vomitar sobre la alfombra todo lo que había tomado. No debería haber comido así, no después de los días que llevaba sin hacerlo, su estómago no estaba preparado para que lo llenase de golpe de aquel modo. Se sentó en el sillón hasta que poco a poco las náuseas fueron desapareciendo y el color volvió a llenar sus mejillas.

Desde su nueva posición observó con detalle la pintura de una mujer que había en la pared, sobre el aparador. Se incorporó con cuidado para mirarla más de cerca. Era una mujer rubia, con los ojos azules, muy bonita, y cuyos rasgos le recordaban a...

—Era mi madre —dijo Irina, a quien ni siquiera había oído abrir la puerta, era silenciosa como un ánima perdida. Julia dio un respingo, llevándose una mano a los labios, con la que consiguió acallar un grito de sorpresa—. Siento haberte asustado.

—Es una mujer muy guapa.

—Lo era. Falleció hace años —confesó aproximándose a ella con su andar pausado, oscilante, como el depredador que acecha a su presa mientras decide el momento de atacar. Vestía unos sencillos vaqueros y una camiseta de tirantes blanca que marcaba sus pechos carentes de sostén, sus pezones estaban erectos.

—Lo siento.

—No lo hagas. Con la vida que tuvo, la muerte debió ser un alivio para ella. Pero hablemos de ti, *mi pequeña fierecilla*. ¿Has comido bien?

—Sí. Muy bien.

—Me alegro —dijo más cerca aún, tanto que pudo percibir el aroma de su perfume. Sus ojos azules la recorrieron de arriba abajo—. ¿Tienes una respuesta para mí a la pregunta que te hice ayer?

—La tengo.

—¿Y bien?

—Serás la primera, la única —dijo y sus ojos centellearon de deseo. Se lanzó a sus labios y la besó con frenesí. Julia cerró los ojos y trató de imaginar que era Austin quien la besaba, soportando con estoicismo la incursión de aquella lengua cálida y suave en su boca. Sus manos la rodearon por la cintura y la apretaron contra sí, agarrándola por las nalgas y presionándola contra su cuerpo.

—No sabes cuánto te deseo, joder. Lo cachonda que me pones con tu carita de niña buena, deseé follarte desde la primera vez que te vi —admitió sobre sus labios, haciéndole sentir la calidez de su aliento. Se apartó para mirarla a los ojos—. No me hagas esperar más, vamos a mi dormitorio.

Tomándola de la mano tiró de ella al exterior de la habitación. Dos de sus custodios habituales las esperaban fuera, pero para Irina no existía nadie más, nadie excepto Julia, que seguía sus pasos sin oponer resistencia.

El nudo en la garganta apenas le permitía respirar, pero no dijo nada. Los guardaespaldas de la hermana del *shef* se detuvieron en la pequeña salita que precedía a su habitación. En uno de los sillones estaba sentado Besnik, aguardándola.

—Necesito hablar de algo referente a las chicas del sótano —le dijo en albanés.

—Ahora mismo no me interesa nada excepto ella. Sea lo que sea, tendrá que esperar —respondió esta en español para que Julia pudiese entenderla.

Abrió la puerta invitándola a pasar primero, casi podía sentir cómo sus ojos la devoraban con la mirada. El pelirrojo le dedicó una sonrisa llena de maldad. Cerró tras ambas y sin mediar palabra volvió a besarla contra la puerta. Sus manos ascendieron por las caderas hasta sus pechos, que apretó con fuerza. Julia inspiró hondo, sin moverse un ápice. «Ven aquí», pidió abriendo la puerta de otra habitación lateral. Era un cuarto grande con las paredes oscuras en el que había una gran equis de madera con grilletes plateados a la altura de las manos, y una cama redonda forrada de cuero rojo sobre la que había una fusta de pelo. El miedo que sintió debió reflejarse en su rostro, pues Irina se apresuró a tranquilizarla.

—No te preocupes, no te haré daño, no a menos que me obligues a hacerlo.

—No voy a resistirme, no es necesario que…

—Sí que lo es, lo es para mí —advirtió con una sonrisa, llevándola hasta la estructura de madera. Con parsimonia pegó su espalda a esta y ascendió con delicadeza su brazo hasta el grillete de plata, que cerró en torno a su muñeca, repitiendo la operación con la otra y con ambos tobillos. Las manos, en su regreso recorrieron su cuerpo deteniéndose de nuevo en sus pechos.

—Ni te imaginas cómo me ponen tus tetas —dijo apretándolas entre los dedos por encima de la ropa. Se alejó caminando hacia un mueble alto sobre el que había un equipo de música y presionó el botón de encendido.

«Stars fly with me, fly with me….» La voz de Frank Sinatra inundó la habitación, el volumen no era demasiado alto, lo suficiente para mecer el ambiente. Irina con los ojos cerrados balanceó la cabeza, disfrutando con la canción, giró sobre sí misma como si repitiese una coreografía de baile aprendida y danzó meciendo las caderas hasta detenerse ante ella. La miró con una sonrisa en los labios y comenzó a abrir uno a uno los botones del vestido, despacio, con deleite, hasta la mitad.

Paseó sus manos por su vientre, por las copas del sostén de encaje, y metiendo un dedo por estas las bajó, dejando sus senos al descubierto.

—Son preciosas, y son mías, solo mías.

Lamió sus pezones, recreándose, paladeándolos, mientras Julia trataba de llevar su mente a cualquier otro lugar. Pensó en la casa en la playa de la que Austin le había hablado, imaginaba el porche de madera blanca, frente al mar, la arena dorada haciéndole cosquillas bajo los pies...

La hermana del *shef* se sacó la camiseta y rozó sus pechos con los suyos.

El mar, el mar seguro que era muy azul, casi podía oír el murmullo lejano de las olas. Un horizonte despejado, con las gaviotas sobrevolando su cabeza, y la risa de Austin como música de fondo, su maravillosa risa envolviéndolo todo mientras corría tras Candi por las pequeñas dunas de arena en una idílica estampa.

Las manos de Irina se introdujeron en su ropa interior, palpando su pubis.

Resistiría. Lo haría por Austin, por Candi, por Farah y Christine, por la seguridad de todos ellos, pero también por el bien de todas las mujeres, porque aquella organización compuesta por asesinos y violadores cayese de una vez y para siempre.

Irina se arrodilló entre sus piernas, lamiendo la línea de su ombligo hasta llegar a su sexo, en el que hundió el rostro con ferocidad.

Sintió cómo recorría su intimidad con la lengua aun por encima de las bragas de encaje. Las hizo a un lado y entonces percibió el roce de sus labios presionando su sexo, lamiéndolo, succionándolo, tratando de colarse en su interior.

Rompió a llorar.

No se movió, se mantuvo quieta como se había jurado a sí misma que haría, permitiría que tomase de ella lo que tanto ansiaba, pero no podía contener el torrente de lágrimas que recorría sus mejillas, derramándose sobre su pecho, sobre su vientre.

Irina, a pesar de estar concentrada en saborear las mieles de su cuerpo, oyó su llanto y alzó el rostro para mirarla.

—¿Estás llorando? ¿Estás llorando, maldita puta? Te estoy tratando con delicadeza, estoy intentando ser cuidadosa, ¿y así me lo pagas? ¿Quieres llorar?, ¿es eso? Yo te enseñaré lo que es llorar de verdad.

—No, no por favor, Irina, perdóname.

· —Ya te lo dije, no habrá una nueva oportunidad. Después de que mis hombres hayan acabado contigo, suplicarás que sea mi lengua la que se meta en tu coño.

—No, por favor, lo siento, de verdad… —rogaba atada a aquella equis de madera.

*P*ero no había vuelta atrás. Irina salió de la habitación como alma que lleva el diablo dejándola sola, estaba furiosa. La música de Sinatra continuaba sonando por los altavoces, aquella voz melancólica y rota que parecía compadecerse de ella. Tiró de las argollas que sujetaban sus muñecas, pero era inútil, jamás lograría liberarse. La mujer regresó un instante después, acompañada de Besnik, que la devoró con la mirada de un buitre que observa a la res moribunda, ansioso por asestarle su ataque.

Sintió terror, auténtico pavor. No, Besnik no, el pelirrojo se cobraría gustoso cada uno de los golpes que le había propinado en la habitación, cuando trataba de abusar de Farah. Pero no venía solo, le siguieron Demyan y, para su horror, Austin.

—*A*hora vamos a enseñarte a respetar a tu dueña, puta. Besnik, tómala, es tuya —dijo dirigiéndole una mirada a este y sentándose en su cama, dispuesta a disfrutar del espectáculo.

El aludido dio un paso hacia ella. Los ojos de Julia buscaron a Austin, su expresión hablaba por él, apretaba los puños, y dividía su atención entre la espalda del pelirrojo y ella. Pudo leer en sus ojos que todo había acabado, jamás permitiría que la tocase.

*E*l SEAL se agachó, llevando una mano al puñal que llevaba escondido en su bota, dispuesto a arrojarlo contra la nuca de Besnik con la precisión de un *lanzacuchillos* del circo. Pero Demyan estaba a su espalda y sabía que podría volarle la tapa de los sesos antes de sacarlo de la bota.

Se debatía entre la angustia de verla allí, atada, sometida, y el temor a ser incapaz de rescatarla sana y salva dadas las circunstancias.

—Que lo haga el nuevo —sugirió Demyan en ruso, sorprendiéndole, capturando la atención de todos—. Querías probar su lealtad, pues que sea él quien dé una lección a esa perra.

El pelirrojo le observó con recelo al no entenderle, sabía que cuando ese estúpido ruso e Irina hablaban en su idioma era para evitar que les entendiese. Prosiguió caminando hacia Julia.

—Déjala, Besnik —le ordenó ella en albanés.

—Pero, señora, ¿por qué? —preguntó este temiendo que su fiesta hubiese acabado antes de empezar.

—Demyan tiene razón, tú eres demasiado bruto y no quiero que estropees ni sus tetas ni su coño —le dedicó—. Tú, Vadim, tómala como un pequeño regalo de bienvenida —rió—. Los demás disfrutaremos del espectáculo.

—Gracias, señora —respondió Parker en ruso. Él no había entendido la conversación entre Irina y Besnik, pero tampoco lo necesitaba para darse cuenta de que al pelirrojo no le había sentado nada bien el cambio de planes. Caminó hacia ella, dando la espalda al resto de los presentes.

—Lo cierto es que Besnik y yo tenemos que solucionar un par de asuntos antes de la llegada de los *messrs* —advirtió Demyan en albanés para que el lugarteniente de Borko Lévedev pudiese entenderle.

—Yo me quedo —se negó este.

*L*as palabras de Demyan y las posteriores indicaciones de Irina, fuera lo que fuese lo que habían hablado entre sí, habían provocado que fuese Austin y no el malnacido de Besnik el encargado de ultrajarla. Julia miró al agente encubierto y este se tocó el arma que portaba al cinto en un claro gesto de advertencia, su amenaza seguía en pie.

Al enfrentar los ojos del SEAL, supo que no soportaría aquello, que no sería capaz de fingir que la violaba ante todos ellos.

—Hazlo —dibujó con sus labios, consciente de que solo él podía verla.

Austin hizo un pequeño gesto de negación con la cabeza cuando estuvo frente a ella.

—Hazlo, por favor, puedo soportarlo —rogó cuando le tuvo muy cerca, contemplando de reojo cómo Demyan tiraba con suavidad del mango de su pistola.

—Cierra los ojos y olvida dónde estamos —susurró él, enterrando el rostro en su pelo.

—¿Qué le has dicho? —preguntó Irina en ruso, incorporándose de la cama con curiosidad. Por suerte, la música que los envolvía impedía que le oyese con claridad.

—Que se prepare para conocer a un hombre de verdad —respondió el falso Vadim en el mismo idioma.

Julia apartó el rostro evitando su boca, pero sus labios se posaron en el cuello que él lamió en sentido ascendente, deteniéndose en el lóbulo de la oreja, a la vez que sus manos la rodeaban por la cintura, y se colaban por las braguitas para apoderarse de sus nalgas redondas y prietas.

—Déjame en paz, apártate de mí —gritó con los ojos cerrados, fingiendo que quería que lo hiciese cuando en realidad sentir cómo sus manos la sostenían contra su cuerpo, cómo su lengua recorría su garganta, estaba comenzando a excitarla.

Imaginó que se hallaban en cualquier otro lugar. En un lugar en el que tan solo existían el cuerpo de Austin y el suyo, que despertaba a cada caricia, a cada roce de este.

Sintió el enloquecedor tacto de su lengua sobre los pechos, la barba de un par de días sobre los pezones enhiestos, encendiendo cada milímetro de su dermis. Cómo los succionaba y liberaba apasionado, mientras sus manos se dividían entre su pecho y sus nalgas.

Una punzada palpitó honda en el sexo. Y la sensación de vacío se hizo casi dolorosa, estaba preparada para recibirle, le necesitaba en su interior, le deseaba dentro, llenándola de sus ser, acariciando los resortes que solo él sabía tocar.

*V*erla de aquel modo, atada a aquella estructura, medio desnuda y expuesta, le había roto el corazón. En el primer par de segundos había calculado cómo cortarle el cuello a Irina y reventar a Besnik antes de que este lograse sacar su arma. Pero a Demyan, a su espalda, no habría podido matarle antes de que, si cumplía su amenaza, le disparase a él o a Julia. O a ambos. Todo dependería de la rapidez del italiano. Estaba decidido a jugársela cuando, hábilmente, este había sugerido que fuese él quien la tomase. No tenía otra opción, rodeado de dos hombres armados y una mujer casi tan peligrosa como ellos. O al menos aquella era la opción de menor riesgo para Julia.

Y, sin embargo, en ese momento, mientras saboreaba su cuello, reconociendo el tacto suave y sedoso de su dermis, el aroma a azahar que percibía en su piel, no pudo evitar que su masculinidad se erigiese desvergonzada, aunque a su espalda tuviese a una parte de la cúpula de los DiHe observándolos, porque en el momento en el que probó su boca el resto del mundo pareció haberse esfumado. La erección en sus pantalones dolía. Hacía demasiados días que no se adentraba en su cuerpo, que no tomaba de ella el éxtasis más puro que había experimentado en toda su vida. La deseaba, deseaba hundirse en su carne sin más preámbulos.

Desabotonó su pantalón y abrió la cremallera, liberando su sexo, que, como un león enjaulado, se reveló enhiesto, golpeándola en el vientre. Sus manos se asieron a sus pechos y su boca los lamió, borrando de ellos cualquier rastro de aquella mujer que había intentado ultrajarla, ahora eran suyos, solo suyos, encendidos, enrojecidos por el deseo.

Se situó entre sus piernas, que ella apretaba fingiendo oponer resistencia, y sostuvo su sexo entre las manos aproximándolo lentamente al suyo, haciendo a un lado la ropa interior para evitar desprenderla de ella.

Fue al sentir aquella palpable humedad que reflejaba su deseo, cuando las ganas de su cuerpo le llevaron a perder la razón y la penetró con ímpetu, hasta el final, en un golpe seco y decidido contra la estructura de madera. A la vez que escondía el rostro en su pelo inspirando el maravilloso olor de la piel bajo su oreja.

Si el cielo existía debía ser algo muy parecido a hacerle el amor a Julia.

Aceleró sus movimientos, estaba tan excitado que podría correrse en solo un segundo, ella gimió en su oído, fue un lamento gutural, nacido de las entrañas de su deseo. Percibió las contracciones de su vagina presionando su sexo. Julia había alcanzado el clímax y caía en picado desde la cima de la montaña rusa.

—Muérdeme, muérdeme para no gritar —le pidió en un susurro al oído y ella lo obedeció, mordiéndole en el hombro con fuerza,.

—Joder, la muy puta se va a correr y todo —oyó exclamar a Besnik en español a su espalda, mientras también él se corría, liberando todo aquel deseo contenido en su interior. Sintió ganas de girarse y arrancarle la cabeza de raíz por atreverse a mancillar ese momento. Por suerte ella no le oyó.

—Vámonos de una vez, Besnik, quiero que me ayudes a clasificar a las chicas, los *messrs* están a punto de llegar —pidió Demyan en albanés.

—No me voy.

—Vamos, ya podrás matarte a pajas en tu cuarto después —chascó con sarna y el pelirrojo ofendido se volvió hacia él.

—Siempre con las putas prisas.

Ambos hombres abandonaron la habitación sin que Julia lo percibiese. En aquel momento solo podía sentir, sentir el sexo de Austin hondo entre sus piernas, el poderosísimo orgasmo que la había sacudido como un *tsunami*, la paz momentánea que aquel sexo espectacular le había concedido. Soltó su mordida. Abrió los ojos, y se topó con su mirada azul, su sonrisa y la herida que acababa de producirle en el hombro. Su mordida se percibía con claridad, la sangre manchaba su camiseta blanca, pero él parecía no percibir dolor alguno.

Se deslizó despacio fuera de su interior y pudo sentir el calor de la esencia que descendía por sus muslos.

—Veo que mi pequeña salvaje te ha mordido —percibió divertida en ruso Irina desde la cama, ambos la miraron, estaba semidesnuda, recostada sobre la superficie de cuero, con una mano metida en la entrepierna bajo el pantalón vaquero, paseando los dedos por su sexo. Sus mejillas estaban enrojecidas y su respiración acelerada—. Espero que te haya gustado, puta, porque cada día será uno diferente si vuelves a rechazarme —advirtió en español para que pudiese entenderla, incorporándose, caminando hacia ellos y paseándose sin pudor alguno.

—No lo haré.

—Eso espero —dijo al acercarse a la puerta de la habitación—. Tú, ve a curarte ese mordisco —exigió al falso Vadim—. Skolanski —llamó a otro de sus esbirros al interior de la habitación—. Vigílala mientras se viste. Permanecerás en el sótano hasta que decida darte otra oportunidad, y ten por seguro, *mi pequeña salvaje*, que esta vez sí será la última.

29

Soy yo

Uno de aquellos hombres a los que había visto en la entrada de la habitación la condujo hasta el sótano del castillo. Recorriendo un camino que no conocía, siguió sus pasos sin decir una sola palabra y llegaron a lo que parecían unas mazmorras de la antigua Edad Media.

Julia no podía dar crédito a que Dardan Sokolov se hubiese molestado en recrear algo así, debía verse a sí mismo como un rey de la antigüedad, un tirano que disfrutaba con el sufrimiento de sus prisioneras.

Recorrió el pasillo, descubriendo grupos de cinco o seis mujeres en cada una de las celdas que había a ambos lados. Enseguida se dio cuenta de que el que había visto aquella mañana no era el primer cargamento de chicas que llegaba al castillo. Algunas permanecían en silencio y otras gritaban a su paso palabras que no podía entender. Al llegar al final del corredor, su guardián la encerró en una celda vacía.

La piedra se mostraba desnuda y el suelo estaba cubierto de paja; no ni siquiera tenía un simple váter. Quedaba clara la intención de Sokolov y los suyos de humillarlas, de hacerlas sentir como animales. Como había hecho con Sophie, a quien incluso había pretendido arrebatar el nombre.

Malditos cien veces, todos ellos.

Tomó asiento en el reborde de una de las piedras que sobresalía de la pared y sintió la humedad en sus braguitas.

Nunca había experimentado antes un sexo como aquel. Había sido salvaje, descarnado, peligroso, pero a la vez… bestial. Jamás podría haber imaginado que llegaría a tener un orgasmo semejante en aquella situación.

Su amiga Berta no la creería si se lo contase. Casi podía oírla en el interior de su cabeza, diciendo algo como: «Julita, si tu Americano es capaz de arrancarte un *polvazo* en esa situación, y con gente mirando, cásate con él, porque la tiene que tener de oro».

Sonrió al pensar en ella. Tenía tantas ganas de verla... de verlos a ella y a su hermano, de abrazarlos, darles un beso y oír su voces. Extrañaba su vida, pero sobre todo los extrañaba a ellos dos. ¿Seguirían juntos? ¿O todo aquello les habría influido para mal?

Oyó un ruido a su espalda, se volvió y comprobó que provenía de la única ventana que poseía la celda, pero estaba demasiado alta para poder alcanzarla y asomarse al exterior. Sin embargo, podía reconocer el sonido, eran coches, varios.

Pensó que debía tratarse de los *messrs* que comenzaban a llegar al castillo para la reunión que se celebraría al día siguiente. Y todas aquellas chicas que estaban allí encerradas serían las encargadas de cumplir sus más bajos deseos.

Apenas había tenido tiempo de verlas, pero por su aspecto y su actitud, estaba segura de que no se trataba de prostitutas. Además, si lo fuesen, no tendría sentido encerrarlas en un lugar como aquel. No podía verlas, aunque sí oírlas, algunas lloraban, otras hablaban entre sí, otras tan solo debían guardar silencio.

Solo un día más. Tan solo debía aguantar un día más y aquella pesadilla acabaría. En cuanto Sokolov posase sus pies en el castillo y la operación que había preparada para detenerle se desencadenase sobre ellos. O eso esperaba.

Los minutos transcurrían despacio, encerrada en aquella celda, pero la luz del sol aún se colaba con fuerza por la diminuta ventana. Debían haber transcurrido un par de horas cuando se produjo un silencio sepulcral, alguien había atravesado la puerta de hierro que daba acceso a la galería y la recorría con paso decidido.

Se incorporó y cruzó los dedos rogando a todos los santos del cielo que fuese Austin.

Los ojos castaños del pelirrojo la recorrieron de pies a cabeza, materializando la peor de sus pesadillas. Traía algo en las manos a su espalda, no podía verlo, pero estaba convencida de que no era nada bueno.

—Hola, zorra. ¿Te alegras de verme? —preguntó con una sonrisa que dejaba al descubierto sus repugnantes dientes amarillentos. Le mostró lo que ocultaba: un manojo de llaves. Las llaves de las celdas de aquella galería.

No podía creerlo. No podía ser cierto. Y, sin embargo, allí estaba, abriendo la verja de su celda.

—¿No me esperabas? Me has puesto muy cachondo ahí arriba. He visto cómo dejabas que ese tipo te follara, fingías resistirte, pero a mí no me engañas, yo sé cómo se resiste de verdad una mujer. Y ahora quiero lo mismo, quiero que te abras de piernas para mí.

—Hay que ser demasiado escoria y desgraciado para forzar a una mujer. —No tenía escapatoria, no había modo de salir de aquella situación. El pelirrojo al fin iba a cumplir su deseo de violarla, pero no pensaba callarse, se resistiría, lo haría con todas sus fuerzas. No había sido capaz de corresponder a los deseos de Irina, y mucho menos iba a consentir que aquel maldito desgraciado la tomase sin oponer resistencia.

—Vaya, veo que la fiera saca las uñas, ¿es que yo no te gusto? —preguntó sin borrar la sonrisa, pues al parecer le satisfacía su negativa. Dio un paso hacia ella, que se movió, tratando de esquivarle. Quizá, si era lo suficientemente rápida, pudiese empujarle y salir corriendo, la cancela a su espalda estaba solo entornada, no la había cerrado.

—¡Socorro! ¡Socorro! —gritó con la esperanza de que alguno de los hombres de Irina tuviese órdenes de no permitir que la tocase. Pero no era así. Nadie acudiría en su ayuda aunque la oyesen. Sin embargo, sus gritos provocaron que, sin más dilación, se abalanzase sobre ella y la tirara al suelo.

El pesado cuerpo de aquel ser despreciable cayó sobre el suyo, presionándola, el olor del heno que saltaba por los aires la invadió mientras forcejeaba. Besnik tiró del vestido, provocando que saltasen los botones, y se colocó a horcajadas encima de su cuerpo.

—¡Malnacido, hijo de puta!

—Estate quieta o será peor —advirtió apretándole la boca con una mano que ella mordió rápidamente. Besnik tiró de ella, tratando de liberarla, sin embargo su presa era firme.

La golpeó, recibió un puñetazo en el lateral derecho de la cara tan fuerte que se sintió mareada, y comenzaron a pitarle los oídos. Soltó su mordida, desconcertada por el impacto. La cabeza le daba vueltas. Su cuerpo quedó laxo, sin energía. Momento que fue aprovechado por el pelirrojo para tirar de sus bragas, bajándoselas hasta las rodillas y concentrándose entonces en soltar su cinturón mientras la imagen comenzaba a aclararse en las retinas de Julia.

Vio sangre. Sangre que le salpicó en el rostro. Y en mitad de aquel horror, los ojos de Austin, sus magníficos iris casi plateados que la hicieron sentir a salvo.

—Vamos, vamos, cariño, levántate. Nos marchamos de aquí —pidió ofreciéndole su mano para incorporarse. Julia lo hizo, aún algo mareada, y se subió las bragas—. ¿Estás bien?

—Sí, sí, algo conmocionada, me ha dado un buen golpe en la cabeza —balbució focalizando su atención en el cuerpo de su atacante, que aún se convulsionaba en el suelo con la garganta abierta en dos, empapando toda la paja de rojo. Parker apretó la mandíbula con rabia observando aquella escoria, le gustaría poder matarlo otra vez, una y mil veces, por haber osado tocarla.

—¿Eres capaz de caminar?

—Sí, sí. Estoy bien.

—Vámonos, entonces.

—Pero ¿ya está todo? ¿Han venido los…?

—No, a la mierda la misión. Vi a ese desgraciado desde la planta superior cruzar tras las grandes escaleras y supe que vendría a atacarte, por desgracia no me he equivocado. He venido a toda velocidad para tratar de interceptarlo, pero no ha sido suficiente.

—Lo ha sido, no ha conseguido lo que pretendía.

La abrazó, apretándola contra su pecho un instante. Julia le miró a los ojos y pudo ver la emoción que se escondía bajo su aparente fiereza.

—Vamos, nos largamos, busquemos a Candela y nos marchamos de aquí. Toma —dijo, sacando un arma que portaba escondida a la espalda.

—¿Qué? Yo no he disparado en mi vida.

—Solo tienes que sujetarla firme, quitar el seguro, apuntar y apretar el gatillo. Así. —Realizó los movimientos ante sus ojos. Julia la sostuvo con la seguridad de que su rápida explicación no había servido de mucho—. Vamos.

Enfilaron el pasillo central.

—¿Y estas chicas? ¿No las liberamos?

—A estas chicas las liberará la Interpol, en cuanto se enteren de que nos hemos largado, actuarán.

—Pero ¿y si cuando lleguen ya es demasiado tarde?

—No hay tiempo de buscar las llaves. ¿Adónde vas? —preguntó cuando ella se volvió corriendo hasta su celda. No pudo evitar mirar a los ojos castaños del moribundo Besnik mientras le registraba los bolsillos, hallando el manojo de llaves. El pelirrojo dejó de moverse, y Julia le cerró los párpados en un último acto de piedad para con alguien que jamás la había tenido con sus víctimas.

—Las tengo —advirtió regresando a su lado y entregándoselas. Parker tomó el manojo y lo arrojó a una de las celdas, el grupo de cinco o seis chicas se revolucionaron buscando la llave a su libertad.

Agarró su mano y tiró de ella hacia la entrada. En el suelo yacían dos vigilantes muertos por la misma arma blanca con la que había arrebatado la vida al pelirrojo.

Accedieron a la escalera rectangular que ascendía hasta el piso superior. Entonces abrió la puerta que conectaba con la parte anterior de la escalera principal, pidió que le aguardase un instante y se asomó a la vuelta de la esquina, tratando de calcular el modo de llegar hasta el pasillo lateral en el que se hallaba la habitación donde permanecían las niñas, evitando al par de guardias que custodiaban el gran *hall* de acceso a la escalera principal.

Ambos permanecían justo donde imaginaba. Regresó junto a Julia, que se había agazapado entre unos sillones junto a la puerta de acceso al sótano.

—Escúchame, voy a ocuparme de esos tipos, en cuanto lo haga, sal corriendo hasta la habitación y trata de abrir la puerta. Sé que está cerrada, pero guardan la llave en el pequeño jarrón que hay sobre la mesita a la derecha de la puerta. Yo esperaré vigilando la entrada al pasillo, en cuanto tengas las niñas, saldremos por allí —indicó apuntando hacia un portón de madera situado en el lateral derecho del gran *hall*—. Comunica con las estancias de servicio, en el almacén hay una puerta trasera por la que podemos huir hacia las montañas —explicaba reconociendo su expresión de terror—. Todo va a salir bien, cariño, confía en mí.

—Lo hago, ciegamente. —Sintió su beso en los labios, un beso que la llenaba de energía, de seguridad, y de la certeza de que todo saldría bien, tal y como le había dicho.

—Vamos, nena, a por ellos.

Parker caminó directo hacia uno de los vigilantes de la escalera principal, fuertemente armado, y le dirigió unas palabras en ruso. Tanto Irina como Dardan se encargaban de que su guardia personal solo hablase ruso, a excepción de Demyan, al que utilizaban de intérprete en multitud de ocasiones por su manejo de varios idiomas, para evitar que el servicio y la mayoría de *messrs* entendiese sus órdenes.

—Besnik dice que me acompañes a sacar a un par de chicas muertas.

—No puedo, busca a otro, tenemos órdenes de no movernos de aquí —advirtió este mirando a su compañero que los escuchaba con atención.

—Como queráis. Solo soy el mensajero, pero el pelirrojo está muy cabreado, y él es la mano derecha de Lévedev —apuntó. Lévedev a su vez era uno de los *cabecillas* preferidos de Dardan Sokolov—, y tiene prisa. Será solo un momento.

—Ve tú, Yerik.

—Ese hijo de puta, cada vez que baja se carga a un par de ellas, a este ritmo se quedará alguno de los *messrs* sin su zorra. Cómo se nota que no es él quien tiene que cavar los hoyos después —respondió el joven alto del lado opuesto de la escalera.

—No te quejes, que después alguna putita caerá de recompensa —rió el otro.

El tal Yerik le acompañó hasta la parte trasera de la escalera, y en cuanto cruzó ante él, recibió una puñalada en el corazón, en un sabio movimiento horizontal, entre las costillas, fue tan rápido que no tuvo tiempo de darse cuenta de que moría. Le tapó la boca para evitar que hiciese ruido alguno y le deslizó con cuidado por las escaleras. Después caminó hacia el otro con sigilo y le cortó la garganta a la vez que también silenciaba sus labios, llevándole al mismo lugar para esconder su cadáver.

Acudió entonces a por Julia, quien había observado toda la escena desde su posición, oculta entre los sillones. Estaba impresionada por su modo autómata de actuar, por su frialdad, por la ejecución y la total ausencia de sentimientos que había mostrado al acabar con la vida de aquellos hombres.

Parker pudo leerlo en sus ojos. Su desconcierto. Su miedo. No debía olvidar que era una civil, que no estaba acostumbrada a situaciones semejantes, que había llevado una vida normal. Temía que le creyese un monstruo, similar a aquellos a los que acababa de eliminar.

—Eh, tranquila, soy yo… —Tirando de su mano hacia su cuerpo la abrazó y la besó en la frente. Ella le apretó con energía, hundiendo el rostro en su pecho, lo que le hizo sentir reconfortado—. Siento que tengas que ver esto, lo siento de veras, pero no hay otro modo de hacerlo sin hacer ruido. Perdóname.

—No hay nada que perdonar. Estoy bien, tranquilo —mintió. No estaba bien, en absoluto, estaba muerta de miedo. Y no porque aquellos hombres no mereciesen la muerte, claro que sí; eran muchas las mujeres y niños cuyas vidas habían destrozado, pero la impresionaba la capacidad de Austin de hacerlo sin el menor remordimiento.

Corrió hacia el pasillo que conectaba con la habitación de las niñas mientras él vigilaba la retaguardia, y abrió la puerta dispuesta a recorrerlo a toda velocidad para liberarlas.

Pero entonces se topó de frente con Marija, que regresaba de conducir a las niñas a la habitación tras el almuerzo.

La mujer abrió los ojos como platos al descubrirla al otro lado de la puerta y comenzó a gritar. Julia le hizo señales para que se callase, pero esta corría hacia ella como si pensase atacarla, la apuntó con el arma y entonces se detuvo y guardó silencio con las manos en alto.

Giró el rostro sin dejar de apuntarla, buscando a Austin con los ojos, no sabía qué debía hacer, y le vio, luchando a puñetazos con otro de los hombres de Sokolov que los había descubierto. El SEAL lo lanzó contra un enorme jarrón chino que se partió en mil ruidosos pedazos en mitad de aquel gran recibidor.

Varias de las chicas que habían logrado escapar cruzaron corriendo por el recibidor, tres tiros las hicieron caer en el acto, otras dos regresaron entre gritos sobre sus pasos en dirección a las escaleras del sótano. Los ojos de todos se dirigieron al lugar desde el que habían surgido los disparos. Desde la balaustrada de la inmensa escalera principal Irina Sokolov les contemplaba con la mandíbula apretada, la rabia ensombrecía sus ojos claros.

—Suelta esa pistola o le reviento la cabeza a ese traidor —la amenazó apuntándole, su puntería había quedado clara, había tres cadáveres de las chicas en el suelo—. ¡Demyan, Luka, Misha traedme al traidor! ¡Y encerrad a las putas!

Los tres hombres bajaron la escalera a toda velocidad, apuntándole con sus armas. Trató de dar un paso hacia Julia, recogió el arma que había rodado en mitad de la pelea y trató de apuntar a Irina, pero esta había desaparecido.

—Suéltala o le volamos la cabeza a la chica —advirtió Demyan apuntándole con su Tokarev, y, señalándola a ella a la que apuntaba decidido otro de sus hombres. Se tomó un segundo antes de decidir qué haría. Si hubiese estado solo habría disparado, estaba convencido. Un SEAL nunca permitiría ser capturado como prisionero, prefería morir a ser utilizado para obtener información por parte del enemigo.

—No, espera —pidió alzando el arma en la mano para después posarla en el suelo despacio.

—Dale una patada.

Lo hizo y en ese momento los otros dos hombres le atraparon.

—Tú también —ordenó Demyan a Julia. Y esta hizo lo propio, siendo sujetada con rapidez por otro de los hombres de Sokolov que había descendido a toda velocidad las escaleras acompañado de Irina. Otros cinco hombres aparecieron en la habitación desde el exterior probablemente avisados por la hermana del *shef*.

—Llevaos a ese desgraciado al garaje y atadle, voy a enseñarle lo que les pasa a los traidores. Y tú, maldita puta, voy a encargarme de ti, claro que lo haré, en cuanto me entere de qué está pasando aquí —le espetó Irina comenzando a bajar la escalera, mirándola con fiereza en la distancia—. Llevadla abajo y encerradla.

30

Por ti

Los hombres de Irina la arrojaron dentro de otra de las celdas a pesar de su férrea resistencia, y encerraron a las dos chicas de la primera celda que habían escapado de los disparos de la hermana del *shef*. Por la violencia que emplearon con ellas, golpeándolas con sus puños, pateándolas, como si tan solo fuesen fardos, se temió lo peor. Esto la hizo darse cuenta una vez más de que todos y cada uno de aquellos hombres que habían unido sus vidas a las de Dardan Sokolov eran seres tan despiadados como él mismo.

Después sacaron el cuerpo inerte de Besnik a rastras y observándolo, con el rostro desencajado y la garganta abierta, deslizándose por el suelo como el gusano que había sido, se dio cuenta de que no albergaba el menor sentimiento de lástima por él. No lo merecía, por todo lo que había hecho a las mujeres de las que había abusado, por lo que le hubiese hecho a ella misma.

Se sentó sobre la paja y permitió que las lágrimas que escocían en sus ojos fluyesen al fin por sus mejillas, ahora que ninguno de aquellos monstruos podía verla. Lloró con la espalda apoyada en la pared de piedra, y el rostro hundido entre las manos.

¿Qué iba a ser de Austin ahora? Iban a matarle, sin duda, y lo harían del modo en el que más sufrimiento padeciese, sin que nadie moviese un solo dedo para evitarlo. Demyan no lo haría, al contrario, debía estar furioso.

No podía permanecer encerrada mientras le hacían daño. Necesitaba salir de allí. Tenía que acudir en su ayuda.

En su mente repasó todas las posibilidades: ¿y si trataba de hablar con Irina? ¿Y si intentaba negociar de algún modo su liberación a cambio de lo que sabía, de advertirla de la intervención de la Interpol? No podía hacer algo así. No podía. Esa gente merecía que los capturasen y, por el bienestar de tantas mujeres, que fuesen apartados de la circulación.

Pero si lo hacía, ¿de qué serviría? Con casi total probabilidad haría que los matasen una vez que les hubiese dicho todo eso. Al menos, si guardaba silencio, Candela estaría a salvo y sería rescatada por las fuerzas de la Interpol en tan solo veinticuatro horas. Al menos ella escaparía con vida de aquel infierno.

No podía dejar de pensar en él y en las palabras de Irina: «Llevad a ese desgraciado al garaje y atadle, voy a enseñarle lo que les pasa a los traidores.»

Caminó hacia la puerta de la celda y le dio una patada, sin que las barras de hierro se resintieran lo más mínimo.

La noche caía en el exterior del castillo. Podía ver luces de faros de automóviles moverse a través de la ventana de las celdas de enfrente, en las que se apretaban al menos dos docenas de muchachas que la observaban con curiosidad.

No cesaban de llegar vehículos al castillo. Sin duda, aquella reunión sería un encuentro muy importante para la organización. Lo que lo convertía en una misión de vital importancia para la policía europea, para Demyan, o como quiera que se llamase en realidad.

Los minutos transcurrían despacio, o quizá era la desesperación la que le hacía pensar que el tiempo se había detenido. La angustia de no saber qué estaba sucediendo, de desconocer si Austin estaba bien o no, de si Dardan habría regresado y debía temer por Candela.

La oscuridad era total cuando regresaron a buscarla. Dos hombres armados prendieron las luces halógenas de la galería y abrieron la celda. Uno de ellos la agarró del brazo y tiró de ella hasta el exterior.

Sin decir una palabra la condujeron hasta una habitación en la zona posterior de la planta baja y atravesó la puerta de madera, aterrorizada por lo que podría encontrar en su interior. Era una especie de garaje inmenso, sin ventanas, en el que había varios vehículos estacionados que le impedían distinguir el final de la gran nave.

Caminaron entre los coches: un Ferrari, un Rolls Royce, un par de Mercedes... Distinguió incluso una pequeña embarcación al fondo, también un tractor y maquinaria de labranza, tras la cual había una gran puerta metálica.

Todos sus temores se materializaron en mitad de aquella inmensa habitación de suelo sin pavimentar. Austin, con la cabeza hundida contra el pecho y el cabello rubio empapado de sangre, permanecía inconsciente atado a una silla. Lo que quedaba de su camiseta estaba hecha jirones, colgaba de su cintura bajo el torso al descubierto desdibujado de heridas. Había profundos cortes en su hombro y sobre su pectoral derecho, que lucía la piel abierta en dos como una cremallera, y quemaduras provocadas por hierros candentes en su abdomen.

—Oh, Dios mío, ¿qué le habéis hecho? —sollozó, y trató de correr hacia él, pero su guardián se lo impidió, sujetándola con firmeza. Julia se resistió, golpeándole en la mano insistentemente tratando de que la liberase—. ¡Suéltame, suéltame!

—Tranquila, no está muerto, no todavía —advirtió Irina con una gran sonrisa. Julia la miró, también a Demyan, ambos permanecían de pie, a escasos metros de él. El agente encubierto rehuyó sus ojos como si le avergonzase lo que había hecho.

A su lado había dos hombres más, uno de ellos cubría sus puños sangrantes en tela, otro examinaba las herramientas que había extendidas sobre una pequeña mesita de hierro, las mismas que había utilizado para torturarle, esperando órdenes. Aquella especie de garaje era un auténtico centro de tortura, estaba segura de que no era la primera vez que la hermana del *shef* lo utilizaba con esos fines.

—Despertadle —pidió a uno de ellos, este le arrojó un cubo de agua y entonces Austin comenzó a reaccionar, a agitar levemente la cabeza a uno y otro lado—. Soltadla —ordenó, y entonces Julia corrió hasta él, abrazándole con cuidado.

Tenía el rostro desfigurado por los golpes, ambas cejas estaban rotas, también sus labios, amoratados, hinchados. Las contusiones teñían de morado sus mejillas.

—¿Qué te han hecho?

—Tranquila, no dejes que un poco de sangre te asuste, estoy bien.

—Por Dios, no, no estás bien. Necesitas un médico —sollozó arrodillándose en el suelo, abrazándole, apoyando el rostro en su hombro.

Sus manos estaban atadas a ambos lados en la silla.

—¿Quién eres y para quién trabajas? Responde o tu amiguita pasará por lo mismo que tú —advirtió Irina.

—No os atreváis a tocarla. Si le hacéis daño, jamás diré una palabra.

—Por favor, deja que lo lleve a un médico y te contaré todo lo que sé —suplicó Julia volviéndose hacia Irina. No soportaba verle de ese modo, tan malherido, lleno de golpes y profundas llagas. Observó la mano de Demyan, cómo este la miraba con severidad a la vez que sujetaba el mango de su arma, amenazándola.

—Dime quiénes sois y a qué organización pertenecéis y permitiré que te lo lleves.

—No pertenecemos a ninguna organización, él solo ha venido a rescatarme.

—¿Te crees que soy idiota? —preguntó furiosa. Caminó hasta ella y la abofeteó con el puño americano que había utilizado para golpearle. El fuerte golpe le provocó un corte en el labio.

El SEAL tiró con rabia de las cuerdas que le sostenían tratando de liberarse, de arrancarle los ojos por golpear a la mujer a la que amaba. Cualquier cosa que pudiesen hacerle a ella le dolía infinitamente más que el mayor de los daños que le infringiesen a él.

—No vuelvas a tocarla o me haré un collar con tus tripas, zorra —advirtió.

—¿Y cómo lo harás? —preguntó agarrándola del cabello, forzándola a caminar, apartándola de él. Irina extendió la mano y uno de sus hombres le entregó una daga de mango plateado que llevó hasta su cuello—. Vas a decirme ahora mismo quien eres y para qué organización trabajas o le corto la garganta.

Parker buscó sus ojos. Estaba aterrorizada. Ambos sabían que confesar ante Irina sus identidades tan solo aceleraría su muerte, provocando además que huyesen antes del asalto de la Interpol.

—¿Ves ese puñal que tienes en la mano? Te lo clavaré en mitad de la sien.

—¿Quién eres, maldito hijo de puta? —insistió tirándole del pelo a Julia, que se mordió los labios para no gritar.

—Soy el que te va a borrar esa sonrisa de la cara para siempre —sentenció. Al oír aquellas palabras Irina la soltó, arrojándola hacia Luka, otro de sus hombres, que la sostuvo evitando que cayese al suelo, y caminó directa hacia el hombre que la desafiaba a pesar de permanecer atado a una silla.

Alzó el puñal decidida y Parker supo que esta vez no se conformaría con provocarle uno más de los cortes que había abierto en su carne. Pensaba clavarlo hondo, en mitad del pecho, para hacerle callar de una vez.

Estiró ambas piernas, cuyas ataduras había logrado aflojar mientras le creían inconsciente, la golpeó en el vientre con toda su energía, la lanzó sobre Demyan, provocando que ambos rodasen por el suelo, y se incorporó con la silla aún atada a sus brazos.

Aprovechando el desconcierto, Julia se giró y propinó una patada en la espinilla al tipo que la sostenía con la pistola en la sien, este se dobló de dolor y su arma cayó al suelo. La tomó y corrió a toda velocidad hasta Austin, parapetándose ante él, apuntando directamente hacia la cabeza de Irina, que ni siquiera había tenido tiempo de levantarse.

—¡Quietos! ¡Quietos o la mato! —gritó sin dejar de apuntarla.

Parker corrió contra la pared, estrellándose intencionadamente de espaldas contra esta, provocando que la silla se hiciese añicos contra su cuerpo y lo librara de su atadura.

—¿Se puede saber qué haces? ¿Crees que esto os salvará? —inquirió Irina incorporándose despacio.

—Dejad que nos vayamos, por favor. Nadie tiene que morir, hoy —pidió Julia sosteniendo la pistola temblorosa entre sus manos, consciente de que eran muy pocas las probabilidades que tenían de escapar de allí con vida. Cuatro hombres de Irina los apuntaban mientras ella mantenía su posición fija hacia la albanesa—. Por favor, dejad que nos vayamos.

—Voy a volarte la tapa de los sesos, maldita zorra —dijo esta desafiándola, sacando una pistola semiautomática que llevaba enfundada al cinto.

—Baja el arma —ordenó Parker. Irina retiró el seguro—. Baja el arma —repitió, pero la hermana del *shef* la alzó para apuntarla. Entonces un destello plateado precedió a una ráfaga de disparos.

Sin saber cómo, Julia había salido rodando por los suelos envuelta por el cuerpo del SEAL, que los había refugiado tras el chasis de un viejo tractor.

En una centésima de segundo, Austin había arrojado a Irina la daga con la que había tratado de apuñalarle, clavándola en mitad de su sien, acabando con su miserable vida en el acto.

Una lluvia de balas había caído sobre ambos, lluvia que aún continuaba y que él devolvía con el arma semiautomática que Julia había arrebatado al miembro de los DiHe.

—¿Estás bien, nena? ¿Te han herido? —preguntó con la respiración acelerada. Había una gran preocupación en su mirada azul aunque tratase de fingir que no era así.

—No, creo que no. ¿Y a ti?

—Estoy bien. Tenemos que intentar llegar hasta la salida antes de que lleguen más hombres.

—¿Crees qué Demyan estará de su parte?

—No lo sé. Espero que no.

Oyeron varios disparos seguidos de un mismo arma y después se produjo un sospechoso silencio. Permanecieron un instante inmóviles, expectantes, aguardando acontecimientos, buscando el mejor modo de salir de allí, hasta que un ruido les hizo saber que alguien los sorprendería por el flanco derecho.

—Baja esa pistola —pidió Demyan al SEAL, que le apuntaba con determinación en mitad de la sien—. Tenemos que salir de aquí cagando leches —dijo entregándole el subfusil arrebatado a uno de los DiHe eliminados.

—Veo que has elegido bando.

—Siempre hemos estado en el mismo, pero tenía que evitar esto, esto que acaba de suceder, joder, a menos de veinticuatros horas del final de la *OP.**

—Las cosas no siempre suceden como estaban planeadas, lo único importante de las *OPs* es que acaben bien.

—¿Sí? Pues esta no tiene pinta de que sea así. Vamos—proclamó apurándolos al oír cómo comenzaban a llegar nuevos miembros de la guardia del *shef* alertados por los disparos—. Estamos jodidos.

—No mientras me queden balas —dijo tratando de ponerse derecho, pero las dos costillas que tenía fisuradas no se lo iban a poner tan

---

* Operación, en el argot militar.

fácil. Le dolía incluso respirar, aun así no rechistó y se situó estratégicamente sobre la estructura de metal.

Uno tras otro fueron cayendo al atravesar el umbral de la habitación, la firme puntería del teniente Parker fue derribándolos a todos como los bolos de una bolera. Un disparo en la cabeza, certero, tras otro.

Parecía que podría acabar con todos de ese modo, hasta que cayó hacia atrás desplomado, sin conocimiento.

—Está herido, el muy imbécil está herido y no ha dicho nada —clamó Demyan, palpando la pernera derecha del pantalón empapada de sangre.

Más hombres armados llegaban.

Julia intentó rasgar el pantalón con las manos, pero era muy resistente. Demyan, que tenía un ojo puesto en ellos, le arrojó una navaja que llevaba en el bolsillo. Pudo al fin cortar la prenda localizando su herida; a la altura de medio muslo una brecha abierta por un disparo sangraba a borbotones.

El italiano devolvía el fuego sin cesar mientras ella presionaba con energía la herida con el pedazo de tela de la pernera del pantalón. A la vez, con la otra mano, le tomó el pulso, aproximadamente cien latidos por minuto, su cuerpo comenzaba a padecer la pérdida de sangre aumentando su frecuencia cardiaca. Tenían que salir de allí, tenía que sacarle de allí.

—Esto no tenía que haber sucedido así, ¡¡joder! —maldijo el agente de la Interpol, agachándose de nuevo entre el metal tras vaciar el cargador del subfusil contra el enemigo que se parapetaba entre los coches.

Tomó la Tokarev que portaba al cinto, consciente de lo limitado de los ocho disparos de la semiautomática, más un cargador de repuesto en el bolsillo. Dieciséis balas para demasiados tipos.

—¡Tengo que sacarle de aquí, ya! Se está desangrando.

—¿Sabes cuántos hombres de Sokolov hay en el castillo con motivo de la fiesta? Veinte de su guardia y al menos veinte de sus *messrs*. ¿Crees que podré acabar con todos?

—Pues tendrás que hacerlo. Austin, por favor, por favor, resiste —sollozó, sosteniéndole contra su cuerpo.

—Tú no, *espagueti*, pero ellos sí —proclamó este con un hilo de voz, recobrando el conocimiento por un instante.

Entonces se oyó un gran estruendo a la vez que la pared trasera de la habitación volaba por los aires, levantando una nube de metal y piedras que lo envolvió todo, y por ella entraron cinco hombres armados hasta los dientes con máscaras antigás, disparando una cortina de balas y humo hacia el enemigo.

Una granada lanzada por Gran Oso hizo volar por los aires el Ferrari mientras Dragón prendía fuego con su lanzallamas a los miembros de los DiHe que aún quedaban en pie entre los vehículos. Halcón cargó a su teniente al hombro con ayuda de Julia después de colocarle su máscara de oxígeno.

—La niña, no me iré de aquí sin la niña —balbució Parker al límite de la conciencia.

—Yo me encargaré de ella Parkur, en cuanto te deje en el *halo*.*

—No, yo iré a por ella —advirtió Demyan.

—Y las otras niñas también, por favor —pidió Julia agarrándole del brazo. El agente encubierto miró su mano, sosteniéndole con fuerza, y una vez más admiró la entereza y decisión de aquella mujer. Asintió. Tomó el subfusil de uno de los hombres abatidos y echó a correr hacia el interior del castillo.

*L*as aspas del helicóptero agitaban el aire con violencia en torno a ellos mientras aterrizaba en el exterior a la orden de Halcón. Subieron a Parker y le extendieron sobre el suelo cuan largo era.

Cada vez que Julia aflojaba la presión, la pérdida de sangre era desoladora a través de la herida. Halcón, paramédico del equipo, preparó un torniquete dentro del Black Hawk, presionando con mayor eficacia los vasos rotos.

—¿Tenéis botiquín, suero...? —preguntó en inglés al SEAL que abría una maleta verde de camuflaje cogida con correas a la pared metálica. Sus medios de asistencia en combate eran muy distintos en apariencia a los que ella solía utilizar en su día a día en la ambulancia.

Halcón extrajo un *kit* hemostático granular de alto rendimiento para

---

* *Halo*: helicóptero en el argot militar.

lesiones profundas, rompió el envoltorio de plástico verde con los dientes, introdujo rápidamente el aplicador dentro de la herida y mantuvo la presión para frenar la hemorragia. Mientras, Julia buscó un suero en el maletín y halló un Voluven al seis por ciento con el que purgó un sistema con llave de tres vías, le colocó el compresor en el brazo izquierdo y se preparó para canalizarle una vía con la que reponer la hipovolemia hemorrágica que podía llevarle a la muerte, pero sus manos temblaban. Temblaban y temblaban, demasiado. Halcón la observó de reojo, él no podía apartar aún sus manos de la herida, pues había logrado controlar el sangrado.

Parker agarró su muñeca.

—Tranquila, puedes hacerlo —susurró casi sin fuerzas forzando una sonrisa que se desvanecía por el dolor que la presión de su compañero le producía.

Julia se limpió las lágrimas, carraspeó, volvió a intentarlo y lo hizo: a la primera colocó el catéter y lo conectó al sistema de infusión.

—¿Sabes? Lo primero que pensé cuando te conocí fue lo sexy que eras, con esa barba rubia y tu cara de tipo duro —balbució entre lágrimas; Austin sonrió complacido con sus palabras—. Pero lo segundo fue: ¡qué buenas venas tiene este tipo!

—O sea, que lo que te enamoró de mí fueron mis venas —dijo provocándole la risa—. ¿O vas a negar que estás enamorada de mí?

—Sería una tontería negarlo a estas alturas, ¿no crees?

—Dilo, quiero oírlo.

—Estoy enamorada de ti.

—No me extraña, sé que soy un tipo irresistible —jadeó, el dolor regresaba multiplicado desde aquella profunda laceración sobre su rodilla derecha.

—Tenemos que despegar Parkur, si no te llevamos pronto al hospital no resistirás mucho más —afirmó Halcón recordándoles que su estado era de extrema gravedad.

—No nos vamos hasta que traigan a la niña.

—Vienen dos *halos* más de la Interpol, Parkur. Aterrizarán en dos minutos —le advirtío mientras ella fijaba el suero en un gancho del techo del helicóptero.

—No nos movemos, es una ord…

La pérdida de sangre le hizo desfallecer.

—¿Qué pasa? ¿Qué pasa? —preguntó alarmada.

—Ha empezado a sangrar otra vez —la informó Halcón con ambas manos teñidas del rojo fluido que le corría hacia los codos mientras abría otro paquete hemostático.

Otro helicóptero se posaba despacio sobre la ladera justo frente a ellos como Halcón había advertido, y de este bajaban una docena de agentes armados que corrían hacia el interior de la propiedad.

—Tenemos que irnos o…

—Vámonos. Vámonos —pidió llorando, sosteniendo su mano laxa, sin vida—. Austin, Austin, despierta por favor.

Halcón la miró un instante mientras daba órdenes al piloto de que despegase a través de su intercomunicador.

La lividez de su rostro la hacía temer que le perdería para siempre. No respondía, su pulso se había acelerado aún más, podría presentar un fallo cardiaco en cualquier momento.

Tenía el alma hecha pedazos, la martirizaba pensar que no resistiría el traslado, que no sobreviviría a aquella herida en su pierna por la que se le escapaba la vida a borbotones, pero tampoco podía evitar sentirse miserable por aceptar marcharse de allí sin saber si Candela estaba bien.

Debía estarlo, debía estar encerrada en la habitación esperando a ser rescatada. Debía ser así, pero la incertidumbre le rompía el corazón. Sabía que Demyan la cuidaría, la protegería hasta que volviesen a reunirse, pero ni siquiera eso amortiguaba su dolor.

Las lágrimas manaban sin control mientras sostenía su mano exánime entre las suyas.

¿Y si le perdía? ¿Y si nunca más volvía a oírle pronunciar su nombre? Qué bonito sonaba en sus labios. Y si sus bellos ojos azules se habían cerrado para siempre? ¿Y si jamás podía acompañarle a su pequeña casita en Fisher's Hole, como había fantaseado? No.

No podía ni quería imaginar un mañana en el que no existiese Austin Parker. En el que no existiese la posibilidad de reflejarse en su mirada, de disfrutar de su sonrisa ladeada, del enloquecedor roce de su barba rubia y sus besos en la garganta.

Austin no podía morir sin saber que no solo estaba enamorada de él, sino que le quería, que le quería de un modo irracional, visceral y único, que lo que sentía por él jamás lo había sentido por ningún otro.

El helicóptero comenzaba a elevarse despacio cuando una cabecita rubia fue alzada por la puerta abierta de la aeronave.

—Candi, por Dios santo.

—Las otras niñas también están a salvo —dijo Demyan antes de dedicarles una última sonrisa y desaparecer bajo la puerta de metal. Halcón tiró de la pequeña hasta subirla dentro.

Candela corrió hacia Julia, agarrándose con fuerza a su cuello. La abrazo y la besó con energía. Estaba atemorizada.

—Tranquila, estamos a salvo.

Los ojos de la pequeña se detuvieron entonces en el hombre que permanecía inconsciente extendido en el suelo.

—¿Es mi ángel? ¿Se está muriendo mi ángel?

Julia rompió a llorar. La abrazó contra su pecho y la besó en el pelo.

—Este hombre me ha salvado la vida un centenar de veces y no se va a morir —proclamó Halcón extendiendo el cable de un nuevo suero ante ambas.

31

Mi vida

La luz del sol se colaba a través de las cristaleras llenando la habitación de franjas anaranjadas que decoraban la pared impoluta de la habitación del Hospital Americano.

Fuera, la ciudad despertaba. Las calles de Tirana se llenaban de bullicio, de coches que iban y venían coloreándolo todo con sus luces rojas y blancas. Habían llegado pasadas las diez de la noche, cuando el estado de Austin permitió su traslado desde el hospital de campaña en el que le atendieron en Durrës.

Dos horas duró la operación que trataría de reparar el tejido dañado, así como los vasos sanguíneos afectados por el disparo que penetró por el bíceps femoral, atravesándolo para salir por la parte posterior de la pierna, a solo dos centímetros de la articulación de la rodilla.

Durante todo ese tiempo, Candela había permanecido a su lado acompañándola, ambas abrazadas en la habitación, sin apenas decir una palabra, esperando noticias de la cirugía. Poco antes de dormirse sobre su regazo, la pequeña, con los ojos llenos de lágrimas no derramadas, le preguntó: «Tú quieres mucho a mi ángel, ¿verdad?». Julia, incapaz de hablar se limitó a asentir. «Pues no te preocupes porque no se va a morir, mi mamá va a cuidarle desde el cielo.»

Era tan pequeña, tan inocente y de un corazón tan puro… y por suerte continuaría siéndolo, pues el desgraciado de Dardan Sokolov ya no podría hacerle daño.

La observó un instante, rendida sobre el pequeño sofá de la habitación, con la melena extendida sobre el tapizado de terciopelo beige, enrollada en una pequeña manta azul marino con la que la había cubierto.

*H*abía sido una noche demasiado larga. Una noche en la que el equipo médico del hospital de campaña había logrado estabilizar las constantes vitales del SEAL y realizar una sutura de emergencia y un taponamiento eficaz después de que entrase en shock hipovolémico. Posteriormente, fue trasladado en un helicóptero medicalizado al hospital de Tirana en el que tras una larga operación y con tres bolsas de A positivo en el cuerpo, había recobrado el color sonrosado en el rostro. Y, aunque permanecía dormido por el efecto de los sedantes, Julia sabía que tan solo debía esperar a que despertase.

Lo sabía, pero las horas pasaban y Austin no abría los ojos.

Observó su mentón cuadrado, la curvatura pronunciada de sus labios, la forma recta de su nariz y sus cejas doradas. Era el hombre más sexy que había visto en toda su vida, y no solo por su belleza exterior, ruda y fiera, sino también por su carácter.

Admiraba la capacidad de reacción que había mostrado en la situación que habían vivido, su templanza, el modo en el que logró liberarse de sus ataduras, en el que mantuvo la calma a pesar de estar desangrándose. Las lágrimas acudieron de nuevo a sus ojos, volvió el rostro hacia las cristaleras, pues no quería que la viese llorar cuando volviese en sí, pero a medida que pasaban las horas el temor de que la pérdida de sangre hubiese dañado su cerebro aumentaba. Le habían realizado un tac cerebral del que aún nadie le había entregado los resultados.

El peligro había pasado, según le explicó en inglés el cirujano que le operó. Y ella, sentada junto a su cama, con el rostro apoyado sobre el colchón, solo podía dar gracias al cielo por tenerle allí, por poder sostener su mano entre las suyas.

De pronto percibió cómo alguien le acariciaba la cabeza, pasando los dedos por su cabello con cuidado y giró el rostro apremiada, hallando aquellos ojos de cielo abiertos, observándola, haciéndola sentir la mujer más dichosa del mundo. Al fin había despertado, parecía cansado, exhausto, pero su expresión destilaba auténtica dulzura.

—Buenos días.

—Dios mío, gracias, gracias —masculló incorporándose para besarle en los labios con cuidado, sintiendo cómo en su interior recuperaba la paz al saberle consciente. El roce de su barba le hizo cosquillas en el labio superior, fue una sensación encantadora y familiar que disfrutó con deleite.

Un par de lágrimas asomaron a sus ojos. No quería llorar, no era el recibimiento que merecía, pero no logró evitar que escapasen, rodando ardientes por sus mejillas. Él las limpió con los pulgares, acunando su rostro entre las manos.

—Eh, no llores, preciosa, hace falta mucho más que un par de mercenarios para acabar con tu americano —aseguró haciéndola reír entre lágrimas.

—Han estado tan cerca… *Mi americano* —repitió feliz, hundiendo el rostro en su cuello, inspirando el aroma cálido de su piel. Como si aún no terminase de creer que le tenía a su lado, a salvo, consciente, acariciándola con sus fuertes manos y besándola.

—Nunca hagas demasiado caso a los médicos, son unos alarmistas.

—No lo son. Has estado muy grave.

—Eso significa que necesitaré muchos cuidados —sugirió enarcando una de sus cejas doradas con picardía. Julia sonrió y volvió a fundirse con sus labios en un beso largo y paladeado.

—Claro que necesitarás cuidados. Pero tranquilo, tengo una compañera jubilada que es un amor.

—¿Una compañera jubilada? Lo lamento, pero a mí me gustan las enfermeras jóvenes, las encuentro más preparadas para mis necesidades.

Julia no pudo evitar volver a reír al oír sus motivos.

—Está bien, si se pone en ese plan yo misma le cuidaré, señor Parker. ¿Cómo te sientes?

—Ahora mejor, mucho mejor —dijo atrayéndola hacia sus labios de nuevo, besándola, como si necesitase de su contacto íntimo y cálido tanto como respirar.

—Estaba convencida de que nos encontrarías, sabía que solo tú podrías hacerlo —admitió emocionada. Pasó los dedos por entre su cabello, peinándolo hacia atrás, concluyendo en una caricia en su mentón, acariciando la barba con los dedos—. Y era lo único que me daba fuerzas para seguir adelante: saber que vendrías a por nosotras.

—Has sido tan valiente. Ven aquí —la envolvió entre sus brazos de nuevo, obligándola a recostarse a su lado en la cama. Julia reposó el rostro sobre su hombro con cuidado de no rozar las heridas que ocultaba bajo el blanco camisón de hospital—. Nada, ni nadie me habría impedido que os encontrase y tratara de sacaros de allí.

—Estoy segura de que serías capaz de todo por tu hija.

—Por mi hija y por la mujer a la que amo. No pienses ni por un instante que no habría dado todos y cada uno de esos pasos solo por ti. Porque lo habría hecho, puedes estar segura de ello. Te quiero, Julia, creo que desde la primera vez que te vi bajar de esa ambulancia vestida con ese horrible uniforme —bromeó—. Poco a poco te colaste en mi corazón y después de ese fin de semana juntos supe que no había vuelta atrás. Nunca había sentido algo así por nadie.

—Yo... no sé qué decir.

—Di que sientes lo mismo, por favor. Di que estás dispuesta a intentarlo.

—Lo estoy, aún no sé cómo, y ni siquiera quiero pensarlo. Estos días han sido la experiencia más horrible de mi vida —dijo sin poder evitar que las lágrimas regresasen a sus ojos—. Temiendo que no pudiésemos salir de allí, que le hiciesen daño a Candi o a las otras niñas. Me he dado cuenta de la clase de monstruos que hay sueltos en el mundo, pero también de la clase de hombre que eres.

—¿La clase de hombre que soy?

—Tú me dijiste una vez que no éramos iguales, que habías acabado con muchas vidas, hombres de los que ni siquiera recordabas el rostro, y que yo en cambio vivía para salvarlas. Hoy puedo decirte que me siento orgullosa por todos y cada uno de los monstruos con los que has acabado, porque el mundo es mucho mejor sin ellos. La antigua Julia jamás se creería capaz de decir algo así, pero es lo que pienso, lo que siento hoy, después de haber vivido lo que he vivido.

—Vaya, eso es hermoso y triste a la vez. ¿No te asusta lo que has visto de mí? ¿No te doy miedo?

—¿Miedo? He visto cómo has estado a punto de morir por salvarnos. Cómo has conseguido sacarnos de allí. Es cierto que me ha impactado, pero... ¿miedo? En absoluto, porque forma parte de ti, de las cosas que hacen que te quiera. Mi único temor era que no despertases, el mío y el de Candela —dijo mirando a la pequeña que dormía ajena a la conversación de ambos—. Candi estaba muy preocupada por su «ángel de los ojos mágicos».

—¿Su ángel de los ojos qué?

—Cuando Borko nos secuestró, le conté una historia porque estaba convencida de que nos buscarías y tenía que asegurarme de que se iría contigo, solo contigo, si la encontrabas. Le dije que un ángel con los ojos exactamente iguales a los suyos vendría a buscarla, *el ángel de los ojos mágicos*, y la salvaría de todos los hombres malos. —Parker guardó silencio y Julia percibió cómo entonces era él quien se había emocionado.

—Todo esto ha sido culpa mía. Todo por lo que habéis pasado... Jamás me perdonaré por involucrarte.

—Tú no me involucraste, desde el principio me advertiste, pero fui yo quien no te hizo caso. Fui yo quien le entregó un papel con mi número de teléfono a Alejandra, no te culpes, no podías saberlo.

—Pero tendría que haberte alejado de ellos, de mí, en lugar de...

—¿Y crees que lo habrías conseguido? ¿Haberme alejado de ti? Mi destino estaba sellado a esa furgoneta junto a Candela.

—No quiero pensar qué habría sido de ella si no llega a contar contigo a su lado. Gracias, Julia, por cuidarla.

—Es tu hija, Austin. Y, aunque no lo fuese, es una niña adorable, es responsable, es inteligente...

—Veo que te ha conquistado.

—Desde el primer momento.

Como si hubiese podido adivinar que hablaban de ella, la pequeña se revolvió en su cama improvisada, destapándose, y Julia acudió a arroparla.

El SEAL aprovechó para descubrir sus piernas, observando su desnudez bajo el camisón. Sobre su rodilla derecha había un apósito de unos diez centímetros que cubría la cirugía, por lo demás estaban intactas. Sentía un resquemor en la herida y un dolor punzante amortiguado por los calmantes y antiinflamatorios que debían haberle administrado por el suero.

Giró el cuerpo, asomando ambas piernas fuera de la cama.

—¿Qué haces? —preguntó Julia alarmada, regresando a su lado dispuesta a impedir que posase un solo pie en el suelo como parecía ser su intención.

—Necesito ir al baño.

—Pues ahora mismo pido una *botella* o una *chata*. Aunque no tengo ni idea de cómo se dirá en albanés.

—No pienso hacerlo en un cacharro de esos. Voy a ir al baño.

—¿Se ha pasado un cirujano horas cosiéndote las venas de la pierna para que ahora llegues tú y lo eches todo a perder en dos segundos porque te da vergüenza que te ponga a hacer pis en una botella?

—No me avergüenza hacer pis en una botella, te aseguro que lo he hecho en sitios mucho peores, pero me siento bien, puedo caminar por mi propio pie y voy a ir al lavabo. ¿Ves? Ya estoy recuperado —dijo alzándose, descalzo, sosteniendo el palo del gotero y haciéndolo rodar por el suelo.

—Austin, pueden saltarse los puntos, puede volver la hemorragia… A veces pienso que tienes la cabeza hecha de mármol —sentenció enfadada al verle cruzar ante ella, caminando con la pierna rígida, pero entonces la imagen de su trasero desnudo por la parte posterior del camisón la hizo romper a reír—. ¿Sabes? Estoy por sacarte una foto, así con el *culete* al fresco, y subirla al Facebook de *los hombres que no hacen pis en botellas*.

—Malvada —rió alcanzando la puerta del aseo.

—¿Crees que necesitarás ayuda?

—Puede que dentro de un rato, no sabes cuánto me pone esa actitud tuya de enfermera regañona —sugirió pícaro, dedicándole una de esas sonrisas ladeadas que tanto la seducían.

—No tienes remedio —rió ella acomodándose en el sillón junto a Candela, dispuesta a esperarle.

Aquel hombre debía estar hecho de una pasta especial, no podía ser de otro modo, era la única explicación para que fuese capaz de mantenerse en pie después de haber necesitado una transfusión tan importante y haber sido operado hacía tan solo unas horas.

Una pasta única y maravillosa.

Candela estiró las piernas y aún adormilada se giró buscándola. Julia la subió a su regazo y la abrazó. La pequeña pestañeo, abrió los ojos despacio y despabiló de golpe al ver la cama vacía.

—¿Y mi ángel? ¿Se lo han llevado?

—Tranquila, nadie se lo ha llevado. Tu ángel está en el baño. Ah, y se llama Austin.

—¿Los ángeles hacen pis?

—Me temo que sí. Por lo menos este.

—Eso es porque no tiene alas, los ángeles que tienen alas no hacen pis porque no tienen *pilila*.

—¿Qué? ¿Cómo sabes eso?

—Porque una vez le pregunté al profe de religión si los ángeles eran niños o niñas, y él me dijo que solo eran ángeles, ni niños ni niñas. Y eso es que no tienen *pilila*. —Julia se echó a reír con sus ocurrencias—. Austin... me gusta. ¿A que es guapo?

—Sí. Es muy guapo.

—¿Y sabe volar aunque no tenga alas?

—Pues no lo sé, creo que sí.

—Yo quiero que me enseñe a volar —afirmó volviéndose al oír cómo se abría la puerta del baño.

La expresión del SEAL se mudó al descubrir a la pequeña observándole embelesada, sentada en las rodillas de Julia. Caminó hacia ellas despacio, posando cada pie con cuidado. La joven enfermera observó enseguida que se había deshecho del gotero.

—¿Dónde está la vía?

—En la papelera, ya no la necesito.

—Te prometo que en todos mis años de profesión nunca me he encontrado con un paciente peor que tú.

—Julia, ¡no regañes a mi ángel! —intervino Candela sorprendiendo a ambos.

—Sí Julia, no regañes a su ángel —repitió Austin satisfecho con su defensora al tiempo que las alcanzaba—. Hola, Candela, me llamo Austin.

—Ya lo sé, eres un ángel que hace pis y sabe volar.

—Yo no podría haberlo resumido mejor. ¿Me darías un beso?

—¿Puedo? —preguntó a Julia, y esta asintió. A Parker le enterneció que le pidiese permiso para hacerlo. La pequeña le dio dos besos fugaces en las mejillas y volvió a acurrucarse contra ella.

Caminó hacia la cama dispuesto a tumbarse de nuevo. Aunque jamás lo admitiría, el pequeño paseo hasta el baño le había producido un fortísimo dolor en la herida. Julia tapó los ojos a la pequeña con ambas manos tratando de evitar que viese demasiado a través de la abertura trasera del camisón.

—¿En el cielo no venden calzoncillos? —preguntó Candi pues no se le pasaba nada por alto, deshaciéndose de sus manos cuando ya se hallaba tumbado en la cama.

—Eso Austin, ¿no los venden? —añadió Julia esperando ver cómo saldría de aquel atolladero.

—En el cielo hay de todo, Candela, pero los médicos me los quitaron para la operación y todavía no me los han devuelto.

—Dime Candi.

—¿Qué?

—Que me digas Candi, no Candela. Candela me lo llama la abuela cuando me va a regañar. «Candela Rodríguez Domínguez, ven aquí ahora mismo» —dijo imitándola—. ¿Me vas a llevar con la *abu* Manoli?

—Sí, claro. En cuanto pueda caminar bien, iremos a ver a tu *abu*.

A su respuesta la pequeña corrió hacia la cama y se abalanzó a sus brazos plena de felicidad.

—Gracias por salvarme de los hombres malos y ser mi ángel.

Julia los observó, desprendían auténtica ternura. Mientras Candi se hacía un hueco a su lado, Austin parecía intimidado por la efusividad de la pequeña, por cómo le abrazaba, ya sin pudor alguno, y le hablaba de las más variopintas historias. Pero Candela era así, un torbellino arrollador, y él necesitaba dejarse arrastrar por su energía, empaparse de su forma de ser y comenzar a conocer a su hija.

—¿Me ayudas a dibujar un Olaf?

—¿Qué es *un Olaf*?

—El muñeco de nieve de Frozen.

—¿Y quién es *Frozen*? —preguntó y los ojos de la pequeña se abrieron como platos. No daba crédito a que alguien desconociese su película de dibujos animados favorita. Fue su regalo de cumpleaños, lo único que Borko permitió que su madre le entregase, y la adoraba.

Había permanecido todo el tiempo sentada a su lado en la cama, de la que solo se había movido para comer el menú que trajeron para los tres al mediodía. Pero en cuanto la pequeña mesita auxiliar estuvo libre, la invadió de nuevo una decena de dibujos que trazó a bolígrafo sobre unos folios que Julia había solicitado en el control de enfermería.

—Mientras Austin te ayuda a dibujar a Olaf, voy a bajar un momento a llamar por teléfono, ¿vale, Candi? —La pequeña asintió y continuó concentrada en su quehacer—. Voy a llamar a mi hermano y a Berta, necesito hablar con ellos con calma. Una agente de la Interpol me dejó el teléfono un instante en Dürres, pero solo pude decirles que estaba bien porque no quería apartarme de ti.

—¿Vas a dejarme solo con ella?

—Os vendrá bien, a ambos.

—Pero ¿y si te llama? ¿Y si necesita hacer pis o...?

—Relájate, sabe ir al baño sola desde hace años imagino y, tranquilo, no se come a nadie.

—Sí me como, a los muñequitos de jengibre. Bueno, y a los de chocolate también, menos los que hace la madre de Amanda Pinto, porque no les echa azúcar y saben a *puaj*...

32

Dominic

*B*ajó las escaleras siguiendo los letreros que indicaban dónde estaba la cafetería. Buscó señales de teléfono público, pero, al no hallarlas, se dirigió a la camarera que atendía tras la barra y le preguntó en inglés. La joven le indicó hacia un lateral del establecimiento en el que había un box de madera con un teléfono de monedas en el interior.

Lo descolgó y entonces se dio cuenta de que no traía dinero. Ni dinero, ni cartera, ni sabía qué tipo de moneda utilizaban en Albania. Decepcionada por su torpeza, colgó el auricular dispuesta a regresar a la habitación junto a Austin y Candela, pero entonces alguien introdujo varias monedas en el teléfono, una tras otra, por encima de su hombro. Al girarse sintió que el corazón le daba un vuelco dentro del pecho al hallar a Demyan.

El agente de la Interpol vestía una cazadora de cuero marrón, una camiseta informal y unos vaqueros, su aspecto era muy distinto a la ropa oscura que solía llevar en el Castillo Negro.

—Habla, te espero fuera —dijo alejándose del box para ofrecerle mayor intimidad.

Julia intentó tranquilizar a su hermano y a su mejor amiga relatándoles una versión edulcorada de lo que había vivido en ese lugar, remarcándoles una y otra vez que se encontraba bien. Cuando llegase a casa podría explicarles, o no, lo que había vivido en realidad a manos de los DiHe. Hugo le exigió que tomase el primer vuelo de regreso a casa o sería él quien se plantaría en Tirana al día siguiente. Estaba muy preocupado, necesitaba verla con sus propios ojos para creer que se encontraba bien. Ella le rogó que se calmase, que esperase, que estaba a salvo y regresaría en cuanto Austin se recuperase de sus heridas.

La presencia del agente encubierto a unos metros a su espalda, observándola apoyado contra una columna, apremió el fin de la conversación. Julia se preguntaba una y otra vez qué querría, para qué había acudido hasta el hospital a verla.

Caminó hasta él.

—Gracias por las monedas.

—No tienes por qué darlas, ¿podemos tomarnos un café?

—¿Un café?

—Sí. Creo que tenemos una conversación pendiente, pero primero, ¿cómo está Parker?

—Bien, a salvo, la operación ha ido genial.

—¿Y Candela?

—Candela está muy bien. Sólo espero que todo esto no le pase factura más adelante.

—¿Y tú?

—¿Yo? No lo sé, hay momentos en los que siento que todo me vuelve a la cabeza, pero supongo que hasta que no pasen unos días… ¿Qué quieres de mí, Demyan? ¿Por qué estás aquí?

—No me llames Demyan, nunca más, por favor. Mi nombre es Dominic, Dominic Lomazzi.

—Está bien, lo recordaré, Dominic.

—Solo quiero un café y una conversación, pienso que no es demasiado.

—No lo es —aceptó, peinándose el largo cabello tras las orejas, nerviosa. La desconcertaba no saber qué pretendía y aún trataba de recomponerse de la sorpresa de tenerle allí ante ella.

Cuando las cartas se habían puesto sobre la mesa en el Castillo Negro, el agente Lomazzi dejó muy claro cuál era su postura. Lo primero para él era la misión y, sin embargo, por su culpa y la de Austin, esta había acabado de modo abrupto, sin que se cumpliese su objetivo principal: capturar a Dardan Sokolov. Aunque confiaba en que descabezada la cúpula de la organización, incluida la hermana de este, su detención fuese cuestión de días.

Tomaron asiento en torno a una de las mesas de plástico de la terraza de la cafetería y, en cuanto la ocuparon, la camarera acudió a atenderlos.

—¿Qué quieres tomar? —le preguntó Dominic.

—Un café con leche.

El agente de la Interpol intercambió unas palabras con la joven camarera en albanés y esta desapareció con el pedido de ambos —¿De dónde eres? Hablas muchos idiomas.

—Soy mitad italiano, mitad ruso. Nací en La Spezia, al norte de Italia, pero mi madre es de Irkutsk, en Siberia. Hablo albanés, español e inglés, además del italiano y el ruso.

—Vaya, eres un auténtico políglota.

—Siempre tuve facilidad para los idiomas, fue un punto a mi favor al unirme a la Interpol. —El agente la observaba con sus ojos negros, casi sin pestañear, haciéndola sentir incómoda.

—¿Sabes algo de Christine y Farah?

—Ambas vuelan en estos momentos de regreso a Francia, donde las aguarda su madre.

—¿Su madre? Pero si fue su padre quien…

—Su padre, Paul Jamak, fue quien las entregó a los DiHe como pago por sus deudas de drogas y prostitución. Aprovechó para ello el fin de semana que le correspondía con las niñas, pues están divorciados.

—Maldito desgraciado —le espetó con rabia, una rabia que le nacía de las entrañas.

—Puedes estar tranquila, su madre se había recorrido todas las instituciones de Francia solicitando ayuda para encontrarlas y su padre está detenido desde el día siguiente a su desaparición, seguro que están dándole el trato que merece.

—¿Y la otra chica, Sophie?

—Sophie Anne Merlot llevaba seis años en manos de Dardan Sokolov, los mismos que llevaba desaparecida. Sus padres son de Bristol, aunque ella desapareció en Bari, en mi país, donde estaban de vacaciones. Tuvo la desgracia de veranear en el mismo hotel que Sokolov, quien una noche la vio cenando con su familia y se prendó de ella. Sophie solo tenía doce años. Al día siguiente hizo que la secuestrasen cuando jugaba en la piscina mientras sus padres tomaban el sol y la ha mantenido como su prisionera todo este tiempo.

—Es horrible.

—Sí, lo es. Va a necesitar mucha ayuda, pero es una chica fuerte y tiene unos padres que jamás perdieron la esperanza de encontrarla con vida, unos padres que la adoran y que ya están con ella.

La camarera llegó portando sus bebidas en una bandeja y las dejó sobre la mesa de metal antes de regresar a su puesto tras la barra. Dominic dio un sorbo a su café expreso y al regresar la mirada a los ojos verdes de Julia percibió la turbación que los empañaba.

—¿Qué sucede? ¿He dicho algo malo?

—No, claro que no. Me alegro muchísimo de que Sophie, Farah y Christine estén al fin con sus familias, después de todo el daño que les han hecho van a necesitarlas mucho, pero me apena no haber podido despedirme de ellas —dijo sin poder evitar que una lágrima corriese por su mejilla. Dominic estiró el brazo hasta alcanzar su rostro, limpiándola con el dorso de su mano. Julia sintió que su corazón se aceleraba, aquel contacto deliberado la había violentado. Él retiró la mano despacio, como si le costase dejar de tocarla.

—Estoy seguro de que a ellas también les habría gustado. Quizá puedas volver a verlas algún día.

—Ojalá, me gustaría saber que están bien.

—Lo estarán, lo sé. Como también sé que crees que podría haber hecho algo más por ellas, por vosotras.

—Sí, lo pienso, no voy a negártelo. Tendrás tus motivos, pero…

—No soy el tipo sin corazón que piensas, Julia. Y el dolor por no haber intervenido en la violación de Farah, en la de Farah o en la de otras muchas niñas, es un peso que cargaré a mis espaldas hasta el día de mi muerte. Puedes estar segura. Pero ese monstruo debería estar hoy entre rejas junto a todos los suyos y no lo está. Está ahí fuera y continuará violando y matando niñas, continuará traficando con mujeres como si fuesen animales.

—Por nuestra culpa, ¿verdad? ¿Tendría que haber permitido que esa loca me matase o matase a Austin?

—Julia.

—Pues lo siento mucho por el bien común, por el bienestar del resto de las mujeres, pero solo tendré una vida y quiero vivirla hasta el último de mis días junto al hombre al que quiero.

—No es…

—Perdóname por no inmolarme y tratar de impedir que le matasen. ¿Para eso has venido? ¿Para echarme en cara…?

—¿Me quieres dejar hablar? ¡Menudo carácter! No he venido a reprocharte nada.

—¿Y entonces?

—Necesito explicarte mis motivos, que sepas por qué era tan importante para mí esta misión. Yo tenía, *tengo*, una hermana. Se llama Charlene, justo acababa de cumplir los diecisiete años cuando desapareció, hace diez años. Un día dijo a mis padres que iba a pasar la tarde con unas amigas, pero en realidad se había citado con un joven al que había conocido a través de una red social, en un parque cercano a casa. Mis padres no sospecharon nada, no percibieron nada extraño en ella, ni ese día ni los anteriores, pero después de aquella tarde fue como si se la hubiese tragado la tierra. No hubo pistas, no apareció cadáver alguno, ninguna teoría oficial, ningún hilo del que tirar, ni siquiera para alguien con mis contactos.

—Vaya, es terrible.

—Mis sospechas, mi experiencia y los escasos datos fiables con los que cuento me hacen creer que fue captada por una de las muchas organizaciones que trafican con mujeres en Europa. Desde entonces solicito cada caso en el que haya la menor posibilidad de hallar algún dato, algún indicio sobre ella. En esta misión las probabilidades eran muchas, sobre todo desde que descubrimos que Aldo Monteso, uno de los *messrs* en Italia de Sokolov, había captado a varias chicas a través de las redes sociales. Llevo cinco años infiltrado, cinco años escalando peldaños en la organización, más de mil ochocientos días que me gustaría poder borrar de mi memoria, pero no puedo y creo que jamás lo haré. Y ahora estaba a solo un paso de detenerle.

—Comprendo tu frustración, Dominic. —Le costaba llamarle por su nombre real—. Y sé que tratase de cuidarnos a tu modo. Impediste en varias ocasiones que ese cerdo de Besnik me atacara, me llevaste para que pudiese ayudar a Farah después de que… De que ese monstruo la destrozara. Y sé que fingiste que te había *noqueado* con la silla para que intentásemos escapar en el club. No pienso que no tengas corazón, claro que no.

—Me alegro, no sabes lo importante que eres para mí —dijo posando con suavidad su mano sobre la de ella. Julia miró sus ojos y sintió un escalofrío, era la segunda vez que la tocaba de modo aparentemente inocente. Y su mirada, su postura, parecían querer transmitirle muchos sentimientos, sentimientos que ella no correspondía en absoluto. La apartó como si quemase y Dominic confirmó lo que ya sospechaba: que no tenía la menor posibilidad con la joven enfermera.

Su belleza le había fascinado desde el primer momento en que la vio, pero más aún lo hicieron su entereza, su valor y su forma de enfrentarse a Besnik o a la propia Irina. Sabía que habría tratado de protegerla del mismo modo aunque sus superiores no le hubiesen advertido de que se trataba de la pareja sentimental de un teniente de la marina norteamericana con acceso directo a La Casa Blanca. Julia le fascinaba, le seducía aun sin proponérselo, pero la sabía lejos de su alcance y su reacción acababa de terminar de confirmárselo.

—Ese Parker es un tipo afortunado —sentenció con una sonrisa que estiraba la leve cicatriz de su barbilla—. Solo quiero que sepas que siempre estaré ahí para ti, para lo que necesites —dijo entregándole una tarjeta con sus datos personales. Julia la tomó entre los dedos, observándola con detenimiento mientras el agente de la Interpol se incorporaba de su asiento. También lo hizo ella para despedirle—. Aun a pesar de las terribles circunstancias, ha sido un placer conocerte, Julia Romero. Por favor, despídeme de Candela, dile que ya estoy recuperado de la patada que me dio.

—¿Te dio una patada?

—Con toda su alma —indicó hacia abajo con la mirada—. Cuando traté de sacarlas de la habitación me pateó con todas sus energías porque tú le habías dicho que si alguien trataba de llevársela le golpease con fuerza justo ahí. Y créeme, esa chica tiene futuro como delantera centro.

—Lo siento muchísimo, pero tienes que entender que, dada la situación, era un gran consejo —dijo sin poder contener la risa. Dominic la miró muy serio.

—Es genial que te parezca tan divertido. Casi tengo que abandonar a los *Carabinieri* para unirme a los *Castrati* —añadió, provocando que su risa aumentase—. Ahora en serio, despídeme de Candela y, por favor, guarda mi número.

Dominic se marchó sin mirar atrás, rogando en su interior que aquella no fuese la última vez que la veía.

33

El águila y el halcón

*J*ulia terminó el café y regresó a la habitación. La conversación con Dominic la había turbado. Nunca había percibido su interés hacia ella mientras le creía un esbirro de Irina, era cierto que le había sentido distinto a los demás, menos cruel, menos malvado, pero nunca imaginó que se tratase de un policía encubierto y mucho menos que se sintiera atraído por ella.

Al abrir la puerta pensó haber caído de cabeza en el camarote de los hermanos Marx.

Un grandullón vestido de militar, de piel oscura y cabello azabache, con los ojos almendrados y espalda XXL cargaba a Candela al cuello mientras *relinchaba*, haciendo el caballito por toda la habitación.

Un jovencísimo de cabello rubio rapado y ojos azules fumaba sin reparos apoyado en el marco de la ventana abierta. Mientras otro de unos treinta años, afroamericano, permanecía sentado en el pequeño sofá en el que había dormido Candela, con los pies sobre la tapicería.

Y, por último, alguien a quien sí había reconocido, Halcón. Un joven alto y fornido de piel clara, el paramédico que ayudó a salvar la vida a Austin, que le echaba un pulso, ambos apoyados en la mesita auxiliar.

—¡¿Pero esto qué es?! —protestó en inglés bajando a Candela del cuello del grandullón, posándola en el suelo. Pasando junto al tipo que tenía los pies sobre el sofá, le dio un golpe seco en los zapatos con el puño, le arrebató el cigarrillo al que fumaba en la ventana y lo tiró a través de esta, y se detuvo frente a Austin y su contrincante, observándolos con fiereza.

—¿Qué?

—¡¿Qué?! Me voy dos minutos y conviertes la habitación del hospital en una sala de fiestas.

—No he sido yo, han sido estos chalados que no saben comportarse —se defendió conteniendo a duras penas la risa que se empeñaba en asomar a sus labios.

—Si fuese una sala de fiestas habría *titis* bailando —protestó Halcón, recibiendo un pescozón de su teniente—. ¡Ay!

—Recuerda que estás hablando ante una dama, cazurro.

—Perdón, hacía años que no me topaba con una. Estoy desentrenado.

—Julia, imagino que los viste anoche, aunque con las máscaras sería difícil reconocerlos. Te presento a mi equipo; el caballo de carreras es Gran Oso; Dragón, el flojeras del sofá; Billy, la chimenea humana y, bueno, a Halcón ya le conoces. Chicos, ella es Julia.

—Tú águila —dijo Gran Oso. Su voz era profunda y ruda, como si procediese de un pozo.

—Mi águila —admitió él con una sonrisa.

—Encantada.

—El placer es nuestro, señorita —intervino Dragón, incorporándose del asiento.

—Gracias, gracias a todos por salvarnos.

—Es nuestro trabajo —dijo Halcón en español, tanto él como Gran Oso parecían dominarlo—. Además, si no lo hubiésemos hecho, *Parkur* nos habría cortado las pelotas.

—¡Halcón! —le reprendió el teniente.

—Perdón, los testículos.

—Eres un bocazas.

—¿Por qué? He dicho, testículos. Testículos es una palabra culta, ¿no? —respondió el aludido sin entender el reproche de su superior.

Julia tuvo que contener la risa que le provocaba su expresión de desconcierto. Austin puso los pies en el suelo, incorporándose.

—Teniente, la retaguardia ha quedado desprotegida —advirtió Dragón en inglés, haciendo referencia a su trasero al descubierto.

—Ya lo sé. ¿Gran Oso, trajiste ropa para mí?

—Sí claro —dijo este buscando en una mochila color arena que había en el suelo junto a la puerta.

Entonces sacó un pantalón de camuflaje, una camiseta y una chaqueta militar que dejó a los pies de la cama.

—No pensarás que vas a vestirte.

—No lo pienso, voy a hacerlo. Nos vamos con ellos en el *halo*.

—No, no nos vamos. Mañana por la mañana te hacen una resonancia de la herida para ver cómo está cicatrizando.

—Halcón ha visto la cicatriz y dice que está bien.

—No te ofendas —pidió al mencionado—. Pero ¿es que Halcón tiene rayos equis en los ojos como Supermán? ¿Y si se abre en mitad del vuelo y empiezas a desangrarte de nuevo?

—Volveréis a arreglarlo —respondió sin conceder la menor importancia a esa posibilidad, algo que la enervó.

—Tíos, creo que será mejor que le demos un paseo a la pequeña, así dejamos que se pongan de acuerdo —sugirió Gran Oso a sus compañeros—. ¿Te apetece merendar? ¿Te gustan los bollos de chocolate? —Candela asintió mirándole con los ojos bien abiertos, había pronunciado la palabra mágica: chocolate—. Tengo un paquete en el helicóptero. ¿Quieres?

La pequeña tomó aquella mano gigantesca con total familiaridad y se despidió de ambos agitando la otra. Poco a poco aquellos hombres tan grandes como rudos abandonaron la habitación, cerrando tras de sí.

—Mírala, lo tranquila que se ha ido con... Me cuesta llamar a alguien Gran Oso.

—Su verdadero nombre es Sean, llámale como prefieras —dijo sacándose el camisón por la cabeza, quedando desnudo, de espaldas a ella. Julia contempló la redondez de sus maravillosas nalgas, sus piernas fuertes y bien formadas, su espalda ancha y rotunda. ¿Cómo podía tener un cuerpo tan delicioso?— ¿Decías? —preguntó animándola a continuar, haciéndola tomar conciencia de que se había embobado mirándole.

—Eso, que se ha marchado tan feliz con... Sean, y sin embargo a Demyan le dio una patada en... Olvídalo. No deberías estar vistiéndote.

—¿Prefieres que no lo haga? —preguntó dándose la vuelta, exhibiendo su desnudez sin pudor alguno. ¿Cómo iba a poder concentrarse en acabar una frase con semejante espectáculo? Su sexo, aunque relajado, le parecía de lo más apetecible, y su torso, a pesar de las heridas suturadas que lo salpicaban tras la tortura impartida por Irina, era un deleite para la vista. Se detuvo frente a ella, demasiado cerca—. Tócame.

—¿Qué?

—Tócame. Estamos solos, nadie va a venir a verme y estoy seguro de que mis chicos y Candela nos esperarán en el *halo*.

—Cualquiera puede entrar y... —Parker fue hacia la puerta caminando despacio y la bloqueó con una silla antes de regresar a su lado.

—Ahora nadie podrá entrar. Cierra los ojos y tócame.

—¿Dónde?

—Donde prefieras, la reacción será la misma.

—¿Qué reacción?

—Hazlo y verás.

Julia le obedeció, cerró los ojos y posó una mano en su cuerpo, en su abdomen, sobre los oblicuos, con cuidado, y la otra buscó despacio el camino hasta su cuello, acariciándolo. Austin disfrutó de la maravillosa sensación de observarla sin que lo percibiese, de su leve fruncir de ceño al explorar su cuerpo, de las pequeñas pecas doradas que salpicaban su nariz y de la encantadora curvatura de sus pestañas rubias. Y pensó que era un hombre afortunado, el más afortunado de todos porque aquel ser celestial se hubiese enamorado de él.

—Ábrelos.

—¿Qué pasa? No ha sucedido nada.

—¿Eso crees? Mira hacia abajo. —Le hizo caso, descubriendo cómo una poderosísima erección se interponía entre ambos—. ¿Me crees ahora cuando te digo que me encuentro perfectamente?

Julia echó a reír, y él le borró la risa con un beso. Aquellos labios ardientes le hicieron perder la razón, Austin la llevó caminando de espaldas hasta la cama para sentarla en ella. Enredó las manos en su cabello y descendió por sus hombros y sus pechos, que apretó entre los dedos por encima de la ropa.

—Tu pierna —jadeó sobre su boca.

—Chsss. Olvídate de ella —susurró a su oído.

—No puedo, es peligroso.

—Oh, nena, esto sí que es peligroso —dijo tomando su mano y posándola en su sexo ardiente y aterciopelado.

—Está bien, está bien… Pero déjame hacerlo a mí —pidió tirando de él, provocando que se tumbase sobre la cama y, desvistiéndose, se sentó sobre aquella erección despacio, haciendo que se introdujera en su interior con cuidado, evitando dejar caer su peso sobre sus caderas—. ¿Estás cómodo así?

—Estoy en el cielo.

Julia sonrió, arqueándose en cuclillas y apoyando las manos en la cama, comenzó a moverse, arriba y abajo, permitiendo ese enloquecedor roce, dándole acceso a sus pechos desnudos que se mecían ante su rostro.

Austin levantó las caderas, clavándose hondo en su ser.

—Estate quieto, no te muevas o pararé.

—No pares, por lo que más quieras, ni se te ocurra parar ahora.

—Pues obedéceme.

—Lo haré, claro que lo haré —dijo dejándose caer de nuevo sobre el colchón, permitiendo que fuese ella quien tomase el control.

Ver cómo se movía, cómo le entregaba sus pechos, cómo se posaba sobre su erección una y otra vez, impidiéndole que se moviese, regalándole aquel placer cuidadoso e intenso iba a volverle loco.

Que tomara una de sus manos, apartándola de los pezones que pellizcaba y acariciaba, erectos y duros, y la llevara a su boca, lamiéndole los dedos, presionándolos entre los labios y la lengua como si de otra parte de su anatomía se tratase, le desató.

Sin poder aguantarse más, la agarró de las caderas y emprendió sus fieras embestidas dispuesto a arrancarle el mayor orgasmo de su vida. Julia trató de refrenarle, preocupada por la integridad de su pierna, pero el placer que estaba provocándole cegó sus sentidos y se dejó hacer, disfrutando, dejándose llevar, hasta que sintió estremecer por una oleada de sensaciones que fluía desde el lugar más recóndito de su cuerpo.

Después de amarse reposaron en la cama, desnudos, recuperándose del derroche de pasión. Ella se acomodó a su lado, acariciando el vello dorado de su pecho con cuidado de no rozar ninguna de sus heridas y observó cómo su sexo se relajaba despacio, le pareció un espectáculo mirífico. Su cuerpo parecía esculpido para el placer. Le gustaba todo de él, todo. No había sido capaz de hallarle un solo defecto, a excepción de su cabezonería, y esto había sido una novedad en su vida.

Mientras Rubén ocupó su corazón, ninguno de los hombres que se habían acercado con intención de conquistarla habían conseguido capturar su atención lo más mínimo. Berta incluso se burlaba de ella, llamándola «doña Remilgos», por hallar los defectos más nimios a cuanto varón trataba de cortejarla: unos tenían las orejas grandes, otros demasiado pequeñas, los había habido con un ojo más alto que el otro y también con el mentón con forma de trasero. Eso en cuanto al físico, con respecto al interior, los hubo demasiado pijos, y también brutos como arados, demasiado listos o con una risa insoportable. Todos, absolutamente todos, tenían algún *pero* insalvable para ella. Hasta que apareció Austin Parker. El SEAL había entrado en su vida por la puerta grande, expulsando al joven médico de su corazón de una patada en el culo, para siempre.

—¿*E*n qué piensas? —preguntó, alzándole la barbilla con los dedos para mirarla a los ojos.

—En cómo era mi vida antes de conocerte.

—Lo siento, siento tanto haber irrumpido así...

—No lo sientas, en absoluto. Mi vida era un asco. Estaba enamorada de un imbécil, vivía dejando pasar los días con la única esperanza de que se decidiese a estar conmigo ante los ojos del mundo. Y, sin embargo, contigo he aprendido... —Se detuvo un instante dejando las palabras en el aire.

—Acaba la frase.

—Es que no quiero asustarte.

—¿Asustarme? ¿Me has visto bien? No creo que puedas asustarme con palabras.

—He aprendido que nunca me había enamorado de verdad hasta que te conocí. Tú me has enseñado que amar es estar dispuesto a arriesgarlo todo por otra persona y dejarse la piel en el intento.

—Yo tampoco había sentido algo así por nadie y, créeme, ha sido difícil admitirlo y reconocerme a mí mismo en esta nueva faceta que jamás pensé que pudiese llegar a tener —confesó.

—¿Qué faceta?

—La de hombre enamorado, muy enamorado.

Nunca se cansaría de oírle decir que la amaba, ni aunque pasasen cien años. Estaba segura de que su corazón continuaría acelerándose, su piel erizándose, y que seguiría sintiéndose la mujer más dichosa de la Tierra porque, teniéndole a él, tendría todo lo que necesitaba para ser feliz. Le besó con devoción, disfrutando con el roce de la barba dorada sobre sus labios. Él le acarició el dorso de la nariz con suavidad.

—¿Sabes? Ayer cuando tú y yo… en el Castillo Negro.

—¿Cuando me hiciste el amor ante aquellos animales?

—Sí. Temí que nunca más volviese a ser igual entre nosotros. Me horrorizaba que a raíz de eso no pudieses mirarme a la cara. Que no pudiésemos volver a estar así, a disfrutar así.

—Cuando cerré los ojos tan solo tú permaneciste conmigo en esa habitación, y me sentí bendecida de que fueses tú, la persona a la que amo, quien me besase, quien me tomase. Entiendo que tuvieses miedo porque las circunstancias eran terribles, pero me corrí Austin, estoy segura de que lo sentiste y, llámame loca, pero fue uno de los mejores orgasmos de mi vida.

—También para mí. Debemos estar un poco zumbados, ¿no crees?

—¿Solo un poco? —dudó hundiendo el rostro en su cuello, le besó en la garganta—. Los SEALs debéis ser como los toreros.

—¿Lo dices por el tamaño del *paquete*? —se burló, a lo que ella respondió pellizcándole bajo el ombligo—. ¡Ay!

—Me refiero a lo rápido que sanan tus heridas, *listillo*.

—Somos tipos duros, los más duros. Los más resistentes entre los resistentes, un hombre entre mil.

—Y sin embargo parecen, parecéis tan normales.

—¡Lo somos! Billy se ha divorciado dos veces y tiene una niña pequeña de cuatro años. Halcón estuvo trabajando en un gran hospital antes de alistarse, nunca se ha casado y asegura que no tendrá hijos hasta que se retire. Gran Oso también está divorciado, aunque no tiene hijos, su sueño es montar un rancho y dedicarse a criar ganado. De Dragón sé poco, acaba de entrar al equipo, solo que también está divorciado y perteneció a los Delta Force antes de entrar a los SEALs.

—¿Todos están divorciados?

—Es muy difícil que una relación sobreviva a nuestro trabajo. Pasamos muchos meses fuera, demasiadas ausencias, es complicado esperar a alguien que no sabes si regresará. En el caso de Gran Oso fue él quien dejó a su esposa porque pensaba que merecía una vida mejor de la que él podía ofrecerle.

—Vaya, es muy triste.

—Lo es.

—¿A qué se refería él, Gran… Sean, cuando dijo que soy tu águila?

—Gran Oso es cincuenta por ciento *sioux,* cincuenta por ciento *cherokee,* su padre es el jefe de lo que queda de su tribu en la reserva de Sisseton Wahpeton Oyate, y su madre es hija de uno de los jefes *cherokees* de la reserva de las Smokey Mountains. Se refiere a una antigua leyenda *sioux* sobre el amor.

—¿Qué leyenda?

—La del águila y el halcón. —Julia le miró con ojos embelesados—. Oh, vamos, ¿en serio quieres que te la cuente ahora? Nena, por favor, no me gusta contar historias… —Ella pestañeó dos veces con coquetería y Austin resignado tomó aire antes de empezar su relato—. Dice la leyenda que una vez se acercaron a la tienda del viejo chamán de la tribu un joven y valiente guerrero llamado Toro Bravo y Nube Alta, la hermosa hija del jefe de la tribu, cogidos de la mano. Los dos jóvenes dijeron al chamán que se amaban, que estaban muy enamorados y se iban a casar, pero tenían miedo. Querían que el viejo chamán vertiese un conjuro sobre ambos para que su amor jamás acabase. El chamán, un hombre muy sabio, dijo a ambos que esa era una labor muy complicada, pero ellos estaban dispuestos a todo, así que pidió a Nube Alta que escalase el monte al norte de la aldea, sin más ayuda que sus manos, y atrapase allí al halcón más hermoso de todos, llevándolo con vida, intacto, al poblado. A Toro Bravo le pidió que escalase la Montaña del Trueno y cuando llegase a la cima, atrapase la más bravía de las águilas solo con sus manos y la llevase sin heridas ante él el mismo día en que Nube Alta trajese su halcón. —Julia le oía extasiada, acababa de descubrir una nueva faceta del hombre al que amaba, la de un excelente contador de leyendas—. Ambos jóvenes marcharon y regresaron el día indicado frente a la tienda del chamán. El anciano les pidió que sacaran las aves de la bolsa. «¿Volaban alto?» les preguntó. «Sí, sin duda» Respondieron. «¿Y ahora qué hacemos?, ¿los matamos y bebemos su sangre?, ¿los cocinamos y comemos su carne?» «No, atadlas entre sí por las patas con estas tiras de cuero, soltadlas y que vuelen libres.» Los jóvenes hicieron lo que les había pedido, pero cuando liberaron las aves, estas solo consiguieron revolcarse en el suelo. Unos instantes después, irritadas por la incapacidad, arremetieron a picotazos entre sí hasta herirse. Entonces el viejo chamán con voz dulce dijo a los jóvenes: «Nunca olvidéis lo que habéis visto. Vosotros sois como el Águila y el Halcón, si os atáis el uno al otro, aunque lo hagáis por amor, no solo viviréis arrastrándoos, sino que además, tarde o temprano, empezaréis a lastimaros el uno al otro. Si queréis que el amor perdure, volad juntos, pero jamás atados por miedo a perderos. Si el amor es verdadero se torna eterno e infinito sin promesa, porque ya el amor en sí es una promesa de vida.» Fin de la historia.

—Es una leyenda preciosa.

—Los *sioux* eran unos grandes filósofos.

—Y él, Gran Oso piensa que soy tu…

—Mi águila, sí. Le he hablado de ti, de lo que me haces sentir, del miedo que me produce lo que has despertado en mí, de los celos que me atenazan con solo pensar que puedas amar a otro —relató recorriendo su antebrazo con el dedo, deteniéndose en su hombro, realizando lentos surcos sobre su piel, provocando que se le erizase y que sus pezones se erigiesen desafiantes de nuevo.

—No temas eso, Austin. En mi corazón solo hay espacio para ti.

—¿Estás segura?

—Al doscientos por ciento.

—Tampoco en el mío lo hay para nadie más porque sé que tú y solo tú eres mi águila y estamos destinados a volar juntos para siempre. —Julia sonrió cautivada por sus palabras, ¿cómo podía caber tanta dulzura en un solo hombre?, ¿en un hombre tan duro y fiero con un AK47 en la mano, como sensible y apasionado con ella entre sus brazos?

Le besó disfrutando del eléctrico cosquilleo que despertaba bajo su ombligo con aquellos besos largos e insaciables que sabían a paraíso. Cuando se apartó de sus labios y le miró, Austin enarcó una ceja, instándola a que mirase su sexo, que de nuevo volvía a mostrarse enhiesto, desafiante.

—¿Otra vez? Parecemos dos adolescentes. Yo tiemblo de deseo con cada palabra que me susurras al oído, y tú te pasas más tiempo con la sangre concentrada ahí que en la cabeza —bromeó haciéndole reír.

—Creo que tengo derecho a sentirme como un adolescente, al menos por una vez en mi vida. Y en este preciso momento, vas a perdonar mi sinceridad, pero solo pienso en follarte una y otra vez —admitió besándola bajo la oreja dispuesto a iniciar el segundo asalto, y Julia sintió cómo se derretía de deseo.

Pero entonces un ruido en la puerta los interrumpió, alguien trataba de entrar en la habitación forzando la silla que la obstruía. Oyeron voces, la de Gran Oso y la de Candela, aunque no podían entender qué decían.

Julia se tapó con la sábana y recogiendo su ropa del suelo a toda velocidad se metió en el baño, justo antes de que la puerta se abriese de par en par de un empujón del heredero *sioux*.

A Austin no le quedó otra que utilizar la almohada para ocultar su desnudez, sabiéndose menos rápido para tomar la ropa del suelo y cubrirse, dadas las limitaciones a causa de su lesión.

Gran Oso y la pequeña entraron a la habitación. El SEAL los saludó meciendo una mano mientras con la otra sostenía la almohada que ocultaba su deseo.

—Joder, Parkur —exclamó el grandullón sorprendido, tapando los ojos a la niña con sus manazas que le cubrían prácticamente la totalidad de la cara.

—¿Por qué estás desnudo? —preguntó Candela de inmediato, sin pasar por alto que acababa de ver a su ángel cubierto solo por una almohada.

—Porque me estoy cambiando de ropa —respondió este incorporándose para recuperar las prendas del suelo. Se cubrió con ellas y solo entonces Gran Oso liberó la mirada inocente de la pequeña a la vez que Julia abandonaba el baño reajustándose la sudadera.

—¡Julia! ¡Gran Oso me ha invitado a magdalenas y dice que un día me va a llevar en el helicóptero a su casa porque su madre las hace de arándanos!

—No sé decirle que no, tu chica me ha conquistado —dijo el aludido a Austin.

Julia entre risas caminó hasta la pequeña y le limpió una mancha de chocolate de la barbilla con el dedo.

Gran Oso observó con deleite cómo su teniente las contemplaba absorto, estaba mucho más enamorado de ella, de ellas, de lo que sería capaz de admitir. Austin le descubrió observándole y recuperó de inmediato el rictus serio y formal que tan bien conocía.

—Parkur, el piloto acaba de decirme que ha visto a Dominic Lomazzi salir por la puerta principal del hospital —le informó en su lengua materna.

—¿Lomazzi? ¿Qué hace ese tipo aquí?

—Vino a verme a mí —intervino Julia—. Quería hablar conmigo.

—¿Contigo? ¿Sobre qué?

—En realidad no lo sé. Parece sentirse culpable por no haber hecho más por nosotras y quiso explicarme sus motivos. Además, me contó que Farah y Christine han regresado a casa.

—¿Y para eso ha venido hasta aquí?

—¿Ya no las veré más? ¿No volveré a ver a Christine ni a Farah? —preguntó Candela que los escuchaba con atención, haciendo pucheros.

— Sí, claro que las verás, cariño, pero ahora necesitan estar con su mamá.

—¿Su mamá no se ha ido al cielo? —Las lágrimas afloraron y recorrieron sus mejillas, encendiéndolas. Julia la tomó en brazos y se sentó en el sofá, abrazándola, acariciándola, tratando de darle consuelo. Mientras, Austin sentía que el corazón se le partía en dos al ver llorar a su pequeña de ese modo.

34

Un ángel y una princesa

*E*l sonido de los rotores del helicóptero era ensordecedor, la vez anterior no lo había percibido, quizá porque todos sus sentidos estaban concentrados en parar la hemorragia que amenazaba la vida del hombre al que amaba.

Iniciaban un viaje que los llevaría de vuelta a casa poniendo fin a aquella pesadilla, sentada en la parte posterior con Candela a su lado y Austin frente a ambas.

El resto de SEALs se habían sentado en la parte más cercana a la cabina de control, concediéndoles una mayor intimidad.

—Nos detendremos en la base de Ramstein, en Alemania, y después continuaremos hasta Rota, donde aterrizaremos en torno a las cuatro de la mañana —le había advertido Austin al subir al aparato, agrio, como si se hubiese tomado un litro de zumo de limón concentrado.

Desde su última conversación en la habitación se había mostrado distante, parecía molesto por algo que no se atrevía a decirle. Julia imaginaba a qué podía deberse, pero la imposibilidad de hablar entre ellos sin hacerlo a gritos o utilizando los cascos, con lo cual el resto de la tripulación podría oírlos, hizo que pasase el vuelo en silencio, apoyada contra el fuselaje con los ojos cerrados.

La despertó el impacto de las patas al posarse en el suelo durante el aterrizaje, comprobando con cuidado que Candela también se había dormido, descansando sobre su regazo.

Parker, que durante su sueño se había desplazado hasta donde permanecían sus compañeros, regresó a su lado mientras estos abandonaban el aparato para estirar las piernas, incluido el piloto, iluminados por las potentes luces de la base aérea.

Estaba muy atractivo vestido con su ropa militar, aquel uniforme se ajustaba tanto a sus curvas rudas y fuertes, a sus hombros de armario empotrado y a sus brazos de leñador, que debió contener el impulso de arrojársele encima, besarle y suplicarle que volviese a amarla de nuevo.

—El camión cisterna tardará unos veinte minutos en llenar el depósito. Si necesitas ir al baño es el momento.

Julia liberó sus cinturones, y haciéndose a un lado permitió que la cabecita dorada de Candela reposase sobre el asiento y se situó frente a él.

—¿Qué te pasa? ¿Por qué estás enfadado?

—No estoy enfadado.

—No mientas. Es por la visita de Dominic, ¿verdad? —Austin torció el gesto, desviando la mirada, incapaz de disimular la rabia que le producía oírla pronunciar su nombre siquiera—. Dime, ¿qué te pasa?

—No me gusta que ese tipo haya venido a verte.

—¿Por qué? Solo estuvimos tomando un café.

—¿Estuvisteis tomando café? No mencionaste nada de *cafés*.

—¿Es que tiene algo de malo? ¿Estás celoso?

—¿Qué? Ni hablar.

—Mucha leyenda del águila y del amor que no necesita ataduras, pero te pones celoso como un niño pequeño porque otro hombre se interese por mí.

—¿Te ha dicho él que está interesado en ti? —preguntó dispuesto a ir en su busca y arrancarle la cabeza con sus propias manos.

—No ha hecho falta que lo exprese con palabras. Me lo dejó muy claro con un beso apasionado. —Las venas de su cuello se convitieron en dos autovías.

—Voy a matar a ese desgraciado —afirmó rojo de ira, poniéndose en pie dispuesto a cumplir su amenaza. Entonces ella rompió a reír a carcajadas—. ¿Te burlas de mí? ¿Es eso? ¿Estás burlándote de mí?

—Mírate, estás muerto de celos. Es mentira, no me ha besado, ni yo lo habría permitido. Porque, ¿sabes algo?, no me importa. No me importa que esté interesado en mí, ni él ni cualquier otro, porque a mí solo me interesas tú —confesó envolviéndole con sus brazos, enterrando el rostro en su pecho, besándole por encima de la camiseta que lo cubría—. Tú y solo tú.

Estaba enfadado, muy enfadado. No con ella, por supuesto, sino con aquel tipo que había osado ir a buscarla, con aquel tipo que no le había quitado los ojos de encima cada minuto que estuvo en su presencia en el Castillo Negro. Él sabía leer los ojos de los hombres, su vida había dependido de ello en demasiadas ocasiones, y aquel agente de la Interpol estaba demasiado interesado en su chica.

Durante el escaso segundo en el que creyó que la había besado, tuvo tiempo de planear una muerte lenta y dolorosa para el italiano. Esperaba no volver a verle en toda su vida, porque en su interior también le culpaba de no haberlas sacado de allí antes, de no haber evitado que padeciesen hambre y necesidad durante aquellos días terroríficos.

Pero los besos de Julia recorriendo su cuello, subida a uno de los asientos para ponerse a su altura, unidos a sus palabras, a su declaración decidida y sin reservas, provocaron que se calmase. La besó apasionado, y la mordió en la barbilla y en la garganta, sabiendo cómo esto le erizaba la piel.

—Te quiero en mi vida, cada día, siempre, quiero que estés a mi lado. Sé que un hombre como yo solo puede ofrecerte una vida complicada, pero soy tan egoísta que ansío que la compartas conmigo. No quiero ir despacio, no quiero ir paso a paso, quiero que vengas a Estados Unidos conmigo. Quiero que empecemos una nueva vida juntos.

—Guau… Ese es… es un paso demasiado grande.

—¿Eso es un no?

—No. Quiero decir, no lo sé. No es un no, es un sí, creo. Tengo que hablar con mi hermano, y con Berta, explicarles lo que siento, lo que sentimos, porque les va a parecer una auténtica locura. Pero sí, quiero intentarlo, sé que será complicado, pero quiero estar contigo. Además, jamás podría haber imaginado que en estos días cogería tanto cariño a Candela, necesita mucho amor…, pero sabremos hacerlo, sabremos hacerla la niña más feliz del mundo.

—Un momento, Julia, no voy a quedarme con Candela —afirmó muy serio, tajante. Aquella revelación la dejó sin palabras, inmóvil, incapaz de dar crédito a lo que acababa de oír.

—¿Cómo que no vas a quedarte con Candela?

—Mírame, mira a tu alrededor —dijo indicándose a sí mismo, a todo el ambiente militar que los rodeaba—. Este es mi día a día, me paso la vida entre misión y misión, con la muerte cargada a la espalda como un accesorio más. ¿Crees que es lo ideal para una niña, tener un padre ausente que no sabe si regresará a su lado? No puedo ofrecerle la vida que se merece. Ella se merece la mejor familia de todas, un padre que la recoja de la escuela, que vaya a verla a las funciones del colegio y esté a su lado para soplarle las rozaduras de las rodillas. Eso conmigo jamás lo tendría y yo quiero que sea feliz, la más feliz de las niñas —dijo con la voz quebrada por la emoción. Dos lágrimas rodaron veloces por sus mejillas que se apresuró a limpiar, borrando todo rastro de que una vez estuvieron justo ahí, demostrando que no estaba hecho de hierro como pretendía hacer creer al mundo.

—¿Vas a entregarla en adopción? ¿Después de todo lo que hemos pasado? —preguntó sintiendo cómo aquellas palabras se habían clavado muy hondo en su pecho, y dolían, dolían como jamás pensó que pudiesen hacerlo.

—No. Claro que no, nunca haría algo así. Mi hermano Christian y su mujer la adoptarán, ya lo han hecho genial con mis dos sobrinos y yo quiero eso para Candela.

—¿Quieres eso para Candela? ¿Entregarla a una pareja a la que no conoce de nada solo porque lo hicieron bien una vez? Esa niña necesita a su padre, te necesita a ti.

—Yo seré el tío Austin, la cuidaré, formaré parte de su vida.

—¿El tío Austin? Sé que quieres lo mejor para tu hija, pero lo mejor para ella eres tú. Nadie podrá quererla como tú, nadie la mirará con el mismo amor que tú, nadie la protegerá como tú. Porque tú eres su padre.

—¿Tú eres mi papá? —preguntó la pequeña con la voz templada por el sueño del que acababa de despertar con la discusión. Ambos la miraron como si acabasen de descubrir que estaba allí.

Parker no supo qué responder, se hallaba ante una de las situaciones más complejas de su vida. Abandonó la aeronave sin decir una palabra. Necesitaba pensar, necesitaba aclarar sus ideas, y sobre todo necesitaba tiempo para decidir qué debía responder a la pequeña hermosura que le había mirado con una mezcla de sorpresa e ilusión en los ojos.

—¿Él es mi padre, Julia? ¿Soy hija de un ángel?

Tomó asiento a su lado y cogió su manita, entrelazando sus dedos.

—Candela, eso es algo que tiene que explicarte él. Solo puedo decirte que a partir de ahora vas a tener una nueva vida, una vida maravillosa.

—Pero ¿es mi papá? ¿Él y mi mamá se dieron «un beso de amor»? La *abu* Manuela dice que si te das un beso de amor te sale un nene en la barriga.

—Pronto estaba aleccionándote tu *abu* Manuela sobre los peligros de besar chicos —chistó Julia entre risas—. Cuando Austin vuelva y se sienta preparado para hablar de eso contigo, te lo explicará todo, te lo prometo.

—Pues yo quiero que sea mi papá porque tenemos los ojos iguales y somos rubios.

—Una buena razón como otra cualquiera.

—Y quiero tener un hermanito que se llame Brandon.

—¿Por qué Brandon?

—Por el hermano de Mickey de *Los Goonies*, mi peli favorita.

—¿*Los Goonies* es tu peli favorita? Pero si es más antigua que el arte rupestre.

—Denis y Noa, los que me cuidaban, tenían un DVD en su casa que les regalaron con el periódico, y la he visto muchas veces. No tendré que volver con Denis y Noa, ¿verdad? —preguntó disgustada al pensar en ellos.

—No, claro que no, no tendrás que volver a verlos nunca. ¿Es que te trataban mal?

—No me pegaban ni me gritaban, pero no me querían, decían que yo era un problema. No quiero ser más «un problema».

—Candi, tú no eres ningún problema, eres maravillosa, eres la mejor niña del mundo, la más guapa y la más buena.

—¿De verdad?

—De verdad —respondió Parker regresando al interior del helicóptero, había oído gran parte de la conversación—. ¿Podemos hablar un momento, Candela?

—Os dejo solos.

—No hace falta.

—Pienso que sí —dijo incorporándose y abandonó el aparato, una ráfaga de viento le enmarañó el cabello sobre el rostro. Quería saber cuál sería la respuesta de Austin a la pregunta de Candi, pero a la vez la temía. Por eso había decidido ofrecerles intimidad. Caminó por la pista de aterrizaje, observando el quehacer de los operarios del gran camión cisterna que había comenzado a repostar de combustible al Black Hawk.

Refrescaba a aquellas horas de la noche. A lo lejos veía las luces encendidas de la torre de control, unos focos deslumbrantes apuntaban a la pista de aterrizaje, y desde su posición podía vislumbrar un hangar abierto con varios helicópteros militares en su interior. Caminó un buen rato por la pista sin rumbo, tratando de hacer tiempo para permitirles conversar en paz.

Oyó voces y al girarse descubrió que los compañeros de Austin caminaban de regreso hacia la aeronave. Bromeaban entre ellos, la camaradería era evidente, así como la complicidad y el cariño que se profesaban. Eran como una familia. Eran su familia. Resultaba lógico que los apreciase tanto, que les confiase su propia vida. Sabía que aquellos hombres morirían por él, como él lo haría por ellos, y se sintió orgullosa de sus convicciones, de su valor y de su sentido de la responsabilidad. En un mundo corrompido como el que acababa de descubrir, de sufrir en sus propias carnes, que todavía hubiese hombres dispuestos a entregar su vida por los demás era una luz de esperanza.

—¿Sucede algo? —le preguntó Gran Oso en español, al alcanzarla.

—No, solo salí a tomar el aire —respondió en inglés para que todos pudiesen entenderla.

—¿Parkur está dentro?

—Sí, está dentro. ¿Por qué le llamáis Parkur?

—Porque es como el puto hombre araña —respondió Billy, recibiendo una colleja de Gran Oso—. ¿Qué he dicho ahora?

—No blasfemes ante la señorita. Parkour es el arte del desplazamiento, de subir por las paredes, por los edificios, usando las habilidades del propio cuerpo, y en eso no hay otro como él, el teniente es capaz de escalar la Torre Eiffel sin ninguna ayuda. Le he visto saltar de un edificio a otro, a más de veinte metros de altura, sosteniéndose solo con sus manos y con todo el equipo a la espalda.

—Vaya. —Solo de imaginarlo se estremeció.

—Es un gran tipo —apuntó Halcón.

—Es el mejor tío que he conocido en mi vida, aunque levantase la corteza de la tierra no encontraría otro igual, y es la primera vez que me ha hablado de una mujer. Merece ser feliz —sentenció Gran Oso. Julia sonrió, parecía la típica conversación de chicas cuando rodean al ligue de su amiga para advertirle de que debe tratarla bien, solo que con los papeles invertidos.

—Intentaré que lo sea, cada día.

—Vamos, en menos de cuatro horas estaremos en España —dijo con una sonrisa con la que parecía concederles su bendición.

Alcanzaron el helicóptero cuando los operarios desconectaban el surtidor del camión cisterna. Austin permanecía en su interior, sentado junto a Candela. La pequeña asentía con una sonrisa y le miraba embelesada. ¿Qué le habría dicho? ¿Se habría arrepentido de sus palabras?

—¡Julia, ven! Mi áng… Austin —corrigió con una sonrisa—, ha dicho que voy a tener una nueva casa y dos hermanos mayores, y que la *abu* Manuela vivirá con nosotros.

Sus sospechas se confirmaban, continuaba con la intención de entregarla a su hermano mayor.

—¿Es que has hablado con Manuela?

—Todavía no, pero voy a ofrecerle una vivienda justo frente a la casa de mi hermano, que alquilaré y de la que me haré cargo, como de todos sus gastos y costes médicos, si acepta trasladarse a Atlanta para estar cerca de Candela. —Su arrojo por hacerla feliz la enterneció, pero a la vez la hacía sentir furiosa por no ser capaz de emplearlo en tomar las riendas y enfrentarse a la nueva vida que se le ofrecía ante los ojos. Merecía ser feliz, como había dicho Gran Oso, claro que lo merecía, pero él mismo era el primero que debía permitírselo.

*P*asaban un par de minutos de las cuatro y diez de la mañana cuando el Black Hawk aterrizaba de nuevo, en esta ocasión en la base naval de Rota, Cádiz.

Durante el vuelo no habían vuelto a cruzar una sola palabra. Candela se había dormido de nuevo y ella la sostenía en brazos, sujetas ambas por el mismo cinturón de seguridad.

Una vez que el motor estuvo apagado, mientras las hélices dejaban de girar poco a poco, los hombres abrieron la puerta lateral para descender.

—Deja que la coja, debes estar muy cansada —pidió. Julia le miró a los ojos sin disimular lo disgustada que aún estaba con él, pero le permitió que la tomase entre sus brazos. Descendieron de la aeronave y caminaron hasta una furgoneta blanca que permanecía aguardándolos con las luces encendidas.

Parker se sentó en la parte trasera con la pequeña descansando sobre su hombro izquierdo y ella tomó asiento a su lado. El resto del equipo ocupó los asientos de la filas anteriores.

—¿Qué piensas hacer con ella? ¿Cuándo os marcháis?

—Mañana iré a ver a su abuela. Hablaré con ella, le contaré lo sucedido con Alejandra y lo difícil que ha sido rescatar a Candela. Después la llevaré a verla, hablaré con la señora Manuela y le ofreceré lo que sea necesario para que acepte venir con nosotros. No quiero que Candela sufra una sola pérdida más, quiero que sea feliz, la niña más feliz del mundo. Espero que diga que sí. Si tanto la quiere, no podrá negarse. Mi hermano está encargándose del papeleo para que pueda llevármela legalmente cuanto antes a casa. A su nueva casa.

—¿Cuándo?

—No lo sé, en unos días. Va a ser muy feliz con su nueva familia.

—Sé que quieres lo mejor para ella, pero continúo pensando que vas a cometer un error que después no tendrá vuelta atrás. Tú no eres su tío...

—Por favor, no insistas. Perdóname que sea así de franco, pero en este tema tu opinión no cuenta. Voy a hacer lo que yo, y solo yo, considere que es mejor para ella.

—Gracias. Muchas gracias, pensé que querías que intentásemos algo juntos, pero creo que jamás podría estar con alguien para quien mi opinión no cuenta.

—No des la vuelta a las cosas.

—No les doy ninguna vuelta. Eres tú el que no paras de dar vueltas a algo que tendría una sencilla solución —le espetó ofendida.

—¡No la tendría, Julia!, *Fuck*! No hay nada sencillo en mi vida, nada.

—Yo te ayudaría.

—¿Es que crees que no quiero quedármela? ¿Qué no me gustaría verla crecer cada día?

—Eso parece.

—Pues te equivocas. Te equivocas por completo. —Se tomó un segundo para calmarse, tomando conciencia de lo exaltado que estaba, del modo en el que le había hablado—. Perdóname, Julia, por favor. Perdóname por decir que tu opinión no cuenta, claro que cuenta, tu opinión es muy importante para mí, pero no puedes hacerte a la idea de lo difícil que es mi vida, ya me parece suficiente egoísta pedirte que vengas conmigo, a pesar de que me asusta, de que me aterroriza que no seas feliz. Pero tú eres adulta y puedes echarte atrás, puedes elegir si quieres continuar a mi lado. Candela no podría hacerlo. —Julia descendió la mirada, ¿cómo podría hacerle entender que estaba a punto de cometer un error irremediable? Que Candela le necesitaba a él, que le adoraba, y que jamás encontraría un padre mejor. Pero en ese momento no le haría entrar en razón—. Tu hermano está esperándote en la base —dijo cambiando de tema.

—¿Qué? —preguntó y sus ojos se abrieron como platos.

—Le llamé cuando nos detuvimos en Ramstein y dijo que vendría a recogerte para llevarte a casa.

—Gracias.

—No hay de qué —respondió mientras apartaba un mechón de cabello de Candela que con el agitar del vehículo le había caído sobre la naricilla respingona. Julia observó el cuidado con el que lo hacía, acariciando su mejilla con dulzura. ¿Cómo podía ser tan cabezota? Él sería un padre maravilloso, sería perfecto, lo sabía, solo quedaba que se diese cuenta de una vez.

—¿Has sabido algo más de Dardan Sokolov? —preguntó de improviso capturando su atención. Parker no había vuelto a pensar en aquel desgraciado desde que ambas estuvieron a salvo, lo que había sido su única prioridad.

—No. Al parecer está desaparecido. Se esconderá bien durante un tiempo y después tratará de reorganizar su imperio, imagino. La Interpol se encargará de él y tarde o temprano le atraparán, estoy seguro. Ese desgraciado acabará entre rejas o muerto.

—Ojalá sea así.

El vehículo se detuvo, habían llegado a su destino. Descendieron y caminaron hacia un edificio. Halcón fue el primero en abrir la puerta metálica, se adentró en él, seguido de sus compañeros, y accedieron a un amplio recibidor. Austin y Julia también lo hicieron, este cargando a la pequeña en brazos.

—¡Julia! ¡Julia! —Oyó la voz de Berta gritando su nombre, miró hacia la derecha y los vio. Ella y su hermano corrían en su dirección desde el ala derecha de la sala.

Los alcanzó, estrellándose con ambos en un impetuoso abrazo. Las emociones contenidas dieron paso a las lágrimas, Berta lloraba a mares y Hugo la estrechó con tanta fuerza contra su pecho que acabaría por provocarle un exoftalmo si su abrazo se prolongaba más tiempo.

—Hermanito, relaja que me vas a matar —pidió, y entonces pareció tomar conciencia de la energía con la que la sostenía y la liberó.

—Dios mío, no puedo creer que estés aquí —dijo besándola en la mejilla, rodeándola de nuevo, como si necesitase tocarla para saberla a salvo.

—Estás más delgada —percibió Berta de inmediato.

—¿Te han hecho daño? Dime la verdad.

—No, al menos físico, Hugo. Lo hubieran hecho, mucho, si Austin no nos hubiese liberado.

—¿Os?

—Sí, a mí y a la pequeña que lleva en brazos, es su hija —apuntó volviéndose hacia, que permanecía inmóvil, con el rostro de la niña descansando en su cuello, profundamente dormida.

—Qué bonita es —dijo Berta.

—Por dentro lo es incluso más.

—Gracias por devolverme a mi hermana —dijo Hugo caminando hasta él, tendiéndole la mano. Parker, acomodando a Candela para liberar su mano derecha, la estrechó.

Berta volvía a besarla y abrazarla, como si temiese que fuese a esfumarse como un sueño.

—¿Quiénes son esos tipos? —preguntó refiriéndose a los hombres que esperaban con las mochilas en el suelo a que su teniente se uniese a ellos para marchar hacia las dependencias interiores de la base.

—Son miembros de su equipo. Ellos nos rescataron.

—Vaya, están como quesos de bola, mira qué espaldas, qué brazos, qué… Pero vamos, que para mí como tu hermano ninguno —dijo al percibir que Hugo las alcanzaba.

—Ya, ya, no disimules, te he oído.

—¿Volvéis a estar juntos? —La sonrisa de ambos fue toda una confirmación sin palabras.

—Bueno, ¿nos vamos a casa de una vez? Tengo el coche en la puerta.

—Supongo que sí —dudó. Se sentía feliz por ver a su hermano y a su mejor amiga, por saberse a salvo y de regreso en su país, pero no deseaba apartarse de Austin ni de Candela. En absoluto—. Esperad un momento.

Caminó hasta ellos.

—¿Vais a dormir aquí?

—Sí, dormiremos en el destacamento. Son las cuatro de la mañana, Candi está dormida y mañana en cuanto despierte la llevaré a ver a su abuela.

—¿Y si me echa de menos?

—Te llamaré por teléfono o por videollamada —respondió con una sonrisa, enternecido por su preocupación por la pequeña. Entonces se acercó a ellos aún más y forzándole a que se agachase besó la mejilla de Candela con dulzura. Se apartó de ella con los ojos llenos de lágrimas—. Eh, tranquila, sabes que la cuidaré bien.

—Lo sé, lo sé. Y cuídate también tú esa pierna, no hagas esfuerzos.

—No los haré.

—Y que los médicos te revisen la operación.

—Lo haré.

—Y ten mucho cuidado… —Austin la agarró de la nuca, llevándola hasta sus labios y la besó, apretándola con suavidad contra el cuerpo cálido de Candela, que quedó convertida en un sándwich entre ambos. La pequeña se agitó un poco entre sueños, provocando el fin del beso antes de lo que ambos deseaban.

—Te llamaré en cuanto hable con la señora Manuela. Cuídate, come y sobre todo descansa. No te preocupes por mí, por nosotros, estaremos bien.

—Esperaré esa llamada —afirmó apartándose de ambos, no sin antes dar un nuevo beso a Candela, en la espalda, y se marchó.

*A*manecía cuando Julia se metió en la cama, en su cama, entre sus sábanas, y se durmió no sin antes dedicar su último pensamiento a la pareja que había dejado atrás en la base militar de Rota: un ángel y una pequeña princesa que le habían robado el corazón.

35

Vuelve a casa

*C*uando despertó lo hizo sobresaltada, buscando a Candela a su lado entre las sábanas, con el corazón latiéndole en la garganta ante el temor de que Dardan se la hubiese llevado, pero entonces recordó que estaba en casa, a salvo, y contempló con la respiración aún acelerada su habitación.

La luz del sol se colaba poderosa por las cortinas translúcidas, emitiendo destellos anaranjados por todo el derredor. Miró el reloj electrónico de su mesita de noche, marcaba las tres de la tarde. Bajó de la cama y, sin poder contenerse, rompió a llorar.

Se arrodilló en el suelo hecha un ovillo, rodeando los muslos con las manos, y liberó toda la tensión, todo el miedo que había sentido a lo largo de aquella semana, mientras permanecía en poder de aquellos monstruos. Pero sobre todo lloraba porque extrañaba a Candela y a Austin. ¿Estarían bien? ¿Habrían despertado ya? Él le había dicho que la llamaría si la niña la necesitaba y tenía el número de Hugo. Pero irracionalmente tenerles lejos la hacía sentirles en peligro. No sabía qué había sido de Borko Lévedev… ¿Le habrían atrapado? La cabeza le iba a estallar.

—¿Qué te pasa? —preguntó Berta entrando en la habitación, la había oído llorar desde el pasillo. La abrazó, sentándose a su lado en el suelo, ofreciéndole su hombro para arrancar toda aquella desolación que estaba arrasando su alma. Poco a poco consiguió tranquilizarse, normalizar el ritmo de su respiración y calmarse—. ¿Mejor?

—Necesitaba desahogarme —dijo, limpiando las últimas lágrimas que recorrían sus mejillas—. Pero estoy bien, en serio.

—Sí, estás genial. Julia has pasado por una situación muy traumática, no pretendas fingir que estás bien porque no es lógico que lo estés.

—Lo estoy, en serio —aseguró incorporándose—. ¿Has preparado lasaña?

El aroma del queso fundido y la salsa boloñesa ascendía por la escalera hasta la planta superior, Berta había cocinado su comida favorita. Esto la enterneció y la abrazó con fuerza, entonces fueron los ojos de su amiga los que se empañaron.

—Hemos pasado mucho miedo por ti.

—Lo sé.

—Tu hermano estaba como loco, le echaba la culpa a Austin, a mí por dejarte el coche y casi hasta al mundo por girar.

—Nadie ha tenido la culpa, excepto esos desgraciados. Y no me arrepiento de uno solo de los pasos que di, Berta, porque si no hubiese estado allí, con Candela y las otras niñas, no sé cómo habría acabado todo esto.

—Candela no puede negar que es hija suya, ¿verdad? Se parecen, muchísimo.

—Y no solo por fuera. Esa niña es… inteligente, cariñosa, divertida. Es la cosa más dulce y respondona que te puedas imaginar. Le he cogido mucho cariño.

—Casi tanto como al padre.

—¡Berta! Que te estoy hablando en serio.

—Yo también. Quizá una de las razones por la que le has cogido más cariño es porque es su hija.

—No lo sé. En un momento como el que hemos vivido solo nos teníamos la una a la otra hasta que llegaron Farah y Christine, las otras dos niñas. Pero aun así, Candi siempre estaba a mi lado, dormía abrazada a mí, me trajo un pedazo de pan escondido en la ropa cuando me negaron la comida…

—¿Te negaron la comida? Por eso estás tan delgada.

—Prefiero no hablar de eso —pidió, su amiga asintió, entendiéndola—. La cosa es que ya la estoy echando de menos. Los, a ambos, en realidad.

—¿Y qué vas a hacer? ¿Habéis hablado sobre el futuro?

—Austin quiere que me vaya a vivir con él.

—¿A Estados Unidos?

—No, a Cuenca, pues claro, a Alabama.

—Uff. Y le has dicho que está loco, ¿verdad? —Su falta de respuesta la alarmó—. ¿*Verdad*?

—Estoy enamorada de él, Berta, estoy loca por él. Quiero estar con él.

—¿Quieres estar con él? ¿O quieres pasarte la vida esperándole durante meses para poder tenerle solo unas pocas semanas al año? Te recuerdo que el padre de mi amiga Carolina era militar y…

—Lo sé, lo sé. La cabeza me va a estallar. Pero es que le quiero, Berta. Le quiero.

—¿Y te irás a vivir a un país distinto donde no tienes a nadie, ni familia ni amigos, a nadie, para vivir sola mientras él se juega la vida en el fin del mundo? Es una locura. Estás loca si te vas con él.

—¿Si se va con quién? —preguntó Hugo entrando en la habitación—. La lasaña se enfría.

—Tu hermana quiere marcharse a Estados Unidos con Austin.

—Se suponía que tenía que decírselo yo. Gracias, Berta.

—Se ha vuelto loca. Habla tú con ella, a ver si la haces entrar en razón —dijo esta sin disimular su enfado mientras abandonaba la habitación.

—¿Es verdad lo que dice? ¿Quieres marcharte con él? Dejar tu trabajo, tu casa, tu vida…

—Quiero estar con él.

—Julia, ¿sabes lo que estás diciéndome?

—Lo sé, claro que lo sé. Sé que quiero ser feliz compartiendo una vida a su lado.

—Pero es un SEAL, los SEALs no comparten la vida con nadie salvo con su país. Viven por y para su país. ¿Esa es la clase de vida que quieres?

—No lo sé y hasta que no lo pruebe no sé si seré capaz de soportarlo. En estos momentos solo sé que le quiero, Hugo, le quiero y quiero estar con él, cada minuto de cada día que pueda tenerle conmigo.

—¿Ya lo has decidido? ¿Es eso? ¿Es que mi opinión no importa? Te recuerdo que eres la única familia que tengo.

—Claro que importa, pero es mi vida y tengo la obligación de intentar ser feliz, y aquí, ahora, no lo soy, no lo era —dijo posando una mano sobre su brazo con cuidado, temiendo que se alejase para evitarla, pero no lo hizo, se mantuvo firme a su lado—. Puede que me equivoque, pero tengo derecho a hacerlo. Y si no lo soporto, si soy infeliz, volveré con las orejas agachadas, pero volveré.

—Es una locura —dijo rodeándola entre sus brazos y besándole el cabello—. Mi obligación es cuidar de ti, ¿cómo voy a hacerlo si te vas tan lejos?

—Podrás cuidarme por Skype, *whatsapp*, teléfono…

—No es lo mismo.

—En tus manos son armas de alta vigilancia. —Con aquellas palabras logró arrancarle una sonrisa que le supo a victoria silenciosa—. Además, no me voy a una secta, volveré siempre que pueda.

—Te quiero hermanita.

—Y yo a ti, muchísimo. Hugo, hay algo que necesito saber.

—¿Qué?

—¿Sabéis algo de Borko Lévedev?¿Ha huido, ha sido atrapado, hay posibilidades de que…?

—La información de la que disponemos dice que atravesaron la frontera de Portugal para esconderse. La policía les espera en cada paso fronterizo, porque estamos convencidos de que intentarán huir a Francia para reagruparse.

—Ojalá les pillen pronto.

—Estoy convencido de que será así, no temas —dijo abrazándola, tratando de calmarla.

*D*espués de comer, Hugo tuvo que marcharse a su apartamento a recoger sus cosas para la guardia que le esperaba aquella noche. Durante el almuerzo apenas había cruzado palabra con Berta, aún parecía molesta con su decisión de marcharse, podía entenderla, para ella también sería muy duro alejarse de su lado.

Tomó asiento junto a ella en el sofá en el que cambiaba de canal desganada.

—¿No me vas a perdonar?

—No. He pasado una semana aterrorizada, temiendo por ti, y ahora que por fin te tengo de nuevo, y nada más llegar me sueltas que te marchas, que nuestra vida juntas se ha acabado.

—Berta, por Dios, ni que hubiese pillado el ébola y fuesen a aislarme en el Carlos III.

—El ébola no, pero una *austinitis* de narices sí.

—Y qué *austinitis*, Berta. Severa y sin remedio. —Su amiga la miró de reojo, sin mudar el rictus serio—. No habría podido evitarlo ni aunque hubiese querido. Me gusta, me encanta, me...

—Vamos que estás *enchuminada* perdida.

—Como no lo he estado en mi vida, sí. Sé que es él, estoy segura de que es el hombre de mi vida y quiero intentarlo, quiero que salga bien y ser feliz a su lado. Pero si algo sale mal, sé que tengo a una amiga en cuyo hombro podré llorar todas las lágrimas del desamor, ¿verdad?

—Por supuesto, tonta, ni lo dudes —dijo con una sonrisa contenida.

Julia la abrazó con ímpetu. La había añorado tanto, había necesitado tanto de sus afectos, de sus regañinas, de aquella *hermana* que la vida le había regalado.

*S*onó el timbre de la puerta y Julia, que fregaba los platos, se asomó veloz a la ventana con el corazón latiéndole a mil revoluciones. No podía ser él, lo sabía, pero aun así no perdía la esperanza de verle al otro lado del cristal.

Berta acudió a abrir, era un mensajero con un paquete. Observó cómo su amiga firmaba en el dispositivo electrónico y regresaba al interior de la casa, debía ser para ella. Continuaba su tarea, cuando entró en la cocina.

—Es para ti. De un tal Austin Parker.

Al oír aquellas palabras soltó la taza de café que enjuagaba y se secó las manos en el delantal, apremiada por la necesidad de saber qué contenía aquel paquete. Era un embalaje de cartón del tamaño de una caja de zapatos que con ayuda de las tijeras de la cocina logró abrir con las manos temblorosas como un flan.

En su interior había un teléfono móvil, un iPhone 6, encendido, y una nota impresa que rezaba: «Llámame».

—¿A qué esperas? —preguntó Berta observándola casi tan ilusionada como ella.

Lo tomó y buscó en la agenda encontrando el único número que había registrado como «My Man», y subió las escaleras a toda velocidad buscando la intimidad de su habitación.

—Buenas tardes, preciosa. —El mero sonido de su voz grave la hizo estremecer por dentro, mil cataclismos estallaron en su pecho al oírle.

—Buenas tardes. Gracias por el teléfono.

—Tenía que solucionar tu incomunicación de algún modo. Además, así sé que soy el único hombre en tu agenda ¿Cómo estás?

—Bien, y vosotros, ¿cómo estáis?

—Bien, muy bien. En realidad es mentira, no estoy bien, me faltas tú.

—Pues ven, venid, no estoy tan lejos.

—No puedo, estoy preparándolo todo para llevar a Candela a ver a su abuela dentro de un rato. Jamás imaginé que fuese tan cansado comprar ropa a una niña de siete años.

—¿Estás comprándole ropa?

—Una maleta llena. Pero tiene que elegirla y probársela, cada prenda, y encima, por si no lo sabías, la ropa de las *princesas* siempre tiene que tener «un poco de rosa», como dice ella. Me ha hecho recorrer todas las tiendas de ropa infantil de Rota, porque las de la base se le quedaban pequeñas. Esto es peor que una misión en Oriente Medio, está empeñada en que dé el visto bueno a cada conjunto —bromeó. Julia se echó a reír. Oyó por detrás la voz de Candela, eligiendo prendas. La enterneció saber que la pequeña requería su aprobación a cada paso. Acababa de descubrir que era su padre.

—O sea, que no me echa ni un poquito de menos.

—Los dos te echamos mucho de menos, mucho. Candi, ven un momento, saluda a Julia.

—¿Julia?

—¡¡Hola, Candi!! Cariño, ¿estás bien?

—Sí, muy bien. Austin va a llevarme a ver a la *abu* Manuela y me ha comprado un traje de bailarina.

—Pero qué guapa vas a estar, cariño. Te voy a comer cuando te vea.

—Ya se ha ido corriendo al probador otra vez. Pero puedes comerme a mí si quieres —dijo haciéndola reír—. Ya me mordiste una vez.

—No me lo recuerdes, que me da calor solo pensarlo.

—Y tu pierna, ¿cómo está? ¿No estás dándole mucho ajetreo?

—Tranquila, mi pierna está bien. Apenas me duele. Estoy dejándola descansar sentado de tienda en tienda.

—Eso no es suficiente, tendrías que…

—Está bien, Julia. Créeme, he tenido heridas mucho peores.

—Bueno, pero si te duele…

—La dejaré reposar, mi sexy enfermera particular. —Sonrió satisfecha. Cuánto le encantaría tenerle junto a ella y poder besarle.

—¿Cuándo vendréis a verme?

—No lo sé. Pronto, espero. Tenemos que acabar una conversación.

—¿Qué conversación?

—La de tu traslado a Alabama —sonrió reconfortada al comprobar que la idea de tenerla cerca no le abandonaba un instante.

—Hablaremos.

—Tengo que dejarte, Carmen dice que Candela ya tiene puesto un nuevo modelito.

—¿Carmen?

—La esposa de Montgomery King, el amigo de mi padre del que te hablé, ¿recuerdas? Ha sido tan amable de acompañarnos, y Candela la ha conquistado.

—Como a todos. ¡Ains!, pasadlo genial y ten paciencia con la peque.

—Te quiero.

—Y yo a ti.

Se quedó con una sensación agridulce tras la conversación. Hablar con él la había tranquilizado, así como oír la voz de Candela, que sonaba muy contenta, podía imaginarla corriendo aquí y allá en la tienda. Pero a la vez, de modo irracional, se sentía molesta por no ser ella, sino otra mujer, por muy amiga de su familia que fuese, quien los acompañase de compras. Ella querría estar allí, ayudando a su pequeña princesa a probarse vestidos, oírla reír y ver cómo Austin soportaba la jornada de compras estoico como un espartano.

En su interior temía que Austin hubiese permitido que se alejase de él en ese preciso momento porque pasar el día con ambas le haría imaginarse la familia a la que había renunciado.

*B*ajó al salón y percibió el aroma del café recién hecho, así que se dirigió directamente a la cocina.

—¿Y bien?

—¿Qué?

—¿Qué tal sigue tu *austinitis*?

—Aguda, muy aguda —bromeó tomando una taza del mueble para servirse—. Y mi *candelitis* tampoco se queda atrás.

—Candela, qué nombre tan bonito.

—Como ella.

—Sí que lo es. Tu hermano me ha contado que el tipo que os tenía secuestradas solía abusar de las niñas. ¿A ella también…?

—No, a ella no llegó a tocarla. A otra de las chicas sí —recordó con dolor.

—¿Y a ti? —preguntó con franqueza mirándola a los ojos.

—No. Lo intentaron en un par de ocasiones, pero logré librarme

Recordó entonces el momento en el que Austin le hizo el amor atada a la pared, cómo había sido capaz de darle la vuelta a una situación como aquella, de auténtico horror, y convertirla en el sexo más salvaje que había tenido en su vida, en el orgasmo más devastador y desconcertante.

—¿En qué piensas?

—En nada —se limitó a responder sin evitar sonrojarse.

—Lo que yo digo, *austinitis* aguda.

—E incurable —admitió con una sonrisa—. Berta, ¿alguien más se ha enterado de lo que me ha sucedido?

—No, nadie. Excepto la policía de Sevilla.

—¿Nadie de mi trabajo?

—No, Hugo y yo tuvimos que guardar el secreto, por la investigación del chalé de ese tipo, Borjan Levenden.

—Borko Lévedev, menudo malnacido.

—Sí. Eso sí que salió en las noticias. El asalto al chalé, aunque estaba vacío.

—Porque Borko escapó, ¿verdad?

—Sí. Él escapó, pero tu hermano piensa que no ha podido escapar a Francia porque en todas las fronteras han puesto su foto y han dado órdenes de detenerle.

—Como si eso sirviese para algo —suspiró dando un sorbo a su taza de café—. Qué raro que no trabajes hoy sábado, ¿no?

—Un milagro, aunque no completo, me han llamado hace un rato porque tengo que ir a revisar un descuadre de pedidos y me darán las tantas. ¿Qué hora es?

—Son las cinco y media.

—Si voy pronto regresaré antes. ¿Puedes quedarte sola un par de horitas?

—¿Me lo preguntas en serio?

—A ver, no me gusta dejarte sola, acabas de llegar de una situación tan traumática…

—La próxima vez que te oiga decir la palabra *traumática* te arrojaré el café hirviendo encima. Sigo siendo la misma, puedes estar segura. Claro que puedes irte, es más, me voy a ir yo a ver a mis compañeros del cero sesenta y uno que están a punto de terminar el turno, así los saludo y me despejo. Tarda lo que debas, y si luego te apetece cenar con ellas como cada sábado, por mí no te preocupes, en serio, estoy bien. Anda, vete.

—¿Segura?

—Segurísima.

—Voy a arreglarme, entonces. Volveré temprano, gracias, tesoro.

—Gracias a ti. —Ambas volvieron a abrazarse—. Solo espero que hoy Rubén no esté de guardia, aunque creo que no.

*L*as dos abandonaron la vivienda prácticamente a la vez. Aprovecharía para preguntar a sus compañeros por su supervisora, Cinta; necesitaba saber si se había tomado ya las vacaciones y si podría ir a verla el lunes para hablar sobre su partida. También averiguaría si Jalís, el enfermero del equipo tres, había sido ya papá o por el contrario ese pequeño continuaba rezagándose, si era así, ¡acabaría naciendo con casi diez meses!

La reconfortó la normalidad con la que la saludaron los operarios de la centralita con los que se encontró, sin mirarla con cara de susto como si acabase de regresar de la muerte, como lo hacían de modo inconsciente Berta y su propio hermano desde que regresó.

—¡Julia! —oyó a su espalda. Era una voz femenina. Al darse la vuelta se encontró los ojos grises de Marta—. ¿Qué haces por aquí?

—Ya ves, que no puedo vivir sin vosotros y decidí pasarme —bromeó acercándose, saludándola con dos besos en las mejillas.

—Yo he ido al coche a por mi monedero, pero estamos en la cafetería, ¿te vienes?

—¿Está Rubén?

—No, hoy no tiene guardia, yo tampoco la tenía, pero la cambié. ¿Vienes?

—Sí, claro. —La acompañó caminando por los pasillos hasta el bar.

Tenía la sensación de que había transcurrido mucho más que una semana desde la última vez que transitase por aquellas instalaciones, como si durante su estancia en el Castillo Negro la vida se hubiese detenido solo para ella.

—Pues Rubén está que trina con la nueva enfermera de su equipo, dice que no se adapta a ella, te está echando mucho de menos.

—Y más que me va a echar.

—¿Qué?

—Que me alegro de que ahora me valore como debe.

—Pues sí.

—¿Y Jalis? ¿Ya ha nacido su peque?

—Míralo, ahí está —dijo indicando hacia el concurrido grupo de hombres y mujeres que conversaban en torno a una pequeña mesa en el fondo del establecimiento compartiendo tiempo juntos tras el final de sus turnos. Todos se volvieron a saludarla y repartió entre ellos besos y abrazos.

En menos de lo que imaginaba sus compañeros la pusieron al día de lo sucedido a lo largo de esos días dentro y fuera de aquellas paredes, y de nuevo sintió que el tiempo no había pasado. El bebé de Jalis nacería el lunes, iban a provocarle el parto a su novia, dado que él no se animaba. Cinta, su jefa, estaba de vacaciones como temía, Marta continuaba preguntándole con disimulo por su hermano Hugo, y Jero insistió en invitarla a las fiestas de su pueblo. La vida seguía igual, exactamente igual para ellos. Y, sin embargo, aquella semana había supuesto un salto mortal en la suya, se sentía distinta, muy distinta.

A pesar de esto, disfrutó de volver a verlos y compartir risas banales, porque hubo un momento en aquellas horas de encierro en el que pensó que nunca más volvería a disfrutar de su compañía. Aún así, tenía más claro que nunca que no deseaba regresar a esa rutina, ansiaba marcharse lejos, con él.

También averiguó que *Bigotes*, el gato de la fallecida doña Blanca, estaba en poder de una vecina que trataba de buscarle un nuevo hogar, pues decía no poder hacerse cargo de él.

Pasaban las nueve y media cuando dio el último beso de despedida. Se había tomado tres cervezas casi sin darse cuenta, y devorado al menos dos platos de frutos secos a medias con Marta. Lo suficiente como para estar un poco achispada.

—¿Has venido en autobús? Te llevo en el coche a casa —se ofreció la médico.

—Quizá te venga mejor el aire de la moto —sugirió Jero.

—Prefiero ir con Marta, pero gracias, «Valentino Rossi».

—Ya sabes que para ti siempre tengo el motor a punto —bromeó—. Me ha encantado verte, a ver si te animas a venir al pueblo.

—No lo creo. Mi novio está recuperándose de una cirugía en la pierna.

—¿Tienes novio y no nos lo has contado? —preguntó Marta con los ojos como platos, los del enfermero no pudieron disimular su decepción.

—Sí.

—Tienes que contármelo todo.

—Hasta luego, Jero, nos vemos —se despidió subiendo al Opel Corsa plateado.

*C*ontempló un instante a través de la ventanilla cómo las sombras del anochecer extendían su plomizo manto sobre la cuidad. El día acababa. Un día sin Austin ni Candela, a los que echaba de menos con tanta fuerza que dolía.

—¿De dónde es?, ¿le conozco? —preguntó Marta mientras maniobraba para salir del estacionamiento.

—No, es norteamericano —respondió con la mirada perdida en la avenida llena de coches que circulaban arriba y abajo, la hilera de vehículos aparcados en la acera frente a ellas, los contenedores de basura... Y, de repente, cuando comenzaban a circular por fin, vio una cabeza pelada asomarse entre dos coches junto a los contenedores.

Por un instante sus ojos capturaron una imagen escalofriante.

—¿Norteamericano? ¿Y dónde le has cono...?

—¡Para, para! —exigió, y Marta la obedeció en el acto.

—¿Pasa algo?

Bajó del coche sin decir nada y echó a correr hacia los vehículos estacionados para comprobar si lo que había visto era cierto o se trataba de un espejismo. El rostro de Gosha. La cabeza pelada de uno de los lugartenientes de Dardan Sokolov. Le había visto justo allí, entre los coches.

Pero no había nadie.

Miró la avenida arriba y abajo. Miró tras los contenedores, incluso se arrodilló y miró bajo los coches. Nadie. Su mente le había jugado una mala pasada. Tenía que haber sido eso, no podía tratarse de otra cosa.

Estaba temblando, el corazón le latía en la garganta y un sudor frío empapó de modo súbito su frente y su pecho. Le flaquearon las piernas, sintió que las fuerzas le fallaban y se apoyó contra uno de los vehículos.

—¿Estás bien? —preguntó Marta, que había bajado del automóvil, alcanzándola.

—Sí, tranquila. Me pareció ver algo, alguien entre los contenedores, y las cervezas con el estómago vacío han hecho el resto.

—¿Seguro que estás bien?

—Sí, seguro.

—Volvamos al coche. ¿Quieres que paremos a cenar?

—No, déjalo, no te molestes, me tomaré algo en casa.

—No es ninguna molestia, al fin y al cabo voy a llegar al piso y no tengo nada preparado. ¿Nos comemos unas hamburguesas?

36

Cuánto me has cambiado

*P*asaban las once y media de la noche cuando Marta la dejó en el portal de su casa. La farola más cercana titiló y la luz anaranjada se apagó unos segundos. Permaneció observándola un instante y sintió un escalofrío, desde el incidente al salir de la cafetería todo le parecía motivo para asustarse, a pesar de que había tratado de sugestionarse a sí misma para no hacerlo.

Pensó en la única persona que podría tranquilizarla, la única que podría hacerla sentir segura entre sus fuertes brazos, en el calor que desprendía su pecho. Metió la llave en la cerradura y la giró. Oyó pasos a su espalda y se apresuró a abrir el portón. Una mano se posó en su hombro. Dio un grito y se giró alarmada, y entonces unos ojos azules la deslumbraron en medio de aquella oscuridad.

—Tranquila, soy yo —dijo Austin. Le abrazó con energía, rodeándole entre sus brazos como si se abrazase a una inmensa secuoya, y se apartó para mirarle a los ojos y comprobar que no era un espejismo.

—Pero ¿qué haces aquí?

—Necesitaba verte.

—¿Y Candela? ¿Dónde está?

—Está bien, a salvo.

—¿Y por qué no estás con ella?

—Si quieres me marcho.

—No, por favor. Nunca, nunca más te vayas —pidió colgada de su cuello, besándole con dulzura. Austin la subió a sus caderas y empujó la portezuela. Sin dejar de besarla y acariciarla, cruzó el patio interior y la posó justo ante la entrada principal. Entre besos, Julia buscó la llave en su bolso y la abrió. Una vez en el interior, la atrapó contra la puerta y comenzó a meterle mano bajo la ropa.

—¿Hay alguien más en la casa?

—No. Hugo tiene guardia y Berta no llegará hasta dentro de un buen rato. Estamos solos —dijo antes de que la atropellase otra tanda de besos. Sintió sus dedos ascendiendo bajo la camiseta, atrapando sus pezones, pellizcándolos.

—Gracias a Dios. Te necesito, te necesito ya —dijo levantando la blusa de algodón, dejando sus preciosos pechos al descubierto. Eran perfectos, perfectos para él, tan redondos y simétricos, con la areola sonrosada y pequeña.

La erección le dolía en los pantalones, se moría de ganas de hacerle el amor, de recorrer ese camino que ella le había mostrado, el del placer sin límites.

Se arrodilló y tiró del pantalón vaquero, sacándoselo. Y descubrió unas braguitas blancas con la imagen de un dibujo animado. Arqueó una ceja y la miró. Julia, con las mejillas sonrojadas, sonrió.

—¿Bob Esponja?

—No sabía que vendrías y son muy cómodas, aunque sean poco sexys.

—Tú estarías sexy con un saco de patatas. ¿Y sabes por qué? —preguntó tirando con cuidado de las braguitas y bajándolas lo suficiente como para contemplar la fracción de vello castaño que ocultaban.

—¿Por qué?

—Porque eres la mujer más sexy del mundo —aseguró convencido. Ella dejó caer la cabeza hacia detrás y se echó a reír—. ¿No me crees?

De un tirón se deshizo de la ropa interior y posó los labios directamente sobre su pubis, presionando su clítoris con la barbilla de modo intencionado.

—Responde, ¿me crees?

—No. Claro que no —jadeó. Él continuó recorriendo el monte de Venus con la barba en su descenso hasta aprisionar aquel pequeño botón rosado entre los labios. Lo acarició con la lengua y Julia sintió un latigazo entre las piernas, como si una ola desbocada se hubiese extendido desde el fondo de su ser, arrollándola. Tuvo que agarrarse a la pared para sostenerse en pie.

—Dilo. Di que eres la mujer más sexy del mundo —exigió antes de volver a hundir el rostro en su carne, jugueteando con su lengua en la entrada a su maravilloso cuerpo.

—No.

—Hasta que no lo digas no te daré lo que quieres.

—¿Y qué quiero?

—Un poco de esto —advirtió abriéndose los botones del pantalón vaquero, liberando el sexo que, carente de ropa interior, se mostraba enhiesto, desafiante, en toda su plenitud, erguido contra su abdomen.

Su necesidad de tenerle dentro, de que fuese este y no su lengua quien la invadiese, le quemó entre las piernas. Sí, era cierto, lo quería y lo quería ya.

—Está bien. Soy la mujer más sexy del jodido mundo, pero no me hagas esperar.

Sin mediar una sola palabra más se puso de pie y le sacó la camiseta por la cabeza, dejándola desnuda. El furor de su mirada la hizo estremecer de deseo.

—Ahora sí, nena.

Con la elegancia de una pareja de baile, alzó su pierna derecha, encajándola en su cintura y la penetró con ferocidad contra la pared. Julia jadeó. Estaba llena, por completo, llena de él, sus cuerpos encajaban a la perfección. Permaneció en su interior, inmóvil, esperando que se acomodara a tenerle dentro.

—¿Así está bien?

—Así está perfecto.

—No, aún no está perfecto —advirtió muy serio, y entonces apretó la cadera todavía más hasta encajar del todo. Ella gimió de nuevo, su invasión arrastraba un placer insospechado tras de sí—. Ahora, sí.

La sonrisa de Julia se había esfumado, el gozo que le palpitaba entre los muslos se la había llevado. Sus manos se asieron a su cuello dispuesta a resistir las embestidas que tan bien conocía y tanto ansiaba.

Rodeó sus caderas con ambas piernas, apresándole dentro, impidiendo que se atreviese a abandonar su interior hasta que le regalase ese néctar que tan solo él había logrado darle. Ese placer devastador que la llevaba a perder la razón por completo.

Pero no tenía intención de liberarla. Inspiró el aroma de su piel empapada en sudor, una mezcla de azahar y sal, podría reconocerlo en mitad de un jardín de flores. Adoraba la cálida sensación de presión y humedad que le arropaba.

Solo ella. Ella y nadie más había logrado hacerle perder la razón de aquel modo. Podría pasar la vida haciéndole el amor, una y otra vez.

Enfebrecido por sus jadeos, aceleró sus movimientos y se golpeó en la rodilla con la pared. El dolor fue lacerante, pero un incipiente y devastador orgasmo lo hizo desaparecer, esfumarse en la espiral de placer, y se olvidó de él.

*J*ulia se deshacía entre sus manos, dando gracias a que la sostuviese con firmeza, pues el clímax la había dejado agotada.

Cuando Austin la posó con cierta premura en el suelo y se deslizó fuera de su cuerpo, sospechó que algo no iba bien. Le miró, de arriba abajo, pero caminaba de espaldas a ella hacia el aseo de debajo de las escaleras.

—¿Estás bien?

—Sí, claro, solo necesito un momento —dijo cerrando la puerta tras de sí. Le aguardó fuera, recogiendo su ropa del suelo. Se puso la camiseta y las bragas. No oía nada en el interior del baño.

—Austin, por favor, me estoy asustando.

—Estoy bien.

No le creía. Por el tono de su voz sospechaba que mentía, comenzaba a conocerle lo suficiente como para saberlo. Giró el pomo de la puerta y la abrió, descubriéndole sentado sobre la tapa del váter, presionándose en la rodilla con una toalla, con el apósito que antes la cubría abandonado sobre el lavabo, teñido de sangre.

—Tu herida, oh, Dios mío, estás sangrando.

—Tranquila no es nada, ya ha parado.

—¿Fuiste hoy al médico?

—No he podido, ya te dije que tuve que llevar a Candela de compras.

—Todo el día de compras, caminando. Y ahora nosotros… nosotros…

—Follando como animales. Puedes decirlo, no está prohibido —dijo acariciando su muñeca con la mano libre.

—Austin, te estoy hablando en serio.

—Y yo también.

—Ahora mismo llamo a emergencias.

—Estoy bien. Mira. Es solo una grapa que ha desgarrado un poco la piel —manifestó levantando la pequeña toalla para mostrarle la herida quirúrgica, las grapas estaban teñidas de rojo y la mancha tenía el tamaño de una ciruela, pero era cierto, había dejado de sangrar. Julia hizo un mohín, no le convencía—. Creo que incluso podremos tener un segundo asalto.

—¿Estás loco? Ni hablar.

*J*ulia le había ofrecido dormir juntos en el sofá cama, pero el muy cabezota subió las escaleras a la pata coja después de que le colocase un nuevo vendaje, y se acomodó en su habitación, en su cama. Austin sabía que su compañera de piso regresaría, y quizás incluso su hermano, y no deseaba afrontar una situación tan violenta. Además, se sentía bien, el dolor casi había desaparecido.

—No te imaginas lo sexy que te pones cuando me regañas —dijo besándola en la frente. Le encantaba tenerla así, recostada sobre su hombro. La presión de sus pechos contra sus costillas resultaba tan erótica que habría tratado de demostrarle lo recuperado que estaba de no conocer cuál sería su respuesta.

—Soy la mujer más sexy del mundo, ¿recuerdas?

—Por supuesto, y además eres mía, como yo soy tuyo. —Aquellas palabras encendieron una inexplicable llama en su interior. Sintió un calor abrasador.

Él la besó, y rodeándola entre sus brazos la subió a su cuerpo.

—¿Qué haces? Puedo darte en la pierna sin querer —dijo tratando de echarse a un lado.

—Olvídate de mi pierna de una vez. Quiero que estés siempre así, en la cima de mi mundo, que lo primero siempre seas tú. Tú y… Candela, por supuesto.

—¿Como su tío?

—Sí —respondió serio, no tenía ganas de volver a tener la misma discusión, no era el momento.

—¿Con quién la has dejado?

—Con su abuela. Carmen se quedó con Candi en una cafetería cercana a su casa mientras yo visitaba a la mujer y hablaba con ella. Es una señora mayor y está muy delicada, por eso quería prepararla antes de que viese a la niña. Hablamos. Lo más duro fue cuando me preguntó por Alejandra.

—Lo imagino —dijo haciéndose a un lado, bajando de su cuerpo por temor a lastimarle.

—Pero después, cuando al fin la llevé con ella, la sonrisa de esa mujer borró cualquier rastro de dolor de su rostro. Candi se abrazó a ella y ambas lloraron, incluso Carmen. Estuvimos un buen rato conversando, pero a la hora de marcharme Candela me pidió que la dejase dormir en casa de su abuela. Quería dormir en su antigua habitación, que aun está tal y como ella la dejó. No pude resistirme, me lo pidió arrugando la nariz...

—Sí, es irresistible cuando hace eso.

—Además, pienso que se merecen un tiempo a solas, por eso les he dicho que pasado mañana iré a recogerla. Las dejaré un día más juntas y entonces hablaré con doña Manuela de mis planes de futuro.

—¿Crees que aceptará?

—No lo sé. Me pareció que hubiese envejecido años desde la última vez que la vi, sin embargo, parece que Candela le ha dado una vitalidad insospechada, hasta se puso a jugar con ella como una niña en el suelo de su habitación. Llevé a Carmen King a su casa y Montgomery me preguntó si me apetecía quedarme a dormir. Le respondí que no, que el único lugar en el que me apetecía estar era aquí, a tu lado, y él me preguntó: «¿Y qué te lo impide?»

—Cuando te he visto creí que eras otra alucinación.

—¿Otra?

—Sí, porque esta tarde me pareció ver a alguien entre unos coches... Pero por suerte tú no eras un sueño, eres real.

—Tan real como lo que siento por ti. No quiero presionarte, pero ¿has hablado con tu hermano?

—Le parece una locura, pero es mi vida y prefiero arrepentirme de haberme marchado contigo a permitir que esto que tenemos se desvanezca.

—No se desvanecerá, Julia. Te haré la mujer más feliz del mundo, te prometo que no te arrepentirás. —La ilusión con la que hablaba iluminaba su mirada—. Nos marcharemos en una semana.

—¿Una semana?

—Aunque si lo prefieres puedo ir yo primero y regresar a buscarte en un tiempo.

—No. Me marcharé contigo. Una semana es tiempo más que suficiente.

—Estoy deseando que conozcas Fisher's Hole. Será nuestro refugio, te encantará, quiero que hagas lo que te apetezca con él, que lo sientas tu hogar desde el primer momento.

—Estoy convencida de que me encantará. Pero Austin, ¿mientras estés fuera podría venirme a España para estar con mi familia?

—Sí, claro, por supuesto. Jamás te pediría que me esperases en casa sola. Te lo vuelvo a repetir: harás lo que desees y como lo desees. Quiero que seas feliz, tanto como me lo haces ser a mí.

—Ya lo soy gracias a ti.

—Gracias a ti, Julia. No tienes ni idea de cuánto me has cambiado.

37

Anaconda

*D*espertó temprano, le había sentido moverse en la cama, entre sueños, y la preocupación por saber si le martirizaban, si se trataba de una pesadilla, la había desvelado. Permaneció a su lado, le besó en la frente y acarició con suavidad sus sienes, como solía hacer con Candela. Y funcionó: poco a poco fue calmándose y su sueño continuó sin más sobresaltos.

Bajó a la cocina dispuesta a preparar el desayuno. Allí encontró a su hermano Hugo que reponía fuerzas recién llegado de su guardia nocturna. Le dio un beso en la mejilla, se sirvió una taza de café y se sentó a su lado.

—Buenos días, ¿qué tal la noche?

—Tranquila, aunque parezca mentira, ¿cómo estás?

—Bien.

—¿Has pensado mejor lo de irte a vivir a Estados Unidos?

—Sí. Y estoy convencida de hacerlo.

—Pues yo me he pasado la noche dándole vueltas, ¿has pensado que quizá solo busca una madre para su hija? ¿Alguien que la cuide mientras él no está? —Las palabras de su hermano le dolieron, mucho. No deseaba explicarle cuales eran los planes de Austin para su pequeña porque no quería que le juzgase, pero estaba segura de que si los conociese no se atrevería a acusarle tan a la ligera.

—No es esa su intención y si le conocieses un poco mejor también tú sabrías que él jamás haría algo así. ¿Tan increíble te resulta pensar que me quiere?, ¿que está tan enamorado de mí, como lo estoy yo de él?

—No, claro que no. Pero temo que des un paso del que te arrepientas después, cuando sea tarde para recuperar tu vida, la vida que tienes ahora. O quizá es solo mi egoísmo el que habla por mí. No quiero que te vayas. —Julia le abrazó y sintió su beso en el cabello.

—Hugo, yo no era feliz. Necesito que entiendas eso. No era feliz con esta vida que tú tanto temes que pierda. —Su hermano apartó la mirada como si no fuese consciente hasta ese momento de lo que estaba diciéndole.

—Por favor, dile a Berta que vendré a comer. Ha subido a quitarse el pijama y tengo que marcharme porque un compañero acaba de avisarme de que está en la puerta de mi casa para que le entregue unos documentos del trabajo, después me acostaré un rato.

—De acuerdo.

—*Renacuaja*, quiero que seas feliz, por supuesto. Para mí tu felicidad es lo más importante porque te quiero.

—Yo también te quiero, hermanito —dijo fundiéndose en un cálido abrazo de emociones contenidas.

*P*ocos minutos después de que la puerta se cerrase tras él, su mejor amiga descendió las escaleras a toda velocidad vestida con un chándal deportivo. Buscándole con la mirada.

—Buenos días, ¿y tu hermano?

—Se acaba de ir, un compañero le ha avisado de que le espera en casa. Me ha pedido que te diga que vendrá a comer.

—Bueno, me gustaría haberle dado un beso, pero ¿qué le vamos a hacer? Ay, Julitaaaaa, pero qué calladito te lo tenías —dijo con una sonrisa de oreja a oreja.

—¿El qué?

—No sabía yo que se está grabando un documental de National Geographic en la planta de arriba.

—Pero ¿qué dices, loca?

—Acabo de ver una «anaconda gigante» por el pasillo.

—Estás fatal.

—Ay, madre mía. Fatal, fatal tienes que estar tú, que no sé cómo puedes andar. Me acabo de cruzar con tu Americano que iba al baño y debía llevar una barra de pan escondida en los pantalones, ¡porque eso no es normal! —Julia rompió a reír a carcajadas.

—Estás como un cencerro, Bertita.

—Sí, sí, un cencerro se queda corto. ¡Madre del amor hermoso! La campana de la catedral. Qué barbaridad. No es que yo me queje de mi Machoman.

—No sigas por ahí, no hablando de mi hermano.

—Bueno, quiero decir que estoy muy contenta. Pero lo de tu chico es del libro Guinness de los Récords.

—Eres incorregible, pero te diré algo: tienes razón, estoy *muuuuy* satisfecha.

—Se te nota en la mirada y en la sonrisa que me llevas. Cómo me alegro de que seas feliz, Julia. Te lo mereces, te mereces todo lo bueno que te pase.

—Gracias, tesoro. Tú también.

—De nada, es la verdad. ¿Y cuándo os vais?

—En una semana. Mañana o pasado iré a hablar con quien sustituya a mi supervisora, le diré que no me reincorporaré tras las vacaciones y me despediré de mis compañeros.

—Rubén se lo va a tomar muy mal.

—Me importa un bledo cómo se lo tome.

—Vino a verme al supermercado un día.

—¿Sí?

—Yo estaba muy preocupada porque no aparecías, me moría de ganas de gritarle al mundo que no sabía nada de ti aunque sabía que no podía hacerlo.

—¿Le contaste algo?

—No, claro que no. Pero él me dijo que necesitaba hablar contigo, pedirte perdón, porque se había comportado como un cerdo. Me preguntó si creía que tenía alguna oportunidad de recuperarte. A mí, precisamente a mí, que sabe que no le trago.

—¿Y qué le dijiste?

—Me dio pena.

—¿Rubén te dio pena? Pero si te llevas burlando de él desde que teníamos dieciséis años.

—Porque él se metía conmigo. Pero sí, me dio pena. Se nota que está enamorado de ti y que ha venido a darse cuenta cuando lo vuestro ya no tiene solución.

—Ninguna solución, Berta. Estoy enamorada de Austin, jamás me he sentido con nadie como con él, en toda mi vida.

—Resulta maravilloso oír esas palabras al despertar un domingo por la mañana. Buenos días —dijo el mencionado alcanzándolas en la cocina vestido con los vaqueros y la camiseta blanca que dejaba al descubierto la mitad de los antebrazos tatuados, la misma ropa de la noche anterior. Caminó hasta Julia, controlando una leve cojera y evitando doblar la rodilla derecha, y la besó en la sien con suavidad mientras la abrazaba—. ¿Por qué no me has despertado?

—Estabas muy guapo dormido y no había por qué —respondió acurrucándose entre sus brazos.

—Tú sí que estás guapa.

—¿Con este pijama viejo?

—Preciosa.

—Bueno, creo que me tomaré el café por el camino, sin azúcar, porque ya me habéis endulzado bastante entre los dos —siseó Berta con una sonrisa pícara—. Enhorabuena, a los dos, por esa vida que vais a empezar juntos.

—Gracias, Berta —respondió Parker.

—Y cuídamela, cuídamela mucho, porque como no lo hagas, te van a sobrar todas las técnicas de militar esas que sabes cuando te pille —advirtió muy seria.

—¡Berta!

—¿Qué? Tiene que saber con quién se mete. Ahora que, si la tratas bien, tendrás en mí a una amiga para toda la vida.

—Bueno es saberlo. Aunque te doy mi palabra de honor de que intentaré hacerla feliz cada uno de los días de mi vida.

—Y ve preparando una habitación para mí en tu casa, porque pienso ir a verla cada vez que pueda.

—Nuestra casa será vuestra casa.

—¿Estás contenta ya? —preguntó Julia irritada por las amenazas cuasi mafiosas de su mejor amiga.

—Sí. Ya sí. Me voy a correr.

—¿A correr tú?

—Sí, ¿qué pasa? Tengo que ponerme guapa para la boda.

—¿Qué boda?

—La vuestra.

—¡Berta! —la recriminó alarmada. Ese no era un tema concerniente en ese preciso momento y no quería que Austin pensase que habían estado hablando de él cuando no era así.

—¿Qué? Es lo que toca cuando estáis tan enamorados y tenéis tan claro haber encontrado al amor de vuestras vidas, ¿no? Por cierto, no me esperéis para comer, pasaré el día en casa de tu hermano.

—Pero él dijo…

—No importa lo que dijo, pasaremos *todo* el día y *toda* la noche fuera para dejar el nido de amor libre a los tortolitos. Hasta mañana —afirmó antes de salir por la puerta sin esperar su respuesta.

—Menudo bicho está hecha —suspiró descansando sobre su pecho.

Austin se agachó, haciéndola encajar en el ángulo de su cuello y la besó justo bajo la mandíbula.

—Se preocupa por ti y eso ya hace que la aprecie. Además, tiene razón.

—¿En qué?

—Quiero casarme contigo.

—¿Qué? —El corazón comenzó a latirle en la garganta—. Austin, en serio, no le hagas caso, está loca.

—No, no lo está. Mi felicidad será completa el día en el que lleves mi anillo en el dedo —aseguró tomando su mano entre las suyas y, llevándola a los labios, la besó—. Sé que es muy pronto, pero estoy convencido de que eres la mujer de mi vida, de la vida que quiero vivir hasta el último de mis días. Si no te lo he dicho antes es porque tenía miedo a que te asustaras, a que pusieses esa cara que estás poniendo.

—Bueno… lo siento. No pretendo poner ninguna cara. Estoy tratando de asimilar lo que estás diciéndome.

—No es algo inminente, no voy a presionarte, iremos a tu ritmo. Solo quiero que lo pienses —pidió observándola con dulzura, mientras se aproximaba a sus labios y la besaba despacio, Julia sintió de nuevo el mágico cosquilleo que la hacía sentir elevarse cada vez que la tocaba—. Sé que has estado cuidándome esta noche, sé que has estado vigilando mi sueño. Quería despertar y abrazarte, pero no podía. Era un sueño difícil, no el de siempre, no soñaba con el ataque que le costó ambas piernas a James como en otras ocasiones, era distinto. Soñé con Candela.

—¿Que le hacían daño?

—No. Soñé cómo sería su vida, nuestra vida. La vi hecha una mujercita preciosa, en casa de mi hermano, con diecisiete años. Era el día de su graduación en el instituto y tú y yo acudíamos a felicitarla. Me acerqué para darle nuestro regalo, un paquete envuelto en un brillante papel rosa con muchos lazos que tú habías preparado. Ella me abrazó con su preciosa sonrisa y me besó, estaba feliz, era feliz, pero cuando me dijo: «Gracias, tío Austin», el alma se me rompió en mil pedazos. No quiero ser su tío. La extraño y acabamos de separarnos, quiero estar con ella, verla crecer, quiero ser el padre que necesita. —Julia dio un grito de felicidad y se encaramó a su cuello, le besó en los labios una y otra vez.

—Gracias, ¡gracias! Candela va a ser muy feliz contigo, con nosotros. Ahora sí que mi dicha es completa.

—Por ello voy a solicitar unos meses de inactividad hasta que mi pierna se encuentre totalmente restablecida. Tú harás grandes sacrificios para que lo nuestro salga adelante: dejarás tu país, tu trabajo… y yo, yo debo corresponderte del mismo modo. Te lo debo, os lo debo a ambas. Estoy convencido de que mi equipo lo entenderá, por mucho que me duela dejarlos en la estacada.

—No te imaginas lo feliz que me hace oírte decir eso. Mucho.

—Lo sé.

—Soy la mujer más feliz del mundo. Sé que lo comprenderán, ellos quieren que seas feliz. ¿Ya se han marchado?

—No. Están en la base, regresan mañana y retomarán sus vacaciones. Tenemos unos días de descanso antes de pasar a la actividad de nuevo.

—Qué bien.

—Y bueno, ¿qué planes tenemos para hoy? ¿Te apetece que salgamos a comer?, ¿que vayamos al cine?

—¿Y si vamos al hospital a que un amigo traumatólogo te vea la pierna?

—Negativo. Mi pierna está perfecta. No ha vuelto a sangrar. Pero quizá sea mejor quedarnos en casa, podríamos hacer una prueba de *cardio*.

—¿De *cardio*?

—Para comprobar si estoy en forma.

—¿Te has vuelto loco? ¿Es que vas a ponerte a hacer flexiones ahora?

—En realidad había pensado en otro tipo de ejercicio —dijo deslizando los dedos por el interior del pijama de fino algodón, colándose en el interior del sostén de encaje, acariciando el sonrosado pezón con la yema de los dedos. Julia sonrió antes de agarrarle por la muñeca y sacarle la mano del interior de su ropa.

—Tengo una idea mejor, vamos a descansar y a ver un poco de televisión. Voy a cocinar para ti, para que tu paladar vaya acostumbrándose, y vamos a darnos muchos besos y caricias inocentes.

—A mí ya no me queda nada inocente, y menos si estás a mi lado —confesó. Agarrándola por la cintura, pegó su vientre a su espalda, y entonces pudo sentir el bulto que contenían los vaqueros, buscó sus ojos sorprendida por su capacidad de reacción.

—¿Lo notas?

—Tendría que estar anestesiada con una epidural para no hacerlo. Es la «anaconda».

—¿Cómo la has llamado? —preguntó antes de echar a reír divertido con su ocurrencia.

—Olvídalo, y olvídate de que eso que estás reclamando vaya a suceder. Estás de reposo relativo.

—¿Y eso quien lo dice?

—Tu «enfermera regañona».

—Oh, nena, no seas mala —rogó restregándose despacio sin pudor alguno con sus manos agarradas con firmeza a sus nalgas, presionándola contra sí.

—Sí, lo soy. Soy muy mala, y mientras estés de reposo, tu amiguito estará de descanso.

—¿Y eso cuánto durará?

—Por lo pronto dos días, después ya veremos. —Austin liberó sus nalgas, molesto.

—C'mon.* Está bien, aguantaré todo el día de hoy, pero mañana antes de irme a Rota a recoger a Candela me las vas a pagar con creces.

Sonrió, y su sonrisa fue tomada por una afirmación.

---

* Vamos

Se sentía feliz, como no recordaba haberlo sido en toda su vida. Tenía a su lado a una mujer preciosa que había despertado sentimientos que ni siquiera era capaz de reconocer en él mismo, pero que a la vez le hacían tomar conciencia de que seguía siendo humano, de que no era tan distinto al resto del mundo porque también él amaba, sufría y sentía. Y, además, estaba Candela, aquella pequeña le había robado el corazón y después de aquel sueño se había dado cuenta de que sería un cobarde si no lo intentaba, si no se dejaba hasta el último aliento en tratar de hacerlas felices a ambas. Y si para ello debía sacrificar varios meses de su trabajo, tendría que hacerlo, a pesar del sufrimiento que le ocasionaba dejar a sus «chicos» todo ese tiempo. Temía por sus vidas como si solo él pudiese cuidar de ellos, vigilar sus espaldas. No conocía a nadie con sus habilidades para reparar un vehículo averiado sin el menor recurso o para escalar un edificio solo con la ayuda de las manos, y eso les había salvado la vida en más de una ocasión.

Tampoco nadie era capaz de buscar una salida de emergencia como Gran Oso, el grandullón tenía una mente privilegiada para buscar soluciones, aunque en principio podían parecer descabelladas y, sin embargo, siempre, siempre, tenía razón. Billy por su parte era un manitas con las comunicaciones, no había teléfono, radio o antena que no fuese capaz de reparar al más puro estilo McGiver, con cuatro pedazos de cuerda, palos o alambre. Halcón era un hacha para la creación de planes de ataque, podía calcular la respuesta más lógica del enemigo entre mil posibilidades distintas, en solo un minuto, además de ser un paramédico condecorado por su capacidad de preservar la vida humana a pesar de las lesiones en combate. Y Dragón, ese tipo silencioso y distante, obedecía sin rechistar, sin la menor duda, como si no tuviese el menor miedo a la muerte. Juntos eran un gran equipo, el equipo perfecto…

—¿En qué piensas? —le preguntó Julia, entrelazando sus dedos con los suyos. Estaban sentados en el sofá con un cuenco de palomitas sobre el vientre de ella, viendo una película en la televisión después del almuerzo. La pierna de Austin reposaba sobre un cojín en la pequeña mesita de madera siguiendo órdenes estrictas de su «enfermera regañona».

—En que tengo que preparar la habitación de Candela, está llena de trastos.

—¿Y la señora Manuela?

—Tengo el presentimiento de que no nos acompañará.

—¿Por qué?

—Tiene esa mirada, la misma que mi madre en sus últimos días. Aunque se mostraba alegre y activa con Candi, sus ojos están cansados, está agotada de luchar contra esa maldita enfermedad.

—Oh, Austin. Será muy duro para Candi ahora que al fin se han reunido.

—Quizá sea mejor que pasemos lo que queda de verano en España, ya que estaré de baja.

—¡Baja que será muy larga como sigas moviendo la pierna!

—¿Cuándo vas a convencerte de que mi pierna está perfecta?

—No lo está, deberías ponerte un pantalón corto en lugar de los vaqueros, está inflamada y no conviene que… ¿Qué haces? —preguntó al ver cómo buscaba algo en el bolsillo trasero del pantalón.

—No utilizo pantalones cortos desde que iba al colegio, pero si quieres verme con ellos lo soluciono ahora mismo —dijo mientras comenzaba a cortarlos con cuidado por encima de la rodilla con la navaja que había extraído del bolsillo, y que cortaba como un bisturí.

En un par de movimientos había convertido los pantalones en un par de bermudas.

—Estás como una cabra.

—Me recuerdas tanto a Cricket cada vez que dices eso…

—¿Cómo está? ¿Ha mejorado?

—Por suerte, sí. La medicación ha funcionado y, aunque parezca un milagro, ya no necesita ese trasplante, sus riñones han respondido, ambos, los médicos no dan crédito a su mejoría. En cuanto esté más recuperado le fabricarán dos prótesis especiales para sus piernas y tendrá que volver a aprender a andar.

—Sin duda estáis hechos de una pasta especial.

—Me lo comentaron los chicos, ellos han ido a verle. ¿Me acompañarás?

—Por supuesto. Iremos al hospital. —Parker la besó en la frente, apretándola con suavidad contra su pecho. Ella apoyó la cabeza en su hombro, no existía lugar en el mundo tan cómodo como los firmes pectorales de Austin Parker.

¿Es que acaso la felicidad no era eso? Un beso, una caricia, un abrazo de la persona amada con el que te confirmase que el sentimiento fluía en ambas direcciones.

Al fin podía relajarse y ser feliz.

38

Ojo por ojo

—Subo un momento a por una goma para el pelo.

—Está bien, pero date prisa, que va a comenzar el Capitán América Winter Soldier y mis colegas dicen que me parezco a ese tío.

—Tus colegas están locos —aseguró divertida—. Tú estás mucho más bueno.

Julia pasó por la cocina y apagó el horno, la pizza ya estaba preparada, ahora solo debían esperar un poco para que se enfriase. El sofocante calor la estaba haciendo sudar y esto la incomodaba, por lo que decidió darse una ducha rápida antes de cenar, ya que, aunque le había asegurado que durante los próximos dos días el sexo se había acabado, tenerle tan cerca, piel con piel, hacía flaquear su propia voluntad y necesitaba sentirse limpia por si finalmente se rendía.

Prendió la luz de la escalera, había anochecido hacía rato. Cogió un bonito pijama de tirantes y shorts de raso lavanda y unas braguitas de encaje que no dejaban demasiado lugar a la imaginación, y se metió en la ducha.

El agua de la alcachofa se estrellaba contra el suelo con energía mientras ella se enjabonaba el pelo. De pronto, la luz del baño se apagó, dejando la habitación a oscuras. Cerró el grifo y abrió la pequeña ventana corredera lo suficiente para comprobar que en la calle las farolas y las viviendas colindantes tenían las luces encendidas.

Con la escasa iluminación proveniente del exterior salió de la ducha y se cubrió con una toalla. Oyó entonces la voz de Austin desde el final de la escalera y abrió la puerta del baño para entender lo que decía.

—¿Me has dicho algo?

—Que han debido saltar los plomos. ¿Dónde están?

—En el garaje, justo detrás de la puerta de madera del descansillo.

—Enseguida vuelvo.

—Ten cuidado, no vayas a tropezarte.

Volvió a meterse en la ducha con intención de terminar de enjuagarse el cabello, pero entonces oyó un golpe y cacharros rodar, y temió que Austin hubiese chocado con la multitud de naderías que acumulaban en el garaje con el consiguiente riesgo de golpearse en la pierna lastimada.

A tientas envolvió su cabello en una toalla y se puso el pijama dispuesta a bajar en su busca. Descendió los escalones descalza porque no recordaba dónde había dejado las zapatillas.

—¡Austin! Austin, ¿estás bien?

No recibió respuesta, pero para alcanzar el garaje había que descender un tramo de escaleras y abrir dos puertas, probablemente no podía oírla.

Recordó que Berta guardaba una pequeña linterna en el cajón del mueble de la televisión. Caminando en la oscuridad lo alcanzó, lo abrió y palpó con los dedos hasta encontrarla. Por suerte funcionaba, así que llegar hasta la puerta de acceso al sótano le resultó mucho más sencillo.

Cerró tras de sí, descendió el tramo de escalones y giró la manilla de la puerta de acero galvanizado que comunicaba con el garaje.

Dio un paso y le vio, tendido en el suelo. Con un fuerte golpe en la cabeza del que manaba sangre. Quiso correr hacia él, pero entonces alguien la agarró, tapándole la boca y la nariz.

—Qué alegría volver a verte, pequeña zorra. —Los ojos violetas de Dardan Sokolov resplandecieron bajo la luz de la linterna.

Julia intentó gritar, zafarse de quien la sostenía, pero le fue imposible, estaba bien sujeta por alguien a quien no alcanzaba a ver.

Otra imagen más se materializó ante ella. Borko, Borko Lévedev daba un paso adelante de entre las sombras, iluminando su propia cara con una linterna, como en un juego macabro, convirtiéndola en la imagen de un ser fantasmagórico.

—¿Te sorprendes?¿Es que creías que no te encontraríamos? Pues no deberías haberte dejado esto en el coche, puta —dijo mostrándole su DNI, ese que creía perdido en su bolso, dentro del Seat Ibiza calcinado de Berta. Borko caminó decidido hasta ella y le dio un fuerte puñetazo en el estómago que la hizo doblarse por la mitad.

Su opresor la dejó caer al suelo. El dolor era insoportable, como si aquel puño la hubiese atravesado. Aun así, trató de arrastrarse hasta donde yacía Austin para intentar comprobar si seguía con vida. Borko dejó su linterna encendida apoyada en una de las estanterías, su luz blanquecina iluminaba en derredor. Gosha la agarró del cabello, era él quien la había retenido. Por lo tanto, no se lo había imaginado, en realidad le había visto en aquella avenida el día anterior.

—Como grites, mi amigo le meterá una bala en la sien a tu querido marine —dijo *el monstruo* a su oído. El lugarteniente de Dardan permanecía de pie junto al cuerpo inmóvil de Austin, apuntándole con una pistola. Gosha tiró de su cabello hasta ponerla en pie y entonces sintió cómo le pasaba una tira de tela por la boca, la ataba con fuerza a su nuca y también las dos manos a la espalda.

—¿De veras creíais que la muerte de mi hermana quedaría impune? Ella era todo lo que tenía en el mundo —pronunció con su marcado acento eslavo, demasiado cerca—. No, por supuesto que no. Vais a lamentar haber nacido.

—Monstruo —balbució. Aquel trapo en la lengua le produjo náuseas, así que desistió de intentar decir nada más, pues si vomitaba, podría morir asfixiada.

—¿Soy un monstruo? ¿Eso piensas? No. Soy un fantasma, y después de esta noche volveré a desaparecer, después de que vuestros cuerpos mutilados aparezcan, me esfumaré. Pero antes toca ajustar cuentas, ojo por ojo.

Un imponente cuchillo de cocina resplandeció en su mano. Julia trató de defenderse, pero Gosha la tenía firmemente sujeta.

—Si te estás quieta, prometo que será rápido —advirtió. Entonces el *shef* de los DiHe rasgó su blusa de seda en dos, desgarrándola con el cuchillo, dejando al descubierto sus pechos—. Eres demasiado vieja para mí, pero a mi hermana le gustabas, aún no sé por qué. ¿Quién de los dos la mató? —Julia cerró los ojos como respuesta—. Está bien, tú lo has querido.

Con un sencillo gesto hizo que Gosha liberase su brazo derecho, que él sostuvo con fuerza, extendiéndolo ante sí, y lo recorrió en sentido descendente desde el codo hasta la muñeca con el cuchillo, abriéndole la piel. Julia gritó a pesar de su mordaza y el esbirro de Dardan le tapó la boca con la mano. El dolor era insoportable. La sangre comenzó a manar de su herida. Quería dejarse caer, desplomarse, pero la sostenía con fuerza.

—Repito la pregunta. ¿Quién de los dos la mató?

Julia quiso arrodillarse, el dolor la haría desmayarse de un momento a otro. No hablaría, jamás delataría a Austin, a pesar de que ni siquiera sabía si continuaba con vida o no.

—Me sorprendes, no creí que aguantases tanto. A ver si también te resistes a mi amigo. Gosha, es tuya.

El grandullón la arrinconó contra el banco de herramientas que su hermano conservaba en el garaje. El brazo herido le sangraba y le dolía, pero aun así trató inútilmente de golpearle con una llave inglesa: el animal la aprisionó contra la estructura de metal con una fuerza descomunal, la misma que antes había utilizado para retenerla.

Sintió su lengua en la garganta y su aliento rancio sobre la boca mientras tiraba de la parte inferior del pantalón de su pijama bajándoselo hasta las rodillas. La mano buscaba el camino a su sexo mientras ella le golpeaba, le pellizcaba y lanzaba puñetazos sin que nada de esto minase su voluntad de violarla.

Sollozó mientras aquel ser lamía sus pechos con sus manos sujetas por las suyas. Trataba de revolverse, pero entonces la giró, doblándola sobre la mesa del banco de trabajo como si estuviese hecha de plastilina para poder penetrarla por detrás.

Al empujarla dio un golpe a la estantería en la que se hallaba situada la linterna. Dardan la había colocado estratégicamente para iluminarlos, y esta rodó por los suelos trazando ráfagas de luz que, como un estroboscopio, parecían ralentizar la realidad.

Supo que nada ni nadie podría evitar que aquel animal la violase, y vio el cuerpo de Austin en el suelo un instante, a un par de pasos de ella, tendido, y después oscuridad. Solo quería que estuviese vivo. Un nuevo fogonazo de la linterna volvió a iluminar el mismo lugar y vio que entonces estaba vacío. Austin había desaparecido.

Borko, que debía estar apuntándole, estaba tan entusiasmado con las intenciones de Gosha, esperando su turno, que ni siquiera se dio cuenta.

Se oyó un crujido seco y el sonido de un arma al dispararse y caer por los suelos.

Dardan se movió entre las sombras, consciente de que algo no iba bien, y se ocultó tras el pie de metal del que colgaban las bicicletas de montaña.

Julia sintió que la presión que Gosha ejercía sobre ella desaparecía. Se subió los *shorts* del pijama limpiando las lágrimas que empañaban su rostro y se acurrucó en el suelo. La luz de la linterna le indicó su posición y gateó hacia ella. Oyó un ruido seco, seguido de un gorgoteo. Ella no lo sabía, pero Parker acababa de partirle el cuello al gigantón que había intentado abusar de ella.

Tomó la linterna en sus manos y sintió que alguien la tocaba en el hombro. Gritó.

—Apaga la linterna —susurró Austin acuclillado junto a ella. Julia apuntaba hacia el frente con esta.

Y entonces el inconfundible ruido de un nuevo disparo rompió el silencio. El cuerpo de Austin que la protegía recibió el impacto de una bala. El leve gemido de este la hizo saber que le habían herido.

—¡No! ¡No! —gritó.

Dardan, envalentonado al saber que le había herido, caminó hacia ellos desde su escondite. Deteniéndose justo frente a ambos. Su silueta se materializó envuelta en sombras ante la luz de la linterna.

—Adiós —dijo feliz, regocijándose con su victoria mientras los apuntaba.

Iba a vaciar el cargador sobre ambos y a librarse de ellos para siempre, pero entonces Julia tiró de la cuerda que tenía a su espalda atada a un perno, rezando a todos los santos en los que su madre creyó un día y cuya vocación ella misma había menospreciado entre bromas en más de una ocasión, y soltó las sujeciones del viejo y pesado *kayak*, que colgaba justo sobre sus cabezas.

Este cayó sobre ellos, golpeando al albanés en la cabeza con fuerza y haciéndole caer hacia atrás antes de impactar con violencia en el suelo.

El silencio.

Un silencio asolador que olía a muerte, a sangre, a final.

¡*A*ustin! También a él le había impactado el *kayak*, golpeándole en la pierna herida y en la cabeza, estaba inconsciente sobre ella. Lo apartó y, dolorida, se alejó de él, caminó hasta la puerta sorteando infinidad de obstáculos, buscó el automático y prendió la luz.

El panorama fue terrorífico. Borko yacía con un tiro en la cabeza junto a la puerta del garaje, Gosha también lo hacía, con el rostro en una mueca desencajada, y un gran charco de sangre manaba de la cabeza de Dardan Sokolov, cuyos ojos abiertos de par en par parecían abrazar a los demonios del infierno, que debían estar esperándole para recibirle.

Corrió hacia Austin, que seguía inconsciente tendido en el suelo, y descubrió que la hemorragia de la pierna había reanudado, manando cual arroyo desbocado desde su rodilla.

—¡Austin! ¡Austin, por favor! —le llamó, mientras reaccionaba tomando el extremo de la cuerda que sostenía la piragua y lo ataba a su pierna para hacer un torniquete que apretó con toda su alma.

La sangre también manchaba su espalda, el impacto de bala había entrado por debajo de las costillas del lado izquierdo, pero no había orificio de salida, estaba dentro.

—¡Austin, por favor, contéstame! ¡Despierta! —pidió acariciándole el rostro.

Corrió hacia el interior de la casa en busca de su teléfono, y regresando a toda velocidad junto a Austin marcó el número que tan bien conocía.

39

Si alguna vez me quisiste

—Cero sesenta y uno. Le atiende Simón Martínez, dígame.

—¿Simón? —Le conocía, era un chico joven al que había visto a menudo en la centralita—. Soy Julia Romero, la enfermera del equipo uno.

—Dime, Julia.

—Han asaltado mi casa, mi novio está herido de bala, con orificio de entrada, pero no de salida bajo la parrilla costal izquierda, una hemorragia de grado cuatro en el miembro inferior derecho y un traumatismo craneoencefálico del que desconozco la gravedad. Os necesito aquí en menos de cinco minutos o le perderé. ¿Me oyes? Calle Brasil veintiséis, repito, calle Brasil veintiséis.

—Sí, sí, claro. Aviso a todos los equipos, incluso los que estén en lugares de menor gravedad. —La voz le temblaba a pesar de que intentaba mantener su profesionalidad—. Tranquila que el más próximo saldrá directo. Y tú, ¿estás herida?

—No, yo estoy bien, pero los tres tipos que nos atacaron están muertos, creo. Necesito al menos dos equipos, por favor, mételes prisa. Estamos en el garaje, voy a dejar abierta la puerta. Tengo que colgar, no para de sangrar, Simón.

—Está bien, vuelve a llamarnos si nos necesitas.

—Gracias.

Soltó el teléfono, aflojó el torniquete para evitar la necrosis de los tejidos y volvió a apretarlo antes de correr para accionar el mecanismo de apertura automática del portón y regresó veloz junto a Austin.

—Vamos, cariño…—Liberó un poco la presión del torniquete y la sangre fluyó a borbotones. Austin arrugó el entrecejo, recuperaba la conciencia, el dolor le despabilaba—. Cariño, por favor, aguanta, ya vienen —pidió tragándose las amargas lágrimas. La herida de la espalda apenas sangraba, pero temía que le hubiese provocado una hemorragia interna que no podría controlar. Además, no contaba con los medios de Halcón en el helicóptero. Ahora estaba sola, y su vida dependía solo de ella. Presionó la entrada de bala con un trapo de la mesa de herramientas.

La puerta del garaje ya se hallaba abierta de par en par.

—Austin, cariño, resiste, por favor.

—Cuida de Candela —masculló en un aliento de voz, abriendo los ojos con dificultad para mirarla.

—La cuidaremos, juntos, vamos a cuidarla, y la verás crecer, te lo prometo —lloró. El SEAL forzó una sonrisa llena de dolor en los labios antes de volver a perder el conocimiento.

El sonido de las sirenas fue música para sus oídos. Así como el vaivén hipnótico de las luces anaranjadas de las ambulancias y los destellos azules de la policía le dijeron que llegaba el Séptimo de Caballería.

Su corazón palpitó acelerado al ver a Rubén descender la rampa a toda velocidad cargando su equipo a la espalda seguido de Pablo, que traía la camilla de tijeras y la joven que debía ser su sustituta. Se sintió aliviada porque, a pesar de sus diferencias, para ella Rubén era el mejor en situaciones de emergencia como aquella.

Los alcanzó enseguida, arrojando la mochila al suelo.

—¿Estás bien? —le preguntó.

—Sí, sí, a él, atiéndele a él. —El joven médico obedeció, haciéndose cargo de la situación. Dando indicaciones a su enfermera que ya preparaba el suero para cogerle una vía.

—Tienes una brecha en la frente, Julia —indicó Pablo, quitándose el polo azul de emergencias y vistiéndola con él para ocultar su desnudez. Ni siquiera se había dado cuenta, pero era cierto, tenía una herida en la frente, debió hacérsela cuando cayó el *kayak*—. Y mira tu brazo.

—No es nada, ya me lo coserán en el hospital. A él, atendedle a él.

—¿Y esos tipos? —preguntó la nueva enfermera.

—A esos hijos de puta que los atienda el siguiente equipo; nos largamos ya. Pablo, vámonos —indicó Rubén.

Le cargaron y subieron la rampa a toda velocidad.

—Voy con vosotros.

—Ni hablar.

—Trata de detenerme.

Subió a la parte trasera de la ambulancia y sostuvo la mano de Austin. Percibió la mirada de soslayo del que una vez fue su pareja al verlos.

—¿Tensión?

—Seis, tres y medio, creo, se oye tan bajito…

—Aumenta la velocidad del suero, ponlo a chorro —ordenaba mientras no dejaba de presionar la herida de la rodilla con compresas.

—¿Qué pasa, Rubén? ¿Ha dejado de sangrar?—preguntó mirándole a los ojos.

—La hemorragia de la pierna está controlada, pero me temo que pueda tener una hemorragia interna, que el disparo haya dañado algún órgano. ¿Quiénes eran esos tipos, Julia?

—No importa quiénes eran. Ahora no importa. Solo importa él.

—¿Él? ¿Y quién es él?

—Rubén, está fibrilando —advirtió la nueva enfermera atenta al monitor.

—Métele una dosis de adrenalina.

Los latidos de su corazón comenzaban a ser irregulares y Julia sabía lo que eso podía significar, le perdían.

—Carga el desfibrilador.

—¿Doscientos?

—Sí, claro.

Su cuerpo convulsionó, saltando sobre la camilla. Rubén volvió a colocar las palas para analizar el ritmo cardiaco.

—Continúa fibrilando —advirtió insuflando aire en sus pulmones con el resucitador manual. El joven médico inició las compresiones cardiacas de reanimación, durante un par de minutos que parecieron eternos. Volvió a colocar las palas sobre el pecho, la fibrilación continuaba.

—¡Carga! —ordenó colocando las placas de nuevo sobre el torso desnudo de Austin—. Uno, dos, tres. Voy.

Este volvió a estremecerse de modo automático. Rubén colocó las palas de nuevo sobre su pecho.

—¡Se ha parado! ¡Se ha parado! —gritó la enfermera nerviosa.

La línea verde marcaba el fin sobre la pantalla del desfibrilador.

Julia no quería creerlo, no podía creerlo, le había perdido. Austin acababa de morir sobre aquella fría camilla de la ambulancia.

No había señal. Su mundo acababa de destruirse. Todos los planes que habían hecho juntos jamás llegarían a cumplirse.

Era el fin. El final de su sonrisa ladeada, de sus ojos mágicos, de sus besos y caricias. Era el peor final de todos, el fin de su felicidad.

Rubén reinició la maniobra de reanimación. Uno, dos. Uno, dos. Mientras la joven continuaba insuflándole aire. No quería mirar a Julia, no se atrevía a mirarla. Continuaba comprimiendo el torso de aquel hombre que tan importante era para ella.

No podía ser cierto. Debía tratarse de una pesadilla.

Uno. Dos. Uno. Dos. El tiempo parecía haberse detenido. Volvió a colocar las palas, pero el resultado fue el mismo. Se había ido.

—Continúa en parada —oyó decir a su compañera.

Julia se volvió hacia él y le agarró por los hombros con fuerza zarandeándole.

—¡Tienes que salvarle, Rubén! ¡Tienes que salvarle!

—No hay latido, Julia.

—¡Si alguna vez me quisiste, si alguna vez signifiqué algo para ti, tienes que salvarle! —lloró, agarrándose con fuerza a la mano exánime del hombre al que amaba y cuya vida se le escapaba entre los dedos como el agua, sin que pudiese hacer nada para evitarlo.

Rubén reinició la maniobra de reanimación, una vez más, con fuerza, hundiendo el esternón de aquel tipo. No quería verla sufrir. «Si alguna vez me has querido», había dicho. Aún la quería.

Uno. Dos. Uno. Dos. Uno. Dos.

Uno. Dos. Uno. Dos.

Bip. Bip. Bip. Bip.

Al fin. Al fin aquel sonido.

40

Si decides quedarte

*R*ubén se deshizo de la bata de quirófano y la arrojó a la papelera antes de fundirse con ella en un emotivo abrazo. La rodeó con fuerza contra su pecho sabiendo que jamás volvería a tenerla entre sus brazos del modo en el que una vez fue suya, ni siquiera si aquel tipo que se jugaba la vida en la sala de operaciones falleciese. El amor de Julia ya no le pertenecería, nunca más, porque le amaba y lo haría aunque le perdiese para siempre, la conocía lo suficiente como para saberlo. Pero él quería que fuese feliz, del modo en el que él no había sido capaz de lograrlo.

—¿Cómo está? —preguntó angustiada.

—Muy grave, pero tiene a tres de los mejores cirujanos del hospital atendiéndole, mi padre entre ellos.

—¿Tu padre ha venido? —Su padre, el doctor Julio Díaz de Haro, era el jefe de cirugía del complejo hospitalario, catedrático de cirugía vascular, el más reputado de Andalucía y uno de los más eminentes del país—. ¿Qué hace aquí tu padre?

—Le llamé en cuanto bajamos de la ambulancia. Si alguien podía salvarle la pierna, además de la vida, es él.

—Gracias, muchas gracias, Rubén —dijo abrazándole de nuevo—. ¿Y la bala? ¿Y el traumatismo?

—Está en buenas manos, Julia. Déjame ver la herida de la frente y de tu antebrazo. ¿Cómo está?

—Bien, ya me lo han suturado. No importa, de verdad, mi brazo no importa.

—¿Tanto significa para ti? Quiero decir… Apenas conoces a ese tío.

—Le conozco lo suficiente como para saber que quiero pasar el resto de mi vida con él. —Aquellas palabras fueron un mazazo en la boca del estómago; aunque lo sospechaba, oírlo de sus labios lo hacía aún más doloroso.

—Vaya.

—Le amo, Rubén. Cada célula de mi cuerpo lo hace.

—Siento celos. Perdóname, pero no puedo evitarlo. Querría ser yo el que estuviese tumbado en esa camilla si con eso pudiese recuperarte —aseguró emocionado, y tuvo que morderse los labios para evitar romper a llorar como un niño—. He sido un imbécil y por eso te he perdido.

—No pienses eso, tuvimos nuestra oportunidad, si se acabó fue porque no era nuestro destino estar juntos. Estoy convencida de que me habría enamorado de él de todos modos, porque jamás he sentido nada como lo que me ha hecho sentir —dijo a pesar de que sabía que estaba arrojando sal a su herida. Sin embargo, necesitaba que dejase de culparse, porque sentía que era así, que aunque Rubén hubiese correspondido a su amor como anheló en el pasado, se habría enamorado de Austin del mismo modo en que lo hizo, debido a que él había sacudido su existencia mostrándole cual era el auténtico camino de la felicidad—. Gracias por lo que has hecho por él. Gracias por reanimarle, por traerle con vida hasta el hospital.

—Lo tiene muy difícil, Julia. Ha perdido mucha sangre.

—Sobrevivirá. Tiene que hacerlo por Candela.

—¿Quién es Candela?

—Su hija.

—¿Tiene una hija?

—Sí. Y no puede dejarnos solas. No puede —repitió como un mantra, como si así las palabras pudiesen convertirse con mayor facilidad en realidad. Rubén la cogió del brazo y tiró de ella hacia las incómodas sillas de la sala de espera de cuidados intensivos.

Permanecieron, en silencio, sentados uno junto al otro, cada uno navegando dentro de sus mentes inquietas, la de ella, reviviendo el crítico traslado en ambulancia, la de él, recordándola en cada uno de los momentos íntimos que habían compartido, esos que ya no volverían a repetirse. Habían transcurrido al menos treinta minutos cuando Hugo y Berta atravesaron la puerta apremiados, buscándola con los ojos.

Ambos la abrazaron aliviados al saberla a salvo. Después de la llamada de Rubén alertándolos de lo sucedido, temieron que no les hubiese contado toda la verdad, aunque este les había pedido algo de ropa y eso debía significar que estaba bien.

Julia se sintió aliviada de tenerlos consigo, de que le prestasen sus hombros para llorar, porque no podía parar de hacerlo. Aquella habitación, aquella maldita habitación se empeñaba en traer a su memoria recuerdos terribles de la noche en la que perdieron a su padre y los días posteriores, en los que su madre estuvo luchando por sobrevivir. Habían sido demasiados días esperando en agonía entre aquellas cuatro paredes para que al final el desenlace fuese el peor posible. Y ahora estaba allí de nuevo, esperando noticias con el alma hecha pedazos.

Transcurrieron las horas en la pequeña salita durante aquella noche que parecía no tener fin. Hasta que casi al amanecer el doctor Díaz de Haro acudió en su busca con los ojos enrojecidos, acompañado de los otros dos cirujanos que le habían acompañado en las intervenciones.

—Ha sido una noche muy larga, Julia —dijo con aire cansado. Conocía a aquella joven desde que era una chiquilla, y la apreciaba, a ella y también a su hermano Hugo, el mejor amigo de su hijo Rubén desde el instituto. Jamás había conocido a una chica tan trabajadora y voluntariosa, además de bonita. Aún no podía explicarse cómo su primogénito no había puesto los ojos en ella.

—¿Cómo está Austin, doctor?

—Estable, dentro de la gravedad. El doctor Mendoza le ha extraído la bala y le ha extirpado el bazo, afectado por esta, hemos evacuado la mayor parte de la sangre derramada en la cavidad abdominal, y, entre el doctor Jiménez y yo, le hemos recolocado en la medida de lo posible la articulación de la rodilla y suturado los vasos afectados, controlado el sangrado de esta. Habrá que esperar, pero confío en poder salvarle la pierna.

—¿Y el traumatismo craneal?

—No ha revestido gravedad. Le han suturado una pequeña herida y nada más.

—Gracias, muchísimas gracias, a los tres.

—Julia. —Le tomó ambas manos en un gesto muy paternal—. Su corazón es fuerte, pero está grave, mucho, preciosa. Sabes que las siguientes horas son cruciales, esperemos que no se produzca ninguna complicación. Hemos hecho todo lo que estaba en nuestras manos. Ahora depende de él, de que decida quedarse con nosotros.

—Lo hará —afirmó sin poder contener el par de lágrimas que recorrieron sus mejillas. El padre de Rubén la abrazó un largo instante con afecto—. Gracias, de verdad.

—En un rato te avisarán si quieres pasar a verle a la UCI.

—Sí, por favor.

—Pediré que te permitan acompañarle al menos unos minutos.

—Gracias, doctor Díaz de Haro —dijo Hugo estrechándole la mano.

Volvieron a tomar asiento en las sillas de plástico. Su hermano la abrazó, ofreciéndole su hombro para descansar mientras Rubén reposaba la cabeza contra la pared de cristal, agotado.

—Deberías ir a casa a descansar. Ayer estuviste de guardia todo el día —le dijo su mejor amigo.

—Hugo tiene razón, deberías…

—Estoy bien, tranquila. Tranquilos.

—¿Cómo llegasteis tan rápido a casa anoche?

—Íbamos de regreso de un aviso en Levíes, junto a la Carbonería, la guardia había acabado y volvíamos para dejar la unidad cuando me llamaron al móvil para decírmelo.

—¿Sabes algo de los otros tipos? —preguntó Hugo.

—Están muertos. Los tres. Me lo ha dicho una de las enfermeras de urgencias —reveló peinando hacia detrás con los dedos el cabello castaño que se arremolinaba en un tupé ladeado sobre la frente.

—Hijos de puta.

—Rubén, da las gracias en mi nombre a Pablo y a Lucía, no tuve oportunidad de hacerlo cuando bajamos de la ambulancia.

—Tranquila, no hace falta. Pablo me ha pedido que te diga que seas fuerte, aunque él ya sabe que lo eres. Dice que se pasará esta tarde a verte, porque anoche le tocaba recoger a las niñas y se sentía mal por no poder acompañarte.

—Que no se sienta mal. Le estoy muy agradecida, os lo estoy a los tres. Especialmente a ti —dijo tomando su mano y apretándola con afecto—. Si Austin se salva será gracias a ti.

—No tienes por qué darlas. Es mi trabajo, nuestro trabajo. Y, además, sabes que haría cualquier cosa por ti.

Julia sonrió. Lo sabía, entonces lo sabía. A pesar de que nunca podría quererle como él deseaba que lo hiciera.

Su corazón pertenecía al hombre cuya vida se debatía sobre una cama de hospital. Lleno de cables, de sondas, de indicadores de sus constantes vitales. Inconsciente, con la cabeza envuelta en una malla y el abdomen y la rodilla cubiertos de apósitos.

Cogió su mano, grande y templada, y entrecruzó los dedos con los suyos. Se había quitado los guantes, porque quería que él sintiese el tacto de su piel. Vestida con la mascarilla, el gorro y la bata desechable no podría reconocerla cuando despertase.

Porque iba a despertar. Tenía que despertar. Bajó la mascarilla con cuidado y le besó en el dorso de la mano.

Su pecho se movía rítmicamente gracias al respirador.

—Hola, cariño —balbució sobre su piel tratando por todos los medios de controlar las ganas de llorar que la asolaban—. Los médicos dicen que has estado muy cerca. Demasiado cerca. Pero ellos no te conocen como yo. Ellos no saben que eres un SEAL, un hombre de acero, mi hombre de acero. Ellos dicen que han hecho su trabajo y que ahora depende de ti. De ti, cariño. Y yo te prometo que si decides quedarte vamos a ser muy felices, los tres juntos. Cuidaré de ti, te doy mi palabra, por el resto de los días de mi vida. Seré valiente, no desfalleceré si decides quedarte junto a mí, junto a nosotras. Dicen que no puedes oírme y que no sientes dolor, eso me tranquiliza, pero necesito decirte que no puedes dejarnos solas, Austin. Te necesito, te necesitamos. Aún tenemos que ir a Fisher's Hole, o Peaceland o como quieras llamarlo, tenemos que echar esas carreras en la orilla del mar y tienes que hacerme el amor en cada habitación de nuestro nuevo hogar. Candela tiene que conocer a su padre, tiene que descubrir lo maravilloso que es tener un ángel de *los ojos mágicos* como papá. Y tienes que acompañarla al colegio en su primer día y llevarla a los recitales de Navidad, ¿recuerdas? —Vislumbró entonces cómo por su mejilla izquierda descendía una lágrima, veloz, incontrolable, solo una—. ¡Está llorando! ¡Está llorando! —clamó apretando el pulsador que daría la voz de alarma en el control de enfermería.

41

Amaneceres pendientes

Día de Acción de Gracias
Palmetto, Georgia.
Estados Unidos de América.

*E*l sonido del electrocardiógrafo la despertó. Ese bip, bip, bip irregular la hizo saber que algo no andaba bien, nada bien. Le tomó el pulso en la muñeca para asegurarse de que los ciento treinta latidos por minuto que indicaba el aparato eran un error, pero no, este era rápido y filiforme.

Bip, bip, bip.

La frente de Austin se arrugó, frunció los labios y Julia supo que aun en su inconsciencia padecía algún tipo de intenso dolor. Pero entonces su rictus se relajó por completo y llegó el temido y fatídico piiiiiiiiii seguido de una maldita línea verde en la pantalla que indicaba que todo había terminado.

—¡No!¡No! —gritó echando a correr hacia el pasillo en busca de asistencia. Pero no había nadie, estaba desierto. Abrió las puertas de las habitaciones, de cada estancia—. ¡Ayudadme!¡Que alguien me ayude, por favor!

Estaban solos. No había nadie más. Debía volver junto a él, iniciar una maniobra de reanimación, sola…

—*J*ulia, Julia, cariño. Despierta —le pidió, apartando el largo cabello dorado de su rostro con los dedos. Ella abrió los ojos, haciéndole sentir aliviado, con el corazón convertido en un torbellino en el pecho. Y le abrazó con ímpetu como si aún temiese que aquel sueño se convirtiese en realidad—. ¿Otra vez la pesadilla del hospital?

—Sí —respondió con el rostro encajado en su cuello. Respirando el tibio aroma de su piel que tanto la tranquilizaba, era una sensación casi mágica, que la hacía sentir a salvo, en casa—. Pero estoy bien.

Cuando se apartó para mirarle, la expresión de su rostro se había mudado por completo, una sonrisa deslumbrante resplandecía en sus labios. Una sonrisa tan cálida que podría derretir la nieve que cubría el exterior de la vivienda unifamiliar.

Había sido una de las mayores nevadas de los últimos años en Palmetto. El invierno había llegado demasiado pronto y, sin embargo, en el interior de aquella habitación parecía que floreciese la primavera con solo mirarla a los ojos.

La besó en los labios, embebiéndose de aquel sabor tan dulce y familiar del que sabía que jamás tendría suficiente.

—Te quiero. No te separes de mi lado, nunca —le pidió, acurrucándose entre sus brazos de nuevo sobre la cama. Él respondió besándola en la frente con dulzura.

—¿Nunca?

—Nunca.

—¿Ni para ir al baño?

—Bueno, para ir al baño, sí. Pero deja la puerta abierta.

—Empiezas a preocuparme —rió. Se hizo a un lado despacio y se sentó en la cama, acomodando su pierna derecha con cuidado, puso el pie en el suelo, tomó la muleta que le aguardaba junto a la mesita de noche y se puso de pie sin dificultad. Su pierna mejoraba día a día y sabía que parte de esto también se lo debía a Julia, a su férreo empeño para que se cuidase, a su ayuda constante para hacer los ejercicios de rehabilitación. Se había volcado en su recuperación, sin descanso, noche y día.

Desde que despertó en el hospital, dos días después del ataque en su vivienda, no habían pasado más de dos horas separados. Cuando abrió los ojos por primera vez fue su rostro el que vio, el de la mujer más hermosa del mundo, el de la mujer que amaba y amaría por el resto de sus días.

Caminó despacio sobre la moqueta hasta alcanzar el baño y cerró tras de sí.

—¡No eches el pestillo!

—No, *mamá* —le oyó decir desde el interior. Julia se estiró en la cama con una sonrisa.

Le quería tanto que aún temía perderle. Había estado demasiado cerca en dos ocasiones y encontraba lógico que aquel sueño se repitiese en su cabeza. Esperaba que con el paso de los meses la pesadilla que la atormentaba la dejase en paz.

Por suerte ella no llegó a vivir una situación semejante. Austin despertó del coma inducido cuando los especialistas lo consideraron oportuno y, cuando lo hizo, lo único que no pudo recordar hasta semanas después fue lo sucedido en el garaje aquella última noche. El ataque de Dardan y los suyos, cómo la había protegido y defendido dejándose la piel y casi la vida.

*J*amás podría olvidar sus palabras aquella noche, pocas horas después de despertar: «Tú y yo tenemos pendientes el resto de amaneceres de nuestras vidas. No podía marcharme», dijo al verla llorar emocionada por tenerle de vuelta. Un dardo directo al corazón del hombre que se jactaba de no ser romántico; uno más que la convencía de que ni en un millón de años podría amar a alguien como le amaba a él.

Regresó del baño y dejó la muleta apoyada contra la pared, tomando asiento en la cama. Julia fue hacia él, rodeando su espalda con los brazos, abrazándole por detrás.

—¿Crees que Candi habrá dormido bien? —le preguntó.

—Claro, si no habría venido a nuestra cama, como hace siempre que tiene miedo. Te estoy viendo las intenciones, ni se te ocurra ir a despertarla que es muy temprano. Eres un papá un poco paranoico, ¿eh?

—Me encanta esa palabra.

—¿*Paranoico*?

—No, tonta. *papá*. Me encanta cuando la dice.

Julia sonrió recordando la primera vez que lo hizo. Fue un mes después de instalarse en su nueva vivienda, en Alabama, mientras ponían la mesa. Austin aún no podía caminar y se desplazaba en silla de ruedas por la casa, ayudando a colocar los enseres. Llevaba una jarra de agua entre las piernas que, al empujar las ruedas con las manos, se meció corriendo peligro de derramarse. Entonces Candela la sostuvo con firmeza, y lo dijo: «Tranquilo, papá, yo la cojo».

Fue una frase sencilla y natural a la que la pequeña no pareció conceder la menor importancia, pero ambos se miraron cómplices, sorprendidos y felices. Hasta el momento le había llamado Austin y, sin embargo, desde ese día no volvió a hacerlo, solo *papá*.

Y el bravo SEAL aprendió cómo una simple palabra que nunca imaginó oír podía sanar las heridas más profundas de un corazón lastimado.

*C*andela era una niña muy especial, probablemente debido a las difíciles circunstancias que le habían tocado vivir, y no dejaba de sorprenderlos: lejos de lo que habían temido, aceptó con facilidad la idea de mudarse a Estados Unidos, su cara de felicidad no tuvo parangón cuando supo que iría a vivir con ellos en lugar de con la familia del que entonces era su tío Chris.

En septiembre se instalaron en su vivienda de Gulf Shores, Alabama. El curso escolar ya había comenzado, en inglés además, y ambos temían que su adaptación fuese complicada. En el colegio le concedieron una profesora de apoyo mientras se hacía al nuevo idioma y se adaptaba, pero la espontaneidad y el carácter extrovertido de la pequeña la hicieron granjearse el afecto de sus compañeros en un tiempo récord.

Tanto era así, que en dos meses dejó de necesitar a la profesora de apoyo, pues si había una palabra que no comprendía, sus propios compañeros se peleaban por hacerle de traductores. Todos y todas querían jugar con *Candy*, que para ellos significaba *caramelo*. Y lo era, era un caramelo.

*A*l mes siguiente de su llegada tuvieron que regresar a Rota durante unos días. Montgomery King les telefoneó para informarlos de que la abuela de Candi, Manuela, había fallecido en el hospital de Jerez.

La noticia los cogió por sorpresa. Esperaban que doña Manuela se trasladara a vivir a Gulf Shores antes de Navidad. Austin incluso había llegado a negociaciones con el dueño de la propiedad que había frente a su vivienda y había comenzado a reparar la valla para que todo estuviese listo cuando ella llegase.

Cada vez que hablaban con ella, pues Candi la telefoneaba casi a diario, les decía que se encontraba mejor, mucho mejor.

La buena mujer no había querido decirles la verdad sobre su estado, aun cuando esa maldita enfermedad avanzaba en su cuerpo a pasos agigantados, consumiéndolo. No había querido que se sintiesen obligados a permanecer en España más tiempo del que considerasen necesario por su culpa y había buscado una excusa para trasladarse más adelante a vivir con ellos, cuando en realidad no se sentía con las fuerzas necesarias para hacerlo considerando el poco tiempo que le quedaba. A pesar de que quería a su pequeña con toda el alma, sabía que esta necesitaba empezar cuanto antes una nueva vida junto a su nueva familia.

Así, cuando se despidieron en el aeropuerto después de haber pasado el último mes juntas, mientras Austin se recuperaba de sus heridas, le repitió una y otra vez lo mucho que la amaba y que siempre estarían unidas, en su corazón.

Le pidió que pensase en ella cada vez que el sol la deslumbrase por la mañana, pues sería su luz la que la iluminase desde donde quiera que estuviese, solo para recordarle cuánto la quería.

Por eso, cuando Julia, con los ojos llenos de lágrimas, se arrodilló junto a la pequeña para darle la noticia, esta le respondió:

—No llores, la *abu* ahora vive en el sol y desde allí me mandará besitos por las mañanas.

—¿Adónde vas? Creí que íbamos a darnos un cariñito de buenos días.

—Ni hablar, nada de *cariñitos* mañaneros, me moriría de vergüenza de que tu padre pudiese oírnos.

—Es imposible, está a dos habitaciones de la nuestra, median la habitación de Candela y el baño.

—Entonces será Candi quien nos oiga.

—Candi estará soñando con su nuevo trineo. Voy a tener que hablar con el «*abu* Mitch» para que no la consienta tanto o acabará convertida en una de esas mocosas repelentes a las que no se les puede negar nada —bromeó imitando la cariñosa palabra que utilizaba la pequeña para referirse a su abuelo. Mitchell Parker, un caballero de alrededor de sesenta años, serio, con el cabello y bigote canos y los ojos de un gris metálico, había caído rendido a los pies de su nueva nieta.

—No creo que vaya a negarle nada, la adora.

—También a ti. Anoche estuvimos hablando mientras acostabas a Candela.

—¿De mí?

—De ti y de mí.

Era la segunda vez que coincidía con el padre de Austin. La primera había sido a su llegada a Gulf Shores, cuando conoció también al resto de la familia. Era un hombre poco hablador y un tanto distante, probablemente su pasado como militar hubiese contribuido a ello.

—Espero que bien.

—No acostumbro a permitir, ni a él ni a nadie, que me dé su opinión. No me gusta que interfieran en mi vida sentimental. Si me equivoco, la responsabilidad es solo mía.

—Pues yo no pienso callarme una sola opinión, que lo sepas.

—Eso ya lo tengo asumido, *mi española refunfuñona.* —Julia se echó a reír entre sus brazos—. Cuando subiste me quedé sentado con él junto a la chimenea, estábamos solos por primera vez en mucho tiempo. Dijo, «me gusta esa chica». Yo le miré de reojo, sorprendido por su arranque de sinceridad, y entonces añadió: «Siempre supe que elegirías bien». Y se levantó y se marchó a su habitación.

—Tampoco es tan extraño que tu padre te dé su opinión sobre tu pareja, ¿no?

—Tratándose de nosotros, créeme que sí —respondió, perdiéndose en sus ojos verdes, y supo que ella le estaba mirando mucho más allá, indagando en las profundidades de su interior en busca de la respuesta a una pregunta que no se atrevía a hacerle.

Alguien abrió la puerta sin llamar. Julia sintió el chirriar de la cerradura y bajó de su cuerpo a toda velocidad, haciéndose a un lado envuelta por la sábana. Candela se arrojó sobre ambos como si hubiese saltado desde un paracaídas.

—Buenos días papá, buenos días, Julia —dijo rodeando a ambos por el cuello en un abrazo tan cálido como brusco.

—Buenos días —repitieron ambos.

—¿Ya te has cansado de dormir? —preguntó Julia mientras Austin la elevaba por encima de su cabeza con sus fuertes brazos sosteniéndola por las axilas.

—Sí, porque el *abu* Mitch ronca como un león hambriento.

—Chsss. No digas eso, Candela —rió Julia—. ¿Y cómo es que puedes oírle desde tu cuarto?

—Yo creo que podría oírle desde Rota. Hace «roooo chissss roooo chisss».

—Candi, por favor, no vayas a decirle nada, que se puede sentir ofendido.

—¿Por qué? Si es verdad.

—No se va a sentir ofendido. A ver si así reconoce de una vez por todas que ronca. Mi hermano Chris y yo nos hemos pasado la vida durmiendo con tapones en los oídos. Y el juraba y perjuraba que era falso, que él no roncaba.

—¿Ves? Al *abu* Mitch no le gusta que le digan que ronca. Así que nosotros haremos como si no le hubiésemos oído, ¿verdad?

—Vaaaaaaale. No diré nada, pero le voy a pedir que me preste su pierna de hierro.

—¿Qué? —Julia no daba crédito y Austin tuvo que soltarla posándola con suavidad sobre la cama para poder reír a gusto.

—Ya me la he probado.

—¡Candi!

—Sí. He ido a su cuarto para taparle la boca para que no ronque más, y la he visto en el suelo y he metido el pie dentro.

—Candi, eso no se puede hacer.

—Sí se puede. Yo lo he hecho y no me ha pasado nada.

—Austin, por favor, ¿quieres explicarle a tu hija que eso está mal en lugar de estar ahí revolcándote como una croqueta muerto de la risa?

—Candi, eso no se puede hacer —dijo este con lágrimas en los ojos.

—¿Por qué?

—Porque las prótesis son cosas privadas. Como la ropa interior, solo puedes tocar la tuya —trató de aleccionarla.

—Pues yo te he visto a ti registrando en el cajón de la ropa interior de Julia.

—¿Queeeé? —buscó con los ojos desencajados a su chico. Austin se puso un dedo en los labios indicando a la pequeña que debía callarse.

—No estaba registrando su cajón. Estaba… cerrándolo.

—Tenías la mano dentro, papá —se reafirmó Candela con los brazos en jarras. No pensaba dar su brazo a torcer, sabía lo que había visto la tarde anterior al irrumpir en la habitación buscándole para que bajase a tomar el café.

—Candi, cariño. ¿Qué te parece si vas ahora mismo a tu habitación y te vistes, y bajamos a la cocina y te preparo tortitas para desayunar?

—¡Perfecto! —dijo enganchándose a su cuello de nuevo con vehemencia. Le besó en la mejilla antes de salir de la habitación como una tromba, cerrando de un portazo. Parker la observó con una sonrisa embelesada en los labios, sonrisa que se borró al instante al toparse con los ojos de una Julia que lo miraban con expresión extraña.

42

Corazón de Acero

—¿*A*hora eres un fetichista de la ropa interior? ¿O es que te ha dado por ponerte tangas de encaje a mis espaldas? Vamos, no es por nada, es solo que me he comprado un modelito en Victoria's Secret que va con el color de tus ojos. —La ruda y sin embargo suave mano de Austin le tapó los labios.

—Mira en el cajón —pidió—. No te estaba cogiendo ropa interior, tranquila.

—¿Qué tengo que mirar?

—Tú mira.

Descendió de la cama con cuidado, posó los pies descalzos sobre la mullida moqueta azul, y abrió el cajón en el que había guardado su ropa interior tras deshacer la maleta para los días que pasarían en Palmetto.

Buscó con los dedos en su interior.

—Al fondo —le oyó decir a su espalda.

Tocó algo al final del cajón estrecho y alargado y lo sacó. Era una pequeña cajita de madera labrada del tamaño de una naranja, con preciosos grabados étnicos. La abrió y descubrió en su interior un anillo. Un brillante corazón de rubí engastado bajo las alas doradas de un ave.

—Austin, esto es… —dijo volviéndose para mirarle a los ojos, y le descubrió con la rodilla izquierda clavada en la moqueta, a los pies de la cama, en una postura que ella sabía lo forzada que le resultaba—. Pero ¿qué…?

—Iba a pedírtelo esta noche durante la cena, vestido con la ropa apropiada —su única indumentaria era el pantalón de su pijama—, pero ya que en esta pequeña familia que tenemos no podemos guardar ni un secreto, te lo digo ahora, Julia Romero Linares. Lo mío no son las palabras, jamás te recitaré poemas hermosos ni te escribiré bonitas cartas de amor, pero me dejaré la vida intentando que seas feliz. Eso que ves ahí en ese anillo es mi corazón. Mi corazón, ese que creía de acero, pero tú me demostraste que era de cristal. Estaba roto, aunque no lo sabía. Era un grieta que me partía en dos, una grieta que llegaba hasta lo más hondo y por la que sin saberlo estaba condenado a romperme en mil pedazos. Pero tú me salvaste, me mostraste la luz más allá de la oscuridad, me enseñaste que mi corazón podía ser reparado, que mis venas podían contener algo más que veneno, y que mi pecho podía volver a sentir algo que no fuese dolor. Tú has dado sentido a mi vida. Lo has envuelto con tus alas, tú, mi águila, mi compañera, espero volar a tu lado el resto de mi vida.

Julia lloraba emocionada, sus lágrimas cayeron sobre la cajita, sobre sus manos que torpes la sostenían. Se arrodilló a su lado y le abrazó, y sintió cómo sus almas se fundían, convirtiéndose en una sola. Lloró sobre su hombro sobrecogida y se apartó un instante para mirarle a los ojos.

—¿Quieres casarte conmigo?

—Yo… yo… Estoy abrumada.

—Si me respondes que no, vas a tener que ayudarme a levantarme del suelo.

—Sí, claro que sí. Quiero casarme contigo —afirmó besándole en los labios, rodeándole con sus brazos, bebiendo de su boca todo el amor que ambos sentían.

—Deja que te lo ponga —pidió, y sacándolo de la cajita lo deslizó por su dedo con cuidado, le estaba perfecto.

—¿Cómo has podido saber mi talla? Tengo los dedos muy menudos.

—Te tomé medidas con un lazo mientras dormías hace más de un mes.

—¿Más de un mes?

—No quería un simple anillo, tenía que ser único, como tú.

—Es precioso, Austin, es realmente precioso. Me encanta. Es…

—Una obra de arte de la comunidad sioux de Gran Oso. Él me ha ayudado a encontrarlo.

—¿En serio? Dale las gracias en mi nombre. Es una maravilla, me encanta —dijo besándole de nuevo.

Lo cierto era que nunca esperó un anillo, ni una proposición como aquella. Durante los últimos meses los cambios habían sido tantos y tan rápidos que se había limitado a vivirlos, a disfrutarlos, a lucharlos, como el surfista que siente cómo las olas le llevan lejos, sin saber dónde acabará. No había hecho planes de futuro, se limitaba a vivir el presente cada día. Y era feliz, tanto que en ocasiones sentía miedo de despertar de un sueño.

Matrimonio. Era una locura. Una locura maravillosa.

Berta iba a saltar de alegría cuando se enterase. Y su hermano... su hermano probablemente se subiese por las paredes porque sentiría que eso la llevaba a echar raíces en aquel país, tan lejos de él, su única familia. Pero después se alegrarían mucho por ella.

*C*hristian Parker y su esposa Ana María, con la que Julia había entablado muy buena relación a pesar de los pocos días que habían compartido desde su llegada a Estados Unidos, y Jorge y David, sus hijos, llegaron a las once de la mañana con el resto de preparativos para aquella noche especial, su primera cena de Acción de Gracias juntos.

Jorge y David eran dos chicos encantadores que disfrutaban mucho de la compañía de su nueva prima y no paraban de jugar con ella en la nieve, a pesar de ser mucho mayores.

En la cocina, Julia estaba dispuesta a dejarse guiar por su futura cuñada, a la que su anillo no había pasado en absoluto desapercibido. Aun así, no dijo nada y entre ambas rellenaron el inmenso pavo mientras el abuelo Mitchell cocinaba la salsa de arándanos para las patatas braseadas, y Chris y Austin preparaban la ensalada y montaban en pequeñas tarrinas el helado casero de miel y cacahuete, especialidad de Ana María.

Julia disfrutó al ver la complicidad de los dos hermanos, sus bromas y sus confidencias observándolas de soslayo. Se parecían en los rasgos físicos, aunque Christian era moreno, con los ojos grises, algo más bajo y de complexión menos corpulenta, nada que ver con la espalda de luchador de *wretsling* de su chico... O quizá es que ella solo tenía ojos para él.

Austin pasó por su lado camino del salón y la besó, fue un beso fugaz que no pretendía ser nada más que una muestra de afecto, pero ella sintió como si le quemara en los labios. Percibió el cosquilleo turbador recorriendo su vientre y el palpitar del corazón en sus oídos. Cuando abrió los ojos halló sus iris tan anhelantes como los suyos.

Estaban en público, en presencia de su propia familia, y sin embargo aquel leve beso le había provocado en solo un segundo una erección de caballo. Tuvo que reajustarse el vaquero con disimulo y esforzarse en proseguir el camino hacia el salón con su lata de cerveza en una mano y la muleta en la otra, para sentarse a ver el béisbol con su hermano, cuando en realidad lo que le apetecía era echársela al hombro y subir las escaleras con ella a cuestas como un cavernícola para hacerle el amor hasta perder el conocimiento.

Aquella noche se desquitaría por ambas ocasiones, la de la mañana y la de entonces, hasta el amanecer.

Julia, igual de turbada, concentró su atención en ayudar a Ana María, que empujaba el relleno en el interior del pavo. Llevaba el cabello corto, peinado hacia un lado y de un rojo suave, sus rasgos eran finos y hablaba con mucha calma, lo que le concedía un aspecto de mujer dulce. Al instante de conocerla supo que habría querido a Candela como si hubiese sido una hija propia, tanto ella como su esposo y sus hijos. Solo por eso ya se había ganado para siempre su corazón, incluso antes de conocerla.

—Es la primera vez que le veo así —dijo.

—¿Qué?

—A Austin. Y mira que le conozco casi desde que era un niño, aunque no es que tu chico se deje conocer fácilmente. Pero es la primera vez que le veo tan feliz desde que… desde que perdieron a su madre.

—Gracias, él también me hace muy feliz a mí. ¿Tú conociste a su madre?

—Sí. Muy poco, pero era una mujer estupenda. Ellos la adoraban. Su muerte fue un mazazo tan grande para esta familia que a punto estuvo de desmoronarla. Poco antes de perderla, Austin se enfadó con su padre, por motivos que nunca quiso comentar con nadie y que Chris no entendía, y Mitchell es tan cabezota que tampoco quiso dar su brazo a torcer. Estuvieron un año sin hablarse.

—Lo sé. Me lo ha contado, aunque no sé los motivos.

—¡Vaya! Este nuevo Austin no deja de sorprenderme. Ese es un tema tabú en esta familia y sin embargo te lo ha contado —admitió con una gran sonrisa. Le caía bien, muy bien—. Bueno, ¿y cuándo pensáis dar la noticia? Porque ¡¿no creerás que esa maravilla de anillo me ha pasado desapercibida?! —De modo inconsciente Julia lo acarició, como si estuviese acariciándolo a él, al dueño de aquel corazón escarlata.

—No lo sé, ha sido tan inesperado.

—¿Inesperado? Julia, él lleva desde que llegasteis deseando hacerte la pregunta.

—¿Te lo dijo?

—A mí no, a su hermano. Ya sabes, son cosas de hombres. Pero Christian estaba tan feliz por él, por vosotros, que me lo contó, obligándome a jurar sobre la señal de la cruz que no diría una palabra. Pero creo que ahora ya puedo decirlo, ¿no?

—Sí, claro que sí. Creo.

—Enhorabuena, cielo —dijo abrazándola sin tocarla con las manos pringadas de relleno para el pavo—. Siempre supe que solo otra española podría domar al pequeño de los leones Parker —añadió divertida haciéndola reír.

—¿De qué os reís? —preguntó Christian que regresaba a por otra lata de cerveza a la cocina.

—De nada, cosas de españolas —respondió Ana María a su esposo, que arrugó la frente incrédulo.

—Cosas peligrosas, entonces —añadió este, rodeándola desde atrás por la cintura, reposando el rostro en su hombro le dio un beso en la mejilla. Podía percibir el afecto que se profesaban ambos, el cariño con el que se acariciaban y besaban, intacto después de más de dos décadas juntos.

A las ocho tomaron asiento alrededor de la mesa y el patriarca hizo los honores de servir el vino y trinchar el pavo. La bebida y la comida les hizo llenar los estómagos hasta reventar. Candela rebañó la salsa de arándanos en su plato, tenía muy buen paladar y había muy pocas cosas a las que dijese que no, pero aquella noche sorprendió a todos con su buen saque.

Ana María y Christian intercambiaron miradas cuando Austin regresó de la cocina, donde había asegurado ir a por el postre, con una botella de champán en la mano.

—Bueno, oídme todos un momento —carraspeó, capturando la atención de todos los comensales—. No soy aficionado a los discursos y aunque creo que todos habréis visto el anillo, bueno... esto... Julia ven aquí —le pidió. Ella se incorporó y caminó a su lado. Cogió su mano entrecruzando sus dedos—. Vamos a casarnos.

Un aplauso rompió el silencio, seguido de las felicitaciones y los buenos deseos. Mitchell Parker se detuvo ante su hijo y le dio un abrazo, con energía, y que este se lo devolviese con la misma intensidad le hizo sentir reconfortado. Al fin aquella fría coraza con la que había mantenido apartado su corazón se derretía. Después repitió el gesto con la mujer que iba a convertirse en su nuera. Había elegido bien, sus dos hijos lo habían hecho, y su esposa se sentiría orgullosa de ambos si pudiese ver los hombres en los que se habían convertido, las fantásticas familias que habían formado.

Candela corrió hacia ambos y abrazó a Julia por la cintura, esta se agachó y la besó en la mejilla, los ojos de la pequeña brillaban de emoción.

—Lo sabía. Yo ya lo sabía.

—¿Sabías que iba a regalarme un anillo?

—No. Yo sabía que tú ibas a ser mi otra mamá. La abuela Manuela me lo dijo, que hay niñas que tienen dos mamás, que no me preocupase porque yo tendría otra más que me querría con *tooooodo* el corazón. —Hizo un gesto estirando los brazos en una señal de inmensidad—. ¡Y eres tú!

Todos habían podido oírla, todos contenían la emoción. Una lágrima surcó las mejillas sonrosadas de Julia.

—Sí, cariño, soy yo, para siempre.

A la decena de brindis con champán, y zumo de manzana para los menores de edad, siguieron conversaciones distendidas sobre los más diversos temas: el vecindario, las cotidianidades del país o los últimos asuntos de la marina.

Jorge, que a sus dieciséis años era casi tan alto como su padre, fue el primero en retirarse a su habitación para hablar con una *amiga* por videoconferencia. Su hermano, David, lo hizo poco después, dispuesto a cotillear todo lo posible, ya que estaban forzados a compartir habitación aquella noche en casa del abuelo.

Mitchell Parker se quedó sentado en el sofá, con Candela contándole una de sus milongas imaginarias desde el regazo de su padre que veía la televisión.

Julia se dispuso a fregar los platos, pero en su camino a la cocina la interceptó Ana María, y le retiró la fuente de las manos.

—¿Adónde vas?

—A fregar.

—Ni hablar, vuelve ahí junto a tu hombre y tu niña y descansa un poco, que ya nos encargamos Christian y yo.

—¿Cómo que «ni hablar»?, no voy a dejaros todo el trabajo.

—Sí que lo harás. A Chris y a mí nos relaja fregar juntos. Un roce por aquí, un salpicón por allá —bromeó haciéndose a un lado para que viese a su marido con las mangas de la camisa remangadas enjuagando el menaje.

—Está bien, pero mañana me encargo yo.

—Todo tuyo, *cuñadita*. —Aquella palabra la hizo sonreír, regresó al sofá y tomó asiento junto a su futuro marido y la pequeña cuyos ojos comenzaban a cerrarse.

En la televisión emitían un programa musical especial para la fecha al que parecían permanecer atentos ambos hombres, en silencio.

—Se ha quedado dormida —le hizo notar Julia—. Voy a subirla a su habitación y a ponerle el pijama.

—Deja que lo haga yo.

—¿Tú? ¡No! No quiero que hagas ese esfuerzo por las escaleras.

Ella percibió como Mitchell los observaba de soslayo.

—Ya estoy mucho mejor, no es la primera vez que la cojo en brazos —reveló incorporándose y provocando la alarma de Julia—. Vamos, tranquila, solo son unos pocos escalones y sabes que ya no necesito la muleta.

—Sí la necesitas, aunque puedas caminar la necesitas para no forzar la articulación demasiado, hasta que…

—Hasta que el lunes vaya a revisión al hospital y me digan que puedo fundirla. —Aquella última parte la hizo reír, también ella estaba deseando deshacerse de esa muleta, porque eso significaría que estaba recuperado.

—Está bien, pero si sientes molestias…

—Te avisaré —acabó, dándole un beso en el cabello antes de desaparecer por el pasillo con la pequeña en brazos. Caminaba despacio, pero seguro, rumbo al piso superior para dejarla en su dormitorio.

Ella se quedó a solas en el salón con el abuelo Mitch. Apenas había cruzado unas pocas palabras formales con él, pero le caía bien, parecía una buena persona. En la televisión un grupo de moda se desgañitaba cantando su último éxito.

—Ha sido una cena maravillosa —dijo para romper el hielo.

—Sí, es cierto. Hacía años, demasiados, que en esta casa no se respiraba tanta felicidad como la que habéis traído Candela y tu a esta familia —afirmó sincero.

—Gracias.

—Gracias a ti. Espero que seáis muy felices y que tengáis un rinconcito en vuestra casa para este pobre viejo, porque pienso ir muy a menudo a ver a mi nieta.

—Por supuesto que lo habrá, siempre.

—Sé que puede parecer inapropiado que lo diga yo, siendo su padre, pero Austin es un buen hijo. —Se oyó un clac en la cocina, un vaso había caído al suelo desde las manos jabonosas de Ana María. Ella les hizo una señal de OK con el pulgar y continuó fregando y bromeando con su marido, ajenos a su conversación—. Ambos lo son, buenos hijos. Pero Austin sufrió demasiado por mi culpa y es algo que jamás me perdonaré.

—¿Por su culpa? La enfermedad de su esposa les afectó a todos.

—Sí. Por supuesto. Pero yo le fallé, fallé a mi familia —dijo apretando los labios, conteniendo la emoción que embargaba su expresión seria y ruda, y Julia supo que estaba a punto de asistir a una confesión, profunda y trascendental, después de la cual no podría volver a mirar a aquel hombre con los mismos ojos—. En ese momento no supe ver que era así. Estaba cansado, agotado, no tenía motivación por vivir viendo cómo Chantal se apagaba lentamente como una vela día tras día, año tras año. Chris trabajaba demasiadas horas en la ferretería, porque los gastos médicos nos agobiaban y Austin, a sus dieciocho años, tomó las riendas de la casa. Él sabía que me sentía agotado, quemado, y en una de nuestras idas y venidas al hospital oyó que habían creado un programa de ayuda al cuidador, una especie de curso en el que se reunían personas en mi misma situación para darse ánimos, aconsejarse, o solo para desahogarse y compartir sus penas. Él insistió en que fuese, me dijo que se haría cargo del cuidado de mi esposa en mi ausencia. Y fue allí donde la conocí. En aquellas reuniones... —Su voz se quebró, Mitchell carraspeó y dio un sorbo de su copa de vino antes de proseguir—: Ella era una mujer algo más joven que yo, estaba pasando por lo mismo, cuidando de su marido también enfermo terminal. Empezamos con conversaciones banales, me hacía reír, ambos reíamos, un día me invitó a un café a la salida del curso y... No voy a justificarme, pero ambos nos sentíamos igual de solos y heridos. Solo la vi cuatro veces, quedábamos en un motel en lugar de asistir al curso, ni siquiera sé por qué lo hice, supongo que al menos durante tres horas sentía que vivía una vida distinta. Que abandonaba mi rutina de cuidados, tú debes saber lo que es atender a una persona en esa situación. —Julia asintió sin atreverse a decir una sola palabra, impactada—. Austin nos descubrió. Tuvo que salir a recoger una medicina para su madre, dejándola un instante al cuidado de una vecina, siempre tuvimos buenos vecinos en Jacksonville, pero no había esa medicación en la farmacia más cercana y pedaleó en su bicicleta tres kilómetros hasta la próxima. Reconoció mi coche aparcado en el motel y preguntó por mí en recepción. Jamás olvidaré la expresión de su rostro. —Mitchell mantenía la mirada fija en el frente, como si su interlocutor estuviese lejos, muy lejos en el horizonte—. Desprecio, vergüenza, horror. Me tiró al suelo de un empujón en el pecho, alzó el puño y creí que me golpearía, pero no lo hizo. Me maldijo, dijo que se avergonzaba de llevar mi sangre, que jamás me perdonaría por traicionar a su madre. Le supliqué que no se lo contara, no creía que pudiese soportar algo semejante. Él se marchó llorando de rabia con su bicicleta azul. Cuando volví a casa y fui a ver a mi mujer al dormitorio, descansaba por el efecto de la morfina, la besé en la frente y despertó con una sonrisa. Estaba tan cansada, tan agotada... Me miró y me dijo que me quería. Me sentí el ser más despreciable del mundo, aún lo siento. Austin no le contó nada a su madre, no se lo contó a nadie, ni siquiera a Chris, con quien no guardaba un solo secreto, pero dejó de dirigirme la palabra durante un año, hasta que Chantal, en su lecho de muerte, le pidió que fuera lo que fuese que yo le había hecho, me perdonase, por ella. Lo hizo, demostrándome que era mucho más hombre que yo, y sin embargo nunca me había dado un abrazo como lo ha hecho esta noche, y eso es gracias a ti.

—No, en absoluto. Su hijo tiene un grandísimo corazón, Mitch. Quizá haya necesitado más tiempo para que ese perdón forzado se convirtiese en real, pero el mérito es solo suyo —dijo e inspiró hondo tratando de contener la emoción—. En cuanto a lo que me ha contado... He visto por mi trabajo cuánto sufren los cuidadores de las personas enfermas, hasta qué punto se quedan sin vida propia y hasta casi sin identidad. Todos cometemos errores y yo jamás me atrevería a juzgar los suyos.

El caballero alargó la mano, posándola sobre la suya en el sofá y Julia la presionó entre las suyas en un innegable gesto de afecto. El señor Parker contenía a duras penas la emoción, así que se incorporó dispuesto a marcharse.

—Creo que es el momento de que me meta en la cama, están empezando a dolerme los dedos del pie que no tengo —dijo con una forzada sonrisa que trataba de encubrir todo el dolor que había sentido al remover aquellos viejos recuerdos—. Nos veremos mañana.

—Claro. Hasta mañana.

—Gracias por hacerle feliz —añadió antes de marcharse.

Julia se quedó sentada en el sofá frente al televisor. Acarició su anillo con los dedos y lloró. Lloró por todo el sufrimiento que había tenido que soportar Austin a solas, siendo tan solo un muchacho. Por los años que llevaba guardando aquel doloroso secreto que tanto daño debía hacerle, sin compartirlo con nadie. Y se sintió orgullosa de él, porque ni ella misma sabía si habría sido capaz de perdonar a su propio padre ante algo así.

Ana María entró en el salón mientras Christian terminaba de enjuagar la vajilla así que se apresuró a limpiarse las lágrimas con las mangas de su cálido jersey color ciruela.

—¿Y bien? ¿Dónde están todos?

—Arriba.

—Son las doce y media, creo que nosotros también nos vamos a acostar, mañana el abuelo nos despertará temprano con sus típicas tortitas con sirope de arce ¿Qué te pasa? —preguntó al percibir que rehuía su mirada para evitar que se percatase de su emoción—. ¿Estás llorando?

—No me pasa nada, tranquila. Han sido muchas emociones, demasiadas, y bueno... me ha dado por ahí. —Ana María echó a reír.

—Ay, tranquila, es normal. Y los nervios que te quedan por pasar. Organizar una boda es una locura. Lista de invitados, menús, trajes, orquesta, regalos, degustaciones, damas de honor, salones de celebración. Pero tranquila, estaremos todos para ayudaros. Bueno nos vemos por la mañana, *cuñada*.

Una luz de alarma saltó en la cabeza de Julia al oírla. Ella no quería esa clase de boda, ella no quería una boda como la de su prima Paula, llena de protocolos, pomposidad, detalles banales y absurdeces. Austin lo sabía, y no la obligaría a pasar por algo así. A pesar de ello, deberían hablarlo, no iba a dedicar un solo minuto a preocuparse por eso.

*P*oco después, cuando se metió con él en la cama y rodeó sus costillas, acurrucando los brazos bajo los suyos, pensó que le gustaría fundirse con él, convertirse en uno solo, para así poder compartir el peso que había llevado a sus espaldas durante demasiado tiempo.

—Eh, ¿qué te pasa, cariño? —preguntó girando el rostro al oír su respiración alterada por la emoción.

—Nada, solo soy feliz —mintió. Aquello era un secreto, no podía revelar que lo sabía—. Y estoy muy orgullosa de ti.

—¿Por qué?

—Por cómo eres con Candela, con tu familia, conmigo... Por todo.

—¿Si? Pues ven a recompensarme —pidió girándose, ofreciéndole su torso desnudo para que se acurrucase en él, lo hizo, y él le besó en los labios.

—Me encanta dormir entre tus brazos.

—¿Quién ha dicho que vayas a dormir?

43

Regalos

—¿*T*odavía no te has puesto el vestido? —preguntó Berta alarmada al cruzar el umbral de la habitación y ver la exquisita pieza de seda extendida sobre la cama. Era un vestido precioso, sencillo, de corte helénico, con un bello bordado de hilo de oro sobre los hombros y bajo el pecho.

Julia sonrió. Acababa de terminar el recogido de su cabello, una larga trenza espigada lateral anudada con dos cintas carmesí de la que escapaban multitud de bucles dorados que le proporcionaban un aspecto desenfadado y observó a Berta con calma mientras daba los últimos retoques a su maquillaje frente al tocador. Su amiga estaba hecha un manojo de nervios, ella en cambio se sentía tranquila.

—Estoy terminando de pintarme los labios —dijo sonriéndose ante el espejo y cubriéndolos con el carmín rosado—. ¿Cómo estoy?

—Preciosa —admitió su mejor amiga observándola con admiración. Lo estaba, realmente preciosa, maquillada de un modo natural, con colores claros en los labios y las mejillas, y los ojos con un suave *khol* verde que resaltaba el tono de sus iris—. Pareces una diosa griega.

—Tú también estás guapísima.

—No compares, que tú eres la novia. Aunque debo reconocer que este modelito me sienta muy bien a pesar de que el blanco engorda muchísimo —dijo girando sobre sí misma ante el espejo de pie del dormitorio. Vestía un bonito vestido de gasa a la altura de las rodillas con escote palabra de honor—. Mira que eres cabezota, por lo menos podías haber contratado a un fotógrafo.

—Halcón, quiero decir, Ethan, uno de los amigos de Austin, nos hará las fotografías. Al parecer se le dan bastante bien y ya sabes que no quiero extraños en casa este día. Es demasiado especial.

—Por eso mismo, porque es especial, deberías haber contratado fotógrafos profesionales, peluquería, maquillaje, y tú solo tendrías que preocuparte de salir guapa en las fotos y sonreír a cámara.

—Pero es que yo no quiero estar preocupada por nada, solo quiero disfrutar, divertirme, celebrando que uniré mi vida al hombre al que amo ante los ojos de las personas a las que ambos queremos. ¡Y aun así nos hemos juntado más de treinta!

—Nosotros somos pocos. Tu compi Pablo y su nueva novia, tu amiga Rocío y su marido, tus tías de Barcelona y tu hermano y yo.

—Los imprescindibles. Con la presencia del cáterin y el pianista habrá cinco extraños, y ya me siento invadida. Necesito sentirme a gusto en mi casa —afirmó. Berta la miró desde el quicio de la ventana en el que se había apoyado para observar la pequeña explanada en la playa frente a la casa en la que se había dispuesto todo lo necesario para celebrar el acto.

Había un arco floral con enredaderas de rosas blancas y rojas frente al mar, y una alfombra de estera castaña conducía al altar de madera, decorado con lienzos blancos con rosas del mismo color. A ambos lados de la alfombra se disponían dos filas de sillas forradas del mismo tejido inmaculado, atadas con un fajín rojo que sostenía un pequeño ramillete de rosas. Varias antorchas esperaban el momento de ser prendidas. La ceremonia comenzaría justo al anochecer, en solo unos minutos, en cuanto el sol rozase el mar en el horizonte. Los invitados esperaban junto al novio, todos vestidos de blanco, conversando en un ambiente muy distendido.

No había querido espiar a su futuro marido por la ventana, porque quería tener la misma sorpresa al verle que sentiría él cuando ella atravesase el umbral de la puerta trasera de su vivienda.

—Me encanta vuestra casa, ya te lo dije cuando vinimos a verte en Navidad. Tan espaciosa, con ese color blanco tan acogedor, el lugar, entre el mar y el lago, lo tranquilo que es el vecindario…Todo, me gusta todo.

—A mí también, pero lo que más me gusta es lo feliz que soy aquí.

Y era cierto, desde que puso un pie en su nuevo hogar se enamoró de él. Era un barrio de lo más acogedor, salpicado de casas de madera a lo largo y ancho de una gran lengua de arena cristalina entre el Little

Lagoon y el Golfo de México. Frente a su dormitorio se extendía el llamado Mediterráneo de las Américas, un mar cálido de un color turquesa embriagador, y a su espalda, en la distancia, las calmas aguas del lago. Ella que adoraba el mar, ahora vivía rodeada de él en aquella enorme casa blanca de madera con tejado gris de West Beach Boulevard.

Pero sin duda se sentía a gusto por la forma en la que Austin había propiciado que lo sintiese todo como propio, pidiéndole que hiciese y deshiciese a su antojo, que lo modificase y decorase a su modo, que convirtiese la residencia ocasional de un hombre soltero en la vivienda de una familia.

Abrió el cajón del tocador y se puso el anillo, lo había guardado mientras se aplicaba el maquillaje por temor a ensuciarlo. Deslizó la joya en su dedo anular izquierdo y la contempló con deleite una vez más. Nunca se cansaría de mirarla.

—Es una maravilla —dijo Berta observándola por encima de su hombro—. Una auténtica preciosidad.

—Sí. Y por su significado lo es más aún. Nunca, en serio, nunca había oído a nadie hablar de su amor de un modo tan sincero y carente de pudores como lo ha hecho él.

—Eres afortunada. Ambas lo somos, por haberlos encontrado.

—¿Sabes? Rubén me envió un *email* felicitándome en su nombre y el de su familia —dijo sin concederle demasiada importancia, pero su amiga se detuvo frente a ella indicándole que quería pelos y señales sobre aquello—. No dio demasiados detalles ni escribió nada inapropiado, solo me felicitó y me deseó que fuese muy feliz.

—Ricky Martin está muy cambiado desde que se dio cuenta de que te había perdido para siempre.

—No le llames así —pidió con una sonrisa—. Espero que también él encuentre a alguien y sea muy feliz.

—Yo también lo espero, porque a mí sí que me toca verle de vez en cuando por tu hermano.

—¿No os lleváis mejor?

—Algo mejor. Desde que no discutimos por ti, todo ha sido más fácil —rió. Julia presionó el vaporizador de su perfume, una esencia fresca y suave, antes de colocarse el vestido—. Es increíble lo tranquila que pareces, ¿no estás ni un poco nerviosa?

—Solo un poco —admitió incorporándose de la silla frente al tocador, vestida solo con la ropa interior de encaje. Sonrió y su amiga le devolvió el gesto. Caminó hasta la cama y abrió la pequeña cremallera invisible lateral del vestido. Berta le ayudó a ponérselo.

Nunca había visto una novia brillar con tanta sencillez. Su mejor amiga no necesitaba grandes ornamentos para estar preciosa, pues lo era, por dentro y por fuera, sin necesidad de adornos o maquillajes sofisticados.

—¿Crees que le gustará?

—Claro que le gustará, alucinará. Aunque fueses envuelta en una cortina le gustarías, está loco por ti. Y por cierto, que sepas que aunque tú estés tan tranquila, el padrino está hecho un flan, nunca había visto a tu hermano tan nervioso. Anoche me dijo que era mucha responsabilidad para él entregarte en matrimonio, comportarse a la altura a la que lo habría hecho tu padre... —Los ojos de Julia se empañaron. No había querido detenerse a pensar en sus padres, en su ausencia, porque no quería llorar, pero no pudo evitarlo cuando Berta los mencionó. Una lágrima recorrió veloz su mejilla, su amiga la abrazó, consciente del *tsunami* de emociones que vivía en su interior y, tomando un pañuelo de papel de la caja que había sobre el tocador, se lo entregó.

—Lo estará, él siempre está a la altura. Hugo es muy especial. Se empeña en hacerse el duro, metido en su papel de hermano mayor, pero tiene un corazón enorme y muy blandito —rió limpiándose con el pañuelo que le había entregado—. Cuídamelo mucho, Bertita.

—Lo hago, cada día. Somos muy felices.

—Lo sé. Y vuestra felicidad es también la mía —aseguró tomándola de las manos—. Espero que seas tú quien coja el ramo cuando lo lance al aire.

—No hay competencia a la altura de poder evitarlo y estoy dispuesta a meterme el mar para cogerlo.

Ambas se abrazaron. Berta no pudo evitar que entonces fuesen sus lágrimas las que fluyesen indomables por sus mejillas, que se apresuró a limpiar temiendo que se le hubiese destrozado el maquillaje. La quería tanto como a una hermana, o quizá más aún.

—¿*T*odavía no estáis listas? —preguntó Candela asomándose por la puerta entreabierta—. *Uaaaaala*, ¡qué guapa estás, Julia!

—Pero qué preciosa está mi niña, tú sí que estás guapa.

Y lo estaba. Con un vestido de seda muy parecido al suyo, solo que sin bordados, unas sandalias blancas con margaritas como las suyas, y el cabello dorado suelto en una cascada de bucles con pequeñas flores incrustadas. Sus ojos azules refulgían de ilusión. Corrió hacia ella y la abrazó por la cintura con energía.

—¿Nos vamos ya? Que papá tiene las manos desgastadas de tanto restregárselas y el cura dice que se le está bajando la sal.

—Será el azúcar. Y no es un cura, es el alcalde. Llévale un vaso de granizado de frambuesa con mucho cuidado de no mancharte y dile a papá que bajo en dos minutos.

La pequeña obedeció sin rechistar, feliz con el inminente comienzo del enlace.

—Es increíble lo bonita que es —dijo Berta cuando se quedaron a solas—. Y dulce y cariñosa.

—Es maravillosa, de verdad.

—Se nota lo mucho que la quieres y que ella te quiere a ti.

—Es imposible no quererla. ¿Qué tal estoy?

—Insoportablemente guapa. Si no fueses mi mejor amiga te tiraría una copa de rioja encima.

—Suerte que lo soy. Vamos —dijo tomando el ramo de rosas rojas entrelazadas con unos pequeños capullitos blancos, idénticos a los del cabello de Candela, que la aguardaba sobre el aparador.

En el pasillo, multitud de pétalos de rosas blancas conformaban una alfombra que descendía por la escalera hacia el piso inferior y proseguía hasta el exterior indicándole el camino hacia el altar. Agradeció llevar sandalias planas en lugar de tacones, pues la emoción podría haberla hecho trastabillar. Al pie de la escalera, su hermano la aguardaba completamente vestido de blanco, como todos, el color contrastaba con su cabello y su piel oscuros resaltando sus rasgos mediterráneos. Estaba guapísimo. A su lado, Candela sostenía una cestita con las alianzas anudadas en un pequeño cojín rojo.

—Todavía puedes arrepentirte, tengo el avión aparcado ahí detrás y estaremos sobrevolando la Giralda en un par de horas —bromeó con una amplia sonrisa. Julia le dio un pequeño golpecito en el hombro—. Estás impresionante hermanita.

—Tú también, padrino.

—¿Tito Hugo, nos vamos ya? Que papá se va a creer que os habéis quedado dormidos —los apremió la pequeña. Ambos echaron a reír. Julia se agarró del brazo de su hermano dispuesta a enfilar el camino hacia su felicidad.

*L*as manos le sudaban. Estaba más nervioso de lo que lo había estado en toda su vida, incluso más que cuando tuvieron que saltar desde un edificio en llamas al helicóptero en pleno vuelo. Eso había sido un juego de niños en comparación a cómo le latía el corazón en ese momento.

Quería que todo fuese perfecto, un día inolvidable para la que iba a convertirse en su esposa a los ojos de los hombres, pues en su corazón lo era desde hacía mucho tiempo.

Carraspeó aclarándose la garganta. Gran Oso le dedicó una mirada socarrona, consciente de su desazón, mientras conversaba con la joven que le había acompañado al enlace, sin quitarle un ojo de encima a su amigo.

Habían venido todos; él, Halcón, Dragón y Billy. E incluso su estimado amigo Cricket, recuperado de sus graves lesiones. Le hacía muy feliz que James hubiese podido asistir, jamás olvidaría el día en que al fin fue capaz de ir a verle al hospital en compañía de Julia. Fue un auténtico alivio para su alma. Esa misma noche desaparecieron las pesadillas sobre aquella fatídica madrugada en mitad del desierto. Observándole, resultaba imposible adivinar que bajo aquel pantalón de lino ocultaba dos prótesis bajo la rodilla con las que se desenvolvía con total naturalidad.

El piano blanco que se hallaba a un lado del pequeño altar de madera comenzó a entonar la marcha nupcial de Mendelssohn, provocando que todos se giraran hacia la puerta trasera de la casa.

—Tranquilo —le susurró su madrina, Carmen King, apretándole la mano con suavidad.

Parker no pudo evitar pensar que aquella que caminaba hacia él sí que era un ángel. Un ángel de cabellos dorados que le sonreía, desprendiendo fulgores esmeralda de sus ojos, de sus labios sonrosados. Estaba tan bonita que ensombrecería a cualquier mujer que se detuviese a su lado.

La amaba con una intensidad que le dolía el alma cuando estaban separados, la amaba con una fuerza tan visceral y única que a veces desearía poder inspirarla en el aire que respiraba.

Llevaba aprendidos sus votos de memoria, pero en ese instante era incapaz de recordar nada.

—¿Te gusta? —le preguntó en un susurro, al alcanzarle, refiriéndose al vestido.

—Me encantas. Ahora y por siempre.

«*P*rometo cuidarte, mimarte y entregarme a ti cada día. Prometo quererte con cada célula de mi cuerpo. Prometo reír con tus chistes, incluso con los malos, y halagar cada uno de tus experimentos culinarios con la comida local. Prometo ser la rama que te sostenga cuando no te queden fuerzas, y el impulso que te ayude a elevarte para empezar de nuevo. En definitiva, prometo convertirme en el hombre que mereces a tu lado.»

Esos habían sido sus votos matrimoniales y Julia no podía dejar de sonreír al recordarlos. O quizá es que sencillamente no podía dejar de sonreír porque era feliz, muy feliz, más de lo que lo había sido en toda su vida.

Los suyos habían sido mucho más sencillos, pero sinceros también.

«Prometo quererte y respetarte, prometo cuidar de ti y entregarte mi amor hasta el último de mis días.»

La ceremonia había sido breve, pero muy emotiva. El amor de los novios podía percibirse en el ambiente que envolvía sus invitados, todos amigos íntimos, aquella cálida noche de agosto. La celebración se prolongó en la arena hasta bien entrada la madrugada, y hubo música, baile y una inagotable mesa de manjares de la que disfrutaron hasta que a nadie le quedaron más energías para continuar bailando y comiendo.

—¿*C*rees que es buena idea pasar la noche de bodas en un hotel? —preguntó Julia desde el baño de la habitación en el que se había encerrado nada más llegar. Se arregló el pelo, sacudiéndose la arena, se refrescó y sonrió al espejo antes de abrir la puerta.

—Por supuesto. Necesitamos algo de intimidad, por lo menos esta noche. Ven aquí, preciosa —pidió. Ella caminó despacio hasta detenerse a su lado y Austin tiró de su brazo forzándola a inclinarse sobre él para besarla con pasión. Julia se arrodilló sobre la cama y se rindió a aquel beso maravilloso.

—¿Y si Candi nos echa de menos?

—¿En serio crees que va a echarnos de menos estando con su tío Hugo y su tía Berta, y con toda la casa para ellos? —Julia rió. No, desde luego que no. Candi disfrutaba muchísimo de la compañía de su hermano, resultaba adorable el cariño que habían llegado a tomarle en tan poco tiempo.

—No, tienes razón. Ni se acordará de nosotros.

—Además, habrá que ir pensando en buscarle un hermanito a Candi, ¿no te parece? Podemos empezar ahora mismo —sugirió enarcando una ceja con picardía. Disfrutó de un nuevo beso y del roce de su mano colándose por el escote para acariciar su seno. Sus caricias resultaban embriagadoras.

—Espera un momento, hay algo que quiero entregarte.

—Después, por favor —ronroneó con el rostro hundido en su cuello.

—No, espera…

Pero Parker no podía esperar, deseaba arrancarle aquel bonito vestido desde que la vio aparecer con él pisando la alfombra de estera y pétalos de rosas sobre la playa.

Lamió sus pezones despacio, erizándolos con el roce de su mentón, soplándolos con suavidad, aprisionándolos con los dientes con cuidado, provocando una humedad cálida en un punto distante de su anatomía.

Julia tomó su mano y la llevó hasta ese punto por entre los pliegues de la ropa, permitiéndole palpar con los dedos su excitación, despertando a la bestia que trataba de contenerse para ser delicado.

—Si haces esto sabes cual va a ser mi respuesta.

—Lo sé.

Le bajó el vestido hasta las caderas, bebiendo de sus curvas, de sus pechos pequeños y erectos, disfrutando de cada centímetro en los que sus pieles se tocaban.

Su erección era tan poderosa que temía derramarse con solo rozarla aun dentro de los pantalones.

Ella disfrutó de desvestirlo despacio, recorriendo con los dedos su pecho, la silueta de sus hombros, liberándole de las ataduras de la ropa. Ahuecó la mano sobre su sexo, deslizando la palma con cuidado sobre este, frotándolo, sintiendo cómo se humedecía. Y lamió el deseo que manaba de él, disfrutando del roce de su lengua sobre aquella porción de su anatomía tan suave y delicada que rodeó con sus labios, saboreándole. Él se estremeció, arqueando las caderas, si permitía que le lamiese solo un poco más, no podría contenerse y no deseaba terminar tan pronto.

—Ven aquí —pidió alzándola, probando de su boca el sabor del deseo de su propio cuerpo—. Ahora me toca a mí.

—No. No quiero que me beses, no quiero que sea tu boca la que me tome, ahora no, quiero esto —dijo regresando sus suaves manos a su sexo, acariciándolo. Él sonrió divertido con su clara petición.

—¿Esto es lo que quieres?

—Ahora soy tu mujer y eso que tienes ahí es mío, y solo mío.

—¿Solo tuyo?

—Y lo usaré cada día.

—Por supuesto, claro que es tuyo y solo tuyo. Lo era antes de esta noche, y lo será siempre, todo yo soy tuyo. Te amo, te deseo con todo mi cuerpo, mi alma y mi mente —masculló separándole las piernas, ella no opuso resistencia, abriéndose como una flor, ofreciéndose para él. Austin tiró de la prenda, dejándola completamente desnuda y se posó sobre ella. Con la mano empujó la cabeza de su sexo contra aquella oquedad húmeda y ardiente que tan bien conocía, y se tumbó sobre ella, manteniéndose solo en la entrada de su cuerpo, esperando el momento adecuado para tomarla.

—Soy tuya, Austin, cada milímetro de mi ser —jadeó sobre su boca.

—Voy a correrme tantas veces que perderás la cuenta.

—Quiero perderla.

—Pídemelo.

—Quiero que te corras hasta hacerme perder la cuenta.

—Así me gusta, nena.

Apenas aquellas palabras habían abandonado sus labios, sintió cómo la presión crecía en la entrada de su vulva, cómo sus pliegues hinchados permitían la invasión dura y enérgica que la hacía estirarse sobre la cama, a la vez que le arrancaba un hondo suspiro.

Sentía un poderoso hormigueo en el pubis, a la vez que devastaba sus terminaciones nerviosas con sus fuertes embestidas, y sus manos y su boca atendían sus pechos, sus labios, su cuello, como si acabase de convertirse en el Vitrubio de Da Vinci, con cuatro brazos y cuatro piernas.

El placer era tal que sintió una oleada impetuosa, íntima y arrolladora a la vez que él, asido a su cuerpo, se derramaba en su interior mirándola a los ojos, disfrutando con su gozo. Se sentía completa, llena de su esencia, de una parte de él que jamás la abandonaría. Le abrazó y permanecieron desnudos en la cama, inmóviles, exhaustos, cuando el único sonido eran sus respiraciones aceleradas.

—¿Puedo entregarte ahora mi regalo? —preguntó apoyándose sobre su pecho.

—Claro. Y después, repetiremos.

—Eres insufrible —rió. Se levantó de la cama y caminó hasta la pequeña maleta que habían traído consigo y extrajo de ella una pequeña cajita alargada de madera tallada, envuelta por un lazo blanco.

Cuánto le había costado esconderla sin que su futuro marido la viese, pero más aún le había costado no contarle nada durante aquella larga semana que llevaba con ella en su poder. Había descubierto que no sabía guardar un secreto, no para él. Llevaba mucho rato deseando enseñarle su regalo, incluso había tenido la tentación de mostrárselo antes de la boda, pero se había mantenido fuerte y se sentía orgullosa de ello.

Se giró, caminó hasta él, y se lo entregó.

—¿Qué es? ¿Un reloj?

—Ábrelo.

Agitó la cajita con curiosidad y después, despacio, deshizo el lazo blanco que la envolvía, abriéndola y hallando en su interior un test de embarazo en el que había marcadas dos pequeñas líneas moradas.

—¿Esto...? ¿Esto significa qué...? —preguntó con un brillo especial en los ojos.

—Sí.

—¿Que estás, que vamos...?

—Sí.

—¡Oh, Dios santo! —gritó y la besó en los labios. Poniéndose en pie la alzó en sus brazos, girando sobre sí mismo, dando vueltas por la habitación hasta aterrizar de nuevo sobre la cama—. Perdóname, lo siento. ¿Estás bien?

—Tranquilo, estoy bien.

—¿Y el bebé? ¿Estará bien? —preguntó acercándole una mano a la tripa.

—Solo estoy de un mes y medio, es una lentejita todavía —rió divertida con su preocupación.

—Y entonces, ¿para cuando?

—Para abril ¿Te hace ilusión?

—¿Ilusión?

Sin decir una palabra más caminó hasta la puerta del balcón de la habitación del hotel, desnudo como estaba, y la abrió, gritando a la oscuridad de la noche: «¡¡Acabo de casarme con la mujer más maravillosa del mundo y va a darme un hijo!!»

Se oyó a alguien en la calle decir: «Enhorabuena tío, pero tápate un poco».

—¿Estás loco? Vuelve dentro, vamos —pidió Julia tapándose con una sábana, corriendo a cubrirle con ella consciente de que podían acusarlos de escándalo público.

Cubiertos por la sábana volvió a besarla, rodeándola con sus fuertes brazos por la cintura.

—Repítelo.

—¿Qué?

—Que vas a darme un hijo.

—Sí.

—Repítelo porque temo estar soñando.

—Vamos a tener un bebé.

—Voy a ser padre de nuevo, voy a saber lo que es criar a un bebé, y lo haremos juntos, los cuatro juntos. Julia, yo también tengo algo que decirte.

—¿Qué?

—No voy a regresar al campo de batalla. He decidido, junto con los médicos de la unidad, que es lo mejor.

—Eso es… es maravilloso —dijo saltando sobre él, besándole una y otra vez emocionada—. ¿Tus compañeros ya lo saben?

—Sí. Ha sido duro para ellos, también para mí, saber que nuestros caminos se separarán a partir de ahora, al menos del modo en el que solíamos estar juntos, pero la lesión de mi rodilla no es recuperable al cien por cien y temo ser una carga en lugar de una ayuda.

—Me gustaría poder decirte que lo siento, pero mentiría. Siento lo de tu rodilla, pero no que…

—Lo sé, cariño, no te preocupes. Además, debo pensar en mi familia, no quiero que mi hija, mis hijos —corrigió con una gran sonrisa—, se críen sin un padre. Los altos cargos me han pedido ayuda en labores tácticas y he aceptado. Serviré a mi país desde la oficina.

—Eso significa que nunca más…

—Que nunca más volveré a alejarme de ti, de vosotros —dijo inclinándose y besándola bajo el ombligo antes de abrazarla de nuevo.

Aquellas palabras completaron su dicha. Era tal el temor a su partida que ni siquiera se había atrevido a preguntarle cuándo llegaría ese momento, porque ni siquiera se permitía pensar en él. Le aterrorizaba la idea de verle marchar.

—No puedo imaginar la cara de felicidad de Candela cuando sepa que va a tener un hermanito —dijo acariciándole el cabello entre los dedos, lo llevaba más largo que de costumbre con un ligero tupé desde que no estaba en el servicio activo. Deslizó su mano hasta posarla en el mentón cuadrado y le miró a los ojos con fijeza.

—O una hermanita.

—Será un niño, lo sé, lo siento, ya lo verás.

Epílogo

Tres años después
Sevilla

*E*l sol apretaba con fuerza sobre su cabeza, casi había olvidado la intensidad del sol hispalense en las tardes de agosto, pero allí estaba este, implacable, para recordársela. Treinta y cinco grados a la sombra. Se ajustó las gafas de sol modelo aviador, abrió el segundo de los botones de su camisa blanca de algodón y se amoldó a la incómoda silla de metal de la terraza de una cafetería de la Plaza de la Encarnación.

—Vamos, cuñado, dale un sorbo a la cerveza, que se calienta —advirtió Hugo acomodado frente a él. Un grupo de chicas jóvenes, prácticamente adolescentes, pasaron por su lado y no dejaron de mirar a aquel par de atractivos caballeros, una de ellas se bajó las gafas para mirarlos y les sonrió, alejándose con sus amigas. Parker rió divertido con su descaro—. ¿Has visto? Así, los dos solitos, parecemos dos ligones de categoría superior.

—Sí, sobre todo tú con el bebé en brazos —dijo Austin refiriéndose a su pequeño sobrino Miguel, de dos meses de edad, que se había quedado dormido en los brazos de su padre—. ¡Brandon! *Come here!**
Como tu *mom* te pille esa boca llena de *ice cream* me va a matar.

—Tu *spanglish* es divertidísimo.

—Perdona, Hugo. Me sale solo cuando hablo con ellos, me lo

_____

* Ven aquí

han pegado. ¡Brand! —llamaba al pequeño que correteaba tras las palomas, tratando de mancharlas de helado. Desistió de que le hiciese caso y caminó hasta él, tomándolo en brazos. El pequeño, de dos años, era la viva imagen de su padre, con el pelo tan rubio como el suyo y las facciones idénticas a este, sin embargo sus ojos eran de un verde esmeralda sobrecogedor. Brandon Parker Romero le dedicó una sonrisa que derritió cualquier intención de regañarle. Y después lanzó el helado con todas sus fuerzas, impactando contra el pavimento. Austin lo agarró por el cono y lo arrojó dentro de una papelera. Después limpió los labios sonrosados de su hijo con una servilleta de papel antes de tomar asiento de nuevo junto a su cuñado, sentando al pequeñín sobre sus piernas.

—Qué guapo eres —dijo mirándole embelesado.

—Porque se parece a mi hermana.

—Eso ni lo dudes. Por suerte, tu pequeño Miguel también se parece a la madre, porque si llega a parecerse a ti… —protestó y ambos se echaron a reír.

—¿Sabes? Nunca creí que pudiese estar así contigo.

—¿De niñero mientras nuestras mujeres van de compras?

—No, así, de colegas. No me gustabas para mi hermana, ni un pelo. Parker rió divertido con su arranque de sinceridad. Nunca se lo había dicho, aunque no era necesario, ya lo sabía.

—Y ahora te das cuenta del gran error que cometiste.

—No, pero no estás tan mal para ser un *yanqui* prepotente. —Austin soltó una sonora carcajada. El pequeño Brandon también echó a reír imitando a su padre.

—Te recuerdo que tus sobrinos son mitad «*yanquis* prepotentes».

—Ellos son españoles, sevillanos cien por cien. El año que viene los saco de nazarenos con mi hermandad de La Macarena.

—Eso tendrás que negociarlo con su madre. Por cierto, tú tampoco estás tan mal para ser un sevillano chovinista y encima poli.

—Tito Poli —dijo Brandon mirándole con una gran sonrisa que llenó sus mofletes sonrosados.

—No me llames así, soy tito Hugo.

—Tú, tito Poli.

—Ea, ya has hecho que me *bautice* el niño.

—Yo no, ha sido él. Y no trates de llevarle la contraria, es tan cabezota como tu hermana.

—No me lo puedo creer, ¿estáis hablando mal de mí? —preguntó Julia a su espalda. Estaba preciosa con sus gafas de sol Ray Ban clásicas y aquel vestidito de flores multicolores.

—No te atrevas a hablar mal de mamá, ¿eh? —protestó Candela, vestida exactamente igual que ella, aunque con un sombrero de fibra natural tipo Panamá para protegerla del sol y las gafas tornasoladas de color rosa chicle—. Ven conmigo, Brand. —El pequeño enseguida le echó los brazos y ella lo acunó con mimo. Julia besó en la frente a su pequeñín y tomó asiento junto a su marido.

—Ya has oído a Candi, no te atrevas, nene —le amenazó dándole un pequeño golpecito en el hombro.

Berta acudió junto a Hugo y tomó en brazos a su bebé.

—¿Se ha portado bien? ¿Ha hecho caca?

—Berta, por favor, que solo hemos tardado dos horas.

—¿Y qué? Lleva dos días que siempre hace caca a esta hora.

—¿Te acuerdas de cuando me acusaba de ser demasiado sobreprotectora con Candi por esperarla sentada en la playa en las clases de surf? —preguntó a Austin, y este asintió divertido—. Pues espera a que Miguelito quiera aprender.

—Con veinte años, y con el padre al lado —respondió la aludida con una sonrisa y comenzó a poner al día a su marido de la ropa que se había comprado y todo lo que habían hecho durante sus dos horas de libertad.

Parker sonrió. Berta siempre le había caído bien, también Hugo a pesar de sus diferencias, por lo mucho que querían y cuidaban a la mujer que él amaba. También ellos formaban parte de su familia entonces, tanto como su padre, el siempre paciente *abu* Mitch, Chris y su mujer y los niños, o como Halcón, Dragón, Billy, Gran Oso o Cricket.

Sonrió al pensar en ellos. Seguían en contacto, por supuesto, se reunían en cada ocasión en la que podían hacerlo y mantenían, además, interminables conversaciones por teléfono por misiones tácticas o simplemente por placer. Para algo la línea de su casa era secreta y la pagaba el gobierno estadounidense, pues la mayor parte de su trabajo era por vía telefónica o por *emails* encriptados.

—¿Por qué sonríes? —preguntó Julia centrando su atención en él.

Parker levantó una ceja sin perder de vista a sus dos pequeños. Candela trataba de apartar a Brandon de una máquina de bolas con regalos en la que se había empecinado.

—Por ellos, por todo. Gracias. Gracias por esta familia tan maravillosa que me has dado.

Los ojos de Julia se empañaron, le abrazó y posó la frente en su mentón, recibiendo un beso de sus labios.

—Que hemos creado, querrás decir.

—Soy feliz.

—Yo también —carraspeó tratando de contener la emoción. No podía pedir más a la vida, tenía todo lo que deseaba: un marido al que adoraba, unos niños maravillosos y un trabajo que le permitía compatibilizar su profesión con su vida familiar, pues desde hacía unos meses trabajaba por las mañanas en una clínica de reproducción asistida, a media hora en coche de su hogar en Gulf Shores—. ¿Todos estos cariñitos no serán para evitar que te riña por haberle comprado otro helado de chocolate a Brandon?

—No, claro que no. Pero tenía que entretenerle de algún modo, aunque, por Dios Santo, ¿cómo has podido saber lo del helado? ¿Nos espiabas?

—Le huele el aliento a chocolate. Olfato de mamá, ¿recuerdas?

—Deberían contratar unas cuantas *mamás* en las fuerzas especiales, me apuesto lo que quieras a que detectarían incluso los explosivos.

Ella se echó a reír con su ocurrencia.

—*Mom*, ven, *please*. Brand quiere una bola y se le va a caer encima *this thing** —la llamó Candela refiriéndose a la máquina expendedora de regalos.

—Voy.

Austin adoraba aquella palabra: *mom*, pero sobre todo adoraba oírla de los labios de su hija. Candela comenzó a utilizarla de modo natural desde que Brandon comenzó a balbucearla. Aunque en el colegio se refería a Julia como «mi madre», en casa la llamaba por su nombre, del modo en el que estaba acostumbrada. Pero cuando hablaba con su «pe-

---

* Esta cosa.

queño terremoto», como apodaba con cariño a su hermano, le decía cosas como: «Vamos a contárselo a mamá», «Vamos a pedirle ayuda a mamá»… Y, poco a poco, comenzó a llamarla así.

Él sabía lo feliz que eso hacía a Julia, porque la sentía como propia, aunque jamás evitarían hablarle de su madre biológica cada vez que ella lo necesitase.

También era consciente del bien que hacía a Candela sentir que, al igual que su hermanito, también tenía una mamá a la que podía llamar de esa forma tan maravillosa y simple a la vez: «mom».

*J*ulia. La observó pelear con la máquina expendedora en la que había introducido un euro y que se negaba a sacar una bola. Enfadada, dio un fuerte golpe a la superficie de plástico y el premio cayó. Nada se le resistía a su chica. Parecía tan frágil y sin embargo era tan fuerte. Recordó su entereza al declarar en el juicio contra los DiHe un año atrás, ocultando su identidad, por supuesto. Fue difícil rememorar todo aquello, todo el dolor, aunque lograron evitar que Candela testificase. La tensión arrastrada durante meses se esfumó al reencontrarse con Christine y Farah, después de tanto tiempo, en una reunión íntima concertada por medio de sus abogados en un hotel. Estaban preciosas, ambas, y recuperadas, sobre todo Farah, que se había convertido en una mujer fuerte y valiente, que estudiaba Derecho en la Universidad de París. La madre de las jóvenes se arrodilló a sus pies agradeciéndole haberlas cuidado y ella la abrazó, tranquilizándola, restando importancia a sus actos. De Sophie solo habían sabido que continuaba con su familia, rehaciendo poco a poco su vida.

Julia.

Su Julia.

Su enfermera regañona. Su sevillana cabezota. La mujer que había transformado su casa en un hogar, como había transformado su vida en algo que merecía la pena ser vivido. Le había dado un hijo, al que había bautizado su propia hermanita con el nombre de su protagonista favorito de *Los Goonies*, y además le había dado estabilidad, serenidad, pero sobre todo amor.

Puede que su casa no se llamase Fisher's Hole, como había planeado, sino Peaceland; no tenía un perro llamado *Buck* sino un gato llamado *Bigotes*, al que Julia había recuperado con ayuda de Berta, pero tenía un HOGAR, con mayúsculas, en el que correteaban dos pequeños que, junto a su esposa, le habían mostrado que la felicidad podía consistir en cosas tan sencillas como un beso de buenos días con aroma a Cola Cao, o hacerle el amor cada noche a la mujer de su vida.

FIN

Agradecimientos

Corazones de Acero es una novela muy intensa. Lo fue desde que aterrizó en mi mente, desde que me propuse el reto de escribirla y poco a poco fue transformándose en la historia que tenéis entre las manos. Espero que hayáis disfrutado tanto al leerla como yo al escribirla, porque sin vosotras, mis Caperucitas y Lobos, sin vuestro aliento, esta historia no existiría. Gracias por dar sentido a esta locura que es escribir.

Tampoco sería lo mismo sin el apoyo incondicional de mi familia, ellos son quienes alientan que esta cabecita mía explore nuevas historias, quienes me aguantan los agobios y las retahílas. Os quiero.

Quiero agradecer especialmente a Esther Sanz, mi editora, a José de la Rosa y Loli Díaz, por fijarse en esta historia y seleccionarla como finalista del premio Titania entre tantas otras. No os imagináis cuánta felicidad me habéis regalado. Y, por supuesto, a todo el equipo de Titania por su cariño, por su dedicación, por hacerme sentir en casa. Sois maravillosos.

A mis compañeras, pero sobre todo amigas y lectoras, Raquel, Yoli y Caro, porque no deben tener bastante con las horas que compartimos cada día, que encima por las noches me leen: jejeje. Os quiero, chicas.

Al resto de mis compis de Aura, que son geniales y me hacen sentir orgullosa de formar parte de ese gran equipo.

A Esther, Ana Belén y Nuria, quienes conocieron a Austin las primeras y me dijeron que a este portento de hombre tenía que conocerlo todo el mundo.

Y no me puedo olvidar de mi asesor médico particular, porque si como profesional es excelente, como persona es el no va más, Abel Saldarreaga (tienes apellido de novela, ¿eh?), a quien he dado la lata con cada duda de esta historia. Mil gracias de corazón amigo.

Por último, mi agradecimiento a todos quienes, ya seáis bloggers, youtubers, foreros, twitteros y facebookeros, o lectores de papel de toda la vida, hacéis tanto bien a la literatura disfrutándola y compartiendo con el resto del mundo vuestras impresiones. ¡¡Gracias!!

ECOSISTEMA DIGITAL

NUESTRO PUNTO DE ENCUENTRO

www.edicionesurano.com

2 AMABOOK
Disfruta de tu rincón de lectura y accede a todas nuestras **novedades** en modo compra.
www.amabook.com

3 SUSCRIBOOKS
El límite lo pones tú, **lectura sin freno**, en modo suscripción.
www.suscribooks.com

DISFRUTA DE 1 MES DE LECTURA GRATIS

AB

SB
suscribooks

1 REDES SOCIALES:
Amplio abanico de redes para que **participes activamente**.

f g+ 🐦 📷 P You Tube

quiero**leer**

4 QUIERO LEER
Una App que te permitirá leer e **interactuar con otros lectores**.

iOS